臆想之狼

［俄罗斯］阿列克谢 ·瓦尔拉莫夫 著
于明清 译

北京出版集团公司
北京十月文艺出版社

总　序

俄国是一个文学的国度，更是一个长篇小说的国度，从普希金的《大尉的女儿》、莱蒙托夫的《当代英雄》和果戈理的《死魂灵》起，到屠格涅夫的《贵族之家》和《父与子》、陀思妥耶夫斯基的《罪与罚》和《卡拉马佐夫兄弟》、托尔斯泰的《战争与和平》《安娜·卡列尼娜》和《复活》，长篇小说始终是十九世纪俄国现实主义文学的主要构成和最高成就；在二十世纪，肖洛霍夫的《静静的顿河》、帕斯捷尔纳克的《日瓦戈医生》、布尔加科夫的《大师与玛格丽特》、格罗斯曼的《生活与命运》和索尔仁尼琴的《红轮》等长篇小说名作又相继面世，延续着俄国史诗性文学叙事的辉煌传统。进入二十一世纪以来，俄语作家在长篇小说领域的笔耕又有哪些新的收获呢？这套“俄罗斯当代长篇小说丛书”或许能让汉语读者对俄国长篇小说近十几年的发展现状有一个窥斑见豹的了解。

本套丛书共收入五部长篇，即佩列文的《“百事”一代》（Generation“П”，1999）、乌利茨卡娅的《库科茨基医生的病案》（Казус Кукоцкого，2001）、维克多·叶罗菲耶夫的《我的父亲》（2004）、索罗金的《碲钉国》（Теллурия，2013）和瓦尔拉莫夫的《臆想之狼》（Мысленный волк，2014）。从五部作品的发表年代看，最早的《“百事”一代》面世于一九九九年，而最后一部小说《臆想之狼》为二〇一四年的新作，时间跨度为十六年，将这五部小说串联起来读，能在一定程度上揣摩出当代俄国长篇小说的发展轨迹和创作现状。

这五部长篇的作者都是俄国当今文坛最有影响的作家。从五位作者的出生年代看，最年长的乌利茨卡娅生于一九四三年，最年轻的瓦尔拉莫夫生于一九六三年，五位作家虽分别为四〇后、五〇后、六〇后，但相距不超过二十岁，是广义上的同一代作家，他们的一个共同之处，即均在苏联解体前后登上文坛并在近二十年间最终确立了“健在的经典作家”之身份。

柳德米拉·乌利茨卡娅（Людмила Улицкая，1943 年生）毕业于莫斯科大学生物系，曾在苏联科学院遗传学研究所工作，后去剧院做编剧，一九九二年以中篇小说《索涅奇卡》成名。《库科茨基医生的病案》被视为乌利茨卡娅最成功的长篇之一，小说以一位医生的家庭生活来折射二十世纪上半期的苏联社会，作者让时代的变迁和家庭的变故相互交织，把女性的叙事角度和细腻的心理描写融为一体，从而给出一份苏联时期知识分子家庭生活的文学记事。乌利茨卡娅因为这部小说获二〇〇一年“俄语布克奖”，是该奖创建十年后的首位女性获奖者。二〇〇五年，根据这部小说改编的电视连续剧受到广泛欢迎。据统计，这部小说已被译成近三十种外语。

维克多·叶罗菲耶夫（Виктор Ерофеев，1947 年生）的父亲当过苏联驻法国的外交官，作家少时生活在巴黎，后在莫斯科大学语文系和苏联科学院世界文学研究所学习，一九七九年因参与编辑地下文学辑刊《大都会》被苏联作协开除。苏联解体前后，他的文章《追悼苏联文学》引起激烈争论，他的长篇《俄罗斯美女》（1990）也曾蜚声文坛。《我的父亲》以斯大林身边一位高官与斯大林的关系和他对斯大林的看法为主线，以独特的角度和方式揭示了以作者为代表的一代人的心灵历史。小说中的“高官”就是作者的父亲，但这又是一部地道的虚构小说，作者说其中只有“心理的真实”。

弗拉基米尔·索罗金（Владимир Сорокин，1955 年生）早年毕业于莫斯科石油天然气学院，成为化学工程师，但后在《接班人》杂志社工作，凭爱好成为画家，为出版社做过图书装帧，二十世纪七十年代开始写诗，八十年代加入地下文学运动，一九八五年在法国句法出版社出版第一部长篇《队列》，在苏联解体后的一九九二年，《队列》在俄国境内的《电影艺术》杂志发表，引起广泛关注，作家从此被视为俄国后现代文学的主要代表之一。他后来陆续推出的重要作品还有《玛丽娜的第十三次爱情》(1995)、《蓝色油脂》(1999)、《冰三部曲》(2009)、《暴风雪》(2010)等。二〇一三年面世的《碲钉国》是一部具有后现代色彩的反乌托邦小说或曰新乌托邦小说，小说以二十一世纪中期的欧洲为描写对象，描写人们为获得用特殊金属碲制成的钉子而展开的激烈争夺。在欧洲“新的中世纪”，在阿尔泰山区形成的新的“碲钉共和国”，人人趋之若鹜的“碲钉”成为一个核心意象，它既象征着人类文明的结晶，人们幸福和智慧的源泉，同时也指称黄金和财富，是人们内心深处的崇拜和欲望的客体，它有可能还暗指专制的权力、强加的异质文化和入侵的他人思想。正是这一形象的多重内涵和不确定所指，赋予了这部小说以广阔的阐释空间。二〇一四年，这部小说获得俄国当下最重要的图书奖“大书奖”。

维克多·佩列文（Виктор Пелевин，1962年生）与索罗金一同被视为俄国当代后现代文学最重要的两位代表作家，他及其作品自二十世纪九十年代起备受追捧，据说连平常只读电话簿的人也纷纷捧读他的小说。他一九八五年毕业于莫斯科动力学院，一九八九年进入高尔基文学院，后在《科学与宗教》杂志社工作，在该杂志发表第一个短篇，一九九一年出版第一个短篇集《蓝灯》，此后的长篇《奥蒙·拉》（1992）、《昆虫生活》（1993）、《恰巴耶夫与虚空》（1996）等均引起广泛反响，一九九九年出版的长篇《“百事”一代》更是一时洛阳纸贵，据统计至今已在全球累计售出三百五十万册。二〇一一年，这部小说被改编成同名电影。这部小说以准作家塔塔尔斯基在苏联解体前后的生活经历为线索，再现了二十世纪七十年代喝着百事可乐长大的一代苏联人在社会剧烈转型时期的心路历程。在这部小说后佩列文“封笔”数年，后又发表《转折时期的辩证法》（2003）、《V帝国》（2006）、《t》（2009）、《蝙蝠侠阿波罗》（2013）和《玛士撒拉之灯》（2016）等长篇。佩列文的创作被称为“佩列文现象”，自二十世纪九十年代以来的写作者乃至阅读者甚至被称为“佩列文一代”，但佩列文为人低调，从不抛头露面，以至于有俄国读者怀疑是否真的存在这位作家，他们猜测这可能是某个热衷电脑创作实验的写作班子所采用的笔名。

阿列克谢·瓦尔拉莫夫（Алексей Варламов，1963年生）一九八五年毕业于莫斯科大学，在以普里什文的创作为题完成博士论文后不久，他成为莫斯科大学语文系教授，讲授二十世纪初的俄国文学。他一九八七年起开始发表文学作品，一九九五年以中篇《生》成名，近些年来，他勤奋写作，一口气为青年近卫军出版社著名的“杰出人物传记丛书”写作了七部传记，即《普里什文传》《格林传》《阿·托尔斯泰传》《格里高利·拉斯普京传》《布尔加科夫传》《普拉东诺夫传》和《舒克申传》。瓦尔拉莫夫自称，他的近作《臆想之狼》是他关于一九一四至一九一八年间俄国文化生活的文学想象，是“讲述白银时代的个人尝试”。在作家看来，关于第一次世界大战和十月革命，人们从社会历史、政治军事等方面的思考已经太多，却很少有人从思想文化、个人心理等方面进行描述。斯拉夫人有这样一句古老的祷告词：“愿我躲开臆想之狼。”作家用“臆想之狼”这一意象来概括当时俄国人的精神状态和集体无意识，即一种强烈的焦虑、莫名的冲动和破坏的激情，但在作家笔下，被这一情绪所浸润、所笼罩的那个时代，却又是一个“混乱的时期，丰富的时期，饱满的时期，饶有兴味的时期”。

将这五部长篇作为一个整体来阅读，我们大致能够归纳出新世纪俄国长篇小说体现出的几个新特征：

首先，从创作方法的角度看，当代俄国长篇小说似乎出现了现实主义传统与后现代主义时尚相互交织的局面。在上述五位作家中，维克多·叶罗菲耶夫、索罗金和佩列文均被视为俄国后现代主义文学运动的标志性人物，而乌利茨卡娅、瓦尔拉莫夫的创作却被认为是相对“传统”的。俄国后现代文学发端于二十世纪五六十年代，在苏联解体前后达到其鼎盛期，但近些年来，它作为一个整体的影响似在逐渐缩小；与之形成对照的便是，俄国现实主义的文学传统却似在强势回归。这两种文学倾向和潮流相向而行，其结果便是二者的相互渗透，具体而言，后现代作家似乎越来越注重情节叙事，最典型的例子就是索罗金的创作，《碲钉国》虽然并不好读，但与他之前的小说相比已然十分“传统”了；而在乌利茨卡娅和瓦尔拉莫夫的小说中，我们也不难发现一些现代派文学、后现代文学影响的痕迹。于是，在当代俄国的长篇小说创作领域，一方面是后现代主义文学在巨浪拍岸后留下的余波，即它对传统长篇小说叙事模式的冲击和解构，另一方面则是现实主义文学传统在泰然自若的同时对包括后现代文学在内的新潮文学因素的积极吸收和借鉴。

其次，从体裁属性的角度看，当代俄国长篇小说似乎呈现出了某种交叉性和合成性。在这五部长篇中，《我的父亲》和《臆想之狼》似乎都在有意模糊虚构和非虚构两种文体之间的界限，《碲钉国》把乌托邦小说、社会讽刺小说、科学幻想小说的特征融为一体，《“百事”一代》的体裁属性更为模糊，其研究者给它戴上了众多帽子，如“广告话语小说”“宗教神话小说”“商场暗战小说”“社会寓言小说”等，这些定义是小说题材意义上的，也是体裁意义上的。与长篇小说自身的体裁属性的多元化形成有趣呼应的是，这几位作家的社会角色也是多重的，除佩列文外的四位作家都是当下俄国十分活跃的文化活动家：身为高尔基文学院院长的瓦尔拉莫夫主办文学杂志，经常举办国际性的文学论坛；

乌利茨卡娅创办基金会，积极介入俄国的政治生活；维克多·叶罗菲耶夫是著名的电视节目主持人；索罗金不时在国内外举办个人画展。而编写影视和话剧剧本，撰写评论和杂文，接受媒体的采访，在国内外高校讲课等，都是他们热衷并擅长的活动。这些长篇小说作者似乎也和他们的作品一样，在尝试最大限度地拓展其存在的空间和影响的范围。

最后，从作品内容的角度看，当代俄国长篇小说似乎表现出了某种非情节化、非英雄化的趋向。这五部长篇，无论是地道的后现代小说还是相对传统的小说，都不再具有饶有兴味、贯穿始终的清晰线索，情节也并非始终围绕主人公展开，即便有主人公，他们也与俄国传统长篇中的主角不同，似乎不再是作者倾注情感着力塑造的对象，而遭遇到某种扁平化处理。长篇小说主人公的“非英雄化”，既是现代派文学和后现代文学潮流对于传统长篇小说创作范式的冲击和解构之结果，但在一定程度上恐怕也是生活自身的多元化、碎片化和非逻辑化等现实现象在文学中的显现和反映。但悖论的是，即便在这些情节淡化、人物扁平化的当代俄国长篇小说中，我们仍能感觉到俄国文学的某些传统特质之渗透，比如对民族历史充满反思的追溯，对社会现实不无悲悯的关注，对人及其生活既温情又超然的观照，对文学及其力量既坚定又疑虑的信仰。

值得一提的是，这五部小说的作者均与中国有着各种各样的关联。除这五部长篇外，他们还有其他作品被译成汉语，如佩列文的《恰巴耶夫与虚空》和《黄色箭头》、维克多·叶罗菲耶夫的《俄罗斯美女》、乌利茨卡娅的《索涅奇卡》《美狄亚和她的孩子们》和《你忠实的舒里克》、瓦尔拉莫夫的《生》、索罗金的《暴风雪》等；乌利茨卡娅、瓦尔拉莫夫多次访华，佩列文据说也曾悄悄旅行西藏等地。更为重要的是，在佩列文和索罗金这两位最重要的后现代作家的小说中，所谓“中国题材”均占有一定分量，索罗金在《暴风雪》中写到作为“向导”的“中国医生”，在《碲钉国》中也写到“莫斯科的中国人”，而对东方宗教极感兴趣的佩列文，其长篇《恰巴耶夫和虚空》更被称为俄国文学中的第一部“禅宗佛教小说”。

在一片“作者已死”“小说已死”的哀叹声中，当代俄国的长篇小说作家们仍在积极写作，当代俄国的长篇小说仍在不断面世并产生影响；二十一世纪俄国长篇小说的样式和风格与普希金和托尔斯泰相比已显出越来越大的差异，但它们无疑仍是十九世纪中后期形成的俄国长篇小说创作传统的延续和发展。

刘文飞

二〇一七年七月六日

于京西近山居

译　序

《臆想之狼》是俄罗斯当代著名作家、政论家、语言学家阿列克谢·瓦尔拉莫夫二〇一四年创作的长篇小说。瓦尔拉莫夫生于一九六三年，曾荣获反布克奖、大书奖等重要文学奖项。作家认为，俄罗斯现实主义文学的成就值得骄傲，俄罗斯的现实生活需要真实、真切地反映，其作品以现实主义手法讲述祖国的历史与现状，饱含对其的热爱。

小说的题目出自古老的东正教祈祷文，“臆想之狼”代指撒旦的恶念，其中隐藏着另一层含义，就是人会因臆想之狼而蒙受苦难。作品的主人公们试图猎取臆想之狼，与之对抗。小说以“一战”和十月革命为背景，聚焦一九一四至一九一八年间的俄国社会现实生活。历史转折时期的诸多真实人物，如米哈伊尔·普里什文、瓦西里·罗赞诺夫、格里高利·拉斯普京、伊里奥朵尔都出现在文中。他们对彼此的功过是非进行评说，对俄国历史的选择发表意见，争论的热点既有俄国人的天性、尼采主义、祖国的前景，也有臆想之狼。小说中，现实与想象的世界彼此交融，真实与虚构的主人公命运交错，过去与未来在现实世界汇聚，客观的历史事实与臆想的王国不断碰撞，现实主义的描摹与超现实的想象完美相融，使得作品独具魅力，令人难以释卷。

主人公乌利娅由于受到臆想之狼的伤害，幼年病弱，不良于行。她的母亲以生命为女儿祝祷，使其不仅能够行走，还能近乎飞行般地奔跑。乌利娅纯真勇敢，有着近乎偏执的正义感，战争和革命给女孩的生活带来了巨大改变，让她接触到俄国政治、宗教、文学各个领域的人物，他们给天真未凿的女孩灌输自己的理念，但始终不能左右她。革命后，乌利娅沉浸在新时代的热潮中，却也不能忘却旧时对自己影响深远的人和事，这注定了她的悲剧命运。

作品中形形色色的人物大多与乌利娅有过交集。她的父亲瓦西里·赫利斯托佛洛维奇向往革命，向往机械主导一切的生活。在他的信仰中，此岸世界的祖国，彼岸世界的灵魂都应该由机器主宰。他将大部分收入用来捐助革命，引起妻子维拉的不满。战争爆发后，他曾参战，被俘，为了使妻子和女儿免受自己的牵连，免遭臆想之狼的伤害，他即便在获释后也没有回到家中。机械师最终实现了自己的革命理想，获得了新名字，却丧失个性化的一切，也放弃了亲人。他厌弃自己原本期待的革命成果，为了赎罪而继续留在队伍之中。他本有机会解救自己的妻子、女儿，却因为耻于维护个人生活而任由她们走向灭亡。

战前，乌利娅的养母维拉·康斯坦丁诺夫娜厌恶粗鄙的丈夫和缺乏教养的养女，痛恨每年夏天一家人都要去的高坨子村。她渴望优雅的生活，倾慕作家巴维尔·马特维耶维奇。丈夫上前线后，她才意识到自己对瓦西里·赫利斯托佛洛维奇的爱和依恋。等待丈夫归来是她生命的全部意义，为此她愿意委身于神秘的西伯利亚农夫，甚至奉献自己的养女。她在等待中耗尽青春，丧失了一切自己极为珍视的女性特征。最后，她放弃了对丈夫的等待，放弃了情人巴维尔，追随信仰的蓝旗而去。

乌利娅在高坨子村与蛰居在此的作家巴维尔·马特维耶维奇相识，并与其养子阿廖沙之间萌发了爱情，但阿廖沙并未意识到乌利娅的真正价值，反倒是作家对乌利娅极为珍视。巴维尔曾有过因革命而坐牢的经历，一直在缅怀自己逝去的异国恋情，这让乌利娅母女都为之触动。可女孩发现，作家的旧日恋人原来曾受到他的鼓动，成为了政治新娘，后来却因为他的软弱和逃避而屈辱地死去。巴维尔·马特维耶维奇的字里行间穿插着米哈伊尔·普里什文作品中的文字，他和自己名为Р－в（文中译作罗夫）的中学老师是死对头，被后者开除，拿着黑籍证开始了坎坷的人生之路。现实生活中，普里什文与瓦西里·罗赞诺夫也是一对师生，也曾有过同样的经历，Р－в 正是罗赞诺夫姓氏的首尾字母。巴维尔痛恨罗夫，实际上却成为老师在创作上的追随者。在他的主导下，彼得堡知识分子联合会将罗夫开除出宗教哲学俱乐部，作家实现了自己的报复，可却萌发了继承老师衣钵的念头。

乌利娅与伊西多尔·谢京金并未有过直接的交流，却在报纸上留意过后者的新闻。谢京金曾到过乌利娅在彼得堡的家中，窃取了维拉的裙子，变换女装后逃往国外。谢京金是位野心勃勃的修士，一心想在俄国恢复宗主教制度，并成为新任宗主教。他费尽心机取得了沙皇的信任，可在他认为梦想即将实现之际，却发现自己在沙皇心目中的位置已被西伯利亚农夫取代。他想利用作家巴维尔控制彼得堡的知识分子，反而受到作家的反击，最终落得被逮捕的命运。他不甘沉沦，在狱中指使信徒谋杀西伯利亚农夫，并在革命党人策划下越狱逃亡。谢京金身上明显带有伊里奥朵尔，也就是谢尔盖·米哈伊洛维奇·特鲁丰诺夫的传记特征。

西伯利亚农夫的生平和经历明显与俄国历史上著名的一代妖僧格利高里·拉斯普京相吻合，他与谢京金先友后敌的关系也同历史中的格里高利与伊里奥朵尔如出一辙。战争期间，乌利娅在自己最茫然的阶段结识了他，来到他位于戈洛霍夫大街的住宅里。这里聚集着众多农夫的拥护者，是俄国政权的另一个核心。农夫从少年时代身体就有异象，并因其超能力对皇子的病有影响而走进沙皇一家的生活。他先让整个彼得堡为自己着迷，后被所有人厌弃痛恨，最后悲惨地死去。

小说家萨韦利·克鲁德本是革命者，在革命后获释。他不停地寻找自己的缪斯，将乌利娅视为自己最好的作品。萨韦利是个来自未来的人，他用创作来宣讲自己那光明自由的国度。在与乌利娅相恋的时间里，他不停地邀请乌利娅前往理想国。但是，乌利娅沉浸在革命后日新月异的生活中，并未真正响应作家的邀请。

乌利娅仿佛是俄国的化身，她并不完美，个性勇敢热情，却也冲动空虚，与她相交的主人公们都想用自己的理念填满她。巴维尔在她身体里留下一颗子弹，农夫邀她一起祈祷，萨韦利用蓝宝石换取了子弹。不管这些人多么想控制她，心中却始终都满怀对她的爱护和珍视，都小心翼翼地维护着她的童贞。但是，乌利娅的亲生父亲却在女儿和组织之间不由自主地选择了后者，她的初恋阿廖沙也加入了强暴者的行列。他们剥夺了乌利娅的一切，包括她的蓝宝石，这是她在过往生活中唯一保留下来的东西，也是她和未来世界唯一的联系。最后，乌利娅和亲生母亲一样献祭自己，寻求上帝的庇佑，逃避臆想之狼的戕害。乌利娅欲离去时，臆想之狼和控制它的革命机器正要吞噬俄国大地。末世即将到来，俄国将何去何从，对于这个历代作家一直苦苦探索的问题，作家选择了给读者们充分想象的自由……

于明清

目录

第一章　猎人

1

从前，乌利娅在这个世界上最喜爱的是夜空和夜晚的强风。狂风肆虐的黑暗空间里，她在梦中奔跑着，脚步轻巧地在草地上弹起，不知疲倦，不喘粗气。这并非是因为她那时长大了，她依然个子不高，体质柔弱，而是因为她擅长奔跑。少女纤弱的身体似乎发生了奇妙的变化，让她可以从大地上高高跃起。乌利娅的身体能清晰地感受到这种半跑半飞的状态，她甚至知道自己是如何进入其中的。当她还没有完全陷入梦境时，她的皮肤敏感地觉察到自己在不由自主地加速，飘起，空气有时会像水一样托起她。她一直跑着，直到梦境消失，直到恐惧袭来才停下。她害怕磕绊、摔倒，害怕自己永远都不能再奔跑。她害怕失去行走的能力，这种神秘的恐惧钻进姑娘的梦境，让她备受折磨，只有夏天才不来骚扰她。夏季乌利娅会去舍洛姆河畔的高坨子村。她常常漫步在林中和田间小路上，皮肤晒得黝黑，磨人的天赋与梦魇也都在炙热的空气中被燃烧殆尽。她什么都不害怕，不管是黑暗、闪电、夜色中神秘的北极光、硕大的甲虫、安静的鸟儿、黄蜂、蛇、老鼠，还是森林里尖利的仿若弓弦爆裂的声音。她是个城里人，却不在乎蚊虫的叮咬，不管在冰冷的河水里游泳，还是被八月的雨淋得湿透都不会着凉。这是一片冈峦起伏的地带，山丘的下方是沼泽，山丘上面有一些森林小岛，当地人称之为鬃丘，还有丰富的林间湖泊、溪流、浸水草丛。这个地方既让她平静，又使她激动。如果由乌利娅来决定，她会一直住在这里，绝不回到潮湿的彼得堡。彼处充斥着肮脏的房舍、出租马车、有轨马车、店铺和人们的体臭，城市中短而宽阔的河流、弯弯曲曲的狭窄运河纵横交错，将一切切割得支离破碎。但是她的父亲瓦西里·赫利斯托佛洛维奇·克米萨罗夫只有夏天才来高坨子村，其余时间都在奥布霍夫工厂里当机械师。他甚至在乡村的时候也非常想念那些机器，几乎将所有时间都耗费在修理简单的农村机件上。他从来不收取机器主人的费用，不过早餐总是能吃到新鲜的鸡蛋、牛奶、黄油、酸奶油和蔬菜。因此，他原本病态的土色面孔变得年轻有光泽，浮现出健康的绯红色，身体越发臃肿，坚固的牙齿褪去了黄色，亚洲人似的细长的眼睛眯成一条缝，浮肿的眼皮下向外张望的目光显得心满意足。在高坨子村的农夫们看来，他肿眼泡下狡黠的目光显得深不可测，让他们愿意单独来和机械师谈谈田地和农耕的事情。关于这些瓦西里·赫利斯托佛洛维奇根本没什么可说的，可农夫们还是觉得彼得堡来的老爷知道点什么，但是在保密，于是他们揣测着怎么才能博得他的好感，打听出点自己不知道的内幕。

克米萨罗夫年轻的妻子对一件事很不满意，就是丈夫时常和巴维尔·马特维耶维奇·列赫科贝托夫一起去打猎。巴维尔是位傲慢又神经质的先生，蓬乱的黑发也不知是像茨冈人还是犹太人。列赫科贝托夫的第一份职业是农艺师，但是如果不算上他那本讲述如何种植大蒜的小册子，他在这个领域毫无建树。后来他当上记者，接着成为小作家。他租用当地的阔气地主柳巴公爵的猎场，全年都住在村子里。他从未见过柳巴，因为这位神秘的老人对日光和人的面孔都过敏，只有一个人除外，就是他的管家。他们两个声名狼藉，但是列赫科贝托夫从来不在意这些传闻。他是个身心都很健康的人，喜欢在阳光照耀的松树林或是阴暗的云杉林里狩猎，驯狗，写小说，只有在需要往各个编辑部送稿子，以及领取每行字20戈比的稿酬时才去城里。那些杂志乐于采用他的作品，评论者对作品时而不痛不痒地批判，时而居高临下地赞扬。不过机械师克米萨罗夫喜欢听自己朋友讲话，他是巴维尔·马特维耶维奇的第一位读者和崇拜者。有一次他甚至从德国给作家运来一辆自行车当礼物，列赫科贝托夫骑着它把当地的路都跑了一遍，激起了孩子们的嫉妒心和村子里那些狗的狂怒。对孩子们的嫉妒他并不在意，可是对于狗的暴怒他用老办法狠狠地给予了回击。当狗试图咬住他的裤腿时，他把自行车急刹住，用鞋后跟狠狠地踹在了狗的下颌上。巴维尔·马特维耶维奇只会对别家的狗这么残暴，对自己的猎犬们他连个动粗的念头都没有，还夸奖它们聪明、有耐力、有韧性，甚至给它们取了好听的名字：亚历克、卡拉伊、弗列伊达、索洛维伊、帕里玛、涅尔理。有些狗甚至有两个名字，一个打猎时用，一个在家里用。一次，他买了一只叫贡恰尔的猎兔犬，给它改名叫安恰尔。尽管他看起来有点粗鲁和暴躁，但实际上是个富有诗意的人。

在和野蛮的乡下狗冲突时，列赫科贝托夫的裤子被扯破了，美丽而健硕的佩拉格娅把裤子缝好。巴维尔·马特维耶维奇走到哪儿，这个严肃的乡下女人就跟到哪儿。除了猎狗，他们还有三个孩子。两个小的酷似自己的父亲，长得像茨冈人，很壮实。大儿子的面庞苍白而瘦削，蓝眼睛，长着像女孩一样的长睫毛和丰满的嘴唇，他叫阿廖沙，是佩拉格娅和别人的儿子。巴维尔·马特维耶维奇对这个继子不是特别重视，这并非因为阿廖沙和他没有血缘关系，而是因为他对孩子们都很冷漠。他在生活中只做自己喜欢的事情，至于那些不喜欢的就全部抛在一边，完全不放在心上。

乌利娅经常和阿廖沙一起玩，很怜惜他，因为她自己也是在继母身边长大的。她一直都觉得阿廖沙在家里很受气，甚至连整天忙于家务的母亲对待他也比对两个小儿子差。乌利娅从童年时代起就开始从家里给自己的朋友带好吃的，像当地的农民一样，同情地盯着阿廖沙狼吞虎咽地吃光她的礼品。不过饼干和糖果对他没有什么效果，晒得黝黑的男孩身体依旧瘦骨嶙峋，稚嫩的面孔总是很伤感，一副受气包的样子。有一次乌利娅存钱给他买了一件漂亮衬衫，但是阿廖沙很为难，因为他没什么场合可以穿这件新衣服，而且也不知道怎么向妈妈解释衬衫是哪来的。

“你不喜欢吗?”乌利娅按照自己的逻辑猜测阿廖沙为难的原因。

“太大了。”他没说错，因为乌利娅实际上是弄错了尺码。他把衬衫藏在谷物干燥室里免得被别人看到，但是机警的佩拉格娅发现了衬衫。

她听完阿廖沙乱七八糟的解释，并没有责骂儿子，而是有点奇怪地冷哼了一声，平常就干巴巴的、眯着的眼睛越发混浊，眯成一条缝，免得让自己强烈的母爱流露出来。佩拉格娅心里怀着这份爱，但是不管是巴维尔・马特维耶维奇还是乌利娅都没发现。巴维尔・马特维耶维奇不知道是因为他的自大，而乌利娅一旦相信了什么，就根本不可能再改变看法。因此，阿廖沙从来不和她争辩，一切都照着她的吩咐去做，比如按照机械师设置好的巨大幅度荡秋千，直到晕头转向，漫无目的地划船，教自己的女伴儿捕鱼捕虾，然后放在篝火上煮，还要瞪大眼睛，听乌利娅讲三眼人的故事，尽管他那时已经非常困，因为早上天还黑漆漆的时候就起来了。乌利娅认为第三只眼睛可以穿透平常的表象，看透内在的隐秘，而且她相信自己拥有第三只眼睛，只是现在暂时还没有睁开。

“要想打开第三只眼睛，”乌利娅用陌生的声音对阿廖沙说，“需要进行特别训练。想让我教你吗？”

“想。”阿廖沙回答，乌利娅觉得，似乎有一股淡淡的寒意顺着她的脊柱滑过，从脖子直到腰间。

她无意中碰到了阿廖沙，赶紧缩回手。

“那你为什么不上学？”

“我为什么要上学？我不上学也该会的都会，该知道的都知道。我会读书，会写字，会算账。没用的东西我为什么要学？”

“这不是没用的。”乌利娅边反驳，边看着阿廖沙娴熟地做着捕虾笼，他把网缠在柳枝上，将捆着臭鱼的石头固定在网中间。她心里想：“是啊，我懂得的很多东西，他都用不上，就算他学会了又有什么意义呢？”她想起彼得堡那些受过教育的男孩们，他们经常陪她去看给孩子们演的早场戏，参加枞树晚会，“要是那些男孩在这里就糟了，他们不可能知道怎么保护我，但是和阿廖沙在一起就什么也不用怕。”

只有一次很恐怖，夜幕即将降临时，他们从河里往外拉排钩，捞到了欧鳊、圆腹鲦、江鳕后，看见倒数第二个小钩上挂着一个人鼻子，散发着刺鼻的气味。乌利娅叫起来，开始全身战抖，阿廖沙脸色煞白，抬起头，用手指着河里，一句话都说不出来。在河中间，一个穿着皮毛大衣、长裤和毡鞋的人仰面朝天漂着，打着圈。落水者那惨白的面孔已经变形，头发也是白色，乱蓬蓬的。

“是我们把他……用排钩钓起来的。”

“得告诉大人们。”

“不要，让他该去哪儿去哪儿吧。我们什么也没看见。冬天，柳巴公爵的管家失踪了。他早上去了车站，可是晚上马拉着空雪橇跑回来。据说，他被农夫们打死了。”

“为什么?”

“他是个德国人，尼采。公爵开始酗酒，而且由于忧思过度，跟着也死了。死前他命令在葬礼上放三桶自酿酒，把所有人都灌醉，好让人们在酬客宴上跳舞跳得筋疲力尽，无暇哭泣。”

乌利娅缩起脖子，环视四周。但是没什么特别的事情发生：远处，能看到那用布满裂纹的圆木和彩色玻璃窗建成的深色的乡村小木屋，草地上开着花，鸟儿鸣唱着，皮肤黝黑的农妇们系着花布头巾，昂首阔步地走在田间。什么也不能破坏这宁静的画面，除了父亲。他读报纸时，会谈到一些奇怪而危险的事情，他收到电报后会变得悲伤起来，但是乌利娅对他生活的这一面并不了解。

继母不在旁边时，她渴望依偎着父亲，感受着亲人的气息，心满意足地啜泣，但是父亲在女儿亲近自己时会变得软弱、木讷、畏惧。父亲的反应阻拦着她，带给她一个令她忐忑不安的沉重念头：“或许，他也不是我亲生爸爸？或许，我根本就是个弃儿、孤儿？我的父母难道另有其人？”

这里的白天很长，不像北方那样干燥，没有风，非常炎热，硕大的、果冻般的太阳从地平线上升起，懒洋洋地行走在泛白的天空上，把大地的表层烧灼，烘干。乌利娅期盼夜晚到来，期待树木投下长长阴影的时刻，阴影随后逐渐消失，和昏暗的暮色融合在一起，整片冈峦起伏的地带就被淡淡的、清凉的月光笼罩住。离月圆越近，她的血液就越加躁动不安。乌利娅知道，在那样的夜晚自己会奔跑。她很紧张，就经常去找瘦弱的大脑壳男孩阿廖沙，但是又不能把他带回去。阿廖沙会眯着忧郁的眼睛望着她，就好像一只聪明的，洞悉她不久后命运的狗。

傍晚，猎人们回来了。肥胖的机械师全身都被汗水浸湿，筋疲力尽地勉强拖动着已经磨破的双脚，气喘吁吁，而干瘦的巴维尔·马特维耶维奇依旧毫无倦意，精神抖擞，仿佛他并没有一直沿着舍洛姆河在森林和沼泽中急行，而是像维拉·康斯坦丁诺夫娜·克米萨罗娃那样一整天坐在帆布圈椅上，在树荫下乘凉，时而读读外国流行作家汉姆生的小说，时而看看插图版杂志《尼瓦》。维拉是机械师的妻子，一个高个子的丰满女人，长着厚重的红褐色头发。她对列赫科贝托夫的态度总是带着嘲笑和刻意的轻视，让乌利娅都觉得不自在，然而猎人根本没有发现她的无礼，或者是他觉得女人那些刺耳的话还不如村子里杂种狗的吠叫值得重视。他的忽略与轻慢让维拉·康斯坦丁诺夫娜越发恼怒，面红耳赤。乌利娅善于观察，不过也弄不清楚为什么养母会瞧不起自己的乡下邻居，或许是因为他娶了一个只会养鸡养羊的粗俗老婆，或许是因为巴维尔·马特维耶维奇什么也不帮自己的婆娘干，只是让她干活和伺候自己，甚至帮他缠包脚布。他连这都学不会，却极其骄傲自大，吹嘘自己是个名人。他说每当自己抵达彼得堡，晚上总要去知识分子云集的哲学俱乐部参加宗教会谈，夜里和那些见不得光的危险人物——契弗列克教派分子们增进友谊。谈到这些异教分子时他压低嗓音说，其中的首脑人物是伊西多尔·谢京金，饱学的前大司祭、以前的黑色百人团分子、演说家和传教士，契弗列克教徒们崇拜他像崇拜上帝一样，而他却迫使女人们和他一起做罪恶的性勾当。

“他们都是以前的。”

“什么意思？”机械师克米萨罗夫觉得莫名其妙。

“孩子们成年以后，父母就会和他们分开，并且说，这是我以前的儿子或是我以前的女儿，孩子们会说，这是我以前的母亲或是以前的父亲。”

这一切都非常可怕，也难以理解。列赫科贝托夫强壮、敦实，长着斑白的胡子，鹰勾鼻，他奇怪的外貌时而让乌利娅害怕，时而又让她着迷，所以她尽管也畏惧美丽的佩拉格娅，却还总是在他眼前晃悠。

巴维尔·马特维耶维奇对小姑娘态度亲切而平淡，不过并不太注意她。只有一次他非常感兴趣，边走过来，边用他那和自己奇怪的林间猎人外貌极其不相称的尖细童音问着：

“你在读什么，亲爱的小姐?”

“《安东诺夫卡苹果》，布宁院士的作品。”她非常优雅地回答，还行了个深深的屈膝礼。

“啊－啊，我亲爱的邻居……”他柔软的嘴唇轻蔑地抽动一下，微微露出棕黄的牙齿，“同学。”

“您和他一起学习过?”乌利娅恭敬地问。

“哼，幸好没有。他在我之前被从学校赶出去了。”

“为什么?”

“学习不好，应该是这样。贫血的贵族子弟能做什么呢?”

“那您当时又是什么身份呢?”乌利娅气得脸都发白了。

“我可是商铺老板的儿子，讨人喜欢的先生。”

佩拉格娅·伊万诺夫娜收拾好猎来的鸟，把内脏丢给狗群，她那双大手非常稳健，干起活来就一刻不停，此时手的动作似乎带着某种讥笑的成分。鸃斯小声地叫着，男人们喝着伏特加，但是喝得不多。乌利娅的爸爸不爱喝酒，疑神疑鬼的巴维尔·马特维耶维奇非常喜欢喝，但是他更怕像自己的酒鬼父亲那样喝上瘾。就这样，乌利娅坐在阳台深处，听着列赫科贝托夫讲着自己初恋的故事。

2

“……那是在国外。我是个被中学开除的人，拿着黑籍证，曾经因为政治原因被关在单人囚室里一年，是敌视革命的莱比锡大学学生。她是彼得堡五等文官的女儿。我们在柏林相识，在老博物馆里一座非常奇怪的雕像旁边。那是一个女孩的大理石雕像，她穿着短芭蕾舞裙，衣服的一侧从肩头滑落，梳着成年人的发型，坐着，蜷着腿，目光朝下，冷漠地拨弄着一些石头。最令人震惊的是当你从不同方向看她时，会有迥然不同的感受：感动、忧伤、温柔、绝望。”

“这个女孩在玩骨牌。”克米萨罗夫傲慢地说，“非常著名的古罗马雕像。公元前二世纪的作品。”

“她站在雕像面前，非常专注，仿佛这是她的女儿，她的妹妹，或者也许就是她自己，正在以某种神秘的方式度过第二世。此时我突然意识到，我永远地爱上了这个小巧玲珑的深色头发女人。远远看去，她很容易被当作孩子。是的，我只爱她一个，不会再有别人。她站了很久，没有离开，然后转向我。我看到她的眼里有泪，想和她说点什么，但是德语卡在我喉咙里，说出来的是俄语。”

“啊，您是俄罗斯人？”她淡然地小声说，握住我的手，“当然，还有谁会在这儿驻足呢？您看她多大年纪？”

“不知道，十一岁，也许十二岁。”

“不，她年龄更大一些，”她反对，“她已经是个大姑娘了。您看她的胸，而且她的脸上有雀斑。”

“为什么您这么认为？”

“不知道。我觉得是这样。为什么您突然脸红了？”她漫不经心地问，接着又说，“天啊，多可怕的故事。您什么也不知道吗？”

“不知道，我应该知道什么？”

“这是墓碑前的纪念雕像。姑娘死去了，于是父母在她的墓前放置雕像来纪念她。可现在她再次和自己的身体分开，并且陈列在这里供人们观看。”

“坦白说，我开始觉得很不自在，我受不了墓碑、墓地、纪念像以及一切与此相关的东西，她似乎察觉到这一点。”

“怎么样，我们走吧？看过它后这里已经没有什么值得参观了。”

“我们整夜都在柏林街头游荡，各怀心思。我对她甜言蜜语，这是生平第一次，却没有一点难为情。她一直听着，几乎什么都不说，但是我透过她的沉默感觉到她很愉快。不久我就明白，她真的涉世未深：先是法国家庭女教师，然后是斯莫尔尼学院和出国，远离俄罗斯，远离我们的一切污秽……她的官员爸爸命令她如此，起初她号啕大哭，想要离家出走，甚至差点儿进了修道院，然后她顺从了，并且对父亲的安排极其满意。那是当然！设想一下，她拿到的生活费不少，却无须向任何人汇报任何事。如今，在她看来，返回俄罗斯是最可怕的惩罚，即使是在柏林她也会转过头去躲开电车里的工人，他们似乎气味难闻。我奚落她，她后来告诉我，最初她一点也不喜欢我，甚至没有料到我是这样一个深刻并且饱经风霜的人。我们每天都要见面，一起散步，谈天说地。她不知为什么对一些事情很感兴趣，比如我在牢里感觉如何，想过些什么，做过什么样的梦，有没有谁来探视我。尽管这些回忆让我不愉快，但她还是一直追问。有时我们会去老博物馆那座姑娘的雕像旁，我们已经谈婚论嫁，不过最终还是没能结婚。”

“为什么？”瓦西里·赫利斯托佛洛维奇好奇地问。

“为什么不结婚？她有钱，有名气，我没文化，赤贫，是一个有着黑暗的过去，却没有未来的人。她甚至都不敢和父母说自己在和谁交往。再说，我们接下来又能怎么办呢？让她回到自己鄙视的国家？我留在国外？我们找不到两个人都能接受的方式。她认为我是个空想家，不够可靠，不够稳定，但最重要的并不是这个，”巴维尔·马特维耶维奇压低声音，不让佩拉格娅·伊万诺夫娜听到。若隐若现的雾气中，他的眼神闪烁不定，“我那时已经二十七岁了，但还是个处男。”

“什么！”维拉·康斯坦丁诺夫娜大叫，响亮地笑起来，“所以您才在博物馆脸红了。第一次看见年轻姑娘的胸部，而且还是大理石雕成的。”

“我不明白，这有什么可笑的。”列赫科贝托夫沉着脸说。

“对不起，我不想惹您生气。只是我现在才知道为什么您的声音那么尖细。男孩们如果太晚变成男人，他们的嗓音都很尖细。”

“生气？”巴维尔·马特维耶维奇很吃惊，“难道您认为这会让我生气？要是我在自己的青春期就浪费自己的宝贝东西，那我连作家也当不成。不，事情就是这样，这很好，我不后悔。这件事也有我自己的原因，童年的、很久远的……还有女人的胸部我很早以前就见过，如果您对这个感兴趣。我第一次被带到妓院时还是个男孩，中学生。那里有一架三角钢琴，一个喝醉的狂人在弹琴，有个赤裸的高个子女人，皮肤发紫，很丰满，她牵着我要走……我吓了一跳，喊叫起来……不，我不愿意想起这个。她已经二十三或者二十四岁了，也是毫无经验。这种情况严重地束缚了我们。我们甚至不敢接吻，仿佛在等着某个人来教我们。”

“简直就是达夫尼斯和赫洛亚啊！”继母又忍不住插话说，她那在煤油灯映照下略显拉长的面庞，闪闪发亮的眼睛，性感的嘴唇都反常地没有表现出嘲讽，而是同情，不过在乌利娅看来她同情的是那个女孩，而且仅仅是那个谁也不认识的女人。

“那两个人太年轻了，我们可不是。”列赫科贝托夫反驳道，飞快地瞥了维拉·康斯坦丁诺夫娜一眼，“我爱她，但是在这段爱情中还不会把心灵和肉体结合在一起。我觉得这伤害了她。可实际上伤害她的另有其事。我们彼此折磨到了极点，最终分手了。我回到彼得堡，处在自杀的边缘。要么就加入教派吧，反正都是一样的。我参加了契弗列克们的教派集会，听他们唱悠长而凄凉的歌曲，聆听他们的布道。他们说，生活像沸腾的水。一头扎进这个水池里，死去吧，我们会复活您。我在边缘地带徘徊犹豫，头昏脑涨。谢京金反复对我说，他早就把我看成自己人了，他很奇怪，为什么我不加入他们。可我觉得，我只差一点点就要爆发了。我不能跑去招妓，我厌恶她们，怕感染见不得人的病或者出丑……我不知道是什么拯救了我。或许是母亲曾经为我祷告，也可能是狩猎保全了我。我猎到自己生平第一只鸟的时间，比了解第一个女人要早很多，那时我已经觉得自己是个自由而独立的人。我知道自己应该全身心融入到俄国中去，只把精力耗费在获取生活物资上，多余的精力都应该为了某些其他事情而积蓄起来。其实，别的我也不会做什么。我跑到乡下，去打猎，几乎都不睡觉。有一次，我遇到一个女人，她年轻漂亮，还很质朴。她有丈夫，十五岁时就被迫嫁给这个男人。他打她，凌辱她……她逃离丈夫，跑回父母那里，但是丈夫却恰巧趁她打水时在河边逮住她，把她的辫子缠在手臂上，往水里按她。波利亚巧妙地用扁担打倒他。丈夫失去知觉后往水里沉，波利亚竭尽全力才把他拉上来。”

“太可怕了！”

“干吗把他拉上来？”乌利娅差点没从自己的角落里探出身子来。

“她可不是个坏蛋，”列赫科贝托夫仿佛听到了小女孩的问题，转向维拉·康斯坦丁诺夫娜说，“这里的人们都这么过，您还想怎么样呢？在此之后她不可能继续留在村子里生活。此后几年她漂泊人间，当过洗衣妇，做过厨娘，为别人生下了孩子。一次，她来到我这儿问有没有她能干的活。她站在我房门前的台阶上，显得既软弱又强悍。她穿着简朴的印花长裙，脸上的表情有点奇怪，非常的高傲，仿佛她不是来谋求差事，而是纡尊降贵地光临我的家。天哪，真是遗憾，我当时没有照相机。跟她在一起我很幸运，她恰恰在我那神奇的诅咒该消散的时候解除了它。您想象一下，一个第一次发生在三十来岁的男人身上的感受。阳光聚集在一潭死水里，而后熊熊燃烧起来，什么也不能把它们熄灭。我被这无法控制的火点燃了。从那时起，多少地方，多少次，我们彼此爱抚，在草地上，在田野里，在森林中。事后她总是给我唱歌，但我总是想起我并非她的第一个男人，甚至连第二个都不是。她比我还小几岁，可是非常有经验，我弄不清楚这是否伤害了我。

但是她的心灵依旧处女般纯净。我喜欢她的言语，这些话应该记录下来。她做的一切都让我感动：做饭、洗衣服、除草，给我们刚刚在一起时买的奶牛挤奶。这些优点多么宝贵啊！但是我最欣赏的还是她不识字，没有被那种已经毁掉了周围成千上万人的东西所破坏。我甚至让她发誓绝不能求我教她，也不要自己学习读书写字。当然，最重要的是她永远不会去读我写的东西。但是，过了一段时间我开始觉得烦闷。波利亚让我觉得很平凡，她和村子里的婆娘们一样气量小，爱争执，吹毛求疵。至于识不识字，又有什么区别呢！和这个婆娘一起生活的幻梦破灭了。接着她怀孕了，变得丑陋，于是我返回彼得堡，没有给她留下地址。后来我定居奥赫塔，那里有很多菜园。您看，她在那里找到了我。她把母牛卖掉，带着两个孩子出现在我面前。我想过赶走她，但又下不定决心。就这样，我真正地娶了她，尽管我们没有举行婚礼，因为波利亚到现在也没有离婚。”

他不再说话。夜晚是短暂的，夜色并不浓郁，始终没有变得漆黑一片。北方模糊的光斑冲淡了黑暗，远处的湖面上波光闪动，阵阵清新和潮湿被吹送到凉台上。在北方光亮的映照下可以清晰地看到几个成年人的剪影。一个优雅的女人一动不动，像是正在玩“不许动”，两个男人中有一个已经年老，显得无精打采，另一个则精力充沛，兴奋而强壮。猫头鹰的叫声尖厉刺耳，不知名的青草和鲜花散发着芬芳。微风时而吹过，紧接着一切又重新安静下来。

“就这些吗?”维拉·康斯坦丁诺夫娜蜷缩起身子问。

“春天，我认识了一个人，他是民俗学家，研究草原和草原居民。我和他一起去了吉尔吉斯。在那里打猎和在这儿完全是两回事，猎盘羊非常有趣，人们用特别的方法能让盘羊们变得温顺，我甚至动了想永远留在草原上的念头。不过后来我明白了，草原不是我的归宿，我属于森林。草原上四野空旷，能看到遥远的地平线，当我找不到什么可瞄准时，就会感到压抑。我回到彼得堡，用两个星期写完了一本关于阿拉伯人和黑鸟的书。我的朋友杰夫林上校将它出版，并且建议我再多写一点。接着，我的第二个儿子出生了，我也变得听天由命。家庭对我来说就像一个车队，跟着我一起漂泊。但是，这些年来，我从未忘记那个超凡脱俗的，无关肉欲的女人。她仿佛是我的一面镜子，在镜子里我可以看到自己完好的，没被伤害过的那部分生命。我给她寄去一封封长信，可她的回复通常很短，告诉我她工作很多，很忙。她和父亲不和，需要自己工作来维持生活，可她已经习惯过好日子了……她过得怎么样，有没有嫁人，找没找到自己的守护者，是否有工作，要去哪里，这些我完全都不知道，我为此十分煎熬，甚至不敢问她。只有一次，她略微提到某人说了一句让她很吃惊的话，所有在国外的俄罗斯人都有义务充当政府的间谍。但是这究竟意味着什么?我不知道……我的生活就是从她的一封信到另一封信，可是她的回信并不规律，而且我们两国间的邮递总是很慢。一次，我鼓足勇气给她寄去自己的书。‘我觉得您写的东西难以理解，而且乏味。您完全不写人，只写大自然。’半年后，她回信了。读到她宣判的那一刻，我几乎要销毁、撕碎自己写过的一切。拉佐姆尼克·瓦西里耶维奇说我可以凭借自己写的东西加入地理协会，有一次，我收到过瓦列里·雅科夫列维奇的信函，后来还结识阿列克谢·米哈伊洛维奇，可我并不在乎这些。无论什么也不及她的一字褒奖，但是这个字我终究没有得到。几年前，她突然指定让我到波利措火车站见面。她从国外回来，在我们附近转车。您难以想象，这件事对我有多大影响。我连续几个晚上睡不着，不去打猎，什么也不写，波利亚开始疑心，我走到哪儿她就跟到哪儿。波利亚不会读她的信，也不会因为收到这些信件而不安，因为我每天都有不少的书信往来，但我总觉得她什么都知道，这让人有点难以忍受。无论我去哪里，总能感觉到波利亚的脚步声，还有她冷淡而阴沉的眼神。我疲惫不堪，以至于意外弄错了日子。我赶到车站时已经迟到了一整天。”

在湿冷的夜里，他的声音异常地悲凉、嘶哑，男孩般的声音不见了，消失了。

“就这样，我错过了唯一一个能让我幸福的女人。此后，她永远消失了，我再也没有见过她，大概永远也见不到了。我不知道，如果我们真的结了婚又会怎么样。也许我会很幸福，也许她同样让我厌倦，让我绞尽脑汁想法逃避。这些难道是可以提前预知的吗？但是我确切知道的是，没有她我无论何时都绝对不会幸福。最反常的是，尽管在很长时间内我还抱着在彼得堡街头拥挤的人群中偶遇她的希望，但我却已完全不记得她的样貌。我记得她的穿着，她所有的裙子，她的格子上衣，她的棕色女款高腰鞋，所有这些如今依旧使我心动，但是不知为什么，我却遗忘了她的面孔。我没有她的照片，或许，即使今天我见到她，我也认不出来。而她，应该也会与我擦肩而过。多少年过去，我们两人都已面目全非。但是，只要她还记得我……我会离开波利亚，她也知道这一点。她不会放开我。设想一下，您和一个女人生活在一起，她限制您的自由，您的每一个脚步，而您心里却一直想着另一个女人，这是怎样的生活……”

他继续讲着，继母和父亲回答着什么，但是乌利娅已经完全听不到了。她想着那个女人，她身上一定发生了些奇怪的事，她大概没有嫁人，如果嫁人了，也还依然爱着巴维尔·马特维耶维奇。她的丈夫蒙在鼓里，但是已经猜到妻子爱着别人，并且为此而痛苦。他人的命运比自己的更让乌利娅激动，她似乎很早就已经认定自己不会有什么出息。因为她是乌利娅，乌里扬娜·克米萨罗夫娜。她意外地出生在伟大的彼得·尼古拉耶维奇大公，一位高雅艺术的鉴赏家和庇护者的宫殿里，是个被亲生母亲抛弃，也不为父亲所需要的十五岁女幻想家，双腿布满擦痕，长着冰冷扁平的鼻子，消瘦的面庞上长满雀斑，留着美人鱼般的长发。作家列赫科贝托夫一次在午夜时分舍洛姆河畔的高岗上遇到她，差点没习惯性地举起精致的德国猎枪向她射击。

3

在彼得堡生活一年多后，巴维尔·马特维耶维奇买到了这支罕见的 24 号女士猎枪。枪是在汉斯·克伦豪斯商店里买到的，商店位于亚罗斯拉夫庄园附近的瓦西里岛上。这支枪贵得不可思议，价值五十卢布，但他就像小青年那样对这支枪着迷了，经不住诱惑，不过原因倒不仅仅是因为喜欢进口货的精致美丽。列赫科贝托夫除了尖细的嗓音外还有一个隐秘的缺陷，就是他的手臂并不强壮。这个缺陷让他更痛苦，他谁也没告诉过。他的腿像驼鹿一样，眼睛异乎寻常的敏锐。他镇静、沉着、谨慎、不知疲倦，能从黎明追捕野兽直到深夜，有时还可以借着月光沿着暮秋无雪的土路和冬天的雪路穿行几十公里，可他的双手却不像他强壮的母亲，而是遗传自脆弱的父亲。父亲提不起比一副纸牌更重的东西。由于继承了这个毛病，当列赫科贝托夫用大口径猎枪，或者用猎人们的话说，用够劲儿的猎枪射击时总是打偏，这令他非常难以忍受。可轻型无击锤猎枪“绍尔”总重只有二点五公斤，有着深色胡桃木枪托，骨制的枪尾，拿在他手中像羽毛一样轻盈。只不过那时巴维尔·马特维耶维奇的钱别说买“绍尔”牌猎枪了，买面包和烟草都勉勉强强。可是，猎枪每天都在他眼前出现，他就好像果戈理为之缝制外套的小官吏一样可怜，明理的佩拉格娅显然已经猜到丈夫内心的渴望。

“去借钱买吧，错失猎枪你会无法原谅自己。”

他根本无须别人的劝说，已经去向乌利娅的父亲借钱，向严肃的批评家拉佐姆尼克·瓦西里耶维奇·伊万诺夫－拉佐姆尼克借钱，甚至还向小阿廖沙·列米佐夫借了三卢布，这让批评家的妻子非常不满。他妻子是目空一切的立陶宛公爵小姐索菲亚·帕夫洛夫娜·朵芙格洛。对于丈夫与这个粗鲁猎人的友情，她的指责比维拉·康斯坦丁诺夫娜更加尖锐。出版人彼什科夫提供的资助比所有人都多，他把列赫科贝托夫当作所有年轻作家的榜样：你们要到人民中去，向人民学习，教化人民，娶人民的女儿为妻，和她生儿育女，收养义子或者当别人的继父。巴维尔·马特维耶维奇在他带着口音的低语中体会到某种恶意的嘲笑和尖刻的挖苦，他不愿意跟彼什科夫混在一起，但是也不能拆穿他。猎人的本能告诉他，那个人对他还有用。

自那时起，他慢慢还上了债务，开始拿着“绍尔”去打猎，同伴们缓慢地打出一发的时间内他可以开两枪。他的轻型枪枪口上烟雾都已经散尽了，12 号口径的枪才刚刚开始重新准备射击。

同伴们起初嘲笑他，给他的轻型枪起绰号叫“小树枝”。他们忌妒作家，他双手羸弱，却比所有人射得都准，这让大家都心里不快，于是他们更尖刻地嘲笑巴维尔·马特维耶维奇。因此，他很快就开始一个人去打猎，直到找着和善良的机械师为伴。只是“绍尔”的杀伤力弱，如果子弹没有命中要害，鸟不会马上掉下来，再想找到它就难了。有些鸟会飞走，带着子弹活下去。

乌利娅对此一无所知。尽管她一直用自己年轻而且极其敏锐的双眼观察着巴维尔·马特维耶维奇，还总是向阿廖沙打听情况，不过后者能说的其实不多。他只告诉乌利娅，以前继父还没有养狗的时候，就带着自己一起去打猎，也让他学会了猎狗的本领。

“他直到现在还时常拉着我去打猎，好让我不要忘记这个本事。他设置好射程，就让我去驱赶猎物。我赶出来什么他就打什么，接着，我再去捡回猎物。他是个好人，就是脾气非常暴躁，妈妈非常怕他，总是把最好吃的给他，而不是给自己的亲生孩子们。要是你敢逆着他的意思说话，可能会被打死的。他是个极其漫不经心的人，有时他在思考时，就像个路标柱子一样站着不动地方，一站就是个把小时，而且只要他站得久了，就一定会忘记点什么，然后就指使我满树林地跑着去找。他还很怕疼，牙疼的时候就往牙上撒苯酚晶……妈妈对他说，去看医生吧，不然你的牙都掉了，连口哨都吹不了，就得拿着骨哨去打猎了，可他却不以为然，说那他就去镶假牙。”

“这是个什么人啊，”乌利娅舔着发干的嘴唇想，“他可以住在彼得堡，每天都能见到勃留索夫、勃洛克和列昂尼德·安德烈耶夫本人……他能和他们谈话，问他们现在都写什么，可他却跑到森林里像柱子一样杵在那里。”

有一次她忍不住向养母说出自己的想法，因为维拉·康斯坦丁诺夫娜哪怕总是冷冰冰的，还有点骄傲自大，但是在乌利娅看来还是知人善任，了解成年人的生活的。

“如果你本人也是像勃洛克那样的人，那么每天见到勃洛克当然是好事，或者是像巴尔蒙特那样的人，”维拉·康斯坦丁诺夫娜若有所思地说，“但是如果你不是，那这就是个艰难的考验了，尤莉安娜。列赫科贝托夫害怕了，他逃离了所有人，躲在高坨子村里，不过外界将来还是会听闻他的消息，你记住我的话。”

维拉·康斯坦丁诺夫娜的面孔变得忧郁，杂志从她柔嫩的手中滑落，乌利娅突然感觉到继母对她们乡下邻居的态度奇怪地发生了变化。她的嘲笑消失了，这个变化唤醒了女孩那敏锐到令人难以忍受的观察力，它从童年时代起就折磨着乌利娅。

“巴维尔·马特维耶维奇，为什么您要留这么可怕的大胡子。”一次，她听到继母问。

“这样如果有人想往我脸上吐口水，就会吐到胡子上。”

“不，您还是很容易受伤。”维拉·康斯坦丁诺夫娜低声说，碰了碰他的袖子。这一刻，醋意和不安涌上乌利娅心头，让她下决心要更加专注，更加努力地观察。在高坨子村她有自己的狩猎，猎取别人的幸福和不幸，但是列赫科贝托夫已经向前走去，没有留意到紧盯着他坚实后背的两道女人的目光。哪里有什么巴尔蒙特？或者是勃洛克？不过是个乡下人、商人、异教徒而已。

……那么巴尔蒙特或者勃洛克与巴维尔·马特维耶维奇有什么关系呢？其中一位先生他不认识，尽管他暗中把那人的诗歌《我们将像太阳》放在自己小册子里当作引言。另一位他是认识的，还请他在颓废派杂志《女祭司》里为同一本书写了书评。那位先生没有拒绝他，他写道：这既不是诗，也不是散文，而是另有某种特征……如果不深思熟虑，这评论足以令人肃然起敬。它巧妙地引用了诗人别雷关于当代艺术的文章。而且单凭这个“某种特征”就已经足够巴维尔·马特维耶维奇吹嘘一辈子了。就让那些人去厌恶勃洛克和巴尔蒙特吧，那些人假冒公爵血统，在别人家厨房或者门口耍赖，在荒谬的角斗场上充当证人，一面写着出浴的少女和淫荡的跛脚地主老爷之间的下流事，另一面却在杜撰世上根本就不存在的无比纯洁忠贞的女士。他可绝不会跟别人起争执，因为他只过自己的独木桥。但是，在和勃洛克为数不多的几次会面中，他还是感到不自在，而且总是在担心，登上高塔的诗人可别发生意外跌落下来，将自己的崇拜者们引入歧途。

那时，还有两个人也让巴维尔·马特维耶维奇感到难受。其中一个是他不久前才认识的，被他称为阉割派教徒。他是一个漂泊者，没有根的浮萍，空虚的外国人。他所拥有的一切实质内容就是那些虚无缥缈的博学多识和高深莫测，把这些掏出来，其他一切就像乙醚一样挥发干净，只留下一层皮，没有血液，没有精液，没有任何人类固有的沉淀物。因此，哪怕阉割派教徒也结婚了，娶了一个黄头发的泼妇，这对爱搬弄是非的人也生不出孩子来，他们有的只是清一色的空谈和过眼云烟。他的妻子造谣说巴维尔·马特维耶维奇是个缺乏理智，极其残忍的作家。她和丈夫一样，想要世上没有的东西。不过这世上什么都有，人们应该学会找寻。不过，阉割派教徒和自己的老婆两个人一起还是像存嫁妆一样地积攒起博学多才的社会舆论，在他们位于塔夫利达码头的住宅里，有着各种途径可以让人获得尘世的名声。而这种名声列赫科贝托夫出于某种原因还是需要的。不外乎是在晚年，当他已经变得尽善尽美，成为美德的化身时，可以在隐秘的本子里写上，自己唯一的缺点就是过于自尊自爱。可关于自己的青年时代他能写点什么呢，那时的他就像是被磨破的脚掌，遍体鳞伤。

巴维尔·马特维耶维奇第一次去阉割派教徒家时根本就没被接见，第二次去主人也没让他进门，只是漫不经心地让他留下手稿，一个月后再来听回音，但最好还是不要再来了：读一读《上尉的女儿》，学习学习，提高提高，尽力仿效。这就是他在老爷式的前厅得到的所有教导。他低声骂娘，想在门槛上把鞋底的灰刮下来，不过他很有预见性地暂缓了行动。阉割派教徒可不是一般的鸟儿，得小心谨慎地接近，就像靠近发情的松鸡。不过聪明狡黠的猎人最终达到了自己的目的。他去了下诺夫哥罗德的斯韦特洛亚尔湖，夏至时分，罗斯的秘密教派分子会绕湖跪拜前行，追寻那座看不见的城市。彼得堡来的知识分子们在近处观看着人民的渴望之情，深受感动，在精装的小本子上写下金玉良言。在形形色色的求神者中，列赫科贝托夫找到了年岁不太大，但是却博览群书，目空一切的青年长老，博学的伪君子多马。他在一九〇五年向全世界公开宣布与教会决裂，公然挑衅波别多诺斯采夫，并威胁主教公会，如果沙皇不能立刻被选举为大牧首，世界将很快走向毁灭。多马非常了解阉割派教徒，因为他在成为保皇派之前曾读过后者的文章，而后在斯韦特洛亚尔湖和他见过面，并同他争辩过什么是真理，反基督者以什么面目出现等问题。青年长老对列赫科贝托夫的态度并不友好，甚至还恶语相向，粗暴地责骂他，但是巴维尔·马特维耶维奇并没有感到难为情。他把与这位本民族的法利赛人，这位饱学之士的全面当作诱饵带在身上，带着他的问候来到彼得堡，去找那位头脑不怎么清醒的先知。

“我亲爱的，你知道吗，有人给我们带来了基杰什的问候，”身材干瘦的阉割派教徒呼吸急促地对自己的库柏勒说，“快请进，快请进吧，您干吗像座纪念碑似的站在那儿不动？他还跟您说了什么关于我的话吗？快讲讲，快讲讲吧……吉娜！你到底在哪儿啊？”

于是巴维尔·马特维耶维奇开始讲起来……宗教哲学俱乐部

的下一次活动时，他就已经爬到台上去了，接下来还走到大厅里一排排座位之间，用让可敬的读者们感到难堪刺耳的声音喊叫着："前进吧，一起前进吧！去寻找那座看不见的城吧！"他还号召大家追随自己。观众们透过长柄眼镜看着头发杂乱的报告人，发现他长相粗糙丑陋，像乡下的小斧子一样，但是非常有趣，也很有用。就这样，他得到了自己想要的地位。

但是，不管他如何努力都没能攻克另一个大人物，尽管他们已经相识多年，那个大人物还对他犯了极大过错。就是因为这个人，巴甫鲁沙·列赫科贝托夫在自己处男时期持续到将近三十岁时，才兴致勃勃地在舍洛姆村的阳台上诓骗到一位美丽的女士，这是多么美满的一幕。由于他的原因，列赫科贝托夫的整个人生乱了套，他失去了唯一的爱人，没有培育静静生长的黑麦或者做其他琐事，而是成了作家。这就是他，普里阿浦斯，敏，萨蒂尔，杜马的主宰，是非头子，妻管严，一大堆私生孩子的父亲，他的姓氏罗夫恰巧和一种白面包的品牌相同。那时他还是个名不见经传的外省哲学家，自费出了书，他的同事们在男教师的聚会中公然把书弄湿了。就是纯字面意思上的弄湿，他们集体朝书上小便，据他们说这就是这本书应得的。这本著作事实上也没什么价值，因为它整个的发行量就只是笨蛋给旧货商人提供的重量而已。罗夫出于极度的愤怒和嫉妒，而不是什么别的原因将巴甫鲁沙·列赫科贝托夫从中学赶出去了。事情发生在两个人——老师和学生，在罗齐尔夫人位于叶比方斯基大街的店铺里碰面之后。那天斋期刚好过了一半，三月发情的公猫爬到了房顶上。由于这个人，年轻的列赫科贝托夫十四岁的时候曾想自杀，当时如果不是繁忙的商人舅舅，母亲的兄弟伊格纳季·伊格纳季耶夫把外甥带到西伯利亚的托博尔斯克，他可能就真的死掉了。在那个地方帝国的法规没什么约束力，实科中学连坏学生也肯收，他成了那里的第一个学生，毕业后设法进入了里加市综合中等技术学校。然而直到最后他的情况也没有改善，他成了北极蛤大学生社团的成员，在那里变成马克思主义者，随后前往斯瓦涅季亚，跟一个内向的格鲁吉亚人麻子学会了跳列兹金卡舞，后来在国际性城市维尔诺陷入牢狱之灾。有一整年的时间，他被关在单人囚室里，只能从小窗中看到太阳，他经常从一面墙踱步到另一面墙，就好像从南极走到北极一样。他一直都在想着罗夫，想着他们见面的情形。但是，真见到又怎么样了呢？

“不，我不记得。抱歉，您怎么称呼？姓什么呢？”他的眼镜闪着光，镜片后，锈色的眼睛小心翼翼地往外看，眼神带着讥讽，傲慢而锐利，像钉子一样。“不，我不认识，没听说过，也没有见过。如果听过我一定会记得。很有趣的姓氏。是来自市民阶层吗？还是商人？一八八五年我在奥廖尔省一个糟糕的小城里教古印度语，但是从未从中学开除任何人。您把我和某人弄混了。您还在写作吗？这不奇怪。现在很多人都在写作，就是没有人读。是写宗教主题吗？您信教吗？哎呀，在追寻着，但是找不到。我理解，非常理解。在这种情形下，亲爱的，请到德米特里·谢尔盖耶维奇和吉娜依达·尼古拉耶夫娜那去吧，我听说，他们的日祷很有效。怎么，已经去过了吗？他们跟您说什么了？为什么您没成为颓废派？怎么会没通过？履历原因吗？”他突然令人难堪地大笑起来，笑得憋气，根本停不下来，笑出了眼泪，喷出口水，露出蛀牙。“那么您，我亲爱的，是独一无二的。”然后，他笑完了，擦净嘴上的口水。“那我可什么也帮不上您。我不是哲学家，不是老爷，也不是作家，我是个办报纸的人，专栏作家，记者，现在忙着写文章。一篇写给《俄国时代》，另一篇写给《新词》。年轻人，我可以送您句临别赠言：要亲近森林，远离编辑部。最重要的是离我远一些。”

但他心灵的呼喊已经呼之欲出了：“我需要养家！我有四个亲生儿女，还有个继女牵扯着我全部的精力！”

“你是头公羊①，你这头该死的公羊！你过去是公羊，现在还是！家庭对他最重要，怎么可能！前夫的女儿！”巴维尔·马特维耶维奇抽噎着，擦掉流满双颊的眼泪，用潮湿的、无力的双手抓住自己美丽的“绍尔”猎枪。

---

① 公羊：俄语俚语，有蠢笨的含义，转之中文“蠢猪”多有一层性别指向，另有宗教寓意。是非常具有侮辱性的语言。

4

两个月以来，天气一直持续闷热，没有一丝风，大地干涸变硬，而后龟裂了，森林那边干脆的树木被烧得噼啪作响，火灾的粉尘和烟雾不断飘过来。高坨子村四周的地平线变得模糊起来，夜间，可以看见远处四面八方都是火光，村子被环绕在其中；白天，森林大火的烟雾遮蔽苍穹，透过烟雾的笼罩，太阳看起来已不像从前那般明亮。当地的神父艾洛斯让大家等着耶稣升天节下雨，然后是圣灵降临节，接着是伊万·库帕拉节，但是雨一直都没有来。村里的水井都干了，女人们下到河边去打水，再费力地用水桶提上山，男人们忧愁地看着干枯的田野和菜园。村子里已经很久没有经历过这样的大旱了，人们说，是有人作孽触怒了上天。大家也在悄悄议论神父艾洛斯，说他没有得到神赐，应该换个神父或是邀请那位神秘的老师。这些传闻甚嚣尘上，彼此联系到一起，一个紧扣着一个，逐渐形成了可怕的庞然大物，像一团乌云，将要取代雨水降落下来，或者随时都能燃起大火，逼近村庄。阴沉忧郁的力量终于在六月末找到了突破口。在伊万·库帕拉节的夜里，几个极其绝望的男人把不祥的柳巴公爵的尸体从坟墓里挖了出来，整个村子的人都参加过他的葬礼，在尼采之后，他们把公爵的尸体也推下了舍洛姆河。同一个月内推下去的第二具尸体同样无声无息地漂走了，就像第一具一样，可是此后旱情更加严重，河里的水也开始迅速地减少。

……日子一天天的极其相似，漫长而令人难受，千篇一律地使人身心俱疲。鸟儿们早早地安静下来，不知藏到哪里去了，野兽也都躲避起来，但是，蚊蚋却没有因为干旱和烟雾减少，这些饥饿的昆虫反而变得更凶猛。蚊子从草地上飞起，从空中俯冲下来，蚋虫紧紧绕着脸打转，往嘴里、眼睛里扑，不管维拉·康斯坦丁诺夫娜拿什么样的枝条不停地在手臂和腿上扫都没有用。有几次她被咬得太狠了，嘴唇和脸颊都肿了起来。夜里，蚊子钻到房子里，令人憎恶地在耳畔嗡嗡地飞，城里女人气愤地想，快点咬吧，别再这样嗡嗡地响了。丈夫在旁边平静地躺着，鼾声大作，不受任何影响，根本没有蚊子去叮咬他那散发着机油味的粗糙皮肤，他的野丫头在隔壁房间里安静地睡着。

维拉·康斯坦丁诺夫娜对家人们极其不满，他们年年都把她拽到这荒僻得连上帝都遗忘了的村子里来。她生活圈子里的人应该用另一种方式休息。她特别生丈夫的气，机械师的收入相当多，但是他根本不可能为了休假、旅行、出国疗养或者出海而花钱。至于穿好衣服，拥有自己的时装设计师，穿上漂亮的连衣裙和内衣，她连想都不敢想。总之，他的钱都花到哪里去了，她根本不知道。他们的生活不只是简朴，简直是贫困，尽管是整洁的贫困。

甚至连她日常的饮食都比在父母家里时差，食物单调而粗糙，丈夫根本不品味道，机械地吞掉。要是凭此就臆测瓦西里·赫利斯托佛洛维奇养了情人，而且还不止一个，或者他打牌总是输，这种想法绝对是荒唐的。丈夫简直是道德的楷模，但是，当维拉·康斯坦丁诺夫娜在乡下错失了自己的青春年华，极其失望之后，正是这从前征服了她并让她感到愉快的模范特征如今激怒着她。或许，如果她能在这个人身上找到某种恶习——酗酒或者吸毒，她会轻松一些，可惜，那些小恶习跟瓦西里·赫利斯托佛洛维奇完全不沾边儿，他的生活过得粗枝大叶。

有过那么几次，维拉·康斯坦丁诺夫娜或是温柔地，或是歇斯底里地想把谈话的内容转到女士们的需要上，但是这个性情直爽，真诚坦率的人平静而坚决地避而不答，尽管憋着任何谜团都会让维拉·康斯坦丁诺夫娜的心里觉得沮丧，可她就是猜不透它。她仅仅能怀疑，这个秘密和克米萨罗夫的第一任妻子有关。前妻已经抛下他多年，他们在家里从不提及此事，正是这让维拉·康斯坦丁诺夫娜更难过，让她觉得自己受到了欺骗和侮辱。不，她想过另一种生活。她喜欢精致而优雅的东西，委婉且彬彬有礼的态度。她喜欢压低的嗓音、含蓄的暗示、黄昏的暮色，会为当代诗人的诗歌而心动。她从心底渴望着成为某人理想中的人物或者是亲密的伙伴、缪斯，可与此相反，她住在闷热的乡下农舍里，与老鼠、蟑螂为伴。千篇一律的生活让她苦恼，她可以预见到循规蹈矩的一天：如果丈夫没有早早起床，没有和列赫科贝托夫去森林，那他就会无偿地为乡巴佬们修机器，养女会和列赫科贝托夫的养子一起失踪，跑到河边去，还不知道那个没教养的男孩会对她产生什么影响，他们会胡闹到什么程度。但是，当她试图让瓦西里·赫利斯托佛洛维奇注意到这段不合适的友情时，他不耐烦地挥挥手说："一派胡言，没关系，阿廖沙是个非常能干的年轻人，他如果好好学习，能成为优秀的工程师。"

"我想知道谁会给他钱学习？难道不是你的那个哥们儿吗？"她的心怦地一跳。

"为什么？我会给他。"克米萨罗夫回答，维拉·康斯坦丁诺夫娜更加生气了，自己都为自己的胡言乱语感到难为情：

"你给别人的孩子钱，而自己的孩子从你这儿能得到什么？你也许还想收他当养子吧？或者招他当女婿吗？"

"为什么不呢？"机械师耸耸肩，"关你什么事？"

维拉·康斯坦丁诺夫娜差点没被这厚颜无耻的话噎死。她希望能让这个人失控，让他发火，哪怕就一次也行，好知道他愤怒时什么样，但她一直没成功。"恶魔的后代"，她郁闷地想，"那个小姑娘也是。如果她是我的亲生女儿，我会允许她这样为所欲为吗？父亲纵容她，她长大后会变成什么样子？他们是怎么交朋友的！手拉着手走路！我知道他们常常这样散步。她的皮肤绝对要少晒太阳。她的脸已经晒成红褐色，丑得不成样子了。不过我这都是瞎操心!”

维拉·康斯坦丁诺夫娜那时已经满三十岁了，从某个时候起她已经开始感觉到岁月的痕迹。年龄给了她压力，不断提出自己的需求，证明自己的存在，而她至今还不知道自己的生活正确与否。她的理智告诉自己，她痛苦的来源是无所事事。结婚的最初几年她试着同它做斗争，学习音乐，上绘画课，甚至想要参加一个业余剧团的演出，还写过一篇关于象征主义的评论文章和两首勃洛克风格的哀诗。她的表演得到诗人们的赞赏，风景画被演员们夸奖，诗歌得到画家们首肯，可是，她并没有表现出任何真实的才华。上天给了她可爱的外表和强健的体魄，除此之外就没再赐予了。随着时间的推移，维拉·康斯坦丁诺夫娜强烈地感觉到自己的无用。她越来越频繁地想到，如果明天她突然消失了，这个家里什么都不会改变，没有她这里也都一切如常。长久以来，他们的关系就是瓦西里·赫利斯托佛洛维奇需要她是一个女人，差不多每天都要，甚至会在半夜把她叫醒。维拉·康斯坦丁诺夫娜深信，他娶她仅仅是为了满足无法抑制的性欲，这种欲求侮辱了她，同时也给予了她操纵丈夫的可能，屈就他到什么地步由自己决定。尽管在他们永远像斋戒修道一样的生活中，瞬间的肉体享受是唯一的欢愉，是活着的证明，那一刻，维拉·康斯坦丁诺夫娜觉得自己可以控制这个阴郁的，封闭的，极其好色的人。但是，他的内心依旧对她关闭着，让她无法摆脱一个念头，就是丈夫只把她当作玩物，这让她更觉得深受侮辱。

有一次，春天，快到满月的时候，由于心情很差，维拉·康斯坦丁诺夫娜对夜里向她走来的克米萨罗夫声明，他不是人，是个不知礼仪的畜生，为了满足淫欲才结婚。他站在她面前，丝绸的长袍敞开着，眼睛因为欲望而变得混浊，皮肤充血，非常兴奋，看起来因为肥胖和无法遏制的男性欲求显得令人厌恶。她知道，不管自己说什么，他反正马上就要扑到她的床上来，她怀着复仇心理体验自己最后的权利，但是他沉默着，没有穿起衣服就走出了卧室，从那时起再也没有到她这里来过。她可以发誓，自己能很清楚地感觉到丈夫没有任何别的女人，也没有对其他女性有过轻浮的举止。结果，从那时起，让她觉得屈辱和不满的是丈夫对自己肉体的约束能力，而不是别的原因。

“如果这只是因为我已经变丑了，身上开始出现汗臭味怎么办？白发？皱纹？还是我因为心情不好吃得多了，发胖了，没有吸引力了？”维拉·康斯坦丁诺夫娜望着古旧而模糊的镜子，全神贯注地审视自己裸露的影像，用玳瑁梳子仔细梳理浓密的头发，尽管她没找到任何可见的缺陷，但是心里始终感到胆怯，不自信。她失眠了，即使睡着了也会做那些自己都羞于启齿的荒唐梦，但是她刚刚做的那个梦却非常可怕，而且有失体面。她梦见了一个不熟悉的林中村落，早春时分，高大的树木都光秃秃的，黑色的大地，某人的葬礼，人们在大哭，慨叹，有男人，有女人，他们跟在棺材后面走着，不知为什么，她也在人群中间，醉醺醺的，头发凌乱而肮脏，穿着浅蓝色印花布做成的普通裙子。风吹起了裙摆，但她甚至都没有试图去掩盖裸露的双腿，然后她看见一个乡下建筑，走进去，碰到一个躺着睡觉的陌生人。她很冷，就在他身边躺下，全身紧紧依偎着他，变得暖和起来……

由于害羞、愉悦，以及对将要发生的事情的畏惧，维拉·康斯坦丁诺夫娜迫使自己醒来，她惊恐地四处观望，仿佛有人能窥视她的梦境。月光照亮着房间，窗框的影子投射在床上，也映照在不真实的镜子上。窗外传来沙沙声，仿佛是翅膀挥动的声音。维拉·康斯坦丁诺夫娜战栗着，走到窗边，但是什么特别的东西也没看见，只有一丛丛的丁香花和巨大的足印。可怕的孤独感笼罩住她。“大概是快到经期了吧。”她没好气地想，月经来之前的几天总是很难熬，她的眼中又涌出怜惜自己的泪水。“为什么我的命运会这样？我想成为美丽的夫人，而不是一个普通的家庭主妇。我的生活真失败。没有家庭，没有爱情，没有热情，没有甜美的回忆，也没有期盼它们出现的渴望。我甚至都不如列赫科贝托夫的佩拉格娅，没有她的话一大堆家务就乱套了，那个受到吹捧的作家什么都不行。我是个失败者。”

在得出这个悲哀但却是诚实的结论之后，维拉·康斯坦丁诺夫娜哭了，感觉轻松了些，可她还是睡不着，心中满是感慨和自怜，最后决定散步消愁。丈夫还在睡着，或者是假装睡着。要是在彼得堡就好了，那里他们有各自的卧室，可是在这儿，在乡下，她觉得所有人都知道他们之间并不亲密，并且嘲笑她。列赫科贝托夫、佩拉格娅，所有的男人和女人，他们什么都知道，都明白，而且只怪罪她一个人。

天放亮了，树木和篱笆的轮廓显露出来，不过再远一点的就什么都看不到了，一切隐藏在晨雾里。维拉·康斯坦丁诺夫娜经过乌利娅的房间，把房门推开一道缝儿。小姑娘睡得很安宁，静悄悄的，这一瞬间，早已被忘却的负罪感涌上女人心头。她悄悄地走进房间，抚摩着养女散落在枕头上的头发。头发湿漉漉的，好像乌利娅刚刚在雨中散过步或者是洗过澡。维拉·康斯坦丁诺夫娜哆嗦了一下，看了看窗户。窗户是关着的，似乎从冬天开始就没有打开过，几只风干了的苍蝇躺在两层玻璃之间。“出汗了。可怜的小姑娘，她梦到什么了。”

她心里知道自己对不起乌利娅，她没有在一切还有可能的时候尽力让小姑娘亲近自己。她嫁给瓦西里·赫利斯托佛洛维奇时对丈夫承诺过，要成为乌利娅的母亲，她甚至设想过她们会一起玩，打扮布娃娃，她们之间会有自己的小秘密和小花招。但是许下这样的诺言容易，实现却很难，她成为一个好继母的全部计划比成为幸福的妻子的幻想破灭得更早。这个神经质的病弱女孩只会激怒机械师的妻子，她常常因为琐事而哭泣，一次也不允许自己碰她。她的名字荒唐可笑，非常土气，维拉·康斯坦丁诺夫娜都不愿意叫她的名字。这个女孩身上有些不同寻常的东西，具体是什么，维拉·康斯坦丁诺夫娜也弄不清楚，但是，当她暗中看自己的养女时，她感觉到女孩身上有个隐秘的缺陷，这个缺陷让她害怕，让她不能表现出那个粗鲁的女孩想要的样子。有段时间，维拉·康斯坦丁诺夫娜试图得到乌利娅的爱和信赖，但是她失败了。她给小姑娘布置任务，解开几个线球，以此培养她的耐心和毅力，从前维拉·康斯坦丁诺夫娜本人在她位于沃特金斯克郊区的贵族家庭里也接受过这样的教育。她以为乌利娅本人也像线球一样，只要耐心而有条理地解开结，厘清故意弄乱的地方，就能让她成为听话的孩子。她甚至感觉到一切都进展顺利，小姑娘进步有点慢，不过还是逐渐变得顺从她，接受她的约束。然而，有一次当她走进养女的房间，看见乌利娅在读书，小姑娘很专注，没有听见她的脚步声。女监护人正想表扬孩子的勤奋，但是当她听到孩子那狂热而凶狠的低语时，这些话哽在了她口中：

“一年过去了，就像空虚的梦，
沙皇娶了另一个女人……
但是她傲慢，装腔作势，
她任性，善妒。”

“这是说我吗？”她委屈地想。

“你不一定要爱我，”她对乌利娅说，“我也不一定爱你。但是既然我们俩都爱同一个人，那么我们不应该让他痛苦。”

“您谁也不爱。”乌利娅回答，皱着眉头看着她。

“为什么你会这么想？”维拉·康斯坦丁诺夫娜很奇怪，身子有点颤抖，看向乌利娅，就像看着一只稀奇的，刚刚被从森林里带回来，关在笼子里的小兽。

“假如您爱他，你们应该会有孩子的。”

“这真不是你应该管的事，你这个小无赖。”维拉·康斯坦丁诺夫娜的脸沉下来，勉强忍着没有打养女的耳光。

“谁也没叫您来这里。”

“你或许在想，一个成年男人可以和女儿两个人单独过日子吧？”她看着装线团的篮子，平静了一点说，“你已经不是孩子了，甚至都不玩布娃娃了。我十三岁的时候母亲就已经去世了，父亲开始把一些只比我大一点点的姑娘带回家。你想这样吗？”

“爸爸不是那样的人。”

“他是不是那样的人我比你清楚，我建议你别试图把我赶出去。”她用成年女性的目光瞥了她一眼说。

“只要您不继续干扰我的生活。”小女孩果断地回答。

她们草草地达成了和平协议，但是局面并不稳定。机械师对机器很敏感，对人就差多了，他觉得两个他最亲近的女性相处得非常和睦，有些人建议他在离婚后不要再娶，等到乌利娅长大再说，那些人都错了。瓦西里·赫利斯托佛洛维奇坐在餐桌后，两个女人在他身旁露出迷人的微笑，他愉快地想到，人们总是能找到共同语言。但是，他从没看看餐桌下面，妻子的便鞋不时地踩到女儿的鞋上，随着时间的推移，这种偶然的磕碰越来越频繁，越来越过分。维拉·康斯坦丁诺夫娜坚信，他们来到这个荒谬的高坨子村是诚心和她作对，因为在这个家里谁也不尊重她。除此以外，年复一年，养女的举止越来越使她恼怒。乌利娅长大了，漂亮了，但是在她看来更加粗鲁了，比她小时候更野更疯狂。“哪来的什么耐心，哪里能够温柔！”她只有一个希望：这个小姑娘最好消失，飞走也好，疾驰而去也好，只要不让她再见到就行。

乌利娅开始来月经后，她更清楚地感到这一点。养女压根没有跟自己说这件事，不过维拉·康斯坦丁诺夫娜自己察觉到了这个转变，虽然她也可怜独自面对自己生理变化的小姑娘，还是对她有一种几乎是本能上的厌恶和嫌弃。

“她要是个男孩就好了。莫非是我忌妒她的年轻？羡慕她的未来？我吃她的醋吗？”她又开始觉得自己太残忍，“简直就像童话故事里写的：镜子啊，亲爱的，请告诉我……我想让她死吗？弄死她吧，毒死她，把她从这个世界上清除出去？不，这不是真的，我想做的是别的事情。”

别的什么事情呢？

她走到外面，点燃了香烟。她总是夜里悄悄抽烟，瞒着瓦西里·赫利斯托佛洛维奇，她把烟藏起来，而且非常担心，要是他无意中发现了，或者是闻到她身上有烟味，俩人肯定会大吵一架。

“我应该和他离婚吗？实际上我完全有这个权利，尤其是现在……他是个毫无用处，并且十分荒唐的胖子，他扼杀了我女性的柔情，压抑了我的一切本能，只剩下一个，然后会连这个也抹杀掉。他是个暴君、恶魔、凶手，我在嫁给他之前应该和他的前妻好好谈谈，把一切打听清楚。他会分给我一些钱，我将找到工作，开始独立生活。我会参加妇女培训班。烟我想抽多少就抽多少。说到底，在我这个年纪还躲躲藏藏真是丢人。”她想着，很享受地深吸一口烟，看着一个个炽热的烟圈从口中吐出。

夜里起风了，天空中的雾霾暂时被吹散，整个世界突然变得如此安静、洁净、凉爽，这个女人呆站着，连蚊子都没有打扰她。所有的恶意都消散了，维拉·康斯坦丁诺夫娜享受到了美妙的平静的感觉。稀疏暗淡的星星一颗接一颗地消失。远方流淌着河流，某处传来狗在半梦半醒之间的吠叫声，晨光明亮起来，低地上升腾起的雾气越来越浓。厚重的乳白色雾气填满了空地，农舍、树木、道路都湮没在其中。一个身影闪现出来，维拉·康斯坦丁诺夫娜刚急急忙忙把烟藏进袖子里，就看见了走在小路中间的牧人。

“你好，特罗菲姆。”她亲切地说。

“您出来解手吗，夫人?”他大声打招呼，摘下帽子，优美地鞠了个躬，很奇怪地向她使了个眼色，她差点没被这个荒唐行为吓背过气去。

“走开，马上走开。”她低声说，没有第一时间发现从雾里走出的另一个身影，那人神色傲慢，是她非常熟悉的邻居。机械师的妻子脸涨得通红，她自己都能感觉到脸上的红晕。显然，列赫科贝托夫听到了关于牧人的问题。她觉察到他讥笑的目光落到自己身上，猜到他想对她说点什么，但是她觉得屈辱，没有跟猎人打招呼，几乎是抗议似的转身背对着他，走进农舍。农舍里没有任何变化，丈夫还在打着呼噜，蚊子依然嗡嗡地飞着，只是乌利娅的头发已经干了，颜色变浅，呼吸也更加均匀。

维拉·康斯坦丁诺夫娜想要扯着嗓子放声大哭，好吵醒克米萨罗夫，告诉他发生了什么事，要求他马上收拾行李，返回彼得堡，突然，特罗菲姆刚刚提出的问题给她的感觉不再是粗鲁和侮辱，而是很可笑。所有沉重的忧虑，自己能分到多少财产，尤其是对自己外貌的担忧都显得毫无意义，不切实际。她还很年轻，有魅力，健康，她没有，也不可能有一点白发和皱纹，她的口气干净而清新，身材完美，等待她的是美好的、幸福的新生活，至于乌利娅……乌利娅算什么？她不会永远跟她在一起，根本不用担心那冷淡与疏远，她越沉着，小姑娘就会越早离开他们。

这些想法让她觉得暖和些，脑袋开始发沉，困意涌上来，于是她在已经冷透的床上躺下来。维拉·康斯坦丁诺夫娜非常了解也非常喜欢这个入睡的时刻，虚无缥缈的事物开始变得真实，逐渐掩盖住老旧的，回声很大的房子，墙上的织毯，陌生将军的画像。她应该认识这个出色的、高尚的将军才对。她又在半梦半醒的状态中停留了一会儿，听到老鼠在地板下面啃咬着谷壳，公鸡在打鸣，但是另一个维度的事物很柔和，已经让她沉醉。她好像站在一条很长的路上，路从山岗上顺着斜坡往下延伸，在那里，在这条路上，无序地散落着一些闪闪发光的金属物体。走到近处，维拉·康斯坦丁诺夫娜看见，这是一些自行车的零件：被拆掉辐条的车轮、车把、一对脚蹬子。“列赫科贝托夫的，”她十分满意地想，“真遗憾，我一直想骑一下这辆车……我比这个世界上的所有人都好看。”她笑了起来，抖了一下，终于彻底滑入了自己不安的梦境中，她没有听到丈夫首先起身，然后是他的女儿。又一个难以忍受的漫长夏日开始了，一切迅速灼热起来。但是维拉·康斯坦丁诺夫娜已经在很远的地方，梦境吸引着她远去，这个回声很大的房子里越闷热，梦境就越紧张、越甜蜜、越生动。她又重新穿上蓝裙子，在陌生的林间村落里走着，感到炽热的风吹拂过，吹散她的秀发，爱抚她轻盈的双腿。森林深处，有一双蓝眼睛热切地盯着她，那是一种让眼睛的主人自己都心悸的眼神。

5

乌利娅非常敏锐地体会到列赫科贝托夫对猎枪的渴望，她不是像小女孩那样，而是以女人的方式感到愤怒，因为猎人用枪的效率很高。她甚至想偷走他的武器，让他不方便去打猎，免得他只为了愉悦自己就打死毫无自保能力的鸟儿和小兽们，还强迫她的阿廖沙像狗一样为他服务，让他从结冰的河里捞出被打伤的鹅和鸭子，背沉重的背包，用潮湿的木棍拨开篝火，侧身睡在狭小的猎人小屋里，只为了继父能够宽敞点，在森林里寻找被哪个马虎的人忘拿的，或是匆忙中丢下的东西。在乌利娅身体里从小就活跃着一种神秘的、激烈的正义感，以及对复仇的渴望，那种正义感如此强烈，以至于她为了得到正义不惜消灭自己，或者是别人。她早就知道，维护真理和正义要战胜很多敌人，因此她在有风的夜晚在大地上疾驰，是为了在邪恶离开掩体时，能认出所有的敌人。早上，她脑海里完全不记得夜间发生的所有事情，但是心里还记得。她时常无理取闹，做事情非常出格。她的无礼和鲁莽不只是针对继母，对其他成年人也是一样，因此中学曾指定让她的父亲来学校，并且警告要因为行为失当而降低克米萨罗娃的评分。瓦西里·赫利斯托佛洛维奇对这个警告反应平淡，并且回答说，他的女儿有一颗善良而正直的心，别的对他来说不重要，她的性格极端只是由于经验不足，以及对生活充满渴望。

“这我自己也知道。”乌利娅中学的领导柳博芙·彼得洛夫娜·米列尔在教育谈话中和他说。这是位聪明而公正的女性，连乌利娅都很尊重她，从不顶撞她。“我非常喜欢您的女儿，但是您要知道：经验不足会带来灾难。”

“经验丰富带来的灾难更多。”机械师反对说，但是他和乌利娅谈的时候，却还是建议她不要徒劳地找麻烦，要多听，多观察世界上发生的事。不过，乌利娅从幼年时代起就习惯了自己的思维方式，她急着想步入成年人的生活，弄清生活的本质，不满意的就去改变它。在这个闷热的夏天里，巴维尔·马特维耶维奇的儿子让她觉得不满意。她越是琢磨他、观察他，就越坚信他就是阴险狡诈和罪恶的化身。在她年轻的心灵里充满了对他的愤恨。这个漂泊者急脾气、残暴、吝啬、腿脚敏捷，他有着明亮的眼睛，却没有良心。他不是人，是野兽，是林中凶恶的瘦老头儿。应该赶紧把少年阿廖沙从他的控制下解救出来，从俘虏般的生活里释放出来。但是为了战胜这个恶棍，需要好好研究他，调查他的所有恶习并且打落他手中可怕的利刃。

但是，不管不通世事的小姑娘多么密切地监视林中的沙皇，也无法找到他放下猎枪的时机。他既不相信阿廖沙，也不相信佩拉格娅，而是自己清理猎枪。倒是有些短暂的时机，他没有随身携带猎枪，将枪锁在柜子里。他把柜子的钥匙放在猎装上衣内侧的暗兜里，还用一个特别的锁扣别针扣住，只有他自己知道怎么解开别针以及使用钥匙。愤怒的乌利娅出于报复心理在树林里给列赫科贝托夫捣乱，她跟在后面，但绝不会太靠近，不让他看到自己。她从背风的方向靠近，故意弄出声音，但声音很小，以至于巴维尔·马特维耶维奇根本弄不清楚那忽而像野兽，忽而像鸟儿，忽而像林中迷路的孩子的奇怪声音是不是他的幻觉。他看着卡拉伊，但是小姑娘的小伎俩根本骗不过这条聪明的狗，它一动不动。列赫科贝托夫对狗比对人更加信任，他蹑手蹑脚地顺着林间小路继续前进，观看着那些在森林中每天都在发生的变化：变红的浆果，从草丛下钻出的蘑菇，飘落的树叶和尖脸狐狸夜间在白藓上奔跑留下的足迹。这是他极为喜爱的世界，他和这片质朴可爱的大自然密不可分，觉得自己是它唯一的未婚夫。在这里他无所畏惧，敢于直面任何凶禽，能够叫出这片林地里所有野兽的名字，也知道所有树木、灌木、野草的名称，能够透视般看到地下根的生长，树木汁液的流动。如果他要向天国请求点什么，那他会祈祷，让日与夜、暖与寒、干与湿、风与无风、晴与阴的循环往复永无休止。他不想要什么天国，只愿意永远做这片永不休眠的领地的观察者和守护者。就让别人去追求或者用武力争夺天国吧，那些想要搬到星星上住的人，想要征服全宇宙的人，就让他们去实现梦想吧。机械师瓦西里·赫利斯托佛洛维奇·克米萨罗夫总是幻想着这样做。列赫科贝托夫的梦想是继承这片大地，哪怕他知道，根据上帝的法则，温顺的人才能被选中，可他乐意拥有各种美德，唯独这个除外，更何况他期望的是长久的尘世生活，而不是天国的生活。如果事情没有按照他的想法进行，他就会暴怒。因此，当人类闯入这片属于其他物种的世界，并为自然界比人类世界更不公平而痛苦，对那些会被更大的猛禽和贪婪邪恶的人猎取的小鸟儿心生怜悯，想要在这里建立自己的仁慈法则时，巴维尔·马特维耶维奇却将这些人的闯入视为侵犯和威胁。

列赫科贝托夫最受不了多愁善感。按照他的理解自然法则是高于同情和怜悯的，它并不导向善或者恶。准确地说，它之中的一切都是善良的，只是并非所有人都能领会这种善意。因此，巴维尔甚至把蚊子、蝇、蚋、牛虻、黄蜂、熊蜂、蚂蚁，还有蛇、蟾蜍、水蛭，都当作大自然的守护者来热爱，它们保护大自然不受住在别墅里的度假者们的伤害。度假者是新型人类，他们的数量迅速增加，而且很快引起猎人的憎恶。可是任何飞行的生物都无法阻止乌利娅·克米萨罗娃，渐渐地，随着她造访森林次数的增加，她做的事情已经不仅仅是干扰猎人，而是直接阻碍他。他即使拿着轻型猎枪“绍尔”，也比平时更容易放空枪。他很气愤，因为自己总是来迟一步，似乎是有谁在森林里通知野兽，有一个拿着猎枪的人来了。哪怕巴维尔·马特维耶维奇非常巧妙地隐蔽，在一个个埋伏点忍耐很久，连一根烟都不抽，他的所有战利品还是在他潜入荒凉的沼泽中心或是密林深处之前都及时地跑掉或者飞走了。他压根儿就没有想过自己打猎的失利和一个小姑娘的任意妄为有关，只是更加认真地寻找敌手，不过他还是采取了防范万一的措施。所以乌利娅徒劳地悄悄尾随着猎人，猜测着，这个人不单单是在走路，而是在赶往一个地方，在那里他会把手中的猎枪放下，挂在树枝上，然后改变面貌。她没能成功地走到那里，刚刚深入丛林，穿过一片不知名的区域，列赫科贝托夫就消失了。乌利娅发誓，他变成了一种神秘的生物，化形成一只鸟，一个怪物，或者一棵树。昨天它还不在这里，可今天一看，已经出现了。也许是一棵巨大的，粗矮的树，长着很多强壮的，向四方伸展的枝杈；或者正相反，是一棵很高大，来自北部丛林的造船用的松树；或者是一株罕见的草，就生长在这棵松树下面。

在森林中失去列赫科贝托夫的踪迹后，她慌了，害怕迷路，她想大声呼唤猎人，但是暴露自己更加可怕，于是乌利娅唯有静静地坐着，不过她没有哭，只是等着父亲出现，拉着她的手，把她带回家。机械师出现后，神秘的树林变得很平常，没什么可害怕的。原来，她根本没有在什么森林里，而是在村子附近的路上，那片在她看来无法通行的密林只是稀疏的灌木，透过它可以看到一个个农舍深色的房顶，也能听见村子里的鸡鸣狗叫。乌利娅回到家里，漫不经心地回答着父亲的诸多问题，显得比平时更加难以接近，甚至连阿廖沙也不明白，为什么她对自己那么冷淡，为什么生气。

……那个巴维尔·马特维耶维奇·列赫科贝托夫没有变成鸟兽，也没有变成树木。他穿过两片沼泽，三个灌木丛，下到一条很深的峡谷，涉水蹚过一条河，飞快地跑上高高的山坡。从那里可以看到附近的所有地方，一直望见远方泛蓝的湖面，湖上漂着渔人的帆船，遥远的寺庙的圆顶也尽收眼底。他在一个高大的树桩旁坐下，从腰间取出一个小本子，开始写一本关于外省青年的小说。这个看起来有点羞怯，但目光敏锐、皮肤黝黑的年轻人意外地从密林深处来到了冰冷的首都。苍蝇叮咬着列赫科贝托夫，蚊子不停地吸他的血，蝴蝶落在他肩头，鸟儿们在他的脚边吃着面包屑，蜘蛛在他的头上织网，青苔长到了他布满尘土的脚上，但是无论什么都不能打扰舍隆斯基的沉思者，他在思索另一个人的命运，这命运只在此时此地向他展开。

那时他已经满四十岁了，沉重、悲哀和贫穷的青春时代已经过去。他身边的所有人，包括他自己在内都认为他成不了才，人生的最高成就充其量就是成为小官员、店员，抑或是像他父亲那样的酒鬼，但是出人意料的是他成就不菲。他的母亲没能活着看到他成功，在他因文学而声名鹊起的几年前就去世了。巴维尔·马特维耶维奇没有参加母亲的葬礼，电报来迟了，这是母亲去世前能为自己的儿子做的最后一件事。她知道，儿子在幼年时被父亲的死吓坏了。巴甫鲁沙在家里第一个发现了他倒在黑色皮圈椅上的僵硬的尸体。她的头生子回避一切葬礼，关于死亡，不管是自己的还是别人的，他都尽量不去想。生命是属于人的，他现在活着，可以后会发生什么……作为一个猎人，他杀死了无数各种各样的生物，不止一次看到过自己猎物的濒死挣扎和凝固的眼神，无论是小型的针尾鹬还是长着沉重鹿角的驼鹿都在此列，列赫科贝托夫不相信个体可以不朽，因为他知道，每一个生命体都是另一个的食物。这就是生命的最基本法则，而其他的都是假想出来愚弄老实人的。他没发现人和动物有什么巨大的差别，除了一个，人类有武器，而动物没有，因此他只尊重永恒的客观力量，凭借它可以将生活按照自己的法规进行完善，完善到任何造物主都做不到的程度。即使大自然是上帝创造的，不管怎么说他在创造结束后就陷入长眠，再也没有管过人间的事情。或者他死了，就像那个倒霉的智者所说的那样，智者本人也很不幸地死在高坨子村的庄稼汉们手中。

少年时代，巴甫鲁沙就不去教堂了，起初这好像只是青春期少年的叛逆行为，和他同一阵营的还有中学的学监、警察分局长、教士。七岁时，母亲第一次带他去城里到韦坚斯基教堂做礼拜。最开始他温顺地站着，然后开始觉得没意思，就在教堂里闲逛，谁也没注意到这个乡下男孩违反了祈祷仪式的步骤，穿过圣障的中门闯进了祭坛。

“他会成为高级僧侣的，”神父没有骂战战兢兢，笨拙地辩解着的女人，“谁能穿过圣障的中门，就能获得教职。”

那个神父不久就去世了，留下一个悲哀的年轻寡妇和一个三岁的小女孩，而列赫科贝托夫得到了很多其他头衔。在彼得堡，他去拜访了淫荡的奥赫塔区的圣母杜丝·米尔诺娃，同她的丈夫大卫和儿子所罗门交谈。从这三个人身上，他看到比官方宗教中更多的生命之光。“那些把我当作女人来看的人，会看到女人的身体，而那些追寻信仰的人会得到启示。”巴维尔·马特维耶维奇为杜丝的话赞叹，如果不是因为先天的谨慎，他也许就两种都尝试了，但是他一次也没有背叛过妻子，也逃避了宗教的启示，只是保持了同教会之间的关系。信教的佩拉格娅·伊万诺夫娜试图劝服丈夫走进教堂，哪怕只是在盛大节日的时候，以免激怒普通大众，引起神父艾洛斯的怀疑。神父每个月都要向宗教事务所汇报教徒的情况，他也有理由怀疑彼得堡这位先生属于最危险的非法教派。猎人回答说，他只会去可以带狗进入的教堂，因为狗是无罪的，而且比人类更接近上帝。他出席过的最圣洁的礼拜是在春天的森林里，他和佩拉格娅度过第一夜后的那个早上，成千上万只鸟儿一起颂扬生机勃勃的上帝，而他们两个人就像亚当和夏娃，赤裸着躺在干燥而柔软的青苔上，注视着天空。佩拉格娅已经有些习惯丈夫的言论，可还是担心先知伊利亚的闪电会劈落下来，她害怕地缩起脖子，然后不断鞠躬请求并且小声同圣像交谈，请求所有的神灵不要发怒，看在她诚心祷告的分上，饶恕那个不着边际的傻瓜。

很久以来，她都很温顺，总是迁就他，忠诚地服务于他，可他根本没有意识到自己一直在使唤她。他受不了的烦人事，他没心情做但又不得不做的事情都一股脑地推给了佩拉格娅。要是猎人的狗吃了谁家的鸡，或者列赫科贝托夫的种马糟蹋了农民的母马，都是她出面和当地的农民们协商。列赫科贝托夫想让自己非常喜爱的狗戒除闹人的毛病，往它身侧注射了盐水，她用自己熟悉的草药治好了小狗；她从牛奶上面揭下的奶皮子只给他一个人吃，不给自己的孩子们；每次忏悔的时候她都深深自责，因为她现在依然没在教堂举行过婚礼，她觉得孩子们都是不合法的，还跟着前夫姓；她总是跟在巴维尔·马特维耶维奇后面，纠正他的所有错误，让自己习惯他的任性和喜怒无常的暴躁性格，习惯他的漫不经心，习惯他那不可思议的、热情洋溢的极度自恋，还要习惯一件事，就是他了解、宠爱自己的狗远远甚于自己的亲生孩子们，至于她和她的阿廖沙就更不用说了。但是所有这些仿佛是青春的泡沫，透过它们，佩拉格娅能看到他的无助和天真，以及他那不可思议的内心深处和敏锐的天性。面对这些，她变得胆怯和恭顺，敬仰他，发自内心地亲近他。于是，佩拉格娅用自己隐形的温柔情丝紧紧束缚住巴维尔·马特维耶维奇，爱护他，捍卫他，这个世界上绝对没有别的女人能这样做。

列赫科贝托夫称她为自己的“人民妻子”，他了解她的非凡能力，也愿意讲讲她的事情，向自己的作家朋友们炫耀，但是心里并不是很看重她，而且对她性格中的很多东西估价不足。他把所有的信件都放在书桌上，阿廖沙会给妈妈读养父没上锁的日记和写在雅致的信纸上的国外来信，也只有男孩一个人知道，妈妈那双黑色的眼睛那时多么失神。佩拉格娅厌恶所有娇生惯养的小姐，厌恶这简单清白到底的身世，她更讨厌那刻意尊重的态度，机械师的老婆就这样对待她，可她总是粗鲁或是牛头不对马嘴地回答，不过她自己明白：不管这个荡妇向自己的丈夫抛多少个媚眼，他们之间什么都不会发生。她用一种永不放弃的精神去争取爱情，这不是白做的，她决不让丈夫离开自己的身边，甚至去烈火焚烧的地狱都不行，即使是神灵们突然原谅她和丈夫非法同居，准许她独自升入天堂也不行。

可是巴维尔·马特维耶维奇压根就没想过这些，他坐在桌子后面，一边写作，一边想入非非，就像少女尤莉安娜一样耽于梦幻。他觉得自己写作的本子是一片自由的，仅仅他才能掌控的领土。他在这里思索人生，描绘克林附近田野里的草木。他觉得其中有一种非常珍贵，就是泛喜草，它奇特的外形唤起了猎人对逝去的柏林恋情的记忆。他怀念彼得堡，描写那些酒鬼作家、同性恋、吗啡中毒和可卡因中毒的瘾君子，那些淫荡的、堕落的人。还有些家伙会影响腐化他人，所有接近他们的人都逃避不掉。他描写这些极其荒唐、愚蠢又沉重的人生，他们认为自己的人生是神圣的，鄙视所有凡夫俗子。在他们眼中，巴维尔·马特维耶维奇是个门外汉、地理学家、不劳而获的人。

有一次复活节的时候，在高坨子村附近的村庄里，由于孩子们玩火意外引发蔓延全村的大灾难，当时他和佩拉格娅也住在那个村子里。枯草非常易燃，风又大，火光很快冲天而起。火灾发生时列赫科贝托夫和佩拉格娅正在离村子五俄里左右的地方打猎，他们看见烟雾，急忙奔向家里。回程中，他首先赶到，身材健壮的她很快也气喘吁吁地跑了回来。这时农舍已经一个接着一个地被火焰吞没，周围的人们惊慌失措，忙着抢救最珍贵的东西，有一个房子旁边甚至放着一张城里样式的皮沙发。列赫科贝托夫冲进着火的房子，双手抱住一摞一摞的本子，只带着它们，没有拿钱和皮大衣就跑出火场，迎面正好碰见赶回来的妻子。

“瓦辛卡在哪儿?”她急促地问着，那是他们三岁的小儿子。他被留在家里，交给一个老太太照顾，可老人只顾着跑回去抢救自己的财物，把孩子给忘了，就像刚刚那一刻，巴维尔·马特维耶维奇也忘记了他一样。

重新跑进木房救人已经不可能了，不过火熄灭后，灰渣里连一块骨头也没找到。孩子并没有被烧成灰烬，傻丫头塔尼卡及时把他救了出来。这是村子里的一个痴呆女孩，他们不知道如何报答恩人，女孩什么要求也没有提，不久就死去了。人们极尽奢华地安葬了她，这是村里以往没有过的厚葬，此后在墓地上开始不断地有奇迹发生。

神父艾洛斯并不认可这些奇迹，总是在星期日的布道上斥责愚昧的民众太迷信。但是乡下女人们依然会来到这个奢华的坟墓，从四面八方赶过来许愿。巴维尔·马特维耶维奇甚至以这个为主题写了一篇小品文，发表在《商务公报》上，并再次强调人民和墨守成规的教会之间具有巨大的鸿沟。他不觉得自己有任何过错，因为他觉得生活中一切都是注定的。他知道自己最重要的天职是什么，那就是要一个人悄悄地把这些文字写出来，他会用一种巧妙的方法，不会被人发现，一次也不会被逮到。要是将来有人要为此向他问罪，他会为自己写下的每一个字负责。

他早就发现，当他在祖国广阔的大地上漂泊时，周围的世界是静止的。当他停下时，世界就开始改变，而且这些变化只有当时能够记录下来。莫非一切就像他有一次对阿廖沙·列米佐夫说的那样：“鸟儿在飞翔时不能歌唱，想要唱歌，它需要停在小树杈上。”对列赫科贝托夫而言，山坡上那根树桩就是他的小树杈，他在那里歌唱，他看到的不仅是广阔的空间，还有自己悲哀的青年时代。他希望能补偿那时的不幸，挽回失去的或是获得从前没有得到过的东西。小说开始于年幼的主人公并未目睹父亲去世，没有在少年时代对那个出卖肉体的女人心存畏惧，没有拿着黑籍证被中学开除，而是自己主动离开学校，在罗斯大地上漂泊，走遍那里神秘的寺庙，认识那里神秘的人、宗教课程的导师、朝圣者和疯修士，他去周游世界，去了美国，然后回到彼得堡，用别人都不掌握的神秘知识战胜了攻击他的唇枪舌剑。到处都争相邀请他，召唤他，提名他来领导宗教哲学委员会并选举他加入科学院，可他却淡然地拒绝了所有的邀请，回到森林中，让那些颓废派作家手足无措，觉得人生再无任何意义。

巴维尔·马特维耶维奇已经定好了自己小说的题目，也知道它将如何开始和结束。他熟悉所有主人公以及他们的原型，还提早预知到这些人会认出自己，但是他不怕任何人，不畏惧任何事，他把文学当作一场战争，可是却有某些人和事让他受阻，影响他写作。列赫科贝托夫被某人尖利的目光刺伤了，就像在森林里被树枝划伤一样，他所有的梦想都像火药燃烧后的烟雾一样消散了。显然，这次射击并未成功，不知是没有命中目标，还是那支华丽的女士猎枪射出的霰弹中只有一颗命中鸟儿的身体，那只不知名的鸟飞走了，把猎人记恨在心。列赫科贝托夫沮丧地退却下来，但他并没有放弃自己的目标，他只是在等待自己的时机。对于自己的过去，他从未忘却，也从未宽恕。

6

那个既脆弱温柔，却又恶毒的人也没有忘记这段过往，巴维尔·马特维耶维奇从少年时代起就把他选作自己悲剧人生中的英雄和暴君，他的那句要亲近森林，远离编辑部的忠告的巴维尔早已完好地遵循了多年。这个性哲学家对列赫科贝托夫也有很多不友好的回忆。按中学里的习惯，猎人把他称为“公羊”，这大概不是指那种悲剧的动物。在那遥远的过去，他们发生争执的那个时候，从莫斯科而来的老师很害怕在陡峭河岸上的漆黑夹道里遇到自己的流氓学生，那畏惧远胜于现在长大成人的学生害怕自己已经成为知名文学家的老师。罗夫那时甚至买了根杖头非常沉重的手杖，还把这件事告诉了文学督学，一个糊涂的评论家斯塔洛霍夫，而且在城里活动时非常小心，尽量避免天黑时出门，回避可疑的地方。从一个方面来说，他像是化身别人外形的古希腊语教师别里科夫，走在意大利的街道上，吓坏了当地人，但是实际上在公羊身上并没有任何别里科夫的特点。正相反，他和套中人截然不同，他皮肤敏感，饱受过敏引起的灼烧感的折磨，穿衣尽量裸露。

罗夫对什么都过敏：各种报纸、马车、墙壁、门和月亮，特别是他自己拼命争取要去的那座糟糕的小城。前妻把他折磨得苦不堪言，还抛弃了他，之后他就去了那里。小城有一个动人的名字——叶列茨，名字来源于一条幽深蜿蜒的顿河支流。小城古老、美丽、高贵，城里有很多大教堂和商铺，还有一个闻名全俄的监狱，它已融入为城市景观的一部分，并不干扰日常生活。罗夫一直住在那座城里，写着关于它的论著，但是生活得并不顺心，他始终记得那个轻视他、侮辱他的女人，她让哲学家变得神经质。他孤单一人，性欲无法得到满足，生活没有规律，家里混乱不堪，这些都让他非常苦恼。还有，当他来到中学，看见那些愚蠢的商人后代们的面孔，就变得恶魔般暴躁易怒。他们吃得肥头大耳，整天迷迷糊糊，无论怎么努力，也记不住僧侣文字和俗书体文字的区别。

他也让中学生们提心吊胆。谁也不知道老师来上课时心情怎么样，他的左腿是否会愤怒地抖动，会不会挨个提问所有人，让他们辨认那些刻在某块可笑的花岗岩石板上的小钩子，或者罗夫突然充满了灵感，混浊的双眸生动起来，闪着亮光，滔滔不绝地讲着关于奥西里斯神那木制阳具的故事和《亡灵书》。他如此投入，仿佛讲故事的人自己此时成了服务于那个神的祭司，学生们此时可以安全地在课桌底下看色情图片，不用担心老师会把它们收走。罗夫对学生们暗地里的恶习很清楚，对他们也颇包容，但是班级里有一个高傲自负的面孔是他极其憎恶的，对这张面孔的主人，哲学家不想给予一丝宽容。

这张放肆无礼的面孔属于一个又高又结实的男孩，游手好闲的留级生，在他眼中，罗夫看到了幻想家的轻蔑眼神，就好像在幽暗的镜子里看到了自己扭曲的影子：笨拙难看、官僚做派，是个乏味的空想者，优柔寡断，除了空想什么也做不到。在三年级时，这个顽皮的孩子仿佛为了向罗夫演示幻想与实现幻想之间的差别，教唆了几个一年级学生逃往澳大利亚。他们偷了父母的钱，买了猎枪和船，一开学就沿着静静的叶列茨河顺流而下。两天时间内，这些逃亡者音信全无。第三天，三个人全部在顿河中游被全省著名的盗马贼缉拿者吉洪·日罗波夫抓住。吉洪在叶列茨河注入顿河的河口竖立了监察岗哨，那里水流平稳。他像雷达一样扫描附近的盆地和山岗，后来报纸上称他为“叶列茨通信员”。日罗波夫看到逃犯们就冲过去追他们，而且得手了。几个惊慌失措的男孩在需要悔过之前就已经后悔了，他们被带到中学校长巴克斯面前接受审判。

地理老师瓦诺夫已经连续五天都喝得酩酊大醉，他对这件事比任何人都尽心竭力，学生们坚信一条小船可以沿着顿河把他们带到澳大利亚，这使他很难堪。他担心，由于学生们的不当言行，人们会发现他那些烦人的课程没什么成果。人们商讨的结论是要将逃跑者除名，而且如果不是有人出面说情，他们就真的都被开除了。这个圣徒似的人主张要爱惜逃跑的孩子们。他们不是暴动者、叛乱分子，也不是虚无主义者，而是一些非比寻常的好孩子，他们相信梦想。

“真见鬼，你不能把俄国中学生变成千篇一律的家伙，我们可不是什么德国人。”罗夫在教务委员会上挑衅似的看着中学校长说。

巴克斯没出声，而罗夫自己也不明白他为什么这么做，但是最有可能的就是受良心的驱使，因为所有参与逃亡的学生实际上都是受到自己讲的古埃及童话故事蛊惑，才决定去澳大利亚冒险的。

从那时起，每当男孩看着自己的说情者兼教唆者时，那眼神好像洞悉了他的隐秘，他还总是跟踪自己的老师。不管罗夫下课后去哪里，那个瘦高个儿男孩都尾随在他身后，脸上挂着放肆而得意的笑，眼神里充满渴望。他在渴求某种精神上的东西，就好像冬天里瘦削的母猫急需食物，你抛给它一块吃的就再也赶不走它，它会跟着你回家，恶狠狠地喵喵叫着，四处捣乱，还会把同伴也招来。小男孩总是单独行动，但是这个少年的跟踪却让罗夫极其懊恼，因为此时他的生活中发生了甜蜜的变化：他在叶利萨遇到了一位寡居的年轻牧师的妻子，她是位信教的善良女士，出身于那一类只存在于这种小城的俄国家族。丈夫去世后她依然在婆家住着，教养年幼的女儿，没有追求个人的幸福生活，她知道，自己将会这样孤身生活到生命尽头。哲学家一见到她就立即坠入爱河。他发挥出自己冲动天性中的全部热情追求她，她被他纠缠，就好像在旷野里遇到了坏天气一样无法逃避。牧师的妻子试过反抗他，拒绝他的殷勤，她吓坏了，躲着他，祈求上帝帮她摆脱纠缠。但是，她渐渐开始习惯了这个奇怪的人，他的眼睛里闪烁着疯狂的光芒，头发蓬乱，爱发脾气，轻易地就能从大哭变成大笑，又重新泪流满面，就好像是两个顶嘴的天使真的就坐在他瘦削的双肩上。但是，她七岁的女儿比她更早爱上了自己未来的养父。

“他很好，妈妈，他很善良，”她小声说，“你嫁给他吧。”

“我也不知道怎么办，阿辛卡，”母亲犹豫着回答，“我配不上他。他是个有学问的人。”

“你什么也不要想，嫁给他就行了。”

这是一段非常奇妙、幸福的时光，他们彼此接近，相互了解，如胶似漆，有没完没了的话题：他沉闷地解释那些她不太明白的概念，她直白地讲述自己的童年、父亲和前夫。她觉得自己讲得太过简单，乏味，很难为情，不知道什么该说，什么不能说，担心他会不会生气，会不会骂人，可他认真地倾听着，让她的担心很快烟消云散。有一次，她给他讲自己没有读到中学毕业，二年级时，由于她的操行得了四分，母亲让她退学了，这是很不体面的（“操行四分，他们在暗示什么！”她妈妈大喊）。罗夫听完她羞愧而且充满歉意的讲述，怜惜地哭了，她感受到，在他的怜惜里面没有任何做作和伪装。做祷告的时候，牧师的妻子不再请求造物主让她躲开这场灾难，但也不敢奢望自己的个人幸福，她小声请求：“上帝，就让你的意志实现吧！”她暗自期望，最好这意志是，是……她感觉到，自己永远地依恋上了这个不修边幅的粗俗男人，可是他们之间出现了另一个障碍。按照那个关于人们心灵的奇怪法律，罗夫的老妻尽管早就对他没有了任何兴趣，但是却拒绝离婚。“既然上帝已经撮合了，人们就不应该离散”，她像个饱读诗书的人那样说，一种痛苦而可怕的，长期受到侮辱与伤害的神情在她那黝黑深邃的眼眸里闪过，转瞬就又消失不见了。

哲学家不是第一个被痛苦的深渊吞没后，又重新振奋起来的人，他写了多封动人的告密信，控告旧礼仪派教徒。为了阐明以往的夫妻生活多么令人难以忍受，他甚至暴露了最细微、最私密的细节。他向市长控诉妻子拒绝他合法的爱抚，认为丈夫的精液是肮脏的，可市长却将罗夫文采飞扬的书信都交给了他掌控下的文书部门，并起草了言辞谦恭的文书回绝他的请求，而且他写得越多，控诉越多，越有说服力，女异教徒也变得越来越固执，坚决不允许别人幸福。

罗夫不能和他的恋人非法同居：家庭教育和笃信宗教的环境都不允许牧师的遗孀这样做。哲学家很痛苦，不知道该怎么办。他沉迷到荒淫无度的外省生活中，但是贪淫好色并不能安慰他。加之那里还有个大眼睛的淘气鬼，寸步不离地尾随他。男孩似乎已经猜到了什么，频繁向他传来隐晦的暗示，因此，罗夫甚至在和自己难以企及的女友在叶列茨的高岗上散步时，也能感觉到男孩那顽固的眼神紧盯在自己后背上，他在中学上课时更要经常面对那让自己备受折磨的面孔。他多想能够恶狠狠地猛揪着男孩的耳朵对他说：不许再当特务了，不要干扰别人的生活！

可小男孩还是不停地干扰罗夫。男孩的家教极其糟糕，他完全被自己那寡居的母亲惯坏了；有传言说，最好不要和中学生列赫科贝托夫扯上关系，他家里非常有钱，还在离城三十俄里的地方有一个养马场，这让在伏尔加河中下游左岸的韦特卢加市贫苦环境中长大的罗夫对他更加憎恶。男孩也有自己莫名其妙的憎恶之情，也有委屈和怒火。他们彼此纠缠着，像两只公鸡，最后一切以课堂上的直接冲突告终。不知悔悟的男孩极其蛮横无理，粗鲁地宣称，他认为自己是全班最聪明、最有威望的人。

“你或许还认为自己比我更聪明吧?”罗夫恶毒地问。

“您受的教育更多。”男孩用颤抖的声音说。

“你呢?”

“我更有天分。”

“请问你凭什么这么说?”哲学家冷笑着问。

“凭表现。”

“什么，什么?”老师哈哈大笑起来，但是谁也没附和他的笑。

“要是我就不会忍受女人的侮辱。”

他又有些奇怪地看着老师，不是一扫而过，而是瞪着熊一样的眼睛，目露讥讽，死死地盯着他，罗夫则因为厌恶心理曲解了目光的含义。

“从教室里滚出去，装模作样的家伙!”

“您应该出去，您也出去。”男孩屈辱的声音像一根绷紧的琴弦，而后他失控地脱口喊出，“公——羊!”

这个坐着二十个男孩的宽敞教室瞬间变得悄无声息。中学生们不再淘气，不再玩被禁止的游戏，像初生的小牛犊一样呆坐在两个吵架的人之间。三月耀眼的阳光照在他们娇嫩的，带着他们这个年龄段恶习的面庞，罗夫觉得这群小牛犊马上就要哞哞叫着站起来，一起冲向他。他会立刻被打死，掐死。他开始感觉憋闷，忍无可忍。

"结束了，尼采。"老师说，砰的一声合上考勤簿，第一次用这个姓氏来称呼他，这足以让他的学生一生难忘。"我会走，不过你会紧跟在我后边的。你的课程到此为止了。"

当天他就给校长打报告，两天后又要求开除这个放肆无礼的少年。他再一次独自反对教学委员会的意见，也无视巴甫鲁沙母亲的劝说和泪水。巴甫鲁沙的母亲实际很穷，勉勉强强拉扯着五个孩子，她跪在罗夫脚下苦苦哀求他放过自己的儿子，体谅她不幸的状况。但是她越卑躬屈膝，罗夫就越坚定。他想起自己受到的侮辱，觉得如果这双放肆无礼的饥渴目光再出现在他面前，他会承受不住，会爆炸。

"要么他走，要么我走。"老师对校长说。

"可是您这太不合逻辑了，"巴克斯忧愁地说，浓密的胡须颤抖着，"那时您为他辩护过，现在却要开除他。对教师来说这可不好。要是我就会留下他，但显然这是不可能的。只是您就不担心您将来的某个时刻会因为这件事不安吗？您可是有身份的人。"

“不会的。”罗夫沉闷地说，“我的个人经历和您的这个小坏蛋没有任何关系。”

然而老师和学生之间的奇怪的，差不多是神秘的关系，他们的对决和天生的仇恨并没有立刻中断，哲学家最后抛下的那句“不过你会紧跟在我后边的”应验了很长时间，长到让埃及人都不敢想的程度。后来发生了很多事情，哲学家暗中违反了主教公会的所有法规和命令，秘密地在封闭的教堂跟自己那羞涩的恋人举行了婚礼；他最终离开了可恶的叶列茨，和家人先搬到斯摩棱斯克省里被沼泽环绕的平原城市别雷，然后又从那儿搬到海拔更低的彼得堡；他开始在亚历山大·谢尔盖耶维奇那里出版图书，经过了入不敷出的几年后，逐渐变得收入不菲；人们开始倾慕他，而他也变得时髦起来；热情洋溢的末世论者索洛维约夫曾给他致命的一击，无缘无故地称他为伪君子，这下流的一击对他极不公平，他必须从身上抹去这个烙印；他结识了德米特里和吉娜伊达，两人邀请他参加自己的宗教三人行；罗夫参加过一些神秘的沙龙和小组，他也开始带着长大的养女阿霞一起去看爱情电影和神秘的宗教剧，有一次他们在演出中喝了年轻的犹太志愿者的静脉血，后来罗夫在虔诚的妻子面前悔过，并且向她保证今后没有她的允许哪里都不去，绝不会陷入任何丑闻，也不带着阿霞去，但是他还是去了，他没办法战胜自己不成熟的天性；一头卷发，长相精致的勃洛克曾对他发怒，质问他身为宗教哲学俱乐部成员，怎么能同时又在黑色百人团分子那里出书，主张禁欲的梅列日科夫斯基的爱和恨还要更强烈一些，他就像原始人中的米克卢霍－马克莱一样；在罗夫那些非法的孩子出生后，他写过很多很长的书面申请，向现任主教请求，让孩子们可以冠以父亲的姓氏，但是博学而崇尚自由主义的大主教温和地拒绝了，这让请求者非常恼怒；极其热爱教会的罗夫起来反抗基督，因此，那位阉割了自己的伏尔加河下游的主教将他革出了教门。罗夫教过很多中学生，跟学生的冲突和会面也不少，但是，不管他身边发生了什么事，哲学家总是觉得某人悄悄地，但是始终顽固地盯着他的那撮毛，寸步不离地跟着他。

这位“某人”已经娶了一个已婚女人，和她非法地生了孩子，跟许多教派信徒过从紧密，并从他们那里寻求真理，写下了关于情欲和死亡本能，关于黑暗与光明的上帝的书，假模假样地在每一个旅馆中自说自话地称罗夫为自己的文学导师，暗示着两者之间的特殊关系，而哲学家那里根本没有力量也没有意愿去驳斥这些杜撰。他尽量不去注意自己这个虚假的克隆人，但是二十年之后，那个发生在叶列茨的愚蠢冲突早已被淡忘，在彼得堡的一个文学集会上，学生又出现在自己的迫害者面前，人生坎坷的他已经长大，身材如雕塑一般，肩上还背着破旧猎袋。集会上发生了许多愚蠢而没有必要的事情，罗夫也不知道自己为什么要去那里，对谁弹琴。性哲学家没有惊诧，没有害怕，没有颤抖，他只是感到旧日在叶列茨的烦恼又找上了自己，那些无家可归、饥饿、孤独和屈辱的画面历历在目，再度浮现。他想离开，某种类似幽闭恐惧症的东西发作了，这可怕的疾病从童年开始就困扰罗夫，他脸色变得苍白，身体失去重心，但是强壮的猎人扶住了他，猎人留着黑胡子，身上一股烟味。

“我记得您曾说过，”他说着，声音没有变化，还是那不太高的男高音。他从自己的猎包里拿出两卷自己的作品集，上面还有令人肃然起敬的题词，由于用力他的脸上泛起可怕的潮红，流着汗，“我不会出人头地。”

这一刻，罗夫感觉到，在为召开文学集会而租借的地理学会的大厅里，所有人都呆住了，都盯着他们两个看。似乎没有，也不可能有比这更动人的画面了，仿佛是忠诚的儿子来到浪荡的父亲身边，扶住他并谅解了他。头发蓬乱的年轻人等了三十三年，如今人们拥抱他，亲吻他，祝福他。罗夫用自己那闻名全俄的敏锐眼光在这个文学新生代脸上看到的不仅是小狗崽儿般的惊喜，还有急切和一点轻视，承认我吧，然后靠边站，把地方腾出来。似乎所有人都在等待这个，但是他没有承认。这不是因为他不能忘记叶列茨的屈辱和跟踪，或者年轻人的创作不合他的胃口。不是因为这个被遗忘许久且鲜为人知的外省故事有损罗夫的名声，人们会因为他开除一个放肆少年认为他是个行为粗暴的警察，在那部大作品中陀布钦斯基和鲍布钦斯基倒是非常乐意充当这样的角色。有些人恨罗夫，怯懦地畏惧他，而且单单等着看他在什么地方跌倒！不是因为那些年里，这个怪人从过去的苦难中走了出来，带着自己丑陋的背包和勤勤恳恳书写的作品进入了文学界，这些作品就好像曾经布置给他的功课，而今已经学完，终于找自己来回答了。他的文学之路开始有些晚，勃洛克和别雷都是二十出头时成名的。不是因为这些，而是因为他在这个变化很大的叶列茨的坏蛋身上看到，并且领会到某种另类的、异己的东西。

“你没有做成任何事，除了每天早上出门。”哲学家粗鲁地说，自己心里想：“我的继承者不是你，哪怕你想这样。你是个幸运的人，受的苦不多，走过一段弯路，但还是走出来了，有过很长一段时间的快乐日子，但这不是我的路。你错了，孩子。你厌恶苦难，但是你应该爱它。”

可是聪明孩子什么都明白。他战栗一下，好像是被打了一鞭子，闪躲了一下，但是并没有倒在地上，而是更准确地瞄准了老师的那撮毛，从那时起罗夫开始从各种各样不同的人那里听到关于自己模仿者的消息，他突然间与那些人过从密切。他邀请一个人去鞭笞派教徒那里，虽然他知道根本不会进行鞭笞，他带另一个人去打猎，并且与其分享战利品，他帮第三个人辩护，使其免于被指控抄袭，还赠给他很多神秘的暗语和呼号。这类珍贵的宝藏他掌握得不少。他常去找高贵的勃洛克，结交优秀的维亚切斯拉夫，去“红方片”咖啡馆见机智的沃洛申，与阿廖沙·列米佐夫交好。阿廖沙瘦小而敏感，像个地精一样，任何罪恶都能伤害到他。他劝罗夫关注一下自己过去的学生，对他友好一些，可哲学家心里面狂吼着“我不需要猴子一样的模仿者，让他滚回到森林去！”作为回应，阿廖沙建立了一个愚蠢的如同耍猴戏一样的自由协会，还让罗夫和列赫科贝托夫两个人都加入其中，后来诗人古米廖夫从非洲给自己任性的未婚妻带回了猴子皮，不知为什么阿廖沙还割下了上面的尾巴。这个故事很快就涉及了阿列克谢·托尔斯泰伯爵，他什么事都要插上一脚，但是伯爵并没有加入这个协会：传言说他的脚太大，出身很可疑，妻子是犹太人，而且没和前夫离婚。伯爵饱受首都反犹太主义者的侮辱，于是搬到了科克捷别利，为了报复，他搅得作家的整个村子不得安生，这让罗夫所剩不多的牙疼了起来。那时他多讨厌俄罗斯的作家们啊，他们就像三月课堂上的外省中学生一样顽皮，而且避无可避。

他可以不在意那些满脸粉刺的文学青年们的顽皮和恶作剧，不过却不能忽视一个无聊透顶的评论家。他的笔名非常怪异，叫作拉祖姆尼克。他写了一篇毫无逻辑的颂扬文章，在文章中将两个风格一致的文学家相提并论，一位是著名却已经在走下坡路的哲学家罗夫，另一位是鲜为人知的散文诗人列夫，而且他更推崇年轻的后起之秀。或许因为这个聪明人一直令人讨厌，吉娜伊达没让这个“毒蜘蛛”登门参加自己的沙龙，她是对的。对此，他恶狠狠地小声咒骂以示回应，还和教授的儿子博连卡·布加耶夫交好以示对她的抗议。只是，难道有谁能那时就猜到这个恶棍有一天会借他人之手连罗夫，连那个在一九〇三年创建了知识分子协会的奠基人都清除掉吗？有谁能预料到在彼得堡举行的哲学大会将给罗夫发黑籍证，而这个曾经的放肆无礼的小孩会列席理事会并决定他的命运吗？然而事实就是这样，校长巴克斯的预言奇妙而可笑地应验，耍猴儿般可笑，三十年前的场景又重现，那时，是罗夫把自己懒散而缺乏家教的学生赶出了叶列茨中学。

7

维拉·康斯坦丁诺夫娜怀疑，自己并不想要的养女身体有缺陷，也曾为此担忧。这个缺陷在乌利娅身上的确存在过，不过现在已经通过一种神奇的方式变得完全相反。舍洛姆的奔跑者有很长一段时间是不会走路的。很久以前，当她的同龄人都在兹纳缅卡庄园的院子里奔跑嬉戏时，她却坐在母亲怀里，用一双闪闪发亮的眼睛目不转睛地看着周围的一切。她不抱怨，不唉声叹气，也不急于去参加那有趣的游戏。有时她会爬，不过是很奇怪地绕着圈子爬，就好像是有人将她拴在了一根看不见的柱子上。父母最开始没有注意到这个怪现象，当他们带着一岁半的女儿去见一位宫廷医生时，医生扫了她一眼就说，小姑娘很快就会走的，只要有足够的耐心就行了。但是过了很久，乌利娅始终不肯走路，人们逐渐发现她的腿有点不对劲。被请来会诊的医生们用各种检查折腾乌利娅，用拉丁文讨论，接着转到用俄语，他们根本顾不上说一点安慰乌利娅父母的话。

从那天起家里的一切都变了。这里再也听不到音乐，听不到女人的笑声和宾客们的交谈。受到宫廷卫队长的助手关照的年轻艺术家们不再出现，一切都让位于一件事——让女孩站起来。瓦西里·赫利斯托佛洛维奇和他的妻子尝试了自己能做的一切：他们带着女儿出国，去洗矿泉，拜访欧洲的名流，然后开始寻访偏远修道院、圣尸、显灵的圣像、泉水、河渠，去见老翁和老妪们。尽管克米萨罗夫认为所有这些都很可笑，有失体面，甚至是假仁假义的，但是为了女儿的健康他连教堂都准备去了，只是所有这些都徒劳无功。不管他的妻子如何斋戒，祈祷，弄得自己精疲力竭，不管她如何竭尽尘世的恭敬，给女儿举行多少次圣餐仪式，涂圣油仪式，定制什么样的祷告仪式，都对她没有丝毫帮助。

乌利娅长成了一个活泼好学的聪明女孩，她早早地学会了说话，然后是读书、画画、唱歌、开玩笑、背诵诗歌，但就是没有学会走路。她还是像以前那样绕着圈子固执地爬着，好像怀着某种不为人知的目的，圈子的数量应该说明不了什么，但是在这环形的道路上却有着某种可怕而执着的东西存在。人们想用各种鲜艳的玩具、糖果、球来吸引她，但是乌利娅根本不注意这些，依旧不停地爬着。

随着时间的流逝，机械师逐渐变得安于现状。他给女儿做了一辆舒服的小车，夏天他们经常去草地上，他为女儿摘野花，给她读阿普赫京的诗，他更加爱她，更多地怜惜她，亲吻和抚摩她那瘦弱而且无法控制的双腿。他希望能尽自己所能让女儿的生活更幸福，但是他的妻子无法平静下来，瓦西里·赫利斯托佛洛维奇越来越多地看到她眼中的那种奇怪的决绝。她把所有过错归咎于自己一个人，只穿着暗色的裙子，容颜显得苍老，以至于谁也看不出这个疲惫的苍老妇人正值青春年华。有时她会从家里消失，但却从来不说自己去了哪里，人也一天天地变得越来越闭塞。瓦西里·赫利斯托佛洛维奇对妻子的了解比对自己更透彻，对这些就更感到异常和恐惧。机械师和她聊天，但这根本没用，他不知道应该怎么帮助妻子，只是感觉到快要失去她了。妻子最终离开了他，去了遥远、黑暗的未知世界，而通向那里的路对他紧闭着。

“你怎么了，玛莎?”他忧郁地问，“回来吧。”

他脑中闪过那句诗：

矢车菊啊，矢车菊……

繁星般闪烁在田野里……

但是妻子没有回来。

然后乌利娅开始走路了。她甚至不是在走，而是在跑。这件事发生在一个阳光明媚的二月的清晨，瓦西里·赫利斯托佛洛维奇走进孩子的房间，看见女儿在窗旁，玻璃因为严寒结冰了，冰花在阳光下闪着光。乌利娅用胳膊肘支在窗台上，透过她用哈气融化的一小块玻璃看着外面，自言自语着，摇晃着双腿，就像她平时喜欢做的那样。他无法把眼睛从女儿身上移开，忘记了时间的流逝，平日里他的脑子里像是植入了钟表，能清晰地感知时间。突然，一个人的身影在窗外闪过，女孩沉默下来，一动不动，接着尖叫一声，哭着不是爬向，而是像狂野的奔马一样逃离窗口，扑向父亲，攀上他的手臂。她惊慌失措，被吓坏了，不知道自己身上发生了什么。她在父亲的怀里颤抖，瓦西里·赫利斯托佛洛维奇透过自己眼中涌出的泪水看着女儿，以为这是幻觉，她不仅能走，还在飞跑。

她是那么可爱，父亲甚至害怕自己笨拙的动作惊走刚刚发生的奇迹。他轻轻地揽着女儿，像抱着雏鸟，然后转向无声无息走进来的女人，被她的眼神所震撼。这神情不是高兴，不是幸福，不是疯狂，眼中凝结的是忧郁与恐惧。她从丈夫怀中接过女儿，紧紧搂住问：

“乌利妮卡，你在那里看见谁了？”

女孩抖得更厉害了，紧紧抓住母亲。

“忘记你在那里看到的一切。你明白我的话吗？”

让机械师最吃惊的并不是妻子在用和成人交谈的方式与三岁的孩子说话，而是乌利娅什么都明白，而且还在点头。她的脸色非常苍白，然后她闭上眼睛，不知是睡着了，还是失去了知觉。克米萨罗夫惊慌失措地望着妻子，一个可怕的念头袭上他的心头，乌利娅行走的能力会突然被剥夺，就像突然获得一样，但是这个女人的话解除了他的恐惧：

“她醒来后就能走路了。而且她什么也不会记得。”

她抱着熟睡的女孩走出房间。

她已经出去了很久，瓦西里·赫利斯托佛洛维奇有点犹豫要不要去打扰她。走进卧室后，乌利娅的母亲和她身上那华丽的裙子撞进了他的视线。

“我得走了。”

她看着他，眼里没有一点湿润，眼神理性又严苛，没有一丝癫狂，就这样毫不留情地直视着他。

“你还想做什么，玛莎？”他咕哝着说。

“就应该那样，我承诺过。”

“向谁承诺?！你答应什么了?！乌利娅应该忘记什么？为什么你一点都不愿意告诉我？”

“你一个人把她养大成人吧，不要找我。等乌利娅大一些，如果你愿意，就再给自己娶个妻子吧。”

“但是为什么？”他绝望了，心里很憋屈，因为他知道，劝服她，让她改变主意是不可能的。

然而她什么也没有再向他解释，他也不知道要怎样对乌利娅说，她的妈妈去哪儿了。但是小姑娘好像已经觉察到一些情况，什么也没有问，而他自己屡次试图谨慎地从乌利娅那里打听，在那个白茫茫一片的冬日清晨，她到底在窗外看见了谁，不过他没有得到任何答案。他也弄不清楚乌利娅是确实忘记了，还是不想对他说，但是从这时起，他对女儿原本纯洁而平静的态度发生了些许不好的改变。

过了一段时间，瓦西里·赫利斯托佛洛维奇辞掉在兹纳缅卡庄园的宫廷职务，开始在奥布霍夫斯基工厂工作，他们换了房子，乌利娅也逐渐忘记了母亲，只是她有时会梦到妈妈年轻时候的样子，像个小姑娘，不过她的裙子并非晦暗的颜色，都是白色的或者粉红色的。

……少女时代，乌利娅猜测她的妈妈已经去世，便开始请求父亲带她去看妈妈的坟墓。

“我只是在那里哭一会儿，回到家就不会再哭，我会控制好自己。”她保证说。

瓦西里·赫利斯托佛洛维奇不知道怎么回答女儿的问题，但还是没有带她去墓地。看墓地也没意义，就不带她看了。想看坟墓有更简单的方法，天上就有颗小星星，看向它就可以感知到妈妈的灵魂在那里。但是这并不能带给她任何安慰，反倒留下一个乌利娅不知道应该用什么来填满的空洞，于是她一天天不停地和自己的布娃娃玩扮演母亲与女儿的游戏。接着在她的生活中出现了一个奇怪的生物，它总是夜里走进房间，坐在床头，摆弄她的头发，抚摩她的面庞，吻她，就像妈妈曾经做过的那样，但是这个生物不是妈妈，而是某种冰冷的、恐怖的，和妈妈截然相反的生物。乌利娅吓得一动都不敢动，每次在那冰冷的抚摩中都怕得要死，早上才艰难地回到人世间。这个生物禁止乌利娅透露它的存在。它从来没有直接说过任何话，都是透过意识来传达，乌利娅明白，如果她对某个人讲述关于它的事情，那个人就会死去。无数次夜间醒来，乌利娅都不敢哭，怕无意间吵醒父亲。如果妈妈还活着，她就能爬到她的被子里，立刻平静下来，但是她不好意思靠近爸爸，只能一直不停地追问：

“为什么太阳和平时不一样？为什么它是昏暗的？为什么月亮每天都不同？为什么鸟儿们那样叫？为什么螽斯不出声了？”

他的回答总是荒唐而笨拙，让女儿生气地叫嚷：

“你看啊，看啊，它是不一样的，天空——它以前总是蓝色的，可是现在发白了。还有一股烟味儿。我害怕。”

“你怕什么啊？”他很生气，“如果你有哪里疼，那就找医生，他会治好你。”

家里来了一个亲切又会说话的人，向她提出很多蠢问题，这些问题她都不知道怎么回答。关于最主要的，夜间的事情她一句都没有说，因为不可以向任何人提起它。医生向机械师收取报酬后就急急忙忙地走了，嘀嘀咕咕地说了些什么营养饮食，多喝水，换换环境之类的话，显然，连他自己都不相信这些能够治愈乌利娅。

“要是你愿意，我们去商场给你买个新娃娃？或者新裙子？”有一次复活节前瓦西里·赫利斯托佛洛维奇提议说，他惭愧地看了一眼女儿，她的衣服都小了。

“好的。”她同意了，但并非为了自己。

他们坐马车来到中心商场，乌利娅突然变得异乎寻常地高兴活泼，神秘的内心疾病消失不见，被吓跑了。父亲比乌利娅更高兴，他自责居然没有想到这么普通的方法，没有早点带她来商店。时装店里的人非常多，时而傲慢时而殷勤的店员对待乌利娅像成年女性一样，和她握手，赞扬她的头发和皮肤，接着一个高个子的法国女服务员带着她去试裙子，乌利娅对这一切都喜欢得要命。作为这里最漂亮的女孩，她第一次体验到甜蜜的优越感。神经质的妈妈们和她们满脸粉刺的女儿们用嫉妒的目光看着乌利娅，沐浴在这些眼光中，她更加愉快和激动。她是唯一一个和父亲一起来的女孩，这也增加了乌利娅的吸引力，她敏锐地觉察到这一点。机械师也感觉到了，他非常自豪地看着女儿，为了打扮女儿他花多少钱都不吝惜，他让售货员选最贵最时髦的裙子。但是，当他们准备把所有试好的衣服都买走时，店员想要让小姑娘开心，把她领到一个盛装的布娃娃面前。布娃娃有双活灵活现的眼睛，穿着白色的新娘礼服：

“小姐，有一天您也会……”

布娃娃放肆地望着她，当大家都转过身去后，它抓住乌利娅的头发用力地拉扯。乌利娅眼前一切都倾斜下来，人们的脸也扭曲变形。不知为什么，乌利娅觉得自己不是在商店里，而是在一个大房子的房顶上，她听到自己用已经变声的嗓音在说：

“快离开这里，爸爸，我们走。”

“那裙子呢?”

“我什么也不要，我们快走。”

店员莫名其妙地看着克米萨罗夫，脸上浮现出一个理解的，略带轻蔑的微笑。

“你还要折磨我多久啊!”机械师生气了。

“回家吧，爸爸，回家吧。”

她把自己所有的娃娃都找出来，点起炉火，烧了个干干净净，然后看着父亲，此时她眼中闪烁的不是女孩的，而是女人的怜悯之情，她低声对父亲说：

“要是你希望，爸爸，你结婚吧。”

机械师哆嗦了一下，他不知道女儿怎么能猜到自己的愿望，这愿望实现得如此之快，远远超乎他的设想。当一个谨慎小心的陌生女人出现在家中，所有的房间、角落和走廊都开始充满她的身影时，乌利娅觉得自己已经可以纵马逃走了，有个奇怪的人曾在科洛米亚日赛马场教过她骑马。

8

“我什么都想好了，”乌利娅对阿廖沙说，“我们两个非常相似，你也是孤身一个人，在这个世界上不被任何人所需要，就像我一样。你也是那么忧郁、那么苦恼，我们两个人做伴会好一些。我们逃跑吧。你来保护我，我会照顾你。没有其他办法能够拯救我们。”

他们坐在舍洛姆村的滩地上，滩地位于村子南面两俄里的地方，由于夏天的干旱而形成。他们看着波光闪动的清澈水面，水中一些小鱼游来游去，狭长的流线型身体上布满深色斑点，它们无忧无虑地游着，不知自己注定要灭亡。

“我们有船，枪你可以从养父那里弄到。反正他很快就用不到枪了。你可以撬开柜子拿到枪，你那么强壮。最重要的是你不用再听命于他。你要自由了，阿廖沙！”

“那我以后干什么？”他小心地问。

“还有什么？”乌利娅喊起来，“生活啊！”她在阿廖沙眼中看到他的困惑，眼睛闪着光开始说，“捕鱼、打猎和划船、划船、划船。”

“划船去哪里？”阿廖沙更加谨慎地问。

“那里!”她捡起一根小树枝，开始在水边潮湿的沙子上画逃跑路线图，脸上带着兴奋又庄重的表情，好像在课堂上拿了优秀的中学生那样。“我全都想好了。我们顺着舍洛姆河可以到达湖边，从那里进入沃尔霍夫河，为了不让人发现，我们可以夜间从城市旁边经过。接下来我们将沿着沃尔霍夫河抵达拉多加湖。我算了一下，这需要用两周左右或者更多一点时间。我们在那里把船卖掉，问问坐哪一班轮船可以去往北方。”小树枝自信地勾勒出拉多加湖的轮廓，和实际相比，画的轮廓拉长了些。

“接下来呢?”阿廖沙问话时已经极度小心，几乎不敢呼吸了。

“接下来一切就都简单了。奥洛涅茨基省的纳德沃伊齐镇里有一个瀑布，瀑布后面是很大一片湖，我们在那里一定能找到可以过冬的地方，盖一间小木房子。那有很大一片原始森林，里面有许多毛皮珍贵的野兽。你可以当一个毛皮兽猎人。”

“当什么?”他脸红了。

“专门猎取毛皮珍贵的野兽的猎人，”乌利娅用去年冬天读的杰克·伦敦的小说来解释，“我要学会加工毛皮。小木屋要建在广阔的湖边上，在河流注入的地方。我还很小的时候，我们家墙上挂着外婆的织毯，上面就是这种小木屋。我当时不会走路，就一直盯着它看。我什么都知道，很早以前就知道，你出现在这里之前我就知道了。我很能干，阿廖沙，也很忠诚，我什么都能做到，你永远不会后悔。”

乌利娅继续说着，兴致勃勃地挥动着手臂，她的眼睛发着光，鼻翼翕动着，长发被风吹得凌乱地舞动着，飘到阿廖沙的脸颊上。她觉得再过一瞬她就要暴露自己的秘密，会开始奔跑，无法控制自己。他们两个都没有发现一个高个子走到乌利娅画的草图旁边，他认真地看着，赞许地点着头，时而这样，时而那样。一条狗围着这个人打转，狗很聪明，没有踩坏乌利娅的画。夜幕降临时，出现了旱雷暴，狂风卷起岸边的沙子，路线图才消失，但是雨一直没有落下来，只有大量的闪电划过天空，弯弯曲曲的电光笼罩着伊尔门湖上空和一望无际的森林。森林里的火光和烟雾回应着天空中的闪电，火灾在村子周围形成一个火环，烟雾在大地上蔓延。

……即使阿廖沙真的仔细看了乌利娅的画，他也根本弄不明白。地理和算数不同，对他来说根本不重要。他的世界完全由他去过的，而且很了解的地方构成，其他地方他根本不感兴趣。他更弄不明白的是这个三天两头用自己的异想天开、任性妄为和古灵精怪让他束手无策的乖戾小姐到底想干什么。阿廖沙从来不和她顶嘴，因为他知道任何反对意见都能引发愤恨与不满的怒火，那是他无法熄灭的。正确的方法是要同意，然后就指望很容易就激动起来的乌利娅会同样轻易地冷静下来，改变想法。每到夏天，她来这里的时候，阿廖沙觉得自己要做两份工作：帮助母亲和养父干家里的活儿，还有听乌利娅使唤。她喜欢拉着他满森林地跑，去爬树，探寻溪流的源头，还有潜入鬃岗。有时候他太累了，会希望这个疯狂的彼得堡女孩最好从他的生活中消失，但是，他们才刚刚分开，他就开始想念她，盼着夏天来到，她也会回到这里。每次她来时样子都有变化，很陌生，穿着城里款式的裙子，散发着都市的气息。阿廖沙从来没有表现出对她的思念，但是也无法隐藏这种情绪，尽管他完全不知道这个女孩在他身上找到了什么，希望从他这里得到什么。

从前的夏天通常是这样，但是今年夏天却与往年大不相同。这一年里阿廖沙个子长高，也发育成熟了，尽管他那柔和的面孔还像以前一般是孩子模样，但是在他蓝色的眼眸里浮现出前所未有的神情，这让乌利娅感到困惑。春天，这个变化发生前，阿廖沙曾和养父一起去猎山鸡，在远方的布哈拉村借宿过一夜。当天那里在给一个年轻的农妇举行葬礼，她死得很奇怪，很恐怖。秋天，女人到森林里去采草药，接着就失踪了。人们找了她很久，直到春天冰雪消融时才找到这个草药医生。尸体陷在一个用来抓狼的陷阱里，几乎已经完全腐烂。她应该是意外跌进去的，受伤流血，最终没能挣脱出来，也没有喊到人来救助。人们不知道是谁挖的陷阱，据现场情况判断，应该是个外来者。尽管巴维尔·马特维耶维奇一生中从来没有挖过一个陷阱，而且对此种狩猎方式非常不齿，但是因为他拿着猎枪，带着自己的猎狗，所以在布哈拉村里还是感觉到不自在。布哈拉村是个荒凉的村庄，冬天，难以通行的道路让这里与世隔绝，夏天被沼泽环绕，那里居住的人们也像当地的环境一样——蒙昧、怯懦、迷信，他们很容易就把过错推到外来者身上。

猎人们没有去找宿营地，而是直接睡在村子边上的晒谷房里。村口传来醉汉们的声音，由大哭变成大叫，然后变成奇怪的长音，不是歌声，不是号哭，渐渐地，村子变得寂静无声。四月的空气变得浓稠、冰冷，复活节后的月亮迎来第一轮月缺。清冷的月光透过房顶上的破洞照亮整个房间。暗淡的光带在墙上缓慢地变换着位置，阿廖沙觉得自己的身体好像在天上飘着，身体的颜色发黄，颤抖着，被自己那羞于启齿的行为撩拨得有些亢奋。他躺了很长时间也睡不着，兴奋地辗转反侧，因为巴维尔·马特维耶维奇承诺了让他用猎枪。

阿廖沙一生从未像希望能把“绍尔”拿在手里那样热切地盼望着别的什么。他觉得自己用这把珍贵的枪绝对不会比那个爱发脾气，缺少耐心的人差，甚至会更好。养父曾多次因为冲动和手发抖而打不中猎物。阿廖沙已经不止一次请求试着射击，还暗地里唆使母亲去帮他劝自己的丈夫，但是巴维尔·马特维耶维奇每次都找借口拒绝了，可现在终于答应了。要是他当时又找到一个借口，天知道阿廖沙等到猴年马月才能如愿。

布哈拉村上空的月亮藏进夜空中的乌云后，阿廖沙进入了梦乡，模糊的思想和回忆的碎片在他脑海中混在一起。他母亲被泪水打湿的美丽面庞浮现出来，乌利娅严苛的眼睛在他面前眨动，接着熟睡的男孩被一阵沙沙声吵醒。他猜想这应该是老鼠，习惯性地挥挥手，但是老鼠并没有被吓跑，反而爬到他脸上来了。他睁大眼睛，不是看到，而是感觉到那柔软的双唇贪婪地吻着他的脸颊。周围漆黑一片，在离他几步远的地方继父伸展着四肢酣睡着，陌生的女人身上带着浓烈的森林的气息，整个身体贴紧男孩。阿廖沙吓得差点没喊出声来，但是那女人用手捂住了他的嘴。

“别出声，别出声，亲爱的。”她悄声说，一股甜香的葡萄酒味扑面而来。

“这是个梦”，阿廖沙平静地想着，第一次无法控制那已经胀满他身体的灼热而强大的力量。他感到很害羞，但是那女人没有走，反而把他抱得更紧，很快阿廖沙就觉得自己已经想再和她亲热一次了。她浓密的头发拂过男孩的脸庞，而他不太自信地抚摩对方的双肩，两个念头在身体里争斗，是爱抚还是睡觉。但是，尽管他拼命地想清醒过来，可还是抱着她的身体睡着了。他没有看到女人在黎明时醒来后，看着他的脸，惊得啊呀一声叫了出来，脸上涨得通红，急急忙忙地穿上自己的蓝裙子。

列赫科贝托夫叫醒了他。

“怎么样，小家伙，玩儿够了吧?”他粗鲁地问。

阿廖沙惊慌失措地向养父投去祈求的目光，他想留在这里等到第二天晚上，但是巴维尔·马特维耶维奇既没让他洗漱，也没给他吃点东西，直接把他带到森林里，一整天就像对待最差的癞狗一样，让他从冰冷的河水里把鸭子们捞出来。阿廖沙完成了他吩咐的所有任务，耐心地等待着，不敢提醒养父答应了他打枪的事情，但是列赫科贝托夫忘了，或者是他假装忘记了。他好像存心和阿廖沙作对，一直不停地射击，所以两个枪管都已经过热，不得不等待它们冷却下来。由于他只顾着开枪，在沼泽中间的一条小河汊子上把船弄翻了，他开始往下沉，腿深深陷进淤泥里，手徒劳地抓住香蒲草的茎叶。他用尽全力呼喊，但是风把他的声音吹散了……

听到这绝望的高声呼救时，阿廖沙正在追一只公鸭，他一折回来就看见翻了个儿的小船。阿廖沙立刻跃入水中。水藻缠住他的身体，让他没办法游泳。远处转弯的地方露出一个同样被水藻缠住的脑袋，头发蓬乱，看起来像个水怪，他旁边就是狭长而灵活的独木舟，船底朝天地漂着。有一瞬间游泳者心里泛起一个念头，把他留在这儿，抛弃他，永远也不会有人知道一丝消息，自己回到布哈拉村的干草房里等待另一个夜晚来临。这个念头还没有完全消散前，阿廖沙已经潜到弯道的水下。他在尖细的水藻中潜行，耳朵嗡嗡地鸣叫，流着鼻血，一直潜到小船底下。男孩好不容易才把独木舟翻过来，将猎人拖上船。他的胡子几乎已经完全没入水下，只剩鼻孔露在外面，带着响亮的吸气声，拼命吸进他所热爱的这片大地上最后一口湿润的空气。

“绍尔!”这是巴维尔·马特维耶维奇恢复知觉后说出的第一个词。

阿廖沙的脸色一下子变得煞白。

“去找!”

他潜入水底，“啊，奇迹啊!”他的双手摸到的第一样东西是枪的前托杆。男孩把它拉出水面，可那却是一截沉在水里枝杈很多的树干。

“点起篝火接着找。在你找到它之前不许停。”列赫科贝托夫丢下这句话就上了岸。

阿廖沙一整天都在潜水，当他已经完全失去找到的希望时，他找到了猎枪。他沉默着把枪放在一动不动的猎人面前，后者的身上已经覆盖了薄薄一层春天的花粉。他期待着能听到哪怕一句关怀或者赞扬的话，但是列赫科贝托夫急切地抓起“绍尔”，开始清理上面的脏东西，然后匆匆地扫了阿廖沙一眼说:

“我得谢谢你找回猎枪，但是我不会让你开枪。”

“为什么?”阿廖沙仿佛挨了一击，浑身发抖。

“你把生活运转的顺序弄错了，孩子。”巴维尔·马特维耶维奇忧伤地说。

阿廖沙没有再做任何请求，就这样他没有见到自己生命中的第一个女人。他甚至说不清她是梦，还是真实的，巴维尔·马特维耶维奇或许看到些什么，可他又不敢去问，养父的脸色越发阴郁，而且他压根不相信任何虚无缥缈的东西。不过从那时起，阿廖沙总是不可抑制地被周围的女性所吸引。

当他看到女人的腿和肩、赤裸的手臂、从头巾里面露出的发丝时，就无法遏制自己的激动。割草季到来时，他被派去和女人们一起垒草垛，那近在咫尺却无法触及的情况更让他难受。乡下女人们发现了他的烦恼，揪住他坚硬的头发骂道："哎，不知羞耻的家伙！"但是声音里流露出的却不是指责，而是赞赏。

乌利娅也感觉到阿廖沙身上有些不对劲儿的地方。她无法用语言表达出自己的新感觉，但是她的心却已经先体验到未被任何人察觉的嫉妒的刺痛。他看向那些强壮乡下女人的目光、他的窘迫、不安和看见她们时脸上泛起的红晕，所有这些都让她心里不舒服。尤其是他望向自己的眼神却与此不同，显得那么轻松平常，漫不经心，这让她越发难过和委屈。不过，更让她难以忍受的是看见别人肆无忌惮地盯着自己的阿廖沙，看见那些晒得黝黑的健壮农妇们在他背后交头接耳。她们的视线落在乌利娅微微隆起的胸部、纤细的大腿和单薄的双肩上时，眼里满是嘲讽。她很想在这些无耻之徒脸上抓出一道道血丝，但她更希望做到的是不让任何一道女性的目光落在她童年玩伴的身上，也不让他去看别的女人。

她偷听到巴维尔·马特维耶维奇的话，知道了他失落的爱情，这故事一直萦绕心头。她不希望自己落得同样的命运。尽管乌利娅天性任意妄为，还善于幻想，但她还是一个意志坚强，而且对生活中需要的一切都很了解的姑娘。唯一让她留在家里的理由就是她不希望自己的逃走会让继母高兴，不过留下来和她对着干更蠢。总之，如果有人问她，她到底想要什么，她会很诚实地回答这个问题。乌利娅天性中的一面会承认：她希望所有人都为自己急得发疯，去追她，去找她，她希望自己在一个荒凉的地方生病，发烧，人们在那里找到她。所有那些抛弃了她的亲人都聚在一起。而她……想到这里乌利娅有些犹豫，要么是她死在那些人面前，灵魂看到他们悲痛欲绝，深受折磨，要么，毕竟她还是不想死，她会活下来，但是最后会让所有人都深深地意识到自己的罪过。最好是她先死去了，而后又复活，不过怎么能做到这一点，乌利娅现在还没想到。最重要的是她喜欢这个办法——逃跑，坐船溜走，消失掉。

但是，她还有另一个暗藏的主意，不是孩子式的，而是女人的想法。乌利娅知道，接下来他们两个人要一起单独相处几天，哪怕根本没有什么伊尔门湖和沃尔霍夫，没有小木屋和床，他们就只是在一个小岛的河口上等着人们追上他们，那里也必然会发生一件事，对此她与其说是身体上已经准备好了，还不如说是心灵和头脑上已经准备充分，这件事会把他们永远联系在一起。她害怕这个念头，觉得自己是有罪的，她竭力不让自己想到偷吃禁果这件事，但是她越压制自己的想法，萦绕不去的兴奋就会越强烈，让她觉得似乎全身都覆盖上一层细小的气泡。“我将成为最好的妻子和母亲。”乌利娅自言自语着为自己辩解，这些心里话把她自己也吓坏了，“我不会抛弃自己的孩子们，不会对他们冷淡，不让他们姓前夫的姓，我会让他们有自己亲生的兄弟姐妹，谁也不会觉得自己孤独。要是我有个妹妹或者哥哥，难道我忍心抛下他们吗？一切都因为我只有孤零零的一个人。”

9

天还没有亮，乌利娅就悄悄地起身，她迅速向父亲和继母的房门投去告别的一瞥，就往河岸边约定见面的地方赶去。前一天，为了庆祝圣保罗彼得日，全村人纵酒狂欢了很久，所有人都比平时起得晚，但无论如何还是要尽快行动。“他千万不要睡过头，不要胆怯，不要反悔，可别被谁拦阻下来。”乌利娅反复念叨着，好像在祈祷一样。但是，阿廖沙已经在那里了。他穿着猎装夹克，戴着风帽，偷来的枪背在背上。他正像主人一样把东西安置在荡漾在水中的小船上，行李非常多。乌利娅的心被柔情填满了，逃跑的小姑娘停住脚步，呆呆地站在陡岸上，幸福已经唾手可得，在等待着她，她无法承受那巨大的冲击，随后低声呼唤：

“阿廖申卡！”

站在船边的人转过身来，然后乌利娅看到了巴维尔·马特维耶维奇·列赫科贝托夫。他用那双能刺痛人的小眼睛极其好奇地打量着她。浓密的胡须盖住他的嘴唇，让人看不清楚这人是在幸灾乐祸还是在同情她。

“我可是从来都没想到，”猎人说，“我和你居然这么相似，小丫头。”

“阿廖沙呢？”

“他不会来了。”

“您怎么知道的这件事？”

巴维尔·马特维耶维奇耸耸肩膀。

乌利娅非常失态地大哭起来。她觉得很羞耻，自己居然当着这个人的面放声大哭，而他此刻看来是世界上最讨厌的人。但是她拿自己毫无办法，眼泪顺着面颊流淌下来，真不知道这么多泪水是从哪里涌出来的。它们应该早就流干了，可是却还一直不停地淌下来，似乎是乌利娅身体里有一道永不枯竭的泉水。列赫科贝托夫根本没有安慰她。

“你看错他了。你是自由的，可他不是，”他怀着莫名的残酷说，“有人对他说：‘坐下。’他就会坐下。”

“是您让他变成这样的！”乌利娅大叫，“是您！”

“有些狗是可以被驯服的，可是也有一些是不能的。”巴维尔·马特维耶维奇没有否定自己那些教育的功劳，“有一些狗不管任何力量，哪怕是性的本能也不能让它们背弃自己的主人，可有些有了欲望的召唤就会跑掉。这样的狗什么用都没有，一般会被射杀，以免它们破坏了狗的品种。可人的情况则是恰恰相反。你不走运。”

“我绝不会把阿廖沙让给您。”乌利娅愤怒地说，鼻孔张大。

“我也是这么想的，你喜欢把别人据为己有，小强盗。但是请问，你要别人的狗干什么，它拴着狗绳走来走去，却不知道可以咬断它？比这更差劲的是，知道但因怕挨打不敢咬断绳子的狗。”

“您是个恶魔!”

“不!”猎人生气了，“是他落到一个好人手中了。你想想，要是处在我这个位置上的是个废物或者卑鄙下流的人，那样的人会把阿廖沙变成什么样子？毫无主见的雄性动物——世界上最低下的品种。这是对你的幻想的报复，是最好的教训。”他干巴巴地说教着补充道，然后命令说：“喏，坐下。”

乌利娅什么也没想，不由自主地坐进船里。列赫科贝托夫开始划船，很快，村子就消失在视线之内。小船轻快地顺流而下，乌利娅默不作声地看着幽暗的水面，水面上升腾起冰冷的雾气。水诱惑着她，劝说她去当条美人鱼。这是最好的结果——没入水中，变成一个长着尾巴，没有腿的少女，然后把阿廖沙拖进自己的王国，让他不能再落入别人手中，不管是坏人，还是好人。

但是，她立刻想起那个撞在他们渔网上的被淹死的人，这让乌利娅直哆嗦，生怕自己的身体也会变成那个样子。她盯着水面，沉浸在幻想中，列赫科贝托夫沉默着，怕自己笨拙的言辞惊扰她。

此刻，巴维尔·马特维耶维奇心中泛起一种奇怪的感觉。他本来想训斥这个无法无天的小姑娘，指责她的恶劣行为，然后用严肃的声音向她宣告禁令，不许白天偷看成人们，也不许夜里跑到森林里逛荡，但是所有已经准备好的言辞都冻结在唇边。这世上还从来没有任何一个人能在他身上唤起如此多的激动和柔情。乌利娅离他很近，她年轻而纯洁，皮肤晒得黝黑，一头浅色的卷发，脸上长着黄褐色的雀斑，身上散发着若有若无的体香，皮肤上长着隐隐可见的细密茸毛。她在这条船上让人觉得很突兀，仿佛是一条年轻的雌鹿无意中来到人的身边，没有发现人的存在，灵敏的耳朵轻轻耸动着，让这个人有机会仔细打量自己。列赫科贝托夫放下船桨。小船静静地在变浅的河道上漂着。这样漂流了多久，五分钟，十分钟，一个小时……他对时间已经失去了感觉。他突然觉得自己像变了一个人似的，不是四十岁的，生活阅历丰富，看透世间沧桑的人，而是那个青年，半大男孩，为了躲避可怕的赤裸女人而逃往澳大利亚。他感觉自己又回到那段人生没有被破坏，还来得及改变自己的命运的年代。

长久以来一直蒙住他双眼的绷带消失无踪，掉在地上，于是他又看到已经发生变化的世界，看得比平时更细致，弄清了它的所有意义，找到了解决一切谜团的钥匙，而在这个世界上最珍贵的宝物此时此刻就在他身边，触手可及。不知为什么，他不能这样做，而是默默地忌妒着乌利娅对这整个世界的爱。他可以为了她放弃一切，把所有宝物堆在她的脚边，甚至是那支不幸的“绍尔”，只为换得一个机会，来守护这个女孩远离所有困扰她的灾祸。

突然，森林里不远处传来刺耳的声音。乌利娅颤抖一下，抬起头，睁开她那双因为哭泣而红肿的美丽的黑眼睛。

“这是什么声音？”

“别怕，亲爱的，这是枯树老化倒下的声音。”

“我们去哪儿？”

“去你想去的地方，傻丫头。顺着舍洛姆河直到下游的伊尔门湖，从那里去沃尔霍夫河和拉多加湖。然后穿过奥涅加去纳德沃伊齐镇。”

乌利娅由于阿廖沙的又一叛变行为而清醒过来：

“让我上岸！”

“为什么？”列赫科贝托夫非常吃惊，“如果有什么在童年时代成为你心中的梦想，而你没下决心实现它，它就会在你的心里死去，它的尸体会一直折磨你。死去的梦想就是毒药，你对它无计可施。眼迷于旷野，耳悦于暗林……”他故作高深地说着，突然大喊，“站住！”但是他的手还没有碰到乌利娅，这只小母山羊已经跃出小船，向高耸的岸边游去，河岸后方就是森林。

她游泳技术很差，非常笨拙，手脚激起大量泡沫，头高高地抬出水面，水流裹挟着她，苏格兰格呢裙子在水中鼓起来，头发四散漂着，影响她游泳，水草在身后纠缠着她美人鱼般的手臂，急流将她卷进旋涡深处，冰冷的泉水湍急地流过她的双腿。她的头几次消失在水面上，有一刻巴维尔·马特维耶维奇甚至觉得女孩已经无法游上岸了。家燕和雨燕迅速地掠过水面，河鸥盘旋着发出尖厉的叫声。乌利娅时而露出水面，时而沉下去，但是她还是一直在游着。鸟儿们似乎也把她当作自己人尽量帮她，水中眼睛鼓溜溜的鱼一起托着她，带她游向岸边。终于，她游到陆地上，根本没回头就往斜坡上跑去，动作轻盈而迅速。她跳跃的动作有些奇怪，衰老的巴维尔·马特维耶维奇瞬间有一种荒唐的，梦魇般难以遏制的欲望，抓住“绍尔”射她一枪。

“太可怕了，”他低声说，出了一身冷汗，然后才勉强控制住自己的双手，“上帝保佑别让她父亲知道。他能因为这打死我。”

墨绿色格呢子裙子紧紧裹在乌利娅腿上，雕塑出她飞奔的瘦削身影，身材匀称，端正。“哎，笨蛋，”列赫科贝托夫想起自己的养子，“那个被驯化的低能儿。她多么出色啊！”

乌利娅太年轻了，还无法唤起这个敏锐的成年人心里粗暴的肉欲，这个轻盈而桀骜的少女现在尚未知道自己的眼神和那优美柔韧的身体具有多大魅力，但是只要一想到她早晚会被某人占有，猎人的心里就会泛起难以名状的遗憾。如果他的生活可以再重来一次，可以处于阿廖沙的位置，难道有什么力量或某个人能阻拦他不计后果地逃跑吗？自己的母亲拦不住，流泪的佩拉格娅也拦不住，而且正是他向佩拉格娅透露了岸边那幅逃亡地图的事。如果……不过，阻止阿廖沙到岸边赴约的可不是佩拉格娅。列赫科贝托夫自认为能洞悉所有平民女人的心，但是妻子表现得太奇怪了，完全出乎他的意料。

“就让他和那个小姐坐船跑掉吧，马特维伊奇。”头天晚上，猎人对她讲了乌利娅和阿廖沙的逃跑计划，默不作声地等着身为母亲的她那即将爆发的怒火，可她居然这样回答，用手画着十字，声音里带着奇怪的满足感。“他们根本跑不出那片急滩，总不能让小伙子一直待在家里听你使唤吧？”

“可这样会糟蹋了那女孩儿。”

“她既然是个女孩儿，那就是让人糟蹋的。”她冷笑着。

“不太早了吗？”

“这事儿越早，马特维伊奇，就越甜蜜。”

他勉强控制着自己，没有在妻子那绯红而健康的脸上来一拳，此刻只是咬紧牙关，暗自下定决心，明天就永远离开这个他厌恶已久的家，保住乌利娅的童贞。他对养子说，要是他早上敢去岸边赴约，就像对付发春的猫那样把他阉割掉。男孩用怨毒的眼睛盯着他，但还是没敢反抗成年人的命令。

“不是我动手修理你，而是她的爸爸。他会像修理煤油炉那样对付你。”

……小船终于靠到乌利娅刚刚上岸的地方。斜坡又高又陡，差不多有二十来米，什么人也爬不上去，更别提还爬得那么快。巴维尔·马特维耶维奇沉思着往上看了几分钟，想找到上去的路或者凸出的树根，但是除了岸边的燕子窝，他什么也没找到。

真是昏了头，他想，一切都是幻觉，什么都没发生，根本没有个小姑娘曾坐在他的船上，也没有逃跑计划，这个小姑娘身上什么特别的都没有。根本就都是子虚乌有。水面上有许多蜉蝣和蜻蜓，可鸟都不知道飞到哪里去了，好像是被人吓跑了。“我着魔了，”他给自己下了论断，“天知道我臆想出了什么东西，而且自己还相信了这个鬼东西。我总是愿意相信各种荒唐事。但是我到底怎么了？为什么我不能平静地生活，不能睡觉，做梦？我要是能睡着多好，哪怕就睡一会儿，做个普通的梦，要不然我会被失眠折磨疯的。或者现在已经疯了……我从哪里来？为什么发生的一切似乎离我那么遥远？为什么我不是真正的生活，而只是窥视着它？窥视自己的，还是别人的？是谁让我来观察和记录这一切？我在完成谁的指令？我为谁服务，为什么听命于他？”

“走吧，”他狂热地喃喃自语，“离开他们。离开，就按女孩在沙子上画的路线。她自己都不知道她不是为那个傻瓜，不是为自己，而是为我画的。她给我做了标记、注释、图纸、方案。是我应该咬断拴住我的绳子。甜蜜，波利亚，不是越早越甜蜜，而是恰逢其时才甜蜜。”

他抓起桨开始划船。小船迅速地前行，巴维尔·马特维耶维奇划得越来越快，好像是怕迟到或是有人全副武装地追捕他；河流也在帮助他逃跑，它卷起浪花追逐着小船，与小船嬉戏，玩乐，猎人在喜悦的心情中失去了警惕性，等他听到瀑布的声音已经太晚了。“只要别撞在石头上把船弄翻就行，”巴维尔·马特维耶维奇心想，他有点漠然，毫无畏惧地想着，就开始往岸边划。“没什么，我能应付。”水流越来越快，巴维尔·马特维耶维奇觉得他控制不住了：小船直接冲向石头，河水在石头上冲起泡沫，咆哮着向下游冲去。他全力以赴地划船，但是他无力的双手无法战胜肆意的流水。“太蠢了……船会翻，会摔得粉碎……像山崩一样……哪里来的急滩啊？一切都不重要了。乌利娅……梦……随便吧……”

他抛下桨，眼睁睁地看着瀑布越来越近。小船疯狂地迅速前行，越来越快，巴维尔·马特维耶维奇感觉到在自己心里伴着恐惧滋生了致命的疯狂。这种疯狂越来越强烈，和他那小船的速度成正比。猎人用敏锐的眼睛环顾四周，他看到那俯向水面的树木和已经浸入水中的树干。一条河鲈惊散了一群鱼苗，一条狭长的狗鱼四处乱窜，它长着很多绿色斑点，看起来像根木棒。前方传来了急滩的轰鸣声。“我在生活中就是这样被裹挟着前进，不是自己活着，而是被人推着……急滩应该会被封上。会有人来到这儿，惊得鸟群四散，然后把急滩封闭。”爆裂声响起，巴维尔·马特维耶维奇被从小船里甩了出来，掉进水里。“完了，结束了”，他怀着残忍的愉悦想着，然后站了起来。

勉强及膝的水潺潺地流着，好像在嘲弄他。一些长着条形花纹的河豚笨拙地撞在他腿上。这里根本没有什么可怕的急滩，那只是一个最普通的浅滩，渔民们在涨水的时候可以轻易过去，而在水浅的时候就会用纤绳把船拖过去。

浅滩后面，河水漫出来，水非常浅，整个浅滩和滩地一览无余，散发着腐烂的味道，几只大鸟在空中盘旋，下面的沙地上有两具弃尸，那是管家和他哀伤的主人。巴维尔·马特维耶维奇无意中看到的场景是如此惊人，这是他之前无论何时何地都从未见过的，也是他生平第一次对眼前呈现的景象感到恐惧。水面上潮湿灼热的空气抖动着，肥硕的绿豆蝇在空中嗡嗡地飞，白色的蛆虫在臭气熏天的死鱼身体里钻进钻出，一只发黑的虾歪斜着，竭尽全力地在潮湿的沙地上那些干瘪的水蛭和腐烂的水草间爬行。这片病态的空间仿佛无边无际，不停地向远方延伸着，它经受着苦难，寻求着救援，但是同时也在发出警告：每一个试图帮助它的人，只要步入这里，在这片无法结出果实的土地上留下自己的印记，那么他也会在这里死去，成为死者中的一员，和那些已经倒下的人躺在一起。但是最重要的，最震撼的是这里有着死亡之美，那是一种非常强烈的、极具诱惑的、能够俘获心灵的美。巴维尔·马特维耶维奇从未料到过死亡和病态可以如此美丽、动人心魄、引人入胜，使得人在它面前无法自持。不需要再逃到别的地方去了。他想走过去，但是一种奇怪的感觉渗入到巴维尔·马特维耶维奇·列赫科贝托夫的意识里，似乎是某个极其关心他的人，似乎是他的母亲或者是那失去的新娘给他传递来一个信息：在他面前的并不是大自然，而是文化，它在召唤，也在抗拒，还在寻求支持。这是人类造出来的。而他不应该走过去，不管他心底有多么渴望。

巴维尔·马特维耶维奇不知道自己站了多久。这条死亡之河，污浊的河水注入大湖后又流向北方，有两具尸体，还有其他死去的水怪，这些他不知道观察了多久。猎人费了好大力气才勉强将目光从尼采和他那神秘的保护者的尸体上移开，然后匆匆地看了一眼卡在石头上的小船，船身上有好几个破洞。他冷静一下，摆脱掉那莫名的吸引力，慢慢走回河边，走回浅滩后的森林，所见的一切对他来说都如梦似幻。事实上那里怎么会有什么尸体？哪来的尼采，哪来的柳巴公爵，谁也没见过他们活着的样子。这个公爵到底真正存在过，抑或是当地的农夫农妇们编造出来彼此恐吓的？他又感觉到一阵恍惚，这是失眠和神经衰弱的产物。现实是另一种情况：逃跑没有成功。不同的只是这儿没有区里的日罗波夫出现，把他送回学校去。

太阳已经升起到三棵松树上空，透过烟雾炙烤着大地。他脱下衣服躺在沙地上。风吹拂着他的身体，他的思绪纷乱，徘徊在往昔的记忆中，回避着现实。

当年，他们的逃亡失败后又回到学校，回到故乡，回到叶列茨的神秘妓院。有一次他们意外地在妓院附近遇到了狭隘的哲学家罗夫。中学老师的形象又浮现在巴维尔·马特维耶维奇眼前，脸上挂着刻薄、嘲讽的笑容，戴着有裂痕的棕色夹鼻眼镜。要是能让这次见面不存在，猎人现在愿意付出任何代价。

“你或许觉得自己比我聪明吧？”

当时他是这么认为的。可他现在不知道，只是感觉到自己正处在十字路口，过去的道路已经消失，新的还没有出现。他也不知道它是否会出现，将会是什么样子，因而暂时陷入困顿和空虚，这让天生精力充沛的他非常痛苦。但是还有一种更可怕的，与生俱来的依赖性更折磨他：不管巴甫鲁沙·马特维耶维奇在文学领域，在生活中或是狩猎中做了什么，他都不是为了神秘而冷血的柏林女士，不是为了亲爱的读者们，不是为了愚蠢的批评家们，不是为了获得金钱和赞美，甚至不是为了这个黝黑的皮肤上长着金色茸毛，脚步轻盈的女孩，不是为了自己将来的荣誉，他所有一切的努力都是早已决定好要献给一个人，奉送给那个独一无二的人。那人把猎人从自己的生活中赶了出去，或者更准确地说是把他像按进水里一样塞到了如今的生活里，推着他让他往前游。

他想听到那人的一句辱骂或是赞美，看到他赞美的，或者哪怕只是感兴趣的眼神，只要不是那种勉强可以看出的冷漠的点头就行。他们偶尔在哲学俱乐部见面时，他鞠躬问候，而罗夫就这样点头回应。还有，他那无论如何也写不出结尾的小说也需要这个。因为在写完作品之前，应该先在生活中经历小说的情节。巴维尔·马特维耶维奇在这里看到了自己作为作家的独特肩章：那些不接纳他的人从文学走向生活，而他从生活走向文学，就像行走在森林中一样，连脚下的草都没踩坏，他走得很漂亮，无声无息，无法察觉，人们只有跟在那些庞大而聪明的野兽后面时才这样行走……

10

一九一四年冬天，巴·马·列赫科贝托夫向那位并未真正指导他的文学老师报复的机会出现了。那时在文明的首都，社会舆论认为罗夫犯过两次错误：第一，他的一篇文章里面希望政府不要让政治犯进入国内，这有辱所有品德端正之人。第二，他发表了几篇与别里斯事件相关的小品文，饱学的俄罗斯读者迅速把它们当成反犹太主义的文章。哪怕在整个俄罗斯都很难找到一个人，他会比彼得堡的普里阿波斯更懂得，更喜爱所有犹太式东西，连女人独特泡浴方式也包括在内，这已经足够了，足以让善于思考的人们积聚起对性哲学家的厌恶、愤怒和怨恨，这些情绪终于集中爆发了。

他还有一些旧事被重新提起，而且无法获得宽宥，以阿提斯的神秘阉割派教徒为首的彼得堡知识分子联合会正式决定将罗夫开除出宗教哲学俱乐部，并发给他黑籍证。他们给叛徒发了一封信，希望后者可以悄无声息地自愿离开，以免难堪。

“不，我更愿意被开除。”午后时分，哲学家一边回答，一边像平常那样用被香烟熏黄的手指依次翻弄着一些古老的硬币，而俱乐部之父则不得不勉为其难地承担警察的重担。

第一次他们无功而返，因为无论如何也没有凑够法定人数。第二次会议他们准备得更为充分。列赫科贝托夫也参加了那次会议，充分享受了冷血复仇的快感，再加之复仇还是借他人之手完成的。争执和吵嚷持续了相当长时间，有人想起罗夫往日的功勋，慨叹他道德的崩溃，有人假仁假义，有人发怒，有人说起各人干各人所擅长的工作之类的话，但尽管如此，决议还是在主席的威压之下拿出来了。

“如果你们不开除他，我就走，整个委员会也会和我共进退。”最高负责人阉割派教徒对大会施压。

他病弱的妻子眯起眼睛，其他的巨头们也透过长柄眼镜盯着观众，外省的犹太人们激动起来，而巴维尔·马特维耶维奇是现场唯一投反对票的人。猎人心里高尚还是多于自负的，况且他的意见并不能影响决议结果。但是他坚信一件事：罗夫会知道有可敬的一票为他辩护过，也能猜到这票是谁投的。如果这算是复仇，那么也是文雅的、宽容的报复，而并非那部失落的长篇小说前言和后记。这是他们之间对抗的一个转折点，现在还很少有人发现，但是以后会被看出来的。巴维尔·马特维耶维奇不知何时起就已经明白，老师和学生之间的矛盾现在无法解决，但是在将来会的，那时生活的画面看起来会与现在这个奇怪的时代迥异，现在所有人都把他当成一个闯进别人家里的荒唐的家伙。他不只活在当下，更是为了这个未来而活。他试图寻找通往未来的方法，建造狩猎屋，铺路，伪装自己，表现得忙碌而认真。只是很不幸，聪明的猎人不知道在那混乱的一年，哲学家俱乐部会开除罗夫。如果他早知道，那么也许早就宽恕了所有受到的欺侮，会觉得羞愧，然后平静下来，继续生活和打猎，不再打扰老师，可惜猎人离开他的森林后并非全知全能。

事实上到底谁投的赞成票，谁投的反对票，谁对他的被开除有何感想，谁为了何种目的策划出这出闹剧，这些并没能让罗夫太关注。他早就把自己建立的俱乐部丢在脑后，将它从自己的生活中彻底抹除掉了。他在自己被开除之前就已经解脱了，但是不幸总是紧跟着他：帝国的各种文化报纸都乐于报道开除他的决议，而决议发出两周后，罗夫很喜爱的养女阿霞离家出走了。她从前曾对自己信教的母亲说过："你嫁给他吧，妈妈，嫁给他吧。"内心善良的她说这话时，还没看透养父，还不知道这个长着一头蓬乱红头发的人，尽管爱发脾气，口气混浊，满口烂牙，可是身体里却有那么多关怀和爱，足够温暖所有人。她没有错，因为罗夫爱她更胜于自己的亲生女儿们，对她比对亲生孩子们更温柔，只为了让她无论何时都千万别觉得自己在这个家里是多余的，是别人的女儿，而她也愿意跟养父分享内心的秘密，通常这些女孩们只会和母亲讲。她曾依赖他，可是现在却离开了，就因为不想和反动分子、蒙昧主义者、黑色百人团分子生活在一个屋檐下，为此罗夫无法宽恕任何人。

阿霞有一次曾经出走过，去教会找神父米罗斯拉夫，神父在医师学院的教堂里任职，那时罗夫第一次知道有一个对她来说比自己更重要的人存在，但是那次出走并未让他伤心。神父米罗斯拉夫是个高个子，很瘦，有一张粗犷漂亮的面孔，他是乌克兰人，来自西部省份，身上带着无法磨灭的东仪天主教徒的色彩，目光中有着非俄罗斯式的敏锐。神父也参加过哲学俱乐部的会议。他沉默地坐着，很难判断他对眼前发生的事情是赞成还是反对，他每个周日晚上会在家里备好茶和烘焙点心举行晚会。神父的晚会比安自尊大的俱乐部聚会更简单一点，来宾也是形形色色：穷困潦倒的作家、高等女校学生、大学生、后备军士官生、朝圣者，参加晚会的还有一位监察者，他就是主人的同学，内向而善良的修士大司祭费奥菲尔。相对于自己的头衔来说，他显得太年轻，当这个沉默寡言的人开口讲话时，所有人都安静下来，大家全部关注修士大司祭让罗夫感到不快：他有多喜欢子女众多的教士，就有多讨厌修士。罗夫厌恶费奥菲尔身上的一切：黑瘦矮小的身体，永远愁眉不展的脸，黑色的，仿佛胶粘上一样的头发，刻意得彬彬有礼，灵活而迅速地拨弄念珠的双手，那手上长着婴儿般的粉嫩小指甲，显得圣洁无比，但罗夫最讨厌的还是眼睛。他的眼睛总是低垂着，眼神痛苦，凌驾于罗夫心目中世上最珍贵的鲜活而温暖的人类天性之上。罗夫觉得费奥菲尔是一种力量的化身，这种力量同生活相争，吸引人们相信自己，就像入教一样。他可以理解怀着宗教热情的人或者鳏居的神父进入修道院，但如果使引诱年轻的，活生生的男人和女人们到那监狱般的地方，让他们注定要与自己的肉体斗争，并可能犯下荒淫罪，这对罗夫来说就是违逆生活的罪行。他有时会就这些问题与费奥菲尔争执，大学生们中间有个传说，似乎他们争论的结局通常是哲学家热情洋溢地说着，而费奥菲尔一言不发，但是尽管如此，当罗夫词穷后，最后常常会说："也许，您也是对的。"

但是这个传说是那些过于爱戴监察员的学生们杜撰的。实际上罗夫从来没有认可过费奥菲尔的任何正确性。他把有学问的修士看作教会的毒瘤，并且在世间寻找与之不同的人。神父米罗斯拉夫经常去朝圣，还会带领一些从边远地区来的朝圣者一起，他们中有一些信奉上帝的老太婆、癞痢头的假先知、年老的女安修者、居无定所的行乞歌手、某些像菲克露莎和马尔福莎似的人。有一次，当米罗斯拉夫从某个地方，要么是西伯利亚，要么是乌拉尔把“他”带来后，罗夫欣喜若狂，他真的在这群乡巴佬中发现了一颗明珠。那时还很少有人认识“他”或者听说过“他”，所以当“他”走进来时人们最开始并没多加注意：一个平凡得不能再平凡的庄稼汉，其貌不扬，个性温顺，有点灰头土脸，静静地喝着茶，他不想再喝了，就大声说“谢谢”，把杯子斜着放到小碟里。但是房间里好像有什么改变了：人们安静下来，身子也略微弓起来。“好像那里一个人都没有一样”，罗夫感到震惊，“所有人都暗淡无光”。甚至连费奥菲尔都有点不安，显得不再那么耀眼，微微俯下了身子。所有人都把“他”看成最重要的，都难以企及“他”的高度，尽管“他”什么特别的话也没说。“他”临走前看了罗夫一眼。“他”根本不认识罗夫，没有读过他的书，没听过他和彼得堡主教安东尼的争执，“他”就那么看了一眼，而哲学家觉得像被电流击中了一样。

“这是谁?”罗夫问主人。

“圣者。”米罗斯拉夫回答。他虔信的面孔发着光，乌克兰人的狡黠荡然无存，神父讲起他和老妈妈去年夏天在朝圣者村子遇到的事情，那个人乘船把他们带到河中央，然后船居然自己逆流而上。

但是罗夫不需要这些可笑的神迹。他已经彻底明白了：俄罗斯把自己的先知派到彼得堡来了。庞大而肃穆的国家自信、响亮、庄重地回应了，让任何人都无法质疑它的力量。罗夫已经做好准备成为此力量的第一个先遣者，回击自由主义者们的抱怨。

不过更加热爱这位圣者，被他深深吸引的是阿霞。

“他整个人就像一根绷紧的弦，”她对养父说，脸上神采奕奕，“当他谈到上帝时，我真想坐在他的腿边，拥抱住它们，想要哭。我不知道为什么会这样。他不英俊，面孔毫无吸引力，嗓音低沉，举止粗鲁，但是他才华横溢。他比我见过的任何人都有才干。甚至是你。人们应该跟在他后面，记录他的言行，就像跟在老师身后一样。但是他那么奇怪。有一次我们一起喝茶，他把手放进果酱瓶子里，随后一起用餐的所有人轮流舔他的手指。他问我：‘怎么样，你非常骄傲吧？’”

“那你呢？”

“我本来不想的，但是随后却接过他的手并且舔了。”

阿霞哭起来，罗夫急忙搂住她。他抚摩着丰满的、痛苦的姑娘的后背，他还记得这个姑娘半大时候瘦弱的样子，布满划痕的双腿。他教育这个姑娘，带她参加颓废派的集会。1905 年时保护她逃避警察的抓捕，那时她想加入革命者的秘密组织，但是过于轻信别人做了蠢事，为了转寄非法图书留下了自己的地址。她不明白暴动者的目标并非她本人，而是养父，这些政坛上的阉人想通过逮捕她来迫使罗夫发表反政府言论。幸运的是一切都安然度过，他没有对阿霞说什么。他保护她免受很多伤害，自以为了解女儿的一切，但他从未想到女儿会有积极的、毫无保留的信仰。仅凭这一点，已经足够让他喜欢和谅解这个对他来说很神秘的人。她应该去舔手指，它们不会让罗夫感到难为情：他无法理解也不能接受缺乏实体感和个性的信仰。拥有领袖，且领袖具有身体，才可以称为宗教，这样的领袖有亚伯拉罕、摩西、毕达哥拉斯、大卫王、所罗门、释迦牟尼、穆罕默德、施洗约翰、耶稣、犹太长老，或者是这个神秘的男人，他有着具有洞察力的目光，让自己的阿霞可以抛弃一切，紧紧跟在他身后，舔他的手。领袖到底用什么方法让信徒们愿意跟随，这是个秘密，或者是如果你相信一个人，就会认可他原本的样子，会跟随他走到尽头，或者立刻走开，以免将来背弃自己的信念或者成为叛徒。那里不存在中间道路。

甚至当罗夫听到传闻，朝圣者和一个信徒的妻子以及另外几个女人有染时，他相信传闻是真的，但是不仅没有觉得不安，还从中看到了正面信号，因为他厌恶禁欲主义，对一切男女同居他都予以祝福，只要其中没有暴力和胁迫。教会眼中非法的爱情在他的理解中既不是通奸，也没有罪过，而是古老旧约时代的生活方式的再现，当时的君主有很多妻子、女奴及情人。那时一切都理所当然，都神圣而美好，他一直期待旧时代再度复返，因为人类的历史是圆圈式发展的，否则人类早就走到了尽头，要知道人类的历史并不悠久，也很苍白，占有的时间和空间都非常有限。历史欺骗人们，让他们觉得自己是新人类，但实际上根本就没什么新人类，也不可能有。一切存在的：埃及、中世纪的罗斯、以色列，一切现在正在发生的，这都是早就存在过的，只是人们不愿意记得，他们宁可相信自己是发现者和开拓者……

后来，罗夫的妻子得了重病，她中风了，不能走路，讲话也很困难，他生命中最可怕最黑暗的时期随之而来。他已经顾不上阿霞和她的追求与痛苦，一切文学方面的争论和屈辱，与牧师们的纠纷，攻击犹太人、颓废派作家、革命者等等对他来说都不值一提，他的整个生活都简化地聚焦到一件事上：妻子今天身体怎么样。她承担了他的一切罪过并为之付出代价。罗夫带妻子寻访了很多医生，其中还有一位是他的学生，但不是在叶列茨中学的，而是在布良斯克的，是位公爵小姐、外科医生、诗人，后来她才发现原来自己也患上了《月光下的人们》① 里所说的疾病。也许是命运在无情地嘲弄罗夫，连他的学生也无计可施，什么办法都

① 罗赞诺夫作品《月光下的人们：基督教的形而上学》（1911），该作品肯定性爱的合理性和神圣性，批判教会禁欲主义，反映罗赞诺夫在性问题上与基督教的分歧。

没有。其他医生也都束手无策，只会骗钱，他们一直说谎话，要滑头，还想哄罗夫跟他们一起举办学术研讨会，朗诵自己那些毫无用处的诗歌。他不得不表现得彬彬有礼，含混地回答着，到了实在忍无可忍的时候，只好假托太累了。医生们气愤地离开，不过钱还是收下了。教授，知识分子能怎么样呢。他关心的只有一个——妻子。他能感受到自己在绝望与希望间挣扎得极度疲累，他的力量即将耗尽却无处补充。后来，力量又涌现出来，因为阿霞出现了。

“他强迫我。”

她没有对养父说，而是告诉母亲。母亲在疾病和孩子的双重打击下又病倒了。罗夫从她那里得知一切，他猛地一抖，就像被抽了一鞭子。

“这不可能，”他答复阿霞，“只要你自己不愿意。”

阿霞委屈得快窒息了，而他却用另一种眼光审视着她，怀着让自己厌恶的清醒想着：对她还能有什么期许呢？几年过去了，她既没有丈夫，也没有孩子，是个老处女，老姑娘。她根本分不清自己那无法实现的幻想与现实之间的区别。女孩应该早点嫁人。她们只要到了能够生儿育女的年龄就应该立刻嫁给同龄人，这时男孩们也还没有因为逛妓院或者是手淫而搞垮自己的身体。应该立法强制执行这个制度，这既是为了他们的个人幸福，也是为了公众利益，为了下一代的健康和完美。否则，一旦他们年岁大了，就会出现像阿霞这样的情况。她和作家们搅和在一起，他们随后就在自己的文学笔记里写上很多无稽之谈，比如她由于在睡梦中被养父强奸而患上梅毒。不知道为什么，大家都对罗夫的个人生活极其感兴趣，都想窥探他的生活。他被唾弃，人们对他议论纷纷，荒唐的流言不胫而走，全都是污蔑，可他根本无法捍卫自己的名誉，不过最终一切都会水落石出。或许正因如此他才觉得自己和那个遥远的神秘人有些亲近。那些不理解、不喜爱他，也不知道如何理解他的人们对他的指责更加铺天盖地。或许某个时候会诞生，会出现一个人，他无所不知，能厘清一切，但是他不会出现在这个僵死的城市，而是在西伯利亚或者是一个靠近大型修道院的俄罗斯小城里，只是他这一生已经等不到这个人出现了。

罗夫这一生拥有的只有阿霞，可他却不知拿她怎么办。他只能向自己的朋友巴维尔神父诉苦，说阿霞已经失去了敏锐的目光，鲜明的棱角和生活的意义。巴维尔神父安慰他，要宽容一点，不要向别人要求他们力所不能及的东西。他本人和一个让罗夫忍无可忍的笨蛋诺沃肖洛夫成了朋友。罗夫讨厌诺沃肖洛夫并非因为他异常疯狂地迫害从西伯利亚来的旅行者，疏远他并非仅仅因为自己的憎恶之情，而是因为他根本不了解生活，最重要的是他不知道自己为谁效力，为谁所用。总之，这些人击溃了罗夫，他们自称为爱国者、保皇派、正教徒，做的事情却和革命者一样，他们或许更糟，正在破坏自己的家园。哎，生活在如此混乱的国家是多么沉重啊……

后来朝圣者和米罗斯拉夫神父起了争执，尽管罗夫想办法打听过，但还是不知道为什么会发生这种事。警察又开始盯着朝圣者，他失踪了一段时间，据说是去了圣地朝圣，再不会返回彼得堡，但是他又出现了，然后再次消失，报纸上刊登了很多有关他的消息。米罗斯拉夫神父得了结核病，被派往帝国西部的边区，那是他出生的地方，但是所有人都把这次调任看成庄稼汉的阴谋。协会解散后，阿霞也回到家中。不过尽管罗夫多次努力想和她谈谈，她却始终像个小贝壳一样与世隔绝，一句都不回应。她基本上不会照料妈妈，只是过着自己的生活。她的生活中没有教会，没有神父，什么都不再有。相反，她越来越多地辱骂从前很敬重的人：修士、神父、教民，骂得最多的是她自己以前的老师。她参加了某个妇女培训班，然后罗夫发现阿霞染上了恶习，她结交看起来像男人的女伴，她们之间交谈的内容晦暗，举止接触显得龌龊。罗夫觉察到自己家中出现了同性恋一族，那时同性恋大量滋生，出现很多男人模样的女人，她们玷污了周围的一切。

这段时间他受到大家的认可，最高荣誉、财富、尊重接踵而来，但是他并不高兴。他惶惑地发觉，自己最看重的家庭并不和顺。不幸的源头是阿霞。有一段时间，姑娘们流行和男人们离家私奔，让自己的父母和抚养人蒙羞。他不害怕这个，甚至不怕她带着一个来历不明的孩子回家。他会接纳孩子，给自己的孙子取名字，祝福他。但是阿霞的离家不是普通的离家出走，而是和一个女人同居，那女人无论外表、血统还是灵魂都不是俄罗斯的。她玷污了对罗夫最珍贵的东西——家庭、温情和繁衍的规律以及生活的自然本性。或许，如果她是为了找一种最能打击养父的方法故意表现成这样会好些，可恰恰是一切并非刻意而为之才让他特别痛苦。但是，更加可怕的是他意识到，同样的事情可能会发生在其他家人身上。发生在他的亲生女儿们身上。

在这一刻，他宁可付出自己所有著作取得的成绩、所有丑陋的荣誉、所有他能想见的在未来文学史中的不朽声名，只为了换取自己孩子们的幸福。哪怕不是所有的，哪怕只是其中几个，哪怕只是一个，但是残忍不祥的预感坚定地告诉他，在他的家里谁也不会幸福……

那时候，每当他陷入绝望，他就离开家，沿着彼得堡的街道走到筋疲力尽。他沿着涅瓦河漫步，看着路人的脸孔，有时他冻僵了，他总是很快就被冻透，这时他就到列米佐夫家暖和一下，给他的妻子讲讲机洗和手洗有什么区别，冬天的时候怎么糊窗户更好。他会在这个奇怪的，仿若密不透风的兽巢般的房子里平静下来，幸福地一边将手伸到炉边烤火，一边对主人说：

“我一直都弄不明白老底嘉教会中上帝对天使说的话。这是什么意思：噢，我巴不得你或冷或热？[①] 您告诉我，如果人是温暖的有什么不好？为什么温水一定要被吐出去？温暖的世界才能持久，生命得以延续。”

“不过您可是热的。”列米佐夫回答，看着他，像孩童一样饱满的嘴唇上凝结着笑意。

他生气了，开始争辩，尽管他心里清楚，阿廖沙就是这样想他的，但是当他步行或者乘出租马车回家时，又会重新感到生活的苦闷和荒谬。有一次这种烦闷甚至让他迷失在彼得堡，就仿佛是走失在密林里一样。他站在涅瓦大街上，四处观望，无法认出这座庞大的城市，仿佛自己是个外国人，亚洲人，阿拉伯黑人。人流推搡着他走过，马车夫在尖叫，可他只是惊慌失措地摇着头，双手绝望地摆动。一个中学生，像个小女孩，也有点像个大姑娘，是他女儿们的同龄人，她走过来问：

“您需要帮忙吗，老爷爷？”

她有一双善良的灰眼睛，温顺而同情的目光落在他身上，哲学家觉得自己好多了。

“您能陪我一会儿吗，善良的小姐，”罗夫靠在她的手臂上亲热地说，“您不着急吧？请不要着急。不要急着长大，小姑娘，长

---

① 圣经启示录中给老底嘉教会的信，3 章 15：我知道你的行为，你也不冷也不热；我巴不得你或冷或热。3 章 16：你既如温水，也不冷也不热，所以我必从我口中把你吐出去。意指老底嘉的教会也不冷也不热，使至高者觉得讨厌。

大没有任何好处。啊，您多可爱呀。您的脸美丽又温柔。眼睛也那么与众不同。您的雀斑多么适合您啊。不要把它们去掉。您的动作敏捷，灵巧。我谁也不忌妒，但是会忌妒您的父母。哎，您怎么了？您哭了吗？不要哭。不应该哭泣，亲爱的小姐。您还是为我这个有罪的人祈祷吧。为了我，为了我生病的妻子，为了我的孩子们和我头脑糊涂的养女。请为所有人祈祷吧。”

第二章　祈雨

1

如果维拉·康斯坦丁诺夫娜·克米萨罗娃知道真相，可怜的女人想必会变得歇斯底里，精神恍惚，跳进舍洛姆河里，或者以丈夫不忠为由申请离婚。刚一结婚，家里钱的去向就让她忧心，没有钱她不能举办文学沙龙，无法出版自己的画报。事实上她的丈夫多年来把钱都用于支持一个并不光鲜的政治公社的开销，一九〇五年暴乱之后，类似的政治公社多得像巨蛙在涅瓦大街产下的卵一样数不胜数。当然，这比他将钱送给自己的前妻要好一些，但这个公社其实比任何一个高级娼妓都更贪婪，也更忘恩负义。不过，幸好公社是忘恩负义的，唯一能让维拉·康斯坦丁诺夫娜略感宽慰的应该是公社成员们并没让她的丈夫真正登堂入室。钱，他们纡尊降贵地收下，也让他明白自己的捐助和真正献身事业的人所做的牺牲比起来不值一提，进一步的事情就一点都没有了。克米萨罗夫不止一次地请求在实际工作中检验自己，但是公社成员根本没打算给他一个有说服力的理由，只是敷衍地说，他需要先赢得信任，他们的责难让瓦西里·赫利斯托佛洛维奇爆发了，要求干脆给自己一枚炸弹算了。

“公社不从事个人的恐怖行动。”他们像对待任性的孩子一样，温和但却坚定地对克米萨罗夫说，“想要做英雄，还是去加入社会革命党人的作战组织吧。”

“我申请过，但没被接受。”瓦西里·赫利斯托佛洛维奇坦白后低下了头。

“您不应该离开宫廷。在那里的您会更有价值。而现如今，除了我们，谁还对您感兴趣？所以，您坐下吧，亲爱的，安静地完成我们交给您的任务。”

旁观者的身份让机械师觉得屈辱，但他还是顺从地完成了交给自己的所有任务，尽管他脑海中也会闪过一些想法，自己是不是在做蠢事，公社成员是不是没有告诉自己全部的真相，将自己排除在核心事务之外。他们是不是担心自己的忠诚和坚定是多余的，会带来潜在的危险。他想找个人谈谈这些事儿，但是却没谁可以倾诉，唯一例外的可能就只有列赫科贝托夫了。这个人根据最严格的要求来看算是破坏分子，不过，身为作家，他的世界观有些模糊倒也情有可原。生活中的一般问题瓦西里·赫利斯托佛洛维奇时常拿来和巴维尔·马特维耶维奇讨论，尽管他们的观点从未达成一致，但是机械师还是能以他的思想为基础得出自己的结论。

“所有党派的政治纲领都是可笑的、毫无意义的。”他一边说，一边在列赫科贝托夫家的凉台上踱来踱去，新刷的地板在他的大脚下咯吱吱地颤抖着，好像有生命一样。“那他们在那里是想改变什么？国家体制？所有权？取消检查制度？要求政治自由？”他激动得好似在审问一样，也不等作家回答，就自顾自地说了下去，“人类如今生存的方式注定会自取灭亡，因此改革社会、移风易俗、做慈善、兴办教育、施舍，这些都毫无意义。人类固有的天性就是反动、不完善和无尊严的，这样的天性导致人类将会很快覆灭。取而代之的是一种全新的人性：人们将会摆脱肉体的束缚，谁也不会明白上一代人类为什么会生活得如此荒谬和奇特。他们为什么会哭、会笑、会相爱、会彼此背叛、会为爱而死，又为什么会丑陋而盲目地繁衍。那将会是一个真正的天国，基督教的献身者们曾想窃取它，我们则为之奋力争取。”

“亲爱的，读过托尔斯泰伯爵的作品吗？”列赫科贝托夫有些同情地问道，“每晚都背诵《克莱采奏鸣曲》吗？”

“哦，不！这本书，尤其是里面那个懦夫更差劲，”机械师摆了摆手，“不过费德洛夫要好得多。他是一个难得糊涂的人，他粗鲁，是个彻头彻尾的落后分子，但最奇怪的是只有他懂得重要技术，其他人不知为何却都弄不明白，包括一脸傻笑的您。想要达成人类的最高目标，需要一种能量，如果人类不将毫无意义、毫无效率地消耗在性爱上的力量用于解决更加重要的任务，就无法获得这种能量。我和您说这个是因为您在少年时代无意间找到了正确的道路，但不知为何却又误入了歧途。您应该继续那样生活。不要为女人爱与不爱您而苦恼，而是献身于更重要、更有价值的目标。我们无法让父辈获得新生，却可以拯救孩子们。为此，我们必须消灭疾病、饥荒、贫穷，停止战争，而这些的根源就是淫欲和占有欲。”

“可是您，我亲爱的，是个信徒，”巴维尔·马特维耶维奇笑得很勉强，“就连契弗列克们也这样说，而且也不喜欢神父。人们非要给种马减负，用骟马套车。他们就是不问问母马愿不愿意。”

“用不着问，婆娘们只会哭闹。”

“没有女人您怎么过呢？”

“就那样过。”

“至于说谁都不能违背自然天性，”列赫科贝托夫规劝说，“我倒是知道一个神父，他能用祈祷让人死而复生。他刚好是童男子。要是他的成就还不能让您安静，那么……”

“我知道您说的是谁，我不想和这个蒙昧主义者有任何的共同点，”克米萨罗夫斩钉截铁地说，“神父和这儿一点关系都没有。

这是歧途，只会使我们远离真正的目标。十九个世纪以来，年复一年，日复一日，人们膜拜基督，建立教堂和修道院，犯罪，忏悔，复又犯罪，结果呢，难道我们因此而变得更好、更善良了？难道可以说，这些时光，人们不是白白地消耗了，而是有益地度过了？”

“不是，您确实是个托尔斯泰主义者。您为什么会认为，我们必须要变得更好呢？我们也没有变得更差啊。”

“没有变差？数百万人在黑暗和贫穷中饱受苦难，苟且偷生，死于疾病早期，”克米萨罗夫强忍怒气，说道，“在乡下，母亲们每生两个孩子就会埋掉一个，而这被认为是再正常不过的事情。地球上大多数人至今不知道电、医疗、铁路、汽车。在我们还是大自然的一部分，没有摆脱它的控制之时，这种情况还将继续。大自然是我们的敌人，它给人类降下不幸：干旱、饥荒、洪水、地震，使我们依赖于它，迫使人们臆造关于上帝的童话。它常常欺骗我们，就像欺骗无知的孩童。我们最近几周在此看到的不正是这样吗？您看看这些森林大火，它给人们带来了多少苦难！干旱和饥荒这一对姐妹携手游荡在俄国的大地之上，收割着人命。应该战胜大自然，因为它的王国是苦难和不公的王国。它应该完全被技术所取代。这终将实现。如今我们的生活已经比百年前好一些了，您设想一下，如果我们继续为此而努力，从现今愚蠢的循环中脱离出来，那么再过几十年，我们的生活还会发生多么大的变化。”

“不，多谢了，”列赫科贝托夫低声说，“我不希望改变，也不打算为任何事付出一点点努力。请让我留在这个令我愉快的循环里吧。我即使喜欢机械，也不会到想凭借铁翅膀或巨蜻蜓就可以飞越科济依沼泽的地步。人类应该懂得自己的身份，不要染指没有召唤，也不期盼人类到达的地方。”

“当然，就这样活着也不错，打猎、写作、驯狗，为往昔的回忆黯然神伤，追寻自己天资卓越的小圆面包，可在别处呢，完全漠不关心，连棵草都种不出，这样的人身边还是少些好，尤其是男人们。”机械师挖苦道。

“草恰恰还是种出来了，”巴维尔·马特维耶维奇反驳道，忽略掉对于男人的评论，他那黑魆魆的脸上露出了傲慢的神情，“我自己就像地里的野草一样成长，所以消灭我是不可能的。但您对小圆面包又知道多少，可以如此轻慢、儿戏地侃侃而谈呢?”

“亲爱的，作为隐士，您太注意别人对自己的看法了。至于那些野草，只有被割刈、拔出、踩踏才会长得更好。”瓦西里·赫利斯托佛洛维奇温和地笑着，列赫科贝托夫诧异的是，他这个优柔寡断的同志仅仅看起来像是不会伤人的古怪幻想家，而实际上却是宗教领袖一类的人：挑唆，引诱，把别人吸引走，至于你在哪里清醒过来——天知道呢。

他从幻想中挣脱出来，想要起身，但是机械师拦住他：

“您这些想法根本不是新的、独创的。它们原本就存在于空气中，像花粉一样传播到爱幻想的头脑里。这会儿您让我想起一个非常奇怪的人。我从没说过他的事情吗？四年前，我和乌柳什卡去参加了科洛米亚日赛马场举行的航空周活动。那里人山人海，所有人都万分欣喜、疯狂、震惊、热泪盈眶。人们如庆祝复活节般狂欢。实际上，这就是我们的科技复活节。”

“我对此不感兴趣。”巴维尔·马特维耶维奇皱了皱眉。

“对，对，”瓦西里·赫利斯托佛洛维奇高兴地说，“我要说的恰恰是这个。所有人都变得更年轻、朝气蓬勃，彼此更加亲近。他们忘记了彼此间的争执和纠纷。霍登惨剧、托尔斯泰被开除教籍、日俄战争的失败、大屠杀、火灾、冬宫广场的流血事件、加邦神父、阿泽夫，所有这些都被遗忘掉，都过去了，和这些人飞翔的高度相比都显得微不足道。不只是飞行员们，还有见证他们飞行的人们也是如此。我那时想：我们不满意自己的时代，总是在抱怨什么，可同时我们恰恰生逢可以载入史册的时代，见证了人类走向幸福的最初脚步。飞机——这只是个开始，即使有某个，或者某些人反对，这股洪流也已经势不可当。这是必然的，就像新的时代必然会来临一样，还有随之而来的新人类。那天，我们所有人都意识到了这一点。贫穷或是富有，是否受过教育都不重要，我们全部面貌一新，彼此亲近。陌生的人们互相拥抱，年轻姑娘和已婚的太太们聚精会神地盯着飞行员看，没有人会因此指责她们。我的乌利娅看到飞机就连魂都丢了。我对她是百看不厌。从我第二次结婚之后，她就变得有点忧郁，而那个时候，她和所有人一样高兴，一起鼓掌，我要做的只是小心别让她被人群踩踏。亲眼看着人类是如何飞上天空，这是开玩笑的吗？您从没看过吗？飞行员坐在机舱里，机舱就像个精致的车厢一样，飞机开始在跑道上滑行，然后离开大地，腾空而起，飞过大地，飞过屋顶，飞过树冠，飞过人群，飞过我们贫瘠凄凉的国家。世上还有什么能比这更加美好！”

“鸟儿可以做同样的事，做得也不差，”巴维尔·马特维耶维奇嘟囔道，“而且用不着任何跑道或者精致的车厢。”

“我正要说到您让我想起的那个人，”瓦西里·赫利斯托佛洛维奇越发高兴了，“您设想一下，熙攘的人丛中突然出现一位面相凶恶的先生，一脸倦色，像个肺痨鬼，带着一位美貌非凡，穿着漂亮的太太。很难理解，有什么可以将这样两个人联系在一起。很明显，先生情绪不佳。我开始甚至以为他喝醉了，但他只是过于愤懑，不过也可能是两者兼而有之。‘这些翅膀是死的！’他高声说，声音非常刺耳，‘这只是一件像钉十字架般钉在空中的材料，上面的人脑子里只想着汽油、螺旋桨的嗒嗒声、螺帽和金属丝的耐久性。人应该学会自己飞翔。他必然能够飞翔。你们的飞行员不是人。他们是机件，是傀儡。’我的乌利娅气得发抖，双拳紧握，流下泪来。‘您怎么能这么说！’我非常愤怒。‘飞行员会遇到飞机失事，会牺牲，他们是英勇无比的人。’‘他们并非悲哀地死去，而是损耗!’他斩钉截铁地说。‘他们是机器的附庸。仅止于此。’突然，他冲到路上，飞奔起来。他跑得飞快，不知为什么展开双臂，他的四肢很长，滑稽可笑，像一只蚊子，但是我突然觉得：下一刻他会飞起来，飞到人群上空。我甚至隐约觉得自己会见证这一幕。他马上就要离开大地了。还差一点点。他已经起飞了。但是他绊倒了，打着滚摔在草地上。他站起来后扫视人群，仿佛是在找什么人，他看着我，困惑不解地说：‘没成功。暂时没成功。但是将来会成功的。一定会。’我本来想回答他说这是不可能的，没法成功，一切都有既定规则，但是观众们已经哄笑起来，怀着某种恶意，居心不良地嘲笑他，人们开始起哄，打口哨。突然，我那片刻前还打算挥舞拳头，冲向那个疯子的乌利娅颤抖着，向着人群大喊大叫。人群安静下来，散开，只留下他自己。乌利娅说：‘我们回家。’我一时不知所措：‘那飞机怎么办?’‘他是对的，它们是死物。’”

“她也这么说?”巴维尔·马特维耶维奇得意地笑了。

“我当时突然觉得很难过。我本来是很高兴的，我坚信技术要比人类的激情更加强大，更加富于智慧，它能治愈心灵的创伤，治疗我们的疾病和缺陷。可突然我发现，自己不仅错了，还很难堪。谁让我出丑呢?我的亲生女儿，只要在成千上万个坚信不疑的人中有一个狂妄而庸俗的怀疑论者，她就会追随这唯一一个。

她宁可用一个伟大的王国去换取一个可怜的城里疯子。”

“这段时间那位夫人在做什么？”猎人打断他问道。

“夫人？至于夫人，”巴维尔·马特维耶维奇耸了耸肩，“是位极好的、高贵的夫人。我觉得，她的眼中有深深的疲惫和忧郁。她还为自己的伴侣感到羞愧。”

“忧郁和羞愧，”瓦西里·赫利斯托佛洛维奇嘟囔道，“一点都不奇怪。您想把这些都抹除？您想想，人没有羞耻心会什么样。即便他们学会飞翔又如何。”

“不过，您的那些狗不知何为羞耻吧。”

“那是您不了解狗！”猎人生气地说道，“世上没有比狗更纯洁、更羞怯的动物了。您从没看见过狗在交配后不能分开时，它们眼中有多少痛苦和羞怯？狗是怎样巧妙地小便的？如果猎狗在打猎中犯了错会多痛苦？它又是怎样随时准备为了主人牺牲性命？是我的话，会用所有的机车和飞机去换一条懂事的狗。我和形形色色的疯子没什么可比性。我是俗世之人，有能力担责任。而且我知道，每个生物都应符合大自然创造他的天赋：鸟儿——会飞，鱼儿——善游，而人——能以双脚行走。大地我们尚且不能建设完善，为什么去妄想天空呢？”

“正是呢，”克米萨罗夫温和地说道，脸上露出孩子般开心的笑容，“您和托尔斯泰说得一样，还指责我是托尔斯泰主义者呢。”

2

整个夏天他们都在读从彼得堡运来的报纸，以前瓦西里·赫利斯托佛洛维奇从未如此急不可耐地等待这些报纸，从未因不能马上，而是迟一昼夜得知新闻而如此煎熬。奥地利大公在萨拉热窝遇刺的消息非常荒诞，这简直是在挑衅双方：开玩笑呢吗，在一个敌对的国家乘坐敞篷的汽车，这就是在找死，就是在挑衅年轻的塞尔维亚疯子们，还有随之而来的巴尔干半岛的新危机，克米萨罗夫对此类消息并不感到奇怪。外国早就想将俄国拖入战争，但是这个巨人庞大而迟缓，很难屈服于外界的力量，却对国内的风吹草动特别敏感。机械师对托博尔斯克省发生的事情更加感兴趣。在圣彼得及圣保罗日当天，那里有一个人在众目睽睽之下被杀，整个俄国早已对此议论纷纷，而且这个人克米萨罗夫还认识。青年时代，克米萨罗夫参加过西伯利亚大铁路的建设，在秋明段上，瓦西里·赫利斯托佛洛维奇遇到了一个非常热情的农民，他徒步走过了大半个俄国，到过耶路撒冷，也到过阿索斯山。他们在旅店一连聊了数个小时，等着坏天气过去，或者按当地人说的，这就是正常的天气。多数时候，是那农民在说，机械师在听，他的嗓音、手势、真正的虔诚、沉郁却深刻而独特的语言都深深地吸引着机械师。作为一个不信教的人，克米萨罗夫依旧对那些话题的内容没什么感觉，所有关于圣迹、考验、诱惑、魔鬼的恶行、夜间的幽灵、祈祷和斋戒之类的东西都让瓦西里·赫利斯托佛洛维奇觉得乏味，格格不入，它们充斥着老旧陈腐的气息，暴露出乡下令人绝望的黑暗、卑劣和无知，这正是他在自己国家里最痛恨的，要与之斗争的弊病，然而，农民说话的语气和方式、外貌、疲惫的面容，特别是毫无困意的眼睛，都让他感到诧异，牢牢地吸引住了他。但更使他震惊的是这位行者的预言。

“你还是单身？或者不是单身，已经结婚了？”农民并非在提问，他半是猜测半是肯定地说道。

“结婚了。”

“结婚了，还没有孩子。”

“嗯。”克米萨罗夫操着西伯利亚口音嘟囔道。

“没关系，你很快就会去俄国。你的女儿会在那里出生。大公将给她施洗礼。你会因她而非常难过，但不要绝望，不幸终将过去。”

被人窥视私生活的感觉并不愉快，何况这窥探还如此肆无忌惮，煞有介事，这让瓦西里·赫利斯托佛洛维奇觉得自己受到了冒犯。关于大公的言论更像是个苦涩的讥讽，是在嘲笑愚蠢的农民欲见到国王的可笑幻想。然而没过多久，国王的叔叔来到秋明视察。他自大而粗鲁，嗓门又大，让所有遇到他的人都感到畏惧。

克米萨罗夫是唯一一个不害怕他的人。机械师眼神没有变得犹疑闪躲，说话也不会支支吾吾，沙皇的钦差赞赏他的理智和机灵，推荐他担任自己亲兄弟彼得位于圣彼得堡的宫殿里当警卫队长的助手。

“产业很多，而照管的人却少。还有，就是……”他皱了皱眉，费力地将软皮手套从他那双粗大的手上摘下来，“我兄弟是个温和的人，优柔寡断，家仆虽然也害怕我，不过还是会偷东西。你呢，应该不会贪污很多吧，啊？”

瓦西里·赫利斯托佛洛维奇根本不打算贪污，但是他更不愿意去俄国。

“不过，我有妻子，殿下……”他开始解释道。

“得到允许的时候，你就能觐见沙皇。”大公打断他，慢吞吞地说道，“可你在说什么，妻子？”

“她害怕大城市。她有个菜园。”

“菜园子可以在兹纳缅卡庄园里弄一个。去是一定要去。如果你留在这儿，老兄，你会被人弄死的。我们的人民，你也知道，虽然很善良，嫉妒心不强，但……”

就这样，克米萨罗夫虽然很不情愿，但还是去了彼得堡，在大公位于兹纳缅卡庄园的宫殿里掌管日常事务。他的妻子，就如那个农民预言的一样，很快就怀孕了，他们的女儿降生之后，大公成了乌利娅的教父。

有一次机械师对列赫科贝托夫讲过这个农民，不过有关家庭生活的片段都作为隐私略去了，而且说得含混不清，因此他到最后也没听明白。“这有什么好奇怪的?”列赫科贝托夫耸耸肩说，“世上居无定所的光棍儿还少吗？不想成家，懒得工作，就这样一个村子接着一个村子地游荡。还像公猫一样偷情。”

“这是个有家的人，有三个孩子，还有自己的宅院。”

“也就是说，早晚他得舍弃一边。或者停止流浪，或者离家出走。至于眼神犀利还能言善道，在俄国哪有人不会夸夸其谈呢?”

然而，那个农民既没有离家出走，也没有舍弃流浪生活，几年之后，瓦西里·赫利斯托佛洛维奇又在兹纳缅卡庄园看见了他。他怎么会出现在这儿？他以前认识大公吗？是不是他建议大公任用克米萨罗夫的？所有这些千头万绪的问题瞬间涌上机械师心头，碍于形势，又被他立刻抛诸脑后。几年间，这个农民变化很大，他不再挥动双手，他的面孔胖得滚圆，皮肤也变得平整。他瞥了机械师一眼，就立刻转过头去，不知是因为自己一朝得志，不想让人知道他们认识，还是确实没有从闪过的一众面孔中认出他来，克米萨罗夫也没有提醒他，但是这个能说会道的农民在彼得堡发生的后续故事却使瓦西里·赫利斯托佛洛维奇非常惊讶，因为在文明而高尚的二十世纪，这些事显得极为荒诞和不可思议。

这个虔诚的朝圣者被描写成拥有无限的男性力量，并且玷污女人的人。彼得堡的贵妇们一窝蜂地赶往他所在的村子，在村里的澡堂里帮他洗澡。她们的行为不仅得到丈夫的允准，甚至简直就是丈夫要求她们来的。有个疯狂的将军夫人彻底抛弃了自己的丈夫和孩子，到处跟着他，因为他治好了自己的病，而别的医生对此都束手无策。一本内容奇幻，激情四射的小册子秘密出版了，里面写的都是受害者的自白，写这本小册子的传教士显然极度愤怒，仿佛他本人也深受其害。小册子越是被禁，人们对它就越感兴趣，让人觉得禁止它发行仿佛是刻意为之，目的就是为了让其热度不减。

所有人都在毫无例外地攻击农民：变得比主教公会总检察长还要遵循正统的前托尔斯泰主义者、转化成保皇派的革命者、投身爱国主义的世界主义者、杜马议员、决斗者、部长、将军、神父和记者们。甚至连将他引荐到彼得堡的大公现在都厌恶他，暗地里反对他，但这也就等同于抵制整个罗曼诺夫王朝的女主人。

“你想想我得多么绝望。”有一次瓦西里·赫利斯托佛洛维奇听到他高贵的干亲家对一位高贵优雅，穿着修女服饰的女士说，后者时常来到兹纳缅卡庄园。“这个人是我介绍给尼基认识的！”

“这不关你的事，亲爱的，”女修道院院长操着外国口音温和地回应道，两个人走下楼梯，回声让他们压低的声音难以听闻，“我跟妹妹说过多少次了：阿丽莎，你赶走那个淫荡的恶徒吧……费奥菲尔主教说了，一旦有女士找他倾诉……”

一九一一年，克米萨罗夫已经不在宫廷里供职。皇后和她的女儿们写给农民的暧昧信件被胶版印刷，满城流传。更有传闻说，皇后和那农民住在一起，他还亲自给沙皇已经成年的女儿们洗澡。皇室的丑闻闹得满城风雨，尽管机械师当时将自己视为共产主义者，可读到那些地下文章时，他依旧觉得无比羞耻。

“问题甚至都不在于传闻有没有一丁点儿真实成分，人们根本弄不清这些信件是从哪儿来的，也不知道它们保留了多少原貌。”他激动地对列赫科贝托夫说道，“但请想象一下，假如英国女王也被卷入到类似的丑闻中。任何一名绅士，如果听闻关于女王陛下的下流传闻，那他会怎么做?”

“我不知道，谢天谢地，我不是绅士，从没到过英国，更是完全不向往这个强国，”巴维尔·马特维耶维奇漫不经心地回答道，“但是有一个法国皇后发生过类似丑事，最终以断头台终结。我们的上校沙皇自己也有错。如果你是沙皇，要么就掌控国家，不许任何人暗地里造自己的谣，更不用说公开传播，要么就监视自己手底下的人，尤其是你妻子的手下。在我们这个时代，叶卡捷琳娜女皇和她的禁卫军们那样的统治不可能再现。”

“根本和这没关系!”克米萨罗夫生气地说道，“在英国的俱乐部里说类似的话是要被抽嘴巴的，而在俄国散布那些污秽的传闻，人们不过是嫌恶地讥笑一下，搓一搓汗湿的双手。而您竟然也说是因为沙皇！在这个农民的问题上，可以说，我对沙皇只有敬佩。是的，敬佩。他提拔预言家，让农民、司机深入了解自己，这是任何一个俄国君主都没做过的事。预言家原来是个骗子，这不是他的错误，而是我们所有人共同的过失。”

“提拔预言家，深入了解自己，垮台，您是从哪儿找来这些词的？您的这个农夫只不过就是个骗子！骗子，而且还是个颓废派分子！”

“您见过他？”

“我见过类似的人。”

“什么人？”

“所有俄国的农民都是骗子，无所事事，脱离老爷管制后一团糟，不知道怎么收黑麦，什么都不会，也什么都不想学，视野不超过自家的水沟和栅栏，完全不懂国家大事。他们愚昧、缺乏教养、贪婪好斗、多疑善妒。他们不信上帝，轻信人言，唯一的优点就是，热衷并善于丧葬之事。还有，如果有需要，他们会在葬礼上跳舞，可后来会将自己恩主的尸体挖出，放入河中，顺水漂走。”他郁闷地补充道，“您想让大自然忍受这些吗？它如今就已经对我们过分仁慈了。您看看，现在是什么情形：周围的森林燃起了大火，农民们却喝着茶，等着下雨，而不是去挖沟。您把什么过错都推诿给大自然，它与此何干？不久前我拜访了一位农民，和他说：‘我们去森林救火吧，难道你就不心疼吗？’可他怎么跟我说的？‘森林就是魔鬼。不必着急，老爷。火现在烧得不猛。艾洛斯神父周日做过祷告，上帝会降下雨来的，这不就好了。烧也就烧十亩，不会再多了。’为他们祷告，啊？您怎么看这件事？您觉得，他们能这么快就信上帝了？但愿如此！我们可怜的艾洛斯对他们来说就像是萨满。他们会去向上帝祈祷，只是为了让他救救母牛，给孩子念念咒，治疗一下瘰疬和腹泻，老太太们还会偷偷塞给神父一些鸡蛋，就为了母鸡能下更多的蛋。这就是神圣的俄国的东正教信仰！如果明天大火就要烧毁他们的房子，他们又会怎么做？咒骂神父？去求其他人？去朝觐沙皇，‘帮帮我们吧，国王陛下’，或者比这更糟，拿着草叉去找国王吗？或者把所有已故的亲人们都从地里挖出来？只是这样对他们来说还不够，他们会首先指责火是我和您放的，用斧子砍我们，您之前对他们的所有关心，机械师先生，他们都会忘得一干二净。您不要心存侥幸，他们不会宽恕任何一个人。如果我能做主，就不给这些寄生虫下雨，让这里变得像阿拉伯沙漠一样。我要用棒子驱赶他们去挖沟，那些人就只懂得这一种语言。我们还需要另一个国王，而不是这个窝囊废。跟着这样的国王，我们还有的是罪要受。您那个可爱的农民，即使是本国人，即使出身于西伯利亚，可不管怎么样，他也一定会像猪一样生吞了我们这位不幸的国王，而且不会噎死，以后喝醉就会为他痛哭流涕：我怎么能对自己的陛下动手呢！”

之后，列赫科贝托夫所说的完全是对人民的诋毁，还有关于强权的胡言乱语，他认为唯有强权才能促进这个民族的觉醒，这些克米萨罗夫连听都不想听了。他特别讨厌有人当他的面辱骂俄国，瓦西里·赫利斯托佛洛维奇认为只有自己有这个权利，因为他确切知道：要是他也会不小心说祖国和人民坏话，那一定是出于对它们过度的热爱和极度的担心，因为他的俄国非常痛苦，一直痛苦着……但有一件事机械师不得不违心地承认：他的西伯利亚引路人不应该继续留在宫廷里。他来过，看过，和陛下说过话，听过王后的倾诉，抚摩过王子公主们的头。然后就走吧，大叔，沿着俄国漫长的道路继续前行，实在困倦了就停下过夜，别人给什么就吃什么，去布道，学习，去开解他人吧。夏天回家去割干草，秋天再去流浪，但是在哪儿都不要滞留，不要和任何地方任何人产生关联。不论是老爷还是农夫，是大公还是智者，在他们那儿停留都不要超过三天。你的所有力量仅存于你的自由之中，在于你对老爷们无所求，你是自由的，就像海上的风。不，不仅如此，他根本就不该来到彼得堡，更别说还被困在这里。还有谁是这个城市毁灭不了的呢？

“女人们毁了他，”瓦西里·赫利斯托佛洛维奇说道，尽量隐藏起自己深切的悲伤，“我们这些彼得堡的贵妇用花边内衣勾引他，而他没忍住。”

“就是这样！”巴维尔·马特维耶维奇得意地说，声音听起来极其兴奋，仿佛是克米萨罗夫成功地在百步外射中一只肥胖的鸟，“所以在您看来，一切都是女人们的错。”

“是的，”机械师的声音越发悲凉和低弱，“和我们的夫人们一起，圣人都不会觉察到自己是怎么触犯戒律的。”

“那么这个可爱的人为什么要和女人们搅在一起呢?”

“他想拯救她们于罪孽，结果却被她们引入罪孽的深渊。我和您说过：女人只能带来灾难。”

“我正要给您讲讲，优秀的先生，”列赫科贝托夫开始反击，“您见过这种诱人犯罪的女人吗？我见过，而且了解。这些婆娘们胡编乱造些常见的情形。俄国女人不敢荒唐淫乱，不过可是杜撰自己罪行的好手，那些罪行根本就是子虚乌有。她的生活中处处是罪孽，还喜欢讲述罪行。她臆想自己在罪孽之海中浮沉，生活淫乱，然后就去找个值得信赖的教士忏悔，有时找的甚至不是教士。教士们还好，有家庭、妻子、女儿们的负担，他们对婆娘们的天性比我们更了解。要是她们找到像费奥菲尔那样的人，他们青年时代就戴上修士帽，除了自己的禁欲生活、高尚的灵魂、深奥的理论之外，根本就不了解人生。她向他那单纯的头脑中一股脑地灌输自己所有女性的想象，泪流满面，号啕大哭。他不仅完全相信，而且还自己添油加醋。而她呢，一旦感到自己被信任，立刻就激动起来，这不仅因为对她来说屈辱优于尊严，而是因为她觉得这个纯洁的修士看起来痛苦、困惑、可怜，她想用自己的魅力征服他。她同情这个可怜人，因为他从未得到过女人的爱抚。可那个修士呢，他本应该随便找个地方躲避那个蠢货，但是他却不知道怎么想的，尽管非常害怕，但又倍感自己的重要，下定决心拯救她，后来由于害怕泄露了她那虚假忏悔的秘密。由于秘密泄露，她上了报纸，迎合某位传教士、政论家、真理探索者、托尔斯泰主义的变节者的要求，迎合所有想要揭发恶魔的人所需。这正是她的目的所在，对她来说没有什么比公众的丑闻更有趣。不管是自己的，还是别人的。只要有人喝彩就行。我们的人民擅长演戏，热爱剧场，这也会葬送我们。至于你们记者呢？这些人只要能刊登丑闻就行。如果能通过这件事把皇室也牵连进来……您能相信谁呢？纯洁的修士吗？”他懊恼地丢开一摞报纸。“或者您希望有人会在这里为您揭发真相？谁会写呢？门什科夫？苏沃林？涅·布科瓦？亚布洛诺夫斯基？普鲁加温？或者是这个名字像女人一样，痴迷于性问题的点心师？他们在说谎！亲爱的，所有人都在说谎！不管是那些攻击他的人，还是保护他的人。谁也不知道真相！永远不会知道！”

“这是您的嫉妒心在作祟！”

“忌妒谁呢？”列赫科贝托夫轻蔑地说。

“您就是忌妒他，”瓦西里·赫利斯托佛洛维奇脱口而出，“忌妒那个农民！还有那些爱他的人，因为您自己不能爱他。”列赫科贝托夫暗淡下来的眼神让他知道，自己说中了。

“您掺和什么啊。您修好自己的煤油炉子了吗？”猎人压低声音说，“继续修吧。不要去插手那些您不懂的事情！”

“我会插手的。”机械师站起身来，走到台阶跟前，从那里能看到淹没在火光中的舍洛姆河，“我一生都受到排挤，一切都由别人安排，总是按指示做事。够了！这个人，您知道我为什么爱他吗？不是因为他笃信宗教，或者在乡村澡堂里打掉了将军妻子的傲气。而是因为他打破传统。除他以外，谁也没做到这件事，我不能，您也不能，只有这个人做到了！”

“做是做到了，却搞出不少事来，引得谣言四起，争吵不断，他留下一个谜，这个谜哪怕真的有上百个智者一起努力也猜不出来。可是现在，整个俄国都读到了报纸头版头条刊登的骇人消息：他被杀死了。有的人心满意足，有的人则是幸灾乐祸，只有少数人感到哀伤。当时他做完日祷回来，大白天，走在村子里的路上，有个患梅毒变得极其丑陋的平民妇女用刀捅进了他的肚子。这把刀她在哪儿买的，抑或是谁给她的，谁怂恿或是指使的她，谁一定要杀了他？报纸上写道，农民曾经玷污过她，她想为自己，还有为了要么是她的女儿，要么是被凌辱的姐妹们报仇，或者正相反，她想验证，上帝是会让他避开武器，以向人们显示其神性，还是会任由他死亡；报上还记述了一位流亡的修士司祭，他最初和死者是朋友，后来却反目成仇，那个女人就是他暗中指使的，她裙下藏着匕首，跟踪那位农民几个月，从彼得堡到雅尔塔，从雅尔塔到西伯利亚，就为等一个合适的机会。但是，这个被除名的人算什么司祭，俄国又算是什么国家，带刀的疯婆子们可以到处畅行无阻，它的灵魂充满疯狂，如同在浓稠的血液里涌动着暗红色的发酵过度的酒，只要一热血沸腾，瞬间就可以毁了自身。在这样的国家里怎么生活？应该如何对这样的国家进行改革，教育和启蒙呢？

“您可能已经选择了某种东西。要不然就是您捐钱支持革命，同神父们做斗争，至于您本人，将您稍稍修整一下，会是比季霍米罗夫和诺沃肖洛夫小组更纯正的君主派。而且，这很有俄国风格。离开宫廷，投身革命。只是您记住我的话，结局必然是血腥的。我很感谢上帝，让我远离那些激进的孩子们，他们所做的事我甚少参与。还是打猎更好些。”

“不，投身沸水池里更好些。那样的话，出来时或许能诚实些。”瓦西里·赫利斯托佛洛维奇有点漫不经心地回应道，甚至没有顾及这个本质上并不公平的责难会让巴维尔·马特维耶维奇多么气恼。一种不祥的预感困扰着克米萨罗夫，他感觉到有某种凶戾的气息，隐藏在七月火热的阳光里，在夜晚弥漫森林大火烟尘的雾气中，在临近盛夏阴郁的夜空中若隐若现的群星里，在那从地平线升起的月亮内，也在它清冷的光华照亮的田野和林中的空地间，在它用颤抖的光斑和淡淡的阴影勾勒出的整个世界中。瓦西里·赫利斯托佛洛维奇想起了那个被杀的农夫，想起他那愧悔、沮丧、低垂的目光。很久以前的一个暴风雪之夜，在托博尔斯克干线附近，他出现在自己面前，就像普加乔夫出现在彼特鲁沙·格里涅夫面前一样。可能正因如此，这个发须茂盛的朝圣者感觉到了自己的罪孽，因此想帮助那个爱戴自己的人做些善事，然而结果竟是这样：无论是流浪汉，还是克米萨罗夫，都不应该去帝都。现在他们中的一个已经死了，而第二个——还有多久呢？

瓦西里·赫利斯托佛洛维奇猛然间感到了自己生命的短暂，仿佛是他已翻过山脊，在远方渐渐消融的薄雾中看见了路的尽头，细节还不甚清晰，但显然不可避免地和那座冰冷的城市紧紧地联系在一起，他能偶尔走出这座城，却无法永远离开。

他不惧怕死亡：人类的身体现在仍有很多缺陷，不美丽，会衰老，屈服于愚蠢的本能，因此死亡对他来说是唯一明智的结局，也是一种解脱。但克米萨罗夫在思索一件奇怪的事情，要是有人问他，那个意外滞留彼得堡层层宫殿之中的西伯利亚流浪汉应该死于何日何时何地，他会回答，当然是在那里，在彼得堡，他一定会死去，但不是现在，不是这样，不是在六月的大白天里死去。实际上，他应该在自己家乡的村子里，在一年中的夏天，也是自己人生的盛夏时节迎来死亡。但是，为什么这个农民如此糟糕、屈辱地被一刀刺进肚子了结生命？如果是在深秋或者隆冬的夜里，在昏暗的路上被根本不信教的暴徒、强盗、小偷之类的人所杀，或许会好一些，可他在阳光灿烂的大白天，在基督教的节日里，死在一个村妇手里。她被上帝遗忘，受尽众人的欺侮，智慧微浅，极端狂热，就是这样一个女人一刀刺进他的腹部。她就像狩猎野兽一样，最终寻到了他。而且她清楚会发生什么事，却并不害怕，准备牺牲自己，这意味着，她也有自己认同的正义。这说明她是被某人选中的，并不看重尘世生活、富足温饱，说明她和那些从青年时代就开始引诱、考验克米萨罗夫的存在是一类人。不过，为什么这个具有非凡预知能力的农民没有预料到这些，没有制止她？或者，先知也不能洞察一切？或者，他根本不想制止？或者，他知道自己需要为什么而牺牲，并已经准备好赴汤蹈火？难道是他自己一心求死，同时也成全了她？

“啊，朝圣者，朝圣者，你的灵魂如今在哪里徘徊，谁能听闻你那富有魅力的低语？”机械师浪漫地说道，他极其敏锐地感到了自己和这个人之间的联系，就像同一个机器上的零件，从前曾紧密地连接在一起，现在锁链已经断掉，无论如何也不能恢复还原，应该怎么办呢？今后要怎么生活才不算虚度光阴呢？

克米萨罗夫抬头问天，似乎那里有人可以听到他的问题：这是什么，为了什么？怎么才能明白一切？这个被卑鄙暗杀的人究竟有什么意义？什么才是广阔无边的俄国近代诞生的神奇产物，什么才是这令人费解的生活机器所多余的，或者正相反，所缺失的零件？

但是，他的问题越空泛，天空就越阴森寂静，这片阴暗的灰蓝色的天空不仅笼罩在舍洛姆河上空，也笼罩着整个俄国。据报道，在奥廖尔省有十栋房子被烧毁，在特维尔省有六十栋，火灾波及彼得堡、莫洛加、伊兹波尔斯克，一艘轮船在伏尔加河上被彻底烧毁了。莫斯科大雨倾盆，夹杂着特大的冰雹，而在波恰耶夫刮起飓风，下着血雨，沃洛格达省瘟疫横行，阿斯特拉罕省黑死病逞凶，而在察里津则霍乱肆虐。大自然就是敌人，它发动了战争。和这篇文章并列的是一篇感伤的契诃夫回忆录，这个庸俗的家伙离世已有十年，他佯装一名温和良善的知识分子，欺骗了这个邪恶的国家。他正是让机械师克米萨罗夫忍无可忍的人。契诃夫不懂俄国，也不倾听它的声音，却以自己笔下呆板无力的人物哄骗它，以其松弛的语调和潜藏的犬儒主义使它变得迟钝，长期毒害它。他不懂技术，感受不到俄国的力量，更不知这股力量的危险之处，不知何谓暴动，不知何谓革命。因此，这个肺痨病人没活到流血牺牲的时刻，没等到他所无法理解的俄国崛起就死去了。这个国家里一方是契诃夫，另一方是那个农民。

瓦西里·赫利斯托佛洛维奇独自喝着甜酒，思索着问题，祈祷上帝那刚刚去世的仆人能够安息。他听到整个村庄都在沉睡，没有一点声音，好似空无一人。忽然，黑夜中传来一丝声响：是马蹄的轻踏，还是谁急促的脚步。声音悠远，但凭借机械师的灵敏听觉，克米萨罗夫还是捕捉到这个声响。他走到街上，紧盯着那半明半暗的远方。神秘的声响时而清晰，时而沉寂，自不同方向传来，挑逗他，吸引他走向自己，不让他离开。这声音中有种非常不祥的气息，虽然机械师不相信任何预感，尤其不相信鬼怪幽灵之事，但还是感到心惊胆战。他想叫喊，却又不敢，不知是在担心惊到神秘的存在，还是担心暴露隐藏在暗夜中的自己。

“也许，他的灵魂在这里徘徊?”这个念头忽然闪过脑海，吓得他一身冷汗，“也许，是他在说着那些在世时没来得及讲的话?或者，他只是在不知所措地徘徊?”

“可能需要给你做做安灵弥撒，”他低语道，自己都不知道这个词是从哪儿冒出来的，“本地的教士不会同意的。老人们、教士们都不喜欢你，你的名声比文学家更令他们不齿……哎!”他小心地呼唤道，但是却并没人回应他。

周围寂静下来，一切凝滞不动，仿佛在冰洞之中，整个世界似乎已走向终结，抑或是克米萨罗夫已经死在其中，他什么都感觉不到，触摸不到。接着，突然从侧面的某个地方，从瓦西里·赫利斯托佛洛维奇完全没有想到会看到人的方向，出现了一个模糊的少女的轮廓，个子不高，穿着蓝色的裙子。她模糊的样貌逐渐清晰，越来越真实，最终他看清了来人是谁。

“乌利娅!”机械师的声音有些虚弱。

女儿呼吸有点困难，脸色苍白，哆嗦着肩膀，乱七八糟的头发掩住了面庞。

“你从哪儿来的?刚才在哪里?和谁在一起?”

乌利娅突然大叫了一声，眼中透着恐惧，脸孔抽搐扭曲着，仿佛是一瞬后她也会消失，融化在烟雾浓重的夜色里，就如同她突然出现一样。但是她认出了父亲，吃惊地四下张望着，然后就大哭起来。她哭了很久，多年以来，他第一次没有推开女儿，而是将她揽入怀中，生疏地用双手抚摩着她潮湿的头发，嘴里嘟囔着什么，笨拙地询问女儿，可是乌利娅只是摇着头，哆嗦着肩膀，说的都是些胡话：

“我又看见他了。”

“谁?”

“他离得很近。”

“谁？你看到谁了?”

她没有回答，轻柔的身体越发绵软，眼睛也闭上了，瓦西里·赫利斯托佛洛维奇切身感觉到她的虚弱和乏力，极度的怜惜和担忧让克米萨罗夫的心脏几乎无法承受。乌利娅感受到的冷漠、疏远和漠不关心其实只是父亲温柔和关爱的体现。她发现不了，因为她一直被恐惧纠缠和毒害，瓦西里·赫利斯托佛洛维奇越是爱女儿，那种她会遭遇不幸的预感就越是令他痛苦。她是那么柔弱、那么无助，有时他觉得，自己一生中最幸福最安宁的时光，就是乌利娅不会走路，自己背着她，叫她乌利奇卡，她也完全依赖着自己的那个时候。而现在，她走进了这个满是各种威胁的世界，而且她越长越像她的亲生妈妈，乌利娅好像正向妈妈转变，最后会变成她，这让他很是痛苦。他耳边似乎还回荡着临别时妻子的叫喊声：“只要你别毁掉我女儿!”怎么才能让她不被毁掉？怎么教养她？怎么做才能使她免于和生母、继母同样的命运？谁来教教他？

“唉，玛莎，玛莎，你做的这叫什么事啊？你为什么离开我们？你许的愿多么奇怪，多么荒唐啊？为了什么？目的何在？向谁许的？难道是上帝？你笃信的那个上帝，那么残忍，那么严酷吗，需要你做如此的牺牲？这牺牲又有什么意义呢？你比我更爱我们的女儿。你的眼泪，你的祈祷让我在午夜惊醒，我至今仍记得，你是在请求上帝从你那里拿走乌利娅需要的一切。这我都知道，却又完全无法理解。”

这个笨拙的中年人，坐在白色的小床旁边看着女儿，她睡得并不安稳，身子还时不时地战栗一下。泪水不经意间划过他胡子拉碴的脸，接着他走出屋外，到棚子里修起了风扬机。风扬机是昨天晚上隔壁村子送来的，村民请求他看在耶稣的面子上，在打谷之前修好。

3

彼得堡的宗教神学俱乐部采取政治行动之前不久，还发生了一个引发轩然大波的事件，契弗列克教派进行了暴动。巴维尔·马特维耶维奇·列赫科贝托夫与契弗列克教派往来密切，多年以来他在那里寻求同情和安慰，在极其忧郁和绝望的时候甚至打算加入其中。教派的领袖，伊西多尔·谢京金是个极其令人厌恶的变态。他恶名远播，因为他把自己的女仆们变成了情妇，还决定把孩子们从其母亲那儿夺走，这其中有很多是他的亲骨肉，孩子们在成年之前被分送到不同的孤儿院，更有甚者，他还刻意向那些可怜的女人隐瞒孩子的去向。不幸的女人们号啕大哭，哭声填满了残暴的伊西多尔的耳朵，但是他坚持要检验信徒们的忠诚度，为了实现自己的教育目标而一意孤行。

“家人是人类的敌人，”伊西多尔有点谢顶，当他说这句话的时候，他高高的额头反着亮光，像个刚洗干净的鸡蛋，“妻子是丈夫的敌人，孩子是母亲的敌人，女儿是父亲的敌人。为那些崇高而神圣的人效力，这是自然的。虚伪的书迷也很擅长这个。您来这里是为了听命于阴暗污秽之人，为了伺候他，您要与他一起堕落，亲吻他肮脏的双唇，以自己的爱去复苏他。只有知道罪孽和恐惧的人，才会了解真正的神圣。您来这里是为了善，但请先进入沸水池中，饮尽罪恶之酒，为了他变成经验丰富、无懈可击的人，就像我一样。”

信徒对指引者言听计从，竭力完成他吩咐的每一件事情，可谢京金的幻想是极丰富的。他骗光自己的所有信徒，住进自己在石岛上的家里之后，决定尝遍堕落者常犯的罪孽，无论是顺应还是违背自然天性的。有了他的严密监督和亲身参与，兄弟姐妹们或一起或单独地犯罪，然后忏悔，忏悔后又犯罪，以至于彼此怨怼冲突。不过信徒中还是有一个人站出来，要求领袖终止这场闹剧，并威胁说要将他不道德的行为报给警察。

如果换成其他任何一个人，伊西多尔会立刻铲除他，而且他自有不怕警察的本领，可这个勇士不是别人，而是后备军士官生巴维尔·马特维耶维奇·列赫科贝托夫。他其实早就该被驱逐出去，以免他带领兄弟姐妹们起来叛逆。但是伊西多尔又希望在自己教会里拯救迷途的彼得堡知识分子，希望成为他们的领袖，把和列赫科贝托夫一起参加理事会的渎神者们吸引到哲学俱乐部里来，所以他顺应了自己的虚荣心和沽名钓誉的念头，也因此受到了极其残酷的惩罚。在塔夫里达，人们完全无视伊西多尔以往的功与过，吹着口哨，哄笑着将他赶下讲台。一个瘦弱暴躁、戴着单目眼镜的少妇猛地冲上来撞向他，用刺耳的声音大叫："混蛋，混蛋!"伊西多尔非常怕她当场就和自己厮打起来，或者她根本就禁不住这一下撞击。巴维尔·马特维耶维奇开始时也对发生的事情感到很难为情，向伊西多尔辩解说，那些宗教哲学家们的精神领袖都很愚蠢，耳聋眼花，认不出魔鬼，而"混蛋"一词应该按照哲学层面的，俱乐部内部的含义来理解。可后来有一次伊西多尔在家中布道的时候，巴维尔撇着嘴，捋着又脏又黑，还散发着泥沼味儿和烟味儿的胡子，突然当众说，魔鬼就是谢京金本人。

他是压低了嗓音小声说的，但是所有人都听到了。信徒们本来毫无生气的脸骤然有了光彩，眼睛睁开来，变得炯炯有神，在伊西多尔的教派里出现了争端。自封的创始人对性事狂热，热衷于幻想，这已经让温顺的信徒们感到厌烦，他们希望列赫科贝托夫担起拯救这座城市的使命，消灭这条残害美丽少女的毒蛇。巴维尔·马特维耶维奇从没想让自己变成英雄。他更愿意做个旁观者，历史的记录者，一个里程碑，让各种动荡的历史潮流经它而交汇碰撞，即使他对什么感到气愤，也只会悄悄地写进记事簿里，留给未来的列赫科贝托夫们。但这次他是真的怒气难忍，还是猎人的天性使然呢，也可能巴维尔·马特维耶维奇本就只是装成一个没有感情的木头人，等待一个合适的机会，给出致命一击。不管出于哪种情况，他都没有置身事外，当那位导师正亲切地听一个褐色眼眸、面容沧桑的妇人跪在面前忏悔时，列赫科贝托夫出人意料地闯了进来。

“你要干什么?”伊西多尔严肃地问道，甚至眼皮都没抖一下。

“我应该杀了你，”列赫科贝托夫想都不想就直接回答道，努力地不看向那女人，“就算不杀了你，也要把你投到流放连里监禁个二十来年。”

“啊，你这个混蛋，”谢京金拖着长音数落道，“我们收留你，关怀你，教诲你，而你却打算成为犹大。也好，你走吧，告密吧，去领赏金吧，出卖导师，吻别他吧。”

“再不会有人亲吻你这个反基督。”巴维尔·马特维耶维奇沉郁地说道。

“他们会的!”谢京金回应道，从容地系上裤子，“而你这个流氓会自杀，或者被别人所杀。”

但是巴维尔·马特维耶维奇并不害怕，他用他所拥有的唯一一件武器继续前进，一直坚持到最后。列赫科贝托夫尽管曾经用警察来威胁谢京金，但当走到这一步时，他觉得，对于肩负俄国文学崇高使命的知识分子来说，私下写告密信是种卑劣的行为，所以他起草了一封文风精致的公开告密信，署上姓名，希望得到彼得堡各界的呼应……

列赫科贝托夫反对契弗列克教派首领的那些文章带来了爆炸效应，就像隐藏在外国小轿车下面的炸弹一样。它们一期接着一期地在《俄国时代》上面连载，轰动一时，热切的公众排着长队购买，街上卖报纸的人高叫着列赫科贝托夫的名字，他的成就对敌人来说是一个毁灭性的打击。他的成功也立刻引发了一些人的不快。嫉妒者言之凿凿，说这些文章并非列赫科贝托夫所写，而是某人假借其名完成的，或者确切地说，他向巴维尔·马特维耶维奇购买了其名字。也有人声称这是文章作者刻意夸大其词，实际上在教派里根本就没发生类似的事情，这个狡猾的人只是想在借信徒们飞黄腾达，他本人此时已经在主教公会谋得了秘密职务，在那里他得到了很多人的庇护，例如总检察长萨布列尔、狂热的传教士斯克沃尔措夫以及两个热情的神父——沃斯托尔戈夫和沃斯托科夫。右翼保守派的《彼得堡公报》写得正相反，一切指向信徒们的攻击实际上都是在针对教会，而《历史小报》则说，最需要弄清的是，列赫科贝托夫究竟在为谁效力，除了“北极兄弟会”，他是不是还和爱好戏剧的将军准科夫斯基一起加入共济会分会“基督复临前的欧洲”？而因为巴维尔·马特维耶维奇把这个热点给了竞争对手们，感觉受到侮辱的《兄弟词话》则暗示，揭发者或是和谢京金串通好的，或是想取其位而代之。还有一本风格活泼的插图杂志，封面是紫色的，配着黄花，上面刊载了无名氏的文章，言之凿凿地说，列赫科贝托夫对信徒们的事过于感兴趣，这说明他自己就是个性变态，应该好好考察一下他的私生活。出人意料的是，身在国外的出版者马克西姆·佩什科夫也写了一封简短的公开信，言辞犀利，认真地表达了他强烈的不满。他宣称，列赫科贝托夫根本不明白自己在助长谁的声势，因为制度的敌人正是人民的朋友。但是反应最强硬的还是法利赛教派的多马，巴维尔·马特维耶维奇在斯韦特洛亚尔湖就听说过他。他为此走出了隐修的地方，在《独裁的残疾人》的公开采访中宣称，在其祈祷之下，列赫科贝托夫在最近的三个月里会受到上帝的惩罚。

巴维尔·马特维耶维奇想起了青年长老那忧郁的眼神，不由得打个寒战，但是并没有动摇。他不清楚多马跟伊西多尔有什么关系，但任何事情都不能阻止他，哪怕是有可能遭到全社会日趋激烈的抵制，被教会开除教籍，被冠以犹太共济会成员的称号，让自己林中的小屋被监视，抑或是那最令人绝望的，关于他和他那些忘恩负义的儿子们即将死去的预言。作者脑中满是新奇而狂热的灵感。与伊西多尔战斗使他感到非常兴奋，不管是青少年时代悲惨的遭遇，还是对女人的思念，不管是北方的自然环境，还是斯韦特洛亚尔湖，不管是狩猎丘鹬，还是训练猎狗都不能与之相比，在战斗当中他看到了某种自己所必需的东西。谢京金也没充分预料到，自己吸纳进那个泛着泡沫的水池里的是个多么危险的人，以及他在描写自己掌控教徒的体系时，对此事已经掌握到了何种程度。列赫科贝托夫成功地让那些受伊西多尔迷惑的男人女人们开口，记录下了他们狂欢放纵的全部细节。这些故事没有什么表现力，却因此而显得更加可怕，更加悲惨。读到了教民反对自己的供述，谢京金浑身发抖。报纸上的文章让他觉得烫手，这些文章最好根本不去读，可是里面提到了自己的名字，因此又不得不看。报纸被增量排版印刷了数万份，传遍了整个俄国，文章受到赞美还是批判都不重要，重要的是内容与他有关，里面说这位流亡的僧侣从少年时代开始追求一种快感，只有性方面的刺激和满足才能与之相提并论。

“俄国民众知不知道，这个恶棍是从哪儿冒出来的？这个人，经您允许第一次出现在查理金诺是在革命暴乱之后，仿佛是一个更加可怖的时代的先行者。但是，他没有和大学生或者革命者们一起出现”，列赫科贝托夫没有很急切地写下去，而是一行一行小心地码字，仿佛是在暮秋无雪时期追击一头因发情而变得迟钝的公野猪，“也没有和持无神论观点的知识分子们一起出现。他也没出现在犹太人、托尔斯泰主义者、反正教仪式派信徒、莫罗勘教徒的队伍里，我们一直很清楚这些人对社会风气的不良影响，却忽视了核心人物。他出现在人们最难以预料的地方，在此他能最顺手地形成狠狠一击，那就是东正教会、保皇派和黑色百人团。一九〇五年这位彼得堡神学院的毕业生，在查理金诺的广场上点燃了革命者形象的稻草人，一九〇七年他又在圣三一修道院挂起列夫·托尔斯泰的肖像，让数以千计的教民公开向其吐口水。他鼓动民众叛乱，每周五公开召集大家在御马场用浴帚抽打首相斯托雷平画像，为的竟是驱除其共济会精神！在自发的宗教游行期间，为人谦和的修道院院长竟放纵自己侮辱行人，公开侮辱身份高贵的女性，在其中寻得特殊的满足感。他时常把不堪入耳的脏话挂在嘴边，在公开场合也是如此，而当权的主教对这些胡作非为不仅不管，反而还全力支持。后来世俗权力介入，想要劝阻他，甚至动用武力要驱逐他，这个造反者竟从警卫队手底下逃脱了，把自己和追随者们一起锁在修道院的大礼拜堂里，几天几夜接连用言辞煽动她们，使她们疯狂。这数千狂热的女性在他的指挥下，冲破修道院的高墙，对外面的警察或用编针去刺，或拳脚相加。英勇的俄国警察并不习惯和女人打架，所以只能后退。但是后退的不只是他们，还有我们所有人。这种丑行和混乱无序的状态持续了两年，我们这个社会也被他那毫无意义的挑衅行为折磨了两年，俄国人民混乱了两年，最后，主教公会终于下定决心将这个所谓的修士司祭送到拉夫里谢夫修道院，一个以规矩严格著称的小修道院去忏悔。可结果呢？他公开放弃教职后离开修道院，创立了自己的教派。在这个教派里，他践踏社会准则，淫乱无度，不知羞耻与纯洁为何物。为什么能发生这样的事？因为伊西多尔·谢京金是我们这个时代的自由主义最粗鄙可怕，但又不可避免的产物，恶之花此时竞相开放。社会大众欢迎自由主义，人们不去教堂，而是加入各种教派以及黑暗公社。教会对此冷眼旁观，既不对神负责任，也不对人负责任。”

巴维尔·马特维耶维奇还写了很多：软弱的沙皇、无能的警察、官僚主义的主教公会及其懦弱的官员们、宗派主义壮大时期的东正教的危机。他还写到彼得堡的贵族沙龙，那些疯狂的伯爵夫人、信奉世界主义的男爵夫人在沙龙里招待伊西多尔，供给他银钱。他也提及俄国知识界人士，称其就是一群歇斯底里的傻瓜和奴隶，他们会再次从那些被奉若神明的人民那里得到教训。他还讲述了民族主义者的缺陷，保皇派的愚蠢等等，这些内容都被《俄国时代》的胆小主编删掉了。他冷静地告诉列赫科贝托夫，这些会引发很大的骚乱，刊登剩下的内容就足够轰动了。

“我们是健忘的，”列赫科贝托夫在这封写给俄国社会的公开信结尾处写道，“我们忘记了，在俄国历史当中流亡的修士可能成为非常可怕的预兆。难道格里什卡·奥特列皮耶夫没给我们任何教训吗？或者是我们在中学没有学过混乱时期的历史，三百年之后还想重复经历更恐怖的事件，渴求流更多的鲜血，遭受更严重的饥荒，更可怕的混乱和死亡？或者我们已失去了理智，失去了掌控自己生活和命运的决心？俄国应该重回中学学习，伊西多尔应该被用肮脏的扫帚赶出课堂！”

4

“混蛋，真是个混蛋！他请求我接纳的时候装成个小孤儿，纯洁的小心肝，只为了接近我。犹太人、马扎尔人、吉卜赛人、异教徒。”伊西多尔忧郁地念叨着，心里想着那个黑头发的高产作家，懊恼自己的轻信人言，痛苦于人类的不公和忘恩负义。这个蹩脚作家说恶毒的话，做缺德的事倒是容易，要是所有人都和你作对，从少年时代起就时不时地有小鬼凭空出现，看你能不能规规矩矩地生活。他们时而是灵巧的小黑人，像个陀螺一样在你身边转来转去，还妨碍你做事，时而是衣衫不整的女人冲过来热吻你，这个女人令你感到既厌恶又迷醉。起初只是夜里，当你独自醒来，清醒无眠的时候，后来她们大白天在人群中也不断纠缠你。事情变得可怕，恐惧让你窒息，因为你心中对上帝的赞誉和诋毁已经混杂在一起。你无法对自己同伴中的任何一人倾诉在你身上发生了什么事，在忏悔中也不能透露，因为你应当自己克服。这时，孤独与绝望就来临了，你觉得自己是个另类。一个人对抗群魔非常沉重，但是你能往哪儿躲呢？

当自己唯一的儿子在十八岁时向母亲宣布，说要去做修士时，她悲痛欲绝。“以上帝的名义，我求求你，伊留申卡，你不应该去当修士。你不会得到母亲的祝福。你想去教堂供职，那就去吧，去做神父，但你先得结婚，让我有点安慰。你能成为什么样的修士？修士们连肉都不吃。可你最爱吃肉。修士们吃鱼，但是你根本不吃。”这是真的，七岁时被鱼刺卡到后，伊留申卡就不再吃鱼了。那次卡得真的很厉害，差点就让他见了上帝，从那时起什么样的鱼他都无法再吃，不管是普通的烤鱼、煎鱼，还是鱼汤、鱼片、鱼排或者鱼肉馅饼，任何做法的鱼都吃不了。但现在怎么办，难道因为这点小事就不当修士了吗？不，这是他第一次违背母亲的意愿。不是因为不尊重她了，而是因为福音书里他最爱的一句话，这句话就是：被召的人多，选上的人少。他从童年起就把自己列入第二种人中，因为他暗地里感觉到：如果他能忍受一切，坚持到最后，那么他就不仅仅是得到救赎，而是就会登上某个高度，那里高得连呼吸都困难。小伊留申卡有个目标，他没有告诉过任何人，但在自己身体内最温暖，最深处的器官中已将它思虑周详：他想在罗斯恢复宗主教制度。说出来一定很惊人，但沉默也不可能。他想成为新时代第一个宗主教，因为他不知道谁能比自己更称职。要是他知道，他会立即让出自己的位置，伺候他，为他洗脚，吻他的手，忍受他的一切辱骂，但是那样的人并不存在，所以他应当亲手把沉重的十字架放在自己肩上。

伊留沙怀着这个隐秘的梦想长大成人，经营着自己的人生，摆脱掉所有纠缠他的阴影，登上空荡荡的山顶。尽管修士的生活很可怕，劳动量惊人，保持童贞令人反感，大公无私的说法很可笑，但是向上的路只此一条。他开始走得非常好，充分展现了自己的才能。他是谁，是年轻帅气的修士司祭，精神战士、东正教的哥萨克骑兵、是梦想为第二个尼康的传教士，谁会告诉他这一切将如何结束？

不过，还是有个人说了，这人就是科学院的监察员费奥菲尔。他是个神父，伊西多尔和科学院的许多大学生一样，向他忏悔。而对伊西多尔来说，他还算得上是个预言者，因为有一次伊西多尔忏悔了一些平常罪行之后，费奥菲尔没有抬起眼睛，瘦削的温和面庞上表情完全没有变化，小声问道：

“全说完了？”

“是的。”

“有过这样的情形吗，在祈祷时或者为主服务时，你的脑海里会浮现亵渎上帝、肮脏败坏之类的念头吗？”

“从来没有过”，伊西多尔想这样回答，但是与他自己意愿相悖，另一种答案不是脱口而出，而是从喉咙里，从身体最深处冲出来：

“有过。”

“经常吗?”

“总是这样。”

“什么样的肮脏念头?”

“关于圣母的。”

“还有谁的?”

“关于圣灵。”伊西多尔回答，头更加低了。

“那你看到谁了吗?”

“看到了。”他回答着，目光斜视，看向角落，折磨他的小黑人安静地待在那边的洗脸盆里，面有惧色地看着修士。

“你那时候干什么了?”

“我给他们下命令。”

“你和那些魔鬼交谈了?”神父平稳的声音颤抖起来。

“我命令他们不要出声，他们就安静下来。他们听我的话，就像听从约翰·诺夫戈罗茨基。”

小黑人轻松下来，可费奥菲尔什么也没说。他好像陷入了沉思，伊西多尔没有马上明白他在做什么。后来他猜想：他是在祈祷，忘记了自己身处何处。费奥菲尔经常这样，他时常很久一动不动，沉浸在祈祷中，仿佛睡着了。伊西多尔开始觉得无聊，想要离开，但是没有祈祷者的允许他又不能走。他和小黑人的目光碰到一处，小声咳嗽了一下。

“不能和魔鬼说话，”费奥菲尔毫无表情地说，“你非常危险。永远不要去传教，也不要去任何灯红酒绿的地方。你病得很重。放松自己。只能祈祷和忏悔。忏悔和祈祷。就这样一直到死。请求上帝，不要在你的祈祷被他听闻之前让你死去。”

他用法衣的长巾盖住他的头，但是没有读祷文，反而很快离开了。伊西多尔很害怕，但不是怕他最后说的几句话。他怕费奥菲尔去院长那里汇报，谢京金可不是好惹的。大主教什么玄虚的事情也不相信，为人严肃冷漠，对错误严惩不贷。但不知是因为监察员这次替他保密了，还是院长认为这件事并不重要，此次事件之后，他的生活没有任何改变。伊西多尔没有听从费奥菲尔的建议，他有自己的路，比任何人都清楚自己的才华，根本没有任何力量可以毒害他。至于恶魔？恶魔算得了什么？哪里有循规蹈矩的人，哪里就有恶魔。他应该同恶魔们战斗，并且战胜他们。

他知道谁能帮助自己，那是俄国沙皇。他梦想能成为沙皇的良师益友，这个高位吸引着他，他总是为此谦卑地在自己的祈祷文里面请求。上帝听到了自己忠实信徒的祷告。俄国在同黄种人的战争失利，暴动开始；暴民从四面八方的暗处涌出；蛮横无理的工人们要的不再是面包黄油以及八小时工作日，而是愚蠢地要求不知要来何用的自由；知识分子们动摇教会的地位，拼命地在教堂之外到处寻找他们自己独特的上帝，伊西多尔利用这些时机，通过布道反对动摇皇权的敌人，因此名声大噪。他最初是在自己的修道院里，然后是全城，进而在全省煽动人民仇视革命行为，用武力抵制叛乱，用暴力阻止示威，人民相信他，很多人紧紧跟随他。人民更愿意追随他，而不是软弱的省长。

他在修道院的礼拜经常持续六小时，成千上万人在伊西多尔布道时哭泣、喊叫，他是如此擅长言辞，值得信服。“你们想要得救，就要保护我，”他的声音远远传播开来，回荡在教堂前的广场上空，“没有我，你们所有人，你们的孩子、孙子、曾孙们，所有人都会死去！拯救他们的诺亚方舟就在这里，就在这些高墙之内，在他们旁边。”人们称他是能言善辩的演说家，从整个城市，从这个富庶省份的各个地方给他带来捐助品。上百人努力颂扬伊西多尔，而后变成上千人，他和这些人一起把这个简陋的居所变成难以攻陷的堡垒，周围环绕着高墙和壕沟，堡垒的通道延伸到地底深处，纵横交错。他不怕任何人，任何东西，不过所有人都怕他。

他有很多敌人，这些人极其仇视他，在报纸上陷害他，派来杀手，主教们认定他有罪，劝说主教公会的总检察长把他送到索洛维基去。他最强大可怕的敌人是彼得·阿尔卡季耶维奇·斯托雷平，但是伊西多尔得到了上层力量的保护。他被驱逐过，但是回来后却更坚强，也更强大了。他的人民追随他回来，信奉着他的至高真理，他知道自己应该引导他们去哪里。“我不是加邦神父，不会向沙皇提出任何请求，我将亲自保护沙皇，像狼一样把他的所有敌人咬碎”，他对自己最亲近，最信任的学生们这样说。他在各个沙龙里，在高级僧正官邸说这些话，也对省长说过，说得直白，毫不隐藏。他的话传到彼得堡，传到了皇宫里，有一次，沙皇召他觐见。沙皇的决定震惊了所有人，人们背地里议论纷纷，最好不让这个叛乱的修士出现在神圣的沙皇陛下眼前，他的花招不少，益处可一点也没有。他们分送报纸，在沙龙里传播，还煽动民众闹事，只不过英明的沙皇陛下并没有顺从自己这些贵族、叛徒、胆小鬼和无神论者们的意见。这个可靠的人向皇权暗送秋波，皇权也给予了他相应的回报。伊西多尔用心灵的双目洞悉了一切，一切都按部就班地进行，和他预计的一样。他已在皇村的私人教堂里供职，为沙皇的家庭讲道。当时他的地位已经让位高权重的首相也要对他满脸堆笑，彼得鲁沙显得鞭长莫及，最终也向对手缴械投降。费奥菲尔已经离开彼得堡很久了，皇后对他不满，将他调到南方任职，远离宫廷。沙皇本人选中了这个可靠的人，将他留在身边，给予他好评和敬爱。

修士已经准备庆祝胜利了，他坚信自己可以占据皇座旁边的位置，可以清理并且彻底摧毁自己的所有敌人，迈向更高的位置，并且按部就班地向沙皇揭示上帝对自己的安排，但是此时他却发现，原来那个珍贵的宝地已经被人占据了。到底是谁？是个更严格的禁欲者吗？更神圣更守教规的人吗？更勤恳努力的祈祷者吗？

是那个他可以将自己的地位和梦想拱手相让还保持恭顺的人吗？如果是这样就好了！这是个好出风头的家伙、骗子、淫荡好色的文盲庄稼汉、西伯利亚土著，他和彼得堡的贵妇们走进肮脏的乡下澡堂，用自己那硕大的器官哄她们开心，这个令人轻贱的鞭笞派教徒顶着苦役犯的姓氏，居然抢在伊西多尔前爬进了沙皇的家庭。他是怎么爬上来的，这个恶棍！他迷住了所有人：当时还很得志的费奥菲尔、伏尔加河下游地区的主教、嫁给亲王的两个黑山女神秘主义者，还有整个黑色百人团。他哄骗所有人，把自己说成笃信宗教，效忠君主的人，一个能言善道的保皇派，经验丰富的朝圣者，就这样给所有人洗脑，然后这群目光短浅的人把他领进沙皇的宫殿，可后来他们自己也后悔了，不过要挽回已经太晚了。他像壁虱一样钻进了沙皇的身体。不到一年，鞭笞派教徒就成为笃信东正教的沙皇最好的伙伴，听沙皇全家的忏悔，向他们传教、和他们谈话，狂热的皇后和她蠢笨的女儿们给他写了一封封长信，不懂礼仪的西伯利亚土著拿着这些信到处炫耀。伊西多尔脸色苍白，无法相信地嚷嚷："你说谎，你这条狗，根本就没有什么信！"他拿出几张皱巴巴的纸读起来："我最敬爱，最难忘的老师、拯救者和教导者。没有你我将多么痛苦……"

这是皇后的笔迹和语气，他明白了，也感觉到这不是欺骗，而是真的。啊，当时他多恨这个鞭笞派教徒啊！表面上他没有流露出这种情绪，而是成了他的知己好友。他去了西伯利亚，在乡下草房里过夜，和那个西伯利亚土著一起去澡堂，探听出他的所有秘密，偷走皇后的信件，向全世界公开，让所有人知道皇宫里发生了什么。他跑去求自己的靠山，伏尔加河下游地区的大主教，请他去告诉沙皇，告诉至圣者安东尼。请他们驱逐这个骗子、淫棍，多嘴多舌、无法保守秘密的人，要另选一个最合适的人代替他的位置，这人应该是童贞的、纯洁的男人，像狗一样在自己的辖区捍卫沙皇的宝座不受犹太人和革命者侵犯。请他们委任此人来拯救叛乱中的整个俄国。主教很信任他，听从了他的建议。主教自己也怒火中烧，他感觉到有什么不太对劲的因素潜入了俄国，暴动已经酝酿成熟，当权者们亲手给国家带来灾难，可鞭笞派教徒还在搅浑这一池水，在暴乱者间推波助澜。但是主教的意见并没有被采纳，所以这一切结束得很糟糕，非常糟糕。

这些往事让伊西多尔极其难过，痛苦绝望得几乎要满地打滚。要知道他们已经考虑周到，算计好一切，根本不应该出错。他们选择了十二月的那一天，把鞭笞派教徒带到修道院在瓦西里耶夫岛上的庄园里，手持着十字架，在圣像前要求他放过沙皇的家庭，禁止他再接近女人们。为了让他不再敢，也不再能犯罪，他们决定阉割他。主教知道怎么处理。可是西伯利亚土著原来非常机灵、善斗，这个魔鬼的后代居然挣脱了四个强壮的大汉，没穿裤子，晃动着他那罪恶的器官，穿过涅瓦河，跑到皇宫里告状去了。沙皇陛下被他蒙蔽，已经失去理智，他会听信谁呢？自己忠诚的教民们吗？大主教吗？修士司祭吗？笃信上帝的朝圣者米杰尼卡·科泽利斯基吗？他居然听信了鞭笞派教徒的话，听信那个长相粗糙，口齿不清的庄稼汉，那个好色，喜好男风，手淫还私通的家伙！沙皇信任他。

主教被遣往一个修道院悔过，伊西多尔去了另一个。主教忍下怒气屈服了，修士司祭却起来反抗，并且威胁说如果不尽快将鞭笞派教徒从沙皇身边赶走，就要辞去教职。不过这次伊西多尔的建议依旧没有被采纳。他用血写下退职书，和伪教会伪修士们一刀两断，除此以外，他当时也没有别的路走。主教劝说他：“伊西多尔神父，不要放弃教职，不要让自己离开教会的怀抱，别当弃儿。”但是他没有听从主教的劝告。因为他知道自己的真理。被建筑工人抛弃的石头最终成了最重要的一块。他就是这块石头，就是彼得，俄国新的宗主教，他的使命是扫灭虚弱萎靡，任性妄为，束手无策的俄国教会。和那些围绕在耶路撒冷圣水盘旁、期盼着圣水流动的信徒不同，俄国教会没有任何希望，活生生地腐烂着，散发着臭气。他相信自己会把它清除掉，就像救世主曾经将商人驱逐出教堂一样，他相信，他身后将跟随的甚至不是像在察里津的几千人，而是千百万人。他知道，整个国家都会起来反抗，真理将取得胜利，沙皇会明白自己的错误，向忠贞人士忏悔并让他回到自己身边。

伊西多尔不止一次地在自己狂热的幻想中看到这忏悔的一幕，

看到悲痛欲绝的沙皇，看见傲慢的皇后和她的孩子们当着全彼得堡人的面，跪在被诽谤的修士面前。如果事情不是这样，他就会拥立新的沙皇，任命自己为沙皇，同时也是宗主教，那时俄国将真正成为第三罗马，而且在它之后不会有第四罗马。啊，力量，那时他的灵魂将多么强有力！根本不需要睡觉，不需要吃任何食物，上帝赐予一切并且低声教导："不要放弃，要敢作敢为，孩子。"如果这勇敢的力量平白消失了，既没有给这个家庭的牧羊人带来好处，也没给羊群带来好处，那就太可惜了。伊西多尔绕着皇宫一圈一圈地走，在彼得堡糟糕的人行道上磨破了双脚，踩坏了靴子。他在等待奇迹出现，没有注意到脸色越发阴沉的小黑人。小黑人打着哈欠，看着他在枉费心机，就好像渔夫在望着已经捕到的鱼在拼命拍打，它无处可逃。

这座傲慢的北方城市依旧是如此冷漠、骄横，对一切都感到腻烦，伊西多尔的宣言和狂妄行为没有让任何人感到惊诧。甚至是那些报界人士，在他和鞭笞派教徒战斗时，这些人像魔鬼一样利用他们，可是他们消遣一阵后就忘记了。即使仅仅为了这个原因他也无法原谅鞭笞派教徒：为什么他得到一切，另一个却一无所获。为什么只要西伯利亚土著打个喷嚏，周围一群下流作家就忙活起来了，杜马以他的名义召开一个接一个的会议，主教们很生气，省长们也暴跳如雷，可是伊西多尔发表一整篇演说，在已逝的列夫·托尔斯泰像前忏悔，把他的肖像挂在房间里那些圣像旁边，为他燃起蜡烛，点燃神香，称他为自己的老师，但还是谁也不会来。

只有那可怜的一小撮被糟蹋的女人和力量孱弱的男人追随着谢京金，伊西多尔对他们宣泄自己的愤怒，自己尚未实现的宗主教梦想，也顺便弥补一下青年时代的损失，极度狂热地纵欲来愉悦自己的肉体，正如之前狂热地束缚它一样。可后来他变得缺钱，他害怕组织会垮掉，人们将离开他去寻找新的老师。他辗转反侧，焦虑不安，祈祷这样的事不要发生，但是没有人回应他。可当他已经彻底失望时，出现了一群不怀好意的人。这些人凭空出现，就像从青年时代起就开始折磨他的那个害人精一样。他不知道这些人叫什么，不知道他们从哪里来。其中有一个人身量不高，仪表堂堂，留着楔形的胡须，戴着眼镜，是个彬彬有礼的知识分子，学者，其出身的阶层伊西多尔一生都在厌恶并与之战斗，而今却不得不与之交谈。还有一个瘦高个儿，眼神极其犀利，伊西多尔自认为是个非常强大的人，可面对这样的眼神也畏缩起来。但是，他们之间的谈话怎么也进行不下去，他想谈谈宗教话题，被打断了，想谈谈关于人类的，他们觉得没意思。“你根本就不懂这个。”相貌堂堂的那个人说，然后就开始问让伊西多尔非常痛恨的话题：关于鞭笞派教徒、沙皇、皇后的问题。他问得越多，伊西多尔心里的仇恨就越强烈，而且恨的已经不止是鞭笞派教徒，还有被那个人称为“爸爸”“妈妈”的人。仇恨累积得越多，他就越盼望着复仇，但是这些来历不明的人没有让他去报仇，而是要求他写一本书，谈谈他是怎么成为修士的，在学校里的学习情况，怎么认识的鞭笞派教徒，如何跟他发生的争执，谈谈教徒的女人们，还有被窃的皇后及其女儿们的信件。伊西多尔犹豫了，讲述和布道是一回事，写书则完全不同。

“我不能写书。”

“也没有要求你写啊，老乡，”之前一直没出声的瘦子说，伊西多尔马上听出这是自己同乡，伏尔加斯基人，“别人会写的。你只需要签名就行。”

“不。”他反对，“我不会出卖自己的名字。”

“瞧你说的，”他冷笑着说，“小伙子，你能忍得住吗？怎么样，写吧。”

他们先给了他一些钱，并保证随后会付剩下的，然后就消失了。伊西多尔起初忧心忡忡地等着，这些不知从何而来的使者让他害怕，但是他们再也没有出现。于是伊西多尔慢慢把让他静默的命令忘掉了。他其实压根不知静默为何物，他不是在生活，而是在前进，或者说是被别人裹挟着前进，他也不知道前方等待自己的是什么，但是他突然觉得，有一个无情的猎人在监视着自己的每一步，就像隐藏在暗处的狙击手一样，等待着射击的一刻。没有人告诉他埋伏的地点。应该杀了他，他本来是可以成功的，却没有做到。你无法监控到所有的敌人，于是，他竟然在平地上摔倒了，没有发现危险所在。但是谁能告诉他，那个看来无害的幻想家，那个整天毫无助益地谈论人民和俄国神学的自然主义者，那个幻想着在混乱的教派里建立秩序的人就是他最危险的敌人呢？

警察局也没人能帮忙，他们背叛了他，忘记了他从前对秘密警察局的贡献。那时修士曾培养密探派往对手的各种秘密集会，包括洗礼教信徒、莫罗勘派教徒和反正教仪式派教徒的集会，然后还供出了鞭笞派圣母杜霞·米尔诺娃。供出她是出于报复。他刚来彼得堡时曾提议两人合并教徒，杜霞当时丰衣足食，养尊处优，那样高傲而蔑视地看着他，让他忍不住想给她那扑满香粉的脸上来一拳，揪住她的头发或是羞辱她。假如不是她总是带着畜生似的男信徒，轮番地让他们满足自己，那他就可以揪住她的头发，尽情地凌辱她了。他用另一种方式报复了这个女人，不过这没能拯救他自己。他没能成功逃脱，在芬兰火车站被捕，交由法庭审判。尽管辩护律师涅扎布特内依的言辞激烈，要求保障个人的宗教自由和个人权利，而且为以防万一，声称自己的被辩护人有精神疾病，可他还是被遣往西伯利亚的苦役连，被派往的正是那个死去的西伯利亚土著出生的地方。

人们对此意见不一：有人反对，也有人支持，有的报纸庆贺又痛骂，另一些说惩罚实在太轻，被伊西多尔折腾得不轻的主教公会保持沉默，做过关键证词的教徒们失去了领袖，又选了一个新的导师，他随心所欲地令兄弟姐妹们自由婚配。巴维尔·马特维耶维奇·列赫科贝托夫受邀参加了集体婚礼，并且代表父亲一方，人们还特别向他的平民妻子致敬，所有人都与伊西多尔断绝了往来。人们遗忘了伊西多尔，背叛了他，唯一依旧追随已经垮台的老师的是塞兹兰的女市民菲奥尼娅，她三十岁，身体极其瘦弱，塌鼻梁，所有人都以为她以前当过妓女，是个梅毒患者，可她说自己还是处女。她认为婆娘们和姑娘们自己总是容易犯各种罪孽，没必要长得漂亮，引得男人也跟着犯罪。女人的美丽来自魔鬼。她也曾年轻过，漂亮过，男人们拦着路不让她走，商人们把钱抛在她脚下，神学院的学生向她求婚，官员们暗中派媒人来，可她只向上帝祈求一件事，让上帝剥夺她的美貌，她的祈祷灵验了。对她的诽谤辱骂越多，将来她就会越荣耀。

菲奥尼娅是在察里津认识伊西多尔的，她和一些婆娘们在那里挖地道，运石头。她认为伊西多尔是自己的未婚夫，每天半夜都点起灯，期待他的到来。但是伊西多尔迟迟没有出现。

“等等吧，还不是时候，”他说，“等时候到了，你会第一个知道，可现在要谨慎。”

姐妹们不喜欢菲奥尼娅，当面背后都嘲笑她，给她取外号，叫她塌鼻子、破鞋、荡妇，但是当伊西多尔被通缉时，那些温顺的人都跑了，只有她还留在他身边。别人写的那些有关修士的坏话她一点也不信，她坚定而忠诚，想跟修士一起去苦役连，但是他下达的却是另一个命令。为了见他一面，菲奥尼娅自称是他的新娘，这让看守们笑得直打嗝。见面时，伊西多尔小声说：

“不要为我担心。你去惩罚他。我以上帝的名义请求你，杀了那个恶棍。”

“那个下流作家吗?”姑娘问道，一边用畸形的难看鼻子响亮地使劲吸着监狱里的空气。

谢京金一哆嗦，沉思了一下，好像在衡量谁被杀的消息能给他带来更大的快感。

“不，西伯利亚土著，”他说道，尖细的声音里带着遗憾，“别人会解决那个下流作家。你应该尽快处死鞭笞派教徒。”

他俯身贴紧菲奥尼娅，迅速地在她耳边小声说着什么。他说得越多，姑娘那丑陋的脸孔就显得越害怕，并因此看起来更加阴郁，更加扭曲。但是伊西多尔越说越热情，就像在面对公众演讲一样，渐渐地，姑娘脸上的恐惧减少了，双颊重新浮现出红晕。

“我会完成你说的一切，”她回答，弯腰鞠躬，亲吻他的手，“祝福我吧，父亲。”

“上帝祝福你。什么也不要怕。最重要的是不要出差错。你知道‘罪孽’这个词是怎么来的吧?”

“是的，父亲，”菲奥尼娅点头说，“罪孽来自犯错，也就是没有命中目标。”

“不要失误。”

列赫科贝托夫对这次秘密谈话的内容，对自身的幸运完全不知情。他忙于大肆庆贺自己获得的殊荣，唯一破坏他愉悦心情的是哲学家罗夫的话，有好心人殷勤地把话传到他耳朵里：“没有比这更愚蠢的社会制度了，刑事侦缉居然在报纸报道后才开始。把权力交给记者们比交给警察更危险。我完全不明白，如果他写狗写得那么成功，还要那些教徒干什么?”

但是巴维尔·马特维耶维奇忍下了这份抱怨。“一切都对小说有用处”，他暗自算计着，在他头脑中已经有了成熟的构思。如何将罗夫被驱逐出宗教哲学俱乐部与谢京金被赶出契弗列克教派两件事联系到一起，如何将两个冒牌预言家相比较，如何引导那条平行线，最终将所有情节安排在那部还未完成的描写老师和学生的宗教小说中。这一次，他似乎成功地射落了那总是躲着他的幸福，而且已经腌制好了。

5

风扬机损坏得很严重，让人觉得仿佛是他的主人向它发泄了自己的仇恨。农夫们对待机器的那股狠劲儿总是让克米萨罗夫震惊。他们对一切都是这样，他们打自己的老婆、儿子、牲口，甚至不放过贵重的进口克列依东五号横向风扬机。他们难道是用铁棍打的吗？或者他们认为只要用力敲它，它就会开始工作了？可当它不好使时，火气就更大，直到把它彻底毁掉。自找的啊，该死的机器！他看着损毁严重的精密仪器，心里既有愤怒，也有怜惜，仿佛在他面前躺着的是个残废的人。

瓦西里·赫利斯托佛洛维奇耐心谨慎地把风扬机内部机件拆出来，尽量不带给机器任何痛苦。他仔细斟酌着怎么能更巧妙地修复损坏严重的风扬机，如何处理磨损严重的四杆连动机构，到哪里弄到短缺的零件或者用什么来替代。此时，他的脑海中突然闪过一个念头，这个风扬机就是人们死后来接引他们的那种生命，或者更准确地说，那种物体的化身。福音书中讲过一些类似的东西，他记得不是很清楚。那是他很久以前读的，而且并非自愿，只是把它当作一本枯燥并且可有可无的小册子来看的，但是关于死后果报的观念他还是记住了，他对此很感兴趣。克米萨罗夫尽管并不喜欢教士们，认为他们贪婪，而且懒惰，但是有一件事他们说得对：你在这里如何生活，到那里就会如何收获。否则，公平何在呢？他不认为死亡就是所有人都一样，尘归尘土归土。如今，他一边修着风扬机，一边思索着耶稣关于天国的收获的言论，这些话应该按字面意思解读：平常人理解的末日审判在那里根本不存在，同样，根本就没有拿着天堂钥匙的圣彼得，连天堂都不存在。应该有一个睿智的巨大精密机器，它让每一个死去的人经过自己，并且判断拿他们怎么办，是直接扔掉还是安到某个有用之处，这样的机器无疑存在着，因为自然界中的一切都不会凭空消失。

他迅速构想出一个画面：死亡就像是收割和用连枷粗略地打谷脱粒，接下来定期从人间收割而来的灵魂组成的大量混合物被装进一辆辆大车运往巨大的机器。混合物包括完整的或是破损的谷粒、谷糠、空的或是打碎的谷穗、没扬净的种子、黏土块儿、稻草碎片儿、沙土和各种其他杂质，大车有俄国的、德国的、美国的、英国的。预先已经为每辆大车安排好形状和尺寸合适的格子。所有混合物被天堂的风卷成强大的洪流，将谷物和杂草分开。这个庞大的风扬机从不停歇，每时每刻，当人们在大地上工作、睡觉、喝酒、爱恋、打杀、强暴、抢劫、耕种、捕鱼、狩猎、生儿育女、生病时，新的生命运送过来，它在天上完成自己的工作。有人在监督这项工作，操纵风扬机，但是这个某人并非被命名为上帝的活着的生命体，而是伟大的进化，生与死都服从于它。它从来不会犯错，不知疲倦，没有弱点，它不会被收买和说服，你无法欺骗它或是得到它的怜悯……在那些空中之路的某处，被打死的朝圣者的灵魂完成了自己的道路，净化了犯过的和臆想的一切罪孽，体积缩小了，好和那些纯洁的谷粒融为一体，变成天堂的粮食，滋养整个宇宙，保持里面星星的燃烧。沉入梦幻的瓦西里·赫利斯托佛洛维奇还想到，当他自己离开尘世之后，他的位置就在这个机器旁边。他将成为机器的管理员，监督它，不让天堂的装置受到任何破坏，不让机油短缺，不让链条生锈，不让链环磨损，他在此岸的整个一生都仅仅是为了将来能担任这个职务。

此时，外面天色已经破晓，太阳早早地灼烧着大地，带着闷热升起来，阴影缩短了，清晨早到的酷热中，在一群狗的簇拥下，列赫科贝托夫的自行车出现了。自行车很久没抹过油的链子嘎吱作响，似乎它是脱离自己那位永不疲倦的骑手而单独存在着。

“怎么样，满意吗？”猎人喊着，骑行中直接跳下自行车，车由于惯性又往前冲了几米，当啷啷地摔在地上。

“这家伙也会去那里，”克米萨罗夫暗自想着，“然后也到我那儿修理一下”。

“啊——啊，您什么也不知道？！”

列赫科贝托夫的胡子和头发比平时更乱，眼睛闪闪发亮，好像渴望着什么。

“您还没看报吗？赶紧欣赏一下吧！”

他漫不经心地把《经济导报》抛在工作台上，瓦西里·赫利斯托佛洛维奇看到在打开的页面上有一个人的照片，他曾在难眠的夜里哀悼这个人，听到了他的低语，看见了他的身影，也曾想预测他死后的命运。

“他不是被杀，而是被刺伤！”巴维尔·马特维耶维奇郑重地说，“人们用轮船把他送到秋明，给他做了手术，他流了很多血，但只要不出现大面积感染，就会活下来。”

他揭晓谜底的速度和播报消息的方式让本来非常理智的克米

萨罗夫极为震惊，甚至让他在一天里第二次热泪盈眶。他突然觉得心情愉快，感觉极好，那农夫还活着的消息让他倍觉温暖，克米萨罗夫转过身去背对着巴维尔·马特维耶维奇，因为不想被他看到自己脸上的笑容和泪水，也不愿意去为它们做解释。事情发生了逆转，显然，农妇的力量不足以让她用沉重的匕首刺穿农夫强壮的腹部。还有一个原因，流浪汉是个生命力旺盛的人，似乎他的灵魂是用结实的线紧紧缝在身体里的。

“我们那些下流作家们能高兴一阵子了，”列赫科贝托夫激动地说，“您能想象到，全罗斯的笔杆子都要急急忙忙写起来了，他们终于找到了那一个永远花不完的卢布。给县警察局局长的密报，给省长的电报，给主教的呈文，给部长的信件，给沙皇的呈请，还有生活安逸的女人们歇斯底里的哭声。到处都会鸣钟以祝祷其健康。可报界人士呢，记者们呢！这不，您怀疑我，觉得我似乎忌妒那里的某人，对他有敌意对吗？但是请问，在一个贫瘠闭塞的西伯利亚农村里，阴谋发生之前却已经来了首都的记者，而且还是个犹太人，这是怎么发生的呢？偶然吗？”

“嗯，那个村子不那么闭塞，”克米萨罗夫嘟囔着说，“有很多宅院，就在大路边上，而且村子根本就不穷。”

“哪怕那是一座城市呢。关键不在于这儿。”

“那在于什么？”

“在于这个机灵的年轻人马上就能收到两个部门的钱：杂志社

的和警察的。”

“您从哪里知道这些的?”

“我知道,”巴维尔·马特维耶维奇不耐烦地挥手说,“福姆卡说的。他到处都有熟人。那么另一个问题出现了:达维松是糊里糊涂把这个婆娘放过去了吗,或者正相反,他知道她会在波克罗夫斯克出现,并且收到命令不要干涉,而是在必要的时候向她提供帮助呢?最重要的是他身后的人是谁?革命者、警察、教派信徒,还是准科夫斯基呢?也许是大公夫人伊丽莎白·费奥多罗芙娜,难道是她出于某种原因想要为自己的妹妹复仇,或是想拯救她,让他远离诱惑吗?不过最终为什么事情没有进展到底呢?在神圣的罗斯大地上杀死个人不是件非常简单的事吗?只能是他们或许根本就没想真正杀死他吧?啊?您设想一下这个画面:一个患梅毒的女教徒披着黑色披肩,她向农夫深鞠躬,带着浓重的鼻音请求他施舍,然后突然拿出,请注意,是从下面的裙子底下拿出高加索匕首,好给那个以男性力量著称的人腹股沟上来上一击。您怎么看,这是普通的杀人未遂吗?这是在神圣的罗斯大地上每天都在上演的那种平常的意图谋杀吗?不,我亲爱的,这是一个仪式般的演出,是个宗教典礼,是献给那个阴郁凶狠,而且充满妒意的人的祭品。”

“献给谁?”克米萨罗夫打了个冷战。

“一只野兽。”巴维尔·马特维耶维奇慢吞吞含混地说。

“臆想之狼吗?”瓦西里·赫利斯托佛洛维奇说，他自己也不知道，这个词怎么会在他脑海中出现。

“您从哪儿知道的?”列赫科贝托夫警觉起来，用怀疑的目光看着和自己聊天的人。

“他说的。”

“说过臆想之狼吗?”猎人迫切地又问了一遍，“他到底和您说什么了?”

“他说一切罪孽与一切美德都是源于思想，应该学会分辨哪些想法和预感来自上帝，哪些来自魔鬼。”

“那要怎么做呢?”

“为此应该每天早晚用祷告来净化思想，就像用牙粉刷牙一样。生病的思想要医治，腐朽的思想要抛弃。应该经常忏悔自己的罪行，思想不洁的人通常会散发不好的气味。他说自己可以感觉到这些。其他的我什么也不记得。只是您问这个干什么?”

“要是没用就不会问。请尽量回忆吧，所有的。”

“不。”克米萨罗夫毫不留情地再次拒绝，“我想不起来，也不想编。”

“难道您真的什么也记不住了吗?”

“我们谈过天堂。”

“说了什么，关于什么?”作家很惊讶。

“他说每个善良的人都像是某种材料，在天堂里可以用来造船。”

“鞭笞派的船吗?”

“天堂里的船，可以在空中航行的。天堂还不像大地上这么适宜居住，那里有待发现的事物很多。他还说，他不明白为什么人们想在大地上活得更久，到天堂时已经是老人了。年轻人在那里过得更愉快。因此应该趁你还强壮有力时去那里，为此祈求上帝吧。”

“他戏弄了您!”列赫科贝托夫抱怨说，“戏弄了所有人。戏弄大王，也戏弄小鬼。小丑！他就是个小丑！为什么他单单只遇见了您，而没遇到我呢？要是遇到我他可没法胡说八道。干吗要不到四十岁就挤到那边去？这都是教徒的蠢话。菲奥尼娅和伊西多尔算什么？只是别人手中的武器罢了。哎，我愿意付出很大代价，只为了看看那把刺伤他的匕首。不过您怎么看，这个没鼻子的蠢货用她那鸡雏一样简单的头脑策划了这一切吗？不，亲爱的，这不是她的阴谋，是别人的。一定是有个心思缜密的人教唆这个不幸的女人。这个挑拨者智力发达，能掌控思想。可现在，简直不可理喻，令人愤慨，在《新词》中发表写得飞快的小品文价值两卢布一行字，说什么极重要的非凡的人被谋杀，他是我们当代的伊里亚·穆罗梅茨、大卫王、俄国的法老、神奇的傻瓜伊万。他要挣钱养家啊!《月光下的人们》《飘零的叶子》《第一筐》《第五筐》。不，这个女人只是别人游戏中的一颗棋子。现在所有人都跑去调查她，要查明她是不是他的情妇，或许也还是别人的情人，她怎么得的梅毒，他有没有抛弃她，对她承诺了什么，怎么侮辱了她，与此同时，另一群人在某处正在完成某种我们现在甚至难以想象的可怕事情。您注意到没有，原来在波克罗夫斯克发生的事件与大公在萨拉热窝的遇刺时间完全相同。"

"裴迪南是两周前被杀的。"

"如果按欧洲历法来看，正好就是我们这里预谋杀人的同一天。历法早晚会变成一样的，历史上将会出现有人精心策划的两次预谋刺杀。"

"并非如此，"克米萨罗夫立刻反驳道，"这两件事之间的时间差甚至有一昼夜。"

"您不要这样惹人烦，"巴维尔·马特维耶维奇恼火地挥挥手说，"最终他们也可能犯错。您好好看看，多么容易看出来：这里和那里都是同样的方法。宗教狂杀人犯，表面上看来，在他背后谁都没有。但是实际上有人织好网，设下套子，猎捕我们，介入我们的命运之网。您知道这次事件还和什么相似吗?"猎人怀着诗人般的灵感说。

"什么?"

"斯托雷平遇刺事件。我和您不一样，从来也没喜欢过这个活动家。他结识朋友不加选择，高谈阔论，容易冲动，而且他所有绚丽的词句根本一文不值，因为在俄国任何事都不可能完成得果决迅速，有的只是软弱、懒惰、缓慢、温厚、不急不缓的统治，这能给我们广阔的平原带来相应的成果。然而今天我不得不承认，他离开后一切变得更糟。刽子手有某种自我保护的本能。他不让人民接触政权，让人民远离知识分子。可现在的当权者们一点也不明白这个道理。不管是沙皇、大臣、将军，尤其是杜马议员，他们完全没有这种观念。斯托雷平是皇座的最后一个捍卫者。其实，不，我说错了。倒数第二个。最后一个现在躺在秋明医院的病床上，周围聚集着医疗界的名流，他们在照料农夫的肚子，尤其是悉心照顾他的命根子，就好像照顾帝国最高价值的珍宝一样。人们在基辅没来得及救斯托雷平，可农夫在秋明，看着吧，会给我们所有人带来灾难。”

“为什么是灾难？”

“上帝保佑，”列赫科贝托夫多年以来头一次画十字，“上帝保佑，最好让您那位西伯利亚领袖今晚就真正死去吧，不要再染指这片土地了，他的同道曾经想将之分给所有的农民。”

“这两个是彼此的死敌。”

“在我们罗斯自家人总是不认识自家人，这是传统！”作家突然挥动双臂，就像挥动一对翅膀，“在天上，我们会拥抱那些同样登上天国而没有跌入地狱的人。方法，谋杀的方法，这是最重要的！博格罗夫和这位菲奥尼娅非常相似。本人是个受了很大委屈的独行侠，迅速地被处死，人们就再也找不到其他同谋了。不过难道您真的认为，他身后没有指使者吗？要是这个女梅毒患者被秘密审讯，并且很快被送上绞架或者是被关到疯人院，我一点都不会感到诧异。不过所有这些都是同一条锁链上的环节。斯托雷平——裴迪南——您的西伯利亚朋友。这里如今在清理场地，进行空前的丧宴，你我无疑一定会受邀参加。”

“您找不到那里。”瓦西里·赫利斯托佛洛维奇忧郁地说，然后又开始修理风扬机。

“这又是为什么？”

“因为您总是添加不必要的繁文缛节。”

“啊，奥康姆剃刀吗？”巴维尔·马特维耶维奇突然爆发了，“永远也不要相信这些蒙昧主义者，无论是中世纪的，还是当今的。”

“谁？”

“修士们啊！还能有谁！”他像弹簧一样跳起来，开始大踏步地在院子里走来走去。“您才找不到那里！这是个重大阴谋。而且不是像某些留着大胡子的人以为的那样是共济会的阴谋，他们为此呜咽着大声宣讲，夜晚在那些村庄里厉声啸叫，号啕大哭。一切都要糟糕得多。难道您，人类灵魂的机械师，到现在还没弄明白现在的事被未来操控着吗？或者更准确地说，它来自未来。您这些双手血腥的孩子们，不管是记者，还是警察，他们都一直从那里得到指令。有人像老鼠一样把不同时代间的隔板咬穿了，他不只是透过孔洞观察着我们，仅仅观察还不太要紧，他还迫使我们接受他的意志。那里有人希望我们以让他们觉得合适的方式，而不是以我们喜爱的方式度过一生。孩子对待自己的父母是自私的，孙子孙女们对待自己的祖父母也是，而且是双倍的自私，时间越久远，这利己主义就变得越强烈。我们还没学会，而且已经学不会去剥削自己的先人，就像他们能够做到的那样。正是因为我们的远祖是食人的野人，今天的托尔斯泰伯爵－运动员才可以做自己喜欢的一切，同时还保持着自己是一位素食主义者。啊，好吧，不是您的，不是您的！您的费奥多罗夫，他觉察到这一点而且在反抗，但能不能想出比让死去的野人复活更可笑的乌托邦？是谁让他们屈服了？他们会做什么？人们埋葬了他们，忘了他们。他们会吃掉我们，这些您未来的一代，为了他们，您今天不只折磨自己，还折磨自己的亲人。我们的孩子就是带给我们威胁的人。或者说，您难道连这个也没觉察出来。您的乌利娅！”

“关乌利娅什么事？”克米萨罗夫跳起来。

他的眼睛暗淡下来，巴维尔·马特维耶维奇潜意识里觉得机械师马上就要掐住他的脖子，而且绝不会放开。

“没什么，只是您的女儿那么好奇，那么莽撞，像头小鹿一样，应该由凶悍的母亲来捍卫她远离一切恶人。”他尽量温和地回答，直视着瓦西里·赫利斯托佛洛维奇的眼睛，眼神平和，毫不畏惧。“父亲并不适合这样的角色，不管您怎么努力，尼采主义者先生。”

“我是尼采主义者?!”

“您不是谁是？您是那位被杀死的领袖最忠实的学生和追随者。热爱先祖！光明的未来！人类机械技术时代。伊凡雷帝——伟大的俄国沙皇陛下。新男性和新女性之间的全新的道德伦理和相互关系。旧的道德仿佛是充斥着淫欲和腐朽血液的世界。可我要唾弃您的先祖和未来一代!”列赫科贝托夫激动地说，不容自己的对手问些无用的问题，“他们读了太多颓废派和肮脏的马克思主义。一切过往的历史对他们来讲只是等待上帝第二次来临的厅堂而已。”

“我最最亲爱的人哪，您简直在胡说八道，您对自己的亲人有点残忍吧。”

“这就真的不关您的事了。您先厘清自己和那些女人们的关系吧。”

克米萨罗夫脸色变得煞白。

“抱歉，”作家说，向他伸出一只手，“看在上帝的分上，您别怪我……但是我真的觉得自己不得不谈到这件事。您对未来充满希冀，为了它可以投入生命，但是我害怕它。我特别担心俄国的未来。看看自己周围吧。难道您看不到吗，我们生活在怎样一个丑陋可怕、支离破碎的世界里，等待我们的是什么？技术在疯狂地进步，您为之骄傲，这算是我们这一代人的功勋吗？还是那位您刚刚对我讲的没有成功飞起来的疯子。还有您的飞机。它们是什么，是白白出现的吗？是您那些崇尚机械制造的同行中的某人臆想出来的吗？不，这一切都是从那里送来的。”他举起手指向上指着，“但是他们不是随随便便送过来，而是有的放矢的。”

“谁送过来的呢？”

“我不知道是谁。我只知道他们存在着，就生活在我们当中，将我们推向毁灭之路。”

“您怎么了，怀疑我是间谍吗？”克米萨罗夫傲慢地问。

“啊，不，您怎么可能是间谍？”列赫科贝托夫挥挥手，“您是个粗心的人，糊涂虫，童话故事里谁碰上都要欺负的老大爷。只要您不是装傻充愣的话……”

6

克米萨罗夫通过中间人和党员们保持联系，据他所知这人叫汤姆叔叔。他通过中间人来转交钱和工厂的统计数据。汤姆叔叔最近开始对数据感兴趣，他要求机械师记录下来奥布霍夫斯基工厂每个月生产多少产品，生产哪种产品。克米萨罗夫没有问他为什么需要这些数据，但是任务都严格完成了。尽管他时而会遇到工厂的工程师们费解的眼光，奇怪他为什么需要这些跟他的职责毫无关系的数据。

通常，来人都会提前告知他要见面，不过准确的时间和地点只有到即将见面时才通知，而且那保密的级别仿佛是整个彼得堡所有的警卫部门都在追捕他们两个一样。机械师对一切虚伪做作都很反感，也嘲笑过汤姆叔叔，不过那人却是毫无破绽，随着时间的推移，克米萨罗夫已经习惯了保密的方式，以至于当他在七月初意外收到自己上级公开发来的电报，告知他第二天去喀山后，在波利措见面时，他对此次会面既感吃惊，又觉得不妙。

一切都显得奇怪而草率，似乎是奸细的阴谋。“这样用不了多久就会被警察抓住，”他在去车站的路上想着，“如果他是阿泽夫怎么办?”路上尘土飞扬，迎面过来的有喝醉的农夫们，闲暇来别墅度假的人们，他们步履蹒跚地走到伯朝拉修道院，有的走得更远，到彼赫济茨修道院，路上也有疲惫不堪的职业朝圣者，还能看见乞丐斗殴，而且，仿佛有意与他作对似的，所有人都丑陋肮脏、软弱乏力，有些是因为走了太长的路，有些则是因为自己的陋习和嗜好。有人在路边方便，也有人在路旁的草丛里亲热地拥抱。有个纵情玩乐的商人超过克米萨罗夫，往人群中扔了几个硬币。斗殴开始了，扬起了更多的烟尘，尖叫声，还有醉鬼的眼泪。商人哈哈大笑，又抛出一些。当那个沉默寡言，待人冷淡的白俄车夫把瓦西里·赫利斯托佛洛维奇送到车站时，他已经筋疲力尽，而且怒火中烧。

汤姆叔叔迟到了。克米萨罗夫在等他时认真研读了列车时刻表，好好观察了众人。这个车站是十年前建成的，但是这些年经它进出了数量过为惊人的旅客，以至于它看起来像百年前建成的。由彼得堡开往欧洲的列车途经波利措车站，瓦西里·赫利斯托佛洛维奇突然想到，外国人看到这个被森林和湖泊环绕的火车站、尘土飞扬的道路、歪斜的木房该是有多么好奇和惊诧，之后，他们再去到彼得堡，那里深沉的美丽、湍急的河流、庞大的宫殿会更让他们震惊，这些无论在伦敦还是巴黎都看不到。“你是贫穷的，你也是富有的……”他默默念着从童年时代起就熟悉的诗句。“为什么？我们有什么不对？为什么这个庞大的国家不能管理好自己？难道只是因为它无边无际，像一个发酵的面团一样扩张领土，几近大陆的一半，而不知道自己的边界吗？还是有别的什么在折磨着我们呢?”

他突然想起了列赫科贝托夫，想起了他与自己的外国未婚妻那没有结果的邂逅。“我能想象，他在这里经受了什么。而她，显然，就这样踏上归程……”瓦西里·赫利斯托佛洛维奇也想走，去到那个没有任何东西碍眼的地方。多少人可以进入这个村子？为什么？克米萨罗夫又陷入到那种自我鞭策反省的状态，对自己极尽苛责要求，这种状态以前只有夜里才出现。“从本质上来说，我这一生所做的一切并非是因为我想改变什么，而是因为我害怕空虚，害怕自己毫无意义。我是谁？戴绿帽子的人、好色的胖子、被自己所钟爱的妻子抛弃的丈夫、对自己那唯一的女儿毫无用处的父亲。我完全不了解自己的女儿，也无法给她任何帮助，尽管她显然需要我的支持。列赫科贝托夫说得对，对此我不够敏锐。我不精明，草率而蠢笨，因此改变了谎话精维拉奇卡的生活，我也不知道自己为什么娶她。我糊里糊涂地成了工业间谍，而且这么做没有任何好处。为什么生活变得如此荒谬，到底哪里出了错？我偏离了目标，离它越来越远，就如同我的国家一样。我没有制止它，让它走上正确的方向，而是和它一起偏航了。那时我曾有过目标，但是我好像弄丢了它，忘记了它，而且没办法找回来。或者是某人从我这里窃取了它，某个凶恶狡猾的人，比如臆想之狼。"

最后一个词再次浮现在脑海中，让他猛地一哆嗦。最近一段时间瓦西里·赫利斯托佛洛维奇开始发现有奇怪的东西跟着自己。他越来越频繁地发现自己有一些非常恐怖而且稀奇古怪的想法。他，一个值得尊重的人，会无缘无故地想做些下流无耻且有伤风化的疯狂行为，以前他脑海中从来没有出现过这种念头。比如，走到那个仪表优雅的戴着白色帽子的女士面前踢她一脚，或者在大庭广众之下脱光衣服，在街道中间方便，或者把列车服务员或是一个年轻的女人推到火车头底下，或者大声喊出脏话，粗野地骂娘。连他自己也不知道这是为什么，不过某种外来的力量闯入了他的意识，控制了他，并且占据了大脑的一些位置，吞噬了它们，像是蠕虫一样，或者像是某些他更熟悉的东西，比如金属的生锈和腐蚀。他目前还有精力控制这些念头，抗衡它们，不服从，不照做，但是他没办法把它们彻底驱逐出去，净化自己。它们是真实的，让他想起西伯利亚朝圣者提到过的臆想之狼。这不是假象或者幻想，而是真实存在的，像微生物、病毒、蚜虫，而且这种病毒会感染周围的一切。这是精神的狂躁和变异，是鼠疫，是流行病，是灾难。单一的纯净思想，净化灵魂在这里起不到作用，而且他不是唯一受这个病痛折磨的人。在很多，非常多的俄国人眼中，克米萨罗夫看到了疾病的征兆，天晓得这些征兆会导致什么结果……

一小时后，他和汤姆叔叔坐在了火车站旁边的小吃店里，他们喝了一点伏特加，用撒着糖粉的小甜馅饼下酒，因为店里已经没有其他下酒菜了。这里焦煳的气味比村子里还大，混杂着木炭的气味，满溢的室外厕所的味道，还有不知何处传来的用洋葱煎鱼的气味，苍蝇迎头嘤嘤地飞着，机械师的脸上、头上流着汗，他腋下的衣服已经湿透了，克米萨罗夫嫉妒地看着面前那个矮小瘦削的人，他似乎从来不出汗。他让机械师想起自己从未见过的遥远的沙漠，这位整洁的先生的远祖们在沙漠中迂回绕路，悄悄溜过来。

“他有多大年纪？四十，不可能比这更年轻。但他看起来似乎只有三十岁。他大概是个慈父，某个叫萨拉的女人给他生了很多孩子，崇拜他，给他做犹太式的狗鱼吃。她脑海中从未出现过丈夫会背叛自己的念头，更别说抛弃自己了。孩子们也崇拜他，还有亲戚们以及整个犹太人的大村舍。他也爱他们，关心他们。我们不会这样生活。但是，究竟是什么让这个人走上革命道路呢？为什么这个传统的犹太人蔑视自己父辈们的传统，朝拜异族的圣像？或者这个圣像对他来说根本就不是异族的吗？我们属于同一个党派，应该有共同的信念、目标和理想，但我从未从他那里感到一点亲近和团结，只能感觉到礼节性的关心。所谓关心也就是昆虫学家对某个变异甲壳虫的关注而已。但是，在这个人身上有某种吸引我接近他的东西，古老血脉的呼唤或是某种奇特而永恒的哀伤。"

"情况不太好，"汤姆叔叔说，他往茶杯里倒了一包糖，精心搅拌着，"我要去维也纳，必须和您告别了。"

"这就是您让我来这里的全部原因吗？"

"不，不是全部。我受委托向您转达我自己的还有同志们的谢意，感谢您这些年和我们并肩作战。说实话，尽管我自己也不明白是为了什么。"

"同志，您从来不是多愁善感的人。"

"我知道。"汤姆叔叔笑了，变得像个孩子。似乎他是在人生中第一次不需要匆匆忙忙赶往哪里，似乎他已经到了不用担心个人安危的地方。在俄国很难成为多愁善感的人。

“那里很无聊吧。”

“如果您问的是欧洲，我对那里不感兴趣。”

“那您对什么感兴趣呢?”

“象棋。”

“您是下象棋的?”对于那些具备自己所没有的才能的人，瓦西里·赫利斯托佛洛维奇非常重视。

“编棋谱。”

“什么?”

“我是编象棋棋谱的人。”

他不再说话，克米萨罗夫突然想到他们马上就要分开，而且永远不会再见面。或许，他和组织的联系就此中断了，他的生活中又出现了一个缺失，他将无所适从，不知道如何填满生活中空虚和毫无意义的部分。“或许是他们想用这样的方式开除我吧？拿走了能拿走的一切，如今将我扫地出门。也好，那样我就再没什么可以失去的了……”

“我早就想和您谈谈了。”机械师说，尽量做出漫不经心的样子。“如果您能再给我少许时间……我要感谢您，我会尽量说得简短些。我非常尊重您和您的同志们，我知道你们经常拿生命、自由、健康去冒险，但是在和您认识的几年间，我确信你们完全不了解也不懂得俄国。你们从来没试图了解过它，也从未弄明白它的任何东西。而且你们没有热爱过它。”

“您这么说是因为我是波兰人吗?”汤姆叔叔笑了。

“跟这有什么关系?”瓦西里·赫利斯托佛洛维奇尽量不让自己脸红，但是他依然感觉到脸在发烧，“我都不知道您是波兰人。我还以为您是犹太人。难道不是吗?”他不小心说出这句话，脸更红了。

“抱歉，我让您失望了。”

“怎么会有这样的事！一派胡言!”克米萨罗夫的脸色阴沉下来，“我对犹太人好极了，沙皇体制对他们进行迫害，这让我气愤，我也瞧不起黑色百人团分子。我一直相信别里斯是完全无罪的，最后，犹太人居住区政策刺痛了我的心……”

“不用这样。它庇护了很多犹太人，帮助他们捍卫自己的习俗，”汤姆叔叔友善地说，“您无须为自己辩护，瓦西里·赫利斯托佛洛维奇。反犹太主义的形式多样，不总是采取极端手段。这个病症有多种表现，有时真的没有任何症状。您想说什么就直接说，不必怕得罪了谁。”

“我总是直言不讳，也不打算分辩什么，”克米萨罗夫怒火中烧，激动地干了一杯伏特加，“总之，问题完全不在于血统。您为什么总是要赶走我，还把别人的思想强加于我。血统在这里什么都不是。您不了解俄国完全是由于别的原因。”

“是吗?”编棋谱的人打了个哈欠，“抱歉，这几天夜里我睡得很少。”

“您觉得，我不知道您为什么突然要走吗？”瓦西里·赫利斯托佛洛维奇摆出大国沙文主义的傲慢姿态反唇相讥，“那我给您说说。”

“您别太苛刻。”

“您对待革命就像经营企业，往里面投资，然后等着回报。如今，您看到不会有回报，就决定收回资金，把它投到更可靠的地方去，获得高额的报酬。”

“那么您估摸着会有回报吗？”

“您是开玩笑还是认真的，不过不应该怀着这类标准进行革命，”机械师发怒了，“它和俄国一样，是具有灵魂的现象。不能用金钱衡量它，不能租让，存进银行，也不能出售和交换，在革命中不能有任何算计和预期的成分。不能跟它讨价还价，只能献身于它，爱它，奉献一切与它融为一体，成为它的一部分。像您这样的聪明人难道不明白，难道看不到也感觉不出如今的俄国正处于极端不稳定的状态吗？它被塞得过满，过度饱和，孕育着巨大能量，急需宣泄口。我们可能被抛向任何一个方向：也许我们会成为狂热的教徒，走上十字军东侵的道路，去君士坦丁堡解救神圣的索菲娅，也许我们会彻底背弃上帝，并且烧光所有的教堂。我们会消灭一切异教徒，又或者正相反，会被异教徒消灭，他们将控制我们，将我们在自己祖国的土地上践踏毁灭。一切都有可能发生，就是没有中间路线。多个世纪以来，俄国境内积蓄了大量燃料，现在这个累积的过程已经结束，因为已经走到了边界，达到了临界质量。”

“难道是因为这个原因我们这里才发生了森林大火吗?”汤姆叔叔一边问，一边搅动杯子里面的茶叶。

“也有这个原因，”机械师令人不安地回答，“但是它们目前还没有真正燃烧起来。晚一些会真正燃烧的。接踵而至的要么是飞速的进步，要么是邪恶力量的大爆发，接下来……”

“您大概更希望出现第一种情况吧?”

“您应该期待第二种。它即将发生，因为我们犯过太多错误，有太多矛盾。周围有很多国家和民族，他们不希望我们迅速进步，因为进步之后就是俄国称霸世界。因此，大爆发不可避免。问题在于，怎么让这场大动荡的损失降到最低，并且把释放出来的能量用到最有利于公众利益的地方去。这已经不是政治的，而是技术的问题。我曾想和大公说明这点，他看着我，就像看待一个疯子似的。我给沙皇陛下呈上过几封信，请求他的接见，没有得到回音，而且最后将我从宫廷里驱逐出来了。”

“原来是这样，”汤姆叔叔嘟囔着说，第一次感兴趣地审视着克米萨罗夫，“我还以为您是自愿离开的呢。就是说，因为受不了贪污或是荒淫的场面。”

“要是您会受得了吗？他们有时间听那些疯子、说空话的人和所谓的先知们夸夸其谈，乘快艇到波罗的海的小岛上去休养，每个夏天带着自己那些毫无理性的侍者们去利瓦季亚，接见上流社会那些游手好闲的人，举办舞会，举行毫无意义的宗教游行，赞美那里面某些貌似圣徒的人，而这种赞美并没人需要，他们购买不学无术的法国画家的涂鸦之作，这些人除了鲜艳的斑点和裸露的女人外什么也不会画。可是他们却不肯拿出十分钟来，听一位真正有某些重要事情向他们汇报的人说话。您要相信，这无关个人的屈辱，但是当他们不肯去了解周围到底发生了什么事情时……我还能做什么呢？袖手旁观，坐以待毙？我不能这样。”

“您还是觉得委屈了吧？”

“连您都不相信我，”机械师苦涩地低语，“您和他们的区别就是您还肯利用我。”

“您是个好人，但为什么您允许别人利用您呢？”汤姆叔叔冷笑说，“您可远不是您想表现出来的那么简单的人。”

“因为我们所有人都面临一个即将到来的大灾难。”克米萨罗夫忧郁地说，“不要以为您去欧洲执行那些神奇的任务就可以躲避灾难，它会席卷全人类，让我们全部走向灭亡。”

“这就是您打算私下里向沙皇陛下汇报的事情吗？”编棋谱的人若有所思地转动着手里的空杯子，“您不要指望陛下会对此感兴趣。我们的沙皇信教，但是哪怕是听宗教领袖讲灾难预言也会觉得乏味和不快。这样的事情应当处理得婉转一点。我也觉得世界末日已经迫在眉睫了。有一个激进的反犹太主义者发现灾难已经近在咫尺，他也被赶出了皇宫，比您还早。他们的选择很奇怪。但是我还是无法理解您，要是您坚信俄国会发生大动荡，为什么您不尝试阻止它呢？要是您坚信这是无法阻止的，为什么又要提出来呢？您还坚持什么呢？勇敢而有尊严地在灾难来临时迎接它吧。”

“灾难发生之后，必须要有具备技术头脑的人来当政，”机械师不喘气地说，“他们会重建俄国，那么，以后不管什么样的新动荡都无法再威胁到它。”

“您恰恰认为自己就是有技术头脑的人吧，是知道怎样正确解决一切问题的人，对吗？”

“我什么也没想。而且重点完全不在于我，而在于我们所有人。”

“在于谁？”

“在于那些住在俄国，也没有为自己谋求另一个祖国的人们。这些人流着什么样的血，在哪里出生并不重要。”机械师声音有些发抖，“我们必须成为独立于整个世界的人，同周围的所有国家和民族断绝往来。不管是谁，德国人、英国人、土耳其人、所谓的斯拉夫兄弟民族、中国人、日本人、波斯人、阿拉伯人、瑞典人、美国人、犹太人，抱歉，还有波兰人，无论谁都不能成为我们的同盟者。大自然就是这样安排的，在我们这里，我们的国土上有我们能够自己独立生活的一切所需，不需要和外部世界打交道。”

瓦西里·赫利斯托佛洛维奇急切地将自己珍贵的想法一股脑说出来，生怕耽搁了，这些想法很久都没法宣之于口，折磨着他。“俄国人多有才能就有多懒。如果他能简简单单就从国外买台机器，他就不会自己动手生产。甚至不是这样。他或许也会发明机器，但事情就到此为止了，因为狡猾的投机分子、商人、银行家、中间人觉得这个发明无利可图。有利可图的是，从英国购买，还有从我们这儿低价购买粮食和木材，再高价卖给我们一些没有用的东西，以此获得暴利。俄国人会让步，会顺从，挥挥手就算了。俄国人只有在一种情况下会开始关心自身，就是当他们已经别无选择时，当他们被死死压在悬崖边上时。我们是适合灾难性意识和生活方式的国家，因此我不仅不打算和这场灾难做斗争，还要召唤它、催促它、颂扬它。灾难能够鼓舞我们，让我们展现出最好的特征，安逸只能削弱和贬低我们，我们的敌人们正是利用这一点。难道您没看出来，我们现在已经依赖欧洲强国到何种程度了吗？是的，我们自己的确也生产些东西，但是算算，我们从法国、英国、德国进口了多少机器、工具、机床和技术啊？对于他们来说，俄国就是一个巨大的销售市场，他们极其不希望失去这个市场。我们疯狂地借外债，但是要怎么偿还呢？俄国的钱在哪里，属于谁，您知道吗？不过，您也许恰恰不知道，”他刻薄地补充说，“但是，如果明天欧洲国家出于某些原因突然宣布断绝贸易或是货币往来，或者要求一次性偿还债务，我们的工业会停滞，而银行系统会垮掉。要是突然爆发战争呢？您想想，我们的军队对外国武器供应的依赖有多强？武器！在当今形势下任何一方都能恐吓我们，强迫我们去捍卫别人的利益。您也许能毫不在意这个，而我不能！我和您不一样，不会跑到欧洲去。我无处可逃。我是俄国人，我很痛心，因为我们是强大的，我们是世界上最大的国家，却可耻地无法独立。这就是我看到的当今政权最大的错误所在。是的，维特曾想做些什么，他被解职了。斯托雷平想做点事情，但是他莫名其妙地被秘密暗杀了。如今的大臣们中优柔寡断的还算是好的，差的甚至屈从于他人的意志，而且还不知道是谁的意志。你不久前说，犹太人居住区拯救了很多犹太人。我们也应该去建立这样的居住区来拯救自己，绝不让其他人进来！”瓦西里·赫利斯托佛洛维奇慷慨激昂地大声说。

“您已经在新政府里面预先设定了自己的位置，那么这个新政府的目标是什么呢？”汤姆叔叔赞许地看着克米萨罗夫，目光显得生动而机敏，“可见，也是先投资进去，然后等待着获利对吗？也好，这非常非常聪明。其他的都很蠢，只有这个是重要的。请不要生气。”他用手碰了一下脸色黯淡下来的演说家。“我只是不喜欢那些一知半解的人。您知道吗，人们对某些修士的评价是，‘勤勤恳恳，但却无比蠢笨’。不过，瓦西里·赫利斯托佛洛维奇，我要开诚布公地跟您说，我很高兴听到您告诉我这些。这让我如释重负。我们很长时间以来都弄不清楚您做这些的目的是什么。据我们判断，您不是沽名钓誉或者嗜血成性的人，您没有偏执于所谓的公平。有些同志甚至认为您是奸细，是派到我们这里的间谍，国家强力政权的拥护者，这当然是胡说八道，但是老实说，连我也想过，您是为了逃避巨大的痛苦或是某种隐疾才到我们这里来的。嗯，您知道，有时会出现一些情况，诸如妻子给丈夫戴绿帽子，孩子们走上歧途，或是某些毫无价值的思想突然控制了一个人的大脑，怂恿他犯错，让他畏惧。再不然就是人会发现自己身上有些奇怪的东西，比如当他看着那些年幼的女孩时，无法保持平静，那他就是我们的人。在敢死队里有半数是死士，尤其是女子敢死队，他们都是伪装身份的自杀式袭击者。或许，他们并没有自杀的勇气，或许，他们从童年时代起就接受了这种信念，让他们即使不相信上帝，也依然担心因此而不能升入天堂。但是，只要行动一开始，他们内心就变得极为狂热，满怀着自我牺牲精神。至于她是受过教育的女士，或是既不聪明又没有灵魂，印花布裙子底下藏着刀子的小市民，这并不重要。”

“那就是说，是你们在波克罗夫斯克……”

“我已经告诉过您我们的党不会从事个人暗杀。”汤姆叔叔声音平静地回答，“但是我害怕那些心软的人，不会让他们接触关键的事务，你永远也不会知道他们会发生什么事，不能指望他们。但是您的一切我都清楚了。这非常好。”

“没有！”机械师大喊，这让快餐店里为数不多的几个人都看向他。“您什么也不明白！我说这些并不是想自己掌权。我多半会在那个时间来临之前死去。和您一样。您别弄错了！我们和您极其轻蔑地谈起的那些人一样注定要灭亡。我说的是下一代人。他们不应该重复我们的错误，不能把政权交到那些肮脏的商人手里。而且我知道，不管工程师、工匠或者机械师们怀着什么样的思想，他们都不能带来那巨大的罪恶，这跟你们不同。”

“和谁不同?”

“和那些政客、教授、律师、记者们不同。”

“那么您的这位朋友呢?”汤姆叔叔更明确地说。

“哪儿还有什么朋友?”克米萨罗夫沮丧地反问。

“您有很多记者朋友吗?”

“一个都没有，感谢上帝。”

“那么那个列赫科贝托夫呢？要是我没记错的话，他是叫巴维尔·马特维耶维奇吧?”

“对,”瓦西里·赫利斯托佛洛维奇挥挥手，“您终于找到个可以谈谈的人了，马特维耶维奇恰恰是个完全没有威胁的人。”

“以前我们也是那样认为的。顺便问一下，如果这不让您感到为难的话，您觉得这个人怎么样?”

“我从来没有考虑过有关他的事情。我没有时间考虑他的问题。我在和您说件非常严重的事，但是您不让我说，总是在关心细枝末节。”

“瓦西里·赫利斯托佛洛维奇，我亲爱的，我很乐意和您谈谈所有您觉得重要的东西，但是下次吧。您不能再喝了。”

“这不关您的事，”克米萨罗夫打断他的话，“您想知道我对列赫科贝托夫的看法。当然可以，普普通通的作家，一个没教养的商人的儿子，他一生中曾经迟到一次，从那时起他似乎就一直到哪里都赶不上点儿。荒谬绝伦的利己主义者。极其虚荣，不过又尽力掩藏自己的虚荣心。性格暴躁，爱发脾气，幼稚。他自认为聪明、敏锐、善于观察、想象力丰富、热爱劳动，而且非常非常谨小慎微。他不是变色龙，但是很擅长隐藏和等待。他绝对不是胆小鬼。他非常喜欢偷偷照镜子，并用同样的热情欣赏自己的优点和缺点。这个森林中的英雄一生都会这样自我欣赏，还有什么？我认为他是个正派的幻想家，但在必要的时候，也会脚踏实地，任何力量都不能撼动他。要是我是个算命的，我会说，如果他能生活在幸福的时代，只要他不被自己那疑神疑鬼的性格毁掉，就一定会幸福长寿。您根本就没有在听我说话。”

7

“怎么会呢，我在听。”汤姆叔叔抬起眼睛，瓦西里·赫利斯托佛洛维奇被那双眼睛的巨大变化惊呆了。他不明白汤姆叔叔身上到底发生了什么，但是，他眼前坐着的变成了另外一个人，长着另一双眼睛，另一种面部轮廓，这个人的年龄看起来绝对不会小于四十岁，好像是古罗马犹太人的后裔。不过他也有一点像波兰人。他已经超越了民族，超越了年龄，超越了时间与空间的限制。

“您觉得他变得疑神疑鬼了吗？有多久了，具体有什么表现呢？”

他问得非常迫切，克米萨罗夫不想回答，但是自己也不知道为什么，他不仅回答了，还给出了证据：

“今年春天有个叫多马的老者吓坏了他。”

“怎么吓他的？”

“老人预言他很快就要死了。”

“那他相信了吗？”

“我猜他相信了。”

“您为什么这么认为？”

“打猎时他开始总是射空。”

“就这些吗？”

“不，不只这些。最近他变得异常的惊慌不安，逃避直视人的眼睛。好像在隐瞒什么。”

“嗯，”汤姆叔叔非常满意地说，“多马是个什么样的人呢？”

“宗教界的不安定分子、骗子、无赖。”

“您见过他才得出这样的结论吗？”

“没有，只是听列赫科贝托夫谈起过。”

“关于这个人他都跟您说了什么？”

“什么也没说。就讲了件趣闻。”

“能说一下吗？”

“巴维尔·马特维耶维奇讲的这件事。嗯，大体说来，是个笑话。非常短，很可笑。罗马教皇死了，到了圣徒彼得那里。过了一个小时哭着从彼得那里跑出来，捶胸顿足地喊：‘上帝啊，我不行！我不行！’总检察长波别多诺斯采夫去世了，到了圣徒彼得那里。过了两个小时哭着从彼得那里跑出来，撕扯着自己的头发痛苦地呻吟着：‘上帝啊，我不行！我不行！’多马死去了，到了圣徒彼得那里。过了一个小时，两个小时，三个小时。圣徒彼得哭着跑出来，捶着自己的胸膛喊：‘上帝啊，我怎能这么做！我怎能干出这种事！’”

“我觉得这个笑话一点都不好笑。”汤姆叔叔皱着眉说，“但是我觉得，你朋友的恐惧并不像你想的那样毫无缘由。”

“我不知道您为什么会对列赫科贝托夫这么感兴趣，”克米萨罗夫说着，站起身来，“但我知道一件事，巴维尔·马特维耶维奇绝对不会投身革命，而其在任何情况下都能保全自身。”

“甚至在您警示我们的那场大灾难中也可以吗？”

“在灾难里也可以。”

“我要是没弄错，他是个猎人吧？”

“这有关系吗？”

“您不觉得奇怪吗？瓦西里·赫利斯托佛洛维奇，有些人爱惜自己的生命，而且据您的推测，努力要活得更长，因此还变得疑神疑鬼，一听到某个骗子、不安定分子的话就方寸大乱，但是这样的人却不怕打猎。”

“他们为什么要害怕？”克米萨罗夫对这场乱七八糟的谈话已经厌倦到极点，不过汤姆叔叔不肯放过他。

“猎枪有可能会卡壳，也可能会在手里炸膛。又或者是意外掉进谁的陷阱里无法挣脱出来，等被找到时只剩一堆白骨。船有可能翻，抑或是撞到石头上，但是谁也不会看见。能发生的意外还少吗？”

“他不会遇到这样的事。”

“再不然，比如两个人去打猎，一个人错把伙伴打死了。啊？”

“怎么会这样？”

“他好像看到什么，就开枪了。子弹意外打中头部，或者是心脏。”

“我不明白您想说什么。”

“怎么会？您什么都很清楚。”这位小个子先生笑得更加暧昧，“甚至是非常清楚。难道不是您这么多年来一直要求委员会在真正的任务中考察自己吗?”

“您指的是什么?”克米萨罗夫皱眉说。

“就是您现在想的那件事。”汤姆叔叔客气地回答。

瓦西里·赫利斯托佛洛维奇沉默下来。汤姆叔叔也不说话。两位先生,一个又高又胖,汗流浃背,另一个又瘦又小,根本没出汗,这情景很奇怪,让人弄不清楚他们在干什么。瓦西里·赫利斯托佛洛维奇期待着自己脑海中会出现一个想法,哪怕是最荒谬的,充满恶意的,诸如让他去揪住警察的耳朵,踢令人敬重的女士一脚之类的也行,只要这个想法出现,他绝对不会压制住它,但他现在正在试着做个奸细,一个双面间谍,不知道在为谁效力,也不知道对方想让他做什么,哎,好像在和他作对一样,所有想法都藏起来了,他的脑袋变得空空如也。寂静的空间里只有苍蝇在嗡嗡地飞着,这嗡嗡声极其烦人,克米萨罗夫已经受不了了。

“您想干什么……您想派我去……杀了巴维尔·马特维耶维奇吗?”他终于挤出一句话。

“为什么要杀了他?不应该刺杀他。瓦西里·赫利斯托佛洛维奇,难道您看起来像个凶手吗?不是刺杀,而是……我这样说吧,意外地帮助巴维尔·马特维耶维奇成为一个不幸事件的受害者,况且,如您所说,他对此已经有了心理准备。”

“您开玩笑吧?”克米萨罗夫郁闷地说。

“哪里有开玩笑?我难道会为了开玩笑坐在这个偏僻的地方听

您讲历史哲学的怪诞想法。我的善行在塔夫利达省都足够了。我在和您说非常严肃的东西。正如您发现的那样，列赫科贝托夫是个谨慎多疑的人，而您暂时还没有让他怀疑，因为他还把您当成蠢人交往着。这非常好。这意味着由您，瓦西里·赫利斯托佛洛维奇来做这件事，将会比我们任何一位同志更简单，我们也不想用同志们的生命去冒险。而且，鉴于您和他之间的良好的关系，从我们这方面来讲，这绝对不是命令。应该是……建议，要求……请求……但是如果您不接受这个任务，我们不得不找到另外一个人……"

机械师克米萨罗夫觉得，他能清晰地感知到自己的整个身体。酒精突然在他整个肥胖的身体迅速地发酵，血液也更大量地涌向太阳穴，使得那里的青筋直跳。他的眼前开始出现一幅不是非常清晰的世界图景：铁路都消失了，它们被遮住了，蒙上了一层不停抖动的烟雾，随后突然传来刺鼻的煤炭味，仿佛来自地狱一般。煤烟组成的幕帘中交织出一张明亮而年轻的面孔，那是少年时代的巴维尔·马特维耶维奇，它在远处，其间的距离让他想起一年春天打猎时，自己用准星瞄着一头鹿的脑袋时的情景。那时他没有开枪，当时自己是害怕还是心软了，是慌了神，还是拿枪的手发抖了，机械师自己也说不清楚，面对着列赫科贝托夫的愤怒，他只能傻笑以对。可此时他在森林里的老师突然自己变成了要被射杀的动物，狡猾的人们想把他赶入死地，还给瓦西里·赫利斯托佛洛维奇的手中塞进一支大口径猎枪。

“我觉得，就算他本人应该也更希望落在您手中，您更善良，更有同情心，这比落在某个执行任务的冷漠杀手，或者是狂热党派分子手中要好。如果将来需要一个好律师，我们会帮忙。”汤姆叔叔说完话，低下了他那发丝严整不乱的头。“您根本不必害怕，事实上根本不可能证实这是蓄意谋杀。所有证人的证词都会对您有利。其实如果一切都考虑周到，可以安排让尸体沉在这里的沼泽中不被发现，但是我要告诉您，我们要的恰恰相反，我们要把这件事宣扬出去，登上报纸，而且不只是俄国的报纸。否则我们为什么要做这些事呢？您看，我对您没有任何隐瞒，尽管我能瞒着您。不过要知道俄国人总是为了真相而痛苦……”

“未来的人操控着现在，”他脑海中浮现出列赫科贝托夫的警告，“可如果是正相反呢，如果是由过去的人掌控现在呢？他们想到方法就秘密潜入过来。白子先行，黑子获胜……有人咬穿了不同时代之间的隔墙，像老鼠一样跑来跑去。汤姆叔叔不就是这样的角色吗？”

“您在考验我吗？”机械师嗓音沙哑地说，他觉得自己的嘴巴发干，舌头在里面不听使唤，“或者是在训练狗去追野兽吗？”

“这是政治需求。您看样子是过不了道德关吧？”

“正是这样。我不明白为什么。为什么要杀死一个清白无罪，谁也不妨碍的人呢？”

“瓦西里·赫利斯托佛洛维奇，难道您觉得我们如果没有做这事的理由，会向您提出类似的请求吗？难道您以为我向您提出这个请求会很愉快吗？我们非常遗憾，巴维尔·马特维耶维奇有些偏离正轨了，没有做他应该做的，反而做了几件让我们非常不愉快的事。”公使哀伤地沉默下来。

“要是有列火车开过来就好了”，克米萨罗夫苦恼地想，但是在午后时分闷热的空间里却始终静悄悄、空荡荡的。克米萨罗夫做了个手势，一位瘦削的侍者走过来，把一个新的高脚杯放在桌子上。侍者已经不年轻，凸起的眼睛下面挂着黑眼圈。

“那就是说，您专程来此就是为了唆使我杀死自己的朋友吗？”他等了一会儿说，“以此来报复他在十五年前脱离了你们的政党。那是因为他加入政党时很年轻，而且非常不幸，可后来他明白自己错了，这并非他的事业。难道是为了给所有打算像他那么做的人好好上一课吗？有些罪行已经犯下了，难道你们对此的追究没有一个期限吗？还有，脱离一个团体，这算是犯罪吗？您刚刚还在说，您的党派不干个人暗杀勾当。或者，”他突然灵机一动，模糊的画面变得有些清晰起来，“你们必须给我也拴上链子对吗？为了将来可以胁迫我吗？让我无处可逃是吗？难道说革命者根本就不比皇宫里那些人更好吗？要是你们真正掌权了又会怎么样呢？”他从桌子后面跳起来，直接走到窗旁，揉搓着太阳穴，“听着，您就不担心我马上叫来的不是个酒鬼，而是这一区的警察吗?”

“这是因为天气太热了,”汤姆叔叔忧心忡忡地说,“还有酒的原因,这酒不太好。哎,真糟糕,真倒霉……您根本不会喝酒。您看,克米萨罗夫,要是我们把所有的工贼都打死,我们不得不打死半个俄国的人才行。”

“那就打死啊!”瓦西里·赫利斯托佛洛维奇咆哮着,似乎因为预见到什么而更加地愤怒,在这个闷热的日子里,他感到无边的阴森冰冷。

“要是另一种方法根本行不通呢?”汤姆叔叔追上他,抓住他的袖子,“您坐下,坐下吧,看在上帝的分上,不要那么狂躁,简直像快要交配的公牛一样。您哪儿都不会去,也不会叫任何人过来。您不想现在杀人,也不必现在做。”

“‘现在’是什么意思?我得抽您一耳光!”

“该死的波兰人。”

“什么?”

“您应该说,‘我得抽您一耳光,该死的波兰人。’好让谁也得不到那烟斗。”

“您在说胡话吗?您就是在说胡话,这都是些胡言乱语,全都是!”克米萨罗夫低声吼着,“这个车站,烟雾,这些毫无价值的怪念头。”

“毫无价值的怪念头不是平白无故找上你。它们不是随随便便盯上谁的，它们知道要选谁。”汤姆叔叔嘿嘿笑着说，“这些荒唐的想法无法摆脱对吗？啊？总想说下流的话，干荒唐的事吧？您应该一次性解决它。只有一次大的罪行才能让您摆脱那些小错误。小声点，小声点，我们已经太引人注目了。您就把这一切当成误会。您只是意外地读了一封给别人的信。”

“给谁的？”

“这不重要。还没确定。我对您有另一个请求。绝对是小事。我们很快需要短时间借用一下您在彼得堡的住宅，还有维拉·康斯坦丁诺夫娜衣柜里的一些东西。”

“什么东西？为什么？”机械师问，汤姆叔叔竟然知道他妻子的名字，这让他极为不解。

“我们要帮一个人的忙。那人也像您一样被荒唐的怪念头困扰着。我们会补偿您服装上的全部开销。我希望，您不会反对这个吧？”

“下两步棋就将死我了，”克米萨罗夫咕哝着，“要是您一开始就要求这个，我会好好考虑，或者要求解释，可现在您逼迫我答应，又重新开始暗中利用我。不过，难道您是为了想使用我住宅这样的小事才胡诌了关于列赫科贝托夫的一切吗？”

“您答不答应呢？”

“我妻子的衣柜可是很寒酸的。”

“这不就有理由可以填满它了。瓦西里·赫利斯托佛洛维奇，”汤姆叔叔站起身，向机械师伸出手，“您是个非常诚实正派的人。我一直都很尊重您，今天开始，我对您越发敬重了。”

机械师看看他强而有力的手掌，又鄙视地看了一下自己虚胖汗湿的手，本想和他握一下，但是他并没有这样做，而是莫名其妙地从桌子上抓起一杯没有喝完的伏特加泼在汤姆叔叔的脸上，然后用另一只手使劲照他脸上来了一拳。

这一切发生得飞快，不过还是没有避开坐在咖啡厅里其他人的视线。他们全部停下自己的事情，看着这两个革命者。

“您还是没忍住，”汤姆叔叔从地上站起身来，用餐巾擦着脸上的血和伏特加，懊恼地说，“我就知道，事情会以这类的方式收场。但是，难道对您来说，这荒淫的念头和该死的恶作剧比您认定是自己朋友那人的性命更重要吗？”

克米萨罗夫觉得屈辱而难堪，他不知道该做什么。他好像是泄了气一样，心情压抑地沉默下来。

“我们离开这儿吧，不然就真的要让警察来收场了，”汤姆叔叔忧心忡忡地说，“我们就当今天发生的一切与我们的事业无关。您是个聪明又明白事理的人，”两人走在站前广场上时，他继续说着，“我不必警告您，要是我们之间的谈话被某人知道了会发生什么事。当然，也包括列赫科贝托夫本人在内。在这种情况下我认为他的性命一文不值，不过我不知道您在这个夸夸其谈的人身上发现了什么。现在，您回家睡一觉吧。您信上帝吗？”

“是的，我的意思不信。我不相信。其实我不知道。我相信魔鬼，”瓦西里·赫利斯托佛洛维奇痛苦地说，“与其说是相信，不如说是我知道，我能感觉到他是存在的。但是关于上帝我什么也不知道。我感觉不到。您呢？”他急切地问道，“您相信他吗？能感觉到他吗？”

“我们和他之间的关系很复杂。”汤姆叔叔含混地回答。

“不应该是复杂的。应该简单纯粹地相信。信仰并且祈祷。”

“您也祈祷吧。如果我们构想的一切都能顺利实现，我保证谁也不会去动您的猎人。就让他躲在自己的森林里写他的鸟儿和狗吧，但是他只能写这些，还有，请转告他，不要再掺和他不应该参与的事。离森林近点，离编辑部远点。让他不要去动多马长老，您记清楚了吗？”

“嗯。”瓦西里·赫利斯托佛洛维奇嘟囔着，他感觉到头脑中的醉意正在竭力地消散着。

“您俯过身来，我还要跟您说点事情……要是您突然出于某些原因，”汤姆叔叔耳语说，一股甜腻的香粉、血和酒精的混合气味冲进克米萨罗夫的鼻腔，“或者根据某些绝不会欺骗您的预感，您还是想要杀了他，掐死他，那您不要停手……也不应该，不应该停手。那时您只要想着我们的谈话内容，而且不必不安。”

8

“喂，说来道去，和女士走在一起不说话可是不礼貌的。您急着去哪里？难道我们赶不及去什么地方吗？您干吗拿着猎枪？想要杀了我吗？”

巴维尔·马特维耶维奇哆嗦了一下。他根本不会慢慢走，而且他已经忘记自己正和别人的妻子走在舍洛姆河岸边。他的心情很差。昨天他从隔壁村子回来，半路上，有一处路被冲沟截断了，路分成两段，比较长的那段顺着上面绕行，较短的那段穿过冲沟通往村子的小码头，他不知不觉地就向下方猛骑过去。不知道是自行车车闸不好使，还是车手没有减速，总之他醒来时躺在冲沟中间，离他的头几公分的地方就高耸着一块几百万年前被冰河带来的圆形巨石。列赫科贝托夫用手触摸着它粗糙潮湿的侧壁，想到要是他的冲劲再大一点点会发生什么，就不禁浑身战栗。但是他如今也很狼狈，衣服撕破了，克米萨罗夫送给他的进口自行车显然已经无法修好。

这副模样回家是不可能的，他不得不等到天黑，顺便考虑一下怎么样把损失变得对自己有利，这是很久以来巴维尔·马特维耶维奇的主要生活方式之一。一切失败都应该变成胜利，因为失败能够测量生活的深度，而胜利则是广度，列赫科贝托夫想让自己尽可能地了解全世界，既包括纵向的，也包括横向的。

例如，他会认真思考，要是我走了那条更长点的路会怎么样呢？要么他会自己想象一个场景：一个男孩和一个女孩一起走在路上，遇到岔路，女孩选择了更远更安全的路，男孩走上距离近却很危险的路，并且陷入困境，但是想办法脱离了险境，后来两个孩子遇到了，和好了，一切以作者睿智的教导告终。但是，当列赫科贝托夫推敲着发人深省的教诲，穿着破裤子回到家里时，迎接他的却不是同情，而是半大儿子们的哈哈大笑和妻子恶毒的笑容。只有养子沉默着，不过看得出来，他心里比其他人更加幸灾乐祸。他从某个时候开始完全变了，变得比平常更加忧郁和内向，巴维尔·马特维耶维奇甚至会认为，如果自己再次溺水，阿廖沙根本就不会想要去救他。

正相反，他可能会抡起桨照着头来一下子。你以后不能和他一起去打猎了。他会像打松鸡那样给你来一枪，然后会说这是个不幸的意外。谁都无法证明什么。列赫科贝托夫如此清晰地想象到这意外射击的一幕，还有自己躺在浅色苔藓上的样子，以至于他都感觉到了头晕。他可以毫不犹豫地射杀疯狗。可他能拿这个不听话的少年怎么办呢？事实上他完全不应该吝惜，应该直接把他交给克米萨罗夫那个癫狂的女儿，让她尽其所能地训练他。

逃亡并不成功，在此之后，巴维尔·马特维耶维奇不知是代替了乌利娅，还是和乌利娅一起总是有些垂头丧气，焦躁不安。他感觉到那个他一直深信不疑的家已经不再是自己的大后方。它已经散了，就像周围的家庭一样。他过去一直认为佩拉格娅的爱是永恒不灭的，这是个奇妙的小傻瓜、乡下不识字的天使、虔诚的婆娘，但是就连她都变成了妇女培训班那种总是觉得自己受了委屈的骄傲女士。她看他的目光高傲，当他试图像平日一样粗暴地占有她时，她拼命反抗，气得发疯，一个人跑到干草房睡去了。结果是他没有抛弃她，反而被她抛弃了。以前，不管他们吵得多凶，哪怕是互相侮辱厮打，白天暴怒异常，但夜晚会平息一切愤怒，但是如今再没有那样的夜晚了。夫妻的分离让巴维尔·马特维耶维奇备受煎熬，他非常懊恼，也很生气，因为自己的情欲得不到满足而痛苦，在某种程度上，他是因此才去找维拉·康斯坦丁诺夫娜散步的。他甚至没有向妻子隐瞒这个情况，这也是他对家人的报复。再加上他也非常生机械师的气，这人不能让自己的老婆乖乖听话，自己还变得婆婆妈妈。佩拉格娅不给他做晚饭，不帮他缠包脚布，以示报复，猎人像个贪吃的狐狸，抓起桌子上的面包，饿着肚子冲出家门，他焦躁愤怒，光着脚穿着靴子。

他迎面碰到宗教游行的队伍。艾洛斯神父踏着烟尘，走在队伍的最前面。他很胖，虽然不老，头发却已花白，脸色红润，满身的脂肪、肥油和赘肉，穿着深蓝色盛装，艰难地喘息着。他身后跟着男男女女和孩子们，他们拿着十字架、圣像和神幡。但是参加的人并不多。大部分人还留在村子里喝茶，而且在那些来到的人身上猎人也没有感觉到一点紧迫的样子。

“雨啊，雨啊，快落在大地上吧!”艾洛斯神父声音单调地高声祈求着，人们七嘴八舌地跟在他后面反复嘟囔着：

“雨啊，下雨吧。雨啊，下雨吧。”

“嗬，瞧这叮叮当当的，”巴维尔·马特维耶维奇不满地想着，“完全就是斯拉夫的多神教。连神父都这么做！凭什么要给这些信念不坚的懒汉们下雨？他们出力了吗？他们为这场雨做过什么吗？这神父也是混事，他都不相信自己所求，还指望突然下起倾盆大雨。他应该去读读那些深奥的小册子，谈谈哲学问题，教化他人，可人们却强迫他举行萨满教仪式。”

他想起斯韦特洛亚尔湖畔朝圣者们发狂的眼睛，想起整个夏天夜里他们那成千上万人的合唱，还有他多少次曾自信地认为在罗斯大地上，教派主义要比腐朽的东正教强盛，它站在东正教的背后，仿佛是一个强大的双生子，早晚会吞并它，把官方教派沉静的一潭死水引向俄国那难以预测的未来。

太阳此时已经沉入森林后面，但是阳光依旧从下方照射着令人恐慌的红色天空，灼烧着一切。暑热降低了少许，不过天气依旧闷热，风一直刮着，处处烟雾弥漫，令人惶惑不安。美丽的女士披着蓝色披肩走在猎人身边，她心里想着，自己很难说出“沿着河走”这几个字，因为她总是发不出颤音，这不知为什么莫名地让她极为气恼。尽管现在连河也没有了，剩下的只是一个称呼，干透的河两岸布满死鱼和蛤蟆的尸体。

维拉·康斯坦丁诺夫娜很想抽烟，但是她有点犹豫要不要当着巴维尔·马特维耶维奇的面抽。

“您说已经不记得她的长相了，不过您至少还记得她的名字吧？”

“谁的？”

“您的未婚妻。嗯，就是那个，您和她……她让您……在柏林，墓碑前的几年塑像，博物馆，那个玩骨牌的女孩，火车站，波利措……只要她现在召唤您……”

“您问这个干什么？”

列赫科贝托夫看着维拉·康斯坦丁诺夫娜，也不知是好笑，还是好气。他生气是因为自己在和这个狂妄人性的女人一起浪费时间，她叫自己过来，似乎是要讲讲乌利娅，谈谈女孩夜间神秘的游荡和变化，可是她却借此探究起猎人的过往。

“因为我不明白您为什么要讲这件事，而且讲的时候还想欺骗所有人。”

“您说什么？”

“起码现在别说谎，”维拉·康斯坦丁诺夫娜说，“您可以随心所欲地欺骗我那个朴实忠厚的丈夫和他傻头傻脑的女儿，不过唯独骗不了我。在您的恋人乘车经过波利措火车站那天，您故意没有出现。您害怕和她见面，担心会对她失望。您因为佩拉格娅而胆怯了，不想用鲜活的生活去换取您愚蠢的梦想。我知道这些，我并不愿意知道，不过还是清楚您那时心里想的只有自己。您总是只关心自己，从未替她考虑。在柏林您搅动了她女性的柔情就胆怯了，担心她的父亲不高兴，抛弃了她。您洗劫了她，然后赤裸裸地抛弃了她。”

“什么？”

“不要装无辜！”维拉·康斯坦丁诺夫娜发怒了，“您需要她带给您灵感，带给您敏锐的感觉。您自己也唠唠叨叨说过，她让您变成了作家。这才是重点所在！好像很了不起似的，作家！我唾弃您的文学创作。它一文不值。毫无价值，尤其是您的创作！”

“您读过我写的东西吗？”列赫科贝托夫侧过头问。

“我对您不感兴趣。”

“您似乎有点不像是对我不感兴趣的样子呢，”猎人摸摸胡子，笑了起来，“只是我想警告您，您什么也得不到。”

“得不到什么？”维拉·康斯坦丁诺夫娜脸红了。

“您没法让我生气。”

“我要把您的头发剃光。一根根揪下来。”她勃然大怒。

“您为什么这么恨我？”他很诧异，“我对您做过什么错事吗？”

“您找到一个不识字的村妇来慰藉自己，您写的东西她一行都不懂，可您却把书寄给另一位女士，还期待她的赞美。难道您不明白，倒霉的小作家，嗓音谄媚的处男，她寻找过爱的词句，但是没有找到这些字眼。”

“因为她不会找。”他含混地说。

“不会找？”维拉·康斯坦丁诺夫娜的怒火越烧越旺，这也让她看起来前所未有的迷人，“您一次都没有想过她给您发来的电报意味着什么吗？您还一直在那儿说什么好像她是您灵魂中没被损害过的一部分，可您有没有拿出哪怕一分钟来想想，当火车停在空荡荡的车站上，可您却没出现在那里，那一刻她经历了什么?!还有什么比这更能侮辱一个女人吗？深夜，空荡荡的月台，粗鲁的庄稼汉……她能往哪儿躲？您根本就不懂什么是女人吗？不，您怎么能懂，”她厌恶地挥了挥手，“您身边除了那个奶妈兼保姆，那个乡下姘妇就谁也没有了。您在这之后还能认为自己是个作家吗？你能弄清楚什么是作家吗?”

“怎么弄清楚?”

“不要耍滑头，作家。”维拉·康斯坦丁诺夫娜热情洋溢地说，“我是说真正的作家是大无畏的人，他无所顾忌，放肆无礼。他没有朋友，但是有很多女人和敌人，他参加决斗，四处留情，而又始乱终弃，每个女人都希望和他生一个儿子，然后当孩子长大，悄悄告诉他谁是他真正的父亲，才能让他为之骄傲。作家让自己身边的人不幸，好让陌生人幸福。作家是暴风雪，是火山，是地震。他应该能发光放电。您呢，您能释放什么能量吗？除了那段可耻的回忆，您的生活里还有什么？您跟一位美丽的女士在一起怎么能表现得像个阉人一样？算了，不要再戏弄我……也不要再愚弄任何人！”

巴维尔·马特维耶维奇若有所思地看了看维拉·康斯坦丁诺夫娜，沉默了一会儿说：

“您说得好像是一切都在您身上发生过似的。”

“要是万一也发生在我身上怎么办？”

列赫科贝托夫战栗了一下，更加专注地看着她的双眸说：

“您跟您的丈夫过得真的非常不幸福。”

维拉·康斯坦丁诺夫娜身体一晃，随后别扭地挥起手，照着作家扇了一巴掌。这一巴掌只是轻轻划过，让人分不清这是一耳光，还是一次尴尬的触碰，一个笨拙的爱抚。这个不恰当的动作让两人都陷入沉默，有一段时间没出声。

他先开口了：

“听着，您为什么和我一起散步？想咬我几口吗？”

“我想知道她后来怎么样了。”

“她回到俄国，和一个混蛋结婚了。这让您满意了吗？”

“我想知道细节。”

“好吧，我告诉您细节，”他叹了口气，从猎装夹克的口袋里掏出一块细粉面包，“您要吗？我想吃。”

9

“我已经告诉过您，”巴维尔·马特维耶维奇一边说，一边满意地咀嚼撒着淡黄色碎块和粉末的湿面包，“我在青年时代是个革命者。我们执行的第一个任务就是捣毁维尔诺市郊区的妓院。”

“这是为什么?”

“为了不让女性继续受到侮辱，大概是这样，”他耸耸肩说，“不过这件事没有任何益处。半裸的女人们有的号啕大哭，有的小声嘀咕，女主人失去知觉倒在那里，像是个贵族女子中学学生。妓馆的客人更愿意悄悄离开，他们可不愿意被带到警察局当证人。但是，让我们更吃惊的是，这些先生中有一个是我们的同志。他花党的钱来此作乐的次数可不少。我们想让他为自己的行为感到羞耻，但这是徒劳的。‘你们这些笨蛋!’他对我们说，‘你们想改变人的天性，这是不可能的。维尔纳是由一头铁狼建立的，它委身于所有爱慕它的人。这里将一直有娼妓、税吏和凶犯存在。他们离上帝最近。你们的这个革命完全就是为了让荒淫合法化，让离婚被认可。’”

维拉·康斯坦丁诺夫娜感觉到自己的脸又红了，但幸运的是，在刚刚降临的暮色中，这红晕并未被对方察觉。

“革命者中有时也会有些奇怪的人，”巴维尔·马特维耶维奇若有所思地说，“有纯洁的也有肮脏的，有勇敢的也有怯懦的，有贪婪的也有无私的，但是，所有人都明白什么是党的纪律。唯独这人不明白。据说，他似乎先在部队当了逃兵，而后进入战斗组织，又离开那里加入我们。我不知道这是不是真的，但他绝对算是一无是处，而且不可改造的典型。他什么都不会，什么都不知道，也不想学。他试过当水手，结果被赶下船；去淘金，很快就从矿上逃走了；参加狩猎，所有的鸟兽都被他惊吓得四散而逃。这样的人即便死了也没什么可惜的。人们打算派他去实施恐怖行动，将他隔离了。您知道这是什么意思吧？”

“红疹子，猩红热，发烧。我要和那些女人们从这里，在圣母斋戒日，直接去佩乔雷朝圣。”

“哎，您什么也不懂，您哪里都不用去，”列赫科贝托夫迅速打断了她的胡思乱想，“隔离，这是指恐怖分子要伪装成普通人，去找个普通工作，佯装成良好市民的生活的那段时间，这能让警察们放松警惕。嗯，就像您丈夫那样。”

“什么？！”维拉·康斯坦丁诺夫娜突然大叫一声。

“这您将来自己也能弄明白，”巴维尔·马特维耶维奇满意地说，他突然停下来，“您不觉得有人在跟踪我们吗？”

“谁跟踪我们？为什么？”

“我不知道。您没带人一起来吧？”

他全神贯注地盯着暗处看。夜幕已经笼罩下来，只有干涸的河流上方有模糊的光带若隐若现。风更大了，本来直立的干草被吹得明显倾斜起来，因此，维拉·康斯坦丁诺夫娜突然觉得自己好像回到了那个梦中，梦境中的夜风就这样吹拂她的双腿。她的步履变得艰难，呼吸急促。突然，她脚下踩到了一个滑不唧溜，吱吱怪叫的东西，她尖叫起来：

“这是什么?!”

“啊？是某种爬虫。”巴维尔·马特维耶维奇漫不经心地回答。

“什么爬虫？”

“游蛇，青蛙，也许是蝰蛇。森林里干旱时，它们习惯往河边爬。如今所有生物都不好过。”

“我想回家。”维拉·康斯坦丁诺夫娜怯懦地说。

“它们也在按自己的方式举行宗教游行和祈祷，”巴维尔·马特维耶维奇继续说，根本没有注意到女士的任性要求，“现在还不知道，谁的祈祷更有效。应该带卡拉伊一起的……可惜没让它来。月亮还没升起之前，从这里也看不到是谁又在林子里闲逛……这样一来，恐怖分子们通常在隔离阶段非常难熬，他们盼望尽快地燃烧，爆炸，粉身碎骨。可是萨韦利非常喜欢平和的生活，何况还能花党的钱。因此，当一个无名小卒从中央带来令人振奋的口信和装着炸弹的公文包时，他却宣布自己改变主意了。‘您疯了吗！是您自己多次请求我们要做这件事！有多少人盼望着能够取代您！我们没有经过试用期就选择了您，我们信任您，您怎么能这么做？’但是什么也无法打动萨韦利。他对所有人宣称，自己有过生死一线的经历，不想在大限来临之前提早去往另一世界。我先是想，应该把这样的人赶出去，或是让他们受到惩罚。您记得《群魔》吗？但是人们没有动他，原谅了他，甚至还任由他留在党内从事宣传工作。后来安德烈耶夫先生，他和萨韦利认识，好像是通过库普林介绍的，他们一起在加钦喝得丑态百出，又跟阿廖沙和托尔斯泰去了女戏子们那里。这不，或许您还记得，安德烈耶夫在妓院里编造了一个关于革命者的虚构故事，情节惊险异常。这正是萨韦利给他讲的，他盗用了这一情节。”

“是的，是的，”维拉·康斯坦丁诺夫娜急促地点头说，“《深渊》。我们快点走吧。”

“不，是《黑暗》，《深渊》还要更差一些。在那部作品里，女主人公在昏暗的森林里被恶棍们强暴了，而后她的恋人也加入了流氓的行列。但是更奇怪的是正派的女士们对卖淫和强奸非常感兴趣。这大概是某些心身医学的问题吧。恐惧，又下意识地被强暴所吸引。他善于利用这一点。”

“谁？”

“就是我们现在谈的那个人。他在黑海舰队的水手中间做宣传，走遍了妓院和酒馆后，转而接近有贵族称号的女人们，结交平民百姓，他的口才非常好，没有一个暗探怀疑他是社会革命党人。这个情景很奇怪，一个蹩脚的水手在讲大海，让真正的水手们听得聚精会神。后来他恋爱了，在此之前他对女人们的兴趣仅限于把她们当作摆设的物件，请原谅我言辞粗鲁，就像个门缝，可以时不时地往里吐口痰。他轻贱女人们，嘲笑我的感情，嘲笑我那难以言表的爱情。他哈哈大笑嘲弄我，我当时觉得我们会杀死对方。会暗箭要了对方性命。我们可能真的会下手，不过有一次在沿河警察局，他被抓走了。"

"这是您干的！"维拉·康斯坦丁诺夫娜喘息着惊叫起来。

"什么？"

"您向暗探告密了。您没有勇气杀了他，不过出卖他倒是可以。您妒忌他，因为他是个真正的男人！"

"不要胡说八道！怎么会是我？那个女人出卖的他。准确地说，他是因为那个女人被人出卖的。"

"还有哪个女人？"

"他有很多女人，"列赫科贝托夫忧郁地说，"但是其中有一个叫阿莉娅的。阿莉娅·拉斯普京娜。社会革命党人的女宣传干事。她漂亮、野性、脾气乖张。报纸上经常提到她。特别是有一个和她同姓的人出现的那段时间。也许是她的亲戚。"

"我不看报。"维拉·康斯坦丁诺夫娜咽了一下口水，她真的非常想抽烟。

“看得出来。”巴维尔·马特维耶维奇调整了一下被踩歪的靴子，“对于现代女性来说，您真算是少有的学识浅薄。每到晚上水手们划着小船来到岸边约定好的地方，阿莉娅和萨韦利在那儿等着他们，月光伴着黑海的波涛拍击海岸的声音，推高了他们的革命热情。但是有一次阿莉娅坚持让萨韦利光天化日之下去格拉夫斯基码头进行宣传活动。他本来哪里都不想去，但是女人嘲笑他，责怪他胆小，于是他去了。在那里，他刚刚宣传完，还没系好裤子就在公共厕所里被抓走了。作为一个逃兵，而且还在水手们中间进行反政府宣传活动，他应该会被吊死在横桁上，最糟糕的情况是，他会被判罚终身苦役。阿莉娅感觉自己有罪，决定安排他逃亡。她乘着一艘挂着红色帆的土耳其快艇赶到岸边……”

“为什么是红色帆?”维拉·康斯坦丁诺夫娜不安地问，她脑子里突然出现了巴尔蒙特的作品。

“走私。土耳其人用带有这种帆的船运送红色丝绸。”

“为什么?”

“人类的奇思怪想还少吗，”列赫科贝托夫耸耸肩说，“有些人喜欢红色内衣，也有人喜欢红色旗帜，还有些人喜欢用红色皮子包镶棺材。但是逃亡失败了，因为萨韦利没能翻越高墙。阿莉娅当时找了最好的律师，律师弄到证据来证明自己的当事人无责任能力，用以拖延时间，就这样一直拖到一九〇五年。萨韦利在十月大赦中被释放，他被禁止在两都居住，可他还是去了彼得堡，而且第一件事就是来到拉斯普京娜的秘密住宅。在那里，她第一次对他让步了。”

“您从哪儿知道的这些?”维拉·康斯坦丁诺夫娜嫌恶地说，“你怎么知道他没来得及系上裤子，怎么知道阿莉娅?也是从报纸上吗?还是在安德烈耶夫作品里读到的?”

“这您根本不用知道。您想象一下，一个在监狱里被关押了两年的人，不管是在睡梦中还是清醒时都只想着一幅画面，就是他到这个女人身边的情景，对他来说，她本人对见面有何想法根本就不重要。阿莉娅不爱他，不爱，但是她天真地认为只要这件事发生了，那他就会失去对自己的兴趣，就像他不再对之前得到过的女人感兴趣一样。革命者之间的爱情总是更加简单更加迅速，因为你随时可能被绞死或是被押送去服苦役……何况她还觉得自己对他有所亏欠。但是她错误估计了克鲁德。两年的监狱生活彻底改变了他。他建议阿莉娅拿着假护照和党的经费逃往复活节岛。阿莉娅拒绝了。他拿出手枪，瞄准阿莉娅说：‘要么你跟我一起逃走，要么我打死你。然后立刻自杀。’他在暴怒之中显得非常可怕。您设想一下这个场景。一个极其凶残的人，治疗中的梅毒患者，疯子，另一个是阿莉娅，天堂中的天使，她是那么纯洁，连别人的血腥都没有沾染过她。他朝她的心脏开了一枪。但是这一枪打偏了。子弹穿过了胸腔，不过没有伤及心脏。她流了很多血，人们叫来医生，把她送到别内迪克托夫的私人诊所，并编造了一个意外走火的理由。不过不管怎么说，警察没有抓走他们是个奇迹。那时人们决定杀死萨韦利。阿莉娅是最重要的成员，她的父亲是最早一批民意党人，她本人在赤塔的流放地出生，童年时代牙牙学语的内容都是与革命相关的。民意党人的高层与警察局达成协议：每个月都会揭发一些革命者，这样既可以让警方交差，又可以使另一方时刻保持警醒。如果我被人告密而进监狱，我也不会感到诧异。”

“您为什么一直不停地提到自己呢？”维拉·康斯坦丁诺夫娜气愤地说，“我压根没想到您是这么多嘴多舌，这么自恋的人。另外，您现在为什么走得这么慢？一会儿像驼鹿那样跑得飞快，一会儿又像虫子一样慢慢蠕动。您打算在森林里过夜吗？”

“我的脚磨破了。”巴维尔·马特维耶维奇傲慢地回答。

“那我们坐一会儿吧。”她已经忍不住要抽烟了。

“我们很快就到布哈拉了，波利亚在那里弄了个干草垛。”

“到哪里？”维拉·康斯坦丁诺夫娜猛地一抖。

“到一个林中的小旷地，人们在那里割干草，”巴维尔·马特维耶维奇解释说，“就是在那里抽烟要很小心，天有不测风云，别把草点着了。天太早了。百步以内什么都听得清清楚楚。”他再次停下脚步。“一定有人跟在后面。难道您感觉不到吗？”

“感觉不到。”

“人们再次向萨韦利许诺安排他逃亡，但是告诉他逃亡需要准备，需要时间，好让他安稳下来，为此还给他送来狱中的新娘。”

“送来谁?”

“这啊，这是指一些女士，她们要么就是怀着自我牺牲的精神，要么就是因为性的，或是别的什么欲得不到满足而自称是政治犯的新娘，她们可以和囚犯们约会。如果他们举行了婚礼，连流放地也会获准前往。这不，她来了。她之前曾经多次要求执行恐怖任务，但是没有被批准。要是她就绝对不会临阵退缩。”他略有深意地补充道。

“她是您的……”

“这个恶棍见到她做的第一件事就是盯在她的嘴唇上，来了极其可怕，充满肉欲的一吻，非常邪恶和无耻，完全无视监视者的存在。这就足够了，她失踪了。”

“失踪了,”维拉·康斯坦丁诺夫娜重复说，她想起自己以前上过的中学，后来她还在那里当过几年主管教师，直到她跟自己的监察员搅和在一起，拿着黑籍证被辞退为止。中学生们不听她的话，她叱责孩子们，还尽量穿得稳重而成熟，可是一切都徒劳无功。现在她的生活发生了巨大变化，谁能想到像她这样的胆小鬼可以闯进密林深处，只为了背弃自己热爱的丈夫，自己的拯救者和恩主。他带她离开彼得堡，没有提过一个有失分寸的问题。他是个极其优秀又敏感的人，在和她共同度过的那些年里，一直表现得宽宏大量，温柔细致，对她彬彬有礼，关怀备至。一小时之前，她还觉得自己的丈夫是个微不足道的窝囊废，头发花白又无聊的庸人。他谈不上高大，也不帅气，除了自己那些可笑的机床，除了关于所谓公正王国的毫无价值的空谈，他一无所有。他不知道由于跟他在一起，妻子扼杀了自己精神上的需求和探索，牺牲了自己成为女演员、作家和艺术家的前程，成了一个干巴巴的干草垛，而且是个无法发光燃烧的草垛，因为根本没人划亮火柴。直到留着大胡子的威武的中尉出现，并像旋风一样闯入了她那呆板暗淡的生活。她一直等待着期盼着这个男人的到来。就让他们在这篝火中燃尽她被封禁的幸福吧。但在最后一刻，愤怒遏制住了这个女人。

“这个见鬼的布哈拉到底在哪儿？为什么去那里的是您的恋人，而不是别的什么人？难道不是您把她推到那里的吗？难道不是您给她讲监狱，告诉她狱中新娘的事情，向她宣扬自我牺牲的精神吗？难道不是您点燃了她的希望，然后又害怕了，逃跑了吗？那您如今为什么还要抱怨，一路哭诉地让人厌烦呢？”

“那是因为她一直就想要这个！”巴维尔·马特维耶维奇大叫起来，声音比平时更加高亢尖细，“那是因为就是有这种白痴，他们宁愿投身到沸水池里，宁愿相信死亡会拯救他们！因为她就乐于享受自己的痛苦，自己的牺牲和不幸，她瞧不起自己的父亲，无视他，在监狱的教堂里跟那个残暴的家伙举行了婚礼，追随他一起流放到那令人作呕的岛上，忍受着他的各种暴行、酗酒、欺骗、背叛，忍受所有这些肆无忌惮的放纵，直到……”

“住嘴，”维拉·康斯坦丁诺夫娜压低声音说，“那个女人，那个您刻意伤害的女人，她有权利做任何事情，哪怕当妓女都行，只要这能让她轻松一些。”

“这是您自己胡思乱想的？还是在汉姆生作品里读的？”巴维尔·马特维耶维奇询问道，他想缓和下气氛。

“您是个恶魔、凶手、刽子手！”维拉·康斯坦丁诺夫娜呼喊着，“我恨猎人，恨那些为了给自己寻开心就杀死无助的小鸟、兔子、狍子甚至是狼的人。杀死动物跟害死女人是完全一样的。您把我带到干草垛这里来，这是您妻子准备的，您其实连吻她的脚都不配。我宁可要三个萨韦利，也不要一个您这样的。谁给您的权利批评这个人？有一根草掉到我领口里了。您别动，我自己拿出来。那好吧，您拿出来，现在走开吧。您想的那件事不行。永远都不行。不要想入非非。我很尊重自己的丈夫，不会这么做。他比您诚实，比您豁达上百倍。借我点火！不要碰我！站住！您去哪儿？不许留下我一个人！我是个贵族女士，可不是您那乡下婆娘，您不能对我……您竟然……竟然……”

光洁赤裸，引人犯罪的月亮冉冉升起在森林上空，照亮整片空地。有些身影闪现出来，在月光中奔忙着。维拉·康斯坦丁诺夫娜觉察到有人拥抱着自己，柔弱的手解开她的衣服，但她不能确定这是不是那个人。她曾命令那人沿着河走，但是却发不出颤音。她全身无力，奇怪的倦意再度席卷而来，让她动弹不得。“随便吧，”她心里想，“就让一切像梦里一样发生吧，而我并没有过错。在梦里可以为所欲为。在梦里没有罪过。在梦里……”

她听到某个东西折断的声音，而后那东西好像掉进了森林里。那个吻她的人抬起头，侧耳倾听了一下，突然迅速离开，一闪就躲进暗处的树木之间。女人能发誓他不只是消失了，而是要么变成了一头野兽，要么是一只鸟。她甚至亲眼看到了这个变化的过程，看见列赫科贝托夫趴下，手脚着地，磨破的脚略有点跛，背着猎枪奔驰起来，她开始感到恐惧。凶险的黑暗森林环绕着空地，环绕着高得不可思议的草垛和蜷缩身体靠近草垛的维拉·康斯坦丁诺夫娜，森林里到处传来可怕的声音。有个极其令人厌恶的软乎乎的东西爬上她的身体。老鼠！又一只！维拉·康斯坦丁诺夫娜想要大喊，但是老鼠的数量惊人地多，它们体形很小，暖暖的，吱吱叫着在她身上乱窜，爬到肚子上，胸口上，被缠在她烫着大波浪的长发里，还往耳朵眼儿里，嘴里爬……

“巴……巴维尔·马……巴维……”她无力地尖声哭叫着。

声响越来越多，森林里传来噼啪声，断裂声，声音很大，盘旋不去，月亮已经上升到制高点，它周围环绕着一个明亮的光环。光环逐渐扩大，笼罩住整片大地，强烈的羞耻感刺痛了维拉·康斯坦丁诺夫娜。她仿佛是从上空看到了自己：被老鼠围绕着，半裸着身子，头发散乱，被情人抛弃了，屈辱地坐在一片狼藉的干草垛上，草垛散发着刺鼻的气味，位于某个所谓的布哈拉的中央。明天，附近地区的人都会听说这件事，会揣测，会查明一切，报纸和插图杂志也会纷纷加以报道。她想躲起来，可是月光是如此明亮皎洁，具有穿透性，让人避无可避。

月光照亮她全身，让她在天地之间备受屈辱，随后月亮迅速地下沉，维拉·康斯坦丁诺夫娜眼看着它几分钟后就消失在地平线下面。但是月亮下沉的地方很近，好像就在森林后面，在那边某个离高坨子村不远的地方形成一个巨大的陨坑。天一下子就黑下来，仿佛是自创世以来从未有过的黑暗。维拉·康斯坦丁诺夫娜知道自己现在应该立刻就醒过来，但她无论如何也做不到。

她从未如此害怕过。夜间飞起的鸟儿无声地掠过她的头顶，翅膀擦过她头发。硕大的蝴蝶和行动迅速的老鼠绕着她的面孔打转，一个劲儿往眼鼻里面钻。起风了，风似乎每分每秒都在变强，仿佛是打算驱散晴朗的夜空中的群星，维拉·康斯坦丁诺夫娜觉察到，在远方可怕的风吼声中传来某种类似狼嗥的声音。风钻进来四处乱窜，盘旋着形成一个漏斗形，干枯的树枝、草、青蛙、蛇、老鼠、甲虫都被卷进旋风，可怕地舞动盘旋着，风也牵引着她本人，抓住她的头发、双肩，毫不留情地往她的身体里钻。她用双手牢牢地抓紧大地，揪住草根，以防自己被卷到致命的高处，卷上开阔的天空，天上突然出现了一个像是大型筛子的东西。但是，当她自己想要乘着风飞起来，就像伊尔门湖上大舢板的帆借助风一样，乘着它离开大地时，当她松开紧握土地的双手试图飞起来时，却已经迟了。一切都安静下来。

维拉·康斯坦丁诺夫娜趁着安静急忙抽根烟，干草垛一下子就燃烧起来，不是她抽烟的火烧着的，是星光点燃的。她勉强来得及跳起来，冲向森林的一方。在那里，可怕的火霞映红了树木和森林边缘的灌木丛，维拉·康斯坦丁诺夫娜借着火光看到一双一动不动的美丽眼睛。这双眼睛漠然地盯着她，慢慢地靠近，眼神里没有一点恫吓的成分。她特别想站着不动，等着看这双眼睛属于谁。眼睛突然消失了，她连忙跟过去，就碰到了猎人。猎人向前倾斜地端着枪。

“您看见它了吗?”

“谁?”

“野兽，巨大的野兽。”她很激动，急急忙忙，颠三倒四地说。

“我谁也没看见。”猎人回答，声音有些迟缓。

“怎么会没看见？您这段时间去哪儿啦？这里刚刚有头野兽。您干什么，想杀了它吗？您杀了它?”她咬牙切齿地问，她觉得自己的每根手指都渴望着刺进他令人厌恶的脸孔，穿过浓密的胡须，掐住掩藏在后面的咽喉。

“乌利娅。”列赫科贝托夫面无表情地说。

“什么乌利娅?”

“乌利娅在那里。”

“这个女特务，她想干什么?!”维拉·康斯坦丁诺夫娜尖叫起来，她的脸涨得通红，“她跟踪我们！她一直监视着我。我就知道，我和您说过，我请求过，今天我们哪儿都不应该去。您为什么不听我的?”

列赫科贝托夫不说话，灌木丛燃烧着，跃动的火苗映照在他的眼睛里，这让维拉·康斯坦丁诺夫娜觉得自己像在看着远方村舍的窗子，她看到了一些很可怕的东西。

“您干吗站在那儿，像根柱子一样?”

“您为什么把干草垛烧着了?”巴维尔·马特维耶维奇绝望地说。

“我会赔偿您的!”她大喊，“被您打死的家伙在哪儿?”

“您看看后面。”

她转过身去，惊叫声卡在喉咙里。

火苗汇成的河流从干草垛向四面八方扩散着，它们烧着了干草，火舌继续奔向森林方向，干枯的树木就像蜡烛一样，她眼看着树木燃烧起来。火势冲天，火苗越烧越高，越可怕，仿佛连天空和那个筛子也马上要一起冒出火焰，被这热焰点燃，像个千疮百孔的房顶一样坠落到大地上来。

“您站在那儿干什么？我们快跑!”

“我不能离开这儿。”巴维尔·马特维耶维奇用悲哀低沉的声音说。

“还有什么意外状况吗?”

“我看错了，朝你的养女开了枪。”

“乌利娅死了?”维拉·康斯坦丁诺夫娜的嘴巴不好使了，她没能一下子张开紧闭的双唇，紧接着问题就已经脱口飞出，平静得让她自己都觉得吃惊。

“受伤了。”

“太可惜了，要是，”女人心里想，“太可惜了，你一点也不比萨韦利强。也是个笨蛋，总是失手。”

可她说出的却是:

“她在哪儿?”

“在森林里，”列赫科贝托夫回答。接着他又小声补充说:“她父亲陪着她。我应该带他们离开这儿，不过在这种火势下机会渺茫。”

维拉·康斯坦丁诺夫娜紧紧抓住他的手。他们头顶上的绝望就像闷热的天气一样，越来越让人难以忍受。根本没有出路，不管是天上地下，左边还是右边。火苗以极其快速的节奏吞噬着森林，任何生物都根本不可能逃得过去。维拉·康斯坦丁诺夫娜突然想到，那个长着一双美丽眼睛的生物逃到哪里去了，难道也死了吗?她突然极其莫名和悲哀地怜惜起它来，甚至超过对自己的担忧。列赫科贝托夫朝着火的方向走去，很快就消失不见了。

这个世界上又只剩下她自己，所有她亲近的、紧张的人都消失了，于是维拉·康斯坦丁诺夫娜又感到自己只在童年时体验过的那种孤独感。那时，当她夜里醒来找妈妈的时候，没有人走到她身边来。她想跟着列赫科贝托夫，走进一条条火路交织的地带，火势已经贴伏在田野上，但是她没有这样做，而是抬头看着天，踮起脚尖，好让自己离天空更近些，她像个犯了错的小姑娘般请求着：

“雨啊，下雨吧，快落到大地上吧。”

天空沉默着。

“雨啊，雨啊，快落到大地上吧。”维拉·康斯坦丁诺夫娜大声一点恳求着。接着，她受不了大喊起来，跳起来，用自己无力的拳头威胁说：

“雨啊，下雨吧！雨啊，下雨吧！雨啊，下雨吧！”

一道闪电划破苍穹，紧接着是第二道，第三道，风呼啸着，声音盖过了雷鸣，然后从一个空间里，冰冷的水流倾注而下。这个空间并非位于浓密的云层中，而是比它更高，位于那天空中的巨大筛子里。水流冲刷着女人的双足，将她冲向陡峭的河岸，因此她不得不双手抓住灌木脆弱易折的枝条，以免自己掉进舍洛姆河里去。河水瞬间沸腾起来，像发酵了一样，水面急剧上涨。火与水搏斗着，烟雾、蒸汽、熏风让人几乎窒息。干涸的大地地缝里迸发出火苗，但是天空中持续不断地有大量雨水倾泻下来，又下起大颗的冰雹，灼烧的干草垛发出嗞嗞声，颜色变黑，被一层鸡蛋大小的冰块覆盖住。继冰块之后，从天空落下来昏昏沉沉的爬虫们，它们因为飞行而晕头转向。它们起初毫无知觉地躺着，接着翻转过来，四处爬行，在潮湿的地面上飞奔，四下闻闻，彼此拥吻着。它们庆幸自己还活着，祈求并且等到了雨水。

“八月，我要和乡下婆娘们一起去朝圣。”维拉·康斯坦丁诺夫娜小声说，她仿佛已经失去了知觉，木然地在心里默默地画了个十字。

第三章　什文乔尼斯突围战

1

谁也不知道，臆想之狼诞生于何时何地；谁也不知道，这个野兽是从哪个深谷，哪个虚无的深渊里钻出来的。它能够任意变换面孔，钻到人的心里。有些神父认为，臆想之狼就是撒旦；另一些则认为，它是恶魔和妓女所生；还有一派觉得，它是最黑暗最凶恶又最谄媚的灵魂之一。但是每一个虔诚的教徒在圣餐之后都读了圣约翰·克里索斯托创作的祈祷文：上帝啊，不要让我脱离您太久，否则就会招来臆想之狼。不过，并不是每个古老的祈祷文都有效，不是每个人在吟诵的时候都能保持一颗纯净的心。

机械师克米萨罗夫对思想的畏惧并非毫无缘由，思想不受任何人控制，无法消除，是决定一切的黑暗力量，由外而内侵入人的意识里，将其摧毁。人在思想里可能变得比其自身更高尚或者更下流，思想通过某种未知的路径在人们中间流传，像鼠疫一般蔓延，在空中扩散，在土和水中存活。思想是世界上最物质的东西，正如你感受到的那样，你受思想支配，而这些思想是你自己的，还是其他什么人灌输给你的，这从何而知呢？思想驱赶着你，折磨着你，在你没有了躯壳之后，它会使你更加痛苦。思想也是种能量，人类还没有掌握它，而且只要人类还是人，那么就掌握不了它。思想是火，是风，是血，是种子，是烟尘。它比人类更强大，因为人不需要为自己的思想对任何人负责。行为需要负责，言辞需要负责，但是思想可以由外而内侵入，而后完全控制住你，你如何能为它们负责呢？不过，如果你学会控制思想，或者更理想点，学会完全不思考，不让它们进入你脑中，那时你就能支配自己的人生。那时就没有可怕的考验找上你，没有诱惑，女性的目光不能控制你，你不必咬着牙压抑愚蠢的淫荡的肉欲，因为克服它还有别的办法。但如何搞定自己的头脑，驱逐臆想之狼，不让其在你的脑海里游荡，描绘出诱惑的、可怕的画面呢？不幸的是这些画面会实现。一旦人释放出不受控制的微弱脑电波，而臆想之狼捕捉到了这种信号，那它就再也摆脱不了这野兽，没有树可爬，没有避难所可以躲藏，在家里、教堂中、广场上、偏僻的森林内、大海中央都不行，到哪儿它都能追上你。一旦它占据了人的心灵，哪怕只是一个角落，它就会感到饥饿，需要食物，而人就不得不以身饲之，直到不幸的牺牲品只剩一具空壳。

多少这样的空壳在大地之上行走，而没人怀疑他们已经被吃得精光。此时，这样的人如果你多用点力气碰他一下，用最小的考验为难他一下，那么他里面的空虚就会全暴露出来，前一天还认为这位先生独立、可敬的那些人都会震惊不已。克米萨罗夫还认为，在中世纪，教会和宗教裁判之所以让人民处于黑暗之中，并非是为了把人民变得更好控制，也不是像后世那些不甚聪明之士臆断的那样担心失去权力，而是为了拯救自己的教徒，保护其免受臆想之狼的侵害。那些壮实的身体被凶恶的守卫天使保护着，它只能远远地看着，舔着嘴唇，逡巡不前，除此之外什么都做不了。那时臆想之狼也想分开人群，夺下哪怕一个教徒，让他看向自己，听自己诱惑的低语，但是如果人们中出现了害群之马，牧人们就会将其赶出去，而最不听话的、和臆想之狼有反常联系的人，会被他们绑在十字架上烧死。在那个遥远的时代，臆想之狼虚弱而萎靡，胆怯地徘徊在人类村落的边缘，用饥饿的目光看着房子里暗淡的灯火，看着城墙和教堂高高的尖顶，猎物可能只有在富庶的城堡和国王的宫殿里才找得到。它的狂叫声回荡在人烟稀少的旷野上，听到的人变得很害怕，他们编出恐怖的传说，而后更加虔诚地向造物主祈祷，因此获得了他的救赎，让臆想之狼一直处于苦闷和孤独之中。

在那个被人美其名曰文艺复兴的时代，一切都变了。许多智者、泰斗、天才涌现，衣着华丽的骑士、演说家、思想家、哲学家、人文主义者们大放异彩，他们喂饱了臆想之狼。这头瘦弱无力、视力很差的野兽，原本边哀号着，边寻找着憔悴的巫婆或是苍老的巫医、信奉“千年王国”的异教徒或是摩尼教徒，而此时却变得很壮实，很有威望，皮毛变得光滑，尾巴有了弹性，爪子充满力量，牙齿也坚固了，能够撕开咬碎任何一个灵魂。这个野兽学会了温柔和谦恭，说的话像那些受过最高等教育的、最有学问的先生一样，它表现出非凡的机敏，愉快而从容，可以出入任何地方，在哪儿都受到欢迎，都招人喜欢，渐渐地它掌握了数百万人的灵魂，还有他们在尘世间无用的财产。它征服了繁华的城市、富丽堂皇的宫殿、市民的房子、大学、科学院、银行、日不落帝国、大陆、岛屿和群岛、产酒的山谷、疗养地、交易所、元老院、修士社团。大地之上只有一个国家臆想之狼去不了，祈祷之声像炉子里冒出的烟一样笼罩住这个国家，让这野兽占不到任何便宜。这里的人在肉体死亡之后，原封未动的灵魂飞到天上。臆想之狼一想到，在大陆的这片广袤空间里，草原之上，森林之内，冻土之中，自己竟什么都得不到，那里生存着数十万普通的狼，它们都没有因食物缺乏而烦恼，这精神上的怪物就十分地忌妒，满腔的愤恨。尽管它想尽办法去占据、诱惑、欺骗，但都失败了，这个国家并没有屈服，没有放它进去。不过它没有放弃，还在思考、注视、渴望着这个国家。它观察着大公和沙皇的更迭；

观察着那些热爱自由的农民跑到原始森林里，反抗君主的统治，后又逃到东方，抵达了大洋之滨，再奔向远方；观察着外国人想尽办法要摧毁这个国家，但却深陷在这片土地上。这无边无际的伟大土地不可战胜，其上的天空如此高远，如此强大，好像上帝的王座就直接安放于此。在这里，臆想之狼心中除了可耻的无力感，别无其他。

时光流逝，俄国辽阔的疆域里，某些东西发生了变化，开始变得模糊不清。这个灵魂纯净的国家出现了一丝裂痕，开始时只是勉强看得见。以前也有过小裂痕，但那个时候日子过得很慢，臆想之狼为了穿越裂痕，能够蜷缩到蜥蜴大小，可裂痕在达到这个尺寸前就能够自行弥合了。然而，与那时相比，岁月的长河越流越快，每时每分都变得更加短暂，太阳更快地划过天空，冬天与春天的更替越发匆匆，裂痕也随之扩大，不能弥合。臆想之狼啃噬着它，将它拓宽，自己占满了整个裂痕。在俄国的居民中间，聪明人越来越多，他们偏执，没有恻隐之心，鄙视祖国，认为她落后、黑暗、不幸，他们热切地梦想着变革，找寻导师，而其学生们的身体和灵魂在年轻时就成了臆想之狼的栖身之所，被它吞噬、同化。这样的人，先是法国的讽刺哲学家，后有他们的想要征服全世界的皇帝，有学问的德国人，受过教育的英国人，傲慢的奥地利人，全欧洲的乌托邦主义者，经济学家，神秘主义者，宗派主义者。他们都想进入俄国，但是都被俄国排斥，被吐了出来，他们让俄国生了病，在各种阴谋和叛乱中动荡不已，但俄国最后还是痊愈了。这种情况一直持续到最近，一名《条顿骑士》的作品传入俄国，这人能蜷曲身体，把整个自己，包括灵魂和全部意识都变成臆想之狼的居所，在他之前，还没人能做到如此地步。

不知道对与不对，自然派作家巴维尔·马特维耶维奇·列赫科贝托夫认为，尼采曾有十一年侨居国外。他发了疯，喝过自己的尿，可并没有在一九〇〇年死去，而是被秘密送到了俄国，送到高坨子村，在世界大战前半年，才被当地的农民杀死。正是他成了俄国的最主要的威胁，他激发了那些次要的威胁，这些次要的威胁分散了国家的注意力。人们和恐怖分子、叛乱者、革命者做斗争，把那些已经不太危险的人送上绞刑架或者发配做苦役，却放过了正真的敌人。在偏僻的俄国小城里，巴维尔·马特维耶维奇·列赫科贝托夫的中学老师，那位性哲学家罗夫痛苦地吼道："这都是尼采。"此时正值斋期过了一半，三月的公猫爬上了屋顶。应该说，这句话带来的刺痛伴随了被驱逐的学生一辈子，因为他听出了那个时代最重要的真理。后来他向机械师克米萨罗夫转述了这句话，不知是故意的，还是无意的，使这个满脑子技术的质朴之人心里产生了一个极其重大的想法。就是他，列赫科贝托夫，在他们结伴的最开始，就给了瓦西里·赫利斯托佛洛维奇一些字迹模糊的小纸片，上面写着尼采的哲学文章。那是一个深夜，他在给这些纸片的同时还嘱咐说，不要给其他人看，这些东西足够你被发配做苦役的。

克米萨罗夫就像每一个俄国人那样，不自主地喜欢禁忌的东西，除此之外，还崇拜外国的技术产品。他一口气读完这部地下作品，心中的一切都动摇起来，天翻地覆。他全身颤抖，因为这个可怕的东西而烦恼不已。但是他并非因为害怕惩罚而烦恼，正相反，他想冲到刑侦部门、新闻检查部门，冲到厅务总监波别多诺斯采夫面前，告发自己，大喊："禁止它吧，烧了它吧，不要让这本书流传进来！"俄国人不应该读这样的书，他承受不来。俄国人能够消除一切邪说，平息各种叛乱，揭发阴谋，弥合分裂，唯独受不了这个，因为万恶的尼采妄图染指最深的隐秘，打开了每个俄国人掩藏羞耻的心扉。俄国人万万不能没有羞耻之心，因为这会让他忘却上帝的形象，也会失去人的样子。正是尼采亵渎了这种羞耻心，将其赶出了俄国人的灵魂，嘲笑它，只不过他做得很优雅，很精巧，手段很高超，具有迷惑性和鼓舞性，致使读者都不明白自己身上此刻发生了什么，正被召唤到何方，所为何事，就不由自主地供出了自己的隐秘。而且羞耻之心越重的人，读过尼采后就陷得越深。

但是，瓦西里·赫利斯托佛洛维奇没有去告密：他感到羞愧，不是真的出于愧疚。他不想成为告密者，是害怕他们强迫自己坦白一个普通的机械师从哪里得到那样一本书。他不能撒谎，又不能出卖朋友。然而他不去也没用。或许，那时没有尼采，俄国能活得更久，能做好准备，制造出解药，让俄国大地重新被祈祷之声笼罩遮蔽，让时间静止或是流逝得很慢，俄国会被冰封，伤口开始愈合，它身体上的所有裂痕都会弥合。可是尼采阻止了这一切。他战胜了所有人。原本故作姿态的新闻检察机关像一个发神经的小女人那样，抱怨着又顺从着。俄国印刷厂有失体面地大量印刷尼采的文章。尼采像病毒一样在俄国蔓延，使它不再清醒，不再敏锐和谨慎，而后又用开水、盐酸、熔化的铜汁烫伤了它。每个中学生都通读他的文章，他们根本就没有读过别的作品。纯洁的女子枕着尼采入睡，为自己的天真无邪感到羞愧，决定明天就彻底改变。信奉自由主义的教授开始在课堂上向大学生们讲解尼采。没一个知识分子能说，自己没读过尼采，或是读了却不喜欢，但是每个杀人犯、施暴者、窃贼、通奸者、骗子都能在法庭上放肆地说，自己根本不是罪犯，而是尼采主义者。帝国的报纸都在传播他的文章。仁爱的律师为尼采主义者所有罪恶下流的行为进行辩护，而陪审团在法庭上宣布他们“无罪”。以尼采的名义创作的小说开始出现，变得极其时尚。短剧、小诗、短评、编外副教授杜撰的论文在俄国流传，进步的社会团体通过订阅它们来筹钱给尼采建纪念碑。在如此的背景下，想抵抗这股瘟疫为时已晚。

可是为什么只有克米萨罗夫一人该为此而悲伤？其他人在看

向哪里？谁被查禁了？托尔斯泰？罗扎诺夫？索洛维约夫？梅列日科夫斯基？列昂尼德·安德烈耶夫？应该把尼采赶出教会！但尼采不是东正教徒，何谈赶出呢？然而就是要赶出，提前赶出，将其永远逐出俄国。将之革除教籍。每一个读过尼采的人都应坐牢。单间的牢房。让他在其间踱步，数羊。关个一两年，再遣送出俄国，永远不再让其入境。还有，完全不让任何人入境。将俄国完全隔离，就像隔离麻风病和鼠疫，因为外国也和病魔一样。但是人们没有这样做。怎么能禁止用文字写的东西呢，何况是这么有才华的、智慧的、精妙的、疯狂的、无畏的文字？关于人，尼采所说的尽管可怕，但却是真理。这个真理让人无法忽视。而且我们能和谁争论呢？说什么呢？为谁正名呢？尼采，就是我们的一切，我们的上帝，我们的普希金。契诃夫都想和尼采对话。契诃夫！人们给自己找到了圣像……一切都很顺当，可是那些维护教徒之虔诚，捍卫道义和纯洁的先生们，他们在看向哪里呢，思考什么呢？

为什么教会那么软弱？它的声音与力量何在？为什么主教公会不开会？教会怎么了？为什么在似乎很黑暗与愚昧的中世纪，它能驱逐异教徒，而现在变得如此无助？当今的尼采何在？格尔莫根何在？阿瓦库姆何在？波别多诺斯采夫为什么沉默了？为什么没有一个神父发声？喀琅施塔得的约翰何在？季韦耶沃的修女们何在？奥普季纳修道院的长老们何在？索洛维茨基的隐修士何在？虔诚的俗世之人何在？诺沃肖洛夫，季霍米罗夫，缅什科夫，尼卢斯，萨马林呢？偏远修道院里的虔诚神父和兄弟们呢？所有这些长老，漂泊者，朝圣者，为什么他们不进行宗教游行反对万恶的尼采？西伯利亚农村来的那个口才很好的农民混进了皇宫里，这让很多人都感到难堪，为什么他不和沙皇说尼采的事？

啊，要是沙皇下令禁止尼采多好啊！要是1905年没有发生动乱，就不用成立那没正事可干的杜马了，也不必赋予其毫无用处的自由了，要知道，这一切都源于条顿骑士，而未来还会有多少呢？现在只是一个开始。疯子，疯子们，自杀者，偷自己家东西的人，家庭破坏者，强奸幼女者，杀婴者，你们就是这种人。没有哪个混蛋、强盗、凶犯，没有哪个俄国的仇人能如此之深地毒害俄国的意识，能用自己疯狂的思想诱惑着人，还建好了进攻基地，那个野兽从死去的弗里德里希·尼采的头颅转移到了这里。它从那疯狂的条顿骑士脑袋里爬出来，穿过空空的眼窝、耳朵眼儿、鼻孔还有嘴，既是一只也是一群，可以变化成微生物的大小，也可以变成河马的大小。这不知何时踏上了俄国大地的可怕征服者爬到这里，立刻惊呆了，为之赞叹不已。

俄国展现在它面前，神奇而庞大，富庶而美丽，还毫无防备。它看到了这个国家的一切，所有的城市、教堂、围墙、栅栏、路灯、简陋的木房和华丽的宫殿、大河大湖、辽阔的田野、山泉、幽处、鸟巢、兽穴、沼泽，还有长满浆果的地方。某一刻它甚至都可怜这个国家了，但是这种怜惜只能加强野兽心中的淫欲。之前无论何时何地，它都没有如此的贪婪，其身体中积聚的欲望也是人类连做梦都没想到过的。臆想之狼带着这样的贪婪和欲望抓紧了俄国，着手将她撕成碎片。

2

落入那凶猛野兽之口的不只是卑鄙之人、心怀嫉妒之人、谄媚之人、傲慢之人。它不只是钻入人们的头脑中，还吃光人体最柔软的部分。那些害怕它的人，蔑视、痛恨、逃避它的人也都被它找到了突破口，成了它的食物。臆想之狼对付人，大概就像是聪明的猎人对付野兽一般。它研究猎物的习性，驯养些像猎犬和猎鹰的小机灵鬼，跟踪人类，设下精巧的陷阱、圈套、兽夹，乔装改扮，很少有人能摆脱它。臆想之狼很聪明，也很谨慎，不会碰到谁就追赶谁。如果，在天堂里最快乐的事的确是罪犯忏悔自己的过错，那么在地狱里最能令人满足的就是把虔诚的人捉到自己跟前亵渎其神圣，侮辱其贞洁，耗损其青春，践踏其美德。淫乱的修士伊西多尔知道这一点，他派自己的女奴们到教堂里吃圣餐，之后马上让她们满足自己。所有住在高坨子村的人里，那个在星多风高的夜里，在田野间和草垛间，无拘无束地奔跑的女孩，最令臆想之狼感到懊恼。这不是因为她会魔法，它是理解和赞同魔法的。而是因为她虽然弱小又孤单，却被一股力量保护，让臆想之狼只靠近过一次，吓了吓还是婴儿的小女孩，而作为此次惊吓和不幸的安慰与奖励，神秘的上帝赐予了她礼物。

但是臆想之狼不会那么简单就放弃，不再骚扰少女，因为这个野兽有权拥有她。这一点除了那个给乌利娅生命的女人再没人知晓。就是她，机械师克米萨罗夫的第一任妻子，她为自己残疾的女儿而担心害怕，为自己的罪过而苦恼绝望，一次在极度疯狂之下，按捺不住，下定决心，如果世间光明的力量无效，那就求助于黑暗力量。尽管只是一瞬间，一句话，一个请求，但是这可怕的黑暗的一刻还是发生了，臆想之狼知道了她。它还知道，那女人永远不可能请求自己降临，她忏悔了，放弃了世间的一切，发了奇怪的誓言，接受了秘密的惩罚，那就是在女儿长大之前不再见她，但是犯下的错误已覆水难收。

由此，上天的力量倒是保护了乌利娅，然而这股力量不是万能的。世界上的事情并不是总能拥有最终的答案。而且也没人知道具有魔力的小圆面包滚向何方，洞察力很强的巴维尔·马特维耶维奇·列赫科贝托夫也在拿着记事本追逐着它。乌利娅的命运也是这样，没人知道她是怎么长大的，依赖什么生存，挚爱她的母亲在忏悔时的祈祷，以及父亲没有显露的爱，这些是否足够，还是一切都将被邪恶的力量抹杀，就连姑娘自己都不知道，当她开始经历人生时究竟该怎么做。而臆想之狼已经预知，这样的经历在乌利娅的一生中会有很多。对如何吃掉小母羊，它有自己的设想和精巧的计划。听到山羊响亮的脚步声，它的毛脱落，眼睛变得暗淡无光，变回了之前贪婪的样子，一如这个庞大国家还没对它开放的时候。而现在，它踏上了这片土地，藏身于深林沼泽之间，一个跳跃可以跨过好多个地区，敏锐地寻找着引诱纯洁灵魂的办法，寻找着要抓住的猎物，也思考着阴谋诡计。能猜得到，是臆想之狼在七月那个闷热的夜晚给维拉·康斯坦丁诺夫娜·克米萨罗娃在月下表演了那一切。是它策划了所有事情，差一点弄死了好奇的小女孩，还不愿放弃自己的猎物，只是更加渴望，更加精细。是它点燃了那场可怕的森林大火，本应该烧死那陷入困境的一小撮人，上天被激怒了，降下了前所未见的冰雹，砸倒了周围几乎所有的庄稼，一半房子的窗户都没了，屋顶也破了。以此为由，高坨子村的农民两手一摊说："神父也太过火了！"而艾洛斯神父噘着下嘴唇，傲慢地看着顺服的农民。他们相信上帝的力量，也相信他能够沟通这股力量。但是臆想之狼对此并不在意，它认为艾洛斯神父对自己的计划没用，而乌利娅继母自己的忏悔不在它的计划之中，因此维拉·康斯坦丁诺夫娜没和村妇们去过任何一次朝圣。当然，她们也未必愿意带着她。

在那个绝望的夜晚之后，历史的进程比之前加快了太多，因为个人生活的事情汇入了整个人类历史的洪流，它们一起向前流淌，彼此交织，就像春水里混进了泥浆、倾倒的树木、损坏的船只、木筏、系船桩、大冰块、大量泡沫，还有垃圾，一起流向水声隆隆的瀑布。历史的洪流没有流向浅滩，逃跑者列赫科贝托夫的船曾在那里搁浅，而是流向了真正可怕的石滩、瀑布、深沟。在这条死亡之河里，个人的命运变得更难分辨，更没有意义，完全不同的法则开始起作用。

……消息不胫而走，机械师的妻子被丈夫打得半死，女儿差点被狩猎场的租客射死；翌日清晨，当着全村人的面，暴跳如雷的佩拉格娅扯着那租客的胡子，因为草垛被烧光而用最难听的话谩骂，还威胁要齐根剪去通奸者的男根，好让他再不敢和城里的妓女们厮混。这个消息等同于一场精彩的街头表演，伴随着小孩子们的喝彩声，还有土狗快乐的嚎叫声，充满了最神奇最荒诞的传闻。这消息没有在人民的记忆里留下多少痕迹，被上天的征兆吓坏的高坨子村及附近的村民后来又经历了些和他们有关但相对来说不那么重大的事件，然而在几天之后，出了一件非常重大而且特别恐怖的事，这个征兆和近几个月所有大自然的灾难一起应验了：沙皇的旨意公布，与德国人的战争拉开帷幕。

这些消息足以让巴维尔·马特维耶维奇明白，他应该暂时离开村子了，他最后告诉神父，与德国人的战争是所有人的末日，此时不应该祈祷，而是要做安灵弥撒，为新的坟墓清理土地。艾洛斯神父只是摇了摇头，讲了讲上帝的意志，但是作家懊恼地打断了他：

“啊，神父，难道您没看到，在俄国举行舞会的早就不是上帝了，而是他的仇敌？斯韦特洛亚尔湖的人民中流传着一种说法，好像是因为我们的罪孽，造物主离开了俄国，而让魔鬼统治这里上百年。”

“这是胡说八道。”

“胡说八道？那您听说过我们的森林里出了什么样的野兽吗？”

“倒是听说了。”神父沉着地回答。

“那您不说点什么？”

“要我说，应该少去森林里闲逛，多来教堂，那么愚蠢的想法也就没有了。”

“时而和森林保持亲近，时而却远离它，”巴维尔·马特维耶维奇生气地说，“您能不能选择一样？”

“我早就做出了选择，而您，如果您去的话，就抓住那野兽吧，杀死它。”

“这个野兽吗？”

“它有什么特别的吗？野兽就是野兽。跟踪它，包围它，射杀它，把毛皮挂在栅栏上警示所有的鬼怪，让它们不敢靠近这里，不能骚扰善良之人。”

“所以您赞成我做这件事？”巴维尔·马特维耶维奇问道，他搞不清楚对方是胡说的还是认真的。

“我赞成。您可能因为这个任务获得延期的机会。”艾洛斯神父说道。

列赫科贝托夫战栗了一下，讥讽地盯着愚蠢的神父，说：“神父，您说的延期指什么？”

“您自己不知道，”神父不满地回答，“死亡的延期。如果需要的话，我可以成为您的助手。我会像狗一样为您服务。”

“多谢了，无论如何我都能自己应付的。”猎人冷漠地向神父鞠了一躬，更加不期待能从他那里得到神秘的启迪或者恭顺。猎人忍不住挖苦道，“而且以您的体形来看，也不能像狗一样跟着我在森林里跑。”

但是从那时开始，杀死人类仇敌的想法就根植在巴维尔·马特维耶维奇脑海中逐渐成为生活的目标。这目标暂时还不太明显，还很遥远，但这可能是他最重要的目标，他就是为此而生，为此而忍辱负重的。正像艾洛斯神父说的，杀死它，剥下毛皮，令地狱都为之颤抖。

只是，在这遥远崇高的任务解决之前，巴维尔·马特维耶维奇需要和自己受委屈的亲人们解释，在他们跟前忏悔。而这是很困难的，因为在此之前猎人从不需要对任何人道歉。上一个必须求得原谅的事在他记忆中还是在那春天的课堂上，那差不多被遗忘的叶列茨，面对地理老师那嘲讽的脸。那个时候，列赫科贝托夫是完全无罪的。而现在，他绝对是有罪的，这使他那习惯了平静的良心万分痛苦。不管作家如何拖延那讨厌的手续，他都不得不平生第一次提笔，却并非为了描写秋天的森林里狐狸的踪影，而是艰难地写下几行字来承认自己的错误。同时，他要表达出，他准备用俄国传统解决类似矛盾的方法为此负责，顺便测试一下，在这样的情况里，自己的延期是不是也能保持下去。

那个闷热而难熬的夜晚过去了，他没有得到克米萨罗夫的任何答复。但是第二天两个人碰见了，都带着枪，也许是故意的，也许是偶然的，在舍洛姆河高高的岸边，在没人爬得上去的陡坡上，两个人之间没有任何对话或动作。他们站着，看着对方，一个不知所措，另一个呆若木鸡。而由于唯一的可以在这次会面中交流的心灵此时正游荡在另一维度里面，所以他们偶遇的细节没人知晓。

但是很早之前列赫科贝托夫就觉得，好像有个人不知是在保护自己，还是在盯着自己。那些恼人的想法一直困扰着猎人，因为他惊慌地发现，在自己的生活中发生了无可挽回之事，在此之后，生活再也不能回到原初的状态。这是事情的正常发展呢，还是由于佩拉格娅的冷漠呢？她向自己发泄完愤怒，就一声不吭，行为如此傲慢，不可亲近，好像她不是个农妇，而是个受了侮辱的世袭贵妇，她确实也不是个农妇。有一点列赫科贝托夫很清楚，那就是，并不存在的背叛把自己和妻子拴在了一起，他开始受佩拉格娅支配，一如她之前依赖自己一般。易位发生了，角色互换了，最令人恼火的是大家对此有目共睹。

高坨子村的农妇们同情瓦西里·赫利斯托佛洛维奇，指责维拉·康斯坦丁诺夫娜，更知情的人们确信，这不是她第一次和猎人在夜里约会了。他们还引牧羊人特罗菲姆的话为证。一次黎明时分，这个人在街上碰见了她，只是特罗菲姆直到现在才弄明白，彼得堡来的女士全然不是去解手，而且她脸红也是有原因的。这不是因为他问的问题，实际上，这是最没有恶意的问题。她脸红是因为那天早上列赫科贝托夫在等她。现在很多事情都已明了，比如说，为什么机械师没有收割庄稼就离开村子，为什么圣保罗彼得日后第二天早上，机械师的女儿跑出了家，还天真地以为没有被发现；为什么漂亮的小男孩阿廖沙变得忧郁，再也不偷看少妇了。

她们时不时到佩拉格娅那儿借点盐，再给她一些慎重的建议，比如说要和情敌断绝来往。但是作家的妻子发泄完所有怒气后却沉默得令人害怕，不回答任何问题，明智地没有借给她们盐。于是她们渐渐地就不再打扰她了，再后来就将之遗忘了，就像是完全忘记了从前宁静的生活那样。在高坨子村、下果尔布卡、布哈拉，还有纳沃洛克，一切都变得那么迅速、那么出乎意料。甚至还包括那些沼泽地区，那里的农夫、农妇头上都患上了纠发病。

部队挨家挨户地征兵上战场，钟声在村子上空响个不停，一些飞机无数次飞过河流，道路上烟尘漫天。在那天夜晚突如其来的大雨和冰雹之后就一直没有再下雨，只是偶尔打打雷。军队的列车驶过波利措。迎着它们，远方近处的避暑之人返回城市，滞留欧洲的俄国游客绕道回家。各大报纸上都有文章，报道那些在德国遭遇战争的不幸之人。德国人把俄国妇女和小孩关在车厢里，几天几夜不让出来，然后将他们赶到旷野。他们毫无人权可言，方便时恺撒军队的士兵们就在一旁看着。还有报道说，持俄国护照的无助病人没穿好衣服就被赶出诊所；有女性被强暴；德国士兵扯下伤员们的绷带，对他们刑讯并加以侮辱。为何一个给世界贡献了席勒和歌德，有文化的民族能做出这样的事来，知识分子们争论不休。一些人认为，德国人是一时糊涂。另一些人确信，德国人真实的本质始终都是残忍、野蛮、不理智的，他们早就发狂了，一直都是畜生。这些畜生印制复活节的明信片，明信片上画着正在上茅房的白白胖胖的女人，有啤酒和香肠，他们之中有路德、加尔文、俾斯麦、威廉二世这样的人物，还有世界上任何其他民族前所未知的铁石心肠。尽管维拉·康斯坦丁诺夫娜在不久前还斩钉截铁地说自己绝不读报纸，但现在她一口气读了所有的，不由得心惊胆战，还迷信地想：要是丈夫听了自己的话，如她所愿地一起坐船去了德国会发生什么事呢？可能，是命运将她留在这里，留在了高坨子村，避免了更糟糕的情况。

瓦西里·赫利斯托佛洛维奇心里怎么想的，决定怎么对待自己，她并不知道，甚至想都没想过。这没人知道，不过机械师看起来既不生气，也不像是受了委屈的样子。他很平静，可能是太专注于沉思。维拉·康斯坦丁诺夫娜觉得他沉思时比阅读彼得堡的报纸时更可怕。如果她知晓丈夫的梦想是变得像机器一样，那么她也许会明白，他必然会实现这个愿望，就算他并不知道最终完成的那个机器不知道是为了什么目的而设计，也不很清楚怎么使用它。作为一个差点背叛丈夫的妻子，她相信，这场沿着万恶之河散步的戏码会以流血收场，她一点都不怀疑，丈夫会打死自己，还有那个险些让她背叛了丈夫的人。维拉·康斯坦丁诺夫娜和克米萨罗夫一起生活了几年，但她并不了解丈夫，只清楚一点：这个人受不了侮辱，尤其是这样的侮辱，他无论如何都不会原谅自己。但是丈夫忍住了（最初的殴打她并没有在意，平心而论，她认为这是为了她的养女，而不是因为情人）。她感到一种莫名的情绪，好像是失望，很快就又被新的恐惧所替代。不，他还不如不忍耐，还不如每天都打自己，拷问自己，她会说出一切，发生过的，没发生过的都会说出来。最差的情况不过是他喝多了，撒起酒疯，将自己赶出家门，赶回到沃特金斯克的父母家里，也胜过像现在这样沉默得可怕……

他们因为乌利娅而滞留在乡村，待在上了锁的家里，就像被包围了一样。一家人极小心地乘坐超载的火车返回彼得堡，机械师一路上不离开女儿，却不允许妻子靠近她，尽管照顾受伤的姑娘时，有些事她做起来更顺手。疲惫不堪的他们终于艰难地回到家后，发现在他们离开的时候有人来过，打开妻子的衣柜翻了个遍，但是除了一件黄色的麻布连衣裙外没拿走任何东西。维拉·康斯坦丁诺夫娜觉得这次盗窃太可笑、太荒唐了，以至于她对这个小偷有的只是微微的同情。这小偷发现她这些简陋的衣服时应该非常失望，并出于绝望拿走了那件不幸的连衣裙。所有这些时候，机械师都一直沉默着。

但是丈夫在这里的所作所为也是她最不愿意看到的。他没有找警察，没有向邻居或者看院子的人询问，但是满足了她的愿望，给了她许多钱，让她去买连衣裙、内衣和帽子，看上什么就买什么。她手里从来没攥过这么多钱。维拉·康斯坦丁诺夫娜反驳说，她现在顾不上衣服，而且这也不是购物的时间，然而她心里想的却是，带着瘀斑能去哪儿呢？瓦西里·赫利斯托佛洛维奇就那样看着她，结果她顺从地跑到了涅瓦大街上的小时装店里。因为打仗，时装店变得空荡荡的。她匆忙地，像个罪犯似的，也没试穿就拿了第一眼看到的一些衣服，就好像是用五分钟狼吞虎咽地吃下极其精致的午餐。之后，她笨拙地付款，在受过严格训练的服务员和假人模特讥讽的眼神中，拎着大小包裹，乘上令人压抑的马车往家走。

街上走着一群醉鬼，还有兴奋的工匠，大学生，警察也不阻止他们。维拉·康斯坦丁诺夫娜觉得，这些人在看着自己，斥责自己，他们知道自己的丑事，像村里人一样在自己背后耳语，他们把自己当成妓女，或是某个人的情妇，爱国群众随时都可以斥责她，抢劫她，使她一贫如洗，强暴她或者杀死她。她想尽快回到家，但是冲向圣以撒大教堂的那群醉鬼把路给拦住了。马车被人流裹挟着转了方向，跟着人潮前行，维拉·康斯坦丁诺夫娜吓得大叫，但是一张长着淡黄色胡子的年轻脸颊贴上了玻璃，火红的面孔上满是欣赏的神情，用激昂洪亮的嗓音叫道："不要害羞，太太！"

维拉·康斯坦丁诺夫娜抱住买到的东西，可她已经被带向前方，来到了广场上。人群涌向了德国大使馆。这座不属于彼得堡的巨大建筑，刚刚在首都最中心的地方建成。人群、马车、汽车占满了大使馆周围的空间。对面，岿然不动的教堂旁边燃起了几堆篝火，不过消防员并不急着将它们扑灭。

"这是什么？炸弹？"维拉·康斯坦丁诺夫娜害怕地问旁边的大学生。

"在烧死德国人。"

"谁？"她感觉更冷了。

"威廉的肖像。"

使馆巨大的建筑完全被照亮了。可以看见，人们从一个窗户跑到另一个窗户，一摞摞的文件、桌子、椅子、抽屉、圈椅被扔出来，所有这些轰隆隆地掉到人行道上摔得粉碎。周围有匠人、小市民、工人、商人和知识分子，嘈杂一片，好像全俄国的人都来到这里，联合起来，群情激昂地毁灭德国大使馆。被占领的建筑里的人越来越多，他们从窗户探出身子来，挥着手，待在广场上的人也挥手回应。维拉·康斯坦丁诺夫娜颤抖了一下，因为在这一瞬间，一件完全不可能发生的事情震惊了她，有个年轻的小姑娘沿着几乎垂直的墙壁爬到了上层，骑在屋顶的一匹马上。这个小姑娘就是她的养女。人们更加开心地吹口哨，大喊，一些人跟着姑娘爬了上去，开始摇晃那些马的雕塑。雕像没有移动，人们就开始破坏它们。赤身牵马的希腊人塑像坠到人行道上。一些人四散躲开，其中一个被砸得头破血流。维拉·康斯坦丁诺夫娜相信，下一批碎块会直接砸向自己。她拍了马车夫后背一下，但是他头都没回。

“警察，为什么没有警察?”维拉·康斯坦丁诺夫娜大喊，但是她的声音被人群的嘈杂声淹没了。

突然，所有人向两边分开，有一个人被从第二层的窗户里扔了出来。很明显，这个德国人逃跑失败了，就藏了起来躲避灾祸，至于他仍然活着，还是已经被折磨至死，就不得而知了。人们惊叫起来，倾斜着身子，不顾重心，为了全力以赴向前挤，但是下一刻，消防队员已经拧开喷水装置，开始用冰冷的水流冲击人群。马儿猛地一跳，飞奔起来，但是和另一辆马车撞在一起，翻了过来，维拉·康斯坦丁诺夫娜嗓音低沉地叫喊着，更紧地抓着自己的包裹。

……就在那天夜里，克米萨罗夫进了她的卧室，而后每晚都在那儿度过，但是她僵冷的身体感受不到任何快乐，无论她怎么努力想表现出这种快乐都不行。

3

人民的欢腾吓坏了克米萨罗娃太太后没有沉寂下来，反而一天天变得更加热烈。尽管洗劫德国大使馆的第二天，大多数报纸都充满歉意地报道了人民的过激行为，将之归结为愤怒和过度的爱国热情，而且警察也将奥地利大使馆保护起来，但彼得堡仍沉浸在复活节的欢愉之中，几个星期都没有停止。乡村的农妇们在院子里叫嚷，男人们的脸变得更忧郁。与之不同，在帝国首都，幸福的人们在街道上走着，在教堂里祷告，请求上帝赐下胜利给俄国军队以及信东正教的军人。他们谈论着斯拉夫的团结一致，谈论着夺回君士坦丁堡、海峡和圣地。主教们讨论着派谁去巴勒斯坦，他们提出派俄国南部省区的农民去那片福地。据推测，这将是人类历史上最后一场战争，持续的时间不会超过两个月，而战争结束时，敌人彻底覆灭，俄罗斯会举行庆典，会开创永世之太平。大学生们报名成为后备军士官生，商人捐出数十万卢布做军饷。所有这些变化让这座城市兴奋起来，且不知道如何能压抑这种情绪。教堂和电影院挤满了人，街道上也都是身着盛装，情绪激动的人群。示威游行一拨又一拨，似乎，在彼得堡上空，将永远飘荡着愤慨与欢呼交织的嘈杂声。彼得堡一夜之间就消失了，变成了彼得格勒，圣彼得之城，俄国之城，斯拉夫和平与统一的中心。所有之前的东西都被迅速地抹除了，它们都是可笑的，不必要的。战争使事物显露了原本的样态，个人的一切蜷缩变小，藏在灵魂和身体的隐秘处，而所有社会性的东西开始伸展变大，变得重要。“祖国”“俄国”“君主”“君主之城”，一周前知识分子还在拿来取乐的这些名词现在突然听起来威力十足，谁也不会再羞于启齿，相反地，拥有某些另类想法是可耻的，比如说，认为这场神圣的战争不会以胜利告终。所有之前的苦难和个人的失望之情都是微不足道的，因为在和平之时做一个爱国者不光彩，在战时不做一个爱国者同样丢人。一九一四年的夏天，俄国的生活变得焕然一新，变得有了目标。如果没有战争，目标一样会被提出来，好让这个国家摆脱盲目无知和优柔寡断，过去的岁月里它一直处于这样的状态。

曾有个脆弱、温柔、大嗓门的人在皇宫前的广场上这样说过，就是乌里扬娜·克米萨罗娃。她那时还很虚弱。列赫科贝托夫的轻型猎枪“绍尔”射出的子弹打中了她的胸部，差一点就伤到心脏，所幸子弹飞到她跟前时已经势衰。姑娘流了很多血，但是年老又近视的医生亚布洛科夫成功地将那圆头的铅块取了出来，而且几天后，首都的外科医生谢拉菲莫夫给她看了病。这个医生虽然年轻，但已经颇具威望，他对自己农村同行的工作评价非常高，大加赞赏，因为后者将姑娘胸口上的伤口缝合得很细致。

那个高个子男人每天都来看她，还用自己灵活有力的手指碰触她。这个人还有自己的伤疤都让乌利娅觉得羞耻，觉得气血翻涌。窗外发生了这么重要的事，她就不能再养病了，于是她违背禁令跑出了家门。她热切地看着四周的景象，听着周围的声音，和涌向市中心的欢呼的人潮汇合，还在数十万盛装的人民中间见到了一次沙皇。那一刻，另一种虚弱笼罩了她，那种对沙皇的爱让她和所有人一起跪倒，宣誓说，如果有必要，将会为他奉献生命。皇帝不是一个人，旁边还站着个十岁左右，身穿水兵服的小男孩。这就是俄国未来的沙皇。尽管乌利娅看不见他，但想象中，王子应该是个强壮而俊美的少年。人民叫喊着，女人们眼中含着泪花，而男人们则群情激愤。据说，城里都是德国的奸细，所以人们竭力要去捣毁德国的商铺。乌利娅和他们一起走着，体验着幸福、欣喜，还有憎恨，她唯一遗憾的是姑娘不能上战场。

不只是她自己，还有她中学的所有女性朋友也都这样认为，新学年第一次开始得如此崇高，暑假之后各个年级的中学生们第一次如此热烈地拥抱，第一次用热情洋溢，饱含爱慕之情的目光看着自己中学的校长，第一次感觉如此亲近，做手工活第一次有如此的热情。尽管女生被禁止读报纸和插画杂志，但是乌利娅却无法抵制它们的诱惑。

她比继母更早地翻阅过《尼瓦》。握手言和的杜马成员，英国、塞尔维亚、黑山、比利时的国王、将军、部长、公使，他们的肖像一股脑儿闪现在她面前。她曾经非常关注受伤的塞尔维亚王子，但是在科洛米亚日赛马场举行的航空周之后，飞行员罗兰·加洛斯成了她最珍贵的人。他曾创下飞行高度的世界纪录，曾飞越过地中海，而现在他去世了，在进攻德国“齐柏林”飞艇之后死去了。得知他的死讯后，乌利娅平生第一次哭得像个极度悲哀的女人，而不是个幸福的姑娘。但是过了段时间，似乎飞行员获救了，安然无恙，这误会只是由于利欲熏心的报纸急于报道他的死亡。乌利娅明白，天空站在他那一边，而这意味着，在大地之上，俄国和其永远可靠的同盟者们也能够做成任何事。

她在果戈理大街的商店里买了一份军事地图，报复性地在上面画了各色的粗线条，重新摆放小旗子。每一天她都焦急地等待着，唯一让她愁眉不展的是，地图上军队排布的变化对她来说太慢了。她想让这些小旗移动得更快些，多画些稀奇古怪的弧线。她还像背诗一样记熟比利时和波兰的城市与村庄的名字，这些名字她之前从没听说过。她一点也不关心其他的新闻，全身心都被战争吸引了。但是有一次在一排吸引人的战争画作里，机械师的女儿看到了一张古怪的照片。照片拍的是个犯人，他曾从囚犯连逃跑，换上女人的衣服，想跑到国外去。

“呸，真是个糟糕的人！”盯着罪犯那被剃光了的头和无礼的眼睛，乌利娅这样想着。但是最惊人的是，他身上的那件连衣裙和继母衣柜里丢的那件一模一样。要不是这件连衣裙，她可能就错过了照片下面的小字报道。

“这些罪证直接指向上层人物，可以想象他是多么的位高权重。真是想得太简单了，竟以为在战时可以顺利地穿过半个国家，逃到国外去，”一个只留下缩写字母 C. Φ.，却没有留下名字的人这样写道，“显然，整个反对伊西多尔的团体都不得不在掩饰他们攻击这个被免去教职的神父的真实意图。这个团体是由一个不太知名的作家（然而实际上他却是共济会的高级督导员）列赫科贝托夫开创的。如今看起来，显然正是那些高高在上的人派他去劳改营，并且导演这场逃跑的戏码，以达到自己的目的。当然，战争期间，谢京金的逃跑对市民来说是微不足道的小事。但是，我们不要忘记，一九〇五年的革命也是开始于战时，而发起人正是加邦教士。人们有理由担心，下一次革命就是由修士司祭伊西多尔发起的。”

乌利娅耸了耸肩，然后沉思起来，她看着编辑部的地址，然后又耸了耸肩，将所有的怀疑摒除脑后。她不知道谁是奥康姆，这个英国的修士搞出的剃刀是什么东西，但是无意间却暗合了他的原理：世上类似的连衣裙很少吗？然而，为了以防万一，她还是把有逃跑者照片的那一页撕了下来，她自己也不知道为什么这么做。

她从没有活得如此充实，从没有感到过和公共事务的关系如此紧密，第一次为远方的未曾谋面的人们而难过，第一次如此强烈地预感到未来的欢快心情，那时人们会以这样的心情在彼得堡街道上迎接凯旋之师。唯有一事，不单单让乌利娅不愉快，还让她惊慌不安，忧郁不已：她朋友们的父亲和哥哥都上了战场，那些姑娘们因为自豪和担心团结在一起，可是她的父亲还在城里，这将她从姑娘们的圈子里分离出来。当然，她可以和所有人说，自己的父亲在兵工厂里工作，但是这不一样。机械师不仅不打算和任何人打仗，还带着疑惑和惋惜看着女儿，而对妻子却一眼都不看。但更糟糕的是，在位于铸造厂路的房子里，光秃秃的墙上开始挂满各色人等的肖像。维拉·康斯坦丁诺夫娜曾想过用中心商场的艺术家们的画作来装饰这些墙壁。肖像里的人物乌利娅并不认识，但机械师给他们加了细致的注释，好像是专门为女儿做的一样：歌德——伟大的德国诗人及哲学家，席勒——杰出的德国诗人，黑格尔——天才的德国哲学家，康德——著名的德国哲学家，马克思——德高望重的德国经济学家。

除了歌德比较好笑以外，墙壁上的其他人都非常严肃地看着乌利娅，特别是康德。她不敢把这些德国人从墙上撕下来，只是每次路过时，都嘟嘟囔囔，还吐口水。万一她的某个朋友意外造访，看到了他们怎么办？乌利娅感觉自己就是个别人罪行的包庇者，而那罪犯就是自己的父亲，这使她更加不幸。

就这样，在仇人的包围下，他们迎来了毫无乐趣的圣诞节，二月份，在奥古斯图夫森林里发生一场惨剧，春天，德国人开始进攻。罗兰·加洛斯这次真的被击中，被德国人俘虏了，那一刻，乌利娅第一次怀疑胜利能否很快到来。几个月前，有人承诺会结束战争，可是战争并没有结束的意思。它蔓延着，扩张着，胜利之期被推迟，彼得堡的气氛在变化，谁都不知道将会发生什么，为什么德国人不后退，反而逼近了俄国。中学的女生们不再那么兴高采烈了，一些人已经掩埋了死在战场上的父亲和兄长，另一些人的亲人回来了，却已经一身残疾，还有人盼着被俘的亲人能够归来。乌利娅抛开那些愚蠢想法，不再碰那张有战争情报的地图，不再读报纸，而走廊里的那些德国人更加放肆无礼地看着她，让她想刺瞎他们的眼睛，在他们傲慢的脸上涂上颜料。要不是害怕父亲，她就这样做了。然而就在人们准备庆祝第一个战争期间的复活节之时，那年的复活节特别早，还是在寒冷的三月里，机械师却出人意料地宣布他要上战场，他宣布消息时连眼睛都没抬，好像只是顺便说说。

女儿和妻子两人都不解地盯着他。

“你的保留证被收走了？”维拉·康斯坦丁诺夫娜吃惊地

问道。

“没有。”克米萨罗夫显得忧伤、高尚又严肃，“是我自己要去的。”

妻子有些奇怪地看着他，乌利娅则哭了起来，她不明白这眼泪是因为痛苦还是因为高兴，或者这两种感情在心中交织，不能分辨。

“我知道，我对不起你，但我不能再待在这里了。”他在离别时对乌利娅说，而她在这些痛苦的道别语中体会到，父亲的决定和冬宫广场的事件紧密相连。她欣赏父亲，叨念着父亲的名字，为父亲感到自豪。父亲尽管慢了些，但还是醒悟了，然而乌利娅一点也不了解他。妻子，还有工厂里的上司，谁都不懂他，谁都不赞同他。他很难使上司相信自己想上前线不是出于妄想，不是精神错乱，更不是爱国爱得疯狂了，而是必须要去实际检验一下自己过去做过的东西。瓦西里·赫利斯托佛洛维奇忧郁而绝望地坚持己见，强调说自己想去作战部队与任何事都无关，自己的意图与任何人都无关。最后，人们不再注意他，只是将他看作是一个有缺陷的小资产阶级知识分子和安德烈·保尔康斯基公爵的混合体。

这些乌利娅一点都不知道，但是她不肯跟惊慌失措、脸色瞬变的继母说话，她认为后者是家庭不幸的唯一原因，但她没有发现，实际上维拉·康斯坦丁诺夫娜认为自己更坏，更加不可饶恕。

丈夫要上战场的消息让她受到了前所未有的打击。她的丈夫身体虚胖，患有气喘病，精神异常，生活能力很差，他就是个庸碌的男人，可是却自愿去参加这场莫名其妙，谁也不需要的战争。这会戕害他的身体，对于丈夫，她唯一了解，唯一完整拥有的就是这具不久前又回到她身边的身体。

“他会死的，而且会在第一场战役里最先倒下，我是导致这个悲剧的唯一原因，我会永远失去他。”她这样想到。这个想法不久前对她来说还意味着鼓舞和慰藉自己的自由，现在却让她觉得心惊胆战。从他们在集合点道别开始，一切都显得非常糟糕，他们之间的关系很荒谬，冷冰冰的，像是没有关系一般。他们也没有真心和好，相互之间没有说过一个字。天还早，很黑，马在嘶鸣，维拉·康斯坦丁诺夫娜不明白将会发生什么，她想大喊大叫，但是不得不忍住。乌利娅不合时宜的兴奋让她生气，旁边的人目不转睛地看着她，在她的眼神中探寻他们自己的想法，这更令她发窘。在一群穿着军服的强健之人中间，有个上了年纪、个子不高的人不停奔忙着，他平静的表情在此显得不合时宜，如同挑衅一般。他跑到瓦西里·赫利斯托佛洛维奇跟前，摇晃着瓦西里的手，久久没有松开，之后塞给他一本小册子。丈夫拿着它，既疑惑又厌恶，妻子也讨厌这个人。他温和得像个女人一样，表现得仿佛是他们家中的常客，用他的好心好意破坏了她和丈夫分别前的最后一点时光。然而此人没有就此消停下来，而是又来到她面前，嘴巴散发着难闻的口气，对她自称是记者，想采访俄国军官的妻子。她回答得很不友好，很刺耳，面对这张满是讥讽和淫荡的脸，她难以抑制自己的厌恶之情和上前揍一拳或是啐一口的冲动。

“您怎么能这样？您怎么不明白呢？就应该这样啊！我真替您感到羞耻！这位老人家对您做了什么不好的事情吗？”乌利娅一迭声地质问她。乌利娅只想赶快结束这一切，躺在自己的单人床上，忘记这场令人害怕而又不愉快的梦。但当她回到空荡荡的家里时，突然意识到发生了什么，她觉得几乎要昏过去，维拉·康斯坦丁诺夫娜准备忘乎所以地大哭一场，但是之前总能解救她的眼泪这一次却流不出来。它们在体内的深处积蓄着，堵塞了所有的进出口，这让维拉·康斯坦丁诺夫娜觉得自己好像中毒了。最重要的是，她此时的心态就好像是，突然得知瓦西里·赫利斯托佛洛维奇被诊断出致命的疾病，而她在其生命的最后一段时间里没有安慰他，任由一切发展到无可挽回，无法做出任何改变。她心中的一切都奇怪地翻了个儿：如果之前她认为，自己生活不顺遂是因为丈夫不够爱她，对她不够亲昵，漠视她的欲求，那么现在，她将一切又归罪于自己。

“是我不够爱他，”每个夜晚醒来时，她都慌忙地四下张望，然后自言自语，“我不了解他，不珍惜他，也不太信任他。就是这样，不信任。我名字的意思是信任，却缺乏信任，这就是我。但是如果他发生了什么事，”她心中满是恐惧，不知向谁倾吐，“我会自杀。你们到时候就明白了。”

房子里回声很大，任何小动静都听得到，家里的所有陈设都严肃地看着她：镶着镜子的大柜子、五斗橱、碗橱。她觉得，它们都了解自己，同情自己。“嘀嗒，维拉，嘀嗒。”墙上的钟表响着。老鹳草向高高的天花板伸展，吊灯微微地摇晃着，维拉·康斯坦丁诺夫娜现在才明白她有多喜欢这个空间，因为这里保存了自己丈夫的气息，这个空间珍藏着他的足迹和声音，因他而苦闷，因他而气愤，期盼他能回来。她注意到，随着丈夫的离开，门变得更难开了，地板嘎吱作响，炉子冒着烟，都在宣示自己的不满。她想将所有这些都写入信中，告诉他，有多少人在等着他，因为这些东西也是人，也是他在保护的人民。告诉他，他保护的不是那庞大的无法理解的祖国，那个机构只存在于地图里或者历史清晰的回响里，他保护的是这个美好而温暖的家，不让任何人侵入，不让任何人破坏。可能，她开始明白了战争背后的意义，只是她一提起笔，就什么都写不出来。她内心里的感受在纸上变得不可信了。她觉得丈夫不会这样理解，他会生气，会责骂，不相信她遇到的事情。维拉·康斯坦丁诺夫娜最后的愿望是，和瓦西里·赫利斯托佛洛维奇在一起最后的几个月里，自己能最终怀孕，但是她的眼泪没流出来，延迟的月经却来了，折磨了她一个多星期，让她起不来床。她想把乌利娅叫来，向她抱怨自己的孤独，但是继女却显得比平常更傲慢，更加冷漠。

现在维拉·康斯坦丁诺夫娜看着女儿，情绪很复杂。尖刻而冷酷的女儿看不到大人的忧虑和恐惧。她们各过各的，午饭、晚饭都不同时吃，轮流读从战场发来的信件。信件写得干巴巴的，很审慎，从中读不出这个把她们留在家里的男人感觉如何。但是乌利娅在这些字里行间也看到了继母的罪行：如果父亲爱她，就不会这样写。维拉·康斯坦丁诺夫娜在四月参加护士课程，甚至连这件事都没让两个女人和好，反而离得更远，变成了竞争对手。确切地说，乌利娅觉得自己受到侮辱，一个劲儿地想跟继母竞争，而维拉·康斯坦丁诺夫娜温柔地容忍着她所有的胡作非为，而且已经准备好要完成那些又脏又累的工作。但是少女根本不相信这些，在她看来，父亲妻子的行为就是例行的故作姿态和虚情假意，她确信，娇惯的贵妇很快就会厌烦，会重新回到自己的纸牌卦、插画杂志上面去。可是，当维拉·康斯坦丁诺夫娜在学习照顾伤者时，乌利娅却只是沉浸在无力的幻想中，回忆着自己曾几何时在远方的森林、沼泽和湖泊间跑跑跳跳。她的父亲就在这片土地的另一端战斗着。

然而这只是一些想法而已，其中没有留下任何令人愉悦的东西。乌利娅的手和脚都变得十分沉重，她不仅不能跑，连走路都很勉强，人也变得自闭、记仇和孤僻。她的成绩更差了，甚至中学里之前从不批评她的班级女学监现在都奚落她："小姐，怎么这么长时间都学不会动词的简单过去完成时呢？我不得不和克米萨罗娃太太谈一谈了。”

之前乌利娅对待老姑娘的烦人行为有多宽容，现在却变得有多生气，她顶撞学监的话，就像很久以前在叶列茨中学，中学生列赫科贝托夫顶撞古埃及语教师一样：

“您去试试啊，您会后悔的！”她声音和目光中的某种东西让班级女学监胆怯起来，老姑娘忧郁地想着，这一辈早就长大成长，却不听话的粗野姑娘们过去到底经历了什么，未来还会发生什么？

这个非常虔诚和敏锐的女人从某个时刻开始就一直有末世之感，并期盼着它快些降临，启示录的可怕征兆让她感到快乐，因为在它们之后，在所有的苦难和灾祸之后，能看到二次降临和新耶路撒冷。她知道，有这样感觉的不止她一个，全世界有144000人和她一样相信、期盼死后的复活以及来世的生活，她的内心深处充满幸福，因为自己有幸成为最后的基督徒之一，他们是唯一没有被从深海爬出的巨兽吞噬的人们。在这些被选中的珍贵之人里，她只认识一个虚弱的老太太。这个老人将班级女学监引上了信仰之路，为她揭开了未来末世的秘密，指明了它的所有预兆。老太太靠别人的施舍度日，她从彼得堡消失了很长时间，四处漫游，到过遥远的西伯利亚，到过高加索，到过圣地，到过索洛维茨基。她回来以后暂住在班级女学监那儿，自己的朝圣之路她讲得很少，倒是很乐意听女学监讲中学里发生的。

她翻看着照片，询问老师、学生和家长的情况，询问姑娘们之间的关系还有她们的恋爱情况。平常不关注世俗生活的女学监对这样的兴趣感到惊奇，但是她不想表现出自己的尴尬。然而，更令她惊异的是，朝圣者实际上并不是她想的那么老。有一次，班级女学监回家稍早，看见了朝圣者那还很紧实的身体上挂着的枷锁。乞讨者回避谈论它们，而班级女学监兴奋地说，自己也想戴上这样的枷锁，乞讨者冷漠傲然地看着她，就像女校长有时看向她的眼神一样，于是她胆怯了。但是真正让她感到恐惧的是，乞讨者勾勾手指让她过来，指给她看照片上的一个女学生，她的低语让女学监战栗了一下，不可置信地看着自己的客人，忍不住也小声说道："怎么，难道她也是吗?"而后她闭上了嘴，连连点头。

4

维拉·康斯坦丁诺夫娜上的专修班有不少贵妇也来学习，克米萨罗娃太太竟然是学生中最有天赋的，这让所有人都感到错愕，而最惊讶的是维拉自己。她不爱干脏活儿累活儿，从小母亲就认为她邋遢，什么都不会做。丈夫也不让她干任何的活儿，如果让她干的话，如果从一开始就发现她不只是雌性动物而已，可能一切就不一样了。任性的继女鄙视她，觉得她冷漠而自私。和别人相比，她很少说爱国的义务和基督教的仁慈，这也是太太小姐们指责她的地方。尽管所有的同学都很快亲近起来，成了朋友，但她还是不合群，不在意她们的话，不谈论自己的家庭。然而当真正的工作开始后，所有不满的声音都停止了。这些狂热的爱国主义者中，没人能像她那样在伤口、脓血和死尸面前镇定自若，看见血、脓液和死尸的时候，没人能保持她那样的镇定。没人能同她一样平静地从手术室里拿出切下来的肢体，替病房里卧床的病人倒肮脏的夜壶。没有人被这样称赞过，也没有人这样一直受到表扬，还一点都不骄傲自大，不假意羞涩，而是把一切看作是理所当然。维拉·康斯坦丁诺夫娜童年时学习解开细线团的功夫没有白费。她辅助工作做得很好，外科医生一张口她就明白要什么。她的双手有力而敏捷，柔软而灵巧，好像她唯一的才能在此派上了用场。所有的考试她都拿到优秀，到了毕业生分配的时候，课程的负责人只推荐了她一人去皇村的医院。皇后和公主们也在那里工作。出身平常的维拉·康斯坦丁诺夫娜先是想要拒绝，要去一个更普通的地方，但是善良的老师摆了摆手，说：

“不行，女士！这是什么任性的想法？别人就算了，但是我没想到您也这样。安排您去哪儿，您就要去哪儿。”

然后她就顺从了，她还能如何呢？不过，到哪儿都是工作，维拉·康斯坦丁诺夫娜对皇后及其女儿们也不太感兴趣。皇后和她说过几次话，都很愉快，世袭名门的夫人们没有表现出任何轻视，对她都很亲切，真诚善良，但是机械师的妻子自己知道，这样的环境从前能让她觉得既羡熬又迷人，而今却一点都不能使她激动。她只注意伤者，只关心他们。维拉·康斯坦丁诺夫娜确信，丈夫早晚会出现在他们中间。她还想象了一切发生的过程：他被艰难地运送过来，但伤势并不致命，她将照料他，开始时他没认出妻子来，之后认出来了，而且她一定能看护好丈夫。

“那时我就是他世上最好的妻子。那时我就不会放他去任何地方。什么战争都不许去。这场战争与我何干？他们高谈阔论的这个祖国与我何干？我有自己的祖国，那就是我的丈夫。”

在彼得堡那压抑的日子里，每当她从沉睡中醒来，就这样小声对自己说，然后倒头继续睡，却什么都不会梦见。怀着这样的想法，她不知疲倦地生活、工作，时间都给了伤患，就好像他们每个中都有那个人的影子。她无时无刻不想念那个人，想要全心全意地帮助他。所有这些身有残疾的人看起来千差万别，有无助的、无力的、失望的、绝望的、温柔的、蛮不讲理的、善良的、凶恶的，他们之间实则紧密相关，维拉·康斯坦丁诺夫娜一边照顾自己的病人，一边帮助着其他病人，忍受着他们对她开的玩笑。男人们对她外表的兴趣，对她身体或是粗鲁或是温柔的触碰前不久还会让她颤抖、尴尬或愤怒，而今在她看来都只是病人康复的标志而已。如果必要，她无论清洗什么样的伤口都完全不会尴尬，她已经学会将身体看作是痛苦的躯壳，由于其受到病痛的折磨可以不必羞怯，可以纯洁无罪，就像孩子们的躯体一样。在这份工作中，她宣泄了无法实现的母爱。维拉·康斯坦丁诺夫娜感觉，甚至自己的体内也发生了变化，她能够几乎不睡觉，能够长时间不吃东西，不知疲倦，她只有在必要的时候才吃点东西，睡会儿觉，以做储备，这一切好像是为了偿还她在那些被迫无所事事的岁月中积攒下来的债务。

“您完全不珍惜自己。”她最近辅助的女外科医生有次一本正经地对她说。

她是一位非常奇怪的女性，说话的时候只用男性口吻：“我走了”“我做了”“我说了”。此人拥有公爵的封号，名字和维拉一样，但是她要求别人叫她谢尔盖。她身着男人的衣服，总是抽着烟。本来现在维拉·康斯坦丁诺夫娜可以安心地享受自己的小癖好，可因为她差一点就戒烟了。公爵小姐被认为是最伟大的医学巨擘，有小道传言说，好像她能缝合断腿，手指拥有非人的力量，眼睛能看穿皮肤下面的组织，只是女贵族的脾气不好相处。在一次手术中，皇后给她当助手，公爵小姐维拉呵斥了这位皇室的大人物，不容任何人放肆的皇后却容忍了她。

但是一段时间之后，最可怕的事情发生了。维拉·康斯坦丁诺夫娜注意到，这位极其像男人的女性总是带着好奇和温柔，有些古怪地看着自己，还试图用她那天才的双手碰触自己。有一次，她让维拉·康斯坦丁诺夫娜摘下头巾，公爵小姐见到护士将浓密的金发散落在双肩上的样子，目光不禁变得迷离。克米萨罗娃太太尽管已经三十多岁，而且力求掌握最时髦的词汇，但对于磨镜之情也只是听说过而已。这样的目光让她觉得难堪和困惑。

她的追求一次比一次更加执着，护士的从属地位让这追求显得分量更重，即便维拉·康斯坦丁诺夫娜已经准备好面对新工作中的任何困难，可实际上这样的考验她并没有准备好。她大致想得到如何应付强求她的男人，可是女人呢？她如何反抗呢？这个女人盯着自己，眼神忧郁而模糊，和她说个不停，拉着长音，就像念诗一样，不断重复着：

“您很不幸。您家庭生活不幸福。您需要保护。您没少因为男人受苦，他们带给您灾难。您不应该再做他们粗鄙之手的玩具，再因为他们而经常有负罪感。”

一开始这些实在话让维拉·康斯坦丁诺夫娜感到气愤，随后是害怕，再后来她准备缴械投降了。她觉得自己无力抵抗外科医生的温柔，但尽管感觉说出这些话的女人是如此的不幸与孤独，尽管此人在最近几个月教她如何安慰病人，如何完成他们的任性要求，维拉·康斯坦丁诺夫娜依旧觉得，这温柔就像个软绵绵的枕头，让她窒息。

“上帝啊，为何我要经受这些？”她想着，回到自己冰冷的家时，家里只有凶恶的继女等着她，就为了在她眼前默不作声地关上房门，或是对她讲许多常说的难听话。“我作了什么孽，为什么总有些莫名其妙的人跟着我？我没诅咒过谁，不，有过一次。但只是一次，也因此受到了惩罚。可他们都一样，一直想从我这儿得到什么。某些邪恶的小魔鬼、苍蝇、埃及蝗虫。而且为什么我永远要和别人的愿望、任性妄为纠缠不休？我不想，我不会，我不能……”

但是一旦她去医院，看见公爵小姐，那些不想、不会、不能的决心就都消失了，维拉·康斯坦丁诺夫娜软化下来，泄了气，思考着是应该让步、屈服，还是鼓起勇气离开，不管之前辅导班的老师如何劝说都不再留下。要是安努史卡没有注意到不幸的护士，也许她会选择其中一个方式来结束一切。这个拄着拐的胖女人很和蔼，是皇后身边的女官，抑或是红人。很多人都不喜欢这个安努史卡，天晓得他们怎么议论她的，称她是阴谋家、伪善者、傻瓜、狂徒、中学生、幻想家，说她爱上了沙皇，还是那个龌龊农民的情妇。但是，她察觉到了维拉·康斯坦丁诺夫娜的苦难。

“您，亲爱的，把头发剪短一点，也离那个立陶宛女人远一点。您想象一下，她连我都想要。”

“您？”维拉·康斯坦丁诺夫娜又问了一次，看着残疾的安努史卡就像看到亲人一样。

“我，我，”她连忙点头承认，“就是她，公爵小姐，那还用说！这些楚赫那人，连个猪倌都认为自己是公爵。她是兽医，不应该给人治病。最让我恼火的是皇后赏识她，托她的福，我这辈子只能拄拐走路了。”

维拉·康斯坦丁诺夫娜听说过这件事。冬天，安努史卡遭遇了不幸：她乘坐火车从彼得堡去皇村，火车脱轨了，一些车厢变了形。人们怀疑这是一次恐怖暗杀，因为有不少人遇难了。安努史卡本该死于疼痛性休克，然而却神奇地活了下来。她自信地和所有人说，“上帝保佑了我”，但是公爵小姐给她做的手术并不成功，安努史卡认为这是女医生故意而为之。她特别爱向上帝祈祷，以前和现在都常去远方的修道院朝圣。她到过西伯利亚，招待过云游者，特别健谈，特别殷勤，质朴善良，但是能走近她身边的人并不多。有一次，她很赏脸地和维拉·康斯坦丁诺夫娜说了自己的婚姻生活，引得机械师的妻子心里也很难过，也让她贴近了自己就在不久前还鄙视的那个世界。

“皇后给我赐婚。”安努史卡迫不及待地说。她在自己的小房子里用英国的茶招待维拉·康斯坦丁诺夫娜。小房子在皇村，离医院不远。“这对她来说并不容易。我在她身边做女官多年，她非常倚重我，不想和我分离。我们几乎可以算朋友，而且沙皇对我也很友善，但当我二十三岁时，他们和我父母商量，给我选了新郎。我第一次见到他就觉得很不舒服！他冷冰冰的，拒人于千里之外，和我格格不入。我觉得，他也完全不喜欢我。对他来说，我头脑太简单，太愚蠢。而他是海军军官，日俄战争的英雄，还是皇宫警卫队长的堂兄。婚礼的前夜，我央求皇后，让她留我在身边永远做个女官。‘你应该有自己的家。一切都会顺利的，我的孩子，’她回答说，‘上帝不会抛弃你。我们将一直都是朋友，你可以和丈夫一起到我这儿来。当你有了孩子，我会做他们的教母。’我的婚礼举行了，而之后的事完全不像皇后计划的那样。您大概也想不到，从第一个夜晚开始，他就没进过我卧室，哪怕只有一次。他躲着我，沉默不言，什么也不解释，而我既不敢问，也不敢说。有时他勃然大怒，朝我大吼大叫，骂骂咧咧。有一次，他觉得我在舞会上对一个公爵举止太轻浮，在回家之后就动手打了我。我惊慌失措……”

“您说什么？”维拉·康斯坦丁诺夫娜颤抖着说。

“之前我觉得，类似的事情只会出现在偏僻的农村。但是这个军官，贵族，他抓着我的头发，打我的脸，就像在打一个普通的村妇，导致我之后的一个月没法见人。亲爱的，这样的事情您能想象吗？”

“能吧。”维拉·康斯坦丁诺夫娜小声地说，回忆起自己曾顺其而行的那条河，但是沉浸在自己故事里的安努史卡没有听到。

“我尽力不动声色，还表现得像结婚前一样开心，但是皇后觉察到了我的不快。‘上帝啊，你受了怎样的折磨，我的孩子，不过我会帮你的。’您说说，她能怎么帮我？让我和丈夫离婚，寻找下一个幸福？我明白，对帝后二人来说，这会是多么大的打击。还不知道皇宫里的人怎么说我呢。不，我明白，一切都是徒劳的，我不再有任何指望了。尽管随着时间的流逝，一切圆满解决：丈夫去了瑞士，在那儿又娶了一个……”

“但怎么可能?”

“我不知道，”安努史卡气愤地回答，“不知道也不想知道。而且，请不要打断我，不要提那些不恰当的问题。我回到了皇宫，再也没听闻他的任何消息。我不再是女官，但却是帝后二人的亲密朋友。从那时起，我的一生和他们永远联系在一起。您认为，这是对我的奖赏吗?”

维拉·康斯坦丁诺夫娜想说，她完全不这样想，但是安努史卡没容她说出来。

“啊，您绝对错了！这是我的磨难。皇宫里的生活非常艰难。您不知道这一点，我的朋友，您很幸福。那里面人心险恶，嫉贤妒能，虚情假意。任何一个农妇都比沙皇的女官幸福，更别说是亲密的朋友了。而和皇后相处，”安努史卡压低了声音，“特别不简单。她是神奇的女人，宽宏大量，热爱真理，诚实热情。我真心依恋她，我们都爱音乐，有时会唱二重唱，我唱女低音，她唱女高音。但要是你知道，她经常生气，不耐烦，不公正……我厌倦了这样的生活，多次想进修道院。但我怎么能留下她一个人呢?除了丈夫、孩子和我，她身边再没有别人了。”

“这些人就不少了。”维拉·康斯坦丁诺夫娜想到。

“您怎么什么都不吃呢？怕长胖吗？我是什么都不怕了。”

她的脸庞非常可爱，胖胖的，看起来半梦半醒的样子，皮肤非常好，浅蓝色的眼睛透着善意。安努史卡胃口很好，吃着甜点，用小勺搅着热茶，因为她不喜欢喝热的。维拉·康斯坦丁诺夫娜从她的身上感到了安适、关怀、温暖以及和蔼可亲，就像童话里的母亲一样。她又想和她倾诉自己的苦难，但是主人抢在她之前开了口：

“我本可以再也不必经受这些磨难，但是上帝派了一个人给我，就是从西伯利亚来的朝圣者。您当然听说过他，但是大概只听了一些坏话。啊，什么都不要相信，我的朋友！这些都不是真的。我还活着就是因为他的祈祷。一月份，我遭遇了这场可怕的事故，毫无知觉地躺了几个小时，旁边都是死人。之后我被找到，从尸体堆里给抬了出来，送到了皇村，所有人都认为我也快死了。人们做完了忏悔，开始吃圣餐，然后他出现了。我的父母不想让他进来，兽医也赶他走，但是他还是走了过来，祈祷了很长时间，之后握着我的手，聚精会神地盯着我的眼睛说：‘她会活下来，但会留下残疾。’他走进隔壁的屋子，就扑通一声倒在地上，失去了知觉。”

维拉·康斯坦丁诺夫娜想问安努史卡，要是她处于昏迷状态，怎么能知道所有的这些事。但是她怕又表现得过于好奇。

“他很神奇，和所有人都不同。这样的人只有喀琅施塔得的伊凡神父了，小时候我病得很重，是神父救了我，只是神父更刚毅、更严肃。而这个人非常奇怪，他喝酒，跳舞，和黑帮的人交往，容许轻浮的女子靠近。这些都让皇后非常担心，但是她什么也不敢直接对他说，怕不小心得罪了他。不过我知道，他不可能有任何卑劣的地方。他绝对的冷静，他的高度我们中无人可以达到，他能人所不能。人们因此而憎恨他。哎呀，对他的憎恨多么强烈啊！人们也同样地恨我。您一定想和他聊聊吧。很多人都特别想见他，他们求助于我，但是我都拒绝了。我们应该珍惜他，可结果是他每天接待几十人。人们源源不断地到来，每个人都对他有所求。"

"我……"

"在我看来您很可爱，我很喜欢您，我会关照您的。但是问题不仅在于此，"安努史卡压低了声音，"以前我还很健康的时候，我可以更经常地盯着他。"

"为什么要盯着他？"维拉·康斯坦丁诺夫娜有点惊慌地说。

"我和您说过，"安努史卡的语调更显生气，"他的生活方式很古怪，让皇后很担心。必须对他有所节制。然而这件事我现在已经力有不逮，您自己看：我甚至连上楼找他都办不到。而您，我想，很适合担当这个角色。"

"您怎么就这样决定了？"维拉·康斯坦丁诺夫娜立刻问道。

"我看人看得很准，"安努史卡反驳道，"而我看得出您很知道分寸，很有智慧，足够阻止他的轻率行为，避免不必要的相识和会面，但最重要的是，您要把所有的事情都告诉我，成为我的耳朵和眼睛。可惜，那里的一切都不单纯，有太多的闲杂人等。”

“要是我拒绝呢？”维拉·康斯坦丁诺夫娜问了一句，又沉默了。

“我不建议您这样做。”安努史卡说道，嗓音温柔悦耳，却让机械师的妻子立刻汗如雨下。

就这样，维拉·康斯坦丁诺夫娜违心地和那个人结识了。此人曾经引得她的丈夫一番遐想，报纸也像得了命令一般，开始不停地报道他：去了哪里，怎样恣意妄为了，怎么胡闹了，搞什么破坏了，和谁跳舞了，和谁打架了，喝了酒，被驱逐了。而后它们又都沉默了，就像他没存在过一样，但似乎，在他出现与消失的背后有一双看不见的手。

不过，维拉·康斯坦丁诺夫娜对此一点都不关心。她现在更少回家了，鄙视的神情再也没出现在她漂亮的脸蛋上，而且她的容颜也发生了变化，不是苍老，而是更加深邃成熟。她变得虔诚，但是不明显，不引人注意，尽管在家里出现了圣像、蜡烛、油灯，但这些都是旁人所不知的，只有乌利娅不时听到继母在深夜起来祈祷，但即使这样，她也无法怜惜继母，更不要说尊敬了。只是维拉·康斯坦丁诺夫娜现在不需要什么怜惜或是尊敬。在她身上发生的事情，称不上宗教的转折。她又不去教堂。为什么要去教堂呢，小维拉的整个童年和未婚的少女时代都被教堂占满了。毫无用处啊……教堂既不能保护她，也不能帮助她。但是这里有某些不同的，出于本能的东西，就像小孩子害怕梦魇，要用弱小的双手保护脑袋不受打击一样。战争前夜里浮现在她眼前的深渊至今仍铭刻在她心里，不曾释怀，她需要去填补。在夜晚的雾气中出现的那双美丽而恐怖的眼睛，她需要去忘记。愤怒的上天给她降下森林大火与冰冷的暴雨，大火之后，她需要冷却，大雨过后，她需要温暖。这些只能在这里完成，只能在这个房子里。夏天在她身上发生的所有事，她的胡言乱语，噩梦，上帝的惩罚，不论哪一样都是那么可怕，那么无法承受，就好像她也遭遇了那场火车事故，被折断、磨碎，变成了残疾。在手术室里，她不再害怕那可怖的公爵小姐，而公爵小姐也感觉到了什么，不再纠缠了。维拉·康斯坦丁诺夫娜甚至不再需要安努史卡的小屋子，不再需要她的闲言碎语，也不再害怕她拉长音说话的方式。她现在根本无所畏惧。她感觉，在过去的几个月里，她灵魂和身体的组合都改变了。有时她也希望唤醒曾经的自己，这确是毫无意义，她曾试着背叛丈夫，但连这都没有成功。他就像个无耻之徒，像个平民，不懂如何对待优雅的贵妇。只不过有时她试图唤回自己之前的意志，就立即会想起自己在落月的暗淡光辉下经受的侮辱，燃烧的森林，抱在丈夫怀中的养女满是鲜血的身体，猎人变白的嘴唇，村妇们贪婪的好奇心，佩拉格娅那厌恶的眼神。她在逃避这些回忆。她知道，要是没有战争，要是没有在医院里工作，与鲜血、脓液、排泄物打交道，她可能就开始喝酒，注射吗啡，或者换男人了。是工作救了她。

但是有一个人她更为感激，并将自己的命运寄托在那人身上，那人让她平静下来。他不问自己任何事，也从不斥责自己。在戈罗霍夫大街上的集合住宅里，她沿着肮脏的楼梯走向他的住所，排着长队的人们不怀好意地注视着她。她被领到一间简单收拾过的房间里，里面有圣像和油灯。在这里，维拉·康斯坦丁诺夫娜几个月来第一次放声大哭，泪水比之前她的小女儿在舍洛姆河边痛哭流的眼泪还多。但不是因为感动，而是因为恐惧。一开始她完全不喜欢他，这个邋遢粗野的乡村农夫就像是牧羊人特罗菲姆。牧羊人说不了几句就会满嘴蠢话，或者提个愚蠢的问题，然而他什么都没说。他洞悉一切，全知全解，但却只是沉默着，既不阻止她，也不打扰她。之后，他握着她的手，看着她的眼睛，简单地说了几句话，他沉重的目光，低沉的嗓音让维拉·康斯坦丁诺夫娜平静了下来。她心中的狂风暴雨平息了，那些可怕的想法溶解在泪水中流了出去，取而代之的是顺服，一种之前她不知道的甜蜜的需要，她需要服从这个人，服从他的声音，他的双手。她知道，这种服从现在不可能有边际，未来也不会有尽头。她明白，他会做一切想要做的，想做的时候就做。她知道的所有关于他的事，从报纸上读到的，之前她觉得很可怕的事情，她都记得，但却还是信任地，不顾一切地跟随他，和许多人一样环绕在他周围，服务于他，听他的话，信赖他，对他忠诚。但是她永远不会背叛他，不会跟踪他，不会告密，给他招致不幸。当她在小房子对安努史卡说这些时，后者并不惊讶，只是忧伤地摇了摇头："难道您也这样吗？"

维拉·康斯坦丁诺夫娜明白，她不是第一个接到这种任务的，也不是第一个通过这个考验的。她经受住了考验，也意味着要经受所有剩下的考验。她在自己的新姐妹中间感觉很好，和她们在一起可以不用怀疑，不必绝望，不用灰心，无须争论，只要单纯地相信。夜里她不再会因为恐惧而惊醒，不再莫名忧伤地看着从药店买的药面，水质黏稠的涅瓦河上的那座高桥她已经可以平静地通过，飞驰的火车不再吸引她，也不会让她害怕。她到现在才明白，自己之前的生活是多么糟糕，为了这种心灵的自由，她已经准备好了接受一切。要是轮到她，要是有一天他要求自己支付那种报酬，就和男人们从女人那儿拿走的东西一样，要是他告诉自己，应该这样做才能体现她的顺从，难道她会有一刻的怀疑，认为这样的爱是罪恶吗？难道她不会奉献给他自己全部的温柔，一如之前献上自己的痛苦吗？但是他没有任何请求，一如既往。而她幸福地期待着轮到自己的，那激动的、忐忑的、纯洁的一刻。

5

春末，乌利娅偶然在《尼瓦》上看到了列赫科贝托夫的特写。舍洛姆猎人已经当上战地记者，他依旧认真而犀利地描写自己看到的景象：冬天的奥古斯图夫森林里，俄国的军队从波兰撤退，进入利沃夫，进入加利西亚，进入喀尔巴阡山脉。他也提到了间谍和逃兵，还拿战争和万物做比较，说道，战争扭曲了自然，改变了鸟兽的习性，大自然会因为这种破坏而报复人类。列赫科贝托夫没有刻意恐吓谁，他写得很细致，近乎水彩画一般，然而他这些真切的文字强烈地影响了乌利娅，让她有了种奇怪的感觉，觉得自己就是那被侮辱与被损害的大自然的一部分，而列赫科贝托夫则在为大自然鸣不平。少女之前的好奇心消失了，在乌利娅心中两种感觉交织在一起：害怕和极度的依赖，好像那个射伤了她的男人让她依恋，确切地说是驯服了她，就像被他在身侧注入盐水的淘气狗一样驯服。乌利娅那可怕的伤口还没有愈合，也还在疼。

她和继母一样，对那个七月的夜晚记忆深刻：自己的意外惊醒，树干，干草垛，草垛上的月光，轻盈完美的奔跑，沿河而行的两个人影。她记得女人的叫喊声，还有猎人扣动“绍尔”扳机时由于惊骇而睁大的眼睛。她看见了一团轻烟在迅速扩散，看见了灼热而柔软的子弹，子弹差一点点就射空，但还是击中了她，让她失去平衡，随之而来的是她一生都在害怕的事情，她痛苦地摔倒了，无法站立起来。

乌利娅毫不怪罪射伤她的人，她认为是自己的错，她放松了警惕，太靠近他了。或许问题本不在此，只是时间到了，小姑娘再不应像只小山羊一样跳跃，而猎人只是做了他应该做的？或者，没有成功逃跑的那天早晨，她本不应该跳船，而是应该乘船沿舍洛姆河离开，不过不是跟她的意中人，而是和那个为她而来的人一起。那么，就不会有继母与列赫科贝托夫夜晚的相会，没有下沉的月亮，没有射击，没有森林大火，没有搅乱全世界的事件，这场战争也就不会发生了。是的，毫无疑问，战争的原因是有点荒唐的。一个德国人被杀，他的尸体恰好挂在她和阿廖沙的渔网上；一发走火误发的子弹；夜晚她在舍洛姆河旁的干草垛间奔跑，这些事情破坏了世界赖以存在的脆弱的平衡。乌利娅通过一个神秘的器官感知到了这一点，这个器官负责她晚上的变化和行动。她想到，射击者和他的猎物，两个人共同使这个庞大的杀戮机器运行起来。不过这样的想法并没有让她的心里产生负罪感，因为没有哪个心灵可以容得下这样的罪恶，如果顺着这个思路想到底，那么父亲上战场，继母在医院工作都只是为了替她赎罪。尽管赎罪是不可能的，就像不可能徒手堆成一座山那样。

那个打中她胸部的小铅块被放在一个小匣子里，有时她会拿出来，用纤细的手指来回拨弄它。如果枪的威力再大点，那她会怎么样呢？乌利娅看着胸口上整齐的疤痕想，在这几毫米的后面有什么呢？她蜷起腿，低下头，好几个小时都一动不动地坐在地上，铅块在手上滚动。有一次，她的视线落在镜子里的影像上，她惊呆了，因为坐在对面的姑娘非常像那个女孩。她从未见过那个女孩，但却一直都知道她的存在，把她当作自己的姐姐。这个女孩玩着骰子，离开了柏林的旧博物馆，站在街上树荫浓密的椴树底下。巴维尔·马特维耶维奇·列赫科贝托夫很早之前就讲过这个姑娘，不是对父亲，不是对继母，而是只对她一个人讲过。她越觉得自己像这个被绑架贩卖的女孩，越是被生命的奥秘和死亡吸引，越是困惑于为什么不能改变过去，为什么不能回到过去，稍加修正一些事情，为什么人们被冷漠而残酷的命运所操纵，都在听从它的指派。人们认为自己的行为是自由的、自主的，而实际上根本没有任何自由，有的只是一些线在控制着他们。线绷得很紧，扯得她很疼，她觉察到这根线的存在，也因此而受到了惩罚。她必须和谁说说这根线，弄明白如果不可能摆脱它，怎么能让它松一点，弄明白如何与命运谈判，但是周围没有一个人能够理解她。曾几何时，她不受任何束缚，没有任何阻碍，乌利娅回忆着，想象着，试图在自己的意识中唤醒和浓缩那个时候的珍贵形象：凉台，高高的沙土河岸，河岸上的燕子窝，久久不落的绿色晚霞，八月的流星，浸水的草地，被枪声吓到的鸟儿鸣叫着从上面飞过，阿廖沙，草垛，自己在夜晚朝着湖的方向飞一般地奔跑，还有那个不知为何打断她奔跑的人，他那热情的脸。

有一次她从父亲的书房里拿出了一些列赫科贝托夫的书，它们给她的印象很奇怪。读的时候很无聊，想把书扔了，晦涩难懂的地方很多，没有足够的人和对话，人物和情节。但过不了多久，列赫科贝托夫的句子、场景、语气，还有书中的形象都开始在她的记忆中浮现，而且她与作家笔下描写的地方都有隐秘的关系。他的文风温柔得近乎腼腆，优雅而质朴，与这人急躁易怒的性格不仅不相符，甚至可以说是截然相反，仿佛是正因为他把自己全部的柔情都献给了文字，而没留下一点点给自己，所以才让女孩觉得他在生活中是个粗鲁而讨厌的人。哎，这是个多么出色的作家啊！乌利娅甚至不怀疑，有人能感觉到她的灵魂，并且通过一些情景来描绘它。比如夜风的吹拂，树叶在夜阑时分月光中的摇曳，九月清晨里森林中蛛网上悬着的露珠，或是初雪降下时小溪潺潺流淌着冲刷出的轨迹。这些对于乌利娅都是亲切和亲近的，她曾多次在梦中体验的亲眼见到过，不过那些都是无意识的，恼人的，只有这个人能找到词语来证明它们是真实的生活。她想尽快见到巴维尔·马特维耶维奇，告诉他关于他的书的一切。在柏林那个玩骰子的小女孩的墓碑旁，猎人曾不幸地遇到一个女人，不知为何他被吸引了，不再想永远留下来和小女孩在一起。这个身在远方的女人没说过的、不明白的、没看到过的东西，乌利娅都要说给他听。然而列赫科贝托夫不在彼得堡，和以前一样不知所踪。他也许是去了战场，也许是和家人在一起，也许去驯狗、打猎，穿行数十公里，带回猎物来拯救自己的家人。她尝试过和继母谈论作家，但是维拉·康斯坦丁诺夫娜看起来像是准备好了和继女随便谈什么都行，这话题却还是让她有点惊慌，愧疚，甚至愚钝地一言不发，于是她们又吵了起来。确切地说，是乌利娅又斥责了继母，那样的斥责让她自己后来都觉得不好意思。但怎么能不斥责这个故作愚钝的女人呢？

夏天，她们第一次没到村子里去，乌利娅的忧郁之情变得特别强烈。她在这个闷热的城市里倍感煎熬，不知道干什么才好。她觉得战前的生活美好而神奇，让人极度惋惜，但是心灵的构造注定它要一直前行，似乎每个全新的一天之后，如同蜿蜒的林间小路之后，终将会闪现出河流。然而日复一日，什么都没发生，相反地，道路通向了偏僻幽暗的森林更深处，而且战争原来不是节日，不是广场上的欢腾，不是地图上的各色描绘，而是一种负担、苦闷、贫穷、自我限制。在她还是小女孩的时候，继母曾想培养她的耐心，可却徒劳无功，而战争就是那种耐心。乌利娅越来越经常地听说，对这场旷日持久的战争俄国并没有准备好，军队没有充足的武器弹药和军靴，而且什么君士坦丁堡，什么海峡，她的祖国完全都没看到。

春天，米亚索耶多夫上校因间谍罪的指控而被枪决，陆军大臣苏霍姆利诺夫被撤职，而德国人还在进攻，还在抢夺东面所有新的土地，也让难民的数量继续增加。八月份传来消息，沙皇决定替代乌利娅的教父，也就是尼古拉·尼古拉耶维奇大公的职务，亲自统率作战部队。传言说，这些都是敌人的阴谋，九月，新任内务大臣和主教公会的总检察长突然被撤职。整个城市都传遍了那句非常有名的话：靠着鞭子统治的权力，自己却不在鞭子之下。那个催眠了沙皇宫廷，将自己邪恶的意志强加其上的人，他的姓氏更频繁地被提起。国家里发生的所有不幸都是因为他，他促使沙皇做出疯狂的决定，他替换大臣，支配教会。关于他，中学的女生们窃窃私语，排队的人们议论纷纷，在他的名字里有某种不体面的、吓人的东西，所以对这个人，乌利娅早就充满了厌恶。她鄙视他，又害怕他，不明白为什么没人对付得了他。

父亲依旧不常来信，即使来了也是很简短的，没有任何温情，也没生活细节。他的冷漠一开始让乌利娅感觉非常委屈，后来又让她心生警惕，现在突然间变得可以理解，变得很亲近。她靠着女人的，而不是小女孩的智慧，靠着成年女儿的直觉，明白了父亲一切行为的原因，他希望离开，把战争当作彻底解决生活中各种问题的办法。她现在明白了，为什么上战场前他要向自己道歉，她不敢指责父亲的选择，却下意识地疏远了他，接受了父亲不会再回家，有些时光一去不复返的事实。她受伤后，父亲照顾她，不时地弄疼她，让她有窘迫之感，这样的日子不会再有了。她回想起了那些幸福的日子。那时父亲一如她童年时候那样不相信医生，自己给她治疗感冒，郑重其事地往她鼻子里滴芦荟汁，给她贴膏药，强迫她吃一勺焦糖牛奶，在热水里放上芥末让她烫脚，还有背着她走来走去。父亲那个时候的关心很可笑，让她觉得自己是台坏掉了、需要修理的机器。但是现在这些对她来说都很珍贵，一如童年时对母亲的记忆，一如舍洛姆的夏天，一如蓝眼睛的阿廖沙。她愿意再受任何伤，得任何病，只要父亲能回来，变回他被邪恶力量夺走前的样子。

而且，房子里没有了男人，生活是多么糟糕啊！以前乌利娅没考虑过这一点，可现在切身地感觉到了，她身边缺少男人的气息和声音，没人把房间弄得乱七八糟，没有了翻报纸的沙沙声。两个苦闷的女人住在一栋房子里，这是多么难以忍受！要是她们有血缘关系那还好些。这样的情况不是生活，而是一种折磨。尽管继母很少回家，但乌利娅还是尽可能在中学多耽搁一会儿，到朋友家去，在街上闲逛，回到家后就很快躺下睡觉，等待进入梦乡。

梦境是她唯一的快乐，它们总是明亮而丰满，还可以触及，她不仅可以看到梦境，还在其间生活着，感受着，保留着梦中生活的痕迹，清晰地记得一切，但是梦境中再也没有行走或是飞翔。有一次她好像真的看到了自己一直萦绕心头的那个久远的日子，看到在科洛米亚日赛马场上的人群，飞机，飞行员，父亲，还有那个试着助跑、起飞的瘦弱家伙。她想跑到那人跟前，但是有一些人抓住她的手不放。“你会摔倒的，小傻瓜！”他们说道，而她挣扎、叫喊，但就是不能挣脱。当她醒来时，已经哭得喘不上来气。她感觉又回到了婴儿时期，幼童时期，好像有某种力量将她拴在一个看不见的柱子上，她绕着柱子转圈，毫无意义，步履沉重，漫无目的，就像一匹马在从深井里汲水。

乌利娅费力地从床上起身，慢慢地收拾好，眼睛红肿地来到学校，碰到班级女学监，她无声地询问着：“你怎么了？”

“您就让我静一静吧！您想从我这儿得到什么?!”她突然大吼道，而女学监离开了，那么温和，那么无助，让乌利娅觉得很羞愧，好像她侮辱了一个残疾人。

但是有一次维拉·康斯坦丁诺夫娜打破了保持很久的沉默，走进了继女的房间。

“有个人想见你。”她说得怯懦，但非常清晰，声音中带着某种情绪，乌利娅觉得那是嫉妒。

“谁？”姑娘问到。听到了那人的姓，又问道：“谁，您说谁？您真是疯了！我不会到他那儿去，不管到了什么时候，不管因为什么我都不会去的！您把我当成什么人了？还是您认为，我不是您亲生的，就可以对我为所欲为了？”

要是她在一年前说出这些话来，继母可能立刻就会朝她大吼大叫，甚至会想揍她，但是现在皇村医院的护士脸上没有一丝波动。

“不应该这么说。毕竟你完全不了解他。他非常质朴，是个信徒，和我们很亲近，他在为瓦夏祈祷。”

“您胡说些什么呢？他怎么可能为一个不认识的人祈祷呢？”

“他们认识，”维拉·康斯坦丁诺夫娜回答得更随和，也更坚定，“而且，要不是这个人的祈祷，瓦夏早就活不了了。”

“您凭什么这么说？”

“我知道。我从没求过你什么，但这一次我求求你。我们找不到其他人可以庇护你父亲了。”

“不。”乌利娅更加恶狠狠地断然拒绝。

“随你的便，女儿。”继母看着她温和地说，眼中没有一滴眼泪。

6

刚刚步入青年时代，巴维尔·马特维耶维奇·列赫科贝托夫就在维尔纽斯的模范监狱被关押了十八个月，之后他就一直没再回到这里。关于维尔纽斯的回忆极其沉重，让猎人不知该拿它们怎么办，怎么利用它们，尽管正是监狱塑造了他的性格，就像是把牛奶和面包瓤和在一起，捏成罪犯形象的象棋棋子，等到面包瓤变硬之后就无法再做任何改变。不知是因为自己愚蠢，还是因为恶意的诽谤，二十三岁的巴甫鲁沙进了这座监狱，在这座法兰西斯派的老旧修道院里面，一开始他冷静不下来，猛力甩头，想要摆脱周围石墙的禁锢，还总是希望这些石墙只是个愚蠢的梦而已。后来，他陷入半梦半醒的状态，就好像一条鲫鱼被从水池里钓了上来，离了水苟活那几天。巴维尔·马特维耶维奇年轻时就拥有非同一般的生命力，能够根据环境来改变自己，或者蜷缩到极致，或者扩大到充满整个空间。在监狱里也是一样，他的嗜睡状态时而消失，时而又出现，表现得就是一个标准的囚犯，但之后他突然就可怕地狂暴起来，因而被关了三天的单人禁闭，以示惩戒。他们本想给予更严厉的惩罚，但是狱医和列赫科贝托夫面对面地谈过之后，建议还是不要打扰这个囚犯，更何况，让他永远无法从事违法活动的目标已经完成，甚至是超额完成，再把这样的人单独囚禁是没有意义的。

无论过了多少年，巴维尔·马特维耶维奇都忘不了这种感觉，对他来说最主要的惩罚不是身体上受的苦与限制，而是钻入脑中、摆脱不掉的想法。那就是在他身陷囹圄的同时，外面世界的天气令人心旷神怡，而他却不能身在其中，看不见，听不着，摸不到，这让他如此绝望，让他发誓，重获自由后决不会让哪怕一天虚度。由于成为革命者而坐牢的一年半中，他变得像一个吝啬的东家，每个小物件都要计较，每一个戈比都不白花。他学会吝惜地计算生活，开始以每个小时，之后是每一分钟为单位，询问自己活得是对还是不对。每一个瞬间对他来说都极其珍贵，好像生命所剩无几，需要把这些日子充分利用起来一样。列赫科贝托夫给自己做了纪念册，为的是让生活更加厚重而充实，为了铭记它，留住时间的足迹。而现在，他走在维尔纽斯脏乱的街道上，内心颤抖着接近曾偷走他时间的监狱，此时猎人想到，如果他再次因为什么而被关在这里，恐怕一天都忍受不了，会在石墙上撞得头破血流。

因为战争和位置靠近前线，监狱被改造了：犯人被送到了帝国的内部，曾经的修道院里设立了临时医院。四轮大车驶到这里，运送来伤员、军需和设备，建在山丘上的这座城市曾经愉快而平静，五光十色，多民族聚居的城市变得像个被人插了棒子或用靴子踩踏过的蚂蚁窝。有的地方人们纵情大笑，有的地方在出殡，这一切近在咫尺，却互不妨碍。巴维尔·马特维耶维奇想起了父亲在黑皮圈椅中僵硬的尸体，想起了母亲的惊慌失措，她的声音言犹在耳："我们现在穷了，破产了。"战争初期，在他和艾洛斯神父交谈之后，出于对死亡的恐惧留了下来，现在这种恐惧又钻入了心中，安葬时唱的赞美诗在脑中响起，时而低沉，时而高亢："墓旁的哭声汇成歌。"他不记得最后一次听到这句话是什么时候，在什么地方，应该是在母亲的墓旁吧。坟茔没有人照料，在很了解他家庭情况的神父跟前他不太自在，他觉得自己是有罪的，因为去那里的次数很少，而且也不怎么怀念母亲，尽管她是世界上爱自己爱得最无私的人。神父对着长满青草的坟头说了一些劝诫、慰藉、安抚的话，许诺她会见到上帝，会得到永生。这些流利的话语平缓地划过他的意识，让痛苦和恐惧都得以消减和平复，他看着这个舒适的小土丘，还有十字架旁生长的花楸树，脑中什么都不想，此时，有一句话意外地引得他注意：死亡就是获得。他疑惑地抬起了头，但是乡村神父已经唱起安魂曲的后续部分，没人能回答巴维尔·马特维耶维奇：离开他的这个女人能获得什么？有什么样的感觉，什么样的特殊意义？她能得到什么来弥补人间的空气、水、光，还有自己的孩子？难道还有什么更好、更宝贵的东西？但是他突然明白了一件很重要的事情：去到彼岸世界的人们知道死亡的秘密，知道他们挂念的人什么时候也会去到那里，躺在这方厚土之下的母亲也知道，她那终究没能杀死臆想之狼的儿子何日何时会死去。

但是臆想之狼是什么，它从何而来，有什么目的？根本就没有什么狼，这只是臆想、虚构、幻影，病态的想象力被激发后的产物。真正存在的只有一般的狼，它们冲进森林中，袭击那些受伤的士兵，这些狼并不关心，在自己面前的是俄国人还是德国人。大自然是冷漠的，死亡也是冷漠的，在这里面得不到任何东西。邪恶是这里仅存的东西。死亡在它后面如影随形，结伴出现，不是我们在狩猎它，而是它在狩猎我们。它不知道，死亡会自何处进攻，但是能感觉到，生活变得像是行走在茫茫湖中的最后一块冰上。这块冰早就变得不结实了，有些地方融化，有些地方变薄，随时都可能被它的脚踩塌掉。而且成千上万的人围着巴维尔·马特维耶维奇，有军人，有老百姓，有的年轻，有的年老，有的勇敢，有的怯懦，他们都排成长串，在这块儿脆弱的冰块上行走。有的人重一点，有的人轻一些，不过人们的轻重不取决于体重，而是人类无法得知的别的什么东西。而巴维尔·马特维耶维奇觉得，他知道自己的一切，却也不清楚那是什么。可能，他轻如鸿毛……“行吧，”列赫科贝托夫在意识中反驳道，“就这样吧，考量就考量，重要的是我的笔记能留下来，能幸免于难。会有人出现来阅读它们，评价它们。一个毫无意义的、灭绝人性的作家。您自己才是毫无意义的，才是不人道的，您服务于死亡，召唤它，而我服务、召唤的是生活，为生活而工作，直到只剩最后一口气都会忠诚于它，就像我会全心全意忠诚于你，我的爱。唉，要是你能听见我的话，要是你能回答，能给我些讯号那该多好。但你听不到，也许是不能，也许是不愿听到。但为什么？你就在我身边的某个地方，我知道的。”

他不知不觉间来到了老城的边缘，旁边就是个妓院，他曾经捣毁过它，并用一年半的时间为此在圣·方济各面前忏悔罪孽。大破坏对娱乐场所有好处。维尔纽斯一直以妓院出名，但现在妓院已经不再简陋，也不是一条街，而是整个街区，各种年龄段的女人在这里闲逛。时不时有男人靠近她们，而后带她们走，确切地说是被她们带走了，带到某一间非常漂亮、窗户遮得严严实实的房子里。周围这样的房子有许多。巴维尔·马特维耶维奇像个年轻人一样脸红了，加快了脚步，想要尽快穿过这个充满诱惑的地方，突然，其中一个女人走近作家，挽住他的胳膊。这个女人已经不年轻了，但还是很漂亮，戴着有面纱的精致帽子，手里拿着一束晚开的蓝色花。

她的动作如此自然和简单，就好像他们早就相熟一般。他斜眼看着她：女人的衣着并不华贵，但是很雅致，他很纳闷，是贫穷，痛苦，还是其他什么原因迫使她卖淫。少年时代，他在叶列茨见过那种不幸又无知的怯懦女性，整个青年时期都害怕她们，而她一点都不像这样的女人。

在狭窄曲折的街上，女人紧靠着自己偶然找到的伴侣，而后看着他，努力用眼神来表达挑逗之情，但是他感觉到了她的羞涩，因此自己也变得羞怯和燥热，好像他是个没耐性的十五岁小伙子一般。他想要挣开她，但是女人一开口，他就哆嗦了一下：这个声音他十分熟悉。巴维尔·马特维耶维奇觉得，这声音好像是属于他已经老去的柏林之爱，那个极度腼腆而高傲的女士，他的劳拉，由于某些原因他与之错过，而她过上了一段没有他的生活，但是他经常会想起她，在脑海中呼唤她，感知她。这不，他们终于相遇了，情形是这样奇怪，这样不同寻常。他们沿着街道向上走得越远，他就越确信自己认出了她：走路的姿态，低头的特殊角度，抖动的肩膀，那些不易察觉的女性特征，只有爱她、挂念她的心才能发现这些共同之处。他心里的慌乱越发强烈。

列赫科贝托夫想要直接询问一切，但是女人的手指压在嘴唇上，摇了摇头。“是她或者不是她，她猜到了还是没猜到？”他焦躁地想着，“而且在这里遇到她是多么奇怪啊。是呓语，是梦……话又说回来，没什么奇怪的。大概，那样纯洁充满自尊的女士也要投身到沸水池里煎熬吧。要是她在那里，会怎么说呢？一个女人，被强迫刻意去受苦……而她确实也是被强迫的。”

他从不相信，自己人生的梦想会在这里实现，在这一刻，这样奇怪地实现。在他记忆之中浮现出某人侮辱他的话，说他除了佩拉格娅没有其他的女人。猎人以为，如今，他终于得到了驳斥这些言语的机会，得到了追回自己的过去，将之改变的机会。“难道我是为此才要来这里的吗？一切安排得多么不可思议，多么英明。我亲爱的，亲爱的，纯洁无罪的生灵，而我在你面前是有罪的。这是因为我，只是因为我，才让这一切发生在你身上，但是现在一切都将不同了……”他小声说道，陶醉于她亲昵的行为。

他们迎面遇上了一辆轮椅，巴维尔·马特维耶维奇认出了轮椅上的人，他是维尔纽斯著名的算命先生莫伊沙·爱泼斯坦。这个莫伊沙坐着轮椅在城市里游荡了多年，他是个苍老的犹太人，皮肤皱巴巴的，脖子上长了个瘤，总是眼泪汪汪的。他靠算命来养活自己，据传言，他异常富有。而且，曾几何时，就是他算出了年轻的大学生巴维尔·马特维耶维奇将要坐一年牢。莫伊沙没什么大变化，推着轮椅的那个女人却变了，她衰老了，皱纹堆垒，而这小老头依旧坐在自己的轮椅上，两腮粉红，在别人照料下，身上永远散发着好闻的气味，不知是在观察世界，还是在内视自身。巴维尔·马特维耶维奇颤抖了一下，害怕莫伊沙认出他来，又再预言什么灾难。他想要躲避，但是残疾人冷漠地扫了他一眼，而后目光停在他的同伴身上。下一刻，那个女人离开了列赫科贝托夫，一个人沿着人行道走得飞快，就像得了什么暗示。巴维尔·马特维耶维奇想要追上去，却被轮椅绊住摔倒了，而当他站起来时，就看到自己的劳拉旁边有个高大的步兵军官，也被她那样温柔地靠着，就和自己刚才一样。

猎人的心被刺痛了，不是因为嫉妒，也不是因为遗憾，而是因失去、空虚和迟到而痛苦，在那次失败的射击之后，这种感觉如附骨之疽般纠缠他一生。他想要从步兵上尉手里夺回自己的猎物，但是她甚至都没有转身，只是看了他一眼，眼神中尽是无动于衷，这让他退缩了，低下了头，很是窘迫。他不明白，自己是哪根神经错乱了：这个女人一点都不像自己的柏林之爱，她只是一个普通的，不太老的妓女而已，完全依赖于自己的老鸨或是皮条客。

这时，街上的人变得更多了，有穿着军装的男人们，也有穿着艳丽长裙的女人们。但是从表面上看，他们的关系并不像是要进入妓院，而是像某个奇怪的宗教剧，更像是某个化装舞会或者秘密的宗教仪式，而按照仪式的要求，一些人被邀请，另一些则被拒绝。要不是这样荒谬的推测，他可能会认为女人们是来这里参观的。但是，巴维尔·马特维耶维奇倚着墙，观察着街上踱步的人们，忽然猜出了这是怎么回事。这些男人很快就要被打死了，选中他们的每一位女性都将是他们最后的女人。他们或是年轻的准尉，或是上了年纪的上尉，或是两个后备军士官生。女人们并非是在出卖肉体，而是与男人之前关于死亡的神秘意义的想法相关。她们给军人献上了最后的慰藉，使他们想起最珍惜的人，或是妻子，或是未婚妻，或是情人，或者仅是在人群里一闪而过的姑娘，或是在梦中见过的非常可爱之人。而挽住他胳膊的那个女人，也是因此才像他所爱之人，她许诺在最后让他经历生命中未有之事，可是后来她在莫伊沙的帮助下知道自己弄错了：列赫科贝托夫应该继续活着。这一刻他明白了，从她那里得到了预示，还有近几个月一直困扰他的那个问题有了答案：他还能活多久，多马长老会不会再次出现在他生命中，另一个祭司，也就是艾洛斯神父预测的延期会不会被撤销，会不会指定新的必死之日。她生气的眼神告诉他，不会出现，不会指定，不会取消，你还能活很久，就像你的姓一样，你会轻松的，而其他不轻松的这些人，生命已经为数不多，因此他们比你强，更值得尊敬，更加高尚，每个快死的人比起那些还能活着的人都是如此。

巴维尔·马特维耶维奇不是唯一一个被骗的：在他眼前，一些人被留了下来，慌乱流泪，另一些人和女人一起离开，欢呼雀跃，被选中的人不明白自己的不幸，而落选的也不懂自己的幸运。“我会不会愿意跟她走呢，要是明天我就要死去？是的，我会同意。”他说完，看了看莫伊沙混浊冷漠的双眼，就是此人导演了这场戏，“为了见到她，和她在一起，我愿意献出一切。”他流下泪来，青年时的回忆又涌上心头，它们是如此清晰，仿佛就在昨天。列赫科贝托夫低语道：“我不知道是不是你，这究竟是我的幻想，还是对我的诱惑，但如果不是你，那你如何能知道，我唯一爱过、也将永远爱下去的人是什么样的呢？我不会跟任何人提起她的名字，不会公开她的秘密，不会讲述所有的真情，我只是祈求能够与她遇到，她能给我一个信号，告诉我她在哪儿，遇到了什么事？我知道，我无论如何都不能赎清对她犯下的罪孽，而且我将会被这个回忆折磨，但我还是想要见到她。”

他在这个不平坦的城里漫游了很长时间，忧郁地看着女人们的脸，但奇怪的是：无论他多努力寻找这条罪恶大街，它都再也没有出现，路过之人没一个知道在哪儿有这样一条街，也不知道他问的是什么。而当他询问算命先生莫伊沙·爱泼斯坦时，人们都疑惑地看着他，回答说，莫伊沙三年前就死了，葬在旧犹太人墓地，每个人都可以告诉他坟茔在哪儿。

7

列赫科贝托夫来到维尔纽斯不只是为了给《俄国时代》撰写军事随笔，也并非是想重温不安的回忆，缅怀遥远而叛逆的青年时代，或者沉湎于现在的神秘感受。随着战争的开始，确切地说，随着战争的持续，全俄国的女人都多了一项额外的工作，那就是缝制绗过的军裤，而佩拉格娅也变了，这样的变化之前不可能发生，也无法设想。她再也不像一个贵妇人了，本能的恐惧打消了她所有的骄傲。

“他会被抓走。他会被抓到军队里，会被打死。”她反复地说。

“他不会被抓到任何地方！”猎人生气地说，“到他必须入伍的时候，战争就结束了。”

“不会结束的。”她绝望地说。

“我跟你讲，会结束的，我们会和德国人议和的，因为我们和他们没什么可争的，春天之前男人们就会回家了。明白了吧，你这个蠢女人。”巴维尔·马特维耶维奇给妻子讲解，特意讲得比较通俗，尽管要是他去试着说服马或者德国自行车相信自己的正确性，可能还更成功些。那辆自行车已经碎成了零件，放在别人家棚子里。“无论身居高位的是哪些傻瓜，他们都不会不懂，俄国男人不能长时间战斗。他们打败拿破仑用了多久？半年。打德国人也一样。要是一年打不赢，好了，够了，讲和吧。要么情况就会变得极其复杂，比与德国人作战还要可怕。”

但是到了春天，在荒凉的村庄里，妇女、老人、小孩儿都下田耕种，越来越多的死亡通知传到了各个农民家中，一天晚上，列赫科贝托夫被一阵奇怪的沙沙声吵醒。佩拉格娅手里拿着斧子，站在儿子边上。

“你在干什么？”

“手指，我要把他的手指砍下来。”她小声地说。

“把斧子扔了！”

“他要是你的亲生儿子你就不会这么说了。你会心疼的，你这个冷酷无情的家伙。你想着的只有那些书，还有外人，却不关注亲近的人，以前也从没关注过。”佩拉格娅说道，哭得哀苦而无力，“你就原谅我吧，原谅一个愚蠢的村妇。我不知道自己在说什么，我痛苦得发疯了。你把他带到森林里，巴甫鲁沙，随便拴在哪儿，毕竟这里的进出之路你都知道。你在沼泽之后挖一个地洞，没人会去那里，我会给他送饭。记住，一定要这样做，你从我这儿得了多少好处呢。”她跟丈夫亲昵起来，而他不知道该拿这个女人怎么办，不知道怎么让她平静下来，但有一点他明白，那就是她不会让自己安生的。

“要是她也这么爱我的孩子多好”，他嘟囔道，然而接下来发生的事情，无论是列赫科贝托夫，还是佩拉格娅，都没预料到：有一天阿廖沙自己从家里消失了。他出走了，没向任何人透露过一句话，没留下任何纸条，也没拿走什么东西。只有武器盒被撬开，枪被拿走了。

“绍尔”没了，列赫科贝托夫觉得非常可惜，但是他对这样的故事异常感兴趣：年轻人不愿意上战场，所以跑到了偏僻的森林中，像鲁滨孙一样生活在蛮荒葱郁的大自然中，而那里的飞禽走兽还没被子弹惊吓过。他想把无论如何都出版不了的小说搁在一旁，开始写另一个故事，写得急切、迅速，以至于手都跟不上口，口跟不上脑子，就好像这是自己年轻时发生的事情一样。他已经看见了自己的年轻主人公，他离开人群，穿过偏僻荒凉、凶兽出没的林间小路，来到一个没有疯狂的人类的地带。

关于战争的可怕，巴维尔·马特维耶维奇说出的不到真实情况的百分之一，他只是胆怯而谨慎地渐渐让最敏锐的读者明白，人类世界得了不治之症，战争就是最可怕的症状，而所有期盼和感激这场战争的人，都是疯子和强盗。但他写作的宗旨本就不在于揭发丑恶和愚笨，这很简单，谁都可以完成。巴维尔·马特维耶维奇·列赫科贝托夫要做的不是否定，而是肯定和展示那个与大自然联姻之人的和谐生活。

没人比年轻的逃跑者更适合这个理想的角色。猎人现在对阿廖沙的认识完全不像是战前最后一个夏天里，在干涸的舍洛姆河岸边，他对乌里扬娜·克米萨罗娃说的那样。他不再瞧不起自己的继子，而是相信在大自然中生活，在森林里求生，忍受苦难，身体失去知觉，这类功课对儿子都有好处，在别人可能会死的地方，阿廖沙一定能挺过去。他会自己找食物，建房子，做衣服，就像聪明而有耐心的野兽熬过冬天一样挨过艰难的时光。俄国在即将进入的艰难岁月中最主要的事情也是如何经受住考验，如何挨过去而不消亡，如何等来春天、光明和温暖，以免自己成为战争的祭品。

但是，就连这里事态的发展都不像巴维尔·马特维耶维奇设想的那般。佩拉格娅从早到晚对着圣像说话，不做家务，而列赫科贝托夫急功近利地考量着自己的计划及其细节。这时一辆汽车开进了高坨子村，村里没人见过这样的机器，也没人相信世上会有这样自己能动的四轮大车。甚至曾经敌视自行车，还战胜了它的那些杂种狗们都不叫了，这个不寻常的东西让它们一声不吭，夹起尾巴，不错眼珠地目送这个灰色的机器。汽车扬起一路尘土，停在了列赫科贝托夫家附近。车门猛地打开，一个年轻副官一脸不满地走了下来，紧接着又走出一个人，他裤子上缝着彩色条饰，身材非常矮小瘦弱，让人很难理解为什么把如此巨大的机器浪费在这么小的人身上。

佩拉格娅观察着客人们，由于恐惧，眼神变得呆滞，巴维尔·马特维耶维奇捻着胡须，准备好应付接下来不愉快的交谈，但是将军走到女主人跟前，温柔地鞠了一躬，声调动情地感谢他们身为猎人的儿子。

“怎样猎人?”佩拉格娅一开口就把很熟悉的词语用错了，脸上的笑容显得很傻、很茫然。

“我们俄国的人民真是个奇迹，”矮小的将军转向列赫科贝托夫，希望他能明白和支持，也对他鞠了个躬，然后马上就认出这个警惕的大胡子就是著名的作家和民族学家，“您的儿子令人尊敬，为了完成自己的爱国义务，自愿来到集合点，别看年龄小，竟被安排到了步兵团，”军人解释道，“在他光滑质朴的脸上，笑容就没断过，圆圆的栗色眼睛闪着动人的泪光。因此，作为他的母亲，请您接受指挥官和我个人的……”

他没能说完，因为小猎人的母亲已经瘫倒在副官的脚边。

“见鬼，什么义务？小孩子只是想打打枪，”带着卡拉伊来到河边时，巴维尔·马特维耶维奇懊恼地想着，“应该早点给他枪的，这样他就会留在家里了。是我的错。”

“你去找他吧，马特维伊奇，想要什么都可以说。之后你想去哪儿就去哪儿，我都让你去，不会有半点阻拦，但现在你要把他给我带回来。找到他，看在基督的分上，带他回来。不应该送小孩子上战场。如果你不需要他，就算是为了你那该死的枪，也把他找回来吧。”

“完全就是个老太婆，”他想到这一点，不满地看向哭肿了眼睛的妻子，“要是他们把我带走了，她大概不会那样摔倒吧。”

“小伙子想打仗，就让他打吧，”他冷酷地说，“时候到了，我也会离开你。而且不会问你的意见。”

“你就走吧，你会后悔的。”她无力地小声说道。

……这支队伍已经完全不是列赫科贝托夫一年前见到的那般模样。春天和夏天的撤退让其付出了巨大的代价。所见都是马车上受伤的士兵、泥浆、医院里的草垫子、虱子、逃难者。田地和军需库被烧毁，为的是不让敌人获得任何东西。队伍里一片混乱，偷盗、背叛与出卖，间谍行为等等的传闻没完没了，但最主要的是队伍的精神变了。队伍里已经没人再相信己方能快速获胜，也没人相信自己的力量。他们害怕德国人，士兵们议论纷纷，说应该趁德国人没打到彼得堡之前跟他们议和。

“他们曾经救了我，”列赫科贝托夫想到了自己民族的敌人，“他们培养教育了一个愚蠢的、毫无用处的纨绔少年，他们靠我发了财，但也给了我勉强可以支配的一些好处。而现在他们来打仗，想要消灭……我，我的家，我的继子，我的书。为什么？这个野蛮愚昧的民族，既不能被教育和驯化，也无法消灭，他们要对这个国家和民族做什么呢？毕竟这里也都是尼采。如果没有这个疯狂的哲学家，他们也不敢攻入我们的领土。尼采给了他们权力，他逾越了界限……一个愚蠢的、病弱的不幸少年害怕人性，决定创造种新的人性。尼采，尼采，你都干了什么，为什么这么多人都听从于你？你想要俄国，你奔向它，却又不信任它，你害怕它排斥你，你来到这里，不当它温顺的恋人，却成了懦弱的施暴者，你既羞辱了自己，也羞辱了自己的牺牲品。”

巴维尔·马特维耶维奇要坐火车去新什文乔尼斯寻找阿廖沙，这会儿离开车还有一个多小时。救护列车的车厢旁，年轻的护士无助地走来走去，她的眼睛因为失眠而变得通红。受伤的士兵跟她要水喝，而她给不了他们，因为没有器皿。护士跑去找站长。

“我不能给你，小姐，不能，我这儿所有的器皿都是编了号的。要是丢了，谁能负责？我可不想因为这个上军事法庭。”

一个驼背的神父冲上来拦住了他，说道：

“那你就不怕面对末日审判吗？”他伸手从长袍里掏出一个钱袋，“给，买一些器皿吧，小护士。再给伤员们买点面包、肉和蔬菜。”

神父转过身来，巴维尔·马特维耶维奇认出了他，米罗斯拉夫神父。巴维尔曾在彼得堡宗教哲学俱乐部的会议上见过他几次。

“太好了，您来这里真是太好了！”米罗斯拉夫神父开始热情地说，而令列赫科贝托夫惊奇的是，向来沉默寡言的神父能这样健谈。“应该多写写战争，写写那些官员，写写冷漠、盗窃与背叛。毕竟在彼得堡，人们什么都不知道。《尼瓦》上刊登的那些美好的小故事都在描写勇敢的哥萨克，讲的都是功勋和英雄主义。

他们认为，护士们穿的都是干净的护士裙，军官们都很高尚，士兵们都很忠诚，大学生们舍弃学校自愿走上战场。这里的人读了就会发笑。这里的人不相信任何事，也不相信任何人。确实，没人想说出战争的真实。他们害怕，不能，也不知道……即使是这样也还是说了什么，痛苦的真相不胫而走。去年，我们攻占加利西亚时，信奉东正教的加利西亚人向我们示好，像欢迎亲人一样欢迎我们。毕竟被奥地利奴役多年……我们给了他们希望：你们被奴役的日子结束了，今后你们的信仰会光明正大。可是，五月我们放弃了普热梅希尔，该拿他们怎么办呢？要是他们还留在家里，就会被奥地利人枪杀。只能带上他们了。而这毕竟是数千人，有妇女、儿童、老人，您想象一下，这么一大群人：有人死亡，有人分娩，人们需要吃喝，牲口也需要喂。本地的农民不让他们进入田地。夏天，炎热，苍蝇、霍乱在他们中间流行，多少人死去了……谁要为这些负责？”他深吸了口气，习惯性地卷了支烟，“我们已经撤退几个月了。我们放弃了华沙、考纳斯、新格奥尔吉耶夫斯克、布列斯特－利托夫斯克，失掉这些城市的时间加起来还不到一个月。现在维尔纽斯也要失守了。”

“这绝不可能发生。”巴维尔·马特维耶维奇坚决地说，他想象着自己所爱之人会和德国军官们，或是还有德国士兵们闲逛，那场景比见到她和俄国的军士们在一起还要令他痛苦。

“不会发生？”神父深吸了口气，“您知道我为什么来这儿吗？

带走圣物，也就是维尔纽斯受难者安东尼、伊凡和叶夫斯塔菲的圣体。而要是这样，我们就再也守不住城市了。没有受难者的遗体，上帝不会再保佑我们的城市。”

“教士比知识分子还坏，”巴维尔·马特维耶维奇不太友好地想到，“而且那些受难者与此又有什么关系呢？”

“毕竟实际情况就是，”米罗斯拉夫神父继续评论道，“德军在各个地方都不比我们人多，但却战胜了我们。这是为什么？因为他们的一切安排都好得多。我和咱们司令部里的一个人谈过。原来比起自己的战报，他们从德国报纸上能获知更多的真实情况。三天前，在莫洛杰奇诺火车站，两千个俄国士兵缴获了酒库警卫的武器，还将其毒打。他们喝得大醉，我们不得不用大量火力来压服这些人。而且后方还有数千个带着武器的逃兵在流窜，数千人！他们制造着混乱，甚至连战地的军官们都害怕这些逃兵。军官们不怕德国人，却被他们赶跑了。您说，这该怎么处理呢？”

“应该把他们送上法庭。”作家嘟囔道。

“毕竟舍不得送自己人上法庭。他们是某些人的父亲。或者相反，是某些人的孩子。如何能忍心拿这些活生生的人开刀呢？你记得一切是如何开始的吗？人们有多么兴奋狂热，有多少希望和憧憬？你记得那些志愿兵吗？”沉浸在幻想中的米罗斯拉夫神父说道，“记得那些出色的俄国人吗？记得那澎湃的激情吗？我们解放了君士坦丁堡和圣索菲亚大教堂，难道这干得不漂亮吗？难道那个时候我们不为自己的祖国感到喜悦与骄傲吗？可现在，这些留着大胡子的忧郁农民被驱赶上战场，他们不会，也不想打仗，只会添乱。他们所想的只是自己分得的土地，只是如何保全自己，还有快点回家。十个士兵有五支步枪。各个团的士兵几个星期都见不到上级领导，情况好一点的是通过电话与他们联系，差一点的就干脆没联系。您要知道：一星期以前，侦探兵们被派上前线。应该晚上派的，可却白天派了，他们暴露在枪林弹雨下，几乎全部牺牲了，只有一个小男孩幸存。”

米罗斯拉夫神父的汇报，巴维尔·马特维耶维奇之前听得都是漫不经心，这一刻突然就哆嗦了一下，紧紧地盯着他说：

“什么样的小男孩？”

“那个小男孩很勤快，很敏捷，有本事，枪法很出色。是个猎人。带着自己的枪来的。”

“是‘绍尔’吗？”巴维尔·马特维耶维奇甚至不用问就已经确定了，他把一嘴的烂牙咬得咯咯作响。

“不知道，我对武器不太了解，所有人都嘲笑他的武器。可是他用那把枪射杀德国人很是娴熟，还开心得像个孩子一样。我甚至都觉得有点可怕。成年人打德国鬼子是一回事，而这个小天使的欢呼雀跃完全是另一回事。我记得，我还问过他：‘孩子，你为什么从家里跑出来？不愿和爸爸妈妈一起生活？’我想，现在他要跟我说爱国，说沙皇了。我遇到过这样的年轻人，是的，大部分都是大学生。而他是怎么回答我的，您知道吗?”

“怎么说的?”列赫科贝托夫向前挪了一点。

“战争，这是我的机会。”

“这是个什么机会呢?”

“我也正是这么问他的。他说：‘我听说，如果我立了功，就会被提升为军官。’我问他：‘为什么你要成为军官?’他回答说：‘我不想当农民。’”

“怎么会？怎么会?”巴维尔·马特维耶维奇惊讶极了。

“是的，想象一下吧。如今，年轻的农夫现在都变成这样了。我那个时候还想到，如果所有农民都成了地主，那么俄国会变成什么样?”

“他后来怎么样了?”作家小心地问，好像怕惊飞一只野禽似的。

“后来他开始发愁，每晚都哭，抱怨，想找妈妈，谁都不知道该拿他怎么办。他谁也不理，只是哭号，就像只被主人抛弃的狗。然后您又会说，应该把所有逃兵送上法庭。”

“还有呢?”巴维尔·马特维耶维奇突然叫了一声。

“有一次我们的侦察兵去那个方向，在德方战壕边上截住了这个英雄。很明显，他想逃到敌方去，还差点就成功了。逃跑到我们后方还好，但不是，他逃向了德国人。”

“所以，他现在被捕了?”列赫科贝托夫尽力问得平静些，不让声音露出马脚，但并不是太成功，可是米罗斯拉夫神父什么都没注意到，或者假装没注意到。

“本应该抓捕的，但有个准尉同情他，把他带在身边，要改造他。”

“什么样的准尉？”

“老实说，这是个非常奇怪的人，”神父小声地说道，“他，在我看来，是被某个人秘密派过来的……”

8

戈罗霍夫大街上的公寓让乌利娅觉得惊讶。她们刚刚靠近房子时，一些不寻常的事就开始出现了。汽车和马车停在这栋彼得堡寻常的集合住宅旁，就像停在车站前一样。人很多，有衣着褴褛的，也有光鲜亮丽的，有官员、军官、农民，还有很多女人，其中一些穿着丧服，有大学生，高等女校的学生，难民，犹太人，波兰人，修女，护士，神父。有个人站在院子里，其他人都聚集在楼梯上。等待，窘迫，激动，但更多的是忍耐。乌利娅记起中学老师给她们讲述过的非洲干旱，老虎、大象、羚羊、胡狼、斑马去饮水时，没有一个会打扰其他的动物。这里的情况也有些类似。窗户边上站了两个男人。他们毫不客气地检查所有上来的人，什么都不问，一些人就被拦了下来，另一些人则被放了进去。他们鄙视地看着维拉·康斯坦丁诺夫娜，看向乌利娅时则带着同情。乌利娅涨红了脸，但想退却已经晚了。个子高高、浅色眼睛的干瘦女子已经给她们开了门。

“你们去哪儿?”她很不友善地问道。

“是他让我们来的……安娜·亚历山德罗夫娜打过电话……他想见一见……”怯懦的继母说话声很低，乌利娅听不太清。那里所有人都压低了声音说话，就好像之前犯了什么错似的。

女人不满地让开了，放她们进到房子里。客厅贴着黄色的墙纸，有一面昏暗的大镜子。这里也聚集了很多人，野兽们聚在饮水之处的感觉又强了几分。但是乌利娅由于没一点口渴的感觉，更想离开了。要是可能的话，她想立刻就从小气窗飞出去，消失掉，只是因为怕有过堂风，所有的小气窗都关着。

大家都在等待主人。维拉·康斯坦丁诺夫娜很是紧张，乌利娅也被她传染了。她看向镜子，却认不出自己。这个苗条的姑娘双腮红润，眼睛乌黑，瞳孔很大，一头浅色的卷发，她绝不可能是中学生乌里扬娜·克米萨罗娃。这是古老童话里蒙羞受辱的基督教童贞女。乌里扬娜脑海中闪过一个个不相关的念头，想起了列赫科贝托夫，还有他关于教派领袖的描述，领袖的姓她忘了，但却记住了那句关于龌龊性事的话，虽然她并不理解。此时她觉得这个房间里的所有人都会成为这种龌龊之事的牺牲品。“应该带点什么的，就算是菜刀也好。我怎么就没想到呢?”乌利娅后知后觉地想到，由于懊恼，她的眼睛湿润了。

她起身想要看看来的这些人，不是直接看，而是通过那块魔镜。客厅里有二十来人，他们小声地交谈着，角落里有人讲着法语。在这些形形色色的求见者里，一位夫人吸引了乌利娅的目光，她穿着很有品位，眼睛一看就哭过，眼神与那严肃而悲伤的面容极不相称。大概，这样的夫人就不应该哭，也不应该来这个不体面的房子，而她自己也明白这一点，所以感到羞耻，那双近视的眼睛并不躲闪，却也不看向任何人。她非常紧张，看起来就像决定要做什么可怕的事情一样，双手颤抖地抓着小包。“就是她，似乎已经猜到了。啊哈，这里马上就要发生大事件了。”乌利娅的想法有些残忍，“有意思，我在哪儿见过她。虽说她变化很大。”

等待继续着，从屋子里面传来了模糊的声音，好像是什么东西掉了，在地上滚动着。紧接着，门猛地被推开，一位戴着面纱的高大女子走了出来，她目中无人地快步走向门口，在她后面跟着一个又高又瘦的人，穿着丝质灯笼裤，裤脚掖在漆皮鞋里，上身是俄式长衬衫和男外衣，他像猎人一样踮着脚尖轻轻地走路，无声无息地进到客厅里。他的头发遮住了宽大的额头，长满酒糟的鼻子很突出，脸说不上好看，但自有一股魅力，颜色难辨的大眼睛向内凹陷，下嘴唇竖着一条不太长的裂纹，再往下一切都掩藏在浓密蓬乱的胡子里。一切都瞬间变得活跃，人们激动起来，有人冲向他祈求祝福，人群开始拥挤，小声地咒骂像风一样刮了起来。

“安静！”浅色眼睛的管理员吼道，“我们的神父会自己决定，和谁谈，什么时候谈。”

他走到每个人跟前，认真倾听，小声地建议，安慰，时而骂两句，但不凶恶，这人一点都不像农民。

“医生，”乌利娅想起了波利措的医院，“现在他要开始脱所有人的衣服了。”

“你为什么来这儿？你需要奇迹？”他问一个四十多岁，看起来很兴奋的肥胖小市民，“什么样的奇迹？你有几个孩子？”

“五个。”

“那你还需要什么奇迹？走吧，去培养自己的孩子吧。给，把这个带给他们，给他们买点小礼物。你想要什么，老兄？”他转向一个目不转睛看向自己的外省神父问道。“你想得到一个教区？谁是你们那儿的大主教？哦，要是你跟安东尼说，你是从我这儿来的，别说在教堂找到职位了，你甚至会被开除教籍，或者被遣送到修道院去忏悔。因此请多包涵，神父。你在哪儿任职就好好干吧，不要发牢骚。那么，姑娘，你想要什么？或许你已经不是姑娘了？”

一个盛装的年轻女士，年纪比乌利娅稍微大一点，但是穿得很成熟，极力想表现出郑重其事的神情，但是双眼中闪动着的窄小瞳仁出卖了她。

“我来找圣人求得祝福，还有一件难事想求得建议，”她声音温柔地说道，“但是我的情况很私密，所以我想……”

“嫁人了?”

“什么?”

“我问你，嫁人了吗?”

“嫁了。”

“很早就嫁了?”

“有一年了。”

“你爱自己的丈夫吗?”

“爱……”

“等一下，”他打断道，“去年季赫温的一个修士请我喝茶。他也一直称我为圣人。而就在桌子下面有一瓶伏特加。我问他：‘你称我是圣人，想请我帮忙，为什么在桌子下面有伏特加呢?’啊?你不懂吗?!”他突然叫道，声音震得窗户玻璃都在颤抖。“不明白我说的话?你都明白，娼妇，”他嫌恶地说道，“你打算从这儿去哪里?啊?去找谁?你要是感到羞耻还好。忘了他。回家去，找自己的丈夫，把所有愚蠢的想法都扔掉。”

“他为什么这么对她?”乌利娅小声地问维拉·康斯坦丁诺夫娜。

“不知道。”继母回答道，她的脸比那个匆匆离去的年轻女士还要红。

轮到那位眼睛哭红的女人了。她站了起来，脸色苍白，显得与一切格格不人，她不像是个凶手，倒像是个受害者。乌利娅屏息凝神，但还是没听到她说了什么，不过她全身的皮肤毛孔都感觉到了那女人的煎熬和羞愧。大概，只要再多一点——连她都要失去知觉，这是一个奇怪的改变，由坚定变得不坚定，由刚强变得脆弱无力，她说着什么，不是绝望地，而是单调、无聊地说着，毫无希望地抱怨着，什么也没有要求，可是主人像野兽一般快速地转身，目光扫过房间里的所有人，一瞬间检视了所有人的脸，选出了一位眼睛凸起、衣着气派的先生：

“你有钱吗？给我。”

他接过钱来，也没数，就递给那位哭过的女士，温柔地说道：

“拿着吧，不要绝望。永远都不要质疑上帝为什么降下悲伤。这些悲伤只会让你获得救赎。”

女士看着他表情很是奇怪，感激、慌张还是不解，无法判断哪种情绪更多。她还想问什么，乌利娅觉得，她猜出问题来了。屋子里的所有人都猜出来了，那位女士也感觉到了这一点，就更加羞愧了，但是他抱住了她的肩膀，把她带到了房门口。离去之前，她突然俯身吻了他的手。

“好了，好了。你还想干什么？走吧，上帝与你同在。还有你小包里的那个东西，扔了吧。你是不是急着要杀我，笨蛋？”

“自杀。”

“那就更蠢了。”

之后他坐在桌子旁，拿起笔，粗糙的手指笨拙地握着它，低下了头，缓慢地，努力地在一小块纸上勾画出一些大小不一的单词，然后把小纸片递给那位气派的男士。这段时间里，那位男士一直盯着他看。

“给，读一下！”

“亲艾的竟艾的收下也吧一个不措的小伙子格列高利。”他读出声来，困惑地盯着写下它的人。

“拿着它去找鲁赫洛夫。但愿他不会拒绝。”

“他很凶恶。”男士忧郁地说道。

“我知道他很凶恶。但你还是要去。”

“要是他骂娘怎么办？”

“你要放下自己的骄傲，向他低头。毕竟，他是部长。”

“他不管怎样都会赶人。”

“为了真理而被驱逐的人是幸福的。你来这里不就是为了得到真理吗？是这样吧？”

男士胆怯了，更加忧郁地看向拿走自己钱的那位女士。

“如果是这样，你就为她蒙受一些损失吧。而如果你来是为了谎言，这样的话，你的钱可能也是通过罪恶的方式得到的？幸运的是你轻易就摆脱了它们。美丽的姑娘，你多大了？”他转向了乌利娅。

“十六岁，”她回答道，又不知为何加了一句，“半。”

“啊啊，这么大了。你为什么来呢？”

乌利娅脸红得快要哭出来了，慌张地转向继母。这一刻她觉得所有人都看着自己，想着什么不好的事情。

“跟我来吧，到那儿把一切都说出来。而你，她的母亲，不要等我们了，”他跟维拉·康斯坦丁诺夫娜说道，“去皇村，跟安努史卡说，我晚上会去。别的什么都别和她说。”

他把里面的房门打开了一道缝儿，乌利娅觉得里面的房间很大、很恐怖，就像蓝胡子的地下室。

“还站着干吗，母山羊？还是说腿又不听使唤了？”

维拉·康斯坦丁诺夫娜看向继女的眼神充满了惊惧、愧疚，还有一点警告的意味，但是乌利娅已经走进了门里。

9

列赫科贝托夫最吃惊的是，自己在舍洛姆的同志身上发生了巨大的改变。瓦西里·赫利斯托佛洛维奇变得精神饱满、朝气蓬勃、威风凛凛，这是他从未有过的状态。他变瘦了，晒黑了，眼睛异常明亮深邃，他看着巴维尔·马特维耶维奇，没有一丝窘迫和气恼，好像他们之间从未有过任何冲突和误解，抑或是和发生的一切相比，它们变得微不足道，不值一提了。他完全改头换面变成了另外一个人，变得让作家都不认识了。列赫科贝托夫说不清自己的感觉，那像是无私的欣赏，又像是可笑的嫉妒。

“为了枪而来吗?”

“不是，来看看阿廖沙。”

“他现在睡着。”机械师向他伸出了手，很简单地说道，“看到您，他一定会很开心的。”

他们走出土窑，来到外面。

“我们最近几天行进了很远，而后又在挖战壕，他累坏了，可怜的孩子。”克米萨罗夫温情地说道，“您家的小伙子很光荣。他确实有点灰心丧气，但没关系，他能恢复过来。有空的时候，我和他会一起研究数学。在村子里他一直有这个打算，就是没准备好，只好就在这里学了。他掌握得很快。战争结束了，我一定送他上学。您看，这场战争对很多人都有好处。”

秋日的黄昏，森林边上静悄悄的，太阳照在他们背上并不觉得太热，而这两个男人，一个军人，一个平民，一起跟随自己的影子走着。这个地方有点像舍洛姆河的河谷，陌生的河在脚下流淌，消失在大地粗糙的褶皱里。安宁静谧的天空之下，树木荫浓，田野上的庄稼已被收割，南方和东方的山丘依稀可见，西方是片片沼泽，沼泽中有许多土墩、苔藓、浆果丛、林间小路、鬃岗，再远可以看到一座宁静的小城。这一刻列赫科贝托夫觉得，这一年的沧桑都未曾有过，他们走的是一条普通的田间小路，就像以前多次走过的小路一般。

“也就是说，他告诉您，我是布尔什维克的奸细，他们派我到这儿来瓦解军队?”瓦西里·赫利斯托佛洛维奇冷笑一声，但眼中依旧尽是悲伤，“也是，一切都恰逢其时，前线的战况变得更糟了，革命者们就冲过来劝说士兵反对战争。这里已经有一些人被捕了。”

“那是怎么处理他们的?”

“不知道，应该是被枪决了。”瓦西里·赫利斯托佛洛维奇漫不经心地回答，“您还想怎么处理?如果在一年前，我或许也会成为他们中的一员。但不是现在。跟您说实话，我参与这场战争不是因为信仰。我跑到这儿来，是为了看不到这个怪物，就像莫泊桑到埃菲尔铁塔那里一样。彼得堡的游行示威令我苦恼。我不能眼看着自己的女儿也沉浸其中，兴奋异常，首都的欢腾气氛也让我郁闷，所有这一切。‘到那时，我是您最亲的、独一无二的人，我带领您攻打柏林。’最早几周的狂言还声声在耳，两个月内击溃敌人，人类历史上最后一次战争……所有人都那么坚信很快会取得胜利。可当胜利没有如期来临时，那些喊声最大的人就觉得自己被欺骗了。这是最无耻的。但是，它与真正的战争没有任何关系。我到这里之后，看到的、理解的与之完全不同。战争给俄国，给我们每一个人上了一课。如果在那个时候表现得问心无愧，那么我们一切的愚蠢、罪孽、缺陷，还有恶行都能被宽宥。所有多余的、老旧的、契诃夫式的东西都会消失，老皮被褪下，泯灭无踪，而剩下的都是新的、鲜活的、精力充沛的。历史将我们置于这样的高度，要是我们不能保持住，俄国会发生什么？一想到这个我就觉得害怕。请您原谅我说得这么兴奋，我沉默得太久了，因为我的士兵不需要听这些，这些他们本来就知道。”他沉默了一会儿，好像在等列赫科贝托夫回应或者反驳，但是巴维尔·马特维耶维奇什么都没说，于是克米萨罗夫更加坚定地继续说道：“而像您这样的人则很需要这些话。塞尔维亚人，您会这么说。塞尔维亚人和这有什么关系？塞尔维亚人，这只是借口。问题不在他们，而在我们。我们的祖国有了改变命运的机会，如果我们不利用这个机会，毁了这个国家，我们会成为最后的犯人、背叛者和叛教者。这个国家派人来诱惑我们，我们一切的苦难因它而起。但是，我们该战胜的不只是德国人，我们应该先战胜自己，战胜自己的虚弱、散漫，还有优柔寡断。最近几年，俄国被疯狂而轻率地伤害了，我们应该治好它。战争是教育，战争是治疗，战争是我们的救赎。我一生中从未像在这里一样幸福。每杀死一个敌人都让我自豪。尽管他们的数量暂时还不多，但确实存在。我最讨厌和平主义，还有宣传它的那些人。但是依我看，您对我说的并不太感兴趣？我会说些您感兴趣的。有关您的。我似乎要求过您别出现在我面前吧?”

巴维尔·马特维耶维奇不确定地耸耸肩，但是在心里暗自怨怼着。

“您没听我的话。好吧……记住，您和我说过，您在跟踪野兽的时候，觉得它很大很恐怖，而后您把它打死了，突然就发现它太小了，那时您就觉得很失望：为什么打死这么小的野兽呢？我想杀了您，也许我真的会杀死您，并因此去服苦役，因为您那时所做之事不可容忍，令人难以接受，简直骇人听闻……如果不是因为那个人……”

“哪个人?”巴维尔·马特维耶维奇警觉起来，忧愁的预感又刺痛了他。

“不重要。就在这之后，我特别注意了您，突然发现一切都不同了。我之前想，我会打死您，您会躺在地上，就像只兔子……而现在我想，您是死是活……本质上有什么区别呢？我有很多时间，可以好好思考一切。您是作家，您应该鼓舞士兵，让他们变得坚定，可是您在做什么？我读了您发在《俄国时代》上的特写。确实，无须争论，它们很有艺术性，您在细节上很精确，人物和风景刻画都很成功，看得出来，您很爱大自然，爱到羞于描绘它。对话方面要差一些，我不知道里面有什么重要的。您的语言很好，很干净，这是您在村子里学到的，也是从您妻子那儿借用来的。但是，坦白地说，您的文章用处大吗？士兵、军官或者后方的公民，他们能从中获得什么？什么叫我们不需要这场战争？什么叫它是毫无意义的？您描写弄断自己手指以躲避参战的逃兵，而这是为什么？为了让谁效仿他们吗？我绝不是说您在作恶，但是您要看得再长远一点。您觉得自己找到了一个合适的战争中的人物——看不见的各各他！许多人被迫牺牲自己，他们糊里糊涂地，毫无目的地牺牲。那么，您就应当揭示这个目的，您就应该让人们明白自己为何而死！为什么送自己的儿子、丈夫、父亲上战场，为什么将妇孺留在家？对您来说，战争是疯狂的。而对于身处这里的我们来说，战争就是生活的意义。为什么您想让我们失去这个意义？谁赋予您这样的权力？您认为，我没看见痛苦、鲜血和脓液吗？没看到军需官的偷窃、糊涂、卑劣与背叛吗？没看到有的人献出了生命，而有的人却靠着痛苦和不幸发了财吗？您应该把这当作是不可避免的小恶。俄国现在分裂了，要是不战斗的俄国人瓦解了战斗的俄国人，那最可怕的事情就要发生了。有些消息传到这儿来，说那里的人怎么生活，城里的投机商人怎么富得流油，积累了大量的财产，国库怎么被抢了。但愿前线和后方之间的这层薄膜不要破掉，不要让这股风气冲击到我们，不要瓦解我们的军队。我本可以休假很多次的，我有假期，但是我不想这么做，要是我能做主，我会完全禁止所有参战的人回到后方，后方也要立即改变。我会关了所有报社，解散所有政党和国家杜马，它对任何人都没用，只会带来危害，而且在战争时期它的危险要加两倍。至于这个似乎是无情的法律呢？当彼得堡的餐厅用茶壶上白兰地……”

“彼得格勒……”

“我会把所有的餐厅都关掉，现在不是娱乐的时候。整个国家都应该成为一个战争营地，所有的子民无一例外都应该分担战时的困难。战争，就像信徒们的大斋节。当人们把全部的时间都用来安葬逝者，做安魂弥撒时，当举国哀悼，伤痛时，不应该有结婚庆祝。我们要把庆祝放在胜利之后。喝酒、吃饭、娱乐，还有为逝者哭泣。”

他们爬上了小山坡，德国的军队遥遥可见。此处没有一点战争的迹象，甚至听不到几声枪响，看不到几缕烟雾，但是这种平静是欺骗性的，炮声、哨声、人畜的叫声随时可能将之打破。一想到这些，巴维尔·马特维耶维奇的心就再次缩紧了。他陷入了沉思，机械师劝诫性的低沉声音在他听来有些遥远，好像是斧子的声音，似乎有人偷偷地在老爷的林子里砍树。

“彼得堡，彼得格勒……难道这很重要吗？重要的是以彼得的名义，以胜利者的名义！为什么一百年前我们能取得那场卫国战争的胜利？因为那时整个国家团结一致。您记得吧，托尔斯泰书中的那位贵族夫人，她一听说拿破仑的消息就离开了莫斯科，因为她意识到自己不是他的仆人。但是如果现在德国人到了基辅，到了莫斯科或者彼得格勒，我不相信那里的居民也会果断地放弃自己的城市，烧毁房子，不给敌人留下任何东西。如果突然出现了某个长着黄色卷发的蹩脚诗人，成为这个国家第一个逃兵，还以此为荣耀，我怀疑人们或许会赞扬他，而不是不顾他的一切才华，把他绞死在上面。现在只有忠于沙皇才是唯一的才华。我知道自己在他面前罪孽深重，我给祖国带来了危害，我粗鲁、忤逆、自大，我不珍惜、不理解他，就和数十万、数百万俄国人一样。但是他原谅了所有人！”瓦西里·赫利斯托佛洛维奇用假声喊道，眼睛里涌出了泪水，“他接管了军队，我们应该感激他的宽宏大量。率领暂时撤退的军队，难道这不是英勇果决的人才有的行为吗？”

“整个俄国都反对这个任命。”列赫科贝托夫忍不住道。

“整个俄国？整个俄国现在都在这里！我的步兵们就是整个俄国！当他们知道现在我们的总指挥是皇帝时，他们都很高兴。与他，与受过上帝登极涂油仪式的君主同在，我们会战胜敌人。啊，我们的士兵是多么神奇，要是您知道就好了。他们是多么虔诚，多么热爱基督！他们怀着怎样的激情去战斗，要是您能看到就好了。您记得吗，您和我说过，东正教过时了，教会很死板，官僚作风十足，人民远离教会，全部的希望在于某些非凡的人民教师。多么愚蠢啊，列赫科贝托夫！您说这些教师在哪儿？在这里我一个都没看到，不过我倒是看到了不少最平凡的农村神父。不是那些城里的、受过教育的、彻头彻尾的愚蠢神父，而是最普通的、辛苦劳作的乡下神父，普希金还取笑过他们，就让他为此而羞愧吧。我平生第一次因为不信教而羞愧，想要隐藏这一点。我几乎已经准备信教了，无论信仰上帝是多么荒谬，但是信仰是必须的，没有它不行。最好这里的所有人都明白这一点。不，列赫科贝托夫，战争对俄国有好处。它是来净化振奋我们灵魂的。关于俄国军队，人们写了多少谎言。您记得托尔斯泰与契诃夫的这些作品吧，《三姐妹》，还有库普林的《决斗》，您读它读得入迷了，还跟我赞扬它。但现在这些都过时了，变味了，不新鲜了。大概，库普林自己也明白。而您呢？您明白吗？您为什么来这里？难道您感受不到自己论点的错误吗？您飞奔而来，获得一些肤浅的杂乱的印象，然后就离开这里，回到农村或者彼得格勒写随笔，边写边算计自己每行能获得多少报酬。您看看自己！对您和您的教徒，不惊的鸟儿，还有您那些自怨自艾的口袋文学作品，对这些谁会感兴趣？留在这里吧。您的继子在战斗，而您在后方苟且偷安，难道您就不羞愧吗？这样，等战争结束之后，您获得的体验可以让您写出自己的《战争与和平》，既为自己，也为俄国文学增光。但这是之后的事情。现在没时间写作。现在的俄国不需要作家、诗人、艺术家。坦白地说，从来都不需要这些人，只是现在特别不需要。俄国需要士兵、军官、战争，如果您想为祖国服务，就抛开您手中空洞的报纸，拿起步枪，这样您对自己的国家有用得多。您是猎人，您的射击技术很好。可能，您在之前的生活中所做的一切，都只是为了今天能出现在这里。”

“他疯了，”巴维尔·马特维耶维奇冷漠地想到，“大概，我们都不太健康，不太明智，但是这个人明显已经疯了。他很快就会被杀死。而这个故事中最可怕的是，他死得越快越好。要是在维尔纽斯那条罪恶的街上，出于同情，女人们会把他扯成碎片的。他威胁到社会。他发狂了。像条疯狗。要知道他手下还领导着士兵，包括我的阿廖沙。只要他活着，就会将自己的疯狂传染给所有人。”

“还是说，您怕死？不要害怕。为自己的故土而死，难道不是幸福吗？可怕的事情只有一样，那就是被这群野兽俘虏，但是我的左轮手枪里永远留有一颗子弹来防止这种状况发生。”

“我还是不能对人开枪。”巴维尔·马特维耶维奇说完转过了身。

“您？”克米萨罗夫嘶哑地说，巴维尔·马特维耶维奇感觉到了这个人的愤怒，但是下一刻机械师控制住自己，忍住了。“现在不是时候，”他咬紧了牙关，嘟囔道，而后坚定地说，“这不是打猎，这是战争，列赫科贝托夫，战争。是世界上最高等级的。战争里没有人，只有己方和敌方。这是唯一的标志。您很幸运，暂时还属于我的己方，所以我不动您。而我会打死敌方的人。任何一个人，只要他想侵犯我的土地，我就会打死他。自愿是受人指使，这不重要。我现在在读一个首都哲学家的书。他之前的糟糕作品比您写的还差得多，完全不能读。他写的都是梦游者，没完没了地慷慨陈词，卖弄风情，对基督的无力攻击，两性问题，犹太人问题，教徒，文学家，埃及，某些荒谬的古代硬币，好像没什么别的可写了一样。他像尼采一样糟糕，其实，他就是尼采。俄国的尼采，您的偶像。而现在，您看一看，他在多么卖力地描写战争！伟大的卫国战争，俄国的复兴。这是唯一应该写的题材！您的兄弟们中有些人能甩掉那些粉饰太平的垃圾，他是其中之一，我们现在都被这种垃圾淹没了，但他能明白俄国现在的感受，明白祖国靠什么活着。他相信胜利，相信俄国，相信它的军队，相信它的君主。他知道，我们所生活的日子是极好的，严峻的，又是很关键的，以后这些日子将成为我们回忆中一生最美好的时代。他也知道我们生活中发生了什么。现在您听一听。”克米萨罗夫从怀里取出一本翻烂的薄薄的小书，翻阅起来，巴维尔·马特维耶维奇看见了扉页上的一些字迹，好像是作者的签名。

“这个您从哪儿得来的?”

“什么？啊，签名？他送我书的时候签的。”

列赫科贝托夫感到了尖锐而强烈的刺痛，他想从瓦西里·赫利斯托佛洛维奇手中夺下罗夫的书，撕碎它，但是他想先知道，这位脾气暴躁的作者能给他的同志写点什么。于是他没有这么做，却问了另一个问题：

“那要是我们还是输了呢?”

“要是我们输了，那么历史中就不会再有比这个更受污蔑的战争了！”瓦西里·赫利斯托佛洛维奇说道，声音凶狠而尖细，“我们都会被抹黑，一切都变得毫无意义，被践踏，被出卖，但到那时，您就更有责任去写这场战争了。可是您还是应该听听……”

10

乌利娅进去的那个房间与客厅不同，没有一点奢华之处。墙上挂着一些暗淡的神像，它们前面点着长明灯，但是房间里的气味与教堂的不同，散发着潮气和霉味儿。屋子中间有一张大桌子，上面没有台布，周围摆着一圈儿破旧的维也纳式椅子。通向书房的门敞开着，乌利娅扫见了空荡荡的写字台，上面有个墨水瓶，边上还放着包着人造革的长沙发，破旧的圈椅。她觉得整间房都很老旧，不舒适，就像波利措火车站的候车大厅。

“我记得你。”主人说道，满是皱纹和胡须的脸上透着一点宽容，好像老人看着淘气的小孩。

“可我不记得你。”她断然地说，集中残存的全部意志，向窗户退去，“您打哪儿记住我的？”

从四楼看去，院子显得很远。两位市民站在里面向上看。一个面容浮肿的先生东张西望地在院子里走着，捶胸顿足。而后他好像冷静了下来，欢快地跑出去了。“追那位女士去了。晚了，追不上了。要是有什么事，我马上就冲出去。”乌利娅自言自语道，这个决定也让自己平静了下来。

“我在彼得鲁沙的宫殿里见过你。你那时是这样的姑娘，”他用手比画着，“胖乎乎的，很听话，容易相信别人，而现在变瘦了，有点凶，还多疑。”

“您说的都是胡扯。您从来没去过什么宫殿。”

“这是为什么？”

“因为没一个人会放您进去。”

“现在大概不会放我进去。”他有点同意，“而那个时候不仅会放我进去，更是会求着我进去。他们派马车跟着我。彼得鲁沙的兄弟，你的教父，他现在是我的敌人。他威胁我说，要是我去军队就绞死我，可那个时候他和他的情人求我，让我在皇帝面前替他们说情。”

“这是为什么呢？”乌利娅尽管不打算问什么，却还是问了出来。

“想让皇帝允许他们结婚。那些曾邀请我来这里的人现在恨我。而曾经恨过我的人现在喜欢我。你觉得奇怪吗？”

“我对此不感兴趣。”

“你是专门来和我顶嘴的吗？”他更高兴地说。

“我来这里，是因为继母求我。”

“只因为这个?”

“您能帮助我父亲，这是真的吗?”

“你自己就可以做到。”

“您看，我应该做什么?”

“你应该为他祈祷。”

“我在祈祷。”乌利娅回答得很勉强，因为她从小就不太虔诚，不知从何时开始，她看待上帝就像看待老师一样，恶劣的行为他会惩罚，好的行为他会奖赏。最近一段时间，尤其是班级女学监和她那绝望的、强颜欢笑的表情，让乌利娅感到自己做得真是不好。如果要再一次提到自己还有自己的请求，那对于她们双方来说都没有任何好处。可这样，也许她就能溜过去，不被任何人注意到，不会被叫到黑板前，不会被扣品德分。

“难道这是祈祷吗?你的祈祷极其冷漠，显得心不在焉，惰性十足。”他反驳说，“应该热情而无畏地祈祷。你知道什么是真正的祈祷吗?它是哭泣，喊叫，它不拘礼数，像是奔跑，是在上帝面前的舞蹈。只有这样的祈祷上帝才听得到、看得到。你的这些磨磨蹭蹭和哆声哆气对任何人都没用。你知道上帝最不爱谁吗?”

“有罪之人。”

“他为拯救这些人而来，为他们上了十字架，又怎么会不爱他们呢?神学课你只能得两分。他不爱胆小鬼和懦夫。”

“我不是懦夫。”乌利娅愤怒了。

“你在祈祷这方面表现很懦弱。应该做个无赖。你知道怎么才能进入天国吗？”

乌利娅想起了班级女学监：

“不知道。靠顺从。靠品行良好。”

“它是靠努力进入的。你应该提要求，应该反复敲打，不断重复，大声喊出自己的祈祷。可你没有这样做，只是不停地和继母吵架。可找到人吵架了。你认为，上帝愿意两个所求一致的人互相怨怼吗？”

“她发牢骚了？”乌利娅鄙视地问。

“我又不是没有眼睛。她很善良，很爱你的父亲。”

“她要是爱，就不会晚上背着丈夫去树林了。”

“这是无稽之谈，乌柳什卡。”

“无稽之谈？”乌利娅想起了那位年轻的女士。

“很早之前的。已经烟消云散了。忘了吧。”

“她要是爱，就不会留他的女儿一个人在这里。”她斜眼看向窗户，还是固执己见。

“哼，那窗户怎么了？”他笑了，暗淡的目光一闪，“还是说你相信人们说我的那些坏话？”

“我不知道。”乌利娅说得含糊，尽管一分钟前她还相信来着。

他靠得很近，乌利娅感觉到了他的心在跳，在他那消瘦而有力的身体里，血液在奔腾。

“你怕我？”

“不。”她说得很快。

“这就对了，不要害怕。他们都在撒谎。从一开始就在撒谎，将来也必定如此，只要这个世界还存在，因为他们的父亲是魔鬼。谎言涉及我，这不可悲。可悲的是谎言涉及父母。你爱他们吗？”

“我的父母？”乌利娅不高兴地问。

“沙皇、皇后、皇子、公主，你爱他们吗？”

“爱。”她想起了皇宫广场上的人群，想起了那个漂亮的小男孩，他表情严肃，穿着海军服，站在父亲旁边。但是他的形象已经模糊不清了，她心中的感情也是如此。不，并非感情，而是对他淡淡的印象。

“现在你爱，以后就不爱了。”他烦恼地说，“不爱了，而后又爱了，却也晚了。唉，太晚了！”

他的声音变得低沉，目不转睛地盯着乌利娅。一点都不像个善良的老人，也不像森林里的牧神。他的目光充满愤怒，动作非常精确，这双眼睛让人无可逃避，也无法挪开自己的视线。乌利娅的血液都涌到了脸上，心跳得厉害。

“他们会后悔，会认罪，可这有什么意义呢，东正教的信徒们？”

他从柜子里取出一个装着暗色液体的玻璃瓶，问道：

“你知道自己的亲生母亲在哪儿吗?”

“不知道。”

“你责怪她吗?”

“我不懂。”乌利娅缓了一下说，“不懂她为什么这么多年都没找过我一次。”

他把杯子翻了过来，而后又翻过来一个，有些泛红的脸颊变得异常生动活泼。

“这就是说，她不能来找你。不要责怪她，不要责怪任何人。不要去追求公平，它现在不存在，将来也不会有。也不要去寻求任何意义。意义，让书呆子和法利赛人去寻找。你要去追寻仁爱。要爱上帝，乌柳什卡。无论你遇到什么，都要爱他，不要抱怨。他支配一切。他的意志无处不在。相信他，忘掉自己，你就会得救。要是固执己见，你就会消失。你不去教堂吗?那你就自己向他祈祷，用自己的话，在哪儿都行，街上、家里、白天、晚上，都要祈祷，而且在你祈祷的时候，不要想其他的任何事情，只想着他。那时就只有你的祈祷能被上帝听到。你最害怕失去的应该是他。不要背弃他，无论你遇到了什么都不要背弃。你会违背教规，会堕落。无论是像猪一样在泥里打滚，或者是要飞升天国，你都要记得上帝。不是他留住我们，而是我们留住他。来吧，到我这儿来，我给你祝福。”

她靠了过去，突然就觉得一股热气袭来。热气从后脑蹿到脊椎，包裹了她整个身体，直到鼻子尖，乌利娅觉得既甜蜜又羞怯。她不明白自己是怎么了，她从没颤抖得这么厉害过，和阿廖沙在一起的时候没有，在舍洛姆河上坐船时也没有，在任意一个憋闷的少女之梦里也没有过。

“好了，好了。”他轻轻地说，给她画了十字，“你已经到了出嫁的年龄。现在还不是时候。要忍耐。等一下，我给你介绍一下我的女儿们。”

他喊了两声，喉音很重，像鸟叫一般，一分钟后两个女孩走进了客厅。一个和乌利娅同龄，另一个大一点，但是两个都很严肃，这让乌利娅有些胆怯。她们穿得像贵族小姐，可是长长的薄纱连衣裙穿在她们身上很别扭。她们的头发梳得不得体。姑娘们站在那里，目光低垂，手足无措。

“玛特廖什卡和瓦尔瓦拉。我想让她俩和公主们一起受教育。”他说，这个农民的脸上闪过炫耀的神情，“目前，我先送她们去中学，跟斯捷布林——卡缅斯基学习。可她们在那里认生，不与任何人交往、说话，别人叫她们乡下婆娘，还让我把她们带走。你可以和她们交朋友，教她们该怎么做。”

女孩们脸红得厉害，看着乌利娅，目光不善。

“她们在骂我。”她这样想，却没说出声来。

午饭上来了，有鱼汤、小水萝卜、酸白菜、土豆、格瓦斯、黄瓜和洋葱。主人站起身来，读祈祷文，画十字，他的脸明亮起来，挺起胸膛，站得笔直，看起来变得年轻了。但祈祷停下之后，他又变回平时的样子，只是相对于他那个年龄的人来说，他的行动已经算是非常有活力。农民有点微醺，这样的人乌利娅在果尔布卡村见过，在火车站见过，在广场上也见过。只是他的眼睛不似凡人，看起来阅历丰富，眼神具有穿透力。

桌子中间放着盛鱼汤的大盆，谁都没有盘子，人们轮流用木质小勺舀着吃。谁也不影响谁，除了乌利娅，别人勺子里的汤都没有洒，可无论她怎么努力，都会漏几滴到桌子上。女孩们注意到了，不过马上移开了目光。乌利娅把勺子放在了一旁。

“不好吃吗?”

“我吃饱了。”

“你大概习惯吃肉？不应该这样，不要吃红肉。”他温柔地说，“红肉使人糊涂，鱼肉让人清醒。我们的拯救者吃鱼。你也应该吃。”

于是她听话地拿起勺子，里面的鱼汤又开始洒在桌子上，一滴一滴地泛着彩虹般的光。午餐接近尾声时，一个胖子走进客厅，他穿着粉色衣服，长着浅黄色的络腮胡子。他弓下身子，在主人耳边汇报着什么。

“你说的什么蠢话。”他粗暴地回答，“我有什么是他需要的?”

胖子的低语更加急切。

“我哪儿也不去，让他自己到我这儿来。”

“他不能来这里。”胖子哀愁地说。

“为什么不能？生病了？”

“他害怕。”

“怕什么？”

“人们说的那些话。”

“十六岁半的少女都不怕，而他却害怕。这以后他能当什么部长？”

乌利娅感觉到来访者在看向自己，他的目光有些迷惘。

“他会很忠诚的。”

“胆小鬼不会忠诚。”

“皇后替他向您说情。”胖子打出了最后一张王牌。

“皇后为很多人都求情。那就走吧，我们去看看你的长官。”主人叹了口气说，特别像一个农民去市场给马买挽具，可是没看到一个中意的。

他离开以后，只剩乌利娅和两姐妹留在房里。女孩们依旧皱着眉看她，乌利娅有点怕，担心她们马上就会站起来打她，掐着脖子把她拖出去。她尤其怕那个大一点的。玛特廖娜长得壮实，举止粗鲁，做事非常果决。乌利娅想象了一下她在中学的情形，认为乡下婆娘这个称呼还算温柔的。在同一天里，她第二次开始寻找离开这所房子的路径，但这时她想起了关于“胆小鬼和懦夫”的那些话，觉得主人好像哪儿都没去，而是在暗中观察她的第一堂课。

“你们在学校哪门课成绩不好？语言？历史？地理？”她很生硬地问。

“屈膝礼。”玛特廖娜忧郁地说。

“什么什么？屈膝礼？”她松了口气，“这个非常简单。你们来看！迈右脚，左脚脚尖点地。现在蹲下，最重要的是后背保持笔直，手放在这里，微微低头，而后轻轻起身。”她优雅地屈膝，高声地说：“眼睛！关键在于眼睛。屈膝的时候，要垂下眼皮，而起身的时候，要抬起眼睛。但是一切取决于你们面前站的是谁。女校长是一回事，班级女学监是另一回事，对男人又不一样。还可以很快，就像这样，这叫‘蜻蜓点水’，当你不愿意行礼，却必须行礼时，可以这样做。那么现在你来。”乌利娅吩咐小一点的女孩来做，因为她看起来更好说话，更安全一点。

乌利娅不让自己笑出来，她觉得自己好像接受了挑战，把一绺头发往后一甩，就开始帮着女孩们做动作，弯曲她们那不听话的、僵硬的腿，挺直那还不习惯束腰的背。

“就是这样，就是这样，很好，你们做得都非常好。”乌利娅表扬她们说，她看到两姐妹肯听自己的话，同时两人还忌妒地看着对方，心里非常满意。

她意外地喜欢上了这个角色，它预示了新的、含义深刻的东西，童年时她喜欢用黏土或面团捏人像，现在她觉得这两个女孩就像是某种材料，可以被她捏成任何形状。她想起来，在高坨子村，那些姑娘们一脸嘲笑地看着她的情形，心里报复性地想：要是把她们带到城市，她们会抖得更厉害。

两姐妹这时也不认生了，她们慢慢地交谈起来，开始给乌利娅讲自己的村子，讲徒步旅行者德米特里·佩乔尔金，还有他的姐姐杜尼娅。旅行者长时间住在阿索斯山上，在战争之前的一年，因为局势动荡，他回到了家里。她们还谈起了自己的母亲、兄弟，就是回避去谈父亲。她们只是提到，去年夏天爸爸差点被打死，这件事令人害怕。

“要是没有这个伤，可能就不会发生战争了。”玛特廖娜说完这句话，就抓起一缕头发在手指上缠来绕去。她淡褐色的头发很是稀疏。

“他反对战争？”乌利娅惊奇地问，她又想起了那陷在火灾中混乱不堪的村子，号啕痛哭的村妇们，后来又想起了冬宫前的大广场、战旗、圣像、阳台，数千种声音的合唱：“上帝，拯救你的子民吧……”

“爸爸给沙皇发了数封电报，让他克制，不要开战。是我把它们送到邮局的。我们家圣像上的圣母哭了。他那时就说，这预示着不幸。”

“他可怜世人。也可怜我们的兄弟米加。他不想让他去参军。”

“你们的妈妈在哪儿?”

“妈妈留在村子里了。她来过这里，说自己不会住在城里。你看这儿，爸爸送给了我们什么。”

瓦尔瓦拉用单纯的蓝眼睛看着她，手上拿着装有两个放大镜的设备，然后她们开始看小照片。照片上拍的都是俄国军人：骑着马的哥萨克，他俘虏了一个德国士兵；应召入伍的农民们，他们戴着便帽，背着口袋；拿着大号步枪和刺刀，站在战友新坟旁边的士兵们；一队驻扎在西乌克兰小城的城市广场上的军团。有一张照片很是讨厌：上面有个士兵在呕吐，这张照片还写着题词“开斋的后果”。战争的场景和莫斯科名胜古迹的形象轮番交替：逃犯们、特维尔要塞、卢比扬卡广场，接下来是外国的照片：穿着和服的日本女人在田里收割水稻；日俄战争中死去的兄弟们的墓；德国的风景；巴黎、布里斯托尔、圣女贞德的纪念碑。一张照片掉了下来，上面是位叼着一根草的姑娘，她趴在鲜花盛开的草地中间，身穿着带条纹的长袜，一只脚抬起，沉思的目光凝视着一个方向。

“还有一张完全一样的，只是上面的那个姑娘赤裸着身体。”玛特廖娜抱怨说，“瓦丽卡把它撕了。”

乌利娅惊讶地看着自己应该指导其良好举止的姑娘们，什么都没说，但是，战前最后一个夏天的景象突然浮现在她眼前。在舍洛姆河上的岛屿上，她和阿廖沙捉了些虾，打算煮着吃。天气非常热。她去湍急的小河里洗澡。乌利娅像青蛙一样趴在水中，手和脚拼命地划着，溅起了水花，她害怕被狗鱼咬住，或者被虾咬伤。河里的鱼很多，河鲈追赶着小姑娘，赤梢鱼用尾巴打着水，身体狭长，长着斑点的绿色狗鱼隐身在水草之间，飞快地游动着，亮银色的鲈鱼在嬉戏。小河过着自己的生活，浑然无视地任由人类的小孩在温暖干净的水中欢快地扑腾。乌利娅感觉不到时间的流逝，突然，她觉得灌木丛里闪过一双蓝眼睛。她想起自己什么都没穿，觉得很不好意思，而后她站起身来，径直走向岸边。乌利娅慢慢地从水里走出来，在阳光下站了很久，观察着自己黝黑的皮肤上水珠慢慢地干掉。她拧干头发，穿好衣服，转向火堆，好奇地看向自己的同伴，但却没在那张长着浓密浅色睫毛的黝黑面庞上看到一丝尴尬的神情。

11

列赫科贝托夫又走回了目的地，这时天气变得凉快了，起了风，繁星开始闪烁，就像是平常八月末或者九月初一般。夜里的窸窣之声传到他耳中，远方的某处可以看到火光，但是它很容易被当成是牧羊人的篝火，从而让人觉得，今天夜里战争结束了，和平已经来临。在路上，他一个人都没碰到，对监狱生涯的回忆，对那个推开他的女人的记忆都不能再折磨他。他忽然就变得快乐，变得轻松起来。他在思考怎么让佩拉格娅开心，怎么和她说儿子的事情。纵使他没能成功带回阿廖沙，但也许这更好，阿廖沙一定能打完仗，学完习，摆脱愚蠢的农民身份。“啊，什么？他确实很棒。实际上，这是我的功劳。我之于阿廖沙，就像罗夫之于我。小时候，我很恨他，可是后来我明白了，这是我生命中最重要、最珍贵的。尽管可怜的罗夫大概是疯了。他很快就会为这本书感到羞愧。他在那里面写了什么？俄国的复兴，所有人都变得年轻，在共同的需求面前互相拥抱，历史性的时代，勇士米库拉·谢利亚尼诺维奇苏醒了，战争就是伟大的教育，战争就是治愈者……见鬼，在这个所有人都很快要完蛋，没有一个人愿意战斗的时候，还谈什么需求，什么复兴，什么米库拉？老师爬得太高了，可他还没有意识到这一点。他还像个农妇一样容易心软。他就是个农妇。狡猾的、淫荡的俄国农妇，在强壮的农民面前就软弱下来，比如克米萨罗夫。他们在精神上相爱了。他们互相依偎着，彼此保护着。他们势必一起摔倒，而且摔得非常重。自己摔成残疾不说，还会弄伤别人。唉，应该把他们两个关起来，就让他们像松鸡一样鸣叫求偶吧，他们只能听见自己的声音，不知道猎人已经悄悄地靠近了，举枪瞄准了他们。”

夜色已经到了最深的时候。列赫科贝托夫抬起头，看向天空。他周围的世界发生了某些改变。树木、灌木丛、脚边那些最早凋落的叶子，它们都和平常不一样了。似乎外界的邪恶意志进入了森林中，填满了月下的空间，带来了危险。他仔细端详暗处：谁，什么样的力量威胁了他，它来自于何人或是何物，为什么他又产生了如履薄冰的感觉？他突然非常想见到克米萨罗夫，希望在这个夜里能和他待在一起，什么都不说，什么也不听，只是待在一起。

巨大的下弦月自临近的山丘间升起。他眼看着月亮升起，变小，但是月光却越来越明亮，照亮了道路。茂密的树林在地上投下了清晰的影子，有影子作对比，被照亮的地面看得更加清楚，仿佛天上的是满月一般。巴维尔·马特维耶维奇看得清所有的细节，好像自己不再是那个顺从地走近营地的人，而是只晚上不睡觉的鸟，飞到高处，敏锐地看清了猎物。他永远警觉的眼睛在寻找谁，在追求什么？这连他自己都不知道，他只是高高地滑过草地、树林、灌木丛，滑过像盘子一样的圆形小湖泊，滑过周围环绕着的沼泽，滑过被战争破坏的森林中的庄园，滑过篱笆墙、废弃的割草场，突然，他的目光定在一具尸体上。在这一瞬间，飞翔的感觉停止了，猎人回到大地上。他本能地想避开死人，但是一股神秘的掌控力迫使列赫科贝托夫走近了躺在地上的人。这是个德国士兵，综合判断，他是被流弹或者炸弹碎片打死的。德国人怎么出现在这儿，为什么他的同志们没一个人来找他，可能他是被派来敌后的，身怀某项特殊的任务，可能只是迷路了，也可能是厌倦了战争，想要一个人在森林里走走，打只野禽，或者采点蘑菇，或者寻求偶然而孤单的瞬间死亡。现在，他的愿望实现了，应该很幸福。躺在地上的尸体需要被安葬，无论巴维尔·马特维耶维奇多么反对葬礼仪式，他都不得不开始干这个活儿。大自然帮了他。列赫科贝托夫环顾了四周，看见地上有个不大的坑，可能是旧的战壕，或者为了排干沼泽所挖的沟。德国人的尸体很沉重，不太容易搬，他尽量不看敌人年轻俊美的脸，径直把尸体拖到坑里，盖上树枝。他想把枪也放进去，却又改变了主意，把枪留给了自己。他漫不经心地想，在这个年轻人死亡前的夜里，有没有出现最后一个相爱的女人，还是说从来没有过任何女人，他从没尝过爱情的滋味就死了。“奇怪，女人是不是处女，身体会有标志，可男人就没有，为什么这样安排呢?”他突然不合时宜地想。

月亮此时升得更加高了，它看起来非常像一年前舍洛姆上空的那轮明月。月光之下，巴维尔·马特维耶维奇看见了林间草地上的野兽。那头狼强壮、灵活，仿佛随时都会消失。它站着，抬着头，大概是打算嗥叫，它或许像很多狼一样，看到被黑暗啃食的天体就会嚎叫。“难道是它?”巴维尔·马特维耶维奇非常兴奋地想，然后开始瞄准。武器很重，他用不习惯，还害怕自己笨拙的动作会把狼惊走，但是它没动，好像不是活物，而是铁铸的一样，就像那只建立了维尔纽斯的淫荡母狼，现在它又为德国青年而来。列赫科贝托夫缓了缓，屏住呼吸，按下扳机，眼睛一直跟着炽热而且发软的小子弹，子弹划破空气和夜晚的宁静，急速地旋转，射向了野兽。他觉得子弹飞了很长时间，狼感觉到了，但没有逃跑，而是冷漠而厌倦地转头看向射击者。列赫科贝托夫过了一会儿才想到，子弹马上就会被坚硬的皮毛弹回来，击毙他自己。但是，子弹却轻轻地射入了狼的身体，留在了里面。巴维尔·马特维耶维奇又开了一枪，而后又是一发。起风了。平缓的西风就像有人用气泵从德军方向吹过来的，黎明前的林中草地上，猎人眼看着站在那里的野兽突然趔趄一下，但没有摔倒，不过它那棱角分明、高傲庄严的面容消失了。它消散开来，变成低空的乌云，在田野上飘荡，飘荡在灌木和稀疏的树木之间，上面的叶子因此打了卷，掉了下来。他闻到了越来越强的刺鼻气味，列赫科贝托夫没看到，在草地的另一边，矮小的军士指挥着俄国民兵匆忙地带上劣质的防毒面具，它们并不能防毒，士兵们仓促地把抹布和包脚布蘸湿，缠在脸上，要是附近没水，就用尿来打湿。潮湿的绿色云团占满了空间，在其笼罩之下，生灵尽灭，列赫科贝托夫拼命地逃开，本能地寻找可以救命的高处。云团飘得很慢，他大概能轻松地避开，但是这一大块云徐徐地浮动，轻轻松松地就在一座像女人胸部般的山丘顶上赶上了他，笼罩住周围的大地。巴维尔·马特维耶维奇撩起胡子，用小水洼里的水蘸湿，然后藏了起来。他和那些被杀死的，或是被吓得拼命挣扎的小鸟、青蛙、小甲虫、蚯蚓、小蝴蝶们躺在一起，尽可能少而轻地呼吸。

他的思想很混乱，陷入了一片虚无，他觉得自己像是躺在半干的水池池底。腐臭的水在他身上流过，透过水流，他看见了熟人的脸，有活着的，有死了的，他们汇入了同一条河流，活人和死人不可分割，这让他平静下来。柏林的拉乌拉、佩拉格娅、母亲、父亲，还有刚才被他草草掩埋的德国人，他们的脸纷纷闪过。列赫科贝托夫想到，维尔纽斯的妓女或者没有腿的算命先生犯了错，自己还是死了，不是流弹，不是弹片，而死于那头狼幻化的死亡气体，它被德国人放了出来，追上了他。对他来说，一切都结束了，只等有人也一样地找到他，埋葬他可怜的尸体。可是后来，出现了一张十分年轻的脸，那是乌利娅·克米萨罗娃，她俯下身子，朝他伸出手，他哭了，抬起了头。那个云团的边缘擦过他飘走了，紧接着传来了枪声，敌人出现在视线内。

他们排成直线，带着某种霸道的力量。他们年轻而绝望，高唱着粗犷的歌曲，装出勇敢的样子，蔑视死亡，也蔑视生命，在炮火的支援下到来。列赫科贝托夫又想起了尼采。德国人带着条顿骑士来为他复仇了。引诱尼采，偷走他，把他放进自己国家，之后又杀了他的那些人应该被报复。列赫科贝托夫想站起来，跑进森林深处，藏在那里，但是他觉得，有个并不响亮，却十分严厉的声音命令他留下等死。德国人注意到了他的动作。其中一个跑到巴维尔·马特维耶维奇跟前，拿过他手里的步枪，看向躺着的人说：

“这是瓦尔特的步枪，我认识它。”

“不要停下，伏尔凯。他已经死了，所有的俄国人都早就死了。”魁梧的上士司务长喊道。

“这个还活着，我看到了。我要用瓦尔特的步枪打死他。”

这一刻巴维尔·马特维耶维奇很懊悔自己懂这种语言，如果不懂，不知道此时是令人苦恼绝望的最后时刻，那该多好。他想抬起头，看看杀死自己这人的眼睛，一如他多次经历过的情景，所有被他杀死的野兽都会看向他的眼睛。他喘了最后一口气，听见枪声响起，正因为听见了，所以他明白开枪的另有其人。

德国人大叫了一声，倒在地上，而俄国士兵从已经飘到东方的毒云里走了出来。他们的脸扭曲变形，眼睛暴突，喉咙如火在烧，脸上缠着湿布，不能喊叫，只能发出微小而嘶哑的声音，咳嗽不断，混乱地朝前射击。他们就像复活的死人一样可怕，但是巴维尔·马特维耶维奇·列赫科贝托夫却觉得很亲切，他和他们走在一起，也咳嗽着，哑着嗓子说话，感觉仿佛体内有什么东西爆裂炸开了一样。他不能给士兵们任何的帮助，他根本没想到要把伏尔凯的步枪拿走，不过也用不着拿着它，因为田野里已经没有德国人了，而俄国士兵还在前进，他想要和他们在一起，只是为了在这宏大的世界里不独留自己一人。但他还是留下了。在绝望而盲目的冲锋之后，士兵们倒在地上，像是被扔在岸上的大鱼一样，喘着粗气，但是德国人已经撤退了，消失在燃烧的草垛和腾起的烟雾火光之后。

……几个小时后，列赫科贝托夫蹒跚地走在被氯气灼烧过的空旷田野上，恐怖的景象展现在他眼前。年轻的军官后仰着头，张着嘴似在大叫，眼睛盯着天空，僵在大炮旁边。一个士兵，就像活着一样，往大炮里装弹药，装了一半，手紧紧抓住炮弹，跪着，特别惊讶地凝视着上方，似乎在问："怎么了?"远处看这些人似乎活着，但当列赫科贝托夫走近一看，军官四分之三的脑袋从后而断，士兵的整个肚子都被打穿了。鸟儿飞过田野。被破坏的空房子在大火之后还冒着烟，架电报线的杆子还有树木都折断了，墙壁上满是弹孔，门窗都被打破，只剩边框，炮弹形成的窟窿，凝固的血迹，脏棉花，纱布……到处，到处都是令人头晕目眩的尸体味儿。

他害怕在这些不幸者中间看见克米萨罗夫，但却遇到了阿廖沙。继子穿着破损肮脏的军大衣，背着"绍尔"在路上走，泪眼婆娑，嘴唇哆嗦，他是这样的凄惨，让巴维尔·马特维耶维奇不由自主地觉得怜惜，但是他忍住了，就像曾经在森林里强迫小孩追逐野兽那般严厉地喊道：

"交出武器!"

阿廖沙顺从地取下"绍尔"。

"你的指挥官在哪儿？为什么你没和他在一起？你应该在他

身边!”

阿廖沙颤抖着，一句话都没说。

“跟我走！够了，打仗打够了。他打算成为军官。你一个乡巴佬，能成什么军官？你妈等着你呢。地里都没人干活了。到我这儿来，过来!”说完猛地用手拍了一下大腿。

但是阿廖沙摇摇头，慢慢地后退，消失在秋天破晓前越发浓稠的夜色中。

12

十月初，《俄国言论》刊登了列赫科贝托夫的文章，文章献给什文乔尼斯突围战。“自由的俄国媒体虚伪地悼念西北战线最近发生的事情”，巴维尔·马特维耶维奇写道，他感觉自己由于在写作战争板块的文章上略显笨拙，因此写得比平时更具挑衅性。“在德国的宣传之后，我们损失的数字被公布出来，在字里行间可以看出，俄国军队的士气低落得令人绝望。预言者说，我们很快就会战败。在一篇特写里甚至可以读到：‘俄国因为落后而不断地挨打，但是一九一五年的挨打局面最近一百年还从没出现过。’这盲目的失败主义不管是更粗糙，或者更精致，社会大众都乐于接受它，我们相信自己的缺陷，会在心理上比实际上输掉得更早，因为我们早就失去了精神独立性。我们毫无个性，优柔寡断，不敢发表意见，被精神毒药毒害，要么被蝎子蜇，要么被疯狼咬，我们徜徉在自己的历史中，就像走过黑暗的走廊。什文乔尼斯似乎成了我军可耻行为的反映，但那里到底发生了什么？

“什文乔尼斯突围战是德国军队最近一次胜利的进攻，在这个过程中他们控制了俄国的部分土地，占领了维尔纽斯，还有我们的一些其他城市和村子，但是为此付出了沉重的代价，也没有达成之前给自己设定的目标。俄国军队没有陷入围困。尽管德国野蛮，尽管使用毒气，我军还是摆脱了德军指挥部精心准备的夹攻，复制了库图佐夫的战术，让出了部分的领土，但保全有生力量。什文乔尼斯成了我们的博罗季诺，不幸的只是俄国没有注意到这一点，不明白自己的军事成功，那些无名英雄的功勋依旧不为俄国人民所知。俄国民兵组织涣散，装备落后，被氯气毒害，却依旧抵抗住了德军精锐部队的进攻，而后转入反攻，迫使敌人逃跑。这一切对我军来说是极其珍贵的，在九月的那些天里，每一个恰好出现在什文乔尼斯和涅里斯河两岸的人，不管其个人品质和行为如何，都是英雄。这种英雄不是个人自由选择的结果，不是他勇气的高度勃发，而是一种被迫的、强制的、绝望的英雄主义，然而它和自由的英雄主义一样值得尊敬，可能还要更加可贵一些。这样的英雄不追求光荣、豪迈和名誉，不需要奖赏，他是最高意义上的无私，是取得胜利的基础。这种胜利只有当我们自己灰心丧气才能被夺走，而那些胆小鬼和内部的敌人正在将这种情绪强加于我们身上。如果什文乔尼斯是我军在这次战役中失利的最低点，那么我们在此之后必然会开始上升。耶稣的殉难和黑暗之后，必将迎来复活。俄国民族在这场伟大战争中承受的所有苦难与牺牲，被这种复活照耀得熠熠生辉，显得意义非凡。”

不知列赫科贝托夫是不是给自己念了咒，不知他的思想是在回应那场与消失无踪的瓦西里·赫利斯托佛洛维奇·克米萨罗夫之间未完的争论，还是对机械师的负罪感，抑或是其他的什么东西，只是这一次，巴维尔·马特维耶维奇的所有预言都有没发生。尽管什文乔尼斯突围战的后果在几周的时间里被俄国军队消除了，德军没发动任何大规模的进攻，可俄国的军队也没有进行任何大规模反攻。两方都被持续的战斗弄得精疲力尽，各自坚守自己的阵地，可是俄国的后方比德国的后方崩溃得更快。俄国的失败不是因为前线的失败，就像机械师克米萨罗夫发现的那样，俄国失败在远离火线的城市，它接近灾难的速度与接近胜利的速度一样快，谁也不知道，哪一个会先来临。

……战争持续的一年半里，彼得堡的人口从一百万增长到三百万。首都因为外来的人而变得臃肿，像是一个巨大的候车大厅。士兵们散布在街上、广场上、涅瓦河与运河沿岸，他们人数众多，抽烟、吐痰、污言秽语，在他们放肆无礼的眼神背后，掩藏着怯懦。年轻的女中学生、小姐、少妇，都不再充满希望地看着他们。

现在她们害怕自己的保护者，尽力避开穿着军大衣、拿着武器的人，避开西边省份逃来的难民，逃避征兵的市民、匪兵、投机者、逃兵。城市充满了腐败的味道，似乎那团差点弄死巴维尔·马特维耶维奇的毒云已经追到这里，但是彼得堡的居民没有感觉到毒物的存在。可是，几乎对于他们所有人来说，精神瓦解的最可怕的象征却是那个没对任何人做过恶事的人。他住在戈罗霍夫大街64号，离维捷布斯克车站不远。乌里扬娜·克米萨罗娃一到休息日就会去那里，像上班一样，真心实意地教两个农民的女儿良好的行为举止。她们身材并不匀称，却很结实。

她进出这所房子并不引人注目，可是圣诞节前不久的一个冬日，班级女学监低垂着目光告诉乌利娅，校长找她。女学监还想再说点什么，但乌利娅已经走去迎接自己的厄运了。

“小姐，如果您不珍惜自己少女的名誉，也要想想您有幸在此学习的中学的名声。”米列尔夫人干巴巴地说，“我希望不需要跟您解释，这位先生邀请小姑娘们到自己那儿去是为了什么。”

在柳博菲·彼得罗夫娜背后，挂着沙皇的全身立像。他严肃而高贵的目光表达出谴责。乌利娅觉得自己脸红了，为了不让自己委屈得哭出来，她放肆地看着校长的眼睛。乌利娅一直很喜欢她的公平和审慎，她从不表扬告密者，那些诽谤他人的蠢姑娘们也不会再犯同样的错误。现在自己也见到了她紧皱的双眉，愤怒的眼神，以前校长只有在最可耻的告密者面前才会这样。

乌利娅想要说些无礼的话。

“小姑娘们？您确定吗，夫人？”

“小姐，不要胡言乱语。”她面带嘲笑地回答，“这些故事您讲给自己班级的学监听吧。难道您认为我分不清姑娘和女人？也是，老实说，您的私生活与我无关，但是我不想谣言传得乌烟瘴气。”

“您为什么相信谣言？”

“即便是这位先生的生活根本不会滋生任何关于他的谣言又如何，”米列尔夫人断然地说，“我感兴趣的不是他，而是我的学校，我不想明天学生家长来找我，开始逐个领回自己的女儿。因此，或者您不再去那里，或者请您通知自己的母亲，让她给您另找一所学校。即使她无法顾及您的教育问题，也不应该让别人为此所累。”

“我应该逃跑。”乌利娅想，她故意漫不经心地微行一礼，报复性地想，要是自己把她的话传到戈罗霍夫大街，告诉所有人，那这个自以为是的女士会怎么样。“亲艾的竞艾的，快点赶走这个欺负好姑娘的恶女人吧。”

乌利娅匆忙地走上楼，保卫们已经见惯她来此，混浊的眼睛里流露出平静的目光，看着她走过去。乌利娅看见自己面前有一个帅气的白发老人，长着蓬松的白胡子和黑色的大眼睛，脸颤巍巍地抖动着，老人旁边，一个柔弱的少年像爬山虎一样缠着他不放。

“你是谁?”老人惊恐地问。

“乌里扬娜。”

“上帝的奴仆，不要告诉任何人，你在这里见到了我们。”

“我看见谁了?”她不明白，但老人的脸已经消失了，胡子下面巨大的十字架从她眼前晃过，满脸通红的小男孩紧跟着自己的领路人而去。而后，低沉的嘲笑声在楼房的深处响起：

“你今天有什么烦心事，母山羊?”

“我一切都好。”乌利娅自己都没想到自己会这样回答，她觉得自己永远不会请求这个人任何事情，也不会向他告别人的状。

可是，即便她没有告状，和校长的谈话也没有产生任何后果。只是她觉得，老师们如今看向自己的目光很奇怪，她们在课上提问她都非常小心，仿佛她变成了一件脆弱的器皿，生怕她被打碎了。然而同学们对她的态度却变得更加严苛，她们躲着乌利娅窃窃私语，交头接耳。

“让她去找自己的婆娘们吧。”有一次她听见背后有人说道。

乌利娅非常生气，但是现在她无处可退。退却意味着让自己受侮辱，意味着承认失败，而她不能允许这种事发生。她没觉得自己有任何错，没发现自己新认识的人有什么特别之处，也没在她们的父亲身上看到任何可怕的超自然力量，这些都让她更觉委屈。她不喜欢的只是环绕在他周围的那种病态的崇拜。崇拜者们乐于吃他手里的食物，或者从他的胡子里找出残渣，像是找到圣物一样，还向阿基利娜要他穿过的内衣，越脏越好。乌利娅对她们有着些许鄙视和怒气。

她觉得公寓的主人也非常厌恶她们。她也不明白他为什么需要她们，为什么不直接赶走她们。她有时候想，他爱慕虚荣，喜欢成为弱者的靠山、贫苦之人的保护者；喜欢那些有权势的大人物来巴结自己；喜欢自己字迹扭曲又文法不通的单词，草草地写在普通纸上的字条却比印有国徽的部长政令还珍贵的感觉。但是，他又实在是过于老实质朴，不像是如此虚荣的人。他更像是已经习惯了崇拜，就像习惯了甜酒一样。周围人的面孔不断变化，大衣、制服、长袍、礼服，或是寒酸，或是华贵的游客们轮番出现，让他沉迷其间。他已经停不下来了。然而，乌利娅并不打算向他，或者是向他的女儿们打听更详细的情况。

13

尽管乌利娅有时会遇到继母询问的目光，但她什么也没对维拉·康斯坦丁诺夫娜说。她不懂那种目光中到底哪种成分居多，是女人的好奇，是不安，还是恐惧。这个冷漠而奇怪的女人极其善变，她把继女带到戈罗霍夫大街上的房子里，自己的事情做完了，而剩下的，按照乌利娅的理解，就与她无关了。机械师的女儿没有注意到，她的继母实际上很委屈，并因此而痛苦难过，与这种委屈相比，维拉·康斯坦丁诺夫娜之前的经历，诸如“我是不是这个世界上最可爱的人?”之类的问题都是无伤大雅的消遣。她痛苦地问自己，为什么他和小姑娘在一起的时间比自己长。为什么尤利娅走上集合住宅的楼梯时一点都不激动，为什么她可以轻松地迈过房间的门槛，而成年的女性知道自己的价值，却像小姑娘一样提心吊胆？是的，她都明白，她成不了他女儿的朋友，但是凭借体内苏醒的某种野兽般敏锐的嗅觉，维拉·康斯坦丁诺大娜怀疑起另一件事，变得比之前更加愤怒。而他看到了这一点，却并没有支持她，反而更加疏远了她，以示惩罚。一直很鄙视她的阿基利娜感觉到了，安努史卡也感觉到了，她们看她的眼神不知是嘲笑还是同情，这让护士很想把一个盘子砸在宫中女官的头上，打个粉碎。要是有谁在几个月以前就告诉维拉·康斯坦丁诺夫娜，在她的生命中会出现一个人，她会因他而忌妒到如此地步，她会捕捉他的目光和话语，她会因为他没有分给自己足够的时间或者对自己冷淡而难过，她会觉得多么不可思议！要是这个人是个贵族、公爵、著名的诗人或艺术家，那倒也还好，可他只是个毛烘烘的、口齿不清的农民，穿着丝质的长外衣和嘎吱作响的皮鞋，散发着酸白菜和名酒的气味，这个人竟然控制了她，俘虏并折磨着她，而且好像会将她驱赶向某个注定的不幸结局。她是全世界最珍视独立和自由的人，却需要更多来自他的控制，更多的顺从、惩罚、侮辱。她丢掉了最后的羞耻心，等待着，等待着，她燃烧自己，不惜化为灰烬。要是这样的人就只有她一个，那该多好！

来到这房子的所有人都以他为中心，受他支配，他们既讲真话，也会说谎，要滑头，他们既真诚，又虚伪，都有些歇斯底里，心力交瘁；在他们之间形成了难以言明的关系。每一个人都有自己的妒忌和猜疑，而金钱、出身、社会地位、名人圈子里的年资在这里都没有任何意义，在这儿，起作用是其他的东西。但究竟是什么，维拉·康斯坦丁诺夫娜弄不明白，也因此更加气愤。她的脑中还溜进了一种可怕的想法，就是她们都被骗了，被利用了，但这是为什么呢？她想要离开这里，可是却连离开都没力量。

乌利娅对此完全不知情。她注意到，在楼房里不时出现一些很年轻漂亮的女士，但是主人对她们只是漫不经心地保护，这很像是微不可查的嘲笑。乌利娅完全不知道他和她们之间的关系。尽管之前听过不少相关的谣言，但她还是确信：即使里面有什么淫荡的事情，他也没强迫其中任何一位女性爱上自己。更确切地说，他没有推开所有人，而是接受了适合他的。这其中有善良的，也有邪恶的，有救命的，也有有害的。他敏锐地辨别出那些想要利用他的人，尽管不让他们靠近自己，却没有赶走他们。他全部的意图只是让形形色色的人的利益变得一致，不让任何人受到委屈。

他周围的大多数人都是女的，但来的不只是女人，只是她们表现得更活跃。她们似乎在他那里得到了能量，好像在那个被她们奉若神明的人周围有电场，每一个陷入其中的人都不由自主更快地移动，说更多的话。

一开始乌利娅觉得处于这个电场中心的是一个老人，但她吃惊地得知，他只有四十六岁，比她父亲，比巴维尔·马特维耶维奇·列赫科贝托夫都大不了多少。可是在这几人中间却横着一条鸿沟。他如果爱慕虚荣，那也不是爱慕自己的虚荣，而是别的什么人的。他喜欢驯服骄傲之人，提升温顺之人的地位，他宣传爱，但不像先知，不像布道者，而是像个村长，像个皇宫里有文化的管家，尽管在戈罗霍夫大街充斥着秘密的禁忌言论，甚至提及了沙皇、皇后、大公、继承人。他的女儿和沙皇的孩子们相识，却从不提及他们的任何事情。

只有一次，瓦利娅似乎预知了乌利娅的问题，说道：

“他们很喜欢父亲。他很友好，他教他们爱上帝。”

“他却不教我，可还希望我能学会。”她一瞬间想到这里，不过并不觉得委屈，乌利娅已经习惯关注一切，习惯了倾听和观察房子里发生的事情。有一次她听见了主人和阿基利娜的谈话。

“方才那个女乞丐又来了。我想给她钱，可她没要。”

“那她来做什么？”

他小声地说了什么，说得很含糊，乌利娅竭力想要听明白。

“……她好像平静了，而后依旧开始发脾气，说我没那么做。你不能由着他们。圣经里怎么说的？”他的声音传来，“我可以用什么来比喻这代人呢？他们好像什么呢？好像孩童坐在街市上，呼朋唤友，说着儿语真言：‘给你笛声不跳舞，给你悲歌不哭泣。’我们给你们吹笛，你们不跳舞；我们向你们举哀，你们不啼哭。”

阿基利娜小声地反驳了什么，但是他懊恼地打断了她：

“这些我确实都知道。我知道您想把我关进修道院。安努史卡也想这样。她总是在我耳边嗡嗡：‘去吧，去修道院吧，那里很好，那里的人赞美上帝。而这里的人说你坏话，他们会杀了你的。’哪个修道院我都不去，那儿的僧侣会把我给吃了。他们会因为讨厌我，就把我给毒死。而为什么讨厌呢？因为安东尼·沃伦斯基冲向阿索斯的僧侣时，我为他们辩护过吗？他们都沉默了。他们不喜欢我什么事情都插手？那么如果我被从这里赶出去，一切都会更快地烟消云散。谁都没有耐心。而要是我们能稍微耐心一点，上帝就会怜悯我们。你不要说话，阿基利娜。你是谁的人，你想要什么，我都知道，但是我不会赶你走。是上帝让你进到这间房里的，你住着吧，只是要记得，侍奉二主的人通常会发生什么事。不要妨碍我，我在这里做完自己的事就会离开，谁都再也找不到我。那么，母山羊，你在这里做什么？”

乌利娅想要退到阴影处，但已经晚了。

“你太好奇了。那么，你要和我说什么？”

“关于什么？”她一边问，一边小心地斜眼看气恼的阿基利娜。

“关于你听到的。那，我是应该离开还是留下？你怎么说，我就怎么做。”

他看着她，目光犀利而深邃。乌利娅突然觉得，好像这个宏大的世界将走向何方再次由她决定，一如战争前的那个月夜。而她对面的人也知道这一点。他说的话就像是抽签，就像抛硬币，看它落下来是哪个面。

“哪儿都不要去。”她尖叫道，想着他应该会表扬自己，但是成年人的脸上没有一丝笑容。

“你只考虑自己的事，母山羊。”他不高兴地说，“自己的事。所有人都这样。父亲给你写信吗？”他靠近她，一如他们第一次见面的时候，但是她只感到了惊慌。

“没有。”

“我知道没有。大概，你很烦恼？”

“非常。”

“我也很烦恼。”

她诧异地抬眼看向他，她无法想象，这个人也会慌乱、忧愁、灰心丧气。

"你为他祈祷吗?"

"祈祷。"

"让我们一起祈祷吧。"

"和您?"

之前他从没叫她一起祈祷过。乌利娅是他女儿的朋友，甚至不是朋友，而是免费的保姆、教师、补课老师，但是她和这个成年人没有关系，和这个屋子里的祈祷生活也没有关系。

他们走进了更深处的房间里，那里面有昏暗的圣像和长明灯，之前她从没来过这里。他在圣像前站立不动，挺直身子，踮起脚尖，像是从地面上升起来一样，而后开始叩头。乌利娅跟着他重复，数着数，但是在十之后就数乱了，已经只是机械地画着十字，膝盖颤抖着跪下，额头触地，摇晃着，站起来，又再次跪下。她摇摇晃晃，在屋子里转圈，这栋彼得堡楼房的寻常的面好似变成了陷入风暴的舰船甲板，但他并没注意到这些。在他身上发生了奇怪的事情：他一点都不累，相反，他的动作越来越快，越发不连贯，越发起劲儿，越发坚定，他整个瘦削而结实的身体时隐时现，就像轮子上的辐条。手，脚，躯干，连成一片，越来越多，让人眼花缭乱，好像他就是印度的某位神明，或者马上就要变成那个湿婆了。

乌利娅害怕起来。她想要直接逃离这个房间，但是她逐渐被他的节奏影响，动作也越来越快，想要和他保持一致。她的太阳穴一跳一跳的，汗水遮住了眼睛，不知从哪里涌出了力量，她深深地鞠躬，什么都不想，但好像融化在这封闭的空间里，体验到从未有过的、莫名的甜蜜。这和她在梦里，在伊尔门平原上飞奔的经历类似。但是这种感觉更强烈，更深刻，她明白，还差一点点，她的身体就会挣脱地面，被来自这个男人的风托着，她会撞到墙、地板或者天花板，就像飞进窗户的小鸟，开始到处乱窜；但在此之上，她还感觉到了别的，这个祈祷被听到了，她能帮助现在特别需要这个祈祷的人，他不会死在远方的战场，他会活下来，他们请求他，哀求他，因为这个她不认识的陌生神秘人会用自己的经验和掌握的方法，坚定地把她引领到祈祷的风暴中，不让她弄错了方向。

“够了，母山羊。”他站了起来，显得强健有力，精力充沛，头发被汗水粘在额头上，“现在我们去罗德。”

“什么罗德?”

“城外的一个餐厅。”

“您要干什么?”她害怕了，“我不能去餐厅。”

“和我一起就没什么不能的。”

街上，十一月的晨曦渐浓，严寒变为强风，似乎要下雪了，漂亮的灰色轻型小汽车在拥挤的彼得堡街道上穿行，超过一个个马车夫。路人们看着他们，目光中也许是嫉妒，也许是不以为然，一位忧郁的先生凶狠地挥着镶头手杖，不知道他是因为汽车生气，还是因为里面坐的人生气。不过车的速度越快，乌利娅就越高兴，他们飞快地越过涅瓦河，她感觉到车的速度，看到树木和人脸纷纷闪过，她不再害怕被人看见，什么都不再害怕。他们一到城外，鹅毛大雪就飘飘洒洒地落在了身上。雪下得特别突然，因此天上和地下的一切都立刻混在一起。乌利娅想，他们哪儿都去不了了，会迷路，会消失在漫天飞雪中。不过，有了那几分钟的飞奔之后，消失也不可惜了。可是，汽车没有减速，还向前开着，司机好像看得见积雪下面的路，而且大车队、马车、轻便马车、雪橇、徒步的旅人都纷纷给他们让路。他们从公路上下来，在暴风雪中出现了一座宽敞的木别墅，周围环绕着尖顶的黑云杉。那里已经有人在等待着他们。乌利娅走进了华丽的房间，就像走进自己家一样，轻松而习惯。

接下来发生的事情姑娘记得不是很清楚。乌利娅很快就喝香槟喝醉了，她吃得很少，却喝得很凶，因为她很想喝酒。她无缘无故地笑着，模模糊糊中看着那农民跳舞，他相貌平平，干瘦却有力，极其不安分，穿着深红色的衬衫，被男男女女们围在当中，看到茨冈人的合唱团在唱歌，人们喊叫着什么，哭着，号着，哈哈大笑……她也想和人们一起寻欢作乐，于是她闯进了这圈人中，这里的音乐听起来十分绝望、悲凉，窗外的暴风雪好像也按它的调子呼啸，雪不仅覆盖在“罗德别墅”的屋顶上，也覆盖了整个城市、国家和世界。明亮的屋子在某一刻突然变暗，人们惊呼起来，但是仆人们立刻拿来了蜡烛，欢乐的气氛更甚，人们更加忘乎所以。

在昏暗的神秘空间里，乌利娅感觉很好很舒适，特别安全。无论如何，米列尔夫人，班级女学监，嫉妒的继母，没一个会钻到这里来，她避开了她们，逃跑了，就像曾经沿着舍洛姆河陡峭的河岸逃避巴维尔·马特维耶维奇·列赫科贝托夫一样。陌生的男人们和乌利娅说话，就像对待成年人一样尊重，而她很愉快地回应他们，觉得他们都特别友好，善良，甚至在她第一次去戈罗霍夫大街那天，他们吃午饭时出现的那个长着浅黄色络腮胡子的胖子，此刻看起来也很可爱，很迷人。他在远处用戴着宝石戒指的胖胖手指给她做了个手势，而她笑了出来，也回应了一个手势。她觉得头晕目眩，她难以想象，也完全不明白自己为什么会出现在这个小房间，怎样进来的。屋子里点着几根蜡烛，奇怪的气味混合着酒精冲击着她的脑袋。

胖子消失了，另一个人出现了，是个上了年纪的先生，她并不认识。他用经验丰富而温柔的双手给她脱去衣服，那动作很有技巧，很温和，让她甚至都没注意到自己的衣服是怎么滑落的，但是即使她意识已经濒临消失，她还是明白自己的行为不成体统，昏昏沉沉中，她突然听到列赫科贝托夫尖细的嗓音。这声音像一根尖锐的针刺入她的脑海，扎破那浑浑噩噩的眩晕，让她脱离出来，回忆让她震动、醒悟，于是乌利娅开始拼命地挣扎喊叫，而后挣脱出来，穿过走廊跑进大厅。

灯突然亮了，在所有人面前照亮她的丑态，人群中她只认出了那个带她来的人。她从没见过这人如此愤怒。他醉得很厉害，喘着粗气，双手颤抖着，脸上冒着汗，绣花的衬衫被撕开了。他叫嚷着，声音很可怕，紧紧抓着胖子，开始打他的脸，直到打出了血，不知从房间的哪个地方立刻又冒出许多人，仆人，门卫，喧哗，咒骂，威胁，照相机的闪光灯迎面闪个不停，频率极快，非常晃眼，旁边响起器皿被打碎的声音，警笛声，但她已经看不见这些了。

回来的路上，雪已经停了，天也亮了，汽车开得很平稳，但是乌利娅觉得他们走的路坎坷不平，她觉得恶心，头疼得厉害，昏昏沉沉中，一个悲痛的声音传来：

“我没有照顾到你，小姑娘。没照顾到。我的罪过。”

他让汽车停在教堂旁边，刚刚他还显得狂暴而愤怒，让人畏惧地撒着酒疯，现在又像弓弦一样紧绷了，三次躬身到地，消失在教堂里。

那天乌利娅没有去学校。直到晚上她都在觉得恶心，继母坐在她旁边，换着盆，摩挲她的头。继母的手很凉，很软，可目光很是锐利，让乌利娅觉得不舒服。她觉得继母想要提什么问题，但是犹豫不决，乌利娅猜到了维拉·康斯坦丁诺夫娜想要问什么，但她故意装作什么都不懂的样子……而维拉·康斯坦丁诺夫娜按照自己所想来解释她的慌乱，突然就哭了起来。乌利娅紧贴着她，感觉到她咸咸的泪水滴落唇上，不知不觉中就睡着了。

第四章　变戏法的人

1

“由于您作战英勇，德军司令部承诺不仅会保全您的性命，并且还会给予您荣誉和尊重。”

德国将军通过翻译说，他那些平淡的话涌进克米萨罗夫被震伤的头脑中，如同毒药一般。

“现在您将坐上火车，去往后方，在那儿您就可以享用咖啡和三明治。每一个人，只要愿意的话，都可以往家中写信，告诉亲人们自己一切平安，没有性命之忧。如果有谁缺少纸和笔，您可以到下级军官那儿领取。”

德军卫生连的士兵一个接一个排成长队，去寻找伤者。从森林里传来炮兵射击的声音。那是自己人在发炮。善于辞令的将军消失了，机械师在想，他要是能在这些炮弹中死掉该有多好呀，但是轰隆隆的炮声越来越稀疏，越来越远，声音越来越小，他们围困的林中空地里变得寂静无声。克米萨罗夫多次摸索过自己的衣物：自己的武器被夺走了，他无法兑现不被敌军俘虏的诺言。他觉得无力，屈辱和羞耻，想痛哭一场，但是，当他向周围环视一圈之后才发现，他的士兵中几乎没有人觉得羞愧。相反，他们松弛下来，放松了心情，显得对自己的掌控者非常信任。有人点起了烟，有人神经质地大笑。“天哪，这算什么？为什么太阳如此明亮，为什么阳光如此耀眼，真可耻啊……为什么他要这么对我们说……咖啡、面包、香烟……他们居然还相信了，真是一群蠢货……一群愚昧而糊涂的蠢货，乌合之众……”

他昏昏沉沉地躺在温暖的苔藓上，丝毫没有感觉到森林里贪嘴的蚂蚁们在自己身上爬来爬去，他又一次回想已经结束的战斗，感受到当周围空无一人时那可怕的孤独，想起自己拖延的一刻，那时他有机会对着自己的头来一枪，但是他没有开枪。这是因为什么，是恐惧，还是寄希望于已经逃走的士兵们不会放弃自己的指挥官，能够再度折回？是的，他应该开枪，但不是朝着德国人，而是冲他们开枪，让他们停下，如果不成功的话，那就开枪自杀，但他错了，成了俘虏。这位贵族将军不明白，他的话能够让一个俄国军官感到多么屈辱。德国人并非故意要侮辱克米萨罗夫，这更让被俘的人觉得自己受尽屈辱。“你以前还责怪别人呢，如今自己不也是躺在那等死，你实际上也微不足道。你如此渺小，没人畏惧你，也没人称赞你”，他想起这句话，也感觉到自己受伤的嘴唇又流出血来。

一个脸圆圆的，有点稚嫩的人俯下身来问他：

“老兄，想喝点酒吗？”

他推开那人的手，转过身去。

“我们的准尉心情非常差”，小兵嘴里嘟囔着走开了，克米萨罗夫咬紧牙关，不让自己喊出来，不过此时他并未睡着，是清醒的。

一些会写字的人按将军的建议写了信，那些不会写字的请求自己的战友帮他们写，他们刚一停笔，一个两颊凹陷的高个子德国人就把所有的信笺都收走了。他收取信件时显得非常认真，就像一位中学教师。他完全不在意地当着俘虏们的面，开始迅速地浏览大家所写的信件。

“侦察，”机械师心中苦涩，“他们在刺探消息。这太简单了，简直让人难堪。笨蛋！”

“难道您就不想给自己的家人写点什么吗，准尉先生？您这儿有什么？书吗？我很喜欢你们的文学。陀思妥耶夫斯基、托尔斯泰、屠格涅夫、契诃夫，”他用嘹亮的好嗓子报出作家们的名字，就像餐厅的服务员报菜名一样，“那您比较喜欢哪一个作家？让我看一眼。”

那个德国人说俄语说得非常地道，也许，他在俄国已经待过很多年了，又或许他就是那里土生土长的人。

“这本书里没有您要的情报。”瓦西里·赫利斯托佛洛维奇一边恶狠狠地说，一边夹紧这本来自罗夫的礼物。

“给我，给我看看。”

那个德国人看了几行，脸红了，接着突然大笑起来，把自己的同志们都叫了过来。他照着书本翻译，惹得那些听他说话的人哈哈大笑，连声叫骂。这本书在德国人手中传来传去，他们朝着书吐唾沫，扯掉了好些页，还把书抛来抛去，用脚踢，最后送回到翻译手里，翻译彬彬有礼地将书还给了准尉：

“您让我很开心。我不会夺走这个战利品。因为这本书确实没有提供给我们任何有价值的东西，但却会是您在被俘虏期间的慰藉。您现在只能祈祷，让您那位荣耀的沙皇尽快投降，然后您就可以回家啦。”

瓦西里·赫利斯托佛洛维奇猛地冲上前想要揍他，但德国人抓住了俄国军人的拳头：

“您得安分点！想充英雄应该再提早一些。”

……他们走在坑洼不平的路上，天上下起雨来，淅淅沥沥地一直不停。队伍来到一个小村庄，在村子边上一个潮湿的棚子里过夜。人实在太多了，翻个身都很困难。他们刚刚躺下打个盹儿，就传来了出去集合继续赶路的命令。他们冒着雨在黑夜里站了好几个小时，然后继续前进，接连走了几天，几个高大魁梧的胸甲骑兵骑着精心侍弄的马押解他们。第三天，克米萨罗夫开始发烧，迷迷糊糊中，他看到，德国人剥下俘虏们的皮靴、衣物，给他们发面包，俄国士兵彼此间推来搡去，他们害怕不是每个人都能分到吃的，一丝不苟的德国人用枪托打他们。据说，他们所有的人都会被送往柏林，当作战利品在城里游街。

瓦西里·赫利斯托佛洛维奇宁愿去死，也不想看到任何这样的一幕，但是有人需要他活着，需要他忍耐一切。他需要忍受德国押解队的侮辱，忍受指责他装病的医生们，同时还要忍受营地的看守们，然而，最难以忍受的还是本国的士兵们，是眼睁睁看着自己的队伍四分五裂。他看着他们的面孔，完全无法理解他们。“他们还以为自己得救了。认为最可怕的已经过去。他们对胜利毫无期冀。除了自己，他们什么都不在乎。”

瓦西里·赫利斯托佛洛维奇离开士兵们，和尉官们被安置在一起后，就一直在思考这些问题，但是即便在这里，他依旧绝望地发现，军官们也不比下层士兵好多少。他们中的很多人并不为被俘而感到痛苦。对于他们而言，被俘就意味着得救，他们已经准备好忍受俘虏生活的折磨，因为他们知道：德国人虽然非常严苛，但如果遵守他们定下的规则，就可以保全自己。然后他们会经由红十字会被送回家，显然，在此之前战争应该已经结束了，没有人会问他们是如何被俘的，没有人会惩罚他们的怯懦，尽管他们中有半数本可以不用投降，也无须交出自己的战士。“应该把所有被俘虏的军官都降职为士兵，然后遣回军队，让他们用鲜血洗刷自己的耻辱。另外，应该惩罚他们整个家族，要让他们的孩子为自己的父辈而蒙羞。我将会是第一个受到这种惩罚的人。但首先我要告诉你，沙皇陛下：像你这样统率军队是不对的。对他们不能软弱，也用不着宽宏——他们能够理解的只有暴力、恐惧和残酷。”

近来，他总是想起沙皇，想象他俯身查看军事地图，听取自己将士的意见，做出一些能够改变俄国命运的决定。瓦西里·赫利斯托佛洛维奇觉得，如果集中精神，目的性极强地想某件事情，那么这些思想便不会分散，也不会消失，而是会一直传递到应该接收它们的人那里去。因为如果凶恶的精神之狼存于世间，那么也应该有另一类善良的生物，它们擅长在人与人之间传递重要的、机密的、有用的思想，这些都是机械师的经验之谈。

“沙皇啊，沙皇，你不要怕流血，哪怕是牺牲无辜者也不要怕。没有人会为几千个无辜受害者谴责你，但是人们会因为战争的失败咒骂你。你应该果敢，威严，睿智，不要听从任何建议，不要屈服于任何劝告和警示，而是一直坚持到底。”

瓦西里·赫利斯托佛洛维奇没有和任何人说出自己的想法，也不与任何人交好，没人敢碰他，别人都觉得他是个怪人，是个傲慢的厌世者。他是唯一一个不期盼家中来信的人，因为他根本没有给家里写过信。他不允许自己写信回家，作为一名俘虏，他在道义上没有这个权利。准尉让自己学会忍受孤独和寂寞，他想尽办法控制自己的梦，自己的情感，只为了让自己不要想起妻女的身影，甚至是微弱的暗示，好让自己的亲人即便在想象中也不要被自身所处的环境所玷污。奇怪的是，他在这儿过着奴隶生活，却能做到自由时无法做到的事情 ——掌控自己的意识，这似乎是由于臆想之狼无法钻进那带刺的铁丝网。瓦西里 · 赫利斯托佛洛维奇感到自己的内心是干净的，但这种干净只是徒增了他的痛苦，以及他对自己、对自己身边这些人的蔑视。

板棚里的生活自成体系，人们在里面祈祷、唱歌、演戏，每天早上做操，为了不得坏血病吃葱吃蒜，讨论在俄国所发生的事情，议论他们的沙皇和皇后，还有那个极其走运的男人，他把皇后迷得神魂颠倒，他们感觉无聊，弄来了些酒，组织了晚间集会，一个劲儿地谈有关女人的事情，看一些色情图片，尽管所有的人都知道这是德国人亲自带给他们的，一起送来的还有宣传册。白天他们在板棚里尽情欢笑，晚上在睡梦中哭泣，把牙咬得咯吱咯吱响；在这儿，一切都混杂在一起——俄国的上帝与魔鬼，俄国人的坚毅与顺从、反抗与驯服，人心在此失去了分辨善与恶的能力。

有一次，有人出逃。跑掉了三个军官，瓦西里 · 赫利斯托佛洛维奇原来觉得，这几个人看起来最不像是要出逃的，他在第一时间的感觉是极度的委屈：为什么他们没有叫自己一起？为什么他们不信任自己？德国人审讯了所有人。他们也审讯了克米萨罗夫，机械师故意挑衅，毫不掩饰自己对审讯人员的痛恨，他还说，要不是自己腿上有伤，就也一起逃跑了，但是，不管瓦西里·赫利斯托佛洛维奇如何自找苦吃，德国人还是没拿他怎么样。

一周之后，出逃者被抓到，送回了营地，并公开宣读了裁决。

“根据有关战俘的公约，我们没有权利惩罚你们的出逃，”营地长官通过翻译宣布，“可是我们有权对你们损坏物资的行为进行惩罚。”

“什么物资？”有个人忧郁地问道。

“破损的衣物，还有被破坏的尖刺铁丝网。”

医生来了，当着大家的面切断了出逃者的跟腱。

克米萨罗夫在想着一件事，那就是自杀，这是最简单的事情，他不怕死，但在这之前还应该做一件事。如果不能有意义地活着，就应该争取能死得有意义。为了这个目的，要努力康复，要杀死德国人，要杀得尽可能地多。他只有怀着报复的想法才能活下去。有些人折磨别人、施放毒气、向卫生列车投炸弹、侮辱他人，恬不知耻地把集中营称作战俘动物园，这些人应该统统杀掉。

他似乎并不只是想想而已。他似乎还曾大喊大叫，侮辱警卫和监管人员，打架斗殴，他放任自己的胡闹和发泄，这种胡作非为在战前的生活中曾让他痛苦；而他就像以前一样，没有受到任何责罚。为什么？他无法理解，谁也弄不明白这是为什么。大家不仅是避讳瓦西里·赫利斯托佛洛维奇，简直是躲避他，害怕他，把他看成是奸细。他曾想扑向一个德国人，掐住他的脖子。他先是找死，之后平静了下来，陷入了某种奇怪的蛰伏状态。他觉得，自己能不能活下去，是能给祖国带来益处，或是像屠宰场的牲畜一样毫无光彩地默默死掉，这一切都无所谓了。

有一次，一个红十字会代表团来到了营区，成员中有一名俄国女护士。她走到每一个伤者面前，把皇后送给他们的礼物一一转交，克米萨罗夫突然觉得那是维拉，不，这不可能，但他确实觉得很像。他觉得一股可怕又柔弱的热浪从自己心底最深处涌了出来，热浪冲刷掉寒冰，将自己浸没在其中，他对这热浪毫无抵抗能力。他在几个月的前线生活和俘虏生涯中积攒的一切，化作呐喊、痛苦和歇斯底里一下子爆发出来，令所有战俘、看守和护士们为之战抖。

这不是维拉，这只是一个跟她毫无相似之处的女人，他自己都不明白怎么会认错。不过，那位姑娘好像明白了什么，走到他面前，把一只手放在他的头上：

“不要难为情。您哭吧，哭吧，这样您会轻松点。您应该哭。您烧得那么高。应该马上送您去医院。”她把耳朵贴近机械师的胸口，接着愤怒地抬起头，“有人给他听诊过吗？他的肺部有杂音。为什么还把他关在这儿？为什么不给他治疗？”她质问一个职位比较高的警卫，“您有什么权利这么不人道地对待战俘？您不能关押病人，把他交给我吧。”

“这不可能，夫人。”

“给我！就一个，就给我他一个人。这是我丈夫，我丈夫!”她抽泣着大喊，“对他们说，他是我丈夫!”

“我们走吧，太太，我们走吧，”一位瑞士大夫很焦急地说道，“您根本帮不了他，情况只会越来越糟糕。”

第二天早晨，克米萨罗夫起不来了。他认输了，自己再也支撑不住了，他堕落了，屈从于自己的软弱和眼泪，开始自哀自怜。瓦西里·赫利斯托佛洛维奇相信这一次德国人不会放过他，会强迫他起来，拿他撒气，报复他，可是那些德国人却站在远处惊恐地看着他，晚上就把他送到关押伤寒病人的营帐。开始只有他一个人，接着又送来几位军官，后来更多，营区里出现了瘟疫，他明白，进来的人都离不开这个营帐了。

“这也很好，”他迷迷糊糊地想着，“最好快点死掉，就什么也看不到了，脱谷机、风扬机都坏了，堵塞了……废物、垃圾、污垢……再没有别的了……星空，星星——这是死人的灵魂，大地是给活人的，而天空是给死人的，格子，风扬机……捣蛋鬼，你昏了头了，你根本到不了天堂……”

在昏睡中，他觉得好像来了一个面带嘲弄的小胡子。他穿着一条黄色的粗布裙子，裙子是维拉·康斯坦丁诺夫娜的，他穿着有点小。他厚颜无耻地看着克米萨罗夫，污言秽语地辱骂他的妻子。瓦西里·赫利斯托佛洛维奇想揍这个下流货一顿，但是不管他怎样努力用手去抓，都是两手空空。他在床上翻来覆去，叫喊着，威胁着，直到有人跑过来用皮带把他拴在了床上。

2

伊西多尔每天晚上都做这个梦。梦中，他再次逃离服苦役的地方，只要听到声响就会打哆嗦，他不在大车店或是宾馆过夜，而是睡在一些牲畜圈里，谷物干燥房里，有好几次他都觉得警察马上就要抓住他了。很多报纸都登载了他出逃的消息，人们把他当作极度危险的罪犯来通缉，试着推测他逃跑的路线，讨论他逃往中国和伊朗的可能性，而他却直奔俄国腹地，他不相信那些陪同自己的人，觉得这些人一直都在自己背后搞小动作，随时都有可能出卖自己。他坐立不安，睡不好觉，手一直在发抖。他已经走到最后一步——在彼得堡铸造厂路那套并不豪华的住宅里换上女式连衣裙，再从这里逃往境外，但就在这个时候，房子的主人，也就是穿这条连衣裙的女人的丈夫来了，手里拿着皮鞭，开始抽打伊西多尔。由于疼痛，也由于快感，伊西多尔醒了过来，早早地就开始厌恶这即将到来的漫长一天，厌恶苦闷和空虚，它们会日复一日地出现，直到他咽下最后一口气。

已被免去教衔的教士从没想过，自己会因远离俄国而痛苦。起初，他很喜欢自己被送往的北方国家，喜欢那里的贫困、细致和整洁。他从未设想过，这个国家会引起自己的不满。在这座冰海岸边的小城里，许多用石头建的房子已有数百年历史，街道很干净。他从未设想过，在这样的街道上会觉得忧郁。他觉得在这个地方缺少生活。小店铺里面没有生活的迹象，附近没有攒动的人群，没有醉鬼徘徊。一到休息日，人们就在本地的小酒馆里喝得大醉，却没人打架斗殴。市政广场被冷风吹得一个人都没有。到处都是如此。有时他会去一下路德派新教教堂，但那儿的严肃和空虚把他吓跑了。他要是在这些人当中，未必能成为神学课教师。这些高傲的、干巴巴的女人不会来找他，不会向他献上自己的孩子，这些男人不会成为他的学生和见习修士。如果他想与警察或者当地政权对抗，没人会保护他，那些奉公守法的人没一个会明白到底什么是沸水池，也不会跳进这个池子，而就是在这儿，在寒冷的异国世界，主教费奥菲尔曾经说过的话奇怪地应验了：不要对任何人说教任何事，忏悔而后祈祷，祈祷而后忏悔，别的就没有什么了。

那些带他来这里的人给他的钱很快就花光了。他再次要钱时，得到得很少，并且告知说，在他写完那本关于鞭笞派教徒和皇后的书之前不会再给他钱了。他们的贪婪惹怒了他，侮辱了他，让他想把那些纸币扔给那个留着整齐小胡子的先生，并威胁他说：“我要去自首。”

他没有把钱扔过去，也没说出威胁的话，却记住了在自己最忧郁苦闷的时刻，这个威胁曾安慰过他。他想象着这件事发生时的情景，还有各大报纸会如何报道他的归来。“被免去教职的东正教修士司祭伊西多尔在沙皇和皇后面前忏悔。”就算被关起来，送回苦役连，但他却能经历万众瞩目的那一刻，没有名声他现在活不下去，就像老烟鬼没有了吗啡一样。但是，身边缺少女人让他的痛苦更多、更甚。淫荡的伊西多尔会为了一个想法，一个脑海中闪现的形象，或者说一段回忆而躁动起来。他经受了非比寻常的肉体折磨，但他不能去找妓女。在旁边的大型港口城市里出卖肉体的女人有不少，她们居住在连接海边的街道上，伊西多尔有时会去那儿，但每一次都被什么阻止了。他不用钱买女人，不是因为贪婪，不是因为羞耻心，不是因为怕染上性病，而是因为一种感觉，他无法解释这是什么，但它最接近洁癖。伊西多尔不能容许自己洁净美好的身体和不洁的躯体接触，不能容许自己珍贵的种子落入那已经不止一次混入其他男人种子的地方。有时他会看着自己逃往国外时穿的那条连衣裙，想着穿过它的女人，心里既厌恶，同时又充满渴望。他厌恶拥有她的那个男人，有一次，他在盛怒之下扯破了裙子，并痛苦地想象着，自己也能对那女人这样做……为了哪怕稍微控制自己的性欲，他开始酗酒，同时暴饮暴食，几个月的时间就变得肥胖起来。他夜里吃吃喝喝，白天就用毫无生气的忧郁眼神四下打量。他不打算学当地人使用的复杂语言，越来越频繁地想到，自己或许不应该同意逃跑，苦役连就苦役连吧，起码周围还是自己人。他可以尝试秘密地回国，但他畏惧的不是被捕，不是坐牢，而是来自愚民的报复。

秋天，伊西多尔不得不去鱼类加工厂工作，不出几周他就染上一身洗不掉的鱼腥味。当地居民中没人跟他交往，几个俄国侨民也孤立他，有一次他们曾邀他做客，之后就再没请过他。自己做客时到底惹了什么事儿，自己的哪方面被讨厌了，他不知道，但是，他的忧郁没有消失，也没有减弱，而是把他庞大身体中的某个东西给吞噬掉了，而且被免职的教士往这具身体里填的脂肪和肉越多，里面的绦虫就变得越贪婪。不过，伊西多尔最惦念的，不是对他很残酷的大城市，不是自己被迫离开的察里津诺的修道院，甚至不是女人肥胖的身体，哪怕这些全都没了，他还可以活下去，或者用什么东西来代替。他最惦念的是那个小黑人，他让伊西多尔堕入了自己的圈套，但现如今不知是客死异乡了，还是不被允许进入这个国家，代替伊西多尔被扣在边境成了人质，也有可能是他根本就不想来。伊西多尔最强烈的感觉并非是被上帝遗弃了。在察里津诺的修道院有一位忧郁的，并且以自己的忧郁为傲的哲学家，他曾经对伊西多尔讲过神弃。修士搞不懂这个近视眼在说什么，也不知道这个将小胡子保养很好的人为什么而忧郁，到底需要什么。伊西多尔的心里有一种很奇怪，不可理解，不可思议的感觉，就是自己被心魔抛弃了。不过，这种感觉给教士带来的不是自由和快乐，而是恐惧和空虚，它们让伊西多尔连想都不能想，一直在设法去消除它，他能想到的，能说出的，他所求的已经不是荣誉和权力，而是让那普通的小黑人回到他身边。

一切都是因为那个本应该被杀死，但却安然无恙的人。当时当地他没有任何机会获救，但他就是安然无恙。“斜眼的女傻瓜，白痴。她还带着把匕首。应该用锥子扎他。应该让人没办法抢救这个西伯利亚土著，应该扯出他的肠子。”他激动地小声嘀咕着，咒骂着菲奥尼娅，盯着幽暗的大海，一条接一条地剖开冰冷滑溜的大西洋鳕鱼和宽突鳕鱼。

大海让他的思绪慌乱而忧郁，他想起顿河草原，想起炎热的天气，想起自己的修道院，灰色的彼得堡，卡缅内岛上宽敞的房子，就愈发地满心仇恨。母亲那时不想放儿子去彼得堡学习，或许她是对的。要是自己留在村庄里结婚生子，成为一名普通神父就好了。那他该有多么自由呀！可如今呢？他感觉自己身处一条狭窄的走廊里，被命运驱赶着，造成他悲剧人生的罪魁祸首只有一个，那个人现在统治着俄国，睡在皇后身边，成了皇位继承人的父亲。在这里生活得越久，伊西多尔就越明白，自己已经死心了，他本想在这儿，在活着的时候得到一些东西作为交换，可是却没有得到任何补偿，这种欺骗侮辱了他，但同时也带给他希望：

大概有些东西还会改变，他不会这样糊里糊涂地默默死去。

紧接着，冬天来了，他感觉自己因此快要发疯了。这里太靠北了，连续好几周都见不到什么阳光，日照还不如十二月份的彼得堡，那里哪怕是极夜，也都有短暂微弱的光照。他在空虚寒冷的黑暗中想，这或许就是地狱了。

每天夜里，伊西多尔都试图写自己那本书，但什么也写不出来。他坐着，面前放着一张纸，之前的所有思想都弃他而去，只剩下仇恨，但仇恨并不足以支持他的写作。他记得，在讲道时，谈论宗教事务时，责骂捣乱者时，找出共济会会员和揭发异教徒时，找到词汇来表达是多么轻松，他所有的话语又是多么流利。但现在不知是谁，还是什么东西剥夺了他的这种能力，于是伊西多尔想起了那个发音不标准的农夫的目光。那人会用锐利的目光看着你，你也看着他……

有时会送来俄国的报纸。他贪婪地阅读这些报纸，希望能找出关于自己的只言片语，但是没有任何关于他的报道。他被遗忘了，确实什么都没有，没有丑闻，没有评论，没有下流的短文，没有他穿着黄色粗布裙穿越国境的光辉逃亡。不过，西伯利亚土著还没有摆脱报纸上牢骚和议论的旋涡。那个鞭笞派教徒的姓氏依旧被禁止提及，但在讲述他传奇故事的时候，大家都明白说的是谁。发生在莫斯科亚尔餐厅的丑事。菲洛年科大司祭在国家杜马上发表演讲。主教公会新任总检察长萨马林答应肃清教会里的荡妇。新任内务部长谢尔巴托夫将要着手调查舰船“托瓦尔帕尔”号上的斗殴，这艘船从秋明开到波克罗夫斯科耶，西伯利亚土著就是在那儿喝多了，开始胡作非为。嗓音洪亮的神父沃斯托克夫给莫斯科教区的都主教，年老的马卡尔写信：“俄国已濒临毁灭。邪恶的淫棍，鞭笞派教徒为俄国掘起了坟墓。”并等着马卡尔的回信。长老多马用辞职和控告来威胁主教公会总检察长，并期待着他的解释。俄国反间谍机关新任长官，巴秋申将军在可耻的苦役犯逃亡事件中发现了德国人插手的迹象，还有出卖俄国利益的勾当。局势显得异常紧张，但却什么都没发生。所有鞭笞派的敌人或被驱逐，或主动离开，有些坐牢了，有些安分下来，而他还是继续在宗教仪式上跳神，依旧逍遥法外，放肆无礼，强壮有力。

为什么没有人阻止他呢？为什么被他侮辱过的女人们、她们的丈夫、父亲和儿子们不联合起来，掐死这个混蛋呢？为什么所有的事情只该伊西多尔一个人去做呢？还是说有人需要这个混蛋？有一次他恍然大悟，不，问题不在于西伯利亚土著。一切的问题在于纵容他的人。沙皇的身体虚弱，性格优柔寡断，对妻子百依百顺，他只是个平庸的上校，皮鞭一挥就成了俄国军队的总指挥。难道如今俄国还需要这样的皇帝吗？俄国需要另一个沙皇。他要不畏惧需要任何人、任何事，乾纲独断。他要知道国家内部有敌人、叛徒、强盗，并在忠贞之士的协助下威慑他们。死刑、鲜血、眼泪，什么都不能让他却步，他会跨过一切。这个沙皇无论如何都不会让那样的土包子进入皇宫，他会下令将其用皮鞭打，割掉鼻子，送去无限期地服苦役。他会用炽热的烙铁消除祸患的源头，抹去一切背叛和胆怯。俄国需要的正是这样的皇帝。在他的统治下，我们的教会也将不一样，那时，他伊西多尔就不会除去自己的头衔，不敢荒淫无度，而是会坚定地捍卫信仰、沙皇和祖国。由于尼古拉的过失，他沦落到要靠其他人的施舍才能活。难道那个伟大的沙皇会允许这样的侮辱吗？“而鞭笞派教徒”，他读着报纸，郁闷地想，“他和犹太人搅在了一起。银行家鲁宾斯坦、银行家马努斯、律师斯利奥斯贝格、珠宝商希曼诺维奇、男爵金茨堡、犹太教牧师马代、私人秘书阿伦·希曼诺维奇。他帮助犹太人摆脱兵役和牢狱之灾，而他们则慷慨地付钱。给我钱也这么慷慨就好了。狡猾啊，真是头狡猾的畜生。佯装温和的牛犊。“唉，大主教，大主教”，伊西多尔想起了萨拉托夫的主教，“您怎么没看清这个人，怎么和费奥菲尔一起允许这样一头野猪去见那样的沙皇呢？这就是您的想法。您想让东正教的沙皇国王和人民团结起来，让他接近精神源泉，振奋起来。他接近了。他振奋到贬黜你们所有人。”

报纸上陆续又刊登着新消息。“好色老头的又一位淫欲牺牲品……到什么时候俄国社会……童贞的女中学生……一位俄国军官的女儿……灌醉，然后扔到……淫乱……灰色汽车……姑娘从骑兵近卫军林荫大道……‘罗德别墅’……”

照片上，半裸的姑娘看着伊西多尔，大眼睛中满是惊恐。她是在某个餐厅里被人拍到的，看得出来，她不明白究竟发生了什么，因此在她柔美的脸上慌乱比害羞更甚。这不是女人般的目光，而是孩子般童真的目光，任何人都会因此而心颤，但是伊西多尔却产生了极强的厌恶和性欲。这双眼睛、这个容貌让人根本忍受不了，于是伊西多尔愤怒地撕碎了报纸，而后他看到了小黑人。他坐在码头的边缘，刚才那里还有一些肥胖的海鸥在鸣叫。寒冷和孤单让他蜷缩起来，他同情而不解地望着这个侨居国外的人，但谢京金却感到自身所有的拘束都不见了，他开始写起来，写得急切而迅速，就好像有人攥着他的手一样。

3

“这段时间您去哪儿啦，小姐？还是说您觉得，您可以不用来上课？我一定要弄清楚到底是什么原因？”

米列尔夫人语带嘲笑，但乌利娅觉察到这嘲笑背后的紧张。她毫不怀疑自己马上会被开除，但她无法理解，她们还想从她身上得到什么，为什么把她叫到这儿来？难道这位夫人等着她悔恨的泪水，等着她苦苦哀求，并承诺类似的事情不会再发生了？这样的事她永远都不会做。黑籍证就黑籍证。没有什么可怕的。拿着黑籍证也能活下去。

校长的桌上摆着那张惹祸的报纸，上面有拍摄于郊外餐厅的照片，不过米列尔夫人并不着急给她看。

“请不要忘了，克米萨罗娃小姐，您很快就要考试了。”

“这个讨厌的伪善女人。什么考试呀？考吧，更快地结束吧！”乌利娅气得发抖，她感到眼泪涌上了眼眶。只是不能在这儿哭。不，您连我的眼泪也等不到！

“小姐，您大概感觉很冷吗？您浑身发抖。”

“我不冷。”

“我还是会生起壁炉。”

校长从桌上拿起报纸，厌恶地搓成一团，然后点燃。白桦树劈成的干燥劈柴立刻就烧起来了，树皮着了，火光熊熊，墙上挂着沙皇肖像的宽敞办公室发生了变化，变得舒适而亲切。比起沙皇，乌利娅更怕皇后，但即使皇后此时看着她，目光中也没有了昔日的谴责。

“这样就好了。现在已经暖和了。请不要因为之前的谈话而生我的气。您认为，当所有人都因为我的姓氏怀疑我是个德国密探的时候，我会觉得很轻松吗?！他们忘记了，我们的女皇身体里流淌着什么样的血液。只是暂时忘记……”

米列尔夫人站起来，在办公室里走来走去。

“现在，我们所有人都过得很艰难。我们开始彼此争斗，行为卑鄙，而不是团结起来互相帮助。如果有什么东西会毁掉俄国，那就只有这个。我对您说这些话，克米萨罗娃小姐，是为了让您走进教室，安心学习。不要把注意力放在一些流言蜚语上。要坚强和宽容。如果没有正当理由，请尽量不要逃课，否则我也很难在教务委员会和监护人委员会面前护住您，他们都一致坚持要开除您。”

她用钳子拨弄了几下木柴，火着得更旺了，还溅出了火花。

“夫人……”乌利娅低声说。

“不要感谢我，感谢他吧。”米列尔说，没有转身。

“谁?”

“对您的遭遇负有责任的人。”校长恼火地说，“我让他在圣像前起誓，是他把您拖入这件事中的，应该自己一个人为此事负责。他那里的圣像挂得倒和教堂一样。”

“您去过戈罗霍夫大街?”乌利娅惊讶了。

“我早该了解真相究竟如何。”

“他们怎么会放您进去呢?”

“他们倒是想拦住我。”她笑了，“他们好像在那儿吃午饭。但这和我有什么关系？他们让我在那儿等着。好像我有时间等着这些傻瓜舔干净他们那粗大的手指一样，他正在那儿一边喝酒，一边从自己的胡子里捏出碎屑。我把他当成小孩子一样数落，可他只是反复说：‘不要骂得那么厉害，太太，不要骂……’他就是一个爱胡闹的普通农民，这样的人难道我在自己父亲家里没见过吗？最下流的一类人就是这种被惯坏的机灵农民。农民不耕地，却靠逢迎老爷们来混饭吃。而那里都是逢迎他的人。任何人在他的位置上都会晕头转向，何况所有人都争先恐后在你周围跑来跑去。大家都给他塞钱，帝都彼得堡，灯火通明，一家家饭店，一位位女歌手……但我惊讶的是另一件事。他就算了。她们！她们都是有教养、有素质的女人，却也来到这个房间。她们不做家务，不干工作，不顾使命，忘记了体面和名声。她们在这间房子里寻找什么？她们都疯了，是不是？跟我解释一下吧。这到底是什么样的宗教癔病？我在那儿遇见了大学的朋友娜塔莎·比罗诺娃。她的诗写得非常好，曾经不切实际地爱上了沙皇，她的丈夫非常出色，精力充沛，孩子很有教养，但她却突然出现在这个贼窝里，地位还很重要。而塔尼亚·佐洛托娃呢？她是个聪明人，顶级的语文学家，翻译家，圣彼得堡大学日耳曼学教研室的博士……”

“您会原谅吗？”

“她都准备要打死我了，就因为我敢对长老高声说话。我对她们说：‘姑娘们，什么长老？人们称呼阿姆夫罗西·奥普京斯基的这个词，你们用来称呼谁？这个人冒充神职人员。你们没看见吗？他是什么样的人？从哪儿冒出来的？谁给了他祝福？他没有担任过任何教职。他是个无证医师，不学无术，招摇撞骗。难道你们已经忘记老底嘉会议确定的第二十六条教规了吗？‘任何人未经主教授权，无论是在教堂还是家中，都不能祈求。’要是你们如此虔诚，这很好，难道在彼得堡就没有可敬的教士了吗？如果你们需要长老，如果你们觉得这里的信仰枯竭了，变得冷漠了，那就去修道院吧——去瓦拉姆，去普乔雷，去奥普季那，去谢德米耶泽尔修道院找加百列长老。哪怕是去一般的乡村教堂！你们在这个憋闷的房子里找到了什么？你们在欺骗谁？就是他在欺君罔上！因为他，天晓得人们是怎么议论皇后的。他会毁了他们，会毁了我们所有人。你们怎么就不明白呢？要是因为他，有什么微小的暗示涉及了沙皇的名字，哪怕只是一点影子，是不是真的都不重要，那么但凡他有一丁点儿的理智、节操和良心，他就应该离开，消失，不让任何人再听到他的消息。’我又问她们：‘你们还记得谢尔盖·亚历山大罗维奇·尼鲁斯吗？这个男人跟皇帝很亲近，娶了皇后玛利亚·费德罗芙娜的女官。他准备接受神职，并且成为沙皇家庭的神父。可是当他的敌人酝酿阴谋，报纸开始报道他年轻时所犯下的罪过时，他都做了些什么呢？他躲进修道院里，归于平静。这就是例子，值得模仿。而你们的这个西伯利亚偶像在忙活什么呢？胡作非为，流连于餐厅之间，对公众发表讲话，把自己的房子变成了贼窝。还是说，或许是伊凡·克龙什塔茨基神父的名望让他不安？因为毕竟关于神父，没一个人敢于讲淫秽之言。可在这儿呢？关于他，伊凡神父本人说了什么？‘孩子，你的未来会和你的姓氏一样。'我感觉到，他们差一点就能听进去我的话了，他自己也站着，不敢抬眼看，不敢为自己辩解。他的良心还没有完全挥霍光。但这时站起来一个伪君子，他浑身颤抖，疯狂般地喊了起来，就像一只公鸡飞上了栖架，接着所有的人都不出声了。'上帝会因为这些言辞而惩罚你，上帝会惩罚你的！不到一个月，惩罚就会到来。'在他看来甚至上帝都是会报复的。那里的所有人都邪恶，冷漠，一个词，那就是'德国人'！"米列尔夫人跺着脚说。

"谁是德国人?"乌利娅不明白，于是问道。

"所有去那儿的人，所有崇拜他的人。行了。我不会坚持一定要让您离开这个房子。您对两个乡村姑娘所做的事情极其高尚，我不会因为教出这样的学生而感到羞愧。我甚至感到骄傲，我在会上也这样说，我以您为傲，但我还是会祈祷上帝把您带离这个房子，就像我也祈祷上帝把这个人带离皇宫一样。而现在您走吧，我在这儿已经跟您讲得太多了。"

乌利娅走了，她什么都没弄明白，却在这个癫狂的女人面前感觉尴尬。她让这个女人卷入到一个莫名其妙的事件中，就像继母让乌利娅卷入到相同的事件中一样，继母也是被别人拖累进来的，而且那人也是为谁所累。乌利娅开始觉得，她们所有人都被击中了，而且被打下烙印，这些不幸被选中的人都为此而感到羞耻，迫切地想要分开，互不相见。

但是，更让她有压力的是她不得不留在戈罗霍夫大街。

“你是不是想出名?”玛特廖娜问，她那双黄色的眼睛如同猫一般眯缝起来，目光闪烁不定。

乌利娅看着学生，面色苍白。她最不希望被自己人议论和责怪。

“但是，是他亲自叫我去的。”

“谁把谁叫去，这种事很多，你应该有自己的想法。你又不是笨蛋。你看得到，我们的爸爸是什么样子的人。因为你，如今人们会怎么说他?”

“这和我有什么关系?”她喊了起来，这一次，她没能忍住眼泪。

“就是有关系。既然你已经来到这个房间，那你就应该注意自己的每一个举动。现在不是在向你行屈膝礼。你不要瞪我，不要像母牛一样乱叫。顺便说说，他有妻子。你觉得她看到这份报纸会高兴吗?他永远都不会背叛她。你明白吗?”

乌利娅泪眼汪汪地望向瓦利娅，但瓦利娅也悲伤而严厉地看着她。这不单纯是女儿的关心或嫉妒，在这个乡下姑娘沉默而严厉的神情中，乌利娅感觉到一种深刻、坚定、无法动摇的东西，她以前对生活所有的粗浅认识都被瓦解了，她与两姐妹之间的关系也出现了裂痕。尽管她们表面上和好了，但是却再也无法回到从前。

……三月份，戈罗霍夫大街又来了一位姑娘。她比她们年长了几岁，身材高大健硕，面庞宽大，显得很俗气，但她身上带着一种孩童般的坦率。她叫阿纳斯塔西娅。据她自己介绍说，她以前生活在富商家庭，但家里却没人喜欢她，对她好像是对待出于同情而收留的穷亲戚一样。父亲轻视她，因她无所事事，又不嫁人。她考进女子医学院，第一次进太平间之后就放弃了，从此之后什么也没有学。而且她什么也干不了。赤裸裸的亡者身体似乎把她击垮了，但难以置信的是，这同时增强了她宗教的情结。她开始畏惧死亡，害怕将来别人会检查她赤裸、无力、冰冷的身体，然后进行解剖。娜斯佳开始去各处的修道院，但在哪里都找不到慰藉。

“我已经睡不着了，但吃得却很多，停不下来，胖得非常厉害。妈妈和姐妹们都骂我，而我一想起那位亡者，就会再吃一个小白面包。”

瓦利娅和玛特廖娜哈哈大笑，乌利娅忍住了笑，但是娜斯佳从来不生气。

“就这样我从一位善良的女士那里知道了长老。我来找他，可他们却不想放我进来，开始搜查……”她呜咽了，“他们侮辱我，说我是被秘密派来的，想杀死他。我哭了，这时他走了出来，看我可怜，便吩咐我到他那儿去。我居然会在这里碰到这种恩赐。长老是神圣的，长老用自己的祷告保护着罗斯，他像保护神一样守护着我们的皇帝，一切邪恶的东西都不敢靠近他。只要他与沙皇在一起，就没什么可怕的。他胸怀宽广，心地善良，聪明睿智。只是没有人因此颂扬他，没有人理解他。那些心怀嫉妒的邪恶之徒始终自命不凡地攻击他，你应该问问他们，他们想要什么？他们爱谁？他们心里有什么？他们自己生活得怎么样？他们是什么人，凭什么指责他？他们诬陷了长老多少谎言，就犯了多少罪孽！据说，好像他去各种小酒馆喝酒，和一些不三不四的女人混在一起，而这一切都是谎言，都是。”

“那什么是真相呢？”乌利娅谨慎地问，斜眼看着两姐妹。

“有个和他一模一样的人。”

“谁？”

“一个和他长得很像的人。有什么不明白的呢？”

“然后呢？”

“长老站在教堂里，向上帝祈祷，同时那个一模一样的人在小酒馆里为一个恶魔服务。而第二天早晨在犹太人报纸上就登出了淫秽照片，下流文章。”

姐妹们皱着眉，乌利娅却感觉全身都红了。

“等等，”她捋了捋头发反驳道，“假设你已经准确地了解到，并没有什么替身，就是他在饭馆里喝酒，亲吻女人，然后就去教堂向上帝祈祷，你就会少爱他一点儿吗？”

“不会。”

“为什么呢?”

“我也不知道。”娜斯佳困惑地望着她，“只会更爱。会可怜他。上帝给这人降下了如此多诱惑。”

“那你为什么要编造那个一模一样的人出来?可能，他就是因此才去那里的?为了有更多人爱他，可怜他?人们就是爱这样的他。每一个人都会爱上神圣、纯洁的他，而你要爱他本来的样子。”

“停下吧。”瓦利娅低声地请求道。

“停下什么?为什么停下?他这是在干蠢事，明白吗?在下等酒馆里，和女人、酒鬼、受贿者、谎话精一起干蠢事。你们不知道他的任何事。”

乌利娅等着瓦利娅或者玛特廖娜插嘴，但她们却沉默了。娜斯佳也不作声。之后她才说道:

“我不想思考这种事情。我也不建议你这么做。这是邪恶的想法。源自恶魔。你要摒弃它们。记住，他说过:‘谎言很强大，但真相更强大。’”

娜斯佳做了一本圣人格言的纪念册，和他一样，她也能敏锐地觉察出谁是单纯爱他的，谁是在他身边寻求好处的，但当娜斯佳想要说出来时，却被他打断了:

“不许叫我长老。我不是长老。”

“那您是谁?”

“被捆住双脚的朝圣者。不要指责任何人。所有人都是上帝创造的，每个人都有自己用处的。”

“那些讲您坏话的人也是吗？想杀了您的人也是吗？”

“他们也是。”

“犹太人也是人吗？”

“他们比我们都古老，他们是亚伯拉罕、以撒和雅各的后代。我们应该尊重他们。”

“古人，可能应该尊重，现代人，绝不。俄国所有的不幸都因犹太人而起。”

“俄国的不幸是因为，把一切的罪责推给犹太人，而自己却什么都不想做，”他叹了口气，又说道，“一个人不能成为其他人的审判者，一个民族不能成为其他民族的审判者。人们只能审判自己。只有上帝才能审判别人。你要这样记录。”

娜斯佳摇了摇头，乌利娅看着她，想到：什么都不怀疑，就这样活着也挺好。然而很奇怪，在商人之女出现在她们圈子之后，乌利娅就彻底地觉得自己在这儿是多余的。谁也没和她直接这么说，也没有人刻意提示她，让她别到这里来了，可是，当她走进房间里时，正在聊天或者玩骰子的玛特廖娜、瓦利娅和娜斯佳立刻就沉默下来，好像是对她很陌生，或是怕在她面前犯错误一样，但她们却从未邀请她一起玩游戏。而乌利娅在看见她们玩耍时，在听见骰子低沉的声音时，就有一种很奇怪的不真实感，她想记起一些什么，说一说，但她比她们几个更尴尬。即使她竭尽全力地表现得单纯和平易近人，却还是做不成这件事，就好像她做不成她们的老师一样。她们讲的还是自己的语言，她们一致都懂的语言，而她对农民的女儿们来说始终都是个外人。她们不信任她，下意识地躲开她，疑心她不怀好意，她教不了她们任何的行为举止，去戈罗霍夫大街的次数也越来越少。她在心里期待自己会被邀请，期待着不是她们，而是他来问：

“那位长雀斑的小姐为什么不来了？”

“那位癫狂的？”

“不是，长着雀斑的。她怎么啦？”

可是他没问她的情况。没想起过她。他把她忘记了。她觉得一切就像一场梦，可能，事实上她见到的就是和他长得一模一样的那个人。“可能我也是谁的重像？”要么是她有负于自己的使命。要么她已经得到了她想要的。要么是什么其他的……她想起了自己在小黑屋里祈祷到筋疲力尽，她想起自己坐着一辆灰色汽车去郊外的饭店，她想起了自己的头晕目眩。于是她明白了自己究竟想要什么样的生活，那是刺激的，充满感觉和落差的生活，永远有双强而有力的手支持她，保护她，她忧郁了，悲伤了，苦闷了，更加与世隔绝了，因为这双手推开了她，或者只是松开了，放她离去。

4

他什么都没问，并不是因为他不想问，更不是因为对她失望，甚至也不是因为在她面前感觉自己有某种过失，或是不好意思，抑或是认为她有什么错，而是因为涌到他这的人实在太多了，他已经顾不上所有人了。他并非那些身份高贵的人眼中的政治家、商人、疯修士，也不是沙皇面前人民的辩护人，同时也并没有像柳博芙·彼得罗夫娜·米列尔所认为的那样，在精神领域中自封为王。铸造厂路中学的这位非常聪明、极为高贵的女校长对他的判断实在是过于武断。他是位舞者，就像是童话里那些伴着古斯里琴翩翩起舞，无法停下来的客人。尽管他也觉察到音乐中致命的曲调，不过还是不能停下来。在这段舞蹈中有他的整个人生，其中交织着他的祈祷、泪水、歌声和放纵。他从小就心怀俄国的广阔空间，作为农民家庭中的第五个，也是唯一一个活下来的孩子，他似乎继承了在分娩中或在襁褓中过世的兄弟姐妹的力量，得到了他们的馈赠，这种力量最初是如此巨大，让他都不知道应该用往何处。他将力量消耗在儿时的游戏、打架、耕地和收割中，但这种力量却不见减少，反而使他疲惫不堪，让他膨胀难受，自己寻找着释放的出口。多少不眠的夜晚，他在田野上奔跑着，赞美着上帝，冲着天空呼喊自己对他的热爱。上帝以各种形式回应着少年，比如那愉快地闪烁着的群星、透过夜空中壮丽云彩神秘游走着的月亮、晨雾中冉冉升起的太阳、氤氲的雨水、壮丽的雪景、春汛，图拉的潮汛、彩虹、雷雨、寂静和落叶。而他虽是一个不识字的年轻人，却比所有智者都更确切地知道，世上的一切都源自上帝。他会吟唱圣诗，会祷告到精疲力竭，他会流泪，会欢笑，还会号啕大哭，如果这一刻谁遇见了他，一定会认为他疯了。然而他那时很幸福，他在生活中不管做什么都要祈祷，他觉得连自己的血液都是上帝的领地，如同充满氧气般充满着爱。他坚实的心脏不知疲倦地汲取着生机勃勃，泛着气泡的热血。他的心脏感受不到时间的流逝，只知道永恒的存在。村子里的人们把他看成是傻瓜，戏弄他、嘲笑他、打他，但他毫不在意。有时愁绪涌上心头，他会借酒消愁，醉酒的时候，他变得如同祷告时一样桀骜不驯，难以控制。随后他会忏悔，再度颂扬上帝，就好像坐着秋千荡上高空。

那时，他的生活中有过一件伤心事，一种难以启齿的隐疾，他从来没和任何人提起过，夜里，他有时会像小时候一样尿床。他尝试和自己的病做斗争，晚上少喝水，不睡觉，只是祈祷，但到凌晨的时候，他还是会昏睡过去，失去了控制自己身体的能力，醒来时湿漉漉的，他咒骂自己的阴茎，怨它连尿都忍不住。只有一位年纪不太大的单身女人知道他的不幸，她住在村子边上，有一次她特地等着他，把他叫到自己那里，给他喝一种乌黑的汤药，药里面放了金丝桃、百里香、千叶蓍，还有晒干的越橘叶子，她还吩咐少年以后再来。一到春天，他的病就加剧，一般的药物根本不起作用，这位草药医生就用山杨树皮、荚蒾根和桦树的芽儿泡酒给他治疗。有时他觉得这女人不是给他治病，相反是在延误他的病情，因为她一直都纠缠他，等他过来，但是有一次，那个女人让他喝了一种用远方运来的桂枝做成的药酒，并忧伤地对他说，他的病一个月内就会痊愈，而且不再复发。

他想要酬谢这个女人，但是被她拒绝了。

“你会多灾多难。”当他最后一次来找她时，那女人这样说。

他不知道那女人口中的不幸是什么，却又不能问，因为她很快就离开了这个村子，但随着时间的流逝他明白了，当他的身体在草药和外国桂枝药物的帮助下与他的疾病抗争时，他神秘的阴茎里积聚了力量，而他则学会了控制它，这是很少有男人能做到的。

……他的病痊愈了，青年时代也迅速地过去，有一天，他觉得好像听到对自己的召唤，而且他的时间已经不多了，他的心脏越跳越快，竭力想阻挡所有加诸在其身上的打击。虽然他结了婚，而且也有了孩子，但他还是离开村子去远行。他像变了一个人，总是精神专注，目的明确，喜欢发号施令。他不再学习，却开始教别人。他知道应该教什么，也知道怎么教，他知道如何医治人们的疾病，如何帮助陷于失望和无助中的悲伤心灵。受苦受难的人来找他，他能找到宽慰这些人的话语，不信教的人来找他，他能帮这些人树立起信仰，他跟这些人一起祈祷，而他的祈祷上帝是能听到的。

他很快就声名大噪，时常受邀到一些富有的，或是贫穷的人家，还有修道院和隐修院，人们对他非常殷勤，把他推荐给一些重要人士。只有在家乡他才不受尊重，在那儿，大家管他叫鞭笞派教徒，向主教告他的状，调查他，询问忌妒他的邻居们，记下他们臆造的东西和婆娘们搬弄是非的无稽之谈。那些人说他像一个鞭笞派教徒一样跳大神，强行亲吻别人，和女人们一起去浴池。而他记住了，没有先知在自己的故乡被悦纳，并为此感到心里悲痛，所以他又一次离家出走。就这样，他走遍了离他最近的西伯利亚，到过上图里耶、伏尔加河、君士坦丁堡、耶路撒冷、埃及，一直到阿索斯山。他也会经常回家，回到自己的妻子和孩子们身边，不过这只是为了再度离开。在远行的路上，他被恶人袭击过，抢劫过，曾经被打得半死，狼群在身后追赶他，他曾经生病发烧，染上热病，也曾在草原的暴风雪中被冻得半死，但是没有任何东西能够阻止他。

有一次，他同一些朝圣者坐着大帆船驶向索洛维茨基群岛，海面上刮起了猛烈的西南风。转眼之间，巨浪袭来，扯掉了船上的帆。他的同伴们哭了起来，因为死亡要来临了。而他却没有觉得害怕。在这之前，他从没出过海。第一次看见水中的庞然大物，他欣喜若狂，泡沫飞溅的波浪越大，他就越感谢上帝，因为他创造出了如此美妙的世界。这就如同在青年时代一样，那时他反复朗诵大卫王的圣诗时，流下的是幸福的，而非恐惧的泪。他笑着，欢呼着，所有的人都觉得他精神失常了。这时，迎面而来的巨浪在用力地拍打船只。船上的所有人都在忏悔自己的罪过，与生命告别，一个旧教派信徒的农民诗人表现得尤为悲痛，可他，一个旱鸭子，自己也不知道哪里来的勇气，却向舵手喊道："让我来开船！从侧面扬帆。"他开始掌舵，不到一个小时，风浪中，一个白石砌成的修道院已经隐约可见。

诗人当即对他顶礼膜拜，邀请他去彼得堡，而他看了看那双并不坚定的眼睛，冷漠地说：

"我不会去。你会背叛我，会食言。"

不过，他依然打算去彼得堡，他不打算回避这座城市。动身之前，他去了一趟谢德梅杰尔隐修院，去找阿瓦求取祝福。阿瓦沉默不语，没有祝福他，但他却猜到了阿瓦的想法："你会陷在彼得堡，染上一些坏毛病，彼得堡也会因为你变得腐化不堪，最终完蛋。"他绝望地向阿瓦喊道：

"那上帝呢？上帝呢？"

"上帝很少去那里，"阿瓦回复道，"对于你而言，只有上帝是不够的。"

但他还是去了，仿佛有人牵着他的手，引领着他非去不可。他来的时候穿着厚呢长外衣，看起来就是极不起眼的普通朝圣者，打扫院子的人对他很不友好，甚至驱赶他。但是，一个月之后，他已经被召进皇宫，而且整整一生都滞留在那里，因而之前所有的一切对于他来说都显得十分遥远，仿佛是发生在别人身上一样。那个人在这座骄傲的首都里，不会像他一样遇到如此多的憎恨、崇拜、谄媚、愤恨和贪婪的好奇心。他还是无法爱上这里。他想要的是，他或许想过自己要什么，那就是逃离那里，他曾经幻想过，考虑过，到现在还在幻想着自己不再乘坐马车，而是像以前那样徒步远行，在露天的草垛上过夜，在客栈和其他男男女女的朝圣者、徒步旅行者一起谈论圣洁美妙的话题，仰望这座城市中越来越狭小的星空。他感到这座城市使他变得麻木，对他充满诱惑，让他意识到那个有先见之明的阿瓦是正确的：上帝很少来这个城市。他明白自己得摆脱束缚，奔向上帝常去的地方，以获得拯救，曾经有一个怪模怪样的胖子这样暗示过他，他跟这个人是在托博尔斯克公路上遇见的，而且和他谈了一整宿关于臆想之狼的事。他感觉那个人说的是真的，但也只是真理可见的、表面的那部分而已，而真理本身却更加深邃，难以被洞悉。皇宫里，有一个小家伙留住了他，这是整个帝国最强大、同时又最孤立无援的小孩子，他是这个帝国未来的统治者，得了一种无法治愈的血液病——血友病。

这个成年人以前从未听闻过这种疾病，在他的家乡这种病很少见，但是多年前，他遇见了这个两岁的孩子，小孩穿着自己节俭的母亲亲手改制的女孩儿款式连衣裙，梳着卷发，流着眼泪，那一刻，他感受到了孩子的身体不对劲，也知道自己能够帮助他。他的血液流动的速度非常快，并以某种神秘的方式对皇太子患病的血液产生了作用，无论他离那个小男孩有多远，他都能用一个念头，一句话，一次祷告，通过念出他的名字，或是用自己的低声私语为那个孩子治病。这次帮忙是他生命中最重要的事情，正是为了完成这项使命，他才出生在西伯利亚，而且大难不死，走遍半个俄国，在修道院、教堂、宗派、祷告室陆陆续续见到那么多人，他才会让人恨，被人爱，承受污蔑又得到昭雪，他才会被人跟踪，受人推崇，也曾声誉扫地，他被带到喀山，而后又来到彼得堡，挨过凶狠的塌鼻梁女人那一刀却依然获救，所有这一切都是为了一件事，就是挽救这个小男孩的生命之火。这个孩子很不幸，他遗传了异国种族的古老疾病，它在女性中间代代相传，伤害的却是男性。

他生命中其他的一切都是泡影，邪恶的杜马议员，忠诚却迟钝的保皇派，龌龊的、常干坏事的自由党人，城府极深的修士，胆小怯懦的将军、大臣、大公、爱国主义者、文学家、外交家，革命家都是如此。那些人恨他，嫉妒他，盼着他死掉，他们调查他，把他说成是鞭笞派教徒、社会革命党人、蓄意逃走的犯人、共济会会员，他们给他大笔的钱让他离开，他们崇拜他或是祈求他的忠告，但是他不应该为了这些人而活，而要为了那个决定着帝国未来的孩子而活着。有时一些重要人士会来找他，反复劝说他，你应该离开，回到自己的家去医治那个孩子，但这些重要人士自己都不知道他们在说什么。他们不能，也没有本领去做什么，只会一味地夸夸其谈，给人忠告。这里的人们真爱发表意见啊，这不是俄国，而是某个提建议的国度。小男孩的病还会持续几年，如果他能挺过去，没有在这个阶段死去的话，那么病症就会痊愈，到时他可以娶妻生子，而且不会把血友病传给他的下一代。他要做的只是忍受这个狭隘、敏感的地方，承受住这场不合时宜的战争。他那颗农夫的心十分厌恶这场战争，但却不能阻止沙皇，因为他没有在需要的时候出现在其身边。即便出现了，也未必能改变什么。将军们渴望战争、荣誉、奖励和庆功会，他们无法忘却自己曾被黄皮肤的人打败，他们渴望复仇，大臣们希望在欧洲大国之间称霸，记者们则想要一些劲爆的文章，太太们需要慈善晚会和军装，然而却没有人考虑过为此需要付出的代价。男人很多，即便都战死了也不是灾难：妇人们可以再生出新的战士。她们孕育新一代，就像从深不可测的筐里取种子，但是他却感觉距离筐底已经很近了，他们已经临近边缘，必须要停下来。

他在医院里给在秋明的沙皇写了一封信，上面说道："……不要纵容疯狂的庆祝，不要断送自己和人民。"可是，沙皇不听他的。依旧纵容姑息。无论对沙皇说什么，都不常被采纳。沙皇是一个怪人，孤僻，克制，与他外国的妻子相比，他更不像是俄国人。沙皇从来不会问他意见，只有一次听他的话，那是在一九一三年，希腊人将俄国修士驱逐出阿索斯山时。修士们被当作罪犯或者苦役犯，坐着战舰押送到俄国，分送进不同的修道院，就好像投到监狱一样，他们还被禁止参加圣餐仪式。他从自己的同村人那里了解到一切，他曾经和这个同村人去过很多圣地，如果不是那人留在阿索斯山，他们也不会分开。他的同乡在那儿成为了一名见习修道士，而他却办不到，因为他不愿意在修道院里居住，也受不了闭门不出和做劳役，他做不到，也不想做。但是，当赞名派教徒们遭遇灾难时，他去找沙皇禀明了一切。当时，沙皇就吩咐大臣去宽恕赞名派教徒，并仁爱地处理一切。

沙皇对这件事情的处理极其稳重，而且光明正大，总检察长即便是不愿意，也不敢违逆。不管高级修士们如何生气、如何愤怒、如何抨击，主教公会都只能隐忍。结果，人们对沙皇的态度变成背地里的诋毁，人们不赞同他的观点，可是当他出现的时候，大家又都沉默哑忍。皇后正好与沙皇相反，她具有一种增加敌人的不幸天赋，甚至连朋友都成了敌人，而他却觉得她很好。他理解这个女人为什么心神不宁、神经质、狂热，了解她高尚的性情，他安慰她，让她平静下来。他看到了皇后的艰辛，远嫁到大河彼岸这个荒僻的地方可不是儿戏，而且那里没人爱你，加之皇后出于自己高傲的脾气，也没有做任何讨人喜欢的事。正相反，她让所有人成了自己的对立面。她与婆婆、妯娌、大姑子、小姑子、姐夫、妹夫都发生过争执。她和自己的亲姐姐伊丽莎白不同。伊丽莎白言行得体，能够让她需要的人为她着迷，与她亲近，他暗恋她，一想到这个女人存心与自己对立，他就很痛苦。跟他唱反调的还有很多，其中有他非常尊重的人，他很难过，因为忠于沙皇的人彼此间不能达成共识，反而总是像疯狗一样互相撕咬。

去年九月，总检察长萨马林被撤职，整个彼得堡——彼得格勒，整个莫斯科的人都相信是他悄悄对沙皇说："撤掉萨马林，赶走他，他是我的敌人。"事情真的是这样吗？沙皇撤了萨马林的职，那是因为这位新长官反对沙皇想要领导军队的意志。而他呢，不仅没有说过一句有关萨马林的坏话，相反，还试着与他和平地解决一切争端。他谦卑地请求会面，而得到的回复是什么呢？是蔑视和傲慢。你算什么东西，我是主教公会的总检察长，莫斯科人，出生于古老的贵族世家，凭什么和你这样一个肮脏的鞭笞派教徒见面呢？我甚至都不认识你。他本人对萨马林做过什么坏事吗？好吧，假设总检察长拒绝他是为了在自己人面前装装样子，那么，如果一个并非声名狼藉的普通农夫去找萨马林见面，难道他就会被接见吗？不会的。什么样的人就戴什么样的帽子。他们都是老爷，习惯于把农夫们拒之门外，他们会照着你脸上来一拳，滚吧，下贱的后代，不要妄图触碰贵族的血统。可是，他们的血液早已腐烂，比那位不幸王子生病的血液更加糟糕。王子为了赎清他们的罪过，在用自己病痛作为代价，这些他们都知道吗？就拿皇后的姐姐伊丽莎白·费德罗夫娜来说吧，她的丈夫是什么人？沙皇的姐姐、伟大公爵夫人奥莉加·亚历山德罗夫娜的丈夫是谁？尼古拉·尼古拉耶维奇亲王又是谁？而费利克斯·尤苏波夫又是哪一年在他身边献殷勤？教堂里有多少这种人？修士当中又有多少呢？甚至连一些高级僧侣都带着自己的孩子和养子来见他。有些罪过在乡下人们听都没听说过，而在这儿，不管走到哪儿，都会碰上罪孽深重的所多玛城居民。有时他会很吃惊，彼得堡有那么多怪胎，而且社会地位越高，怪胎就越多，像女人的男性，像男人的女性，他们争相来到首都，把国都变成新的所多玛和蛾摩拉。他刚想谈谈这种现象，平时几乎对他言听计从的皇后却换上了傲慢而冷淡的表情。让他却步了，再也没有提这件事。如果他们四分之一的孩子都是所多玛城的居民，那么他们接下来打算怎么生活？

他还想劝谏沙皇和皇后不要再那样对待人民，不能让粮价太贵，而且要排起长队才能买到，不能再听命于凶狠的国家杜马，要珍惜自己的国民，可是又有谁会听他的呢？大家要么怕他，要么巴结奉承他，他的家里人流嘈杂，但人们只关心自己的私事，根本没人关心整个国家。这个民族已经瓦解，已经崩溃，即便是战争也没有让整个民族团结起来，反而使它更加涣散。必须尽快结束战争，但结局只能有一个，那就是胜利。无论如何都不能与德国人和解。和解就意味着失去俄国。有一些精明的、在战争中谋得巨额财富的人来找他，这些人暗示他可以成为其中一员，可以获利，他把这些家伙都赶走了，虽然他也猜到，从这些人口中将会说出一些最卑劣龌龊的流言蜚语。他们不会说诸如他酗酒，在郊区的下等酒馆里打架闹事，勾引妇女这类流言，对于这些大家早就习惯了，没有人对此感到吃惊，他们不会说他是鞭笞派教徒，这不值一提，即便是一些有关于他和皇后的污言秽语都可以忍受，不必注意。不，不是这种，他们这些阴暗的小人，这些围绕在他周围，束缚国家发展的人，这些遍布在杜马、银行、司令部和杂志社的微贱之人放出了更加可怕的流言——背叛。

在战争时期，还有什么能比上层人士的背叛更恐怖的流言呢？到底是什么会摧毁整个军队，夺走军队近在咫尺的、靠鲜血换来的胜利？痛恨俄国的人探寻到其最薄弱的地方，就是俄国人民心地忠厚，最容易轻信他人。一九〇五年之后，倾泻而来的自由让他们变得麻木，在最近一段时间里，他们很容易就相信一切外来信息。这种谣言在国内蔓延开来：单边和约，皇宫里的亲德派，皇后是德国人，而他是德国间谍。俄国人已经疲乏不堪、精疲力尽，他们不明白，为什么战争如此残酷，他们无法解释，为什么前线会有那么多的伤亡，而后方却有如此多的邪恶与不公，所以他们相信了，接受了这种卑鄙的想法，他们抓住这个想法不放，让它生根发芽，他们自欺欺人，而且，他们自己也不明白，怎么就沦落为这个想法的奴隶了。有关背叛的恶毒谣言传遍战壕、军区医院，蔓延至后方、战俘营、首都和村镇，城市和乡村，这种观念让人的心灵变得麻木，能摧毁强者，阻碍高尚的言论，能埋没勇士，助长卑贱和怯懦者的气焰，将一切牺牲变得毫无意义，它不断地进行教唆，在人们之间口口相传：结束战争，赶快结束吧，和德国人谈判，向他们投降，放下武器、交出领土和粮食，随便给多少都行，可以出卖一切，抛弃一切。人们乐于追随任何一个恶棍、混蛋、骗子，只要那个人站出来说：战争结束了！今天就结束！那个犹大会站出来宣布该死的和平已经到来，会掌控这个意志薄弱的国家，欺骗它，使它沦为乞丐。

哎，这场战争本不该开始，但是没有获胜就结束它则更加可怕。一切都将化为泡影，一切都注定消亡，俄国这个国家再也不会存在。而他这个披头散发、不修边幅的农夫，他沿着秋明公路从遥远的村庄来到这里，本是千百万俄国男人中的一个，是经验丰富的朝圣者，不安分的祈祷者，行走的信徒，爱与和谐的布道者，他将成为罪人，因为罪孽经由他这个无辜的人而产生，人们把心地善良的他变成自己的武器，而他根本不能反对。他准备好了要承受一切侮辱，接受可耻的罪名，绝不为自己的名誉做任何辩白，当他踏入这座黑暗的、让人窒息的城市时，他就已经成了一个死囚，只是那时他尚且相信：他的祖国不会瓦解，它很强大，很坚强，它会停下脚步，站稳脚跟，苏醒过来。

窗外暮色渐浓，维捷布斯克车站的汽笛声越来越响，从门外传来低沉的说话声，那里有他的爱慕者、请愿者，阿基林娜对他们说了一些刺耳的话，一切都跟往常一样。他又喝了一点酒，又想起了自己的孩子们。他想起自己的儿子，他千辛万苦地让其远离战争，想起自己的女儿们，之后顺便想起了那个脸上长满雀斑的脆弱小女孩，他曾希望这个姑娘教给自己的女儿们优雅的言谈举止，他还想起了那位荒唐可笑的女校长，她跑来对自己破口大骂，千方百计地袒护自己的学生，她朝自己猛扑过来，就好像一只羽翼折断的鸟，干瘪难看；他不费吹灰之力就能让这个高傲的女人在第二天到他的房间，低三下四地苦苦向阿基林娜乞求他的脏衣服。她又不是自己想劝服的人，也不是等待他恩泽的人，但是他为什么还要弄来一个呢？就这样，他的女儿们没有任何改变，可见，乡下人的血统比老爷们的更强大。从他年轻时代起，他的血统就很强大，可是仅有力量还不够，一切都搞砸了。

忧郁与乡愁同时袭来，他只知道一种治疗这种忧郁的方法：酒店、灯光、音乐，还有整夜的热舞，直到忘记一切，直到筋疲力尽。他拿起电话叫了一辆车，他很喜欢这个东西，因为他可以用电话与自己需要的人聊天。新的内务大臣派给他一辆配有司机的车，这个内务大臣胖乎乎的，两颊绯红，而且是个半吊子，他很快就成为暗探局那些职业密探手中的玩物。他的命运掌握在这些人手中：当他们保护他时，他就能活下去，当他们抛弃了他，就会有人把他杀掉。杀手不会是伊西多尔派来的带着匕首的蠢女人，女疯子，不会是黑色百人团分子名单中那位疯掉的雅尔塔市的总督，不会是不入流的强盗，而是冷血的外国杀手，枪法精准，一枪命中额头。想让他死的人太多了，他爬得实在太高，高到能够接触太子，接触最高统治权，还有俄国和它的人民，这又关谁的事？

甚至，他们敬爱的沙皇，连沙皇本人都更留恋自己的家庭，而不是这个国家。这可以理解，但是这样不对。他不能对沙皇说这些，甚至连暗示都不行，因为他知道，也感觉得到自己的界限在哪里，他只能祈祷并且相信，总有一天他会摆脱困境，总有一天他会获得拯救，俄国也会一起得救。他会躲过所有的危险，俄国终究会迎来奇迹，这种奇迹以前曾不止一次地发生过，他们将战胜一切，不幸就会结束，俄国人也会醒悟过来，驱逐所有恶魔，遵守教规的人会为俄国祈祷。只不过，看看吧，上帝所想的却是另外一样，时间越来越少，可怕的事情将要来临，在这些事件最终爆发之前，他按自己的意愿唯一能做的就是喝酒、跳舞，即便双腿已经挪动不开，还是只能跳舞，只能喝酒，直到给他伴奏的音乐停止播放，直到那些有官衔的，拿着呈文的人不再围着他打转，不再用讨好的眼神望着他，直到他最忠实、最可靠的朋友前来寻找他，像个饥渴的姑娘一样纠缠不清，拥抱他为止，这个朋友就是死亡。哎，时间过得太快了，太快了，仿佛有贪得无厌的人越来越迅速地吞噬他，却一直无法得到满足一样……

5

然而，时间对于被放逐的乌里扬娜来说，却和小时候一样是漫长的，不需要的，多余的。感觉上已经过去了一个月，但实际上却只是一周。她孤身一人在庞大的城市里徘徊游荡，对这座城市的感觉也发生了变化。她突然觉得自己以前根本不曾了解彼得堡，对它的新名字也尚未习惯。因为她的生活只局限在离家和学校不远的几条街道和广场中，对这范围以外的广大区域她都不熟悉，而现在，乌利娅的双脚踏遍了所有的堤岸和岛屿。她贪婪地盯着路人的面孔，这些时刻，一种新的感觉在她心里油然而生。她喜欢观察孩子和老人，盯着别人家的窗户，想要了解一切，打探一切，体验一切。这个穿着高腰套靴，在百万人大街上焦急赶路的女人是谁？在意大利大街上的那两位先生在谈些什么？为什么小女孩在英国河堤上哭泣？坐在弗拉基米尔教堂旁边的老人有没有家？那些警觉的女人们从何而来，为什么会出现在涅瓦大街？她再也不想逃离人群，这些人让她觉得有趣。乌利娅好像在寻找什么东西或者是什么人，她自己都没有考虑好这个问题，只是隐隐约约地觉得自己是在寻找母亲，她应该生活在这座城市的某处。她本应找到她，但是到处都找不到，更准确地说，妈妈就在身后默默地看着她，只是把自己藏起来了，只要乌利娅一转身，妈妈就立刻躲起来，不过有一次，在维捷布斯克车站旁边，她在士兵队伍中发现另一个熟悉的面孔一闪而过。

“阿廖沙，是你吗?”

昨天刚刚降过温，还下了雪，现在天气突然暖和起来，雪水从屋顶落下，沿着人行道流淌。

“阿廖沙!”

一些扛着步枪的人看着他们，他们说的话很难听，可是乌利娅什么都没听见，没听懂，只是紧盯着那双毫无变化的蓝眼睛和女孩般的长睫毛。

“为什么你没给我写信?”

“我的手受伤了。手指被刺伤了。治了很久才好。”他断断续续地说着，很勉强，但她却没有发现这种冷淡。

“阿廖沙，你真是太棒了!”乌利娅闻到一股很重的烟草味道，她很想跟他再亲近些，想拥抱他，仔细询问他所有的事。在那一刻，她所有的委屈和受到的诽谤都变得那么愚蠢，那么不堪一击，就好像舍洛姆河滩上的画一样。

“我一直都在想你，为你祈祷，我在等着你。”

她从来没想过他，也没有期待过他出现，没有为他祈祷过，她忘了他，但是当说出这些话的时候，她丝毫没有欺骗他，因为只有此刻她才明白，她的忘却是谎言，是假象，事实上，她想他了，只是自己不知道想过他而已，她想了，祈祷了，等待了，只是自己不知道而已。

“你很快要上前线了吗，阿廖沙？”

他没有马上回答，看了下别处，轻蔑地啐了一口唾沫：

“我们已经受够了。让那些老爷们去吧。”

“阿廖沙，”她慌张起来，“不能这样，我父亲是志愿兵，他失踪了，他……”

“我们知道他失踪了。当其他人都在战壕里喂虱子的时候，他苟且地当了俘虏。”

“阿廖沙，你怎么能这么说？”

“你是来鼓动我的吗？”

他那双蓝色的眼睛曾经是那么的顺从和亲近，此刻却变得冷漠，带着令人绝望的刻薄和盲目，它们好像在向她报复着什么。

“阿廖沙，我们对你做了什么不好的事情吗？”

“小姐，你快走吧，”他嘟囔着，向周围看了看，“很快就会有人来羞辱你的。”

后面有人哈哈大笑起来，她开始分辨那些士兵对她说的句子。这些话极其粗鲁，伤人自尊，令人难堪和尖酸刻薄，乌利娅难以忍受，急急忙忙走开，甚至跑了起来，她饮泣吞声，无法辨清道路。

“没有什么事情，根本什么都没有发生，”她重复对自己说，“我谁都没遇到，我搞错了，这只是我的幻觉罢了。我一定是搞错了，长得相像的人多了去了。他也认错人了。那不是阿廖沙，是另外一个人。完全是另外一个人。那只是和他长得很像的人而已……”

她就这样走了很久，在一条条巷子里兜圈子，穿过一座座河道上的桥，她不知道自己在哪儿，应该往哪儿走，路人不断碰撞到她，那些人很生气，摇着头，把她看成是醉鬼，之前也有过这么一次。她在夏园的栅栏旁停下来，险些撞上一位女士，那人正挽着一位又高又瘦的人并肩而行。

乌利娅一下子就认出了那位女士。她还是穿得那么体面，就像每次来戈罗霍夫大街的时候一样，只不过现在手里拿了把漂亮的小伞。她用傲慢的表情来掩盖自己的慌乱，好像要从沉甸甸的包里拿出一个重东西，东西还没掏出来，包就随着她的动作摇晃着。这位美人旁边的男士看起来好像是刚刚从兵营里逃出来的，要么就是从监狱，或是从精神病院里出来不久，看起来他更像是轮番去过这三个地方。乌利娅觉得这人很熟悉，但是她怎么也想不起来自己到底是什么时候，在哪里见过他。一个年长的马车夫紧跟着这古怪的一对儿，整条街都能听到车夫的叫骂，这些话中唯一一个像样的词就是：“给钱！”

“给钱，我跟你说话呢！”马车夫大声吼道，看起来他似乎准备用鞭子狠狠地抽打那个瘦男人。

马车夫的表情非常愤怒，那位女士则是又惊又怕，可那个男人脸上却现出无法形容的兴奋。女士不断地想要去拿钱，可那个男人不让她这么做。

“等一等，等一等……让他继续！哎，你真软弱，万尼卡，你骂吧，”他一边说着，一边从兜里掏出零钱，“你今天可赚不到更多的钱。你不用看那位太太。她不会给你任何东西。滚！”

马车夫的眼睛瞪得溜圆，脸憋得通红，但是那个古怪的男人已经不再注意他。太太迅速地说了些什么，刚开始声音不大，接着她的嗓门越来越高，越来越刺耳，几乎变成了尖叫，她想要挣脱出去。她的同伴不放她走，乌利娅觉得，有一双非常有力的手缠住了女人的脖子，然后慢慢地扼住。这只是一种突然闪现的幻觉，但乌利娅却感到非常恐怖。最可怕的是，那个陌生人和阿廖沙一样，手上缺少两根手指头。乌利娅浑身发冷，失去了知觉。好像有人故意跟她作对一样，那条街上空无一人。所有的厅堂，门窗都紧闭着，就像在暴风雨或强盗来之前一样，让她无处躲藏，无处可去。彼得堡炙热的阳光把桥上的石头晒得火热，烤焦的味道扑鼻而来。乌利娅愣了一会儿，她仅存的一丝意识在想，人流熙攘，天气潮湿的四月清晨怎么都不会像是那个空荡荡的、七月的酷暑吧，但是她很快就顾不上这些想法了。一辆熟悉的灰色汽车飞快地从她眼前驶过，然后消失不见。她曾经坐这辆车去过罗德饭店，而现在，端坐在司机旁边的是一位塌鼻梁的姑娘，几只黑老鼠从车轮下四散跑开。乌利娅感觉自己有些神志不清，仿佛从日常生活转到了另一个维度的空间。

最终，那位女士挣脱了，往大桥的方向跑去。她紧贴着带塔楼的那栋黄房子的墙壁，迅速地从乌利娅身边跑过，包撞得乌利娅很疼。她绝妙端庄的美丽，不食人间烟火的羞涩再度让乌利娅惊叹。

“等一等!”

她想跟着跑过去拦住她，但有一只沉重的大手用力地搭在乌利娅的肩膀上，弄疼了她。

“不用担心。她不会出什么事。她不是那种会跳涅瓦河的人。”

这个陌生人近看更加可怕，他没有刮脸，面颊绯红，大鼻子，鼻梁骨看起来像是折断了一样，脸上的竖纹很深，嘴里有豁齿，眼窝深陷，那眼睛好像从来没笑过，乌黑的头发又粗又硬，像刷子一样。

“您到底是谁?”

“朋友们叫我野马。我是个艺术家，饥饿和酒精是我的两个缪斯。不过我们最好还是聊一聊你吧，你能到这儿来绝非偶然。你跟踪我很久了?”

“我……”

“你是真人还是假人?”

“什么?”

“涅瓦大街上的店铺里陈列的玩偶。白天它们站在陈列柜里。一到晚上就出来吓唬小姑娘们。许多娇小姐们都羡慕它们，甚至是那些酷暑天里都打哆嗦的人们。它们有很多衣服，每一次穿得都不重样。成千上万的人都看着它们。忌妒又渴望。它们身材纤细，头发卷曲，长着故作天真的蓝眼睛，嘟着小嘴巴。所有的女人都希望变成它们那样。另一些人已经是这样的了。”

“你需要我做什么?”

“它们出卖了自己的灵魂，变成了玩偶。起初它们很喜欢就那么站着，可是后来它们开始有了强烈的欲望。因此，它们的脸变得邪恶，变得不再有吸引力，店员们在夜里毒打它们。于是，它们开始和东家商量，以便能重新学习走路，逃出商店，生活在我们中间。它们在为自己寻找替身，由于它们极其善于假装，很少有人能够认出它们来。但是，当它们装得累了，就会犯错误。所以你也犯错了。你没有理由再伪装下去。你被识破了。赶紧回到自己的商店，站在玻璃后面，不要再离开那里。”

“您疯了。”

“稍等一下。你不是从商店来，你是……”

“放开我!”

“我不抓你。”他说道，但是，当她惊慌失措地走了几步之后，背后传来那人的声音：“你叫我疯子，而你，掷骰子的姑娘，有那么一刻却差点飞了起来！”

乌利娅猛然转向他说：

“谁跟您……”

“你无法离开地面，因为你一直都在往下看，并且感到恐惧。你根本就没有想过要去那个比这儿更加美妙的世界吗？你感觉到过它的回应，捕捉过它们，闻到过，摸到过，你听到了它的声音和小银钟的声响，但你总是低着头往下看，就像一只又肥又笨的母鹅。我知道，你被刻凿出来就是这个样子。但为什么你不能更用力一点蹬地，不能向上看看呢？”

他的嗓音低沉而洪亮，乌利娅觉得，他说话时好像是在认真倾听着什么。

“您被看穿了，”她冷静地反驳道，“我想起您来了。那是很久以前了。当时在科洛米亚日赛马场，您试图像飞机一样飞起来，但却没成功。所有的人都嘲笑您。”

“那又怎么样？”他气愤地反驳道，“蠢人总是嘲笑智者。你因为我才明白了，世界上还有比跑步更有趣的事情，虽然这也没能让你摆脱愚蠢的教育和不怎么出色的交际圈。永别了，愚蠢的家禽，别想再找到我。”

“等等，请您不要走，”乌利娅哀求道，“我当时可是同情您的。”

“我需要你来可怜？”他嘟囔着。

“可是我需要您的怜悯。”

“你知道像你这样的人有多少吗？这些房子里的人都在等着我。”他用手指着那条街道，街上突然恢复了生气，窗户和百叶窗敞开了，商店里的橱窗也打开了，行人、看热闹的闲人、马车夫、修士、中学生、贵族士官和大学生们都出现了。“如果不是他们，那就是他们的子孙后代，他们将在我面前卑躬屈膝。我怎么顾得上一个又笨又任性的女孩子呢？她都不知道自己想要什么。”

各式各样的人都疑惑地望着他们，乌利娅害怕这些人明白过来，恢复意识，把自己可怕的交谈者撕成碎块，她抓住他那骨瘦如柴，但却强有力的手说：

“等一下。我感觉不太舒服。从来没这么难受过。以前我曾幻想逃到某个地方，而如今我却知道了自己无处可逃。到处都是一样。我累了，我经常哭泣。我不明白，为什么我的青春恰逢这个该死的时代，为什么我的父亲去参战，好几个月都杳无音信。我的继母知道什么，但却瞒着我。我所有的朋友都抛弃了我，不管是老朋友，还是新朋友。我所信任的人对我日渐冷淡，他的女儿们也瞧不起我。我爱的那个男孩儿深深地伤害了我。我到处寻找，可哪儿都找不到我的母亲。有时我感觉，有几种力量合起来要毁了我的人生。我再也不想这样活着了。”

“那就别活着了，”他挑衅地回答道，“难道你觉得这能打动我吗？这是你自己的错。”

“我错在哪儿?!”

“你把自己被赋予的一切都弄丢了，”他冷冷地说道，“要是另一个人得到了你的天赋，你的神奇，哪怕只是一小部分，他会像你那样使用吗?”

“我什么都没有丢弃！您说得不对!”她喊道，“有人想让我死！有人冲我放过枪!”

“开枪？朝你吗?”他好奇地望着她。

“是的！我侥幸逃过了一劫。”

“是谁开枪打你？你不要乱讲。我一定会知道的。”

“一个猎人。”

“为什么?”

“不知道。”

“这可不算是高明的谎言。”

“您不相信我，”乌利娅忧郁地说道，“为什么您不相信我?”

“为什么我应该相信你?”

“行，您看看吧。”

“看什么?”

“从我胸口取出的子弹。”

“拿过来!”他很好奇，“真是难以想象。我从来没想过子弹是这样的。它染了血吧？”

“对。”

“那一定很疼吧？”

“取出子弹的时候很疼。”乌利娅用鼻子抽了一口气。

“取出子弹时比中枪时还要疼。”他一下子变得严肃，甚至有些忧伤，但之后又哈哈大笑起来，“就是那个红鼻子男人，他是乔装的日本天皇。抓住他，抓住他！呜呜呜！”

“要给您看看伤口吗？”乌利娅响亮地问道，竭尽最后的力气忍住眼泪。

“伤口在前胸吗？想法很好，但你还是有些年轻，小姑娘。在你给我看伤口之前，应该让你的胸脯再好好发育一下。”

“您真下流！”她想打他，但没有一点气力，乌利娅抹着眼泪，沿着变得空旷的大街，慢慢向桥边走去。

“我要去投河，”她冷静地想着，“我现在就上桥，从桥上跳下去。一切就都结束了。任何事情都不会发生，因为我根本就没出息，将来也不会有成就。我是个丑女人。这一点永远都改变不了。”

她站在特罗伊茨克桥中间，看着河水。两岸都那么遥远，一旦跳下去，就再也上不了岸。“有一次我差点被淹死。只可惜没死成，因为从那时起，我身上就没有发生过什么好事，而且永远不会再有。”

绿波流向远方，那并不可怕，水波一浪浪没有尽头，它对乌利娅有种吸引力。如果投身到这样的河水中，她永远都不会被人发现，将了无痕迹地在水中溶解，不会让人伤心地为她送葬。

“等一下。”他追上她，拽住她的胳膊，“我虽说曾是个水兵，但游泳却不怎么样，也不能把你救出来。尸身肯定能找到，但不要心存侥幸。尸体不会很快找到，会变得非常可怕。你明白的。水里不是你该去的地方。跟我走。”

她机械地把手递给他，跟他一起向彼得格勒方向走去。乌利娅感觉这桥好像没有尽头似的，头顶的太阳炙烤着他们，在这炎热的时刻，街上又只剩下他们两个。

“可怜的孩子！我是不是曾对你说过很多混账话？那是必需的。我得确信你是我们的人，而且在这儿没有犯过错。你难以想象，那些人多么会伪装，我们中间有多少人失误了，于是枉死了。是的，你无疑就是我们的人，只是因为某种误会，你找到了这里。”那个陌生人声音低沉，语气平淡，但却带着些许忠言逆耳的感觉，“你曾说过的那个阴谋是有的，这是个古老的阴谋，那些假人和黑老鼠用它来对抗飞行的人类。它们通常在幼年时期开始第一次进攻，有时更早，甚至在娘胎里。童年时代，它们会卷土重来。一生中，它们无时无刻不在猎捕我们，迫害我们，然后研究我们，再编造一些无中生有的事。他们像捉蝴蝶一样捕捉我们，把我们制成标本，凑成完整的套系。它们憎恨我们，当我们飞行时，或是在地面上沿着高索行进时，它们渴望着我们能掉下来。它们想让我们蒙羞，其中最邪恶、最爱嫉妒的会朝我们开枪，因为它们想变得和我们一样，但却永远都做不到。你要知道，无论你生命里发生了什么，无论别人如何羞辱你，让你受尽折磨，你都应该记得，有一个世界在等待着你，那个世界很美好。那里散发着姜汁、调料丁香和茶的味道，那里的男子既高尚又英勇，女人像孩子一样，她们用手去清澈的小河里抓鳟鱼，聆听溪水拍打石头的声音。我想用那个世界里的某样东西交换你的子弹。”

接下来发生的一切对乌利娅来说更像是一场梦。石头岛大街的珠宝店。看门人。商店里没什么人，只有一位又高又瘦的小姐和店主。小姐的头发梳得整整齐齐，光洁可鉴，店主是位面颊浮肿的先生。乌利娅意外地认出他是戈罗霍夫大街上那栋住宅里的访客之一，曾经把钱给了那个跑掉的女人。对于这种巧合她丝毫不感到惊讶。她知道，事情就应该是这样，她打定主意，无论发生什么都不会吃惊，她就好像是掉进了一个类似于钟表的新奇机器，在这里一个齿轮带动另一个齿轮，只要钟表在走，这里的人就会忙碌不停，手、脚、咽喉，不停地磕绊碰撞。

他们一起转过头看着进来的人，主人蜷缩着身体，仿佛预料到马上将有一场抢劫，但是乌利娅的向导没有注意任何人，牵着女孩的手把她领到柜台前面，那里面摆放着非常珍贵的宝石。

“你需要与天空有关的石头。钻石不合适，纯绿宝石不合适，玛瑙不合适，红宝石更不行，黄玉也不合适，琥珀就更不行了，”他嘟囔着，“所有的石头都不合适。我们需要的是……给我星彩蓝宝石。”

乌利娅以为那些人肯定会让他们很难堪，同柜台后面的高个子小姐顺从地拿出了那些深蓝色的宝石。

“不是那个，也不是那个……这些全是赝品。我需要的是克什米尔的石头。那样的要多少钱？”

小姐回答了他，陌生人不客气地反驳道：

“不，太少了。这也不够昂贵。您这儿难道没有贵重的石头吗？如果您这儿没有，那我们现在就去贝科夫的店铺。”

有一个店员突然从旁边走过来，给他们端来了茶和一些糖果。乌利娅一口都没尝，而她的同伴则不慌不忙地就着糖喝茶，等喝够了，就像个农民一样把杯子往旁边一推，可他的表情却是那么傲慢和随便，仿佛买些贵重东西对于他而言就是家常便饭一样。整个场景就像是一场奇怪的，主客颠倒的拍卖。所有的服务员都在他们面前列队站好，但比他们更忙碌的是店长，他不仅脸上流着汗，连衣服都被浸湿了。

终于有人拿来了令顾客满意的石头。

“这可是件非常昂贵的东西，”店长礼貌地说，“我收藏它是为了一位女士……”他降低了声调，但野马打断了她的话。

“你喜欢吗？”他转向乌利娅。

她面无表情地点了点头，要是能快速逃离这里，看不见这些人该有多好呀，天知道这些人是怎么看她的，石头沉甸甸的，晶莹剔透，散发着神奇的光芒，她对这块石头可不仅仅是喜欢而已，她想着，如果这块石头不能属于自己，那她就会死掉的。

“这个小东西值多少钱?”

店长说出一串数字，这个价格吓得乌利娅一哆嗦，可她的同伴却满意地点了点头。之后发生的事情更加不可思议，野马聚精会神地看着面颊浮肿的男人的眼睛，小声地说了些什么，店主没有收取客人的钱，而是自己打开钱箱，拿出纸币，结清了所需的金额，并且笑着递给姑娘一个精美的小盒子：

“亲爱的小姐，欢迎再次光临。”

乌利娅将这一切看在眼里，大吃一惊，她想说自己不想要这种骗局，但她的舌头好像不听使唤了。店铺里的所有人都默不作声，他们什么都不明白，又微笑起来，殷勤地招待他们，不停地鞠躬送他们离开，只有柜台后的店员脸色苍白，她整齐光洁的头发变得散乱，暗淡。

街上已经没有一丝炎热的痕迹。风呼呼地吹着。大雪斜着从一盏路灯滑向另一盏。乌利娅觉得自己像是个罪犯，握着的盒子直烫手，她在等待警笛声响起。但是城里一切如常，这里的人们已经学会了不再彼此关注。灰眼睛的瘦弱女孩跟一位长着麻子的丑陋先生并排走着，城里的人们根本就对他们两个不感兴趣。两个不起眼的先生站在一角，目光竭力地看向别处，努力地往另一个方向看去，乌利娅仔细看一眼，就认出其中一位是来自戈罗霍夫街的密探。

“我不会要这块石头的。我不会要赃物。您从哪儿拿的，就还到哪儿吧，”她静静地说，接着马上补充了一句，“有人在跟踪您。”

“总有人跟踪我。蓝宝石不是偷来的。它得自将来，那个属于我，我却看不到的未来。如果你愿意，可以把这块石头扔了，只是不要把它卖给别人，也不要用它来谋求任何帮助就行。”

他消失得是那么快，就好像被扬起的大风刮走了，两个间谍惊慌失措地四处张望着，看着乌利娅，似乎在问，你把他弄哪儿去了。如果不是以前挂着子弹的小链子和此刻让胸口发凉的贵重宝石，乌利娅会以为这个奇怪的人是自己臆想出来的。不过，那个偷珍宝的疯子说过，这颗宝石反射着高处那个世界的光辉，乌利娅就用它来代替子弹，随身携带着。

6

那个被巴维尔·马特维耶维奇·列赫科贝托夫称之为萨韦利·克鲁德的人，一生中改过很多次名字和姓氏，以至于他有一次都想不起哪一个是自己真正的名字了。他非常喜欢为自己想出不同的名字，他的这些名字叫起来都很悦耳，很响亮，就好像上千个同时响起来的铃铛，他和那个不听话的姑娘乌利娅说过这些名字，还指责她的名字过于平庸。他从没期待过自己能长命百岁。多少次，他的性命甚至都是命悬一线，至于悬在什么上，他自己也弄不明白，因此他觉得每个新的一天都并非自己应得的，而是上帝无心的馈赠，尽管他与上帝也不过是君子之交。创世主有自己的生活，而他，克鲁德，也有自己的人生。人们总是用一大堆微不足道的要求让造物主生厌，这种行为被烦人的基督教徒们称之为祈祷，而他觉得这种行为有失体面。他更不能相信的是，创世主会觉得那些愚民的规定很重要，比如斋戒、忏悔和日祷。在他度过童年的乌拉尔，那些并不坚定信仰上帝，却不得不去教堂的庸碌之辈把这些强行灌输给了小克鲁德。

萨韦利看待这个世界时而温情脉脉，时而冷酷无情，他这两种心态的转化悄无声息且十分迅速，就像他的两副面孔——崇高的和邪恶的。他不是很英俊，但却很有吸引力，且容易让人动心，他作风守旧，但却优雅谦恭，且很有风度，充分表现出自己具有奥古斯特国王一脉的波兰血统，这让不同年龄段和阶层的女人都疯狂地迷恋他，但她们很快又都跑掉了。可奇怪的是，却没有任何女人后悔爱上他，这一点他并没有对乌利娅说谎。

克鲁德只跟少数几个人交好，这些人都和他一样奇怪又善变。他喝酒喝得很凶，不知道要如何消耗自己的力量，他挥金如土，对金钱极其贪婪，让出版人胆战心惊，但他能把自己的全部稿酬奉献给街头音乐家、女乞丐或是盯着豪华商店陈列柜看的孩童。

克鲁德只写短篇小说，不写别的，他的小说让人不寒而栗，它们深刻而犀利地直指人类潜意识中的隐秘，那里对他来说，好像不设防一样。如果中世纪的意大利人认为，但丁到过地狱，那么关于克鲁德，他们会说，他曾经深入人体内部，探寻过人类心灵和智慧的每一个隐暗之处。除了人，他对其他任何东西都不感兴趣。他会顺便巧妙地描写大自然、军舰、宫廷或其他东西，但是，所有这一切只是像镜子一样，用来映现出他的主人公的外貌和精神。

不过，在文学界那几个重要人物中，没有一个看得上克鲁德，权威杂志也不会刊登他的文章。

“啊，这是那个曾在撒哈拉打伤过一个法国的飞行员，并将他的书稿据为己有的人吗?”

没人知道，这个撒哈拉是从哪儿冒出来的，又为什么是法国飞行员，而不是英国的，比如说英国上尉，但是关于萨韦利的谣言很多，就像用来铺满他最喜爱的帆船船底的贝壳一样多，他从自己那些善良的、没有嫉妒心的酒友口中能立刻获悉一切谣言。不过，令酒友们不满的是，他对这一切毫不在意。

“我是最后那排里最好的作家，”克鲁德这样评价自己，“而他们却在第一行排名最末。”

在克鲁德的生活圈子中没有其他作家，他是这个行当里唯一的常住民。如果有评论家试着想要吹捧一下克鲁德的话，他会给那人寄去一封信，信的开头会这样写：“宽厚的先生，您真是个蠢货，根本没看懂我的故事。”当有人骂他时，他就会雇用一些流氓和恶棍，支使他们砸坏人家里的玻璃，或者把装有脏东西的罐子倒在这些人的头上。渐渐地，没有人再理会他，但对此他也并不理会。“我的读者们——在未来”，他傲慢地说，而在这个时代，他只为一个人写作，就是那个满脸皱纹，非常善良的小矮人，他身上带着某种超凡脱俗的天真。可能，正是这种天真和矛盾吸引了克鲁德，他和那个小矮人有时喝得酩酊大醉，彼此说话毫无顾忌，在那之后，两个人许久都不能平静下来，下次见面的时候他们会觉得尴尬，但这尴尬最终会被酒化解。

“他们都是在忌妒您，克鲁德，”一个驼背的人说道，“梅列日科夫斯基、吉皮乌斯、别雷、伊万诺夫、勃留索夫，所有这些活死人，所有自命为智者，用文学救国救民的人，他们都明白，有些事情您能做到，而他们只能空谈。您是俄国文学界唯一一个能够用语言描述颜色和音乐的人。他们只能竭力地模仿，痛苦地呻吟，摸索出路，他们把自己粗制滥造的作品称作交响曲，就像狂热的中学生一样，跟在斯克里亚宾后面跑，而您已经完成了一切，获得了成功。这些强盗在文学界横行无忌，居高临下地对待您，一提起您的名字就皱起眉头，不允许任何人写对您有利的东西，而且严禁一些正规杂志刊登您的小说。”

“《俄国力量》有两次刊载了我的文章。”

“目前还没弄清楚事情与谁有关。”

“我瞧不起他们。”萨韦利重复自己的口头语，一点也没撒谎。

克鲁德蔑视他所生存的那个世界。人类中，除了少数例外，其他人在他看来都是愚笨、贪婪、不可一世的生物，但是在这个世界上，他最厌恶的就是这种生物的聚合体，首先是家庭，继母在他十三岁的时候把他从家里赶走，父亲没有保护儿子，不过还是给了他钱。那两枚金币要是给其他人省吃俭用的话能用半年，可小克鲁德不到一个月就在敖德萨的各个饭馆里把钱花光了，从那时起，他时而填不饱肚子，时而讲排场摆阔气，但其生活的准则却从未改变。家庭、中学，接着是军队、监狱和其他社会学校……国家、党派、法庭、政府、议会、学校、文学杂志、教派、宗教、哲学会议和芭蕾舞剧团，所有这些克鲁德都不喜欢。剧院让他尤为气愤。他听从妻子的劝说，也去看过几次剧，但结果他不仅仅感觉无聊或睡着，还会发狂，他表现得极为激动，以至于剧院的工作人员们把他当无赖赶了出去。克鲁德受到侮辱后，跟他们起了争执，但工作人员们威胁说要找警察，他立刻就平静下来，因为在监狱里的痛苦回忆让他永生难忘。

萨韦利有多不喜欢人群，就有多喜欢孤独者，他到处追寻这样的人。这不仅仅是他的心愿，也是上天赐予他的任务。他坚信，在常人眼中看起来荒唐、笨拙、挥霍浪费的生活对他来说是命中注定的，为的是找到与自己相似的人，并把他们带到自己那个美好、生机勃勃的光辉世界，因为只有他一个人知道通往那里的时间、地点、方式和条件。

他并不是总能做成这件事。更准确地讲，他一次也没成功过。青年时代，克鲁德曾经尝试挽救社会革命党人阿利娅·拉斯普京娜，但没成功，阿利娅早已躺在无名墓里，是因为蓄意谋杀一位大公而被绞死。请你问问她，那个王公对她本人做了什么坏事吗，为什么要杀了她？这个国家有那么多头发稀少、双眼塌陷泛白的神经衰弱患者，难道和爱她的人共同离开这个冷漠的、疯狂的国家有什么不好吗？

在阿利娅之后，还有一大群各不相同的人，其中多半是女孩和女人，但他们当中却没有任何人准备追随克鲁德，没有人相信向他们敞开的那个世界确实存在。他们觉得这个世界是克鲁德臆想出来的，他们赞叹这个世界，吹捧萨韦利拥有非凡的文学天赋，而这些溢美之词让他愤怒，他需要的是人们像孩子一样，对他写的每一个字充满信赖。“我没有瞎编，我所写的都是事实！”

人们有礼貌地对他微笑，可背后却对他指指点点。这些他都知道，因为他能用后脑勺看到，但他没有把自己的本事告诉任何人。克鲁德更喜欢用人做实验。当他需要了解马车夫怎么骂人时，他会雇用一个马车夫却不付给他钱，以此来激怒他，这样他就能听到一大堆骂人的话。要是他想知道人在突然窒息时的表现，他就会半夜起来，掐住某个酒友的脖子。他的力量能让前方离自己三十步的行人转身。朋友们对他说，如果他以催眠为生，会比写小说挣得多，但是克鲁德却觉得这件事不值得做，因而只有迫不得已时他才会干这个，就像去表演一样。

他的身上有精神领袖、神学课教师的特质，但与伊西多尔·谢京金不同的是，他一个学生都没有，也不追求去控制任何人。由于他与别人无法处好关系，他很久都找不到合适的地方以及适当的工作。可是，克鲁德游走在革命者和作家之间，部分地适应了人类社会生活的准则。他明白了人是可以控制的，他用对自己敞开的世界来创造奇迹，将隐约的气味、遥远的声音、和谐的色彩尽量在纸上传达出来，如果有一个人偶然看到他的小说，愿意花费力气去深入领会，不止一次地阅读它，那人会顿悟，会产生奇怪的感觉。他不明白，自己是在读书还是在看图，为什么当他看到这些字母时，会如此清晰地听到音乐声，仿佛有人在演奏小提琴一样，为什么他冷漠的心会哭泣，变得温暖并学会承受生活中的艰难。那些能够以类似方式读完他作品的人并不多，只有一些卓越的人才会为克鲁德的童话故事买单。久而久之，克鲁德开始要挣一些钱，因为金钱是必需品，而以其他方式挣钱对于他而言是一件既无聊，又不体面的事，他得出的结论是，创作相对来说是较好的方法。

他夏天不写作，喝醉的时候也不写，他不听从任何人的建议，甚至是妻子的，虽然他也非常宠爱自己的妻子，把她看成是将自己从监狱中拯救出来的天使，自己的保护神，亲昵的时候把她叫作西班牙的康索埃洛，也就是安慰者，不过连她都不理解他，不接受他，也不将他当作优秀的、心境平和的小说家。

“萨沃奇卡，你现实点吧。写一些俄国日常家庭生活的小说吧。写一些伟人的传记吧。它们有销路，你也会因此进入文学大家庭。你写的那些东西没人需要，除了你自己和一小撮像你一样的狂人。”

克鲁德在日常生活中已经对俄国家庭生活极度厌恶，根本就不想把这一堆乱七八糟的事情写在纸上。至于伟人，对他来说根本就不存在。所有的沙皇、帝王、英雄、统帅，所有声名远播的诗人、作家、艺术家和音乐家克鲁德都瞧不上眼，认为他们都是冒牌货。但是对于自己唯一的妻子，他虽然什么也不听从，但却能体谅她。他妻子觉得受委屈，吓唬说要离开他，恳求他躺在医院里，好向主管文学基金的乔治·舒里亚克要钱，但他却厚颜无耻地看着她，下流地笑着说，如果把钱分给克鲁德的每一个女人，那么文学基金就会破产了。

妻子哭了，不过并没有离开克鲁德。身无分文的时候，无助的她听从一个老太太的意见，不顾羞耻地去了戈罗霍夫大街，但是从那里获得的钱也没能留下来。克鲁德从克鲁宾医生那里溜走了，离开了帮他戒除酒瘾的地方诊所，他将“里昂信贷”银行的人催眠，秘密地夺取了存在那里用于治疗的钱。三天之内，他就将钱在“卡皮尔纳乌木”饭馆全都挥霍一空，用来请先诺广场上，还有附近的陀思妥耶夫斯基大街上的乞丐和娼妓们吃饱喝足。这跟过节一样，浆过的台布、昂贵的酒水、牡蛎、猪腿肉和羊腿肉，上等的音乐家，精心挑选出来的舞会皇后，她是最年轻娇嫩的娼妓，所有人争相向她效忠，出于某种原因，这位穿着华丽的海港姑娘的眼睛里满是甜蜜的泪水和幻想，让客人感觉节日永远不会结束。可是，一旦钱花光了，克鲁德就被打得半死，女王不知为什么，比任何人都愤怒，用尖尖的鞋跟猛跺他，此后，他路过先诺广场只能绕着走。

他承受了这些，就好像以往承受其他磨难一样。现实不会让他焦躁不安，因为他从中学会了保护自己。克鲁德为自己建立了一座心灵避难所，用细心和爱来装备它，一篇文章他可以重写四十次。他的字里行间没有沙莱里的旋律，全部是莫扎特式的。尽管愚蠢的读者们会一如既往地更加钟爱其他作家，但不管是贫困的威胁，还是对名誉的渴求，没有什么可以迫使他改变自我。克鲁德从不屈从于环境，从未迁就它改变自己的生活，他轻视环境，环境也如此回报。这种与生活的抗衡让他疲惫不堪，同时也备受鼓舞，不过，几年下来，他开始感觉自己越来越疲倦，越来越空虚。酒精是他保持内心平衡的方式，克鲁德精通此道，甚至做起了实验，他根据不同的比例将烈性酒搅在一起，比一些彼得堡酒家做得还要好。有一次，他跟言行滑稽的托尔斯泰伯爵打赌喝一种美式混合酒，酒由香槟、啤酒、柠檬水和伏特加，再加入辣椒末、醋和五十滴缬草根水混合而成。托尔斯泰喝得失去了知觉，几天以后，他醒来了，头也疼，还总打嗝，一周过去了，这些症状仍然没有减轻，而克鲁德却像是个凯旋的将军一样，坐在他虚弱的身体旁边，激情澎湃地用铅笔写了一部短篇小说，题目是《孤寂的地狱》。

……和乌利娅分开之后，萨韦利就去了码头。他只喜欢帆船，还有那些只允许帆船入港的城市，但是，因为这样的城市很少，所以他也去一般的码头，那里停泊着千篇一律的灰色轮船，工人们在卸货装货，到处是肮脏的煤堆，水手搂着刚刚相识的女朋友在码头散步，装卸工人和码头工人闲逛着，等着工作，所有人彼此间都很了解，偶尔会有人打架斗殴，不过很快就和解了，有个上了年纪的人戴着老式的礼帽，自言自语着，显得有些格格不入。“灯塔”，他喃喃自语，“灯塔是一切生物的敌人。人类需要灯塔，但小鸟却会撞到上面摔死。如果一下子熄灭所有的灯，船会触礁、搁浅，不过小鸟却能活着。人和鸟是敌对的双方，而且无法和解。但哪一方更重要呢？”人们都转头看着他，小狗在叫，可是克鲁德却谁都不在意，他想起了那个刚刚遇见的姑娘，心脏因尚未消散的父爱而抽紧了。

“她将是我最杰出的作品”，几个小时之后，萨韦利对一个女人说道。这个女人很久以前就抛弃了他，但是他离不开她，在他住过的所有地方都摆放着红色相框，里面是她的画像，而不是圣像。

他们坐在小海街的“维也纳”酒馆里，用茶壶喝着白兰地，挥霍着他在蓝宝石铺子得来的钱，而她却漫不经心地望着那个身形不匀称的胖子，那人站到大厅中间，醉醺醺地喊：“哎，你们这些轻浮的男人！”那胖子想找事儿，但却没人理会他。不仅是库普林、阿维尔琴科、阿尔奇巴舍夫，甚至连阿廖沙·托尔斯泰也是如此，这人通常对所有人都感兴趣，如果旁边走过一个漂亮女人，他就会爬过去，咬住那个女人的腿，扮成一只流浪狗的模样。而现在，他们所有的人都津津有味地吃着、喝着，《证券时报》和《大众杂志》的主编在他们旁边散步。克鲁德距离所有重要人物都很远，但是把这些人联系在一起的官位等级关系还是让他感到腻烦。他们热衷于自己和自己在这个世界中的角色，急于扮演这一角色，甚至是地震和海啸都无法让他们动容。

地震的场景突然吸引了克鲁德，他想象着涅瓦大街上出现的深深的裂痕，海军部的大厦的坍塌，大堆的石头落入运河，由芬兰湾掀起的海啸，从岸边溢出的涅瓦河河水，在街上乱窜的人们失去理智，号啕大哭。

“第几个?”

“什么?”他清醒过来。

“第几个作品?”那女人恼怒地问道，“你刚刚说过，可立刻就忘了自己说的是什么，因为你只想着自己的作品。”

“那你觉得我还应该想些什么呢?”他粗鲁地顶撞道，“第一部。她将是我第一部作品。”

“你以前也跟我说过同样的话。你有多少个第一部作品，你要个孩子干什么？有多少人希望你能来骗骗她们，这世上这样的蠢货还少吗？”

“她很不幸。我剽窃了她的不幸，我把她的不幸买来是为了让自己得到幸福。你看!”

“这是什么?”

“从她前胸取出的一颗子弹，那时她正打算在‘里昂信贷’银行楼顶结束自己的生命。那小姑娘一直将这枚子弹挂在脖子上戴着，她不知道，正是它毁了她的生活。可我却知道该拿这个要命的小东西怎么办。”

他亲切地用只有三根指头那只手抛出子弹，子弹看起来酷似橡实，在它重新落入作家那只残废的手中之前，被野马那凝重的目光托着，在空中停滞了一会儿。

“多亏了这枚子弹，我一定能写完这部小说。”克鲁德得意地说道。

“我真讨厌你那些离奇的想法和古怪的念头。”女人小声说。

“还不是你自己非要把那个体弱的步兵赏给你的子弹留在胳膊里，不允许我取出来？要是你允许了，我一定把你也写到我的作品里来。”

“我才不想让你写我呢，”她一口回绝，温柔的灰眼睛瞬间变得强硬而冷漠，嗓音也有些嘶哑，“我不准你写我。”

“亲爱的，这好像由不得你。这段时间你一直在哪儿？参加了哪场战役？你现在为谁效力，你的日常开销从哪里来？”

“这与你无关。”

“你的变化太大了。”

“这也与你无关。”

饭馆里烟气弥漫，到处冒着烟，早就半夜了，但人群还没有散去。萨韦利喝了好多酒，他的眼神变得越来越忧郁，越来越执着。

“你想怎么骂我就怎么骂吧，你来改变我吧，也改变一下你自己，反正我是你生命最耀眼的经历，有了我，人们才知道你的存在。”

“最耀眼的是你纵酒无度，这和你的空想和装腔作势一样令人难以忍受，”女人很生气地说道，“而且我也不想出名。”

“这也由不得你。”

“别喝了，要么我马上就走。”

“你要不也打算走了，”他犹豫地说，“走了，再不会和我在一起，一旦我出名了，你得不到一点点好处，一切都会属于另一个女人。”

“我才不羡慕那个女人呢。”

“撒谎。那个邋遢鬼是谁？”

门口出现一个人，中等个头，留着浓密的小胡子，淡褐色的头发有些长，梳成整齐的中分头。他身着体面的深红色丝绸衬衫，外面套着一件呢子背心，下身穿着黑色的丝绒灯笼裤，漆皮靴子。他的脸色苍白，下巴上胡子拉碴，眼神显得聪慧而恶毒。

“……蓬头垢面……风湿病……”人群中有个人低声地说着。

突然，喝醉了的胖子和他那几件轻浮的上衣不见了，餐桌后面的记者们沉默下来，接着就发生了萨韦利·克鲁德想象中的强烈地震。难以描述的噪音立刻响了起来，所有人都动起来，急急忙忙起身，聚集到一起，人们用渴望的眼神盯着进来的人，可他却若无其事地穿过大厅。他很强大，什么都不怕，接触到他肆无忌惮的眼光，所有人都低下了头。来访者环视了所有人后，认出了萨韦利女伴，向她点了点头。

克鲁德截断了这种眼神，对视回去。眼神碰撞出火花。

“你怎么认识他的？”他毫不客气地问道。

“就是像你认为的那样。”

“你又撒谎!”

“我不认识他，我发誓!”

“你怎么敢跟一个正派的女人打招呼呢？下流坯!”克鲁德一边起身，一边喊道。

穿深红色衬衫的那个人停下来，冷冷地、好奇地看着克鲁德。他什么都没说，只是看着，看到这种嘲笑的眼神，克鲁德心中狂怒。他受不了了，当他面前突然出现一个比自己内心更强大的人时，他无法克制。

“你，小可爱，看样子是要跟我决斗吧？或者是以前的教训还不够?”那个男的和蔼地问道，“还是又想到监狱里转转啦?”

“鞭笞派教徒!”

克鲁德还没喊出声来，就挨了一下子，人们从旁看着他单薄的身形倒下去，餐具破碎的声音同时传来，有人惊呼，有人大笑。保养得当的农夫身后，一个彪形大汉蹿出来，他的面颊红润，留着淡黄色络腮胡子。大汉厌恶地瞧了瞧躺在地上的萨韦利，算计着往哪里再给他来一下子。野马的灵魂突然出现在大厅上方，他自上而下地打量着狼藉的大厅，大厅里挂着许多长把猎刀和野兽标本，他看见前方有些血色，害怕了，于是顺着红肿发炎的咽喉爬了回去。

“见鬼了!”克鲁德喊道，吐了口血，他浑身颤抖，手中紧握着乌利娅的子弹，“你等着，等着你的结果，你会吃枪子儿，会被打得鲜血直流。”

农夫蹲在他面前，和蔼地说：

“亲爱的，没有你我照样知道这件事。我们所有人自己也都会受伤流血。你最好少喝点儿，省得把人们引入歧途。”

“宫廷里的小丑，这关你什么事。管好自己的婆娘！”

“亲爱的，你这是怎么了，萨沃奇卡，”前妻小声地说，抓住前夫的手，“我们还是离开这儿吧，走吧。先生们，别管我们。别叫警察来。难道您没看见，他情绪不稳，而且生病了，他是个艺术家，是个变戏法的人。”

7

“他是什么人？”

“骗子，滑头，一个手指灵活有力的人。她总是这么看我。她和我在一起生活了七年，可是一点儿都不了解我。和一个人在一起生活，但完全不了解他，这算什么？又或者她害怕了解我。她对我从来就没有信心。你干吗这么看着我？当我像你这么大的时候，我已经离开家去敖德萨了。我饿得要命，向别人乞讨，有个肥胖的敖德萨名人承诺给我一百卢布，让我把两个指头放在有轨电车前面的铁轨上。我太饿了，来不及等他说完就这么做了。只是这个混蛋吓坏了，跑掉了，钱也没给我。我的一生都是这样，不断割下自己身上鲜活的血肉，而所有人都离开了我。那么多人离开了我！她是第一个真正怜悯我的人，因为她自己也被一个坏家伙残忍地欺凌过。但她所有对我的怜悯都只有一个目的，就是改变我。我在奥洛涅茨基省流放了两年，这是最可怕的一段时间。比监狱里还要可怕。那里白天短暂，日光清冷，总是刮风下雪，天气非常冷，四处冰封，令人烦闷，多么烦闷啊！而她，”他的脸难看极了，“还觉得我们过得很好。她喜欢澡堂、严寒、阳光，喜欢我去打猎，打猎我根本不在行，当我从她身边溜走或者无意间背叛了她时，她会很难过。而我还能怎么样呢？但和你在一起就完全不一样。我们可以去一个遥远的国度，除了我没人知道的国家。我们弄到钱，然后买到去巴库的车票，从那里再坐船到波斯。那里会有一些可靠的人来接我们。我们翻过高山，穿过沙漠，在星光下来到印度，而在印度……在印度你会明白，什么是生活，你的所有怨气都显得那么微不足道。唉，小姑娘，小姑娘，但愿你能只品尝到人生幸福的佳酿。但不是在这里。你在某个时候犯了错。你不该逃往北方，而是应该往南。”

他的眼睛闪闪发光，乌利娅突然间产生了一个想法，这一切让她联想到一些非常久远的过去，准确地说，那不是她生活中的经历，那时她正在策划自己儿时的私奔。可是，我的上帝，这个脸长得酷似揉皱的小额纸币的人多年轻呀。他比自己年轻太多，间隔几代人，但知道的却远比她多，跟他在一起的时候，她屏住呼吸，忘记了世上的一切。她对他的感觉中融合了所有的女性角色：女儿、母亲、姐妹和妻子，不过萨韦利对她没什么性欲上的渴望，她对他同样也没有这种感觉。他很守旧地保护她远离一切事物，而她喜欢和他在一起，也喜欢赞扬他。

周围的生活越来越烦闷，报上的言辞越来越犀利，人们也是一样，继母的眼神越发空洞，有关战场上失踪的父亲的各种想法让她日渐绝望，因此她想摆脱这些念头，哪怕她知道，父亲这么做是为了自己，这让她更加自责，那个人闯进她生活安慰她，替代了她留在戈罗霍夫大街的东西。他帮助她活着，掩匿掉了多余的时间，堵住了时间的裂缝。乌利娅感到，如果他们一两天不见面的话，她就开始想他。这是一种多么奇怪的习惯，就像吃吗啡一样，虽然他们逃到印度去的日子在每次见面时都会延后，不过乌利娅很快就明白了，她不会再有任何私奔，不过她继续配合克鲁德，询问着有关他那个国家的各种细节，那里的城市、海峡、岛屿和名字有些奇怪的居民等等，他从来都不会言语混乱，回答得信心十足，非常详细，如果她是老师，而他是学生，她会给这些回答打个“优秀”。

不过，这个游戏有时会让乌利娅觉得厌烦，她浑身发抖，带着孩子不应该有的苦恼想：“我怎么在男人方面如此不幸呢？多嘴的男人，贫困的男人，靠不住的男人。难道就没有其他男人了吗？

或许我只对这样的男人感兴趣？难道我一生都会是这样吗？”

“一直会这样，直到你完全信任我为止，”有一次他说道，“只要你心里哪怕还有一点疑虑，我们就哪里都去不了。你还没准备好，小姑娘。你在原地打转，好像是有人用绳子把你拴住了。挣脱出来吧，只有你自己才能割断这条绳索。”

“有必要割断这条绳索吗？这条绳索会妨碍他爱上自己吗？”她阴郁地想，尽管从某一时刻开始，她已经害怕想到萨韦利。他总是想要乌利娅听自己的话，一切受控于他，这种奇怪的、充斥着乌利娅身体的新的束缚感迫使她想起巴维尔·马特维耶维奇，想起温顺听话的阿廖沙。“不，他想把我变成一只小狗，然后让我去替他驱赶飞禽。准确地说，他就是个驯兽员。他现在爱抚我，然后用皮鞭打我，之后会再一次疼爱我。”

她斜着眼睛看着他，心里极为愤怒，但同时还有一个人，准确地说是一个不久前住进她心房里的女人，她暗暗地提示小姑娘：你不要反抗，你要假装听他的话，暗自尝试控制他。他想利用你，而你也可以利用他，这样才会有和平，可是乌利娅和自己的女伴争论说：人不应该这样活。他说，我们这个时代悲剧的来源就是利己主义，而他自己比一起被逮捕的其他人都更要自私。乌利娅喜欢这样的争论，她想象着，好像那里有两个人，一个年长些，另一个年幼些。她们一直都争论，永远都不会达成共识，她自己一会儿和这个联合，一会儿又和另外一个合伙反对少数派的观点，但是她马上又开始怜惜输的一方，偏向输的一方。“我可能会疯掉”，乌利娅想，但她能在这些无休止的谈话中过得轻松些。

“其实，他喜欢你什么呢?”她用严肃的成年人的口气说，应该是姐姐或者亲生母亲才会用这种口气说话，“天晓得他中意的女孩是什么样的，他还想尝试着让你相信这些，当他知道他错了，就会觉得不好意思，他现在也是出于责任才和你来往。或者是因为他现在无事可做。”“但这不是事实，他喜欢和我在一起。我活泼，有新鲜感，我和别人不一样。”“看着吧，他会厌倦你，抛弃你，就像其他人那样抛弃你。”“看来，我的命运就是被我深爱的人抛弃，”小乌利娅同意说，“他们总是突然出现在我身边，然后又消失了。所有这一切只说明一点：我身上有某种缺点。”“女人的幸福不在于容貌，不在于善良，甚至不在于忠诚，她的幸福在于能够留住身边的男人，”成年的乌利娅一本正经地说，“这个你不行。你有和这相反的天赋。所以，这个男人很快也会抛弃你。他利用你写故事，把它们发表在纸张恶劣的彩色杂志上，得到稿费后全部用来喝酒，然后，再见吧，乌利奇卡。为此，米列尔夫人决不会原谅你，因为她的学校受不了这个。”“但是我会有钱，还有对生活的回忆，如果我有子孙的话，我可以把这些回忆讲给他们听。米列尔夫人不会愚蠢到一定要为这件事数落我。”

乌利娅沉思着，克鲁德的出现让她立刻学会了过双面生活，他鼓励着小姑娘。这个人扰乱了她的一切，让她感到不安，把她引入歧途，越走越远，他让乌利娅觉得有些疲惫，但这疲惫也是对的，是好的。唯一让她惊讶和不快的是，他从来不让她读自己的任何作品，哪怕一行都没有过。

“你不用读我的作品。”

“可是为什么呢？”她气愤地说道，“您把我当成什么人了？还是您担心我会失望？”

他的脸色变得苍白。

“如果我不听您的去读了呢？那会怎么样？您会杀了我？”

“比那还惨。我会把你送到你来的地方。”

关于这件事她没有继续追问。不过现在这里对她来说已经没有任何未知的秘密，他会给她细说路上遇到的每一个人。

“那个老太太吗？妓院的女鸨。她以前很漂亮，也很笨，后来，她变丑了，人却变聪明了。不过，她对自己的姑娘们却很好，不容许顾客欺负她们。你看见那个漂亮的女人了吗？她的命不好。当她的母亲去世之后，继父娶了她，因为他告诉她，已经过世的母亲住进了她的身体。之后这小姑娘怀孕了，他就对她不再有兴趣了。可怜的女孩病得很重，已经时日无多。而那个乞丐曾经是个非常有钱的人，他在银行工作，可后来却染上了性病，妻子离开了他。岳父不再给他钱，他还被银行开除，就这样一切都结束了。”

“那个有点老的先生是谁？就是戴着裂缝的深棕色夹鼻眼镜，

眼睛赤褐色那位，我在什么地方见过他。”

他们沿着近卫骑兵军团林荫路向码头方向走着，玩着克鲁德想出来的游戏。

“他以前是中学教师，非常爱生气，惹人讨厌的那类人。他总是当众说些下流话，人们都已经习惯于此，不再怪罪他了。”

“您了解所有人吗？”

“我了解所有值得我了解的人。”

几个浅色头发的男孩儿在抓鱼，他们非常警觉，轻风吹起水面上的涟漪，乌利娅突然间想起舍洛姆河，随着波浪起伏的小船，还有那个穿着绿色的猎装外套，背上背着枪的人。奇怪的是，她觉得自己背叛了他，从她在森林里跟在他身后，想要偷走他的枪时起，乌利娅就理所当然地应该属于他。可这个面容粗犷，强大而具有控制力的人从他那里偷走了乌利娅的心，而且一并抢走了那颗铅弹头。

“您认识列赫科贝托夫吗？”

“我们年轻的时候见过面，当时还一起参加了革命，但他却侥幸逃脱了。”萨韦利的声音变得阴沉，“后来他还到德维纳入海口的托实内岛上来找过我。他提起过一个神奇的小圆面包，非常可笑，他似乎一生都在追逐这个小圆面包，他来寻找离自己远去的未婚妻。她已经是我的妻子了，当时，她被我打发到彼得堡去找我的岳父。她爸爸是个很有趣的人，他主张婚姻自由，可当听说自己的女儿和一个囚犯在一起的时候，就要求女儿和我分手。我想告诉列赫科贝托夫到哪儿去找她，但没来得及说。他开枪射到一只鸭子，但却被狐狸咬伤了。可怜的家伙知道狐狸能传播狂犬病，被吓坏了，赶紧坐车去阿尔汉格尔斯格接种狂犬疫苗。回程中，他们所乘坐的船撞到了一个大冰块，差点儿没翻船。我给他倒了点儿酒，可他却突然大叫起来，说我要谋杀他。原来，注射了狂犬疫苗不能喝酒。真是胡说八道！我忍受过的这种种至今还历历在目，这丝毫不会影响到我。如果我真想杀他的话，就会直接动手。他还是一直在写他自己的那群笨狗和受惊的鸟吗？只有那些世界上没有的东西才值得去写，这是因为世上根本就没有诗人、没有艺术家，也没有作家。这里有的只是渔民、潜泳运动员、寻找天上珍珠的人，那些有价值的东西偶尔会从天空掉落到地面。列赫科贝托夫并不属于此列。”

“您是在忌妒他。”乌利娅说道，克鲁德语气中透露出的轻蔑态度让她很不舒服。

“我忌妒他？太可笑了。是我抢走了他的未婚妻，不是他抢走我的。他没有翅膀，而我却在飞翔。我亲眼见过死亡，可他却只能吹嘘自己打死动物获得的几张兽皮。我走遍整个世界，可他，除了北方的几片森林和少得可怜的沼泽地之外，其余的什么都没见过。百年之后，大家会看我的作品，而不是他的。”

“这有什么意义呢？”乌利娅想，“难道一百年之后大家读不读谁的作品很重要吗？也有可能，到时候大家什么都不会去读了吧。但有趣的是，巴维尔·马特维耶维奇会如何讲述这段历史呢？”她的心违背了自己的意愿，因森林里的忧伤而隐隐作痛，所以她想用晶莹剔透的蓝宝石换回那颗铅弹头，并回到那只顺着舍洛姆河漂流的小船上，乌利娅害怕自己这些脱缰的，无法控制的想法，她更害怕的是，又爱吃醋，又具备洞察力的克鲁德会看透这些想法，会用第三只眼睛审视她，又或者他早就已经读懂了这些想法，因此他眉头紧锁，沉默不语，不回答她的问题，也不再讲那些他们遇见的人。他们就这样沉默着沿着河走着：一位少女和一个身体健壮，但是脸却看起来苍老又疲倦的男人。

“简直就是一种折磨，”乌利娅想，“那个女人，他的妻子该有多么不幸。你去和这种人一起生活试试。今天，他的嘴停不下，滔滔不绝地对你说话，明天你去敲门，他连门都不开。但奇怪的是，我又一次与这个女人相争。我觉得她好像是我的情敌。唉，我多想和她友好相处。虽然她对文学一窍不通，但她可能是一个挺真诚的好女人。难道一定要这样吗？她只是遇人不淑，就像我父亲从来不会遇到好女人一样。人根本就是一种非常倒霉的生物，越优秀的人就越不走运。比如说我吧，运气就坏到极点。况且我出生在一个可怕的时代。我父母太着急了。要是我能一百年后再出生该有多好。或许现在我应该睡着，比如，为了不看见这一切，我避开去睡觉，然后醒来。唉，那时候会是什么样的生活！什么样的生活！”

她不知不觉中说出声来，接着就听到克鲁德刺耳的唠叨声：

“将来比现在还要更糟糕。如果要为什么而惋惜的话，那应该是我们为什么没有提前一百年出生。不过那时候情况也不好。”

“那不可能。将来人们不会是这样的。”

“当然会跟现在有所不同。你也看到女人们的变化了。”他忧郁地说。

“她们怎么了？”

“她们的穿着发生了变化。以前，正经的女人绝不会穿连脚踝都遮不住的裙子。而现如今，你看看这些摆来摆去的小裙儿，勉勉强强盖住膝盖。”

“女人的膝盖露不露出来，这很重要吗？”她惊讶地说。

“女人的着装决定了男人的行为。女人的放荡比革命、战争和恐怖行为加在一起都可怕，更准确地讲，正是女人的放荡才引发了这些。如果有一天女人开始穿露出膝盖的短裙，人类会变得要么像野兽一样凶狠，要么就软弱不堪，三代之后就会消亡。”

“露出膝盖的短裙？这不可能，”乌利娅笑着说，叹了一口气，“可您应该是一位很有道德的人吧。”

“我？”他气愤地说道，“我对‘道德’这个词儿怎么写完全没有概念。”

“我在想，您可能是个老师或者是中学校长。只可惜，我的继母不明白这一点，她生我的气，因为我和您在一起。不过她也不会再吃醋了。”她叹了声气，泪水夺眶而出。

“吃谁的醋?”

“就是有一个人。谢天谢地，您不认识他，”乌利娅含混地回答，为了以防万一又撒谎说，“他早就离开这儿了。可我现在怎么办呢？穿着到脚后跟的裙子，幻想着有人带我离开这里，去那个您到现在也没有带我去的遥远国家吗?”

最后一句话她还是没有说出来，只是在心里想着，可不管怎样，他都已经生气了：

“没有什么比幻想更糟糕、更没意义、更危险的东西了。要靠自己的双手创造奇迹，就好像皮匠做帽子，鞋匠做鞋子一样。所有的原材料都在地上，可人类却只将它们踩在脚下，却不肯弯腰捡起来。”

“在哪儿?”

他耸了耸肩，从地上捡起一枚别针。

“这对于我来说也是宝贝。”

“不要让自己变成蠢女人。你是从何得知的呢？万一，只要你弄坏了这枚别针，你内心深处的愿望就能实现呢。”

“您在开玩笑吧？还是您去折断，用这个……它……戏法……魔术……再说为什么要把它弄坏呢?”

……有时克鲁德会失踪，当他们再次在普列日科河桥上相遇时，他看起来眼睛红肿，非常疲倦，对于一切询问都不作答，乌利娅凭女人的直觉感觉到，他喝过酒，而且纵饮无度，这让她心里产生一种陌生的，成年人的愤怒，不过她一直能够控制住自己，直到有一次，他们到加钦的一位大作家那里做客。那是一个初冬的风雪天，作家是克鲁德的熟人。他邀请两人吃午饭，他见到乌利娅非常开心，时而向她打眼色，时而略带责备意味地摇摇头。他是个圆脸，眼睛像亚洲人，目光有点狡黠，乌利娅看着他，难以分辨这人身上是狡诈居多，还是忠厚居多，不过不管怎么说，她都挺喜欢这位作家，并津津有味地听着他讲苏拉米菲女皇的故事。她没有发现自己响亮的笑声越来越让郁郁寡欢的萨韦利伤心，或者她觉察到了这一点，但却故意激怒他。她的确是开心极了，而且也很喜欢这个房子，喜欢美丽体贴的女主人，喜欢他们八岁的女儿，还有小丑，她突然间想到，为什么克鲁德这匹野马不能这么开心，这么善于持家，这么热情好客？不能像这样娶妻，教育孩子，在自己家里招待客人？为什么他要在顶层阁楼里晃悠？让她看到阁楼是件非常难堪的事，因此他从来不邀请乌利娅去他那里做客。为什么他总是被某些东西刺激到，愤怒，愁眉不展，总是抱怨一些文学上的敌对者、嫉妒他的人、批评家，因为这些人接受的并非他真实的样子，这难道不是他自己的错吗？

她以前没有打算问他这些，可现在，当她看见这位和善又容易满足的人时，看到他获得人们的肯定，生活幸福时，这个问题就像一只蠕虫一样进入她的身体。乌利娅决定，即便萨韦利会生气，她也一定要找个机会问清楚。因为如果什么都不做的话，那就什么都得不到。这样，他就会有一个机会来思考自己的命运，他的命运就会发生转变。这个任务让她非常振奋，就像她想要教两个农村姑娘良好的行为举止时一样。可这一切都比上一次结束得还要迅速。不知是因为克鲁德习惯性地在她脸上洞察出一切，还是他的确喝多了，他与作家吵了起来。乌利娅甚至不明白事情是怎么发生的。她只记得那位男主人不慌不忙地说了些什么，克鲁德突然打断了他：

“阿列克谢·伊万内奇，你有一次近距离地见过真正的囚犯吗？可我见过。我和他们一起被押解。”

阿列克谢·伊万内奇皱起眉头，他不喜欢别人跟他抬杠，尤其是还有其他人在场时，尤其是这些其他人还是年轻的女士或姑娘。

“四十年代中期的时候我见过囚犯。”

“见过谁？”

“见过你。”

小丑笑了，乌利娅忍不住也笑了，可萨韦利马上就沉下脸来，变得有些粗鲁，就像他们在特罗伊茨克桥上见面时一样。

“阿列克谢·伊万内奇，你真是位好作家，非常好，可和布宁比，你还差得远。”他恶毒地说，让乌利娅感到惊讶的是，听者的表情瞬间变了，善良好客的主人一下子变得愤怒而狂暴，他的温厚被怒火取代，这种愤怒她即便在克鲁德那里也从来没有见到过。

“你的布宁不过是个自满高傲的醉鬼，他只听从自己，只会孤芳自赏：啊！我多么才华横溢，啊！我的文笔多么优美。他那众多的艺术手法让我眼花缭乱。在他身上看不到简洁，没有简洁，就不会有天才。”

“而我却喜欢谈论有关奥莉亚·梅谢尔斯卡娅的事情。”乌利娅火上浇油，她在心里行了个屈膝礼，她真的非常开心。

突然间，她什么都明白了。所有这些作家都是孩子，他们喜欢听到赞扬的声音，喜欢听到别人的恭维，如果挨骂了，他们就会觉得委屈，如果没人谈论他们，没人注意他们，他们就会叫苦连天，他们想争第一，变得更好。他们总是想要糖吃，同时又假装并非如此，因为他们为自己的幼稚而感到耻辱，想要装出坚强、骄傲而独立的样子。他们用荣誉来相互较量，又因此而受伤，而她，感谢上帝，一点也没被作家们的挫败所打动，但是她却感觉跟他们在一起很有趣。意大利人罗索利莫也很开心，他在模仿这两个人的样子，好像是想让他们明白一切都只是玩笑而已，今天吵架，明天就应该和好。可这件事的结局却很难堪。

罗索利莫在克鲁德身后做鬼脸，克鲁德觉得自己备受侮辱，大叫道：

“你给我滚出去，讨厌的意大利人！当俄国作家探讨生活的时候，你不许插嘴!”

人们还没弄明白小丑想要做什么，他已经敏捷地从桌子旁边飞了出去，跳出了门外。

“你滚吧。”主人对萨韦利说。

“好吧。”克鲁德耸了耸肩，但在门口停下了，“你得让我把酒带走。”

“你什么都得不到。”

“那我就坐在这儿，哪儿也不去。”

乌利娅小心翼翼地碰了碰克鲁德的肩膀，说：

“我们走吧，求您了。”

“你还要教训我!”萨韦利的眼睛里全是怒气，乌利娅知道，为什么他们第一次见面时他就称自己为野马了。女主人走进房间，手里拿着一个满是灰尘的瓶子，封口还有火漆。

“拿走你的马德拉葡萄酒，不要再来这儿!”阿列克谢·伊万诺维奇嘟囔着说，“可姑娘，你得留下。你不能跟酒鬼混在一起!抛弃他吧。他是你什么人?反正你什么也帮不了他。他一生都在猎取不幸，在这场狩猎中他得不到应有的猎物。可我和你都不是猎人，我们最好还是品茶，吃蛋糕。”

她很想吃蛋糕，但却为萨韦利受到的屈辱而心疼，她哭着喊道：

“您，您……您怎么就不感到羞愧呢?就算您很有名望，很富有，就算大家都看您的作品，所有的人都认识您，到处都需要您，大家都写一些关于您的事情，可为什么您这样对他？他要更好一些，更纯粹一些，他会比你们所有人要好一千倍。您看着吧，一百年之后大家读的将会是他的作品，而不是您的。”

乌利娅跑到了街道上，刚刚降临的暮色中，她的朋友已经喝完了昂贵的葡萄酒。她第一次看到他喝醉的样子。只是他醉得比较奇怪。乌利娅在高坨子村看到过许多醉鬼，记得他们会撒酒疯，打架闹事，但是，一个刚刚虽说是口出狂言，不过也算是条理清晰的人瞬间变成一个冷酷无情的木头柱子，脸上还带着白痴般的丑恶笑容，这种事她还是第一次遇见，根本不知道拿他如何是好。在昏暗的街道，她站在克鲁德的身边，一动不动地靠在围墙上，一滴眼泪都没掉，因为哭起来会更加害怕。他脸色惨白，大滴大滴的汗珠从额头渗出，顺着脸颊滑落下来。太阳穴上青筋跳得厉害，似乎立刻就能迸出血来。

低吹雪袭来，短暂的白天结束了，暮色浓稠起来，萨韦利一动不动，乌利娅担心他会被冻死。两个人都没有钱坐马车。她不可能回去向被自己最后几句话侮辱过的阿列克谢·伊万诺维奇要钱。乌利娅四处张望，她好像生平头一次真正地祈祷：“上帝，帮帮忙吧！”她不好意思大声叫喊，一直恳求着说道：“帮帮忙吧！你想要什么吗？如果你不想可怜我，那就可怜可怜他吧。想想办法吧，让这雪融化，让我们突然出现在他的国家。为此我做什么都行，尽管我不知道你喜欢什么。如果需要的话，哪怕让我冻死我都愿意。帮帮我们吧，求求你了，求求你了，帮帮我们。”然而天空满是乌云，在云层和暴雪的背后，没有谁想照顾这个不听话的姑娘，她正因为寒冷和恐惧而瑟瑟发抖，也没有人救助她那人事不省的同伴。乌利娅拿起一个石头向空中砸去，石头没飞多久就掉了下来，砸到了围墙对面的一个装木柴的小雪橇上。乌利娅把木柴卸下来，然后把野马那长长的身躯推到了车上。接着，她试图推动这个笨重的雪橇。雪橇纹丝不动。乌利娅把自己像马一样套在雪橇上拖了起来。

路上的积雪还很少，雪橇前行得很困难。克鲁德的双腿离开了雪橇，耷拉在地上。有个女人迎面走来。

“你拖着的是你的丈夫？还是父亲？”那个女人很同情地问道。

克鲁德一下子清醒过来，但身体和舌头都还依旧不听使唤。他愧悔地看着乌利娅，后者在黑暗的马路上拉着他去火车站，在那儿，她还需要等很久，克鲁德才能醒过来，突然，她的身体里出现了一种以前从未有过的成年人的情感，那是对男人醉酒的厌恶，但是马上她就想起自己在“罗德庄园”大醉后那可怕的头痛，于是她开始可怜他。“要么我就跟他一起喝，要么我就抛弃他。我就这么跟他说。”

可萨韦利先说话了：

“我答应你，我再也不碰酒了，直到得到你的允许为止。你和他们所有的人一样，还不了解我。我对于他们而言就是个丑角，一只婆罗洲岛跑出来的猴子，还不如那个意大利小丑呢。唉，所有这些在编辑部和报社工作的人，这些教授和编外副教授，他们全都是卑鄙的恶棍，下流的混蛋！他们肥得流油，我们却变成酒鬼。他们得到玩物，我们却只能流泪。你也不比他们强。你在我身上看到的是另外一个人，还觉得这就是我，可你却不了解真正的我。没有人理解我。你只是走得更近些，来窥视我，就像看一口井，但你还是几乎什么都看不到，因为你的眼睛被世俗的东西蒙蔽了。不过，我看你却看得很清楚。你的生命里有些多余的废物，也有些不足，这妨碍了你。但是我将改变你的命运，我会赠予你另一个名字。然后你就能遇见那个爱你的人。那个人生活得不富裕，但却很努力，人也善良，你的父亲会试着给他出头的机会，但是你却会错过这段爱情。”

“为什么?”

“因为你轻视他人，在生活中走马观花，考虑的只有你自己。姑娘，你很空虚。你甚至并不平庸。你如此空虚，以至于每个遇见你的人都想用自己的内容填满你，而且觉得他们已经拿下你了。这就像捕捉到一点点月光。尽管迷人，但却没用。”

他勉强地笑了笑，乌利娅想起，自己曾如何保护他不受阿列克谢·伊万诺维奇的欺辱，如何用雪橇拉着这个醉鬼，她感到委屈难过，后来，当她终于明白，他的话中有一些深邃的真理，只是自己不能完全理解，那难过的情绪就变得更加强烈了。

8

“我坏，我蠢，我自私，我无知，我还能怎样？我就是这样被教育的，这不是我的错。或者说完全没有人教育过我。我三岁时就被生母抛弃了，继母甚至害怕碰我一下，就好像我是只青蛙。如果女孩在小的时候没有被爱抚，那么她会怎么样？”她审视着自己，不知是充满怜惜，还是冷酷无情，“不，我要用另一种方法教育自己的女儿。我要亲吻她，给她洗澡，给她梳美丽的盘发，给她穿白色的裙子。当她长大成人后，我会告诉她，生活应该怎样，不该怎样。哎，我的小心肝，你什么时候才来到我身边？没有你的日子多么忧伤！”房子里空荡无人，寂静无声，只能听见窗外的风在呼啸着，不停地将海水从海湾吹向尚未封冻的涅瓦河。最艰难的季节来了，距离春暖花开还很远，日子变得阴沉，难挨。她和萨韦利见面比以前更少，当他们在一起时，他显得更加忧郁，要么沉默寡言，要么就说一些令人不快、害怕的事情。

“有一个人让我很痛苦。”有一次他无意中说道。

“是谁？”

“好在你不认识他。他是我们中的一员，是我们中间最优秀的一位，但是他身上发生了些不好的事。他没有认清自己的力量，飘飘然起来，甚至没有发现自己已经被那些阴暗的小人利用。想象一下，一个坚强、聪明、充满激情，并能言善辩的人成为了别人手中的武器后会怎么样。小姑娘，大人物让小人物臣服并不可怕，可怕的是小人物们操控着大人物。大人物越厉害，情况就越危险。最近我经常想起他，我总是想着他，甚至不能干别的事情，因为他，我写不出一个字，”克鲁德的声音显得非常不满，“这是一种悲哀，不能嘲笑他，也不应该无中生有地编派他，但也不能置若罔闻。他谨慎、重要，而且不简单。多少次，人们都想干掉他，可是谁都没有成功，将来也不会成功。他们本想打死他，毒死他，撞死他，可一切都是徒劳。他逃脱了，在不可能活下来的时候成功地活了下来。他在密谋着什么。如果让他活得更久一点，这个城市将被饥饿、死亡和大群黑老鼠控制。”

乌利娅耸耸肩膀，就把这奇怪的谈话忘掉了，她以为这是克鲁德平日常有的幻想和古怪的方法，他靠这些来无中生有地编造自己那些阴郁的故事，但是，萨韦利有一次没有来他们会面的地方。第二天没有来，第三天也是，她明白自己被抛弃了。“他厌倦了我。他只是在利用我。我对他来说就是玩具。可以随意打扮的玩偶。或者他还是酗酒了？他没忍住，没控制住自己吗？他向我许诺过不再喝酒，所以现在觉得惭愧了。但是如果他请求原谅，即便只是暗示，我都会原谅他。或者他只是走了？一个人去了自己那光辉灿烂的世界，没有带上我，因为我是个蠢女人，因为我怀疑过他，因为我不信任他，没有经受住考验……”

没有月亮的夜晚，这种想法向她袭来。乌利娅自己都不知道，她是睡着还是醒着，最终因为恐惧起身，走向窗户。天空黑得伸手不见五指，随后隐约开始泛白，微弱的光线涌动起来，看情形像是会渐渐明亮起来。她很想推开窗户，从那儿跳出去奔跑。但是这里和农村不同，没有土地，下面只有空荡坚硬的马路。房间里有个人。乌利娅认出，这是小时候在夜间来找过她的那种生物，但她现在的感觉并不是害怕，更像是好奇。有什么东西亮了起来，她没能立刻弄明白，那是她的小石头在一边发光一边说着：“飞起来吧，请相信……”

“是的，飞起来吧，请相信，”乌利娅大声说，“然后痛苦地坠落，他就会看到，我如何坠落并且大喊呼救。如果他这段时间只是藏起来，偷偷地观察我的举动，我也不会吃惊。就这样吧。”

她从脖子上取下蓝宝石项链，放到桌子上，美美地打了个哈欠，伸了个懒腰，很快就进入了梦乡。甚至不是进入，而是像掉进坑里一样，掉入了梦境。因为感觉到了冷，乌利娅才醒来了。她穿着睡衣坐在地板上，肩膀瑟瑟发抖，角落里有两只眼睛目不转睛地看着她。乌利娅想大喊，但喊不出来。要马上醒过来，要拿起宝石，冲出并摆脱这令人痛苦的梦境泥潭。但她什么也做不了，挣扎着陷落下去，伸手去抓宝石，但小石头已经不在桌子上了。什么人偷走了宝石……一对红色眼睛向她靠近，这时乌利娅看到了一只大老鼠。宝石在老鼠嘴里闪着光。乌利娅开始恶心、害怕，但是老鼠根本不打算离开，小而锋利的牙齿令人厌恶地哆嗦着，似乎再过一瞬，老鼠就会吞下宝石消失掉。乌利娅忍着厌恶伸出手，从老鼠的嘴里取出克鲁德的礼物：

"我全明白了。我再也不取下来了。只是请你告诉我，他在哪里？"

"在涅瓦监狱。"

"因为宝石而入狱吗？"

"不是。"

"那因为什么？"

"不是因为什么，而是因为某人。"

乌利娅摇了下头，又陷入了新梦境。十月的阳光若有若无地闪烁着。涅瓦河上劲风四起，冰冷的河水升到了花岗岩的最边缘，在乌利娅面前的根本不是什么老鼠，而是不久以前来过的、长得有些像老鼠的尖下巴女人。

乌利娅上次在天鹅运河见过她，这之后她身上发生了很大变化。她的脸上不再有痛苦，人变胖了，皱纹也舒展了，看起来很是平和满足。她的旁边是一位善良的男子，梳着中分，耳朵凸起，站在那里好似一只训练过的家犬，恭敬好奇地看着乌利娅。

“他用的是假护照。如果行事低调，不会有人注意到他。但他自己暴露了。”

“他做了什么?”小女孩嘶哑地问。

“他在皇村站台上袭击了一个人，而关于这个人最好低声谈论，或者根本不要谈论。”

“他杀了他?”她的声音开始颤抖。

“他杀不了，”女人嘲讽地说，“他根本就干不了什么。他唯一的武器就是——犀利的语言。”

“是您出卖了他!”乌利娅叫道，“您厌倦了，就出卖了他。”

“不要重复别人的蠢话！我要是想出卖他，早就做了。或许我之前就应该这样做。他还能省下一些时间。你干吗盯着我看？要知道，我是从怎样的下水沟里把他拖出来的，为此我受了多少侮辱!”

“您在说谎。他是高尚、正直的人。”

“他?”女人哈哈大笑起来，眼中噙着乌利娅未曾发现的泪水，“我这辈子从没见过比他更下流虚伪的人。请你相信，我见识过很多不同的人。他陶醉于自己的不幸，并大方地与所有遇见的人分享。尤其是乐于与那些像你一样长满雀斑的傻子们分享。我不想再和你废话。我对你不感兴趣。我曾在某一个时刻对你十分好奇，但现在不了。而他似乎对你非常感兴趣。他想最后再利用一下你。他请求我找到你，并告诉你，好好地安排他的出逃。要知道你父亲可是涅瓦监狱的头头，或者是这一体系的某个官员。

不是吗？奇怪，他在这类事情上通常是不会犯错的。监狱让他疯狂。每次蹲监狱，他都幻想着逃跑。有一次他一天内逃跑两次。第一次，是因为答应了监狱长会回来，第二次，是因为答应了自己要逃跑……我跟你说：如果我是你妈妈，就会禁止你与作家接近。”

“假人，”乌利娅明白了，“就是假人。虚伪的内心，丝绸般的皮肤。健康的肤色，清新的口气，极好的胃口，心脏里奔涌着鲜血，好似永不停歇的发动机。我的天啊，两个极不平凡的人都爱着这个玩偶！他们痛苦着，体会着负罪感，差不多将她奉若神明。其中一个至今还对她抱有幻想，另一个则随身带着她的肖像。他们为她奉上自己的作品，找寻她，思念她，而她为自己找了个傻瓜、笨蛋来任自己随心所欲地摆布。”

仪表优雅的先生像是为了确认她的猜测，很是愚蠢地笑了一下，并用英语咒骂着什么，至于具体内容，乌利娅则判断不出来。

“还不是个俄国人，啊哈！”

“我给你最后一个建议。”女人转向乌利娅，“你要是知道谁是作家，就快跑吧，傻瓜，用力跑……”

乌利娅就这样飞奔而去。她跑到了戈罗霍夫大街 。这里的一切在她离开后都改变了。到处是新人，到处是陌生的面孔。警卫处的人打着瞌睡，他们很久已经没有再保护任何人了。楼梯间内弥漫着血腥和铜臭。乌利娅刚进门就感觉到了。她在房门口被拦了下来。

“你很久没来了。来干什么?”阿基林娜瞥了她一眼。

“不关您的事。”

“离开这里。”

“我不想。”

“我说，离开。”

阿基林娜身后出现了一个身量不高的白胡子老人。他目光锐利地打量着乌利娅，仅用眼睛就看穿了她，萨韦利做不到如此程度，他移开的眼神中闪烁着某种满足，这让乌利娅突然变得尤为不好意思。

“让她进去。”老人眯着眼睛，轻声对阿基林娜说。

乌利娅坐在客厅里，正如几个月前一样。这里再也不像非洲野兽的饮水处了。几个纨绔子弟谈论着银行贷款和军事承包的事情。初冬时节出现的夜幕降临时，穿着得体的瓦尔瓦拉和玛特廖娜出现了。玛特廖娜挽着一位年轻的高个子军官。阿纳斯塔西娅步履沉重地跟在她后面，这段时间她又胖了一些。

“我的未婚夫。”玛特廖娜骄傲地说。她把辫子剪了，做了个新发型，因而本属于她的那种可爱的，乡村的气质消失了。

军官斜眼看着乌利娅略略凸起的清澈眼睛，想了想，随后介绍到：

“格列布·索洛维约夫中尉。”

有外人在场，乌利娅并没有说话，奇怪的、毫无边际的交谈开始了，没有人知道它会怎样结束。玛特廖娜享受着未婚妻的身份，瓦利娅赞许地看着妹妹和她的未婚夫，只有娜斯佳转过身去默不作声。

“玛特廖娜，瓦利娅，我需要尽快见到你们的爸爸。”

“为什么?”玛特廖娜精神一抖，她漂亮的深棕色双眸警觉地眨着，“你找他干什么?”

“有重要的事。”

“你的重要事也可以和我们说说。爸爸遇到了点麻烦事，不能见你。”

“我的一个朋友有麻烦。”

“什么麻烦?”

“被捕了。”

“犯了什么事?”军官不满意地问。

“他是你的未婚夫吗?”玛特廖娜眯缝着眼睛说。

“不，只是朋友。请帮帮忙。”

“对女孩来说没有单纯的普通朋友。”

“我们当然会帮忙的。”瓦利娅插嘴说，但是军官打断了她：

“这得花钱。”

“我身无分文。”

他冷冷地看了看她：

"如果没有钱，那就走吧。"

乌利娅转过身，取下蓝宝石项链。宝石在昏暗的房间闪烁着，比在梦中更闪亮。

"假的？不，难道是真的。"未婚夫边嘟囔边用嘴检验石头。"我们要吗，玛特廖娜？好吧，我会跟爸爸说，让他见你。在这和娜斯佳坐一下。请千万别听她的废话，她开始时总是号啕大哭，最后会威胁你。"

房子的主人已经喝醉了。他很消瘦，几个月的时间仿佛老了好几岁；一双肿眼泡空洞地看着乌利娅。"什么啊，是双胞胎吗？"她转向娜斯佳，而娜斯佳则只是低着头。他最终认出了她，用着如往日般亲近的调子低沉地说：

"发生什么事了，小山羊？"

她先是愣了一下，随后便急切地诉说着，解释着，恳求着，哽咽着，流着泪。她觉得他立刻就会写张便条，"亲艾的竟艾的帮帮忙"，然后她拿着跑到监狱长那里去。他不仅仅会释放萨韦利，还会释放所有受到不公平对待的人们，还会给他们每个人一栋新房子。不过她求助的那个人却摇了摇头：

"啊，记起来了。有那么个暴躁的先生。他袭击了我，拿着根刺针在我面前挥舞，好像我是凶恶的瘦老头。他提出要决斗。"

"和您？"

"他说的是，你，只能在公平的单打独斗中被杀死。他提供了武器，叫我黑暗骑士，骂我是兽人，受难的丹尼斯卡。我跟他说，放弃吧，体面的先生，你干吗要和一个乡巴佬决斗呢?”

“他是个疯子，一个幻想家，他是个作家，浪漫主义者。请您放了他吧。他不应该被关在监狱里。”

“谁又应该呢？我早就原谅了他。我原谅了所有人，所有不喜欢我的人，连一百年前的罪过都宽恕了。但这件事我没有权力过问，小乌利娅。我不能决定关押谁和为什么关押。除非求一求皇后。但是我不会求她。”

“为什么呢?”

“监狱完全无关紧要。反正监狱很快就会释放所有人，而之后再装满新的犯人。为此跑去求人，你会筋疲力尽的。你觉得我的女婿怎么样?”

乌利娅不置可否地耸了耸肩膀。

“流氓，可这方面我也不能控制。我女儿这个小傻瓜坚持说：‘我爱这个军官!’要是以前我给她展示过什么是‘我爱’就好了。我就不应该把女孩们带到这里来。这已经变成了一个极其糟糕的黑暗所在。书呆子多马还在纠缠我。他一直纠缠不休，不肯放手。亲爱的，我很无聊。所有的一切都让人厌烦。我将马上离开。你知道方才一位长老关于我说了什么吗?”

“什么?”

“他说，要杀了他，手段可以无所不用其极，犯下什么罪孽都可以被宽宥。”

“长老怎么可以这样?”娜斯佳突然大喊一声，哭了起来。

“也许，他可以。长老看得更清楚。他是有先见之明的，这个老人，”他想起来了什么，“既然有了他的恩准，就会有人来刺杀我。所以让你那光明的骑士不要悲伤。刺杀的方法，他这个幻想家做梦都想不到。有罪的身体穿过土地、水、火和空气，不着一丝痕迹。杀死我的最好是没鼻子的婆娘，或是三指的魔术师，或者是罪大恶极的伊西多尔，而不是先生们……在俄国，先生们杀个农夫，还要向异教徒寻求帮助，这是很不好的事……你不要哭，”他转向娜斯佳，“我会带着你走，我们一起去流浪吧。”

“您有什么罪?!”

“走吧，乌利娅，走吧，不要听我们说的话，什么都不要怕。我都和你说了些什么啊。”

他向她俯下身子，低声说了几句，然后把手伸进口袋，取出蓝宝石递给她。

“喏，拿着自己的石头，精巧的小东西。应该很贵重吧?”

“是的。”

“好，上帝与你同在。偶尔想一想我，不管听到关于我的任何消息都不要相信。”

乌利娅顺着楼梯跑到院子里，差点撞到同路的蒙着面纱的女士。她刚跑到街上就回过神来，想起了这个女士是谁，就在这个时候，一股令人郁闷的不祥预感笼罩了乌利娅。要是她冲回去，应该来得及警告那个离她而去的人，但是她的脚又开始不听话了，好像它们又一次失去了知觉……这个人就留在了她的记忆当中——一位忧伤、疲惫、被迫害的老人，他在生命的尽头仍相信众叛亲离的沙皇和皇后。过了一段时间，手无寸铁的他失去了一贯的谨慎，轻易相信了折磨自己的那群人，一个仪表堂堂的、梳着中分、耳朵凸起的英国绅士先是把他严刑拷打到不省人事，然后用最牢靠、最龌龊的方式将其杀死，然而，这件事谁也不知道，所有人都开始编造并传播那些离奇的故事，内容包括显贵们的密谋、兽奸者的复仇、氰化钾蛋糕和藏着死人的血迹斑斑的天井，乌利娅一点都没有相信。大街、火车站、神殿、贵族俱乐部、军官会议，人们都喜悦着、自豪着，他们点好香槟，演奏着赞歌《神佑沙皇》，而她则没有如他们那般喜悦，也没有骄傲。但她也没有像商人之女阿纳斯塔西娅一样悲伤，一样投入黑色的涅瓦河，随他而去。

乌利娅感觉到，他的死在某种程度上是合乎情理、不可避免的，这正是他所预先猜到的，他走向死亡时是那么的安宁，就好似农夫和士兵们那样安然离世。只是三月时，当她在报纸上发现，他的尸体被挖出来化骨扬灰时，她极其痛苦地为他哭了起来。

9

然而，时代已经完全不同了。她的眼泪很快就流干了，痛苦也消失了。就在革命爆发的那个月，乌利娅十八岁了，虽然她吃得不好，睡得也很差，可她的天性还是显现了出来：最新的校服裙紧了，从裙子向外挣脱的不仅仅是她的身体，还有她的心，俨然，什么都阻止不了这种成长。在她眼中，革命是火焰，是无拘无束、离经叛道的彗星，在这颗彗星的尾巴里，一切能被容易、很兴奋地燃起烧尽。这场革命与乌利娅的青春完全吻合，像风一样带来了自由和轻快。风吹进了少女的内心，乌利娅参加所有的集会和游行，她疯狂地热爱一切，热爱高大如鹤的克伦斯基，热爱革命演讲，热爱成千上万的游行、旗帜、口号、肖像以及人们的联欢。她喜欢看着沸腾起伏的人海，它被某人神奇的崇高意志所操控，极其听话。人群的嘈杂声在她的耳朵里如音乐般悦耳，同时她也难为情地想起自己曾在这个广场想为沙皇而死，纵使当时并不是只有她一个人这样。恰恰是那些曾准备为国家奉献生命的人，现在戴起了红色蝴蝶结，开始欢呼，互相庆祝告别了血腥的君主以及让国家萎靡不堪、在战争中遭受挫败的黑暗力量。如果当时所有人都被旧势力欺骗迷惑，那么现在他们都已幡然省悟，获得了自由，胜利仿佛已近在咫尺。在起死回生的俄国，自由的公民离胜利只剩下一小步，所有人都开始为庆祝做准备：摆满桌子，装饰墙面，邀集客人，招来乐队，只是房子的主人会晚些才到，商店重新上架了面包，人们排队购买报纸和士兵们贴在胸前的纸花。

人们争辩着俄国未来的体制，乌利娅当然支持共和国。她爱上了“同志”这个词，长官们对马车夫用这个词，娇小姐们对管家用这个词。她与大学生、讲习班学员一起唱《马赛曲》和《国际歌》，共同埋葬在战神广场为革命而牺牲的人，向首长的汽车扔鲜花，只是有一次在街上，当她偶遇匆匆而行的玛特廖娜和瓦利娅时，她闪到了马路的另一边。乌利娅自己都不能解释这是为什么，但是直觉告诉她，这次相遇对她和她曾经的学生们来说都会是不愉快、不需要的，多余的。姐妹二人还处在之前的生活中，而她通过了考试，迎来了新的生活。然而，有那么一次，一个女乞丐扰乱了她的心智，这是一个年纪不是很老，但穿着破旧的女人，她边走边咒骂着士兵们，说他们忘记了陆地上的沙皇，也忘记了天国的主宰。女乞丐没有骂知识分子——他们有什么可骂的？她骂着老百姓，看到她疯狂地抓住士兵军大衣的袖子和下摆，乌利娅的心一阵阵发紧。女乞丐与乌利娅的目光相遇，她的眼睛瞪大了，眼神变得暗淡无光，她想说些什么，但在她要张口的时候，人群冲散了她们。

“皮季里姆被押来了，都主教！”

涅瓦大街上行驶着一辆敞篷灰色大巴，车上带枪的水兵们面露讥讽包围着一位虚弱的老人。他胡子花白，戴着白色修士帽，穿着带标识的法衣。乌利娅认出了这个人。都主教没有抬起眼睛，好似一只陷入沼泽地的、被牛虻困扰的驼鹿。人们呼喊着，尖叫着，向他吐着唾沫。

“格里什金的奴才！真可耻！打倒他！”

声音最大的是位英俊的见习修士，他的胸前戴着蝴蝶结，而那位老人在眼神与之相撞的一瞬间，把头沉得更低，他的嘴唇哆嗦着、颤动着。

一连几天，乌利娅不断地在人群中寻找女乞丐，她无论怎样都找不到，不过却在一次集会上遇见了米列尔夫人。

起初乌利娅是害怕的：革命是革命了，但是谁也没有废除学校的规章，女学生参与公开集会也是未经许可的。校长的脸是如此的悲伤，以至于乌利娅抛开了学生的畏惧，走到校长身边。

“真不是时候啊，小姐，”米列尔低声地说，眼睛看着她身后的某个地方，“你比之前长大了一点，或者正相反，是更年轻一点。可是，你这是在往兽嘴里爬。”

“我在这是个意外，我只是路过。”乌利娅竭力证实自己是无罪的。

“已经没什么能阻止你们了，什么都不能。不能强留人听话。

直到他们自己碰得头破血流才行。你们变化得真快，”她摇着头，面无表情地补充道，“我很快就会离开。”

“去哪？”

“我也不知道。很远。或许，是澳大利亚。”

“那学校怎么办？您不是说，那里有您全部的生活吗？”

“我是说过。我说过很多话，”米列尔夫人痛苦地说，“很快那里就不会有什么学校了。小姐，你们会觉得学到的所有东西都是多余的，再也不会需要了。但事实不是那样。无论发生什么，请你们什么都不要忘记，要活着，活着，请原谅我的唠叨。”

“他也这么说，”乌利娅突然冒出一句，“让我活着，不要害怕生活。”

“谁说的？”

“他。被杀的那个人，”她低下头，低声说，“您当时因为我去见的那个人。”

米列尔夫人的脸开始抽搐、变形。

“他早就应该被杀！”她声音嘶哑地喊道，“杀了他，表面上惩罚凶手，然后秘密地将之释放奖励。我预言过，我说过，所有的一切，一切都是因为他。这种疯狂、罪恶、卑鄙行为，所有的恶劣勾当都是他开的头。”

“您为什么这样说？您完全不了解他。”乌利娅责怪道。

“我是就事论人。”

“他也不想坏事情发生。他……”

“他想与不想有什么区别，”米列尔夫人打断她，“天哪，真是个灾难啊！活着时有坏事发生，死了以后，情况变得更糟了。因为他，沙皇、皇后以及他们的孩子们在监狱受折磨。他们在替他赎罪。所有的鲜血都为他而流。而小姐，您恐怕，也被他玷污了。”她一边说着，一边急忙躲开乌利娅，像瞎子一样，没有看清路而撞到了行人。

乌利娅站在那里，怜悯而悲伤地看着校长，没有一句斥责。她对这种不安和恐惧不甚理解。铸造厂路中学的高年级女学生不仅相信，而且就像知道自己面临哪一门课的考试一样，确切地知道，所有的牺牲都已经做了，都得到了补偿，俄国的一切很快就会彻底好起来，父亲会回来，另一种生活会来临。这是焕然一新的、摆脱了所有虚伪、老态、空洞和无力的俄国，舍洛姆河畔和高坨子村又要回来了，而她又可以在干草垛之间狂奔，只不过现在已经，或许，已经没有阿廖沙在身边。就好似在暴风雨或地震中丧生的人一样，阿廖沙已经被列入伤亡名单，而那些幸免于难的人们则变得更加亲密。

对于自己另一位同志的去向，乌利娅一点也不清楚，但他的离去远不如前者般令人难过。他好像允许她，或者只是表面上让她做自己的女朋友，妻子，还拿走所能拿走的一切，但是乌利娅没有感觉自己被侮辱，被偷窃，没有感觉心灵空虚。

有一次她在报纸上读到，因革命而从沙皇监狱里释放出来的著名小说家萨韦利·克鲁德与北极研究员鲁道夫·卡扎凯维奇去了北极考察，他们乘坐的是从前的“皇太子阿列克谢”号，这艘船如今叫作“自由”号。没有比土生土长的南方人克鲁德与北极更矛盾的组合了，根本无法想象。然而报纸上刊登了胡子拉碴的克鲁德戴着船长制帽的照片，还有关于他的简短采访。

“为了不看到熟知的事物，我总是出发去未知的地方。再见吧，那个听不到我说话的人。”

这些话，仿佛是对她含蓄的责备，又像是逃跑的最后邀请，但她没有打算去任何高处和远方。这里实在发生了太多不可思议的新鲜事，因此乌利娅忘了自己的幻想家，只是有时会感到不寒而栗，就好像是听到克鲁德的铃铛声在远处响起，这时她会怀着淡淡的忧伤，看着天空发呆，心中满是懊悔，但这也只是暂时的。春天的时候，有那么几次她在报纸上读到简短的文章，说的是“自由”号驶入了法兰士约瑟夫地群岛，预计秋天时返回摩尔曼斯克，之后关于这艘船的报道就没有了。

现在乌利娅经常见到列赫科贝托夫。革命前不久，巴维尔·马特维耶维奇到彼得格勒的瓦西里岛定居。他在一家大的自由派报社里找到了工作，拥有了夹鼻眼镜和贵重的钢笔，医好了牙齿，再也不谈打猎、狗、失去的女人们或是教派信徒，却热衷于讨论临时政府的部长和土地改革，讲述刑事犯是农村最活跃分子之类的话题。

“在高坨子村，艾洛斯神父险些被杀。这个倒霉蛋在求祷时无论如何都不能跳过怀念沙皇及其一家的步骤。他应该说‘为了神圣的临时政府’，但是他一到这个地方就略过去。他的开场白还是老样子：‘为了帝国笃信正教的沙皇。’人们聚集在周围，让他试验新的祝祷方式。不定什么时候，他就会像山羊一样被宰杀了。甚至都不会有人想起，在战争之前，是他使村子免于旱灾。农夫们以柳巴公爵的名义拔光了孔雀的羽毛，让其裸跑。真是可怕、野蛮又鄙俗的民族。如果知识分子第一个胆怯地逃跑了，如果将士们都背叛了沙皇，这个民族还能怎么样呢？我们的高级修士们也是如此。您回答我吧，您是信教的俄国女性，东正教的信徒。”他转向悲伤的维拉·康斯坦丁诺夫娜，“有过一位声名赫赫的教士或者是他们的头目维护过沙皇吗？为沙皇说过好话吗？肯定了他的功绩吗？肯定了他为他们自愿做出的伟大牺牲吗？不过，不，有那么一个出头了。知道是哪个吗？萨拉托夫的主教，就是那个，在一九一三年被沙皇下令放逐到日拉维奇修道院那个。只有他一个人的良心觉醒了，鼓起勇气说真话。其他的人要么避而不答，要么空谈理想。您的多马不切实际地夸夸其谈，要求东正教的革命和教会的革新，他的目的直指都主教的职位。但是，难道可以因为一个无罪被杀害的，闹出丑闻的农夫而迫使整个教会放弃尊严吗？而且，没有人清楚地知道这个农夫到底是什么人，带来了什么好处，或是犯了什么罪。他们吹捧他，把他带到沙皇那里，而现在，要是他们低下头，忏悔或者请求宽恕，祈祷死去的人心灵的安息，那倒还好，但是没有，他们是第一批向他扔石头的人，却好像自己没有罪过一样。根本没有人觉得心中有愧。

维拉·康斯坦丁诺夫娜不再做针线活，一双近视眼平静地看向巴维尔·马特维耶维奇，什么也没有说。事实上，他也没有在等她说些什么。他只顾着说话，什么都听不到。对于革命，这位猎人好似高兴又好似不高兴，他的心里既振奋，又不安。他对乌利娅也是矛盾而奇怪：既友好，同时又下流。他剪短了胡子和头发，变得年轻起来，看起来焕然一新，他不习惯城市生活，穿着普通的衣服，来到铸造厂路，一边喝着自己带来的，加了糖的热浓茶，一边讲述着新鲜事。新鲜事是那么多，巴维尔·马特维耶维奇勉强应付得来。

听到他说的那些名字，乌利娅觉得头晕目眩，她想着，自己能够生活在革命时代是何其幸运。过去几年，甚至几十年聚积在俄国空气中的一切，被浑浊、闷热、无法解决的问题、禁令、欺辱、无望的生活所压抑和折磨的一切最终冲破了枷锁，鲜活的、自由的事物取代了无用的、琐屑和没有意义的东西，散发着光彩和声响，在街上弥漫开来。这几个月是对她所有的忧郁、惊慌、愁闷和绝望的奖励；乌利娅对巴维尔·马特维耶维奇讲这些时，脸上带着幸福的笑容，而他一边乐意地附和着，一边欣赏她，只有维拉·康斯坦丁诺夫娜还在逃避着昔日自己沿舍洛姆散步时的同伴，而他也不急着和她交谈。列赫科贝托夫所有的注意力现在都在别人身上。这位魁梧结实的男性邀请乌利娅去看电影，吃饭，并送她回家，俨然已经将她看成自己的未婚妻，乌利娅不知道自己该怎么办。

如果不是革命，她永远都不会与这个在年龄上适合当父亲的男人携手并肩走在涅瓦大街上，他与她的父亲相交甚好，已经结婚生子，而她还曾经爱上了他前妻的孩子。可是，现在什么都可以做。乌利娅感觉自己变得更成熟、更有阅历，声音变得低沉，话很少，眼神更神秘，独有的笑声非常独特、个性。她不知道自己现在是否爱着列赫科贝托夫，但她喜欢过，而且现在依然喜欢被他爱着，喜欢自己可以唤起这个聪明的、阅历丰富的人的兴趣。他没有给她任何不切实际的诺言，他完全没有承诺过什么，有时他还嘲笑，甚至粗鲁地讥笑她言语中的错误、她的发育不全、幼稚和孩子般的好奇心，但是在这个人身上，有种可以牢牢抓住她、让她与所有欺辱告别的东西。

为了不让人看出她不久前还是中学生，乌利娅甚至开始可以打扮成年轻女士的样子。她久久地站在镜子前面，这样那样地别着头发，一会披散着，一会又挽起来，她讨厌雀斑，虽然现在它们使她看起来更温暖，更温柔；她试遍了自己为数不多的几条裙子，一边幻想着新裙子，一边思考着是不是应该暗示列赫科贝托夫帮助她更新衣橱，或者让他在命名日买个小金表，但是克鲁德关于假人模特的话强烈地冲击着她的内心。

“难道我也变成了那样吗?”

有时候乌利娅恨不得告诉巴维尔·马特维耶维奇关于克鲁德、关于心爱的猎人的事情，但是有什么东西阻止了她，这些好像现在已经是多余的。乌利娅感觉到，某部离奇小说的线索在她的手上，她决定着这部小说的发展方向。但是小说里已经不需要这个女人了。“他当时为什么那么说?眼迷于旷野，耳悦于暗林……死去的梦想就是毒药。现在已经不值得毒死任何人的回忆了……”

她只和巴维尔·马特维耶维奇说了戈罗霍夫大街的事。

“你怎么认识他的?!”他惋惜地叫道，“难道?啊，如果你把我介绍给他，我是说如果。哎，多可惜……要是我能和他见面，询问他，和他熟悉起来……没来得及……”

“我不认为他想和您见面。”

“他想和罗夫见面。”列赫科贝托夫一边说着，一边把牙齿咬得吱吱作响。

乌利娅回想起，那位在涅瓦大街见过她的先生曾经来过戈罗霍夫大街，他是位其貌不扬的男士，留着红黄胡子，烟抽得很凶，他一直在争论，在证明什么，显得焦躁而懊恼，争执的同时，他也听取别人对自己意见的回应：“谁知道上帝是如何支配我们的，是如何打算的。你有过一个学生，你开除了他，并记恨在心。他也记恨你。你们是做不到互相原谅的。结果却是，他将会为你考虑，也会守护住你的坟墓。”

“守护住坟墓，”巴维尔·马特维耶维奇恭敬地重复着，像是接受了委托一样，“没别的了？”

“没了。”

10

夏天的时候，在托克索夫，维拉·康斯坦丁诺夫娜从一个俄语名叫伊利亚·伊里奇的芬兰人那里租了栋便宜的别墅，他们在弯刀形的小湖边住了下来。时局有些动荡，但乌利娅却什么都没有注意到。湖水的湿气、雾气和鸟叫声让她晕头转向，难以抵制青涩而甜蜜的泪水，她从来没有如此全身心地沉浸在充满意外的爱情和奇迹的生活当中过。她坐立不安，什么书也不想读，总是想要出门，想要唱歌，想要奔跑，或者是突然陷入一阵怡然自乐的发呆、观察和沉思，小姑娘和青春期的姑娘在体内搏斗，二者互有胜负，但是这个小姑娘再也不是森林中活泼的小女孩了。乌利娅仿佛在那个夏天长大了，她第一次感到自信……相反，维拉·康斯坦丁诺夫娜却感到茫然：当皇村医院被关闭，沙皇一家被逮捕，跛脚的安努史卡被监禁到涅瓦要塞之后，平静的生活崩溃了，她不知道接下来怎么办，怎样生活。变老变丑的她感到这些年让自己活下来、拯救自己的那份对上帝的信仰从灵魂中消失了，就像从一个有裂缝的器皿中消失了一样。

维拉·康斯坦丁诺夫娜暂住在一些从戈罗霍夫大街来的虔诚的妇女当中，她本来是一个有宗教信仰的人，然而当所有人都漫不经心，都很涣散时，信仰也就消失了，于是以前的忧伤、沮丧和失望随之袭来。这些忧伤、沮丧和失望变得越来越大，也越发沉重地压迫着她，好像邪恶的灵魂要追回那些她还未曾属于他们的时间。还有，老人可怕而丑陋的死亡唤起了她内心的疑虑：可能，原本这个人就不是正直的？在报纸上和便宜的小册子里，描写他的奇遇、下流与淫荡的那些人，可能他们是对的？可能她，维拉什么都没有看到，什么也不知道，或者这不关她的事儿？或者更糟糕的是——与她有关，只是她已经陷进去了、入迷了，她不知道，究竟发生了什么？还让养女备受打击，惊慌失措，现在都不太正常。或者这个人真的就是一个可怕的催眠家，使得愚蠢的沙皇和荒淫的皇后臣服于自己？或者他本就是黑暗势力的公使、布尔什维克的代理人、共济会会员、德国间谍？那么，在戈罗霍夫大街上，在自己身上究竟发生了什么？她敬仰谁，为谁服务？谁祝福她？如果让她现在走到任何一个神父面前，告诉他自己曾听命于那个眼睛有魔力的坏男人，去诉说自己的想法、愿望和恐惧，神父就会斥责她，强迫她独自忏悔一年，惩罚她，这也是公正的。

可能，她早该去忏悔，如果她不是空虚得完全不想做任何事，可能就已经去忏悔了。维拉·康斯坦丁诺夫娜回想起在医院工作的日子，那时，她除了自己护士的责任外，什么都不用考虑，这是她一生中最幸福的时光。而现在的境遇让她提心吊胆，需要她选择，寻觅和回答：怎样生活，何处生活，为何生活，与谁一起生活。

丈夫本该很久之前就从战场上回来，但是他没有回来，也没有写信。维拉·康斯坦丁诺夫娜现在不知道，她还有没有丈夫。有一段时间，她强烈地感到丈夫不在了，她非常痛苦，为他祈祷、等待，她曾想象着丈夫回来后，他们将如何生活，但是现在机械师的形象从她的脑海中消失了，感受也随风而逝，自己曾经结过婚，痛苦过，生气过，愤怒过，分开过夫妻俩的床，也曾保持着对丈夫的忠诚，希望过他能回来，想起这些她就会觉得奇怪。这可能是和别的什么人有关，不是和她，这可能是发生在上一世，也可能完全不存在，但是有一天傍晚，一位彬彬有礼的陌生先生来到了托克索夫的别墅，他个子不高，胡子修剪得十分整洁，这位先生给了她一些钱并简短地对她说：瓦西里·赫利斯托佛洛维奇还活着，身体健康，但是暂时不能回家，也可能永远回不来了，因此她，如果想的话，可以按照自己的意愿安排生活，嫁人或者离开彼得格勒。如果想要去国外就尽快，之后可能就办不到了。

维拉·康斯坦丁诺夫娜想哭，但是她忍住了。

“他一切都好吗？”她问，十指紧握着。

客人认真地看着她，捋了一下胡子说：

“他不可能好。难道您不知道吗？”

“我能不能见见他？”

“不能。”

“那乌利娅呢？他的女儿该怎么办？”她喊道。

“他没有交代这个。”

每到晚上，当养女睡着的时候，维拉·康斯坦丁诺夫娜就摆开纸牌阵，想着看这些纸牌建议自己怎么办。村庄里来了一些暴徒，邻村地主家的房子已经被烧了，暂时还没有动别墅主的产业，但是从某个时刻开始，维拉·康斯坦丁诺夫娜已经在回避和农夫、农妇们对视，但是她感觉到背后总是被他们寸步不离的沉重眼光盯着。过去这些年里，她很容易入睡，然而现在维拉·康斯坦丁诺夫娜的生物钟发生了一些改变。她通常在太阳升起之前就醒来，看着清晨的阳光一点点明亮起来，听着苏醒的鸟儿歌唱。有什么东西不让她入睡，不让她进入梦乡，仿佛她应该在生命中剩余的这些日子里总是醒着，瞌睡就像一个胆小的野兽，靠近她，但只要维拉·康斯坦丁诺夫娜动一动，想一想，野兽就跑开了，藏起来了，而她又不得不躺很久，才能重新召唤野兽的到来。“我可能快要死了，”维拉·康斯坦丁诺夫娜平静地想，“在某个清晨，我得了无法控制的疾病，我感觉到了。难怪我掉头发。不过我的死是件好事。我早就该死了。”

她尝试开导自己，准备着应对一切，让自己平静下来，她想起童年时光，在她身上的确发生了某些可怕的事情，有人侵蚀了她的生命，让她在三十五岁不到的年纪变得像个活了很久的老太太，而作为一个老太太，她与死人度过的时间比与活人打交道的时间更长。

离村子不远的地方，有一块芬兰人的墓地。维拉·康斯坦丁诺夫娜喜欢去那里。她仔细看着这些陌生人整齐的坟墓，读着十字架上的题词，思考着躺在这里的那些人的命运：他们在自己的生活中是不是幸福，去世之时是高兴还是痛苦，他们死后用什么来安慰自己。她空荡的心中充满了同情和共鸣，她想着，很快自己就要搬到这块土地上来住，这块土地上有高高的松树，稀疏的草坪，也会有一个女人走到这里，她也会得到宽慰和甜蜜，就像此刻的维拉·康斯坦丁诺夫娜。

“多好呀，我没有自己的孩子。要是有的话，他们会牵绊我，而我现在感觉自己是完全自由的。一切都是那么明智、妥当。过去我哭着去找医生，去找修士们祈祷，好让上帝赐给我孩子，而现在我却很庆幸，没有人来打扰我思考死亡。”她发现，与现在的人相比，她更喜欢思考那些对她来说陌生的、遥远的、已经离开很久的人，他们对她来说比亲近的人更有意思。维拉·康斯坦丁诺夫娜去墓地的次数远远比去人群熙攘，嘈杂喧闹，乐声不断，灯火通明的地方更多，大城市以前对她来说是那么具有吸引力，而现在从那里传出来的都是关于已经开始的大屠杀、暴行、流血和一些卑鄙的人背叛革命等令人惊慌不安的消息。但如果维拉·康斯坦丁诺夫娜对这些消息漠不关心、置若罔闻，她的养女就会非常愤怒和不满。

七月末，乌利娅在《人民的意志》上读到列赫科贝托夫饱含愤怒的文章。巴维尔·马特维耶维奇在这几个月从一个观察者变成了人民的代言人。这是一件让人惊奇的事情。一个除了打猎、狗、鹅、鸭和猎枪什么都不感兴趣的人，竟然有信心和激情去写一篇关于威胁俄国的布尔什维克主义的文章。乌利娅不是很清楚，列赫科贝托夫在号召什么，他想要什么，但是越是临近秋天，她心里就越发地不安，一个叫“布尔什维克”的可怕词语也越来越频繁地出现。

布尔什维克瓦解了军队，布尔什维克里革命的敌人，布尔什维克是叛徒和间谍，布尔什维主义代表着恐怖和混乱、俄国生活的黑暗面、拉斯普京派和鞭笞派。如果在农村某些地方，农民早晨去教堂，那里的地主屋子被烧掉，这是布尔什维主义；如果有人抢劫杀人，这是布尔什维主义；如果有人恐吓欺骗，这也是布尔什维主义。

他们绝对是无原则的。他们在口头上憎恨宗教，而自己却宣传狂热和偏执。为了自己的目标可以利用任何人，包括那些自己最臭名昭著的敌人。给你举个例子。在战争之前，他们策划了越狱，把伊西多尔·谢京金的某个教派信徒送出了国。如今，这位先生回到了俄国，他接受采访的时候说，自己在万恶的沙皇制度下备受折磨，他讲得天花乱坠，大吹大擂地宣传自己的极其无耻的小册子。他在这本册子里写到，皇后对自己丈夫不忠并有了私生子。这个暴徒、撒谎者、以前的黑帮分子和压迫者，他应该上绞架，还不止一次，不过他们似乎和自己的批判对象有共同点吧？我会告诉你一些事。他们是意志和卑鄙的惊人结合体。他们能够做那些普通的有子女情感的人做不出来的事情，他们可以无视自己父母的死亡和故乡土地的破坏。列赫科贝托夫说，他的高亢的声音在颤抖，憋得喘不过气来。然后那些他文章中的话语迅速地流传开，这些文章受到一些人的斥责，另一些人的表扬，但是漂亮话说太多，写太多，它们的价值就会降低，这就像丰收年的苹果，所有人都会吃到倒牙。

乌利娅不认识任何布尔什维克，但是很早她就仇恨这些人，所有她的个人仇恨都是针对革命的敌人，也就是她的幸福。巴维尔·马特维耶维奇非常惊讶和狂热地发现，自己年轻的女朋友在政治上成长迅速。

“难道你会为了杀害列宁和托洛茨基奉献生命？”

“会。”

“你不会惋惜自己的青春？”

“一点也不。”她的头发披到肩上，周围长有雀斑的眼睛闪烁着，他又想起来，三年前，在舍洛姆河，她坐在小船上垂头丧气的沮丧样子，自那一刻起，她开始有了成熟女性的美，那一刻，女孩离他那么近，却又那么遥不可及。

“小山羊，小山羊，你怎么了？”巴维尔·马特维耶维奇喃喃自语道，在她听来，他的声音里有种奇怪的温柔，那种温柔以前他只会用在自己的狗身上。

现在她终于感受到，自己是这双纤弱却坚定的手里掌控的材料，不过唯有那块深蓝色宝石会妨碍这双手，宝石在满月时会透过衣服发出光来，列赫科贝托夫从来没有问过有关蓝宝石的事情，但是他常怀疑地斜眼瞟着它，那些时候他板着脸、忌妒而凶狠地看着乌利娅。因为这个，她的眼睛比平常人更加神采奕奕，巴维尔·马特维耶维奇则忧郁而疲惫地讲着神秘的绿门，这扇门有一天会打开，但是他更感兴趣的是，为什么她没有像其他娇小姐一样，带着自己的私人日记或者相册。

“因为我跟那些娇小姐不一样。”

“你经常想男人吗？”

他顺便以老熟人的身份开玩笑似的问了一句，但是乌利娅感觉到，他提出这个问题仅仅是出于好奇别无其他，因此，她没有感到被羞辱，没有摆出一副傲慢的神态，大哭起来或是用玩笑搪塞过去，出于女人那直觉的经验，她装作不明白问题，神秘地眯着眼。巴维尔·马特维耶维奇的神色变得阴郁，紧张了起来，他觉得女孩又变成那个小山羊般的姑娘，在森林里跟着他，有一次靠得非常近，非常近。

但是有一件奇怪的事情：尽管她感觉到，他的血在沸腾，而她自己也因此激动起来，但他从来没有牵过她的手，没有试图吻过她，甚至当他们去他家，爬上那栋出租房的顶层，他生起旧炉灶，两人躺到沙发上看着在炉灶小门和砖缝儿之间乱窜的火苗，这种时刻，他们之间也什么都没有发生。

巴维尔·马特维耶维奇表现得不像个已婚的男人，而像个没有经验的少年，像那个他曾经在阳台上讲起的青年，她不知道，自己和他相处时，要怎么做才能不重复从前那些女人的命运。乌利娅也不确定自己是否想要他的亲吻和爱抚，但这个奇怪的谜团折磨着她。她再也不用观察其他成年人的生活，她本人已经到了过这种生活的时候，然而她不知道怎样正确地安排青年时期，如果青年时期白白溜走，不能充实地度过的话，她可能会遗憾。只是乌利娅也不知道，怎么来轻轻地推动列赫科贝托夫一下，用什么来吸引他，她用充满疑惑和别样温柔的眼光看着他，这个眼光似乎在问："你怎么回事儿？你怎么了？为什么你要拖延？要知道我不能第一个……"猎人沉默起来，或者移开目光，或者当作玩笑搪塞过去，乌利娅的烦恼已经变得如此地不可忍耐，以至于她不得不想办法刺激他，引起他的醋意，沉默地不回答问题，或是去沿着街道飞奔，就是为了他能够重新拿起武器，追着她放上一枪。

秋天，饥荒开始了，巴维尔·马特维耶维奇帮助乌利娅到粮食部工作。在那里她挣钱很少，而且与粮食部的名称相反，没有人给他们发任何食物。维拉·康斯坦丁诺夫娜每天五点起床，凌晨到面包店前排队。排队的人们低声地抱怨，想起政府在二月的承诺，但是已经没人有力气再参加新的暴动了。维拉·康斯坦丁诺夫娜变老了，她裹着头巾，嘴角总是下垂着，有时会看着墙上那些革命前遗留下来生动的图画，上面画着白面包、切片面包和小甜面包。如果能成功弄到点腌肉做给她的养女吃，她会非常高兴，还会加上葱和蒜来去除不新鲜的味道。她现在做的这一切，在几年前脑子还好时大概不会做，她机械地活在过去，害怕现在和将来。她从一个漂亮的恶继母变成了一个无性别、无性格、没有子女的远房阿姨，早就没有了女性的特征，没谁可关心，她继续为远房亲人服务，这至少不会让自己的整个人生过得空洞，碌碌无为，不过她只关心吃饭问题，其他的什么都不想。乐天派的乌利娅忙活着自己的事，她认为继母就是这样的，但是有一天，她在一个平常不会回家的时间下班回来，在走廊里看到了列赫科贝托夫的海狸皮领子大衣，听到了从放着大沙发的客厅里传来的轻轻的声音。

血涌上了乌利娅的脑袋。她想要闯入房间，但是某种力量牵绊住了她的脚，乌利娅在门口附近呆住了。似乎，偷听到这两人的对话对她来说已经稀松平常。“如果他们真的不是第一次约会呢?”乌利娅甚至都预料不到自己能忌妒到什么程度。

“一切结束得这么快，”巴维尔·马特维耶维奇的声音很兴奋，“所有人都有幻想和梦想，革命曾像是春光里成长的小孩儿。但是它现在已经衰老了，尝到了自己酿成的苦果，一切又陷入了争端。战争和死刑又重新出现。妇女大队，科尔尼洛夫，萨温科夫，还有克伦斯基，他就像一只变老生病的狗，丧失了嗅觉。农民们如今却在说和农活没有关系的人好，士兵说和战争没关系的人好，商人说和生意没关系的人好，而我要跟你说，和所有现在的东西都没关系的人好。整个俄国就像那些盼望上帝显灵来治好自己的残疾人，我们身处其间都没有自卫能力、柔弱又没有武器。”

“您的武器怎么样了?”

“我把它留在了乡下，在佩拉格娅那里。我现在有一支笨重的国家发的三俄分口径步枪，我都不知道怎么用它来射击。我每晚在家附近徘徊，害怕步枪被偷，想着自己也曾经这样在被关押的监狱里来回徘徊，梦想着革命。这下革命来了，而我的生活却什么都没有改变。如果说有改变的话，也只是变得更差。”

“可以想见，革命的错误就在于此。”维拉·康斯坦丁诺夫娜愤怒地说。

“革命把人们从住惯的地方拽出来，不知道把他们赶到哪里去。”

“没有人驱赶您。您可以待在森林里。为什么您不回到农村去？您是否跟我说过，您和佩拉格娅在一起就不会死，但如果您抛弃她，那么就会遭难。”

“我可没有问过您为什么抛弃自己的丈夫，”巴维尔·马特维耶维奇反驳道，“为什么他至今都没有回到您的身边。您不用担心乌利娅。她不会完蛋。不管谁会死，您，我，您的丈夫，都不会是她。春天，她的儿子回来了。他跟很多人一样，从军队临阵逃脱了。他们现在都在农村分地呢，害怕被骗，不过还是被骗。人们把男人拴在土地上，就像让鱼去咬鱼饵一样。但是我的佩拉格娅是怎么办的呢？她像斯巴达女人一样对待自己的儿子，让他回到战场上去。她是这么说的：那里是谁不重要，是不是沙皇不重要，阿廖沙，去吧，去保卫俄国的土地，不要让德国人打到这里来。”

“他们在彼得格勒等着德国人，”维拉·康斯坦丁诺夫娜阴郁地说，“那些人三年前摧毁了德国大使馆，如今却像盼着自己的救星一样等待德国人。德国人就要来了，要重新整顿秩序。如果他们胆敢到这里来，我就会杀了他们。”

“为什么？”

“在这座城市里没有他们的地方。”

“你还是跟她惊人的相似。”列赫科贝托夫低声说。

“和谁?”

“和乌利娅。”

两人都沉默了，只能听到轻轻的沙沙声，要么是他们躺到了呢面折叠式方牌桌上，要么是谁的衣服掉落了下来，乌利娅的心跳得那么快，似乎，这种敲击声传到了门外，就差一点，她已经准备推门而入了，但是，维拉·康斯坦丁诺夫娜冰冷淡漠的话音传来压过了所有声音：

“巴维尔·马特维耶维奇，您不觉得您在做过那种事情之后再来到我家很不体面吗?”

“难道发生了什么吗?”

“难道没有吗?”

“或许有，或许没有。然而，在我们这个时代还有什么体面可言吗?”

“对于一个有教养的人来说，体面与时间无关。”

“也就是说，我没有教养，您这是因为乌里扬娜吗?”

“也因为她。”

“乌柳什卡对我来说就像是侄女。不论发生了什么，她对我来说都是我的不幸的朋友的女儿 。”

“为了不要加重他和我的不幸，我请您别打扰他的女儿。乌利娅已经不是孩子了，但她还非常年轻，您无论如何也不能和她结婚。”

“您想让我和她结婚吗？”

“您要有良心，您已经有妻子，还有两个自己的孩子和一个继子。”

“我和妻子没有举行婚礼，孩子我只需要看情况给他们钱。而如果没钱的时候……”

“那个时候您打算拿什么结婚？”

“您这么问，似乎是想要让养女嫁人。”

“对，我决定了，”维拉·康斯坦丁诺夫娜挑衅似的回答，“这是我应该为她做的唯一一件，也是最后一件事。谢天谢地，她不是我的女儿。谢天谢地，因为在这个国家有自己的孩子是不负责任的。但无论如何只要她住在这个家里，我就会为她负责。”

“请允许我问一下，您想把她嫁给谁？伯爵？银行家？还是无产者？”

“嫁给一个好人，那个喜欢她而且能为她负责的人。她值得拥有幸福，因为她聪明、优雅，非常正派。更不用说她有多漂亮了。那个把她当作未婚妻或妻子的人一定会幸福。我对她的唯一期望就是——她的丈夫能带她去国外，越快越好。”

“那好，”列赫科贝托夫低声说，“人们很快就会从俄国运走最珍贵的东西：画、宝石、马和女人。你不会为这里变得空空荡荡而惋惜吗?”

“我很遗憾,您让她不安,把她引入歧途。她不是第一个被您引诱的人。您也不是第一个引诱她的人。”

“您在说那个疯狂的人?对,这非常危险,”列赫科贝托夫阴沉着脸,用手指头敲着桌子,“幸好,他再也不会威胁到她了。”

“然而现在您很危险。”

“危险的不是我,危险的是我的职业,”巴维尔·马特维耶维奇反驳道,“如果乌里扬娜被它吸引怎么办呢?要知道这也是另一种本领,可能,比艺术家的本领更加珍贵和少见。”

“这种本领有什么好处呢?”维拉·康斯坦丁诺夫娜悲伤地说。

“有很大的好处!”列赫科贝托夫大声说道,“这种本领不该被埋在土里,就像所有其他的本领一样。在作家的生活中有一个让人捉摸不透的概念——缪斯。这个女人不见得会嫁给他,也不一定属于他,缪斯——是那个缺少了她,他的生活就没法继续的女人。”

“所有缪斯的结果都是一样的。”维拉·康斯坦丁诺夫娜恶狠狠地一边说,一边弄乱了纸牌。

“不过缪斯本人希望如此,”列赫科贝托夫大笑起来,“只是您不想这样。”

“这关我什么事?要知道您已经有了一个缪斯,您曾对她发誓会永远忠诚。只要能够见到她，您愿意付出生命。”

“您从哪里知道的这些……”

“我觉得，”维拉·康斯坦丁诺夫娜沉思着说，“我们就像温室里的蘑菇，彼此关联着，被同样的思想污染。有一天我觉察到了这个。这些思想有关于您的，我本人的，我丈夫的。还有乌利娅的。我们的思想已经渗透到了周围的环境中，在黄昏的某个时间，某个地点，它们会显露出来。例如在墓地里，它们就像花粉。或是像种子。有时候也像苍蝇或蝴蝶。您从来没有发现过吗？”

“我没去过墓地……”

“是，是，我知道。您害怕坟墓。这没有必要。您应该去墓地。尤其是如果您想活得更长一些的话。我因此放弃了我不想要的，”她的思维有些跳跃，“为什么您的脸色那么苍白？您觉得闷吗？您在那里嘟囔什么，我什么都听不见。应该打开窗户或门。但是我现在想要说其他的事情。您那么爱那个女人，那么痛苦，那么怨恨自己的孤独的生活，这些甚至引起了我的尊敬。首先是愤怒、嘲笑，接着这些消失了，我开始重视您。”

“我不知道自己为什么没有发现这点。”

“因为您根本不关心别人，我早就发现了这点。除了自己的‘我’，您对什么都没有兴趣，这可能就是您的职业病，不要生气，但是无论如何我还是想安慰您，我同情您，和您有同样的感受，我为您骄傲，为您的忠心，您的长情，为在我们现在的作家和诗人中有您这样的人而骄傲。只有您一个。那您现在怎么样，想要放弃吗？决定改变了？再找一个年轻的缪斯？更新鲜的？也是抱着利用完就抛弃的目的吗？就像其他人那样吗？”

“您为什么这么攻击我？简直像一只受伤的野兽。”巴维尔·马特维耶维奇急躁地喊叫起来，“您又想侮辱我吗？”

“这是您在侮辱我。”

“我怎么侮辱您了？！”

“您破坏了您在我心中的所有形象，纯洁的朝圣者、忠诚的情人、骑士、猎人、大卫……”

她突然面红耳赤，陷入沉思，重新变得像个女人般鲜活、迷人，就像战前的最后那个夏天一样，她觉察到这一点，低下头，这让她更加迷人。巴维尔·马特维耶维奇也感受到了这点，颤动了一下。

“没有，您毕竟还是觉得惋惜，因为我和您是这样的结果，”他低声说，“或者还没有结束。您折磨自己，也不让别人安宁。但要知道，可能，也不迟，是吗？或者……”

乌利娅的心又一次跳起来，就像她胸前精细的缝合胀开了，细细的血流从这里汩汩地流出。她没有看见，愤怒的维拉·康斯坦丁诺夫娜抬起巴掌，手在空中停留片刻，又无力地放了下来，她转瞬间又变老了。巴维尔·马特维耶维奇一动不动。接下来的一分钟是如此沉重、空洞，似乎没有尽头。

“或者没有，”列赫科贝托夫肯定地说，他的声音中不知是轻松占据上风，还是遗憾，“也好，没有就是没有。但是我还是会对您开诚布公。不知为什么，面对您时，我比面对其他人更想坦诚，尽管我不希望您闯入我的生活。”

“您可以认为，是我喜欢您闯入我的生活。”

“那个女人真的还让您非常感兴趣吗?”

“是。我觉得……她对我来说似乎是姐妹……要知道我从来没有姐妹，如果有的话……”

“这是个什么奇怪的兴趣，对任何人有，就是不能对自己有?要知道这样会错失一生的。但无论是这个人，或是另一个都不在这里，将来也不会再出现。不过我在这件事上没有错。不是我背叛了她，而是她背叛了我。”

“如果缪斯背叛了艺术家，这是不是说明她去找的那个人更有才华呢?”维拉·康斯坦丁诺夫娜残忍地说。

“您当真以为，这个魔术师的铁皮制品，他那带有五颜六色帆的玩具小船，酒鬼音乐家的硬纸板小提琴会比我这些真正的东西更珍贵?”巴维尔·马特维耶维奇冷笑道，“只有在人们完全发疯，失去了生活品位时才会这样。但是她背叛了我们两个。”

“怎么了?”

“她去了维尔诺，在那里做了娼妓。”

“为什么?”维拉·康斯坦丁诺夫娜慌乱起来。

“为了预言别人的死亡，”巴维尔·马特维耶维奇冷冷地说，“这种事或早或晚都会发生在所有缪斯身上，绝无例外。这就是蜕变。如果您又想说，我对她有罪，我不想否认，但是现在我最不想和这个女人见面。至于您心爱的养女……”

“什么？”

“我喜欢乌利娅，非常喜欢。说真的，在她身上我看不到大智慧或是特别的优雅，她没有受过良好的教育，她的举止也不够好，她和您不一样，完全没有品位，她穿得很糟糕，鬼知道她的脑子里装的是什么，但即使这样她也真的很迷人，很天真，充满了生机与灵性，我不否认隐瞒，我非常的爱慕她，但是……”

“但是什么？”

“我根本不能碰她。”

“谢天谢地。这还不够。但是为什么？”

“因为她是纯洁的。是这样吗？”

“在我看来，亲爱的，您实在过于放肆了。我从哪里知道这些东西？”维拉·康斯坦丁诺夫娜突然回答。

“是，显然，她不可能相信您。也不可能相信任何人。可怜的姑娘不知道自己该怎么做。对于一个姑娘来说，在她这个年龄是最危险的。我也不知道能为她做些什么。对不起，我还是又得说一下自己。这是我的天性，不可能改变。要知道这是一件奇怪的事情”，列赫科贝托夫谨慎地说，“我四十五岁了。人生已经过去一大半。而且在现在的俄国，没有人知道我们明天将会怎样，我个人也不知道何去何从。我不能抱怨自己的命运，我打过很多猎，见过很多人，体验过热烈的爱情和激情，我承认，死后我会有一些东西让后代惊奇，如果我明天不在了……我不害怕这个，不害怕。我已经活了那么久、那么好。然而我从来没有破坏过别人的童贞，将来也不会。在上帝的审判面前，姑娘们会说‘他挽救了我们的名誉’，她们用这些证据延长了我的生命。她的贞操制止了我，如果换一个人到我的位置上，她只会因此感到兴奋。但是我不是别人。时间在流走，我不知道自己还能活多久，但是当乌利娅……”

“我的天啊，我的天啊，您说得多么可怕！”维拉·康斯坦丁诺夫娜叫道，“乌利娅！乌列尼卡！”

她叫得声音那么大，她肯定猜到，也知道小姑娘可以听到他们的谈话，乌利娅瞬间逃离那道门，极其迅速地跑开，就像她少年时迅速爬上舍洛姆河岸的陡坡，沿着森林小路飞驰时一般迅捷，她绯红的脸上表情复杂，有害怕和委屈，也有羞愧和庄重。

11

一九一七年的夏天，准尉克米萨罗夫回到了彼得格勒。至于为什么能安然无恙地回来，克米萨罗夫自己也不知道。或许，就是因为他不想幸免于难。他周围的其他人都希望活下来，却因此而死去。他甚至在应该死去的时候都活了下来。在患伤寒病呓语时，瓦西里·赫利斯托佛洛维奇有时想起自己在被俘前与列赫科贝托夫的对话，就会非常懊悔。他甚至认为，如果自己没有和昔日的朋友说那么多空洞的词汇，如果没有慷慨激昂地朗诵彼得格勒哲学家那本关于伟大战争的小册子，他身上就不会发生这么不幸的事，他就会简单地牺牲，和自己的同志们一起躺在维尔纽斯的某个无名墓里，就不会看到祖国发生的一切，这就是最好的、最令人羡慕的命运。他就能在死去那一刻仍坚定不移地相信祖国的强大，有力和它必将胜利，他就能在俄国人应该死去的时候死去，但是他没能这样牺牲，而是不得不因那些人的怜悯而活下来，那些他憎恨的人。

精神上的屈辱不能与物质上的艰难相提并论，然而，或许正是这种屈辱挽救了机械师，给了他力量。如果战争之初，人们就告诉他这种怜悯，他只会苦苦一笑，但是战争以及后来的俘虏生涯改变了他的本性。他们先是把他抬到最高，而后又摔入谷底，碾碎他的心，蹂躏，摧毁，然后又重新聚在一起，所以在他看来，他的一切仿佛都不同了。他身体的各个细胞都焕然一新，从前重要的部分现在变得可有可无，而曾经可有可无的却变得重要。他不再喜欢机器、蒸汽机车、炮和步枪，厌恶所有带来死亡的东西，却疯狂地爱上了一切有生命的东西。作为伤寒病房里唯一神奇般痊愈的人，他被放出俘虏营，安排到蒂罗尔的商铺里工作，克米萨罗夫不仅接受了这种帮助，同时也非常感谢救他的人。从与德国人作战，到后来被俘，受折磨，吃不饱，亲眼看着自己的战友死去，同时也知道自己任何时候都有可能随他们而去，这些时候瓦西里·赫利斯托佛洛维奇一直在深入而集中地思考整个事件的过程，他突然意识到，俄国与德国之间的战争不是由于一个单纯的错误，而是由于一种罪行，它让历史上本应是联盟的，而不是敌对的两国彼此厮杀。他们会变成敌人，只因为那些极为进取，又精于国家阴谋的人在促成它们之间的冲突。他想起在战俘营遇到的英国军官，他举止高傲，肆无忌惮，想起某个下流的笑话，讲的是英国将会和德国战斗到俄国没有士兵的那一刻，想起了一个法国飞行员，所有人都认为他很优秀，德国人甚至都对他礼待有加，完全和对待俄国的俘虏不同，这些让克米萨罗夫心中充满苦涩。到现在他才明白，他的国家、他的民族、他自己以及他所有高远的追求和自我牺牲的准备都不是俄国所需要的，而是被别人利用了，就是那些冷漠的岛国人，还有他们奸诈的同盟，他们试图主宰这片大陆。他认为愚笨实际上比盗行更坏，他憎恨这愚蠢，也因此憎恨自己。

当他给那个爱慕他的女人卡塔琳娜干活时，关于这些他思考得尤为多。阿尔卑斯山幽静而美丽，鹿时常靠近房子，捕杀它们毫不费力，但是机械师一想起自己捕杀动物的那些罪恶时日，心里就觉得害怕。他现在厌恶任何形式的暴力，无论是对谁，对人、野兽、飞禽都是如此。他不再吃肉，变得好似一个苦行僧，而这点最初让美丽丰满的卡塔琳娜非常难过，她一直在打阿尔卑斯囚徒的主意。他对待她女性的欲求就好似对待一项自己有义务完成的工作，当然，他也完成了，既没有感觉到满足，也没有体会到柔情，不过夫人对不知疲倦的俄国工人相当满意，有一次甚至建议他永远住在这里，与她组成家庭，用她的财产来分担困难。她哭着求他不要走，然而就在这一切刚要成为可能的时候，克米萨罗夫绕道回到了祖国。为什么回去，他自己也不知道。也许，就和鲑鳟鱼回到产卵的地方的理由一样。或者他就像俄国独有的候鸟，对祖国有着永恒不变的感情。

但是，瓦西里·赫利斯托佛洛维奇没有回家，也没告知家人自己的归来。这并不是因为他还在前线的时候就得知，自己的妻子和女儿去找那个龌龊淫荡的农民，去找那个酒鬼和鞭笞派教徒。这个消息是党派到戈罗霍夫大街潜伏的间谍告诉他的。如今，瓦西里·赫利斯托佛洛维奇就是这样对待自己的旧相识的，因为在战场上和被俘期间，他实在听得太多，也看得太多了。他的信仰和观念发生了奇怪的变化，他好像来了一个大转弯，掉头回来面向自己本人。人们当着他的面谩骂，恶毒地嘲笑沙皇或者皇后，士兵和军官互相传递着讽刺画，上面画有佩戴勋章的俄国沙皇，还有相拥在一起的皇后和西伯利亚土著，机械师在报纸上读到有关俄国皇后和她宠臣周围的德国宫廷党派的消息，这些不能在他身上引起任何反应，他不会像从前一样窘迫，不会忧心。他觉得，在这个他曾认识的人和这些讽刺画之间没有任何关联，好像是在彼得格勒这些年里进行了大替换，所有人都完全变成了另一副模样。

西伯利亚农夫被卑鄙地杀害了，谋杀者却可耻地被判无罪，沙皇在二月退位，轻率又意志薄弱的泱泱大国陷入了慌乱不安的境地，这些最终使瓦西里·赫利斯托佛洛维奇消沉颓废，也让他为自己的卑劣感到震惊。如果皇帝还在位，如果他没有背叛自己的人民，克米萨罗夫将会去为他效命，但是现在他不明白：什么样的方式，什么样的力量，什么样的形势和原因使得俄国沙皇放弃了自己的权力，就好像他只是普通的大臣？沙皇怎么就能自愿地卸下责任，只有上帝一个人，在召唤他的灵魂时，才有权解除其责任？而这又关将军们什么事，关军队的总司令什么事，关杜马的议员什么事？难道他们比得上沙皇？

这比任何软弱都更严重，但类似于自杀的事件，以及之后发生的所有事情，都只是胆怯退位所带来的不可避免的后果。瓦西里·赫利斯托佛洛维奇这样想着，但当他想象到放弃了所有权力和地位的沙皇如今的境况，当他回忆起沙皇的面孔、他的高雅和沉着时，同情和负罪感却让他愤怒不起来。“是的，我知道，都知道”，他也不知道自己在和谁争辩，他是个软弱的君主，没有才能，过于理想化，过于高尚，但是，请看看他的周围，在杜马、政府、军队，在整个罗曼诺夫家族里的那些卑劣小人。只有他与众不同，在用生命赎罪，而那些人则继续寻欢作乐。罗斯的人种变得多么龌龊不堪啊！但事情的关键不在沙皇和他的妻子们，而在于人民以及他们打算进行的革命，那场偶然的，难以预料的，歇斯底里的革命。这完全不是他在战前那个酷热的夏日里，对那个不知所踪的怪人汤姆叔叔说的那场大规模灾难。这不是智者们所幻想的国家从躯壳到灵魂的改变，并非是他们写下的热情洋溢的论文、诗篇和乐章，这是某个肮脏的、沾满脓液和尿液、布满瓜子皮，充满胆怯、下流和自私的怪物……克米萨罗夫盼望爱国革命，但那是另一种，他没有预料到自己的人民会有如此卑鄙的行径。机械师感觉到的不是失望，而是极大的侮辱。俄国发生的一切，在他看来就是贬低和屈辱，而他的祖国只能通过鲜血和火焰来摆脱这份屈辱。他的亲人们卷入了这场屈辱，这使得瓦西里·赫利斯托佛洛维奇更加痛苦，使得他的前半生和他的自愿牺牲都失去了意义。虽然他返回彼得格勒的第一目的是立即教训、痛打妻子，一如曾经为了乌利娅受伤而打她一样，不过正是这种巧合和重复让他止步，让他不再打算帮助自己的亲人。

克米萨罗夫清楚地知道，在战争和俘虏生活中幸存下来后，他的生命已经不再属于自己本人。它属于党、属于革命、属于汤姆叔叔或者那些下流狠毒的人们，他们拒绝作战，放弃了战壕，控制了首都，并在深秋的夜晚发动了阴险的革命，对它来说，集体永远比个人重要，自我的壮大永远比别的更加宝贵。克米萨罗夫认为自己无权就这样脱离革命。他曾经往里面投入了大量的金钱和精力，不过他完全不期望获得自己的本金和利息，而是相反地，他认为自己有义务为这个自己也参与其中的俄国人民的罪行来清偿债务，弥补罪恶。

“我们，只有我们对所发生的一切有罪。”他一边对自己说，一边环顾这座肮脏的、饱受摧残的城市。我们毁灭了一个千年的王朝，我们输掉了一场无权输掉的战争。我们永久地成为了史册中丢脸的、不光彩的一代，这代人追求着，挣扎着，期许着，但却失去了自己拥有的一切，并将被后代所厌弃。

瓦西里·赫利斯托佛洛维奇的外貌也发生了很大变化：他的脸部线条更加鲜明，深色的眼睛变得暗淡，执拗的下巴向前凸出。他看起来比实际年龄老很多，虽然他还不到四十七岁，但看起来已经是个老年人了。他现在很少思考未来，应该活在当下。在革命战争委员会，起初人们不知道该给他什么职务，后来给了他很熟悉的职务——要塞司令助理，但不是在大公的宫殿，而是在多年服务于前国家、现为新政权所用的监狱——古老的涅瓦要塞。

革命后，监狱一片混乱，有谁没在里面待过呢：沙皇的大臣和临时政府的部长进去过，而且是后者监禁了前者，随后自己也被囚禁了。将军、警卫、密探、立宪会议成员、大学教授、神智学者、投机商人、交易所经纪人、黑色百人团分子和自由主义的记者、教士、继女、修士、银行家、流氓都在这里。他们天真地向要塞司令投诉，希望改善自己的待遇。但是要塞司令才不理会这些细枝末节。他主管政治问题，而瓦西里·赫利斯托佛洛维奇则负责囚犯的事情。他把那些确实需要改善环境的人转到了更明亮干爽的囚室或者是监狱医务室。这批人非常多，多到让机械师算不清，其中只有一个女人给他留下了深刻印象。

这是一个不幸的残疾人，全身浮肿，她曾是宫中女官，因此士兵们总是骂她，朝她脸上吐口水，威胁要强暴她。她的衣服破旧不堪，无法蔽体，但她不注意这些，好像不知道羞耻，或很久之前就抛弃了羞耻心。她时而用自己美妙的嗓音报告些什么，克米萨罗夫无法直视她那双充血的大眼睛，但也不打算保护她免受警卫的骚扰，因为女官正是他家庭不幸的罪人之一，但是有一次，一些学者来到囚室给女官做了体检。女官原来还是处女，彼得堡的著名医生马卢欣向克米萨罗夫证实了这一点，这个消息瞬间传遍整个要塞，震惊了所有人，女囚犯变得无人叨扰，最后更是被释放了。

随着时间的推移，来要塞的人越来越多，囚室的地方就剩得更少，警卫们变得更坏，更没同情心。水兵和步兵将监狱看成是自己的领地，在这里为所欲为。他们不承认机械师是自己的首长，只服从于要塞司令，而要塞司令是个混蛋，瓦西里·赫利斯托佛洛维奇很快就确定了这一点。没有一个敌人、高官、间谍、叛徒曾让克米萨罗夫如此的憎恨，要是他说了算，早就亲手杀死了他。这是个邋遢的大个子，时常到处吐痰，他从囚犯的亲友那里收受贿赂，把女囚叫去他的办公室，按他的说法是去“赎罪”，他自己获得满足后还叫水兵们来，这是革命奖励的一种形式。抱怨这种兽性是徒劳无益的，因为革命战争委员会里对此尽人皆知。

“这也是影响资产阶级的一种手段，马利吉诺夫同志，”一位患痨病的首长对他说，用他在党内的新名字来称呼他，“这些妇女也没损失什么。您应该理解要塞司令，并深刻地同情他。他是个忧郁的人，是沙皇制度的蒙难者，因为宗教偏见还无法很清楚地了解马克思主义。你暂时收集下事实，将来，我们会向他展示全部罪证，如果应该，我们会清算罪过。最重要的是——请考虑到群众的革命情绪。”

听到对他的指令，瓦西里·赫利斯托佛洛维奇禁不住直哆嗦，但是作为一个有纪律的人，他不会争辩。在这个令人痛心的血色混乱中，他有责任整顿秩序。离开，洗净双手不干是最简单，也是最懦弱的行为。他知道有不少人，在此时此刻只想着自己的荣誉，只盼着心灵的救赎，但是那个救赎他心灵的人什么也得不到，更可敬的做法是用个人的干预缓和不可避免的残忍，同时削弱恶势。因此，瓦西里·赫利斯托佛洛维奇尽力做到让囚牢里温暖干燥，让囚犯按时收到食物、医疗援助和需要的代交物品。相较于要塞司令惹怒他，他的刻板和沉着让要塞司令更为恼怒，但当后者要求派给自己另外一个工农出身，没有知识分子派头的助手时，革命委员会那些有痨病的同志们就开始唠叨着革命的公正裁判和纪律，并允诺他，随着革命进程的全速展开，他的合理要求会得到满足，会将这个苟延残喘的空想家关到底层的囚室去，他们建议他暂时观察并收集有关机械师的犯罪事实。

克米萨罗夫并不了解这种魔鬼般的平衡，不过他越来越频繁地感觉到，不是人在主宰革命，而是另一种力量，一种他试图对抗的恶势力，但是在涅瓦要塞的工作日益限制了他的力量。

在战争抑或是被俘的时候，克米萨罗夫都没有体会到此处高墙里的沉重。每一个被处死的人都随身带走了他身体的一部分，虽然他个人对此没有任何罪过，但瓦西里·赫利斯托佛洛维奇感受着，这个身体如何被毁灭，如何被切断与大地的联系、活活地枯萎，如果有一天彼得堡黑色的风将他卷起，吹着他满街跑，好像他清除垃圾和报纸一样驱走他，他也不会惊奇。机械师从不离开要塞，渐渐地，他变成了影子、鬼魂般的存在，有时他悄无声息地出现在士兵的身后，半天一动不动地站着，视线盯着一处，静止不动地站上很长时间，这让警卫们非常害怕。

他从来都没惩处过谁，没有发布过枪决的命令，没有罚谁去过禁闭室，但是相较于要塞司令，囚犯更害怕他，并给他贴上了“德国人”的标签。

“德国人来了，德国人会知道，德国人会看见。”监狱的每一层都能听到这样的低语。不过，为什么是德国人，德国人什么样，怎么就成德国人了呢？

12

他早已对世事失去兴趣，只关心监狱里的事情，好像他自己成了囚犯，被判了长期监禁，甚至比终身监禁更长，他变成了这座要塞里的鬼魂，成了它的住户，忘却了自己曾打算做另外一项永恒的工作。瓦西里·赫利斯托佛洛维奇读契诃夫的书，并且深受感动，怀着感谢和激动的心情想，这个人怎么能够明白一切，预知一切，怎么能洞察、理解和呈现俄国的潜意识。契诃夫预言在俄国应该发生的事情如今已经应验。这个软弱而无力，被怀疑和胆怯侵蚀的国家在第一次打击之后就弯下了腰，它没有承受住实际上并不那么痛苦的考验，短短时日内失去了灵气，变得暗淡无光。其实，这似乎不是契诃夫写的，而是那个在战争中让克米萨罗夫钦佩不已的人写的，他的充满激情的书已经被消灭在德国集中营里，成了被俘的士官们的卷烟纸，和这本书一起销毁的还有他的宝贵题词，这个题词以前瓦西里·赫利斯托佛洛维奇不明白：“俄国的人民，我留给你们的遗言就是：永远不要读《启示录》。”但是现在那个敏锐的作家在哪里？他消失在哪里了，是不是被关在这个要塞的某个囚室里或是在某个其他的监狱里，在写完自己的启示录之后，如此热爱和颂扬俄国的他，付出了什么样的代价才将俄国不光彩地遗忘？又或许是他除了自己和自己犀利的作品什么都不喜欢吗？再说，现在这些都已经不重要了。如今还生活在俄国的人，从沙皇到乞丐、聪明的和愚蠢的、善良的和邪恶的、高尚的和下流的，所有人在自己的国家面前统统有罪，都应该被关进这座要塞，被用闷热、潮湿和禁锢来折磨，而克米萨罗夫就是他们中的第一个。

晚上，他会去涅瓦河边。从这边沙滩的尽头，可以看到对面黑暗的花岗岩堤岸和废弃的皇宫。此刻，要塞司令的助手被某种奇怪的，近乎神秘的感觉笼罩，这种感觉是之前的，但不是近期的，不是战前的，而是遥远的，属于这座城市刚建立的那段时光。他过去热衷于将来，从来没有留意过那些早已逝去的时代，但是现在他想到那几十万被沙皇的意愿驱赶到涅瓦河畔险岸上的男人们，他们生活得比被德国人俘虏的士兵更加糟糕。

“我爱你，彼得大帝的创作……我憎恨，”他用干裂的嘴巴低声说，“我憎恨这里的一切，每一个建筑，每一块石头，所有这些石桥、宫殿、钉子、船只，为什么它们会在这里？为什么？”

“有多少白骨被埋在了这些花岗岩街道、教堂、宫殿下，有多少颅骨被埋在了这里，有多少血流到了这片沼泽地里，染红了它的春色?”

“您想让一切过往都烟消云散，您希望疾行而过，认为过往追不上自己。我憎恨，”他毫不掩饰地说，“我憎恨这座城市，憎恨这个国家和它的历史，它所有的沙皇、英雄和农民。它受到了自己应得的报应，而我也和它一起承受果报。”

说完这些话，他感到恐惧，好像不是他诅咒了自己的祖国，而是祖国诅咒了他，不接受他。如果你想做一个洁身自好的人，一个生长在阿尔卑斯山上的人，那么请离开这里吧。“他们死了，他们想要什么——为自己报仇还是让祖国繁荣？我们的祖先会不会原谅我们？我们的后代会不会控诉我们？但是他们有什么权利……未来的人控制着现在，这算什么荒唐话？难道在那里，在未来，有人想要我们经历这些耻辱，或者未来已经不属于我们，我们已经被征服了？那些匈奴人、西徐亚人和无数的恶魔俘获了我们吗？彼得堡已经被那些长着吊眼梢的异族们变得暗无天日了吗？彼得堡已经不是彼得堡了吗？甚至已经不是彼得格勒了吗？俄国也不是俄国了吗?”

他的思想已经混乱，寒风刮得更厉害了。德国人，德国人来了……如果他真的变成了一个德国人怎么办？一个异族人？他不理解俄国，也无法再理解，为什么自己曾长时间地责怪一个差不多已经被他遗忘的人？他的思想又压了过来，他又一次对它们无能为力，无计可施。那头凶恶的狼在他的脑海中跳跃。不是一只，而是很多臆想之狼，它们分别占领脑海中不同的位置。他对它们来说就像很易得的猎物，被变得像龋齿一样。

“我应该死去，”克米萨罗夫沐浴在涅瓦河岸上迎面吹来的风中，悲哀地说。“为什么我没有死？要知道他已经遇害了。贵族、特权阶层、君主主义者们无所不用其极，用他的鲜血洗净自己的手，大公夫人，皇后的姐姐亲自感谢杀人犯，那么为什么还把我留在这里？为什么他不吩咐尽快把我也抓走？我是空的，就像去年的甲虫，只剩下一只外壳。要知道我在不久前还是那么的强大……”

他非常痛苦，偶尔忍不住想回家，想要哪怕偷偷地看女儿一眼，但是他不允许自己这么做，是为了让任何卑劣的东西，任何目光都不能触及她，不能侮辱她，好让她跟自己断绝联系。让她永远地离开他。有一天有人给他看了一些照片，照片刊登在战争时期低级趣味的报纸上，里面是她的乌利娅，她在一个偏远的餐馆里，衣衫不整、烂醉如泥。为什么他们要这么做，他们想要什么，他不明白，但是一股极度的仇恨涌来。当这种仇恨消退后，他觉得，是什么人在考验他，检验他的耐心，准备着什么，就像某时社会革命党人准备恐怖行动一样。他能不能为了营救别人献出自己的生命？这个自年轻时就开始折磨他的问题，像根回力棒一样又出现在他的面前，这个问题再度出现就是为了让如今的克米萨罗夫明白：他不需要他的生命，也就是说，他不能牺牲生命，因为这不叫作牺牲，而是别的。他的生命就像很多东西一样失去了意义。这就是革命的本质——它不仅颠覆了人们，剥夺了他们的尊严、荣誉、良心和财产，它也颠覆了人们的思想，把他们抛弃到泛着泡沫的肮脏的沸水池子里，煮到一无所有。

他只有一种方式可以帮助自己以前的女儿，就是对她袖手旁观，就像她的母亲一样。他到现在才理解了自己的第一任妻子，非常理解为什么她要离开，而且不打算再见他和乌利娅。事实上，他现在也是这样。

……冬天已经过了一半，有一天瓦西里·赫利斯托佛洛维奇发现在不久前逮捕的人中有自己的老同志巴维尔·马特维耶维奇·列赫科贝托夫的名字。这几年机械师一次也没有想起过他，也许正因为这样，作家被捕的消息让他从半睡半醒的状态中清醒过来。列赫科贝托夫是因为替社会革命党人报纸《人民的意志》工作而被抓的，以此杀鸡儆猴，震慑知识分子们，在必要的时候会枪毙他。

对共产党来说，革命的必要性超越一切，克米萨罗夫明白这一点。但是巴维尔·马特维耶维奇呢？列赫科贝托夫呢？威胁革命的猎人呢？他能够妨碍谁？这是什么怪诞的想法和古怪的幻觉？这种幻觉使他想起很久前和汤姆叔叔的谈话，谈话发生在一九一四年夏天，在闷热的波利措火车站。谁又想要这些？为什么？

“那时如果没有汤姆叔叔，我可能就杀了他，”他默默地想，

“但今天我更愿意让他在我的生活中消失。就让他的书留下来，让写书的人消失吧。”

他努力说服自己不要干涉任何事，但是那如影随形的思想像附骨之疽般纠缠着他，那甚至不是思想，而是切身的感受，让他难以平静。巴维尔·马特维耶维奇，这个自私的大孩子，他憎恨拥挤和浑浊的空气，患有幽闭恐惧症，习惯辽阔的地方和自由，现在他关在一个拥挤不堪的恶臭监牢里，人们从来不会让他出去放风，一头撞在监狱石墙上的念头折磨着他，可能，他最终会忍不住撞上去。在监狱里没有人好受，然而把舍洛姆山的猎人抓到那里，就算他有什么过错的话……

克米萨罗夫命人给他拿来列赫科贝托夫的文章，他越深入了解这些文章，眼神就变得越阴郁。为什么？为什么这个人要去做他根本就不明白的事？这有多么天真无知啊？这是那么荒唐和愚蠢，简直就像是让他这个以前的奥布霍夫斯基工厂的机械师，一个空虚而没有创造力的人，涅瓦要塞满手血腥的司令的软弱助手，去写一篇有关法国绘画、捕猎松鸡或者训练猎犬的小品文一样。这个在革命中积极乐观的自私主义者知道什么？“在革命之初确实是，所有获得政权的人在拥有政权时都非常谨慎，就像他在接近一个处女。现在政权被奸污了，所有士兵和官吏都肆无忌惮地蹂躏她”。

他在说什么？在说谁？他希望得到原谅？不可能，原谅那个六月的夜晚可能更容易一些……克米萨罗夫想要把囚犯叫到自己跟前，但是他办不到。他第一次在生活中退缩了。他能对他说什么？那个站出来迎接山崩，扫灭石流的人是为了什么？如果他留在自己的高坨子村，没有丢下自己忠贞的妻子，也许他还能活着。

不管怎么说，瓦西里·赫利斯托佛洛维奇无法听任列赫科贝托夫留在地下室里，这并非是因为良心，也不是因为想起他们那些友好的日子，但是，某种难以捉摸的，他到最后也不明白的想法阻止了他变成犯罪同伙，有一次，他几乎已经卷进了这场罪行。机械师试图把自己的同志转移到另外一个囚室去，但是，当平常不干涉监狱日常事务的要塞司令听到被捕人的名字时，他的脸因满足而扭曲着。

“把他放到单独禁闭室，不允许任何探视和传话。”

“为什么呢？”克米萨罗夫愤怒地说，“您有点独断专行了。他是一个记者、作家，况且他还很出名。”

“二十五号以后就根本没有什么著名作家了。把他送到地下室去找老鼠吧。不要给他食物和水。让他先干坐两三天，然后我亲自处理他。”

他看着克米萨罗夫——一个看不出年龄的，可怕而粗鲁的人，双手沾满死鱼味儿，接着，瓦西里·赫利斯托佛洛维奇又一次感到，他的力量消失了，他无法抵抗这股沸腾着的黑暗复仇力量：它从身体上就碾压了他。

13

这一天，他第一次走出要塞，步行来到河对岸。城市变得比前几个月更可怕。在全副武装的工人看守下，曾经的先生们穿着破皮袄在百万大街上破冰，一些过路的行人嘲笑着、谩骂着，另一些人则垂着头，急速通过。克米萨罗夫感到难为情，但随后他想，那些正在破冰，而不是在监狱的人，想必是幸福的。而那些在监狱的人，正在带着些许优越感想着已经死去的人。其实那些人才是最幸福的，因为他们已经什么都不必做了。一只狗沿着有轨电车轨道跑着。它对面驶来的列车拼命发出警报信号，疲惫不堪的大狗却一直向前走啊走，没有转弯，直至被淹没在尖叫的列车车轮之下。

涅瓦河对岸的人群吸引了瓦西里·赫利斯托佛洛维奇的注意：几十个流浪汉、奸商、逃兵、醉汉和流落街头的妇女们步调各异地走在大街上。领头的是一个长着淡红褐色头发的人，他满眼的饥饿、凄凉，正在乞讨一块涂着一点黄油的面包。头目拿着一段拴着蓝色布片的木杆，布片在冷风中徐徐摆动。

“蓝旗！蓝旗!”头目嗓音嘶哑地喊道，“到这边来，坏家伙们，到我这来！在蓝旗下集合！坏家伙们。我们既不需要沙皇的旗帜，也不需要无产阶级的旗帜。我们需要的是蓝色的圣旗。在它的指引下，我们将分散的人们重新凝聚，让解体的帝国重生。坏家伙们，坏家伙们，你们太棒了！”

行人们跟着这奇怪的游行队伍，另外一些人也加入进来，瓦西里·赫利斯托佛洛维奇没有听从那头领的训诫，而在领头人身后走着的人群中，机械师认出了自己的妻子。维拉·康斯坦丁诺夫娜衣衫破旧，因为饥饿和虚弱而步履蹒跚，但她脸上的表情却是那么的安详开朗、备受鼓舞，好像已经准备好牺牲自己。机械师盯着这个小小的人类团体，他已经很久没有幻想过什么，此时却希望与这奇怪的人群融为一体、听从他们的先知那柔和悦耳的声音，站到蓝旗之下，消失在它的光华之中，记起一切，宽恕一切，再也不回到那个古老的涅瓦要塞。但是，游行队伍转了个弯，消失了。

他变得感觉很差，呼吸不畅，眼前的一切都浮动旋转起来，而当他恢复知觉的时候，周围的一切都变了，城市的风景不见了，取而代之的是简单的室内装修。

“您应该阻止它。”瓦西里·赫利斯托佛洛维奇听到自己的声音在对一个早就认识的人讲话。

这是在涅瓦河转弯处的旧宫内，在三层的办公室中，眼睛红肿的汤姆叔叔坐在里面。这几年他老得厉害，蓄起了胡子，看起来像童话中的地精。显然，他睡得非常少，靠咖啡或是吗啡强打精神。瓦西里·赫利斯托佛洛维奇原本还期望在桌子上能够看到国际象棋的棋盘和棋子，但是没有，硕大的桌子上只放着一本封面破损的古书和几张报纸。桌子上方悬挂着一个没有灯罩的灯泡，它随风晃动闪烁，将摇摆的影子投射到平坦的暗黄色墙面上。

“您仍安然无恙？”编象棋棋谱的人半嘲笑半同情地问道。

“不，”机械师摇了摇头，“我早就垮掉了。”

“您为什么来这？有谁叫您来的吗？”

“没人叫我来。”

“没有邀请是来不了这儿的。您怎么进来的？”

“我不知道。显然，我没有被发现。”

“您想让我在政府给您安排职位？”

“不是。”

“您又有什么想转交给妻子？女儿？”

“不是。”

“那么，或许，您想杀了我？”

“我曾那么想过，”克米萨罗夫阴沉地说，“但现在对我来说，您活不活着都无所谓。”

“那您为什么要来？”

“我来是为列赫科贝托夫求情。”

“对不起，为谁求情？”

“为巴维尔·马特维耶维奇·列赫科贝托夫。”

“这是谁？啊，对，是您的记者朋友。水平中庸的文学家，多疑的利己主义者，能够在任何灾难中全身而退。我好像请您转告过他：要亲近森林，远离……”

“请您放了他。”克米萨罗夫说，他自己因请求中包含着某种个人的东西而感到羞愧，个人的东西早已与他绝缘了，甚至对自己最最亲近的人也是如此。

“他已经被警告过了。而且不止一次。”

“这个人没有恶意，他只是一个不负责任，多嘴多舌的人而已。”

“他几乎射死您的女儿，还差一点就诱惑了您的妻子？”

“请您放了他吧！”克米萨罗夫声音放低。

“为什么要放了他呢？让我们来看看，您希望他活下去的理由是否正确。”

“他是偶然被您抓到的，您即使无法表现出高尚的品格，这您根本没有，那么起码也应该表现出您的理智，这您应该是有的。”

“您来到这，就是为了羞辱我吗？”汤姆叔叔惊诧道，“您想再往我脸上泼一次水吗？或者再揍我一拳吗？不是吗？那您为什么要替他求情？”

“我不是求情。我是想让您清醒过来。您杀了列赫科贝托夫有什么用？难道您没有其他的严格意义上的真正敌人，顽固不化的危险敌人吗？您到时候会后悔杀了这么个小人物。这将折磨您一生。您的故事不应该这么开始。”

汤姆叔叔在椅子上摇了一下，左眼斜向克米萨罗夫：

“您对这个人根本不了解，瓦西里·赫利斯托佛洛维奇。你们在一起的时间一共才有多少。哪怕连您并非单独和他在一起的时间都算上又能有多少。所有认识他的人都小看了他。我和您是小人物。而他可不是。只是他非常善于伪装。猎人、步兵、神枪手，他是个危险且狡诈的敌人，是他写信告发了我们。”

“他能向谁写信告发呢？您这样想未免太多疑了。”

桌子上方的灯泡闪了一下，突然又亮了，再度亮起来之前，它原本看起来像是要永远熄灭了一般。

“他向未来投了告发信。他就是那个被派过来的跑腿的，”汤姆叔叔悲伤地说，“可我们都知道得太晚了。”

他走向窗户，看着暮色中披着白雪、慢慢暗淡的城市，它此刻显得死气沉沉。

“很多年以后，没有了我，没有了您，没有了那些蹲在监狱里或者看守监狱的人，而他们将根据巴维尔·马特维耶维奇·列赫科贝托夫的命运判定我们所处的这个时代。根据他的生命，就好似根据度量衡。您知道为什么吗？不是因为他独具才华。不是他周围有很多更具才华的人。不是因为他勤奋、聪明和深刻。在这点上超过他的人有很多。甚至不是因为他的书，无论这些书怎么好，都不是关键所在。好书很多，完整的生命很少。他的生命完整了，虽然他自己尚不明白。”

“那么您到底为什么要中止它?”

“中止？我要向您坦白，瓦西里·赫利斯托佛洛维奇，我送任何人去另一个世界都不会像送走您的朋友那样心情愉悦。但是，不幸的是，我们不能这么做。列赫科贝托夫是唯一一个能找到出口的人，连我们都找不到。您想象一下，准确地说，请回忆一下，那个突然起火的干枯的大森林：发狂的动物、爬虫、鸟类、人类，所有的一切都陷入迷惘，不知所措，找不到出路。高空和地面的火、烟、风，一切都烧得噼啪作响，倒塌崩溃。谁点燃的森林，有什么预谋，要算计谁，目的是什么，或者森林是自己烧起来的，这些都不重要。重要的是火灾。所有的野兽在火中丧生，在烟雾中窒息，这场火中还夹杂着毒气、臭味、辐射……”

“什么?”

“有那么一个人，他洞察力超群，能找到出路。但是他不能顺着那条路带出所有人，他也不打算这么做，他自私自利，只想救自己，谁能一直谨慎观察着他，谁就能沿着他的脚步走出来，也能得救。即便是他仇视我们，难道我们不需要那个人，不应该保护他吗?”

“那你们现在为什么要杀了他?!”

“我们在教训他。我们准备着。我们把他捉来，训练他，就好像他训练自己的狗一样。没有这些训练他什么也不是。他在森林里度过了太长时间，距离编辑部实在太远了。”

“他就因为这个要蹲监狱？”

“和这有关系。”

“他已经被关得够久了。”

“还不够。”

“请您把他转移到其他监狱去吧。”

“这个监狱有什么不好呢？”

“它会杀了他的，”克米萨罗夫一边激动地小声说着，一边惊恐地四下张望着，“从未来、过去和现在来到他身边的人都将鄙视他，无论他有什么样的才能，与时代有什么关系，对未来是多么珍贵。它不仅仅是杀他，还会折磨他，会设计最残暴的、只能存在于想象中的死法。您与怪物被捆绑在一起了，特级象棋大师。最初它会杀了他，然后杀了我，最后是您。或者，从您开始。”

“请您放弃吧，”汤姆叔叔懊恼地说，“它完全按照我们的指令去控制和杀掉那些我们选定的人，而且将只会控制和杀掉我们允许的数量。我们需要这个畜生，因为与它相比，我们看起来并不残暴。还有，那些今天不满意我们，对我们满腹牢骚或是不以为然的人，他们会爬过来恳求我们制服这个怪物，因为，除了我们没有人能做到。他们不仅会认可，也会感激我们的政权，会为我们服务，不是出于恐惧，而是真心地效力。但是，他们最近几年太不守纪律了，应该让他们真正地颠沛流离一阵，从而使恐惧渗透到他们的，乃至他们子孙的血液中。”

“我在什么地方读到过这些。在一本小册子里。”

“你到底读到了什么？”

“关于我们子孙身上的血液。”

“又来了。”汤姆叔叔揉了揉太阳穴，“终究还是难以摆脱。我们只是在完成您的计划。”

“我的?!”

“还能是谁的？不是您在幻想着要让俄国与世界断绝往来吗？难道不是您反复强调着，俄国能自给自足，谁都不需要吗？难道不是您说的，全世界都是俄国的敌人吗？不是您渴望它拥有绝对的公平吗？现在一切都按照您的话实现了。俄国脱离了全世界孤立着，当一切都按照您所期望的实现了，您又在害怕什么？您为什么不坚持到底，为什么胆怯？难道是因为您在这个新的俄国看不到自己的位置吗？您，还保留着您的情感、您的聪明才智、您的能力以及您对真理和公平的渴求吗？”

“您需要的不是俄国，而是统治世界的力量！”克米萨罗夫瞳孔放大、嘶哑地吼道，“您把那个我为之而战的俄国，我的士兵为之吞咽毒气的俄国，在布列斯特送给了德国人。您出卖了所有牺牲的人、所有俄国人的骨血，就为了保全自己的性命和钱财。当这里的一切都破败了，您将第一个跑到国外，那里的银行中存着俄国人民的钱。您想为了这些话而击毙我，请开枪吧，请把我关到监狱里吧，让我烂在牢里吧，但是我要说出对您所有的看法。”

“喂，够了，你这疯子！”汤姆叔叔用手拍了下桌子，“我们出卖的？我们什么也没有出卖。出卖俄国的是那些人，那些关在要塞里的人。而我们则试图拯救那些他们断送的东西。是的，很残忍，是的，很血腥，是的，很谨慎地使用我们自己的方法，但是如果用另一种方式不行呢？您知道，什么是俄国人身上最可怕的东西吗？动摇。您看一下，您自己是怎样摇摆不定的。一会儿拥护君主制度，一会儿又支持革命。一会儿主张战争，一会儿又反对。一会儿和农夫友好，一会儿又责骂他。一会儿让我们允许你进入犹太区，像犹太人那样，一会儿又说所有犹太人都是您的敌人。你们所有俄国人，好像是空油罐车中扑腾的麻雀，在整个俄国瞎折腾。如果不停止这种动摇，你们整个国家将支离破碎，然后被异族人打倒。难道你们的要塞司令是波兰人或者法国人吗？难道那些在海上被军官像狗崽子一样淹死的水兵，是从英国运给你们的吗？”

“是您让他们堕落！”克米萨罗夫大叫起来，“您，在战争伊始，散布的关于失败的下流思想像火焰般在我们头脑中燃烧。您摧毁了我们的信仰，烧尽了人们的羞耻心，麻痹了俄国人的意志，变革首先在人心进行，你们正是通过我的手筹备了战略基地，那些应该摧毁的基地，为的是在我们的岸边登陆，如今你们在播种的地方收割，在栽种的地方采摘。”

“别胡说八道！您也不是真正的知识分子。什么战略基地？什么你们的岸边？听我说完，别打断。”汤姆叔叔从桌边起身，在房间里踱着步，“我们即将面临另一场更为可怕的战争，为了不失去一切，我们被迫中止这一场。我们献给敌人俄国的部分土地，抛给他一块骨头，但过一段时间，他会连本带利归还的。我们应该准备新的战争。这场战争将是骇人听闻的，今天所有的牺牲跟它相比都算不上什么，都会被遗忘。父亲们不想战斗，孩子们就要为父辈流血。这是历史的必然。我们应该现在就开始准备这场战争，以免再次战败。这才是今天所发生的一切的意义所在。最近几年俄国拥有的东西都崩溃了。一切都崩溃了，君主制、教堂、军队、杜马、财务、工业、文学，满盘皆输！”汤姆叔叔喊道，“只剩下土地了。如果我们想留住这片土地，我们就应该改变它。我们想让俄国拥有另外一种人民，他们将是按照另一种方式被组织、动员、教育起来的。当自己的政权发动战争时，人民绝不敢反抗。我们将拥有绝不敢在战争中放弃的政权。那么就不会有任何形式的世界性的革命，将来也不会有。革命是个童话，只能用来哄骗傻瓜和傻里傻气的浪漫派。所有的革命者，所有的反对者，将在他们妨碍我们之前就被绞死。”

“谁？我们？”

“我们。”汤姆叔叔面无表情地说。

“我知道是谁。你们是狼，臆想之狼，你们披着羊皮，将给我的祖国带来新的灾难。”

“又来了，”汤姆叔叔厌恶地说，“这是您自己编造的童话。如果您真的想知道，这只狼深藏于我们每一个人身上。它吃够了腐烂的尸体，早就不再吃我们了。不要替俄国担惊受怕，您的俄国什么都不会发生。呕吐过后，歇息片刻，它会继续欢蹦乱跳地向前跑。给土地施肥，为的是让它更加肥沃，收获更多。”

桌子上方的灯泡最后闪烁了一下，熄灭了。

“您要它做什么？俄国？”瓦西里·赫利斯托佛洛维奇忧伤地说，声音消失在黑暗中，他已经不清楚自己在和谁交谈，为什么交谈，“难道，找不到另一个国家吗？”

“找不到。过一段时间，我不知道多久，不知道原因，也不知道目的，我什么都不知道，但我知道，只有这片土地能成为避难所，我们将保护它，引导它。”

“引到哪去？”机械师大声说，“去耶稣殉难的地方吗？”

“瓦西里·赫利斯托佛洛维奇，相较于我们自己的同志，在您身上，我们总是看到更多的东西。我们曾非常感谢您，爱护您，有些情况我们不会宽恕任何人，但却宽恕您。说实在的，我一直欣赏您，欣赏您的年轻、力量、高尚，还有您总是希望能对他人有所裨益。在什文乔尼斯，为了保护您的生命，我们投入了那么多精力。您要知道，我们付出了多大代价来说服德国首长不计较您的鲁莽行为，容许您在战俘营进行毫无意义的捣乱行为。”

“我并没有求您做这些。”

“您现在是怎么了？这是在做什么？为什么突然变得垂头丧气起来？为什么变成了空想家？我没有轻视您，老兄，这不是责难，是担忧。人不应该承担太多的责任，而您肩负得太多了。您非常敏感，而这也是您所有不幸的所在。您应该治治病。我安排一下，近几日把您送到疗养院去，现在我给您叫辆车。您不要在城市里步行，看到的情况会让您难过。明天早上坐车走吧。您先回要塞吧。只是不要想着做蠢事。”

克米萨罗夫困惑地抬起头。

“不要试图组织您的朋友逃跑。没有人从涅瓦要塞逃出去过，不要败坏自己和这座建筑的名声。从这一刻起不要干涉任何事。无论发生什么都与您无关。让所有事按照原来的轨道进行吧。”

一扇不起眼的门悄无声息地打开，有个穿着白裙子的高个女人手里拿着烛台走进来。她把烛台放到桌子上，然后向汤姆叔叔弯腰鞠躬，站在那儿没有离开。

“你还有什么事，阿基林娜？”

这个女人没有看机械师，说道：

“该祈福了，长老。”

“长老？”克米萨罗夫困惑地问。

“多马长老”，女人挺直腰身，冷冷地看了下瓦西里·赫利斯托佛洛维奇一眼，她眼睛的颜色非常浅，像透明的一样。

“汤姆叔叔、多马。哦，对，这是同一个名字，”编象棋棋谱的人耸了耸肩，“您有什么可吃惊的？”

14

瓦西里·赫利斯托佛洛维奇从架子上取下列赫科贝托夫的第一本书，开始阅读那些能带给他安宁的章节，书里描写的是那个飞鸟不惊的地方，这些文章他曾经几乎能背诵下来，不过他的思想并不集中。“快走，离开这里，离开所有人，马上去蒂罗尔，去找卡塔琳娜。园丁、马夫、厨师、情人、丈夫。我不想和他们一起，不想在这里生活。他们荒唐、残酷，他们比野兽更坏，他们是妖魔鬼怪。在这里什么也不能碰触，什么也不能改变。什么都不行。这不是那个国家……在这里无法生存，在这里只能死去。”

敲门声吸引了他。

“马利吉诺夫同志，有一位小姐想见您。”

“哪还有什么小姐？”他不满意地问。

“她找谢京金同志，但是他现在在休息。”士兵不怀好意地笑着说。

“她有什么事？”

“她说，她是被捕的列赫科贝托夫的未婚妻，请求允许让她与之告别。”

“列赫科贝托夫结婚了，”瓦西里·赫利斯托佛洛维奇机械地说，他的心猛地沉了下去，“要塞司令不允许有人和他见面。”

“这我知道，”士兵忧伤地说，他的长睫毛震颤了一下，“有什么转达给那位小姐的吗？”

士兵的脸似曾相识，但这些年太多的面孔在眼前一闪而过，他已不愿去回忆……记忆很久之前就开始自作主张，自己选择记住哪些人，忘记哪些人。只是突然间，瓦西里·赫利斯托佛洛维奇想起，很久前的某个时候，他和列赫科贝托夫走在鲜花盛开的草场里，巴维尔·马特维耶维奇告诉他，在离舍洛姆河畔不远的森林里，有一只雌鹿走到他身边。“它离我非常非常近。它那么小，身姿那么优雅，非常好奇，我一伸手就能抓住它的小蹄子。但我没有这样做。我为什么不抓住它呢？”

“应该告诉那个小姐，让她走吧，她在这里什么都干不了。”他无精打采地想，没有看那个士兵，含混不清地说道：

“要塞司令睡醒之前，让她等着。”

……乌利娅站在高高的屋顶上，看着夜空。她是怎么来的，为何而来，她已经不记得了，不过她已经无法离开。她的双腿发软，她的身体已经受尽凌辱、疲惫不堪、千疮百孔，轻到几乎没有重量，不过这身体既没有生病，也没有流血。这躯体随风摆动着，只有一点点与房顶接触，凭借一股细微的力量让她停留在房顶的斜坡上。天空很近，上面闪烁着星光，映射出远方骚动的影子，而更远处，在这片天空背后，是那个光辉的世界，如今在北极受冻的萨韦利·克鲁德曾让她去那里当美人鱼，他的小石头这次没有帮上忙。在要塞司令之后到来的士兵们夺走了宝石。好像，是睫毛浓密的那个抢走的。

乌利娅在深渊上方摇摇欲坠，她在等待，等着刮起一场大风，把她轻轻一推，这样她就永远与这血腥、肮脏的大地诀别了。她不想再属于这片土地。不想再做谁的缪斯，情人或者妻子。她想离开，不留下名字和血脉，就像是那个孤独地在古墓中玩骨牌的小女孩。乌利娅向下看，看见了那自深渊中看着她的庞大野兽。他开始成长，胀大，膨胀起来，变得比这个城市更大，他用嘴叼着城市，将大地举起，盖住了半个天空，乌利娅明白，她不会得救了，她就要落入这口张开的大嘴里了。她又一次感觉到了那双手可怕的触摸，这双童年时代让她恐慌的双手如今要将她推向深渊，她不敢转身，害怕看见这双手属于谁，害怕看见那平静的面容。“结束了，结束了”，乌利娅低声说，“一切都结束了。”她抬头看向天空，看到一个十字架。它出现在午夜的骚乱中，开始并不明显，在星光中勉强能看出影像，但它的轮廓变得越来越清晰，十字架显露在城市的上空，好似某个人在洗净夜空。那只狼凶猛地咆哮着，露出凶戾的兽牙，撤退了，只有她独自留在这里。

时间停下来，接着时间通道打开了，从创世之初到世界末日的时间都展现在她眼前，她明白，末日真的无限接近了，但当她只剩下一点点时间来恍悟那仅剩的期限时，当城市上空摇摇晃晃的巨大齿轮放缓了步调时，一个女乞丐身着肮脏的玫瑰色斗篷走到她身边，牵起她的手说：

“我们离开这里吧，女儿，我们走吧。”

二〇一〇至二〇一四

图书在版编目 (CIP) 数据

臆想之狼 /（俄罗斯）阿列克谢·瓦尔拉莫夫著；
于明清译．— 北京：北京十月文艺出版社，2018.3
（俄罗斯当代长篇小说丛书）
ISBN 978-7-5302-1764-1

Ⅰ．①臆… Ⅱ．①阿… ②于… Ⅲ．①长篇小说—俄罗斯—现代 Ⅳ．① I512.45

中国版本图书馆 CIP 数据核字 (2017) 第 302073 号

著作版权登记号　图字：01-2016-1102

臆想之狼
YIXIANG ZHI LANG
[俄罗斯] 阿列克谢·瓦尔拉莫夫 著　于明清 译

出　版　北京出版集团公司
　　　　北京十月文艺出版社
地　址　北京北三环中路 6 号
邮　编　100120
网　址　www.bph.com.cn
发　行　新经典发行有限公司
　　　　电话（010）68423599
经　销　新华书店
印　刷　北京盛通印刷股份有限公司
版　次　2018 年 3 月第 1 版
　　　　2018 年 3 月第 1 次印刷
开　本　850 毫米 ×1168 毫米 1/32
印　张　17.5
字　数　320 千字
书　号　ISBN 978-7-5302-1764-1
定　价　58.00 元
质量监督电话　010-58572393
如有印装质量问题，由本社负责调换。